DIE BLUTALLIANZ

„Ich hoffe fast, dass du dich weigerst", murmelte er. „Deine blasse Haut würde sich so schön röten und ich würde es sehr genießen, dir ein paar Reaktionen zu entlocken."

Das Glas rollte erneut über meine Haut, nur dass er diesmal den Inhalt über den Rand kippte und die bronzen farbige Flüssigkeit auf meine Brust spritzte.

Eine Gänsehaut kribbelte über meine Haut.

Mein Atem setzte aus, als er seinen Kopf runterbeugte, um die Tropfen mit seiner Zunge aufzufangen.

Wärme streichelte meine Haut und sein Mund war ein unerwarteter Kuss für meine Sinne.

Ohhh …

Ein heftiges Beben regte sich in meinem Unterleib und schoss Funken durch meine Adern. Funken, die sich zu Flammen entzündeten, als seine Reißzähne den empfindlichen Bereich um meine Brustwarze durchbohrten.

Ich schrie vor Überraschung und leichtem Schmerz auf, erstarrte aber, als er das Getränk auf die frische Wunde hielt.

„Wie ich schon sagte …", flüsterte er, und seine eisblauen Augen erfassten die meinen. „Ich kann dir das Leben angenehm machen. Ich kann es aber auch absolut miserabel machen."

Er kippte das Glas, der Alkohol floss über den Rand und landete direkt auf meine Brust.

Das angenehme Brennen verwandelte sich in ein stechendes Inferno, das meiner Kehle ein scharfes Zischen entlockte, das aus Schock und Schmerz bestand.

Er leckte mit seiner Zunge mein mit Alkohol versetztes Blut auf und linderte meine Qualen.

Es dauerte nur eine Sekunde.

Aber sein Standpunkt war klar.

Ich bin jetzt dein Meister. Arbeitet mit mir und ich werde dich belohnen. Arbeitest du gegen mich, werde ich dich vernichten.

Royaler Biss

Die Blutallianz — Buch 5

Übersetzt von
WELL READ TRANSLATIONS

USA Today Bestsellerautorin
Lexi C. Foss

Deutsche Übersetzung: Well Read Translation

Covergestaltung: Julie Nicholls

Coverfotografie: Lindee Robinson

Covermodelle: Jordan und Mairi

Veröffentlicht von: Ninja Newt Publishing, LLC

Digitale Ausgabe

eBook ISBN: 978-1-954183-18-6

Paperback ISBN: 978-1-68530-043-2

❀ Erstellt mit Vellum

Royaler Biss

Die Blutallianz — Buch 5

*Es gab eine Zeit, in der die Menschheit herrschte, während Lykaner
und Vampire im Verborgenen lebten.
Das ist nicht länger der Fall.*

Calina

Ich habe noch sechsunddreißig Stunden zu leben.
Sechsunddreißig Stunden, um eine Lösung zu finden.
Sechsunddreißig Stunden, um sie alle zu töten.

Meine Freunde. Meine Familie. Meine Versuchsobjekte.

Es ist ein grausames Schicksal, das mir meine Schöpferin
vor über einem Jahrhundert auferlegte, als sie mich in diese
Hölle brachte. Damals habe ich gelernt, dass Freiheit eine
Lüge ist. Es gibt kein Entkommen. Ich bin eine tickende
Zeitbombe, die bald explodieren wird.

Bis *er* mich findet. Ein Vampir. Ein wandelnder Gott mit
eisblauen Augen. Er behauptet, unsere Rettung zu sein,
aber ich sehe ihn als das, was er wirklich ist – ein
maskierter Teufel.

Jace

Ich will kein König sein, aber ich werde einer, wenn das
bedeutet, dass ich *sie* haben kann – *die* wunderschöne
Eiskönigin, die in Liliths Laboratorien auf mich gewartet
hat. Sie gibt sich gleichgültig und behauptet, dass ich sie

nicht interessiere, aber ich sehe das Feuer in ihren atemberaubenden haselnussbraunen Augen auflodern.

Sie hat mehr zu bieten, als nur ein hübsches Gesicht.
Sie ist weder ein Vampir noch ein Lykaner, sondern eine Unsterbliche ohne Klassifizierung.
Ein Geheimnis, das ich nun in einer Welt, die im Chaos versinkt, bewahren muss.

Willkommen zu unserem Neuanfang.
Mein Name ist König Jace. Erlaube mir, euch herumzuführen …

Es gab eine Zeit,
in der die Menschheit über die Welt
herrschte, während Lykaner und
Vampire im Verborgenen lebten.

Das ist nicht länger der Fall.

Willkommen in der Zukunft, wo die
stärkere Blutlinie die Regeln macht.

WEITERLESEN AUF EIGENE GEFAHR.

DIE BLUTALLIANZ

Internationale Gesetze verdrängen die nationalen Regierungen und werden von der Blutallianz verfochten – einem globalen Rat, der zu gleichen Teilen aus Lykanern und Vampiren besteht.

Alle Ressourcen müssen gleichmäßig zwischen Lykanern und Vampiren aufgeteilt werden, dies beinhaltet auch Land und Blutsklaven. Das gesellschaftliche Ansehen und der Wohlstand liegen allerdings im Ermessen der einzelnen Rudel und Häuser.

Wer ein höher gestelltes Wesen tötet, verletzt oder provoziert, wird mit dem sofortigen Tod bestraft. Alle Streitigkeiten müssen für ein endgültiges Urteil der Blutallianz vorgestellt werden.

Sexuelle Beziehungen zwischen Lykanern und Vampiren sind strengstens untersagt. Geschäftliche Partnerschaften sind jedoch, sofern sie ertragreich und angemessen sind, zulässig.

Menschen werden hiermit als Eigentum eingestuft und haben keine gesetzlichen Rechte. Jeder Mensch wird durch ein Sortiersystem gekennzeichnet und nach Leistung, Intelligenz, Blutlinie, Fähigkeiten und Aussehen bewertet. Die Beurteilung beginnt bei der Geburt und wird am Bluttag abgeschlossen.

Pro Jahr werden zwölf Sterbliche nach Ermessen der Blutallianz ausgewählt, um im Wettkampf um den Status des unsterblichen Blutes gegeneinander anzutreten. Von diesen Zwölf werden zwei gebissen und so Unsterblichkeit erlangen. Die anderen werden sterben. Lykaner oder Vampire außerhalb von diesem Prozess zu kreieren ist nicht rechtens und wird mit dem sofortigen Tod bestraft.

Alle anderen Gesetze unterliegen den Rudeln und der königlichen Familie, dürfen aber nicht mit denen der Blutallianz kollidieren.

PROLOG

LILITH

WIR SCHREIBEN das Jahr einhundertsiebzehn der Ära der Blutallianz.

Wenn du das liest, ist leider etwas furchtbar schiefgelaufen. Die notwendigen Sicherheitsvorkehrungen wurden getroffen – auch die, die du gerade erlebst.

Ich werde mein Bestes tun, um dich so schnell wie möglich auf den neuesten Stand zu bringen, aber sei darauf hingewiesen, dass du mindestens sieben Tage lang Protokolle durchsehen musst. Dies alles ist Teil der Verfahren, die du eingerichtet hast – ich kann nur hoffen, dass es funktioniert.

Zunächst einmal gibt es siebzehn königliche Vampirstaaten und siebzehn lykanische Clan-Gebiete. Ich unterhalte auch mein eigenes Gebiet, aber da ich – wie von dir empfohlen – den Rat leite, zähle ich mich nicht zu den primären Vampirstaaten.

Ich habe auch die Rolle der Göttin übernommen, wie du vorgeschlagen hast, und ich habe mein Bestes getan, um den Sterblichen ein Leuchtfeuer der Hoffnung zu geben.

Jedes Jahr findet ein Cup der Unsterblichkeit statt, bei dem zwei glückliche Menschen die Möglichkeit erhalten, in die Reihen der Vampire und Lykaner aufgenommen zu werden. Es ist ein halsbrecherischer Wettbewerb, der sicherstellen soll, dass nur die Besten die Unsterblichkeit erhalten. Außerdem dienen die Spiele dazu, die Menschen zu unterhalten, während sie um die Chance ihres Lebens kämpfen. Und wie von dir geplant, lernen sie dabei auch wertvolle Lektionen.

Die Lykaner und Vampire sind mit dem Ablauf des Bluttages weitgehend zufrieden. Vampirkönige erhalten neue Haremsmitglieder, Blutsklaven und allgemeine Dienstboten für ihre Regionen. Lykaner erhalten Teilnehmer für ihre Mondjagden und Zuchtprogramme sowie begehrenswerte Menschen für die Alpha-Harems.

Es ist eine gleichmäßige Verteilung, genau wie du vorgeschlagen hast. Das hat die Lykaner und Vampire als eine Einheit zusammengeführt, was uns erlaubt, über die geringeren Wesen zu herrschen.

Es gibt jedoch einige wenige, die mit dieser Art der Führung nicht einverstanden sind.

Wahrscheinlich wurden aus diesem Grund die Notfallprotokolle aktiviert.

Denn die einzige Möglichkeit, warum du das jetzt siehst, ist, dass ich tot bin.

Fürchte dich nicht, mein lieber Herrscher, ich bin nicht grundlos gestorben,

Aber es ist offiziell an der Zeit, dass du die Krone übernimmst und den dir zustehenden Thron besteigst.

Willkommen in der neuen Welt, mein König.

Möge sie alles sein, was du dir gewünscht hast und noch mehr.

Klicke auf den Pfeil, um die Überprüfung der Protokolle zu beginnen.

Übertragung beendet.

CALINA

Sechsunddreissig Stunden bis zur Selbstzerstörung. Bitte triff die entsprechenden Vorbereitungen. Ich danke dir für deinen Dienst.

Die Nachricht ertönte aus den Lautsprechern und ließ mich aus dem Schlaf aufschrecken. Liliths Stimme hallte in meinem Kopf wider und forderte meine Aufmerksamkeit.

35:59:59.

35:59:58.

35:59:57.

Ich starrte auf den Bildschirm an meiner Wand und las die Zahlen, als der Countdown begann. Die gleichen Zahlen erschienen auf meiner Armbanduhr, deren Vibration mich aufweckte und auf das vorbereitete, was gleich geschehen würde.

„Verdammt", hauchte ich und fuhr mir mit den Fingern durch die Haare. „Verdammt noch mal."

Das war das Protokoll des Jüngsten Gerichts, was bedeutete, dass Lilith etwas zugestoßen war. Nun war es meine Aufgabe, alle Forschungsergebnisse über die entsprechenden Kanäle zu leiten, bevor sich die Beweise selbst vernichteten.

Ich musste auch sicherstellen, dass nichts zurückgelassen wurde, was Unbefugte finden könnten.

Lilith erwartet von mir, dass ich alle tötete. Einschließlich mich selbst.

Das alles könnte eine Art Test meiner Loyalität sein, der meine Integrität und meine Bereitschaft, die erforderlichen Verfahren zu befolgen, beweisen soll.

Oder es könnte wirklich passieren.

Das würde bedeuten, dass meine Vorgesetzte tot war.

Ich versuchte, über die mentalen Verbindungen nach ihr zu suchen, aber all die Programmierungen und Tests hatten unsere Verbindung schon vor langer Zeit abgestumpft. So konnte ich der Leere, die ich durch meine Verbindung mit ihr spürte, nicht trauen.

Außerdem war ich noch am Leben, was darauf hindeutete, dass sie es auch sein könnte.

Zumindest ein Teil meiner Verbindungen war noch vorhanden. Ich fühlte mich gut. Unsterblich. Gesund.

Dank Lilith oder durch meine Verbindung zu …?

Das Ticken an der Wand lenkte mich von meinen Gedanken ab und verschaffte mir eine bessere Klarheit von der Realität. Meine Bunde spielten keine Rolle, nur meine Pflicht war wichtig.

Es sei denn, sie ist wirklich tot.

Ich schüttelte den Kopf. Das war nicht wichtig. Ich hatte bestimmte Schritte zu befolgen.

Versende die Dateien. Töte sie alle.

Ein Schauer lief mir über den Rücken. Keine noch so praktische Übung konnte mich auf die letztgenannte Aufgabe vorbereiten. Diese Probanden waren meine Freunde geworden. Sie waren … sie waren *Familie* … und sie stellten die wenigen Bindungen dar, die ich noch zur Menschheit hatte.

Konzentriere dich, sagte ich mir. *Vielleicht ist das alles nur ein*

Test, um zu sehen, wie ich reagieren werde. Spiel mit. Gib vor, bereit zu sein.

Mit zusammengebissenem Kiefer nickte ich und zwang mich, meiner Morgenroutine nachzugehen. Dazu gehörte es, nicht in Panik zu geraten. Es war mehr als genug Zeit, um meine Aufgaben zu erledigen, ohne Zeitdruck.

Duschen.

Trockne dein Haar. Nimm die langen blonden Strähnen zu einem festen Dutt zusammen.

Zieh den traditionellen blauen Kittel an und dann einen Laborkittel über.

Nachdem ich meine To-Do-Liste abgearbeitet hatte, schaute ich in den Spiegel, um meine Augen zu überprüfen. Die haselnussbraunen Ringe waren heute blau, was darauf hindeutete, dass die Verbindung zu meiner mütterlichen Seite stärker als sonst war. Das bedeutete, dass das Tier in mir nach Dominanz strebte.

Meine Lippen verzogen sich. Ich nahm an, dass, wenn eine Seite die Kontrolle übernehmen würde, es der gewalttätigere Teil von mir sein sollte. Vielleicht würde die Bestie mir helfen, alle zu töten.

Dieser Gedanke ließ mich erschaudern. Dann erlaubte ich mir einen letzten Seufzer und schaute noch einmal auf die Uhr.

35:32:17.

Nun gut. Ich öffnete die helle Eichentür und verließ mein Quartier.

In dem leeren Flur gab es keine Countdowns oder Panik, und der Marmorbereich am Ende meines Korridors blieb ebenso ruhig und trostlos.

Niemand sonst wusste von dem Weltuntergangs-Protokoll. Nur ich.

„Guten Morgen, Doktor", grüßte Wachmann Gerald, als sich die Fahrstuhltüren automatisch öffneten. Sein

Team hatte ihn durch die Überwachungsvideos im Flur auf mich aufmerksam gemacht und ihn deshalb hochgeschickt, um mich zu holen.

Die Mitarbeiter durften keine Aufzüge bedienen.

Nicht einmal ich, als leitende Forscherin von Bunker 47.

„Guten Morgen, Herr Wachtmeister", antwortete ich ihm in meinem üblichen Ton. Flach. Emotionslos. Gelangweilt. Das hatte ich mir in den letzten mehr als hundert Jahren angeeignet.

Er nickte mir zu, als ich eintrat. Dann gab er meinen Zielort ein – den Flügel zu meinem Büro und den Labors.

Wir waren bereits tief unter der Erde, dennoch stürzte der Aufzug weiter in die Tiefen, wie bei einer Fahrt in die Hölle, bevor er sich wieder öffnete.

„Einen schönen Tag, Sonnenschein", sagte Wachmann Gerald, als ich auf den Steinboden trat.

Seine Aussage war nicht ungewöhnlich, da er mich aufgrund meines hellen Haares jeden Tag mit diesem Spitznamen ansprach. Doch dieses Mal sah ich ihn an und fragte mich, ob er wusste, was hier unten passieren würde.

Seine grauen Augen verrieten nichts, sie zuckten nur ein wenig in den Augenwinkeln, wie sie es immer taten.

Er war ein Vigil – ein Mensch, der in der Kunst ausgebildet war, seine unsterblichen Vorgesetzten zu beschützen. Ich habe nie verstanden, wie der Geist der Sterblichen so schwach sein konnte, um eine so lächerliche Aufgabe anzunehmen. Vampire und Lykaner brauchten keinen Schutz. Sie brauchten Menschen, um sich gegenseitig zu überwachen, um ihre Herrschaft über die Menschheit zu sichern. Sterbliche wie Gerald tappten genau in diese Falle.

Würde Lilith sein Leben verschonen? Ich bezweifelte es. Sie würde nicht mal meins verschonen. Und ich war eine ihrer wertvollsten Kreationen. Wachmann Gerald war für sie nur eine Nummer. Ich hatte wenigstens einen Namen.

Die Fahrstuhltür schloss sich, bevor ich ihm antworten konnte, und der Vigil machte sich auf den Weg zu seiner nächsten Aufgabe, einen meiner Labortechniker zu holen. Wahrscheinlich James.

Ich blinzelte und betrachtete die weißen Wände um mich herum. Sie bildeten einen starken Kontrast zu den glatten Ebenholz-Fliesen, auf denen ich stand.

Stehe ich gerade direkt auf dem Sprengstoff, fragte ich mich und blickte auf den Boden. *Oder liegt er noch tiefer unter der Erde?*

Ein Vibrieren an meinem Handgelenk sagte mir, dass ich keine Zeit hatte, mir darüber Gedanken zu machen. Seit dem Beginn des Countdowns war eine halbe Stunde vergangen, sodass mir noch fünfunddreißig Stunden und dreißig Minuten blieben.

Zuerst die Recherche, beschloss ich, und machte mich auf den Weg in mein Büro, um mit der mühsamen Aufgabe zu beginnen, alle Dateien auf den Server hochzuladen. Allein diese Aufgabe würde Stunden in Anspruch nehmen. Und es erforderte meinerseits Wachsamkeit, um sicherzustellen, dass alles ohne Fehler übertragen wurde.

Heute würde es keine Tests geben. Ich hatte nur eine Aufgabe.

Mithilfe meiner Uhr bekam ich Zutritt zu meinem Büro. Die Lichter um mich herum gingen an, als ich eintrat, und die Bildschirme erwachten mit einem warmen Willkommensgruß zum Leben. „Hallo, Dr. Calina", begrüßten mich die Maschinen.

Ich schwieg, wie ich es immer tat. Die Technik brauchte keine Formalitäten oder beschwichtigende Worte. Stattdessen schätzte sie Tastenanschläge und logische

Anforderungen. Also tippte ich mehrere Befehle in meinen Computer ein und befahl ihm, mit dem Herunterladen aller Protokolle zu beginnen.

Passwörter, die ich mir vor Jahrzehnten eingeprägt hatte, flackerten in meinem Kopf auf und ließen meine Finger mit Leichtigkeit über die Tastatur gleiten.

Ich wusste, was zu tun war.

Doch als ich mich dem vorletzten Protokoll näherte, wurden meine Finger langsamer.

Wenn das alles ein Test für meine Loyalität war, dann könnte Lilith das Spiel beenden, sobald ich den Knopf drückte. Sie könnte auch warten, bis ich ein paar Personen getötet hätte.

Aber, wenn sie wirklich tot war …

Ich schloss die Augen und zwang mich, diesen Gedanken zu verdrängen. *Wahlmöglichkeiten sind nur falsche Hoffnungen*, sagte ich mir. *Tu, was man dir gesagt hat. Nur so kannst du überleben.*

Ich atmete ein weiteres Mal tief durch, bevor ich mit meiner Aufgabe fortfuhr, wobei sich meine Entschlossenheit mit jedem Tastendruck verfestigte.

Bis ich den letzten Befehl ausführen sollte.

Ich musste die Videoübertragung des Labors starten und alle, die sich darin befanden, den Giften aussetzen. Die beiden leitenden Labortechniker waren die Einzigen, die mich an der Erfüllung meiner Aufgabe hindern konnten – deshalb mussten sie außer Gefecht gesetzt werden.

Meine beiden engsten Freunde in dieser Hölle.

Meine einzig wahre Familie.

Nicht, weil wir uns mochten oder oft Zeit miteinander verbrachten, sondern weil wir alle hier aufgewachsen waren. Wir alle kannten diesen Ort, unsere Aufgabe und die Forschung, die wir mit unserem Leben unterstützen.

Ich wurde als Erste erschaffen, fast sechs Jahrzehnte vor ihnen. Deshalb war ich häufig zurückhaltender.

Aber James und Gretchen ... Sie hatten einen anderen Weg gewählt. Einen, mit dem sie sich wohlfühlten. Sie lächelten, als sie einem der Lykaner-Wandlerwelpen auf einen Tisch halfen. Der Kleine leckte James über die Wange, woraufhin dieser auf die für ihn typische jungenhafte Art grinste. Gretchen sah mit einem bewundernden Schimmer in ihren dunklen, mandelförmigen Augen zu.

Die beiden waren verliebt, was Lilith wusste und zuließ, weil es ihre Forschung stärkte. Und so liegt das Produkt dieser Liebe jetzt auf dem Labortisch.

Ein Baby.

Ein winzig kleines weißes Fellknäuel.

Und Lilith wollte, dass ich sie mit einem einzigen Tastendruck tötete.

Ich schluckte und schloss die Augen, während mein Verstand all die Weltuntergangsequenzen durchging, die mir im letzten Jahrhundert eingetrichtert worden waren, eigentlich sogar noch länger. Dieses Labor war vor der Revolution eingerichtet worden.

Die Hälfte meiner Mitarbeiter waren unsterbliche Subjekte, die zu Forschern geworden waren. James und Gretchen waren die einzigen beiden, die ich als Familie betrachtete, aber auch die anderen waren Teil meines Lebens. Sie bedeuteten mir etwas auf einer Ebene, die ich nicht definieren konnte.

Sie zu ermorden, würde sie in gewisser Weise schützen. Der Sprengstoff würde es vielleicht nicht schaffen, aber ich hatte das wirksame Serum in meinem Arsenal, das es auf jeden Fall schaffen würde. Wir waren alle schwer zu töten, da die meisten von uns mit einem Unsterblichen da draußen in der realen Welt verbunden waren – Unsterbliche, die wir nicht kannten.

Unsere Verbündeten. Liliths größte Geheimnisse.

Meine Lippen zuckten, als ich über unsere Optionen nachdachte.

Lilith hatte mich im Laufe meines Lebens schon oft auf die Probe gestellt, aber nie mit einer Aufgabe, wie dieser. Sie war grausam, aber auch praktisch veranlagt. Alle ihre Schöpfungen zu zerstören, schien selbst für sie ein bisschen weit zu gehen.

Was wiederum darauf hindeutete, dass sie wirklich tot war.

Und das bedeutete, dass ich alle Optionen in Betracht ziehen musste.

Ich klopfte mit den Fingernägeln auf den Tisch und dachte an die Dateien, die im Ausgangsordner warteten. Sie wurden immer noch geladen und mit dem letzten Tastendruck würde ich aktivieren, dass sie verschickt wurden.

Nachdem ich Gretchen und James außer Gefecht gesetzt hatte.

Ich setzte mich in meinen Stuhl, betrachtete den Bildschirm und schaute noch einmal auf die Überwachungsvideos des Labors.

Wieder surrte mein Handgelenk. *Fünfunddreißig Stunden,* übersetzte ich und merkte, dass ich Zeit verlor, doch ich konnte mich nicht bewegen. Es war, als hätte das Schicksal meine Hände an den Stuhl gefesselt und mir die Ausführung des letzten Befehls verweigert.

Stattdessen gab ich einen Sprachbefehl, um die Videos auf dem gesamten Gelände aufzurufen und alle anderen Labore unter meiner Kontrolle zu überprüfen. Es ging alles seinen gewohnten Gang. Jeder testete seine Ergebnisse und katalogisierte sie. Einige unterhielten sich angeregt, andere verhielten sich ruhig und blieben unter sich.

Keiner von uns war freiwillig hier, aber uns war bewusst, dass unser Leben in diesem Bunker besser war, als das Leben da draußen. Die Menschen waren Spielzeuge, die nur zum Vergnügen der Vampire und Lykaner existierten. Sie waren wie Haustiere, nur weitaus weniger wertgeschätzt.

Zumindest wurden wir in diesem Bunker einigermaßen respektiert. Unser Wissen und unsere Fähigkeiten wurden als höherwertig angesehen, als das *der Tiere*.

Wir würden diesen Status jedoch nur beibehalten, wenn wir uns an die Regeln hielten. Und gerade jetzt verstieß ich gegen die wichtigste von allen – indem ich den Knopf nicht drückte.

Sie könnten mich für diesen Ungehorsam töten. Allerdings hatten sie mich zum Sterben aufgefordert. Wo lag also der Unterschied? Die eine Möglichkeit gab mir ein Quäntchen Würde und erlaubte mir, diese Welt in dem Wissen zu verlassen, dass ich das Richtige getan hatte. Die andere Option würde mich als ehrenhaften und gehorsamen Jünger ins Grab schicken, der nie wirklich selbst Entscheidungen getroffen hat.

Meine Finger ballten sich zu Fäusten.

Lilith hatte mir alles genommen – meine Freiheiten, meine Entscheidungen, mein *Leben*. Ich hatte ihr gehorcht, so gut ich konnte. Aber könnte ich es jetzt wieder tun? Wollte ich es überhaupt?

Ein weiteres Summen. *Vierunddreißig Stunden, dreißig Minuten.*

Dann wurden es vierunddreißig Stunden.

Dreiunddreißig.

Zweiunddreißig.

Ich hatte schon fast erwartet, dass Lilith jeden Moment durch meine Tür stürmen und mich für das Nichtbestehen ihres Tests bestrafen würde. Doch sie kam nicht.

Wenn Lilith wirklich tot ist, was habe ich dann noch zu verlieren? Beim Grübeln kamen mir eine Unzahl von Ideen, während die Minuten verstrichen. Nichts geschah. Es kam keine Wache, die mich zur Hinrichtung hinausbegleitete – etwas, womit mir Lilith im Laufe meines langen Lebens schon unzählige Male gedroht hatte.

„Weißt du, wie es ist, zu sterben und wiederzukommen?", hatte sie mich mit sanfter Stimme gefragt, bevor sie eine Klinge über meine Kehle gezogen hatte.

In einer Lache aus meinem eigenen Blut war ich ertrunken – mit diesem Gedanken war ich später wieder erwacht, aber dieses Mal hatte sie die Drohung nicht vollzogen.

Es tat weh zu sterben.

Es tat noch mehr weh, zurückzukommen.

Oh, ich hatte im Laufe des Jahrhunderts auch viele ihrer Zurechtweisungen ertragen. Sie alle beinhalteten Tod und Wiedergeburt. Jede einzelne war eine Lektion ihrer Überlegenheit, die mich an meinen Platz erinnern sollte.

Manchmal hatte sie mich getötet, nur um zu beweisen, dass sie es kann.

Manchmal hatte sie mich getötet, um meine Unsterblichkeit zu testen.

Und manchmal tat sie so, als würde sie mich lieben, nur um meinen Verstand zu brechen.

Letzteres hatte nie funktioniert. Das war etwas, das sie angeblich an mir mochte.

„Du bist so stark und widerstandsfähig, Calina. Meine perfekte Schöpfung. Ich hoffe, du wirst dich nie ändern."

Ich starrte auf den Bildschirm und fragte mich, ob das der Sinn der Sache war – alles zu zerstören, was ich aufgebaut hatte, nur um zu sehen, ob ich es mental aushalten konnte.

Lilith liebte ihre Psychospielchen.

Ich habe selten mitgespielt.

Was geschieht, wenn ich mich jetzt widersetze, meine Königin?

Sie würde mich zweifelsohne wieder töten. Aber würde es für immer sein?

Nein.

Sie konnte es sich nicht leisten, mich und all mein Wissen zu verlieren.

Aber was, wenn es echt war?

Ich konnte den Teil in mir nicht zum Schweigen bringen, der immer wieder über die Möglichkeit nachdachte, dass sie wirklich tot war. Dass dies nicht nur ein Test war, sondern tatsächlich geschah.

Es vergingen noch einige Minuten.

Trotzdem starrte ich einfach nur die Bildschirme an.

Ich musste alles in Erwägung ziehen.

Jeden Blickwinkel berücksichtigen.

Ich wartete darauf, dass sie erschien, um mich abzuschlachten oder um mich für meine Unverschämtheit zu beschimpfen.

Es verging noch mehr Zeit, sodass der Countdown einunddreißig Stunden erreichte.

Doch niemand hatte mich in meinem Büro aufgesucht. Niemand rief an. Auf meinem Bildschirm flackerten keine Befehle auf. Ich hörte nur das Ticken der Uhr an meinem Handgelenk und sah das Blinken mit der Aufforderung auf meinem Monitor, weitere Befehle zu geben.

Meine Welt hatte aufgehört, sich zu drehen.

Aber die Uhr tickte weiter.

Diesmal zeigte die Vibration an, dass ich nur noch dreißig Stunden hatte. Ich hatte fast jede Sekunde in diesem Büro verbracht, saß hier und starrte auf Bildschirme. Es war fast unmöglich, darüber zu entscheiden – als wäre ich in eine Art katatonischen

Zustand verfallen, während ich alle Alternativen in Betracht zog.

Mein Verstand arbeitete unablässig und berechnete jeden Schritt, jedes Risiko und jede Gegenmaßnahme, die ich ergreifen könnte. Ich ging jedes mögliche Ergebnis der Missachtung ihrer Anweisungen durch.

Die Techniker waren noch in ihren Labors. Die Vigil waren alle mit ihren Aufgaben im Obergeschoss beschäftigt und ich war es leid, den Countdown an meinem Handgelenk zu beobachten.

„Scheiß auf das Verfahren", sagte ich und schaute direkt auf den Bildschirm. „Scheiß auf alles."

Ich machte alle Befehle rückgängig und fügte meine eigenen hinzu. Da ich mein ganzes Leben in diesem Labor verbracht hatte, kannte ich die Technologie in- und auswendig. Im Laufe der Jahre hatte ich auch mit großer Sorgfalt Fallen aufgestellt, die mich alarmierten, falls eine Weltuntergangsequenz *ohne* mein Wissen ausgelöst wurde.

Ich überprüfte alle diese Geräte, verstärkte sie und übernahm die Kontrolle über alle Monitore im Inneren. Niemand würde ohne meine Erlaubnis die Kontrolle über diese Situation übernehmen.

Der Sprengstoff befand sich jedoch nicht unter meiner Kontrolle, was darauf hindeutet, dass er möglicherweise von außen ausgelöst werden könnte.

Das bedeutete, dass ich es so aussehen lassen musste, als würde ich genau das tun, was mir aufgetragen worden war, nur für den Fall, dass jemand von oben die Situation überprüfen würde.

Mein Verstand arbeitete schnell und ich stellte einen Plan auf, der schon lange in meinem Hinterkopf existierte – einen Plan, von dem ich nie erwartet hatte, dass ich ihn brauchen würde, und den ich doch irgendwie immer herbeigesehnt hatte.

Die Flucht hatte mich schon immer gereizt. Ich wusste nur nie, wann ich den ersten Schritt machen sollte. Wie sich herausstellte, hatte ich jetzt weniger als dreißig Stunden Zeit.

Okay.

Ich rief das Serverziel für die Dokumente auf und öffnete einen weniger sicheren Kommunikationskanal, um die Daten zu verteilen. Das würde auf der anderen Seite ein Sicherheitsproblem verursachen, weil die verschlüsselten Dateien über einen unsicheren Kanal ankommen würden.

Wer auch immer auf der anderen Seite sein würde, musste ein wenig mit den Parametern spielen, um die Quelle zu bestimmen. Sobald sie merkten, dass sie echt waren, würden sie mit dem Download beginnen.

Das würde uns nur ein paar Stunden Zeit verschaffen.

Sie müssten all diese Akten wie ein riesiges Puzzle zusammensetzen, was uns noch mehr Zeit verschaffen würde.

Bis sie bemerken würden, was ich geschickt hatte, wäre es schon zu spät, um an die echten Dokumente zu kommen. All diese Daten wären Kauderwelsch. Unbrauchbar. Es würde sie um fünfzig Jahre zurückwerfen.

Damit war auch Bunker 47 gefährdet, denn dieser neue Kanal brachte uns auf die technologische Landkarte. Wenn jemand über Satelliten oder mit Datenscannern danach suchte, konnte er unseren Standort ausfindig machen.

Aber dieses Risiko war ich bereit einzugehen, denn dann hätten wir mehr Zeit, eine Lösung für diese Situation zu finden.

Zu entkommen.

Ich starrte wieder auf den Laborbildschirm und knabberte an meiner Lippe.

Fehlfunktion des Toxins, tippte ich. *Werde mich sofort darum kümmern. – Dr. C.*

Ich drückte auf die Schaltfläche „Senden", wohl wissend, dass die Nachricht vor allen anderen Dateien in der Basis ankommen würde. Vielleicht würden sie denken, ich sei zu sehr mit dem Toxin-Problem beschäftigt, um die unsicher ausgehenden Dokumente zu bemerken.

Ich wartete, um zu sehen, ob ich eine Reaktion erhielt. Wenn Lilith mich beobachtete, würde sie es mir jetzt mitteilen, denn sie wäre wütend über meinen klaren Bruch der Prozedur.

Die Minuten vergingen und nichts geschah.

Keine Alarme. Keine Anrufe. Keine Giftstoffe in der Luft.

Die Königin ist tot. Das war die einzige Erklärung für das Ausbleiben einer Antwort. Sie hätte mich in diesem Spiel niemals so weit kommen lassen, ohne ihre Hand zu erheben.

Und wenn sie es nicht war, nun, dann würde ich es später zu spüren bekommen.

Wir hatten jetzt weniger als dreißig Stunden Zeit, um dieser Hölle zu entkommen oder wir würden hier unten lebendig begraben werden.

Ich stand auf und lief aus meinem Büro in den leeren Flur.

Niemand hielt mich auf und keine Sirenen heulten.

Ich hätte das schon vor Stunden tun sollen – die Grenzen des Katastrophenplans austesten – um Liliths Absichten herauszufinden, aber ich wollte jetzt keine Zeit mehr damit verschwenden, mich darüber zu ärgern, wie lange ich gebraucht hatte, um diese Entscheidung zu treffen.

Kein Wissenschaftler zog jemals vorschnell eine

Schlussfolgerung, ohne alle Beweise aus seinen Beobachtungen abzuwägen.

Meine Forscher würden diese Argumentation genauso gut verstehen wie ich.

Ich schob mich durch die Tür zu ihrem Labor und fand das flauschige Knäuel auf Gretchens Schoß gekuschelt. Sie blinzelte überrascht zu mir hoch und lächelte dann. „Hey, Calina. Was …"

„Lilith ist tot und wir müssen gehen." Ich zog den Ärmel hoch und entblößte mein Handgelenk. „Dieser ganze Ort wird sich in knapp dreißig Stunden selbst zerstören."

JACE

Ich verfolgte die Linien auf der Karte und studierte das Gebiet, das als *Lilith Region* bekannt war. Dieser Name würde sich bald ändern. Meiner Meinung nach wäre es eine Verbesserung.

Jace Region.

Technisch gesehen existierte dieses Gebiet bereits, aber bald würde es in *Darius Region* umbenannt werden. Vorausgesetzt, der uralte Vampir neben mir stimmte zu, es zu übernehmen.

„Dir ist klar, dass du jetzt ein König bist, ja?", fragte ich, ohne meinen Blick von der Karte abzuwenden. „Die Blutallianz weiß es vielleicht noch nicht, aber das macht es nicht weniger wahr."

„Erst ein souveräner Herrscher und jetzt ein König", sagte mein alter Freund, dessen englischer Tonfall mit dem meinen konkurrierte. „Wie aufregend …"

Meine Lippen zuckten. Darius war nie ein Freund der Politik gewesen.

„Ersteres konntest du Ivan überlassen", schlug ich vor.

Er grunzte. „Er ist zu jung. Die Herausforderungen würden ihn davon ablenken, irgendetwas auf die Reihe zu bekommen."

„Stimmt", erwiderte ich, als sich mein Blick auf der

Karte auf Lilith City konzentrierte. Früher, in der menschlichen Ära, war sie als Chicago bekannt. Doch die tote Göttin hatte sie für sich beansprucht und nach sich selbst umbenannt.

Alle Könige und Alphas hatten ihren eigenen Standort gewählt.

San Francisco wurde zu Jace City – und meinem Zuhause.

Kylan beanspruchte Vancouver für sich und benannte es in Kylan City um.

Die Liste wurde auf der ganzen Welt fortgesetzt und umfasste siebzehn verschiedene Lykaner-Regionen und achtzehn Vampir-Staaten. Lilith hatte einen großen Teil des Mittleren Westens übernommen, wobei sich ihr Gebiet nach oben hin ausdehnte und auf den Majestic Clan traf, der hauptsächlich aus ehemaligen Nordstaaten wie Wisconsin, Minnesota, North Dakota und Montana bestand.

„Ich glaube nicht, dass die Labore hier sind", sagte ich und zeigte auf Lilith City. Die Stadt war zu dicht besiedelt. „Lilith würde ihre Forschungen sicher in der Nähe betreiben wollen, aber nicht so nah, dass sie entdeckt werden könnten."

„In der Tat", stimmte Darius zu, bevor er einen Schluck von seinem Kaffee nahm. Er war mit dem Blut seiner *Erosita* versetzt worden, was ich sofort gerochen hatte, als er hereingekommen war.

Ich hatte mich nicht getraut, um eine Kostprobe zu bitten.

Darius war immer der Typ gewesen, der gerne geteilt hatte. Doch das hatte sich geändert, als Juliet in sein Leben getreten war, und das respektierte ich. Zumindest, wenn wir unter uns waren. In der Öffentlichkeit mussten wir eine Show darbieten. Ich trug dazu bei, ihn und seine

Interessen zu schützen, und ich wusste, dass er mir den Rücken freihalten würde, sollte ich ihn jemals brauchen.

„Sie muss jemanden mit der Führung während ihrer Abwesenheit betraut haben", fuhr ich fort. „Wenn wir diese Person finden, können wir vielleicht den Standort des Labors aus ihr oder ihm heraus foltern." Ich lenkte meinen Blick von der Karte auf die Liste der bekannten Verbündeten.

Wir hatten die Namen zusammengestellt, nachdem wir alle Kontakte ihres Handys durchgesehen hatten. Jeder Kontakt fiel in eine von zwei Kategorien – Sympathisant von Lilith oder potenzieller Revolutionär.

„Keine ihrer Akten deutet darauf hin, dass es einen Partner gibt", antwortete Darius. „Aber ich stimme dir zu … Es muss etwas geben, das wir übersehen haben."

Ich zog eine Gruppe von Fotos heraus und hängte sie an die Wand, so wie Damien es uns beigebracht hatte. Wir befanden uns immer noch in Ryders Region, da wir uns entschieden hatten, noch ein paar Tage zu bleiben, um alle Daten zu prüfen, die er über Lilith gesammelt hatte. Das erwies sich als nützlich, denn Damien, Ryders Stellvertreter, hatte eine Menge lustiger Spielzeuge für uns.

„Sie würde niemals einem Lykaner trauen", entschied ich laut und schob alle Fotos von Lilith-Sympathisanten mit wölfischer Abstammung zur Seite, sodass fünf königliche Vampire auf dem Bildschirm übrig blieben.

Es war eine überraschend kleine Anzahl.

Wir hatten mit viel mehr gerechnet, aber offenbar gab es mehrere Könige, die Liliths Führung im Laufe der Jahre infrage gestellt hatten.

Kylan, ein notorischer Problemkönig mit einer Vorliebe dafür, Lilith zu verärgern und herauszufordern, nahm Kontakt zu jedem einzelnen auf, um mehr zu erfahren. In der Zwischenzeit waren Edon, Luka und

Logan – unsere drei Alphawolf-Verbündeten – dafür zuständig, die Alphas zu kontaktieren, die bekanntermaßen gegen Lilith eingestellt waren.

Darius und ich leiteten das Projekt, das Labor ausfindig zu machen, in dem Cam gefangen gehalten wurde. Er war mein Cousin und der Erschaffer von Darius, was uns als die geeigneten Personen auswies, um den lange verschollenen Vampirkönig zu finden. Die meisten glaubten, er wäre tot, wegen Liliths Eskapaden. Aber wir wussten, dass das nicht stimmte. Sonst wäre seine *Erosita* mit ihm gestorben, und Izzy war immer noch sehr lebendig.

„Nun, es ist nicht Helias", sagte Darius und zog einen Strich über das grinsende Foto des blonden Mannes mit den schwarzen Augen. „Er ist zu arrogant, um ein Partner bei irgendetwas zu sein. Der einzige Grund, warum er sich überhaupt auf diese Sache eingelassen hat, ist, dass sie ihm Zürich gegeben hat."

Ich senkte zustimmend mein Kinn. „Er würde nur dann ein Partner werden, wenn sie ihn zum Gott ihrer Göttin ernannt hätte." Ich streckte die Hand aus und tippte auf ein Foto eines Mannes mit olivfarbener Haut und scharfen Gesichtszügen. „Ich tippe auf Ayaz. Er hat sich immer für die Weltherrschaft und die Versklavung der Menschheit eingesetzt. Deshalb hat er sich vor Jahrhunderten in die Angelegenheiten des Osmanischen Reiches eingemischt."

„Das lief nicht sehr gut für ihn", sagte Darius.

„Weil er die Menschen den Kampf für sich austragen ließ." Das war einer der vielen Gründe, warum er die Sterblichen, abgesehen davon, dass sie Blutbeutel waren, für nutzlos hielt.

„Lajos und Sofia sind nicht zu unterschätzen. Sie sind beide für ihre Grausamkeit bekannt. Lajos hat sich in den letzten sechs Jahren an neun Blutsklaven vergangen. Er ist gefräßig und schert sich nicht um wertvolle Blutgruppen. Hast du die Lebensbedingungen gesehen, die Jasmine in ihrer eigenen Hauptstadt aufrechterhält?"

„Das war für Jasmine nicht sehr schwer, wenn man bedenkt, was der Krieg auf den Philippinen angerichtet hat", sagte ich und erschauderte bei der Erinnerung daran.

„Nun, sie hat nichts unternommen, um es in Ordnung zu bringen."

„Das ist richtig", stimmte ich zu und rieb mir mit meiner Hand über die Bartstoppeln am Kinn. Es war schon ein paar Tage her, dass ich meinen Rasierer benutzt hatte.

Darius war in einem ähnlichen Zustand. Sein dunkles Haar war ungewöhnlich lang und bedeckte bereits seine Ohren. Normalerweise pflegte er sein Äußeres recht ordentlich, trug gerne Anzüge – genau wie ich – und schnitt sich die Haare kurz. Ich fragte mich, ob Juliet diese Länge bevorzugte oder ob er sich in seinem Alter doch noch selbst für eine neue Frisur entschieden hatte. Moderne Dinge, wie elektrische Rasierapparate und regelmäßige Haarschnitte waren vor dreitausend Jahren noch nicht so verbreitet gewesen.

Er fuhr sich mit den Fingern durch seine längeren Locken und führte seinen Becher für einen weiteren Schluck an die Lippen. Die Röte auf seinen Wangen verriet mir, wie sehr er den Geschmack genoss. „Weißt du, aus der Ader zu trinken ist viel befriedigender."

Seine dunkelgrünen Augen blitzten auf. „Das hatte ich heute Morgen, bevor ich zu dir kam. Ich werde es wieder tun, sobald wir hier fertig sind."

„Willst du mich eifersüchtig machen?" Ich hatte meinen Harem in Jace City zurückgelassen, da ich nicht mehr viel Interesse an ihnen gehabt hatte. Die ganze

Politik und die Chance auf eine Revolution hatten meinen Sexualtrieb stark beeinträchtigt.

Mein letzter Fick war schon einige Wochen her, was mir nicht annähernd so viel ausmachte, wie es sollte. Vielleicht, weil diese Erfahrung befriedigend genug gewesen war. Oder eher, weil ich zu viel um die Ohren hatte, um jetzt überhaupt an Sex zu denken.

„Sie macht süchtig", murmelte Darius, und seine Augen leuchteten intensiv. „Also ja, du solltest eifersüchtig sein."

„Als euer König könnte ich eine Kostprobe verlangen."

„Aber das wirst du nicht", konterte er.

„Das werde ich nicht", räumte ich ein. „Das ist etwas, das du …"

„Das müsst ihr euch ansehen", warf eine tiefe Stimme ein, die ich in den letzten Wochen sehr gut kennengelernt hatte.

Wo wir gerade von meiner letzten sexuellen Eroberung sprechen, dachte ich, als Damien den Raum betrat.

Wir hatten mehrere Tage mit seiner derzeitigen Gespielin Tracey im Bett verbracht. Ich hatte die Erfahrung ziemlich genossen, aber schnell gemerkt, dass Damien eine Andeutung von Besitzansprüchen gegenüber dem Mädchen verspürte. Also hatte ich mich zurückgezogen. Es gehörte nicht zu meinem Repertoire, mich zu unterwerfen, und ich hatte vermutet, dass er es verlangen würde, wenn wir zu viel Zeit mit ihr verbrachten.

Dennoch waren es ein paar aufschlussreiche Tage gewesen.

Damien hatte Talente, die jeder Mann und jede Frau bewundernswert finden würde.

Seine goldbraunen Augen trafen meine, aber es war nicht mehr die Lust, die mich anstrahlte, sondern die

25

Entschlossenheit. Ein paar Klicks auf seinem Handy löschten den Bildschirm von der Wand und ersetzten ihn durch einen sich drehenden Kreis in der Mitte. Um ihn herum schwebten kleine Dokumentensymbole, die sich zu einem leuchtenden Ordner zusammenfügten.

„Was zum Teufel ist das?", fragte ich.

„Liliths Handy", erklärte er. „Vor ein paar Stunden begann eine Art Countdown, und ich habe versucht, die Quelle ausfindig zu machen. Und dann, vor zehn Minuten, fand ich diesen Datenstrom, der über eine unsichere Verbindung lief. Ich habe bereits begonnen, Kopien davon auf unsere eigenen Server herunterzuladen."

„Was steht in den Akten?", fragte Darius.

„Ich weiß es nicht." Damien klang frustriert. „Sie sind verschlüsselt, und ich werde sie nicht alle sammeln können, bis der Download abgeschlossen ist, was laut Uhr mindestens noch einen Tag dauern wird. Doch was mich mehr beunruhigt, ist der Countdown." Er klickte auf ein Symbol oben links, um den Bildschirm aufzurufen.

Sechsunddreißig Stunden bis zur Selbstzerstörung. Bitte triff die entsprechenden Vorbereitungen, ich danke dir für deinen Dienst.

Meine Augen weiteten sich, als ich die Nachricht las.

„Ich glaube, es hat etwas mit dem Labor zu tun", sagte Damien, bevor ich fragen konnte. „Entweder weiß jemand, dass sie tot ist und hat einen Auslöser betätigt, um alle Beweise zu vernichten, was sie getan hat, oder ihr Tod hat eine Reihe von Sicherheitsvorkehrungen ausgelöst. Und dann ist da noch das hier."

Eine weitere Nachricht wird angezeigt.

Fehlfunktion des Toxins. Werde mich sofort darum kümmern. – Dr. C.

„Durch diese Nachricht habe ich die Dateien gefunden. Ich glaube, sie sind irgendwie miteinander verbunden, weil sie aus derselben Quelle stammen." Er schob die Bilder wieder hin und her, um eine Karte aufzurufen. „Dr. C. scheint sich im ehemaligen Bundesstaat Michigan zu befinden, von wo auch die Dateien stammen."

„Lilith Region", übersetzte ich.

„Es ist auch nur ein kurzer Flug von Chicago", fügte Darius hinzu und begegnete meinem Blick. „Dort befindet sich das Labor."

Auf dem Bildschirm erschien eine Uhr, die neunundzwanzig Stunden anzeigte und herunterzählte.

Er schloss diese Nachricht und eine neue erschien auf dem Bildschirm.

Erkennungsprotokoll aktiviert.

Ich runzelte die Stirn. „Erkennung? Meint sie … uns?"

10:00:00.

„Oh, Scheiße", hauchte ich. „Wir haben gerade zwanzig Stunden verloren."

„Weil es die Spur zu mir durch irgendeine Sicherheitsmaßnahme durch die Hintertür aufgespürt hat", murmelte Damien. „*Verdammt.*" Er schaltete alles an der Wand aus und begegnete meinem Blick. „Ich komme mit euch. Was auch immer für Fallen sie in diesem Labor hinterlassen hat, sie sind wahrscheinlich technischer Natur. Ihr braucht mich."

Ich widersprach ihm nicht. „Alles klar." All das stank nach Liliths Vorliebe für Strategie. Wahrscheinlich hatte sie eine Art Ausfallsicherung an ihre Essenz gebunden, die im Falle ihres Todes eine Reihe von Schutzmaßnahmen auslöste.

Eine davon würde sehr wahrscheinlich zur Zerstörung von Cam führen.

„Wann brechen wir auf?", wollte ich wissen.

„Rick bereitet bereits ein Flugzeug für den Abflug vor",

antwortete Damien. „Ich muss nur noch ein paar Dinge zusammensuchen, dann sind wir bereit."

Ich schaute Darius an. „Bleibt Juliet hier oder fliegt sie mit uns?"

„Sie wird mit uns fliegen", sagte er. „Sie ist noch in der Ausbildung, aber sie wird jeden Tag stärker. Es würde ihr nicht guttun, wenn wir sie hier zurücklassen. Sie könnte da draußen etwas lernen."

Ich stimmte seiner Auffassung nicht zu und hatte das Bedürfnis zu sagen, „Das kann gefährlich werden."

„Alles, was wir tun, ist gefährlich", entgegnete er.

„In Ordnung." Ich starrte Damien an. „Zeig uns den Weg, Technik-Experte."

CALINA

Einiger Minuten zuvor

JAMES UND GRETCHEN schauten auf meine Uhr.

29:32:47.

Sie beobachteten den Countdown noch ein paar Sekunden lang, bevor sie mich mit großen Augen ansahen. „Der gesamte Bunker?", fragte James.

„Ja. Das ist die Weltuntergangsequenz."

„Davon habe ich noch nie gehört", antwortete er.

„Weil du dabei sterben sollst", informierte ich ihn. „Es ist meine Aufgabe, alle zu töten – und zwar vollständig zu töten – und alle Kopien unserer Forschungsergebnisse an einen Server in einem anderen Bunker zu schicken."

Gretchen runzelte die Stirn. „Und der wird nicht noch zerstört?"

„Ich weiß es nicht", gab ich zu. „Mein Befehl lautet, die Akten zu versenden und alle darin erwähnten Personen zu töten. Das war's."

James blickte auf meine leeren Hände und wölbte eine Augenbraue. „Wie?"

„Es gibt ein Gift, das alle töten kann. Ich habe das Serum in meinem Büro." Ein Serum, das ich unter Verschluss hielt. Nur mit meiner Uhr konnte ich den Safe öffnen. Es sei denn, jemand anderes hatte Zugang zu dem Safe, in diesem Fall … „Ich sollte es zerstören. Wir müssen es vernichten." Warum hatte ich nicht schon früher daran gedacht? „Wenn jemand anderes vom Weltuntergangprotokoll erfährt, könnte er es gegen uns verwenden."

Ich wartete nicht auf ihre Zustimmung, sondern setzte mich bereits in Bewegung. Als ich mein Büro erreichte, tönte ein Alarm durch die Flure.

Ich erstarrte mit meiner Hand auf dem Türknauf, als Liliths Stimme um mich herum erklang. „Erkennungsprotokoll aktiviert. Alle Beweise müssen vernichtet werden. Wachen benachrichtigen."

Wachen benachrichtigen?

Meine Uhr vibrierte und die neue Zeit leuchtete mir entgegen. *10:00:00.*

„Zehn Stunden …", hauchte ich. Was zum Teufel war gerade passiert? War das die Folge davon, dass ich die Anweisungen nicht ordnungsgemäß befolgt hatte?

Nein. Die KI-Version von Liliths Stimme hatte gesagt, *Erkennungsprotokoll aktiviert.*

Das bedeutete, dass jemand von außerhalb nun unseren Standort kannte.

Wahrscheinlich wegen der unsicheren Datenverbindung, die ich hergestellt hatte.

Ich fuhr mir mit den Fingern durch die Haare und erinnerte mich daran, dass ich sie zu einem Dutt gebunden hatte.

Eine Sekunde später waren James und Gretchen an meiner Seite. „Was meinte sie mit ‚Wachen benachrichtigen'?"

Ich schüttelte den Kopf. „Das ist eine Vorgehensweise, die mir nicht bekannt ist. Aber ich kann mir denken, was es bedeutet."

Ich drückte meine Uhr an den Schließmechanismus, um die Tür zu meinem Büro zu öffnen, und stellte fest, dass er nicht reagierte – ich war ausgesperrt worden.

Dieses Notfallverfahren löste die Weltuntergangsequenz aus.

Aber wissen die Vigil das?, fragte ich mich und dachte an Wachmann Geralds Verhalten vorhin zurück. Er war völlig ruhig gewesen. Es gab keinerlei äußere Anzeichen für Nervosität. Er könnte ein hervorragender Schauspieler sein. Doch das bezweifelte ich.

Das bedeutete, dass ich hier vielleicht eine Karte ausspielen kann.

„Zeig mir deine Uhr." Die Worte galten James, denn seine Arme waren frei. Im Gegensatz zu Gretchen, die ihr Kind hielt.

James zögerte nicht lange und gehorchte – mein Wort war hier Gesetz.

Eine weitere Karte, die ich ausspielen kann, dachte ich, und mein Verstand arbeitete schneller einen Plan aus, als ich sprechen konnte.

Sein Bildschirm zeigte nichts an.

Ich überprüfte meine Uhr und sah, dass der Countdown weiterlief. Das bedeutete, dass die Ausfallsicherung, die ich vorhin aktiviert hatte, funktionierte, denn die aktualisierte Zeit war auf meiner Uhr erschienen.

Das ist gut – damit kann ich arbeiten.

„Verhaltet euch normal und lasst mich die Führung übernehmen." Kaum hatte ich zu Ende gesprochen, öffnete sich der Aufzug im Flur mit einem lauten *Klingeln.*

Es gab nur einen Weg in dieses Stockwerk hinein oder hinaus, und zwar über den Aufzug.

Das bedeutete, dass eine Nachtwache im Aufzug war.

Ich richtete mich auf, setzte einen gelangweilten

Gesichtsausdruck auf und betrachtete das Kind in Gretchens Armen.

Das muss einfach funktionieren, beschloss ich und räusperte mich. Schauspielern gehörte nicht zu meinen Fähigkeiten, also würde ich einfach auf das zurückgreifen, was ich besonders gut konnte – Führen.

„Natürlich können wir das zulassen", sagte ich laut, um sicherzustellen, dass meine Stimme hörbar war. „Aber du weißt, was danach zu tun ist." Mit leiser Stimme fügte ich hinzu, „Sag Ja, Doktor Calina. Wir wissen, was getan werden muss. Und sag es mit Zuversicht."

Gretchen tat genau das, was ihr aufgetragen wurde.

James tat es ihr gleich, gerade als Wachmann Gerald um die Ecke bog. Ich ignorierte die Waffe an seiner Seite und wölbte eine Augenbraue – ein Ausdruck, den Lilith uns allen schon tausendmal gezeigt hatte. „Bist du hier, um mich zu bewachen, während ich die erforderlichen Maßnahmen ergreife?", fragte ich ihn in meinem üblichen emotionslosen Tonfall.

Er hielt inne. Sein silbernes Haar schimmerte in der schwachen Beleuchtung. Als er hier angefangen hatte, war es noch schwarz gewesen. Wie alle Vigil wurde auch er älter, während mein Gesicht bei zweiundzwanzig Jahren stehen geblieben war, was er in den letzten zwei Jahrzehnten definitiv bemerkt hatte.

„Und?", fragte ich, als er nicht antwortete. „Ich habe nicht viel Zeit, um das zu erledigen, Wachmann. Entweder du bist mein Wächter oder du bist es nicht. Deshalb bist du doch hier, oder? Um deine Loyalität zu beweisen, indem du deine Uhr benutzt?"

Mein Plan entwickelte sich, während ich sprach, und mein Verstand lief auf Hochtouren, um allen anderen um mich herum einen Schritt voraus zu sein. Ich verließ mich darauf, dass Wachmann Gerald meine Strategie nicht durchschauen würde. Da er auf die Gehirnwäsche von Lilith und ihren Anhängern hereingefallen war, vermutete ich, dass es funktionieren könnte.

„Steh nicht einfach nur so da", fuhr ich fort, wobei mein Tonfall von Ungeduld durchzogen war. „Ich habe Gretchen und James bereits getestet. Ihre Uhren haben an meiner Tür funktioniert, was bedeutet, dass sie mir helfen dürfen, die notwendigen Aufgaben für die Weltuntergangssequenz auszuführen. Jetzt brauche ich den Beweis, dass deine Uhr auch funktioniert. Dann können wir beginnen, während du die Tür bewachst."

Er starrte mich misstrauisch an. „Das Protokoll sieht vor, dass jeder im Gebäude getötet wird."

„Ja, das weiß ich", schnauzte ich und tat so, als würde ich die Geduld verlieren. „Ich habe das notwendige Serum in meinem Büro. Aber es wird erst verteilt, wenn alle anderen Aufgaben erledigt sind."

„Welche Aufgaben?", fragte er.

„Wenn du die Antwort nicht kennst, dann sollst du sie auch nicht wissen", sagte ich mit zusammengebissenen Zähnen. Dann zeigte ich ihm den Countdown auf meiner Uhr. „Das hat angefangen, als ich heute Morgen aufgewacht bin – weil ich die Verantwortung trage. Was glaubst du, wer das Erkennungsprotokoll initiiert hat? *Ich war es.*"

Das ist keine Lüge, denn es war sehr wahrscheinlich meine unsichere Verbindung, die es jemandem ermöglicht hat, uns aufzuspüren.

„Nein, nur die Göttin hat die Macht, dieses Protokoll zu erlassen, Sonnenschein." Er hob seine Waffe. „Ich kenne meinen Job."

Ich starrte ihn an. „Um was zu tun? Um mich zu erschießen, bevor ich mit der Übermittlung der

Forschungsdaten fertig bin? Klar, nur zu. Am Ende wird es deine Beerdigung sein."

Er musterte mich einen Moment lang. „Welche Daten?"

„Das ist meine Angelegenheit, Wachmann."

„Ja?" Er begann, seine Waffe zu senken. „Hast du Beweise?"

„In meinem Büro, ja."

„Zeig sie mir."

Ich schüttelte den Kopf. „Du musst erst beweisen, dass du sie sehen darfst. Benutze deine Uhr an meiner Tür, und ich werde wissen, dass du hierher geschickt wurdest, um mir zu helfen, den Job zu beenden."

„Ich muss nichts beweisen."

Ich wusste immer, dass Wachmann Gerald nicht mein Lieblingswächter war. Und das nicht nur, weil er es für angemessen hielt, mich *Sonnenschein* zu nennen, obwohl ich noch nie die echte Sonne gesehen hatte.

„Du scheinst zu vergessen, wer hier das Sagen hat, Wachmann. Ich bin die leitende Forscherin von Bunker 47. Du bist ein Mitglied *meiner* Belegschaft. Ja, die Göttin Lilith ist uns in jeder Hinsicht überlegen, aber ich bin ihr Geschöpf. Ich bin diejenige, der sie hier die Verantwortung überlassen hat, und mein Wort ist in ihrem Namen Gesetz. Jetzt öffne meine verdammte Tür, oder ich rufe Lilith persönlich an."

Ich holte meine Uhr hervor und machte eine Show daraus, ihre Kontaktinformationen zu finden.

Die Vigil hatten ihre Nummer nicht.

Ich hatte ihre Nummer und ein Zeichen am Hals, das mich als Liliths persönliches Eigentum kennzeichnete. Ein Zeichen, das ich jetzt unauffällig entblößte, indem ich meinen Kopf zur Seite neigte.

„Ich bin nicht nur eine Laborangestellte, Wachmann.

Ich bin die Forschungsleiterin. Entweder du gehorchst mir oder du trägst die Konsequenzen." Ich sagte es mit all dem Selbstvertrauen, das ich aufbringen konnte, und hoffte, dass es ausreichend war.

Ich hob meinen Finger, um über den Bildschirm zu fahren, und wusste anhand des Gesichtsausdrucks von Wachmann Gerald, dass ich gewonnen hatte. Er wurde blass und senkte die Waffe. „Es tut mir leid, Doktor Calina. Ich bin mit diesem Teil der Operation wohl nicht vertraut."

Ich zwang mich zu einem Seufzer. „Nun, ich hoffe, das ist der Fall. Andernfalls wird mein vorgesehener Wächter dich töten, sobald er oder sie eintrifft. Ich deutete auf meine Tür. „Wenn du dich bitte bewähren würdest, wäre ich dir sehr verbunden, denn ich muss wirklich zu meiner Datenübertragung zurückkehren."

Er beäugte James und Gretchen misstrauisch. „Und sie?"

„Wie ich schon sagte, wurden sie beauftragt, mir zu helfen. Deshalb sind wir vor ein paar Minuten vom Labor hierher gerannt." Ich fügte den letzten Teil hinzu, weil ich mir der Kameras in den Gängen durchaus bewusst war.

Ich muss die gesamte Überwachung deinstallieren, dachte ich und machte mir einen Plan. *Das werde ich tun, sobald er mich wieder hineinlässt.*

„Und der Köter?", fragte er und verdiente sich allein mit dieser Frage sein Todesurteil. Denn James würde nicht zulassen, dass ein Vigil, geschweige denn ein Mensch, seinen ganzen Stolz beleidigte. Aber ein Blick von mir hielt ihn im Zaum.

Noch nicht, sagte ich mit meinen Augen.

„Ich habe Gretchen gesagt, dass sie ihr Kind noch ein wenig länger bei sich behalten kann, bevor wir mit der Tötung beginnen. Das haben wir besprochen, als du ankamst. Sie hat meinen Bedingungen zugestimmt und versteht, was getan werden muss. Ich belohne ihre Loyalität mit ein paar zusätzlichen Minuten familiärer Erinnerungen."

Er beäugte mich mit klarem Misstrauen.

Also hob ich eine Schulter, um Gleichgültigkeit vorzutäuschen. „Solange er mir nicht in die Quere kommt, ist es mir egal", fuhr ich fort. „Aber die Tatsache, dass du uns hinhältst, ist mir nicht egal. Warum ist das so, Wachmann? Wird deine Uhr nicht funktionieren, um die Prüfung bestehen?" Ich wölbte wieder eine Braue, genau wie Lilith, und tat mein Bestes, um meine Überlegenheit gegenüber dem Vigil zu beweisen.

Ich bin unsterblich, sagte ich ihm mit meinen Augen. *Du bist es nicht.*

Er schluckte. „Ich will nur sichergehen, dass wir uns alle an die Regeln halten", sagte er und steckte seine Waffe ein.

„Natürlich", stimmte ich zu und bewegte mich zielstrebig nach rechts. So war ich auf der gleichen Seite wie seine Schusswaffe, nur für den Fall, dass dieser Test nicht funktionierte. Ich hatte keine Ahnung, ob seine Uhr meine außer Kraft setzen und uns wieder hineinlassen würde.

Wenn das nicht der Fall wäre, würde ich nach seiner Waffe greifen.

Wenn sie uns doch hineinlassen würde, würde ich es vielleicht trotzdem tun. Diese Entscheidung hing davon ab, was mich im Inneren erwartete.

Er ging zielstrebig Richtung Tür, wobei sein Gesichtsausdruck nichts verriet. Ich bemerkte den Hauch von Schweiß auf seinem Nacken. Er fürchtete, was ich ihm antun würde, wenn er bei dieser Mission versagte.

Gut so.

Denn das bedeutete, dass er *mich* fürchtete.

Ich hielt mein Kinn so hoch, dass ich mich weiterhin überlegen fühlte. Das war ein Kunststück, wenn man bedachte, dass er mit seinen über 1,80 Meter größer war als ich, mit meinen 1,52 Meter – und ich behielt einen kühlen Gesichtsausdruck bei, als er seine Uhr am Schließmechanismus testete.

Es hatte geklickt, und er atmete erleichtert auf.

„Ausgezeichnet", sagte ich, wobei ich meinen selbstsicheren Ton beibehielt, um anzudeuten, dass ich damit gerechnet hatte, dass es klappen würde, und winkte ihn zur Seite. „Du wirst hierbleiben. Ich werde die Daten senden."

Seine Augen verengten sich. „Ich will Beweise dafür sehen."

Ich blinzelte ihn an. „Wie bitte? Du bist nicht *berechtigt*, Beweise zu sehen, Wachmann."

„Das steht alles nicht in meinem Handbuch."

Ich rollte mit den Augen. „Und wenn du dein *Handbuch* noch so gründlich studierst, du wirst darüber keine Anweisungen finden."

Daraufhin schnaubte er und seine stämmige Brust blähte sich mit jahrzehntelang trainierten Muskeln auf.

Ich wölbte nun zum dritten Mal meine Braue und warf ihm einen leidenschaftslosen Blick zu. „Verschwende nicht meine Zeit, Wachmann. Sie ist kostbar", ich hob mein Handgelenk, um den Countdown anzuzeigen, „wie du weißt."

Er biss die Zähne zusammen und seine Kiefergelenke traten hervor.

Ich wartete, verfolgte jede seiner Bewegungen aufmerksam. Wenn er nach seiner Waffe griff, würde ich handeln. Er mochte im Kampf ausgebildet worden sein, aber ich hatte mehr als ein Jahrhundert Erfahrung, im

Gegensatz zu seinen mageren vierzig oder fünfzig Jahren. Und nur weil ich einen Laborkittel trug, hieß das nicht, dass ich nicht mit einer Waffe umgehen konnte.

Hungrige Vampire und wilde Lykaner waren ein Berufsrisiko, für dessen Bewältigung ich gründlich ausgebildet worden war. Lilith konnte es sich schließlich nicht leisten, eine ihrer wertvollsten Mitarbeiterinnen zu verlieren.

Ein abtrünniger Vigil stellte kein Problem dar.

Es sei denn, er hat Kugeln, die mit dem Serum versetzt sind, erinnerte ich mich.

„Na schön", sagte er schließlich. „Beeil dich verdammt noch mal."

„Achte auf deinen Ton", konterte ich. „Ich bin immer noch deine Vorgesetzte, Wachmann."

Er knurrte etwas Unverständliches vor sich hin, seine Verärgerung war deutlich zu spüren.

Das war gut. Das bedeutete, dass ich meine Aufgabe erfüllt hatte, ihn dazu zu bringen, mir zu glauben.

Ich gab James und Gretchen ein Zeichen, zuerst einzutreten und dann folgte ich ihnen. „Die Ampullen, die ihr sucht, sind in dem Safe hinter dem Bild", sagte ich und deutete auf das große Porträt von Lilith. Sie hatte es vor Jahrzehnten dort angebracht. *Ich behalte dich im Auge,* stand dort geschrieben.

Aber beobachtet sie mich auch in diesem Moment?, fragte ich mich. *Ich glaube nicht, dass sie das tut.*

Ich benutzte mein Passwort, um meinen Computer zu entsperren, und musste feststellen, dass mir der Zugang verweigert wurde.

Hm, brummte ich und gab einen zweiten Code ein, mit dem ich eine Hintertür öffnen konnte, die ich vor Jahren eingerichtet hatte. Meine Lippen drohten vor Anspannung zu zucken, als der Bildschirm auf mein Kommando hin zum Leben erwachte.

Das war der Vorteil, wenn man die Verantwortung trug – ich hatte Zugang zu allem, einschließlich des Sicherheitsnetzes und des Datenbankservers.

Ich hatte diese Hintertüren geschaffen, um auf meine Dateien zugreifen zu können, falls ein Neustart des Systems schiefgehen sollte. Ich hatte nie in Erwägung gezogen, aufgrund einer Sperrung, die meine Befugnisse überstieg, den zweiten Code benutzen zu müssen. Diese Codes waren dafür gedacht, die Kontrolle in einer Fehlersituation wiederzuerlangen, nicht für solch eine Situation.

Ich wusste eigentlich immer, dass dies notwendig sein könnte. Es war nur einer dieser strategischen Züge in meinem Kopf, einer, der von meinem Bedürfnis zu überleben angetrieben wurde.

Oder, dachte ich und schaute James und Gretchen an, die neben dem offenen Rahmen des Bildes standen, *in dem Fall, in dem ich meine einzigen Freunde retten wollte.*

Ich gab ihnen die Informationen, die sie zum Öffnen des Tresors benötigten. „Auf der Oberseite des Koffers befindet sich ein Handbuch. Schlag das vierte Kapitel auf, um zu erfahren, wie man die Giftstoffe richtig freisetzt."

In Kapitel vier wurde beschrieben, wie man die Waffen in der Schachtel neben den Fläschchen lädt. Die würden wir brauchen, nachdem ich meine Aufgabe am Computer beendet hatte.

Ich setzte mich in meinen Sessel und machte mich an die Arbeit. Ich rief die Daten der Überwachungskameras auf und versuchte, alle Befehle in meinem Kopf zusammenzustellen, aber die Bilder auf meinem Bildschirm erweckten meine Aufmerksamkeit. Mein Herz setzte einen Schlag aus, als ich das Massaker sah, das in vier der sieben Labore stattgefunden hatte.

Oh Gott ...

Die Vigil hatten keine Zeit verschwendet, um alle Forscher in diesem Bunker zu töten. Der kristallisierte rote Schimmer einiger Labortechniker bestätigte, dass die Vigil ebenfalls im Besitz des Serums waren.

Ich schluckte, als mein Magen drohte, sich bei diesem Anblick umzudrehen.

Das Gift verwandelte das Blut in eine feste Form, die den Wirt bewegungsunfähig machte und die unsterbliche Essenz im Wesentlichen auflöste. Es hatte Jahrzehnte gedauert, die Substanz zu perfektionieren. Viele von denen, die an ihrer Entwicklung mitgewirkt hatten, bekamen nun die Auswirkungen ihrer Forschung zu spüren ... und starben.

Als ich es jetzt sah, wurde mir klar, dass ich das auf keinen Fall hätte überblicken können. Lilith musste das wissen. Dennoch hatte sie mir die Verantwortung aus einem bestimmten Grund übertragen.

Ich runzelte die Stirn, als ich versuchte, ihre Logik zu verstehen.

Dann leuchtete ein fünftes Labor auf meinem Bildschirm auf, als die Vigil eintraten, um die Insassen zu vernichten.

Mir läuft die Zeit davon, wurde mir klar, und meine erstarrten Gliedmaßen erwachten wieder zum Leben.

Ich rief die Übertragungen aus den bereits geräumten Stockwerken auf und startete eine Aufzeichnung, um eine Kopic zu erstellen, für jeden, der sich die Videoüberwachung ansieht. Drei Minuten vergingen, bevor ich beschloss, dass es für eine kontinuierliche Wiedergabe ausreichte.

Als ich fertig war, war das fünfte Labor bereits geräumt.

Anstatt mich auf die morbide Szene zu konzentrieren, begann ich eine weitere Aufnahme, um eine Kopie für diese Ebene zu erstellen. Als ich fertig war, betraten die Vigil gerade das sechste Labor. Anstatt das aufzunehmen, ging ich zu dem Labor auf dieser Etage, in dem James und Gretchen arbeiteten, und erstellte dort eine Kopie. Dann kehrte ich zum letzten Massaker zurück, um es aufzunehmen und eine Kopie zu erstellen.

Ein *Klingeln* auf dem Flur verriet mir, dass weitere Wachen eingetroffen waren, wahrscheinlich um Wachmann Geralds Arbeit zu überprüfen.

Ich begegnete James Blick und konnte die Frage in seinen Augen sehen.

Er hatte bereits einige der Waffen zusammengebaut, aber Gretchen hielt immer noch ihr pelziges Kind im Arm.

Mit einem dezenten Kopfschütteln gab ich eine weitere Befehlsfolge auf der Tastatur ein. Die Sechzig-Sekunden-Kopie für unser Labor musste ausreichen, um einen Schaulustigen zu täuschen, denn wir hatten keine Zeit mehr. Zum Glück gab es in meinem Büro keine Kamera.

Meine Finger flogen über meine Tastatur, als das Gemurmel im Flur begann.

Einer der Vigil fragte Wachmann Gerald, was er da tue.

Daraufhin antwortete er unsicher, dass er meinen Schutz beaufsichtigte, während ich in meinem Büro war.

„Was? Das ist nicht Teil des Protokolls", schnauzte eine tiefe Stimme. „Sie sterben alle. Du kannst nicht nachsichtig mit ihr sein, nur weil sie hübsch ist."

Ich ignoriert sie, mein Prozess war fast abgeschlossen.

Ich hörte Stiefel näherkommen.

Fünf, fing ich an zu zählen *Vier*.

Ich drücke die Eingabetaste.

Drei.

Letzter Befehl.

Zwei.

Ich drückte erneut Enter.

Jetzt.

Ich nickte James zu, und er hob, gerade als Wachmann Gerald und sein Kumpel hereinstürzten, seine Waffe, und zielte. Er traf beide Vigil direkt in den Kopf, bevor sie überhaupt eine Chance hatten, ihre eigenen Waffen abzufeuern.

Ich hörte eilige Schritte den Flur hinunterkommen. Sie kamen zum Stehen, als ein scharfes Heulen die Luft erfüllte. „Was zum Teufel war das?", fragte eine schroffe Stimme.

Ein wilder Lykaner, dachte ich, sprang auf und half James, die toten Vigil hineinzuziehen.

Er kannte dieses Geräusch genauso gut wie ich. Deshalb reagierte er schnell – seine Lykaner-Gene halfen ihm bei seinen schnellen Bewegungen – und schlug die Tür zu meinem Büro zu, um uns einzuschließen.

Schreie drangen aus dem Korridor, und die gequälten Laute ließen mich zusammenzucken.

„Du hast Louis herausgelassen", hauchte James und seine türkisfarbenen Augen weiteten sich vor Schreck.

Ich schüttelte den Kopf. „Nein. Ich habe sie alle herausgelassen."

Ich hatte jeden einzelnen wütenden Vampir und Lykaner, in jedem einzelnen Stockwerk herausgelassen. Die Vigil mögen Waffen mit serumgefüllter Munition haben, aber sie hatten keine Chance.

Es war eine überstürzte Entscheidung gewesen, aber sie würde uns helfen, die unmittelbare Bedrohung zu beseitigen.

„Was jetzt?", fragte James und zuckte zusammen, als Louis ein wütendes Brüllen in dem Korridor ertönen ließ. Kurz darauf schlug das Biest gegen meine Tür. Er war ein starker Alpha-Lykaner.

Zum Glück war er nicht stark genug, um James zu Fall zu bringen.

„Wir warten ab", sagte ich leise und kehrte zu meinem Stuhl zurück, um die Überwachungskameras aufzurufen.

Wenn jemand aus dieser Hölle entkommen konnte, dann war es eine Horde verärgerter Lykaner und Vampire. Sobald sie den Fluchtweg entdeckt hatten, würden wir ihnen folgen.

Ich hoffte nur, dass sie es herausfanden, bevor der Countdown abgelaufen war.

CALINA

DER BODEN und die Wände waren blutverschmiert. Der Bunker stürzte in sich zusammen.

Die Lykaner und Vampire hatten die kleine Vigil-Armee in kürzester Zeit vernichtet und waren dann zu den Laboren weitergezogen, um sich an ihren Entführern zu rächen. Glücklicherweise waren die Forscher und Techniker dank der mit Serum versetzten Kugeln bereits tot.

Mir lief ein Schauer über den Rücken, als ich die Massentötung auf meinem Bildschirm sah.

Ich hatte sie permanent beobachtet und darauf gewartet, dass sich die höheren Wesen auf die Suche nach einem Ausgang konzentrieren würden. Es dauerte Stunden, ihr Bedürfnis nach Rache war auf den Live-Übertragungen deutlich spürbar. Sie hatten alles zerstört, was sich ihnen in den Weg stellte – Menschen, Tische, Ampullen, medizinische Gerätschaften, Beobachtungsfenster und sogar ein paar Leichen der getöteten medizinischen Mitarbeiter.

Ich konnte mir gut vorstellen, was sie mit mir als Forschungsleiterin machen würden.

Alles, was wir hier unten taten, geschah auf Geheiß von Lilith. Unser Ziel war es, Wege zu finden, die

Lebenserwartung der Menschen zu erhöhen, indem wir sie unsterblich machten, ohne jegliche emotionale oder physische Bindung zu unseren Vorfahren. Wir waren auch damit beauftragt worden, alle zusätzlichen Gaben außerhalb der Unsterblichkeit zu drosseln.

Im Wesentlichen wollte Lilith unsterbliche Sklaven, die große Schmerzen und todesähnliche Erfahrungen ertragen konnten, sich aber immer wieder regenerierten, da in ihren Adern menschliches Blut floss.

Sie wünschte sich einen endlosen Vorrat an Blut, der niemals versiegen konnte und Sklaven, die sich nicht wehren konnten.

Das war auch meine Aufgabe – so sollte die Zukunft aussehen. Das Experiment war gescheitert. Ich hatte bestimmte Fähigkeiten geerbt – zum Beispiel mein strategisches Geschick und meine schnellen Reflexe. Das hatte sie natürlich nicht davon abgehalten, mich bei jedem ihrer Besuche zu beißen. Mein Blut rief sie, wie das Blut vieler andere Vampire im Labor auch.

James, ein weiterer Entwicklungsfehler, war hauptsächlich Lykaner. Er konnte keine vollständige Verwandlung vollziehen, besaß aber unsterbliche Kraft und die buchstäblichen Klauen eines Wolfes.

Inzwischen war Gretchen einer der erfolgreichsten Fälle. Ihre Unsterblichkeit machte es schwierig, sie zu töten, und sie trug fast keine übernatürlichen Züge in sich. Das war der Hauptgrund dafür, dass Lilith ihr erlaubt hatte, sich mit James fortzupflanzen.

Ihr Kind war ein Lykaner, der seine Wolfsform bevorzugte.

Der Test war zwar fehlgeschlagen, aber Lilith hatte vorgehabt, das Kind aufwachsen zu lassen und es später als Ersatz für Louis einzusetzen. Dieser Teil war Gretchen und

James nicht bekannt gewesen. Jetzt würden sie es nie erfahren müssen.

Vorausgesetzt, wir fanden einen Weg hier raus.

Die Lykaner und Vampire hatten sich in Gruppen aufgeteilt, und ihre Bewegungen im Bunker erinnerten mich an Mäuse, die versuchen, den Ausgang eines Labyrinths zu finden – nur waren sie Raubtiere und keine Beute.

Louis war vorhin an meiner Tür stehen geblieben. Sein Blick war aufmerksam, als er versuchte, einen Weg zu finden, die Barriere zu überwinden. Es gab keine Markierungen oder Schilder im Flur, die darauf hinwiesen, dass dies mein Büro war. Sein Verhalten zeigte jedoch, dass er mich hier drin riechen konnte und das mörderische Funkeln in seinen glühenden Augen verriet mir ganz genau, was er mit mir vorhatte.

Oder vielleicht waren es James und Gretchen, die er gesucht hatte.

Wir schwiegen und warteten mit Waffen in den Händen im Inneren, nur für den Fall, dass er es irgendwie schaffen würde, die Tür aufzubrechen. Sie war mit Stahl verstärkt worden, weshalb ich Wachmann Gerald gebraucht hatte, um mit seiner Uhr die Tür für mich zu entriegeln.

Schließlich nahm Louis einem toten Vigil eine der Uhren ab, notierte den Countdown auf dem Ziffernblatt und verließ den Raum, um mit dem Aufzug eine andere Abteilung zu erkunden.

Da ihr Blutrausch weitgehend gestillt war, hatten die Vampire und Lykaner begonnen, strategisch zu denken. Die Videoübertragung hatte keinen Ton, aber ich sah, wie sich ihre Münder bewegten, als sie sich auf den verschiedenen Ebenen zusammenfanden und die Uhren der getöteten Labormitarbeiter betrachteten.

Es dauerte nicht lange, bis sie erkannten, dass wir uns in einer Art Countdown-Sequenz befanden. Aus ihren Bemühungen ging eindeutig hervor, dass sie nicht in diesem Bunker sein wollten, wenn die Uhr 00:00:00 erreichte.

Auf jeder Etage trafen verschiedene Gruppen aufeinander, die immer wieder innehielten, um über die Uhren und mögliche Fluchtwege zu sprechen.

Dann zerstreuten sie sich wieder, um weiterzusuchen.

Ich beobachtete sie mit Interesse und wartete darauf, dass sie etwas entdeckten, was man mir nie beigebracht hatte – wie man den Bunker verlässt.

James stand mit verschränkten Armen neben mir und sah schweigend zu.

Gretchen saß auf der Couch, die ich oft zum Schlafen benutzte. Ihr Kind war an sie gekuschelt, während sie summte, um es zufrieden und ruhig zu halten.

Auf unserer Etage war niemand mehr am Leben – zumindest niemand, von dem wir wussten. In anderen Räumen wie meinem gab es keine Kameras, sodass ich mich fragte, ob sich noch jemand versteckt hatte, so wie wir jetzt.

James griff nach vorne und tippte auf eines der Bilder, um es zu vergrößern. Ich überließ ihm das Kommando, seine Alpha-Energie war in seiner Haltung deutlich zu spüren. Normalerweise beugte er sich meiner Autorität, aber in dieser Situation war er der Stärkste von uns. Da er über zwei Meter groß und aus starken Lykaner-Muskeln gebaut war, vertraute ich auf seine Dominanz, solange er auf meine Strategie hörte.

„Da …“, sagte er und deutete auf den Bildschirm – ein Trio von Vampiren aus den Laboren im zweiten Stock. „Sie haben etwas gefunden.“

Ich nickte und bemerkte die Aufregung in ihren

Gesichtern, als sie versuchten, eine der Türen auf Ebene neun zu öffnen.

„Hast du eine Möglichkeit, den Öffnungsmechanismus von hier aus auszulösen?", fragte James.

Ich rief die Zugangskontrollen im Bunker auf und suchte nach einer, die die Tür auf dieser Ebene aufschließen würde. Dann runzelte ich die Stirn und schüttelte den Kopf. „Diese Tür ist nicht verzeichnet." Das bedeutete, dass es wahrscheinlich noch weitere dieser Art im ganzen Gebäude gab.

Ich begann schnell, sie zu katalogisieren, basierend auf den Kamerawinkeln und Türen, die ich sehen konnte.

James schwieg, während ich arbeitete, und gab mir den Raum und die Zeit, alle Türen auf jeder Ebene aufzuschreiben, die sichtbar, aber nicht verzeichnet waren.

„Es gibt nur zwei", stellte ich schließlich fest, nachdem ich alle meine Listen verglichen hatte.

„Wo ist die erste Tür?", erkundigte er sich. Die Überwachungsanlage war umgeschaltet worden, als ich jeden Winkel des Bunkers überprüft hatte.

Ich kehrte zu Gruppe drei zurück und fand sie zusammen mit Gruppe vier vor. Ich hatte sie alle in meinem Kopf sortiert, um sie besser im Auge behalten zu können. In Gruppe vier waren ein Lykaner und zwei Vampire. Der Lykaner hatte sich verwandelt und versuchte, mit seinen Klauen durch die Stahltür zu kommen.

Zwei der Vampire überprüften die Uhren, die sie dem toten Vigil abgenommen hatten.

Meine Lippen verzogen sich. „Sie machen keine großen Fortschritte." Ich sah auf die Uhr und stellte fest, dass wir nur noch etwas mehr als drei Stunden hatten.

Es musste doch etwas geben, was wir tun konnten, damit sie sich mit der Suche beeilen.

Ich fing an, die Protokolle früherer Besuche bei Lilith durchzugehen und suchte nach allem, was auf einen Eingang oder Ausgang hinweisen könnte. Eingangsprotokolle. System-Audits. Sicherheitsprotokolle. *Nichts.*

„Verdammt …", murmelte ich und war frustriert darüber, dass ich nichts finden konnte, was uns helfen würde. Vielleicht lag es an meiner Erschöpfung oder an dem Stress unserer Situation, aber mein Zugriff und die Durchsicht der Daten halfen uns in keinster Weise weiter.

Als ich das Filmmaterial wieder aufrief, stellte ich fest, dass sich die Gruppen Eins und Zwei mit Gruppe Drei und Vier zusammengeschlossen hatten, sodass nur noch Gruppe Fünf fehlte.

Ich fand sie an der anderen Tür ohne System-gesteuerten Schließmechanismus, die sich auf Ebene fünfzehn befand. „Sieht aus, als …"

Weißes Licht flimmerte über meinen Bildschirm und blendete mich, bevor ich zu Ende sprechen konnte. James fluchte, … wir waren beide kurzzeitig fassungslos. Das Bild wurde schnell schwarz, und die Sicht auf diesen Bereich war nicht mehr vorhanden.

Meine Augen erholten sich zuerst und erlaubten es mir, die Überwachung der Tür im neunten Stockwerk aufzurufen. Sie alle hatten nicht mitbekommen, was gerade in der fünfzehnten Etage passiert war. Ihre Aufmerksamkeit war ganz auf diese Tür gerichtet.

„Hm", brummte ich und suchte nach einer anderen Kamera in der fünfzehnten Ebene.

Schließlich fand ich eine in der Nähe des Aufzugs und sah nichts als Trümmer auf dem Boden.

Trümmer, die in der Sonne funkeln, erkannte ich nach einem kurzen Moment.

„Ist das ...?" James brach ab und blickte auf den Bildschirm hinunter.

Gretchen hatte sich zu uns gesellt und reagierte auf das, was James auf dem Bildschirm zum Fluchen und Zittern gebracht hatte. „Oh, mein Gott, das ist natürliches Licht."

„Tageslicht ...", flüsterte ich.

Wir drei tauschten Blicke aus.

Ich rief erneut die Aufnahmen aus dem neunten Stock auf, um ihre Fortschritte zu überprüfen. Es hatte sich nichts geändert. Mir schwirrte der Kopf, als ich über unsere Optionen nachdachte. Entweder wir warteten, bis sie ihre Erkundung beendet hatten – ich sah auf meiner Uhr nach dem Countdown und stellte fest, dass uns weniger als eine Stunde blieb – oder wir machten uns aus dem Staub.

„Wir müssen in den fünfzehnten Stock", sagte ich schnell und stand auf. „Das ist unsere beste Option."

Gretchen und James stimmten mir mit einem gemeinsamen Nicken zu.

Mein Laborkittel war nicht gerade dazu geeignet, meine Identität zu verbergen, und auch nicht dazu, Waffen zu verstauen, aber wir hatten keine Zeit, uns umzuziehen. Ich hatte auch keine Lust, Wachmann Geralds Uniform anzuziehen. Sie würde weder passen, noch würde sie mich weniger auffällig machen.

Ich kann genauso gut das anziehen, in dem ich mich wohlfühle, und dann sehen wir weiter, beschloss ich und nahm zwei geladene Waffen an mich.

James tat es mir gleich, seinen Blick hatte er auf Gretchen gerichtet. „Ich passe auf dich auf."

„Ich weiß", antwortete sie.

Er beugte sich vor und umschloss ihren Mund mit dem seinen. Ich wandte meinen Blick ab, ignorierte ihre

Zuneigungsbekundung und konzentrierte mich auf die toten Vigil.

Als ich Wachmann Gerald durchsuchte, fand ich eine Granate, die nützlich sein konnte, und steckte sie in eine der Taschen meines Laborkittels. Dann schnappte ich mir seine Handschellen und verstaute sie in meiner anderen Tasche. Schließlich legte ich mir seine Uhr an mein freies Handgelenk, bevor ich James die des anderen Vigil überreichte, als sie ihren Kuss beendeten.

„Wir kommen hier raus", sagte ich zuversichtlich zu den beiden. „Negative Gedanken werden uns nur umbringen."

Beide nickten zustimmend.

James entsicherte eine der Pistolen und steckte die andere in ein Holster, das er dem Vigil abgenommen hatte. „Lasst uns gehen."

Ich überprüfte noch einmal die Überwachungskameras, um sicherzugehen, dass die Lykaner und Vampire sich immer noch in der neunten Etage aufhielten, dann folgte ich den beiden durch die Tür in Richtung des Fahrstuhlschachts.

Wir waren alle oft genug mit ihm gefahren, um zu wissen, wie man ihn bediente. Aber James übernahm die Führung, indem er die Uhr des toten Vigil benutzte und dann eine Reihe von Befehlen eingab.

Offensichtlich hatte einer der Lykaner oder Vampire einen Vigil lange genug am Leben gehalten, um herauszufinden, wie man die Uhren benutzt, denn sonst wüssten sie es nicht. Es sei denn, es handelte sich außerhalb des Bunkers um Standardtechnologie. Da ich ihn nie verlassen hatte, war ich mir nicht sicher. Die meisten der Versuchspersonen wurden von Lilith hergebracht.

Die Kiste erwachte um uns herum zum Leben und

beförderte uns nach oben. Gretchen klammerte sich an ihren Sohn. Ihre haselnussbraunen Augen waren voller Liebe zu ihm.

Ich legte meinen Finger näher an den Abzug meiner Pistolen, hielt sie aber auf den Boden gerichtet.

Als der Aufzug zum Stillstand kam und sich die Türen öffneten, hielt ich die Luft an.

Staub und Schutt erfüllten den Raum, gefolgt von einem Geruch, den ich nicht kannte. *Draußen, vielleicht?*

James knurrte, der Ton war tief und gefährlich. „Vampire."

Das ergab keinen Sinn. Gruppe Fünf bestand nur aus Lykanern.

„Komm raus und schieß, dann revanchieren wir uns", sagte eine tiefe Stimme.

Ich erkannte einen *Texaner*, der mit den Sprachmustern und Ursprüngen aus der Zeit vor der Revolution vertraut war.

In Gedanken ging ich die Liste der bekannten Vampire im Bunker durch und konnte mich nicht an einen einzigen aus dieser Region der Welt erinnern.

Stirnrunzelnd erwiderte ich, „Wer bist du?"

„Das hängt von deiner Entscheidung ab, mein Schatz", murmelte er, als hätten wir alle Zeit der Welt, um darüber zu diskutieren. „Ich könnte dein Retter oder dein Henker sein. Was ist dir lieber?"

„Ich glaube nicht an Retter", gab ich zu, als der Aufzug einen Warnton ertönen ließ, der anzeigte, dass er schließen wollte, um in ein anderes Stockwerk zu fahren. *Mist.*

„Schade ...", antwortete der Vampir. „Ich hatte gehofft, eine neue Bekanntschaft zu machen."

Der Aufzug gab ein zweites Geräusch von sich, eine deutliche Warnung. Entweder wir stiegen auf dieser Etage aus, oder wir stellten uns unserem Schicksal auf einer anderen Ebene.

Da alle anderen Gruppen zusammen waren, hatte ich eine ziemlich gute Vorstellung davon, wer den Aufzug angefordert hatte.

Das bedeutete, dass wir entweder diesen unbekannten Vampiren hier oben gegenüberstanden oder wieder in die Hölle heruntergefahren wurden, um uns den Forschungssubjekten zu stellen, die uns hassten.

Der stimmgewaltige Vampir hier oben klang nicht wütend, sondern eher amüsiert.

Die da unten rasten vor Wut und würden uns ohne zu zögern töten.

Die Chancen waren hier oben mit der Tür, die nah Draußen führte, wesentlich besser.

„Wir kommen raus", sagte ich und warf meine Waffen als Zeichen der Niederlage in den Raum vor uns. „Unbewaffnet."

James grunzte und war offensichtlich nicht mit meinem Plan einverstanden, aber ich hatte eine Granate in der Tasche und er hatte eine weitere Pistole im Halfter. Es dauerte nur eine Sekunde, bis er es mir gleichtat und mir damit bestätigte, dass er mir wieder die Führung überlassen hatte.

Es gab nur diese zwei Optionen – entweder hier aus dem Fahrstuhl steigen oder wieder nach unten in die Hölle fahren.

Ich zog den gesprächigen Vampir vor.

„Wir haben ein Kind bei uns", fügte ich hinzu, in der Hoffnung, dass uns das einen kleinen Aufschub verschaffen würde.

Ich schluckte und machte den ersten Schritt.

Gretchen trat als Nächste heraus und stellte sich hinter

mich, James bildete das Schlusslicht unserer kleinen Gruppe.

Der Aufzug gab eine letzte Warnung von sich, als wir ihn verlassen hatten. Dann schlugen die Türen hinter uns zu und ließen uns in einer staubigen Lobby mit einem einzigen Vampir zurück.

James vorheriger Ausruf des Plurals hatte mir gesagt, dass es noch mehr waren, aber ich konnte nur den einen sehen, der seitlich vom Aufzug stand und seine Pistole direkt auf meinen Kopf gerichtet hatte.

„Hallo, Schätzchen", grüßte er ruhig mit seinem Südstaaten-Akzent, und seine goldbraunen Augen leuchteten in der flackernden Deckenbeleuchtung. Die ungleichmäßige Beleuchtung verlieh seinen markanten Gesichtszügen einen wilden Reiz, den ich nicht wiedererkannte.

Er gehörte definitiv nicht zu unseren Untergebenen, was bedeutete, dass er von *außerhalb* kam.

Sein Blick wanderte über meine Kleidung. Seine Waffe war auf mich gerichtet und schien unbeirrbar. Gretchen und James sagten nichts. Sie warteten beide darauf, dass ich mich für unseren nächsten Schritt entschied.

„Dr. Calina", sagte der Vampir verträumt und las den Namen auf meinem Laborkittel. „Auch bekannt als Dr. C., nehme ich an."

Dr. C.

Das war der Name, den ich bei all meinen Übertragungen verwendete. War dieser Mann aus einem anderen Labor? Hatte er für Lilith gearbeitet?

Ich räusperte mich und beschloss, dass es keine Rolle spielte. Denn wenn er wusste, wer ich war, dann wusste er auch, dass das Protokoll hier nicht befolgt worden war. Deshalb musste ich beweisen, dass wir Informationen besaßen, die uns wertvoll machten – Informationen, die uns am Leben erhalten würden.

„Ja, ich bin Dr. Calina, die leitende Forscherin von Bunker 47." Ich ließ die Schultern hängen und gab mein bestes, hochmütig aufzutreten – genau wie Lilith es tun würde. „Das sind meine beiden wichtigsten Wissenschaftler, Gretchen und James."

Die dunklen Augenbrauen des Mannes zogen sich bis in sein dichtes braunes Haar hinauf. Die Länge seiner Haare erinnerte mich eher an einen Lykaner, was sein animalisches Aussehen nur noch zu verstärken schien.

„Ich verstehe." Er ließ seinen Blick noch einmal über mich gleiten und schaute an mir vorbei, um Gretchen und James hinter meinem Rücken zu sehen. „Hey, König Jace!", rief er. „Ich habe etwas gefunden, das dich interessieren wird!"

„König Jace." Ich rollte mit den Augen. „Ich hoffe wirklich, dass sich das nicht durchsetzt." Im Gegensatz zu Lilith brauchte ich die Bestätigung meiner Rolle oder Position nicht.

„Sieh lieber nach, was Damien gefunden hat, *Eure Hoheit*", sagte Darius scherzhaft.

Ich begegnete seinen grünen Augen und hob eine Braue. „Das ist ein Titel, den du in deiner Zukunft als Nachfolgekönig meiner Region noch oft hören wirst."

„Ich kann mich nicht erinnern, die Stelle angenommen zu haben."

„Ich kann mich nicht erinnern, dir eine Wahl gelassen zu haben", gab ich zurück, als ich mich durch die Trümmer aufmachte, um den Tunneleingang zu durchbrechen. Wir hatten ihn in einer alten Hütte versteckt vorgefunden. Die Tür war fest verschlossen und mit Sicherheitscodes versehen gewesen. Anstatt sie zu hacken, hatten wir sie in die Luft gesprengt.

Auf der anderen Seite hatten wir einen Haufen toter Lykaner gefunden.

Damien war zuerst hineingegangen, um alles zu begutachten. Er hatte vor ein paar Minuten Entwarnung gegeben und gesagt, er müsse daran arbeiten, die

Kontrolle über den Aufzug zu erlangen, da er der einzige Zugang zu diesem verdammten Ort zu sein schien.

Darius und ich waren zum Flugzeug zurückgekehrt, um noch ein paar Schusswaffen zu holen, und auch Juliet. Sie war an Bord geblieben, während wir den Sprengstoff angebracht hatten. Darius' *Erosita* zu sein, machte sie unsterblich, aber es verlieh ihr nicht alle seiner vampirischen Kräfte.

Ich ging den Flur hinunter, dessen Grundriss mich an einen verlassenen Krankenhausflügel erinnerte, abgesehen von dem Geruch von frischem Blut. Meine Nase zuckte, als ich versuchte, den Ursprung zu ergründen.

Ein Teil davon stammte von den toten Lykanern – ein tödlicher Unfall, ausgelöst durch die Explosion, mit dem wir nicht gerechnet hatten.

Der Rest des Geruchs schien von dem Trio zu kommen, das vor Damien stand. Er hatte seine Waffe auf die blonde Frau gerichtet, während die beiden anderen sich hinter ihr versteckten. Ich nahm an, dass es das war, weswegen er mich hierher gerufen hatte.

Er bestätigte meine Vermutung, als er sagte, „König Jace, das ist Dr. C."

Ich runzelte die Stirn, bis mir der Name auffiel, der auf dem Laborkittel eingraviert war. *Calina.*

„Sie sagt, dass sie hier das Sagen hat", fügte er hinzu, und seine Belustigung war spürbar.

„Eigentlich habe ich gesagt, dass ich die leitende Forscherin von Bunker 47 bin", korrigierte Calina, wobei ihr schwüler Ton ein königliches Flair hatte, das mich über ihre Herkunft staunen ließ. „Lilith hat das Sagen, nicht ich."

„Lilith", wiederholte ich und war erstaunt, dass sie die tote Königin nicht als *Göttin* bezeichnet hatte. Das war

Liliths bevorzugte Anrede unter den Menschen, zu denen Calina zweifellos gehörte.

Ihr Blut besaß jedoch eine süße Potenz, die deutlich anders war. Es ließ mir das Wasser im Mund zusammenlaufen. Gepaart mit ihrem hübschen Gesicht und ihrer schlanken Statur war sie für meinen Geschmack ausgesprochen appetitlich.

Bis auf eine Sache.

„Du arbeitest für Lilith?", fragte ich. Calina hatte das Präsens verwendet, als sie behauptete, Lilith sei für diesen Ort verantwortlich, und so schien es mir klug, mich ihr anzuschließen. Zumal diejenigen von uns, die Reformen bevorzugten, vereinbart hatten, Liliths Ableben geheim zu halten, bis wir bereit waren, die Welt über die Wahrheit in Kenntnis zu setzen.

Calinas leuchtend blaue Augen trafen meine und schockierten mich mit ihrer Kühnheit. Doch hinter dem Schock verbarg sich ein Hauch von Verwunderung, denn ihre Iris hatte einen eindeutig wölfischen Ausdruck.

Faszinierend.

Sie roch menschlich. Tatsächlich erinnerte mich ihr Duft ein wenig an Juliet und ich fragte mich, ob Calina die seltene Essenz einer Blutjungfrau besaß. Meine Eckzähne schmerzten bei dem Gedanken, einen Bissen zu nehmen, aber ich wusste es besser, als impulsiv zu reagieren.

Ich könnte ihr später sehr wohl nachgeben.

Ja, dachte ich. *Ja, ich denke, das ist genau das, was ich mit dir machen werde, Darling.*

Erst die Arbeit, dann das Vergnügen.

„Wer bist du?", fragte sie. „Ein *König Jace* ist mir nicht bekannt."

„Ich bevorzuge nur Jace", antwortete ich und war noch mehr von der Schönheit vor mir fasziniert. *Ein Mensch, der es mit einem König aufnimmt?* „Ich denke, die bessere Frage ist, wer du bist, Calina? Wie bist du dazu gekommen, für Lilith zu arbeiten?"

Sie musterte mich. „Wenn du das nicht weißt, dann arbeitest du nicht für Lilith."

„In der Tat, das tue ich nicht", antwortete ich. „Aber ich bin dir sehr wohl überlegen."

In ihrem Blick flackerte ein Hauch von Misstrauen auf und die beiden Wesen hinter ihr machten einen nervösen Eindruck. Ich blickte an ihr vorbei, um die beiden Wesen in ihrem Rücken zu betrachten, und bemerkte das kleine Fellbündel in den Armen der Frau. Sie drückte den kleinen Wolf fester an ihre Brust. Es war eine eindeutig mütterliche Zuwendung, die vermuten ließ, dass der Welpe ihr Kind war.

War dies eine Art Zuchtstation?

Ich betrachtete Calina erneut und bemerkte ihren flachen Bauch. Sie hatte sicherlich die zum Ficken geeigneten Hüften, aber ansonsten schien sie keine Lykanerin zu sein.

Nein, sie war für einen Vampir gemacht, entschied ich, denn ihr natürlicher Duft war wie eine Droge. Damien schien auch davon beeinflusst zu werden. Seine Nasenlöcher blähten sich auf, als er tief einatmete.

Es schien, als wollte er nicht, dass ich es *sehe*, sondern eher *rieche*.

Etwas vibrierte und Calina schaute auf ihre Uhr. Zahlen scrollten über ihren Bildschirm, was sie zusammenzucken ließ. „Wir müssen uns so weit wie möglich von diesem Ort entfernen", sagte sie eindringlich. „In weniger als fünfzehn Minuten wird sich der Bunker selbst zerstören."

Damien hielt seine Waffe auf die leitende Wissenschaftlerin gerichtet, während er Liliths Handy aus der Tasche zog, um mir denselben Countdown zu zeigen. Sie stimmten überein.

„Warum wird er sich selbst zerstören?", fragte ich sie. „Wer hat das Protokoll initiiert?"

„Wenn du wirklich mein Vorgesetzter wärst, dann solltest du das wissen", antwortete sie in diesem königlichen Tonfall von vorhin, als wäre sie für mich zuständig und nicht umgekehrt. „Aber ich sage euch ..., wenn wir jetzt nicht fliehen, werden wir hier sterben."

Meine Augenbrauen flogen in die Höhe. „Nicht viel kann einen so alten Vampir wie mich töten."

„Dann wirst du bis in alle Ewigkeit unter den Trümmern dieses Bunkers in Qualen leben", gab sie zurück, ohne eine Sekunde zu verlieren. „Wenn das dein Schicksal ist, dann soll es so sein. Aber ich würde lieber durch eine Kugel sterben, als das Gleiche zu erleiden."

Sie ging vorwärts, ohne die auf ihren Kopf gerichtete Waffe zu beachten.

Damien warf mir einen Blick zu, der seine Überraschung deutlich machte.

„Wohin gehst du?", fragte ich.

Sie wies um mich herum auf den Ausgang und folgte dem Weg. Als sie meine Seite erreichte, packte ich sie an der Hüfte und hielt sie auf. „Welchen Teil von *Ich bin dein Vorgesetzter,* hast du nicht verstanden?"

„Der Teil, in dem du es bewiesen hast", antwortete sie und begegnete meinem Blick erneut. „Und da ich eindeutig diejenige bin, die mehr über diese spezielle Situation weiß, bin ich der Anführer, nicht du."

Damien schnaubte und ließ seine Waffe an seine Seite fallen. „Ich denke, das überlasse ich dir."

Ich ignorierte ihn und konzentrierte mich ganz auf die übermäßig selbstbewusste Frau vor mir. „Willst du eine

Lektion meiner Überlegenheit?", fragte ich in einem dunklen, ruhigen Ton.

Jeder andere würde wissen, dass er sich jetzt verbeugen musste.

Aber nicht diese Frau.

Nein, sie hob nur eine Augenbraue und die Aufforderung zum Handeln war in ihren hübschen blauen Augen deutlich zu erkennen.

Ich lächelte. "In Ordnung, Doktor." Ich packte sie fester an der Hüfte und zog sie näher an mich heran, meine andere Hand legte sich in ihren Nacken. "Ich werde ..."

Ding.

Der Aufzug kam.

"Louis", sagte der Mann hinter Calina.

Sie zuckte zusammen und versuchte, sich aus meinem Griff zu befreien. *"Lauft ..."*, befahl sie.

Das Männchen und das Weibchen, das den Lykaner-Welpen hielt, liefen in Richtung Ausgang. Damien hob sofort seine Waffe und zielte.

"Nicht ..." Das Wort verließ instinktiv meinen Mund und mein Blick fiel auf die sich öffnende Aufzugtür.

Damien bewegte sich zeitgleich mit mir. Seine Pistole zielte und war bereit. "Waffe fallen ..."

Er kam nicht mehr dazu, seinen Befehl zu beenden, da die Wesen bereits in die Trümmer des Ganges strömten. Sie hatten keine Waffen, nur Zähne, und ihr Blick war einzig und allein auf Doktor Calina gerichtet.

Ein Knurren drang durch den Korridor, und die Frau versteifte sich gegen mich.

"Heilige Scheiße ...", hauchte Damien und senkte seine Waffe. *"Zack?"*

Ein Vampir mit animalischen Zügen starrte Damien

an. Seine dunklen Brauen trafen auf seinen Haaransatz. *„Damien?"*

Es entstand eine unangenehme Pause, in der sich alle gegenseitig anschauten.

Meine eigenen Augenbrauen hoben sich, als ich den einsamen Lykaner in der Gruppe erkannte. „Louis." Der männliche Wissenschaftler hatte diesen Namen geäußert, woraufhin Calina ihm gesagt hatte, sie sollen weglaufen. Aber ich hatte nicht wirklich bedacht, wie bekannt dieser Name war. *Louis* war vor ein paar Jahrhunderten ein beliebter Name gewesen.

„Jace", erwiderte er und sein wütender Blick verwandelte sich in einen überraschten, als er mich ansah. „Was zum Teufel tust du hier?"

„Bin auf der Suche nach Cam." Eine Aussage, die der Lykaner durchaus verstehen würde, wenn man bedenkt, dass er angeblich getötet worden war, weil er Cams Ansichten über die Revolution teilte. „Ist er hier?"

„Cam?" Louis runzelte die Stirn. „Ich habe ihn nicht mehr gesehen seit … sehr langer Zeit. Ich glaube nicht, dass er hier ist. Aber ich bin mir auch nicht sicher, wo *hier* ist oder wie lange ich schon …" Er brach ab und richtete seine Aufmerksamkeit wieder auf Calina. „Wenn irgendjemand etwas über diesen verdammten Bunker weiß, dann *sie.*"

„Weil sie das Sagen hat", überlegte ich, und mein Griff um ihren Hals wurde fester, um zu zeigen, was ich von ihrer *Führung* hielt.

„Sie ist der verdammte Teufel", knurrte er.

„Einen Teufel, den ich im Moment lebend brauche", sagte ich ihm. „Wir müssen Cam finden."

„Welches Jahr haben wir?", fragte einer der Vampire, dessen Augen vor unterdrückter Wut glühten.

„Jahr einhundertsiebzehn der neuen Ära", sagte ich.

Dann übersetzte ich es in verschiedene Zeitmechanismen, bis die Züge des Vampirs sein Verstehen äußerten.

Calina zuckte zusammen, als ihr Handgelenk erneut vibrierte. „Fünf Minuten noch", flüsterte sie.

Louis hob eine ähnliche Uhr hoch und knurrte. „Dieser Ort wird sich selbst zerstören."

„Warum?", fragte ich.

„Ihretwegen", schnauzte er.

Calina sagte nichts dazu, aber ich spürte ihr Zögern, als wollte sie ihn korrigieren. Dem würde ich später auf den Grund gehen müssen.

Im Moment hatte ich ihr eine viel wichtigere Frage zu stellen. „Ist Cam irgendwo da unten?", verlangte ich zu erfahren und nahm Louis beim Wort, dass diese Frau wirklich das Sagen hatte. Sie hatte sich auch als leitende Wissenschaftlerin bezeichnet, und ihr Name war mit der von Damien abgefangenen Übertragung verbunden. All das deutete darauf hin, dass sie diejenige war, die die Antworten hatte, die ich brauchte.

„Es steht mir nicht frei, darüber zu sprechen …"

Ich versenkte meine Zähne in ihrem Nacken, nagelte ihren Puls ohne Vorwarnung fest und teilte ihr mit meinem Mund mit, wer in dieser Situation das überlegene Wesen war. Sie hatte mir vorgeworfen, ich hätte es nicht *bewiesen*. Nun, ich würde es jetzt verdammt noch mal beweisen. Und dieses kleine Biest würde sich fügen.

Aber ihr Blut war anders als alles, was ich je in meinem Leben gekostet hatte.

Verdammt exquisit.

Besser als das einer Blutjungfrau oder vielleicht auch gleichwertig. Ich konnte es nicht sagen. Alles, was ich wusste, war, dass diese Frau mir einen Blick auf den Himmel zeigte, und zwar auf die beste Art und Weise.

Es kostete mich beträchtliche Anstrengung, aufzuhören

und sie nicht gleich hier und jetzt auszusaugen. Jahrtausendelange Erfahrung halfen mir dabei, konzentriert zu bleiben.

Cam.

Ich ließ ihre Kehle unsanft los und riss ihr dabei die Haut auf, bevor ich meine Lippen an ihr Ohr presste. „Hat das meine Überlegenheit bewiesen, *Mensch?*"

Sie atmete zitternd aus. Ihre Glieder zitterten von der Anstrengung, so schnell so viel Blut zu verlieren.

Gut.

Aber sie hatte nicht geantwortet.

„Trotzig …", brummte ich gegen ihr Ohr, sowohl begeistert von der Herausforderung als auch wütend darüber. „Wenn ich herausfinde, dass Cam da unten ist und du diesen Bunker über ihm explodieren lässt, werde ich dich so lange graben lassen, bis er frei ist."

Sie reagierte nicht, außer dass sie weiter keuchte. Ihre Brust hob sich aus einer Kombination aus offensichtlicher Angst und Erschöpfung durch meinen plötzlichen Angriff.

„Sechzig Sekunden", keuchte sie, als die verdammte Vibration wieder einsetzte.

Ich hatte offenbar die Zeit vergessen, als ich mich an ihrem Hals ergötzt hatte. Kein Wunder, dass sie zitterte. Ich hatte wahrscheinlich zu viel genommen. Aber verdammt, das sollte mich jetzt nicht interessieren. Mein Cousin könnte unter der Erde sein und sein Leben in einer Explosion verlieren, die alles in ihm zerstören würde.

Damien und die anderen liefen bereits zum Ausgang.

Beinahe hätte ich Calina losgelassen, damit sie versucht, selber zu entkommen, aber die Schwäche in ihrem Körper sagte mir, dass sie es nicht schaffen würde. Ich brauchte sie unbedingt lebendig, um Antworten zu bekommen.

Ich meinte auch meine Drohung ernst – wenn ich

erfahre, dass Cam irgendwo da unten ist, würde sie mir helfen, ihn zu befreien – und würde sie ihm dann als Snack servieren, um ihn wieder zu heilen.

Ruckartig zog ich sie neben mir her, nachdem ich ihren Hals losgelassen hatte. Sie hielt zwei Schritte durch, bevor sie stolperte und mich fast mit sich zu Boden riss.

„Ich sollte dich hier lassen", sagte ich zu ihr, wobei die Worte mehr ein Spott als ein Versprechen waren.

„Ich bin dazu bestimmt, hier zu sterben", flüsterte sie. „Ich war schon immer dazu bestimmt, hier zu sterben."

Die Worte klangen fast, als wäre sie betrunken ... als hätte sie es nicht laut aussprechen wollen, aber sie war zu sehr im Delirium, um sich davon abzuhalten. Wie auch immer, als ich sie hörte, fragte ich mich, wie sie überhaupt hierhergekommen war.

Sie klang fast gebrochen. Traurig. Als hätte man ihr nie die Chance gegeben zu leben. Und doch hatte sie sich mir gegenüber mit dem Geist und der Kraft eines überlegenen Wesens behauptet.

Es ... *sie* ... faszinierte mich.

Ich beugte mich vor, um ihre schlanke Gestalt in meine Arme zu heben, als sie zusammensackte. Ich wollte sie schon anschnauzen, bis ich merkte, dass ihre Augen geschlossen waren und sie nicht mehr bei Bewusstsein war.

Der Blutverlust, stellte ich fest, als ich ihren Hals betrachtete.

Ich hatte nicht nur zu viel genommen, sondern mit meinen Zähnen auch eine offene Wunde verursacht, aus der ihr Lebenssaft unaufhaltsam aus der Vene floss.

Mein Kiefer spannte sich ab, und ich war hin- und hergerissen zwischen der Entscheidung, es geschehen zu lassen oder ihr zu helfen.

Ich brauche Antworten, dachte ich, als ich loslief. *Deshalb brauche ich sie lebend.*

Aber ich konnte mir keine Zeit nehmen, sie zu heilen, bis wir weit genug von der drohenden Explosion entfernt waren.

Ich begann zu rennen, drückte sie an meine Brust und setzte meine vampirische Schnelligkeit und Beweglichkeit ein, als ich den Flur hinunterlief und die Schwelle nach draußen überschritt.

Das grelle Licht der Nachmittagssonne traf meine Augen und ließ mich zusammenzucken.

Sonnenlicht war für Vampire nicht tödlich, aber das bedeutete nicht, dass wir es mochten. Unsere Sinne waren zu empfindlich und geschärft, um längere Zeit am Tag draußen zu verbringen. Normalerweise versteckten wir uns in der Dunkelheit, um unsere unsterblichen Seelen zu heilen und zu verjüngen.

Aber abgesehen davon, dass es meine Sinne verbrannte, tat es nichts, was meine Bewegungsfähigkeit beeinträchtigte. Mein Alter trug zu meiner Stärke bei und ermöglichte es mir, mich mit Anmut und Präzision zu bewegen und mich mehr als hundert Meter vom Ort des Geschehens zu entfernen, bevor ein Rumpeln den Boden unter meinen Füßen erschütterte

Jemand muss es Rick gesagt haben, denn das Flugzeug war nicht mehr am Boden, sondern in der Luft, und ich vermutete, dass Darius und Juliet auch dort oben waren. Vielleicht sogar mit den beiden Wissenschaftlern, die weggelaufen waren, als Louis gekommen war.

Ich schaute mich um und entdeckte Damien ein paar Meter links von mir. Louis und der Vampir namens Zack waren bei ihm. Die anderen beiden Vampire lagen näher an den Trümmern des Bunkers auf dem Boden, waren aber definitiv am Leben.

Das konnte man von den anderen nicht behaupten.

Ein Geysir aus Flammen erhob sich und verbrannte alles, was sich ihm in den Weg stellte.

Calina hatte das nicht erwähnt, sodass ich mich fragte, ob sie es absichtlich verschwiegen hatte oder ob sie nicht wusste, welche Art von Explosion zu erwarten war.

Diese Art von Feuer war unausweichlich tödlich, selbst für einen Unsterblichen, der so alt war wie ich.

Das heißt, wenn Cam dort unten gewesen war, war er jetzt mit Sicherheit tot.

„Ich hoffe für dich, dass Cam nicht zu deinen Versuchsobjekten gehörte, kleine Wissenschaftlerin", murmelte ich zu der sterbenden Frau in meinen Armen. „Oder du wirst dir wünschen, du wärst hier und heute gestorben."

Ich umklammerte sie und hielt die schlanke Frau mit einem Arm an meine Brust gedrückt, während ich mein anderes Handgelenk zu meinem Mund führte. Mit einem Biss schuf ich das Mittel, das sie zum Überleben brauchte, und drückte dann meine Wunde auf ihre Lippen.

„Trink, Calina", sagte ich ihr und zwang ihr meine Essenz in den Mund. Den Rest würde ihr Körper automatisch erledigen, auch wenn sie bewusstlos war. „Wenn du aufwachst, werden wir ein sehr langes Gespräch führen."

LILITH

BUNKER 47.

Ihre Idee, perfekte menschliche Sklaven zu erschaffen – Wesen, die nicht sterben können und eine lebensfähige Nahrungsquelle für uns alle darstellen – wurde in den letzten hundert Jahren perfektioniert.

Leider haben wir immer noch Mühe, die Verbindung zwischen der unsterblichen Lebensquelle und dem menschlichen Sklaven zu lösen, aber ich glaube, wir stehen kurz vor einem Durchbruch in diesem Bereich.

Weitere Einzelheiten zu den Laborergebnissen folgen in Kürze. Dr. Calina war eine der Besten. Es ist eine Schande, dass sie mit den Protokollen gestorben ist, aber wie wir beide wissen, verlangen verzweifelte Zeiten nach verzweifelten Maßnahmen. Sie hat ihren Zweck erfüllt und sie hat ihn gut erfüllt.

Drück den grünen Pfeil unten, um fortzufahren.

Vielen Dank. Der Assistent wird gleich gestartet, um die Forschungsprotokolle von Bunker 47 zu öffnen.

Übertragung beendet.

JACE

Iᴄʜ ᴇʀʜöʜᴛᴇ die Wachen meines vorübergehenden Quartiers und lächelte, als ich Calina endlich wach vorfand. Sie war fast zehn Stunden bewusstlos gewesen, was bei all den anderen Ereignissen ein Vorteil war.

Anstatt in meine Region zurückzukehren, waren wir in die Ryder Region geflogen. Hauptsächlich deshalb, weil Damien bereits die Kontrolle über alle Kameras in diesem Gebiet übernommen hatte, was es einfacher machte, die große Gruppe von Personen aus dem Flugzeug zu bewegen, ohne dass es jemand aus dem Ausland bemerkte.

Ryder war weder begeistert noch besonders entgegenkommend gewesen. Und jetzt war er sogar noch wütender, weil der kleine Lykaner-Welpe gerade bei Willow war. Er hatte Darius und Juliet ein Zimmer zum Ausruhen gegeben, während ich mich entschieden hatte, mit Damien und unseren neuen Gefangenen in den königlichen Penthouse-Suiten zu wohnen.

Der Flug war sehr informativ gewesen, denn Louis, Zack und die anderen Überlebenden des Labors erzählten uns alles über ihre Zeit im Bunker.

Offenbar gab es noch einige andere, die unten verbrannt waren. Zack und drei andere hatten sich als letzten Ausweg in den fünfzehnten Stock begeben, da sie wussten, dass der Ort kurz vor der Explosion stand, während alle anderen in einem anderen Bereich weiter nach einem Fluchtweg gesucht hatten.

Die armen Schweine, dachte ich und zuckte zusammen. Es gab kein Entkommen aus den Flammen.

Glücklicherweise schienen alle Versuchspersonen aus ihren Zellen entkommen zu sein, und keiner von ihnen war Cam.

Gretchen und *James* – zwei Namen, die ich vom wütenden Louis erfahren hatte – waren die wichtigsten Wissenschaftler, die an ihm herumexperimentiert hatten. Calina war die Betreuerin und Liliths persönliches Haustier.

Sie war von Anfang an dabei.

Das heißt, mein kleiner Mensch war nicht sterblich.

Ich fuhr mit dem Finger auf dem Bildschirm entlang, um ihr hübsches Gesicht zu vergrößern. Ihr Gesichtsausdruck verriet nichts, obwohl sie nackt und an einen Stuhl gefesselt war.

Die beiden anderen Wissenschaftler waren auch gefesselt, aber in verschiedenen Räumen untergebracht. Gretchen war am Ende des Flurs und James saß ein paar Meter von mir entfernt.

Nun, er saß nicht wirklich, sondern sackte eher zusammen.

Damien hatte sich mit ihm beschäftigt und das Halbblut verhört. Er hatte gedroht, den kleinen Welpen zu verletzen, wenn er nicht kooperierte. Wir würden eine solche Tat nie vollziehen, aber das wusste James nicht.

Die Drohung erfüllte seinen Zweck und James erzählte uns alles, was wir wissen wollten.

Leider lauteten viele seiner Antworten in etwa so, *„Das übersteigt meine Sicherheitsstufe. Aber Calina wird es wissen."*

Ich strich noch einmal über ihr Bild, und mir fielen

tausend Möglichkeiten ein, wie ich der hübschen Blondine Antworten entlocken konnte. Angefangen mit: *„Was bist du?"*

Nach dem, was James und Louis uns erklärt hatten, ging es bei den Projekten in Bunker 47 darum, die menschliche Langlebigkeit zu perfektionieren, um eine nachhaltigere Nahrungsquelle zu schaffen.

Bei allen Fehlern, die Lilith hatte, konnte ich ihr Ziel durchaus verstehen. Und sie hatte versucht, einen Weg zu finden, die verbliebenen Menschen zu stärken, um sie zu unsterblichen Blutkonserven zu machen.

Nur weil ich ihr Ziel verstand, hieß das natürlich nicht, dass ich damit einverstanden war.

Es gab andere Möglichkeiten, unsere Lebensmittelqualität und die Haltbarkeit des Produkts zu verbessern.

Damien trat einen Schritt zurück, die Arme über seinem schwarzen Pullover verschränkt. „Die lykanische Hälfte hilft ihm bei der Heilung", sagte er und deutete auf den blauen Fleck an seinem Kiefer.

„Hat Calina auch Lykaner in sich?", fragte ich James.

„Mütterlicherseits", murmelte er. „Der Vater war ein Mensch."

Ich runzelte die Stirn. „Dann hätte sie als vollblütiger Lykaner geboren werden müssen."

Die Gene der Mutter hätten im Mutterleib die Oberhand gewonnen und die sterbliche Seite außer Kraft gesetzt. So funktionierte es in den Lykaner-Zuchtanstalten, nur dass sich dort Menschenfrauen mit männlichen Lykanern paarten. Die meisten menschlichen Mütter starben, weil ihre Körper den Unsterblichen, der in ihnen wuchs, nicht verkraften konnten. Aber ein paar überlebten, zumindest bis zur Geburt.

James wollte den Kopf schütteln, doch er zuckte

zusammen. „Ihr Wirt war ein Mensch. Ein Inkubator." Er schluckte und sein einziges gutes Auge fand das meine. „Es war vor meiner Zeit. Ich weiß nur, was sie mir erzählt hat."

Das heißt, sie könnte ihn angelogen haben.

Ich betrachtete sie noch einmal auf dem Bildschirm und steckte mir das Gerät in meine Tasche. Ich würde sie einfach selbst befragen müssen.

Entschlossen wollte ich aufstehen, als James hinzufügte, „Wenn Ihr ihr sagt, dass Ihr nicht für Lilith arbeitet, wird sie etwas entgegenkommender sein."

Seine Worte waren nur ein Flüstern, da sein Körper noch immer von Damiens Sitzung geschwächt war. Mein verbessertes Gehör erlaubte es mir jedoch, ihn deutlich zu hören.

Ich setzte mich wieder in meinen Stuhl und lehnte mich vor, um meine Ellbogen auf meine Knie zu stützen. Entweder hatte James herausgefunden, dass wir nicht für Lilith arbeiteten, oder er hatte unser Gespräch mit den Überlebenden im Flugzeug mitgehört.

„Warum wird Calina durch diese Information zuvorkommender sein?", fragte ich aufrichtig interessiert. Sie hatte mich im Bunker schnell abgewiesen, nachdem ich bestätigt hatte, dass ich nicht für Lilith arbeitete. Außerdem hatte sie mir unterstellt, dass ich deshalb minderwertig sei. Warum also glaubte James, dass mir das bei meinem Verhör helfen würde?

„Sie hat sich nicht an das Protokoll gehalten", antwortete er keuchend. „Sie hat versucht, uns entgegen Liliths Anweisung zu retten."

„Meinst du das Erkennungsprotokoll?", fragte Damien.

„Nein." James hustete, sein Gesichtsausdruck war schmerzhaft, aber er fuhr trotz seines offensichtlichen Unbehagens fort. „Das Weltuntergangs-Protokoll. Sie … Sie sollte jeden dort im Bunker töten. Sie hat es nicht getan. Wir bemerkten erst viel später, dass wir entdeckt wurden, vielleicht weil sie die Daten nicht richtig versendet hat. Ich weiß es nicht."

Damien und ich tauschten einen Blick aus. Es schien, als hätte sich die hübsche Ärztin den Anweisungen ihrer Herrin widersetzt. Das deutete darauf hin, dass sie nicht das gehorsame kleine Haustier war, für das Louis und Zack sie hielten.

Alle vier Überlebenden ruhten sich in einem anderen Raum aus, nachdem sie sich ein Neun-Gänge-Menü gegönnt hatten. Louis und Zack waren also nicht hier, um zuzuhören oder zu kommentieren. Mir war es lieber so, denn ich wollte meine eigenen Antworten aus Calina herausholen.

Ein Piepton ließ Damien aufhorchen und er ging zu seinen Computern in der Ecke hinüber. Er hatte sich dafür entschieden, James für das Verhör in sein Quartier zu bringen, weil er der Meinung war, dass er so die Zeit besser nutzen konnte. So konnte er Fragen stellen und sich gleichzeitig auf den Datendownload konzentrieren.

Wir hatten gehofft, dass die Dateien, die Calina übermittelt hatte, etwas über Cam enthielten, denn niemand sonst schien ihn zu kennen. Abgesehen von Louis, natürlich.

„Was zum …?" Damien brach ab, als er sich an seinem Schreibtisch niederließ und seine Augen über die Bildschirme hüpften, während seine Finger über die Tastaturen flogen.

Technik war nie meine Stärke gewesen, wahrscheinlich weil ich in einer viel einfacheren Zeit geboren worden war. Aber ich kannte mich mit Computern gut genug aus, um zurechtzukommen.

„Diese Dateien sind verschlüsseltes Kauderwelsch", murmelte Damien und zog frustriert seine dunklen

Augenbrauen nach unten. „Entweder ist mein Abruf fehlerhaft oder der Datenexport wurde absichtlich falsch gehandhabt."

„Das war Calina", flüsterte James. „Sie hat wahrscheinlich alte Dateien hochgeladen, um den Empfänger abzulenken, damit es so aussieht, als würde sie das Protokoll befolgen." Er räusperte sich und zuckte dabei zusammen, aber ich konnte sehen, wie die Wunden weiter heilten.

Ein unsterblicher, halb menschlicher, halb lykanischer Hybrid. Er bot wirklich einen schockierenden Anblick.

„Hat sie deshalb die Dateien über ein unsicheres Netzwerk geschickt?", fragte Damien und sah das Halbblut an. „Wollte sie die Übertragung der Dateien verzögern?"

„Sie hätten die Dateien sichern müssen, bevor sie verschlüsselt worden sind", antwortete James. „Das ist wahrscheinlich der Grund, warum sie es auf diese Weise gemacht hat."

„Das bedeutet, dass das Anzapfen dieses Datenstroms wahrscheinlich die Erkennung ausgelöst hat", übersetzte Damien.

„Ja", stimmte James zu und schluckte.

Das Halbblut verstummte, um mir zu sagen, dass sein Wissen ein Ende gefunden hatte.

„Nun." Ich sah Damien an. „Ich werde sein Schicksal dir überlassen. Louis will ihn tot sehen, aber vielleicht kann James dich vom Gegenteil überzeugen." Das war eine Art Vernehmungstaktik, die dem Halbblut die Chance gab, uns von seinem Nutzen zu überzeugen.

„Das bezweifle ich", murmelte Damien und tat so, als wäre es ihm scheißegal.

Vielleicht war es ihm das auch.

Ich stand auf und begegnete seinem Blick. „Ich werde mich mit Dr. C. unterhalten. Mal sehen, ob sie irgendwelche nützlichen Details über die echten Dateien und ihren Bestimmungsort liefern kann." Nach dem, was Damien gesagt hatte, war die Kennung des Empfängers nicht rückverfolgbar, sodass es unmöglich war, ihre wahre Identität und ihren Aufenthaltsort zu ermitteln.

„Ich werde mich als Nächstes um den anderen Doctor kümmern", sagte Damien abwesend und fuhr mit seiner blasierten Art des Verhörs fort. „Es gibt keine Regeln, richtig?"

„Nein, es gibt keine", erwiderte ich und ging zur Tür. „Aber räume bitte deinen Dreck weg. Ich habe gehört, dass Ryder kein Fan von verschwendetem Blut ist."

Mit diesen Worten verließ ich den Raum und grinste, als James mir hinterher knurrte. Er fauchte etwas, das einer Drohung gleichkam und von dem ich sicher war, dass Damien darüber lachen würde.

In Wahrheit wussten wir alle, dass diese Wissenschaftler lebendig mehr wert waren als tot. Sie dienten als Beweis dafür, was Lilith ihrer eigenen Art durch Forschung und genetische Manipulation angetan hatte. Mit einer Aussage von Louis und dem physischen Beweis, dass James ein eindeutiger Nachkomme ist, der im Labor erschaffen wurde, würde es keinen Zweifel an Liliths Schuld geben.

Die Geschichten, die Louis und Zack uns über ihre Behandlung erzählt hatten, ließen mir das Blut in den Adern gefrieren.

Und doch war ihre Situation derjenigen nicht unähnlich, in der die Menschen auf den gleichen gesellschaftlichen Rang wie das Vieh zurückgestuft worden waren.

Es musste eine bessere Lösung geben, die es Lykanern und Vampiren ermöglichte, die Oberhand zu behalten und gleichzeitig mit den Menschen zusammenzuarbeiten, um

LEXI C. FOSS

sicherzustellen, dass alle Bedürfnisse der verschiedenen Arten erfüllt wurden.

An dieser Stelle kam mein Cousin ins Spiel – Cam hatte eine Vision, die ich unbedingt wahr werden lassen wollte.

Was bedeutete, dass ich ihn finden musste.

Ich ging den Flur hinunter zu der Suite, die Damien mir gegeben hatte – dem Quartier, das für einen König meines Standes entworfen worden war und unterhalten wurde. Eigentlich gehörten diese Zimmer jetzt Ryder, aber er war nicht daran interessiert gewesen, die Wohnung seines Vorgängers zu erben. Stattdessen hatte er sich eine andere Suite in einem niedrigeren Stockwerk ausgesucht und es Damien überlassen, das Penthouse für seine eigenen Bedürfnisse in Anspruch zu nehmen und umzugestalten.

Ryder hatte Damien auch den menschlichen Harem auf dieser Etage überlassen. Da er seit Kurzem mit Willow liiert war, hatte er keinen Bedarf an solchen Dingen.

Ich hatte meinen eigenen Harem in meiner Region, obwohl ich mich in letzter Zeit nicht sonderlich um sie gekümmert hatte.

Der „königliche Harem" diente als eine Art Vergünstigung für die Verantwortlichen. Ich empfand es eher als lästig, da es meine Zeit in Anspruch nahm. Und in letzter Zeit war ich nicht daran interessiert, meine niederen Bedürfnisse zu befriedigen, zumindest nicht mit einer Gruppe von Menschen.

Dank Liliths Eskapaden gab es keine Herausforderungen mehr in dieser Welt.

Die Frau, die mich anschaute, als ich meine Suite betrat, ließ jedoch etwas anderes vermuten.

Ich war fasziniert, einen solchen Blick auf dem Gesicht einer schönen Frau zu sehen.

Kein Flehen. Keine Verbeugung. Kein „Mein Herr"

76

oder *„Eure Hoheit"*. Nur ein verärgerter Ausdruck. Es war erfrischend und irritierend zugleich.

Ich schloss die Tür hinter mir und verriegelte sie mit einem Ruck. „Hallo, kleine Doktorin", murmelte ich. „Gut geschlafen?"

Sie antwortete nicht, ihre blauen Augen – nein, eigentlich waren ihre Augen jetzt nicht mehr blau, sondern blaugrün mit kleinen braunen Flecken. *Umwerfend.* Ein weiteres faszinierendes Merkmal, über das ich mehr wissen wollte.

Ich ging langsam auf sie zu, zog mir einen Stuhl heran und stellte ihn ihr gegenüber. Ihr Kinn zuckte, als ich mich in eine entspannte Haltung begab und meinen Knöchel über meinem gegenüberliegenden Knie ablegte.

„Du siehst ausgeruht aus", fuhr ich fort, während ich meinen Blick über ihren nackten Körper schweifen ließ. „Und erregt." Ihre Brustwarzen hatten sich in der kühleren Luft aufgestellt. Die rosigen Spitzen waren ein üppiges Leuchtfeuer, das nach meiner Zunge bettelte.

Vielleicht würde ich dem später nachgeben.

Aber nur, wenn sie mir zuerst gab, was ich wollte.

„James sagt, dass du eher bereit bist zu reden, wenn ich bestätige, dass ich nicht für Lilith arbeite, aber das habe ich schon versucht, und du hast mich im Grunde als minderwertig bezeichnet." Ich neigte meinen Kopf zur Seite. „Denkst du immer noch so?"

Ihre Nasenflügel blähten sich auf. „Was hast du mit James gemacht?"

Ich hob eine Augenbraue, beeindruckt und irritiert von ihrem hochmütigen Ton. „Vielleicht habe ich mich nicht klar ausgedrückt. Ich bin derjenige, der dich befragt, nicht umgekehrt."

„Du brauchst mich lebendig, weil ich etwas weiß", sagte sie. „Und ich muss wissen, ob es James gut geht."

„Und wenn es ihm nicht gut geht?", fragte ich mich laut und ehrlich neugierig.

„Dann kannst du mich genauso gut umbringen, denn ich werde dir nichts sagen", erwiderte sie bissig.

Meine beiden Augenbrauen schossen in die Höhe. Hatte ich ihre Beziehungen falsch verstanden? Ich nahm an, dass er mit der Mutter seines Lykaner-Welpen zusammen war, aber vielleicht hatten er und Calina eine romantische Beziehung. Aber … das fühlte sich nicht richtig an. Die Chemie zwischen ihnen war vorher nicht spürbar gewesen. Er hatte lediglich ihrem Befehl gehorcht und es war nicht Calina gewesen, um die er sich Sorgen gemacht hatte, sondern Gretchen und ihr Kind.

„Versuchst du zu verhandeln?", fragte ich und versuchte, ihr strategisches Spiel zu durchschauen.

„Ich sage dir, dass ich kooperieren werde, aber nur, wenn James und Gretchen unversehrt bleiben."

„Nun, dafür ist es zu spät", gab ich zu.

„Dann ist es zu spät zum Verhandeln", entgegnete sie.

Ich suchte in ihrem Gesichtsausdruck nach einer Andeutung von Verletzlichkeit, doch ich fand keine.

Sie meinte jedes Wort genau so, wie sie es sagte.

„Woher weiß ich überhaupt, dass es sich lohnt, mit dir zu verhandeln?", erkundigte ich mich. „Du hast diese Übertragung mit den falschen Berichten geschickt. Aber abgesehen davon, habe ich keinen Beweis dafür, dass du mir etwas Nützliches liefern könntest. Du kannst mir nicht einmal etwas über Cam sagen."

Ich hatte sie geködert und das Flackern in ihren Augen sagte mir, dass sie es wusste.

Aber anstatt mich darauf anzusprechen, betrachtete sie mich auf ähnliche Weise, wie ich sie beobachtete. „König Jace", sagte sie, als würde sie meinen Titel und Namen schmecken. „Ich habe noch nie von dir gehört." Sie blickte sich im Zimmer um. „Und das hier ist nicht dein Quartier."

„Woher weißt du das?"

„Der Duft ist zu frisch", antwortete sie fast abwesend. „Wenn du hier wohnen würdest, wäre dein holziges Parfum intensiver wahrzunehmen und nicht wie ein duftendes Beiwerk." Ihre vielfarbige Iris richtete sich wieder auf mich. „James und Gretchen sind noch am Leben. Wenn das so bleibt, werde ich dir alles sagen, was ich weiß. Aber zuerst musst du sie freilassen. Das sind meine Bedingungen. Nimm sie an oder lass es bleiben."

CALINA

Der Titel passte zu dem Vampir vor mir, dessen eisblaue Augen und perfekt gemeißelte Gesichtszüge der Inbegriff von königlich waren. Auch das Alter und die Erfahrung strahlten von ihm aus und verrieten mir ohne Worte, dass er einer der Älteren war.

Lilith hatte nie die Namen der Könige oder Alphas genannt, die sie für die verschiedenen Regionen einsetzte. Ich vermutete jedoch, dass dieser gut aussehende Vampir einer der Könige war. Er war zu mächtig und zu alt, um etwas anderes zu sein als ein Anführer seiner Art. Und die Art und Weise, wie er mich und diese Situation offen bewertete, sagte mir alles, was ich über seine strategischen Fähigkeiten wissen musste.

Er wäre ein würdiger Schachgegner.

Dann lass uns spielen, dachte ich und wartete darauf, dass er seinen Zug machte. Ich hatte meine Karten sprichwörtlichen auf den Tisch gelegt. Jetzt war er an der Reihe.

„Woher weiß ich überhaupt, dass deine Informationen wertvoll sind?", fragte er.

„Wenn du mich nicht für wertvoll halten würdest, hättest du mir nicht dein Blut gegeben." Ich erkannte die

Nachwirkungen der Einnahme der Essenz eines Vampirs. Die Stärke seiner Wirkung auf meine Sinne hatte auch sein Alter bestätigt.

„Ich habe dich nur gerettet, weil ich Antworten haben will. Aber wenn du nicht bereit bist, sie mir zu geben, dann werde ich dich töten, was ja ohnehin dein Schicksal sein sollte."

Ich zuckte mit den Schultern. „Wenn du das tun musst, um deine Dominanz zu behaupten, dann soll es so sein." Ich legte den Kopf schief, um meine Ader anzubieten. „Das ist es, was Lilith tun würde und schon unzählige Male getan hat."

Was sie nie getan hatte, war, mir ihr Blut anzubieten, um mich zurückzubringen. Dass Jace das getan hatte, machte ihn ... *anders*. Ich war mir nicht sicher, ob ich diesen Unterschied mochte oder nicht.

„Ein unsterblicher Blutbeutel", sagte er träumerisch. „Und ein leckerer noch dazu." Er hob seinen Knöchel von seinem Knie und lehnte sich nach vorne, um seine Unterarme auf seine Oberschenkel zu stützen.

Ganz in Schwarz gekleidet, schien er wie ein wahrer Gegner. Doch in seinen Augen lag ein amüsantes Funkeln, das mir das Gefühl gab, dass wir uns nur einen verbalen Schlagaustausch lieferten.

Oh, ich hatte keinen Zweifel, dass dieses Raubtier mich verschlingen würde und trotz seines Vorwurfs hielt ich mich ihm gegenüber nicht für überlegen.

Aber ich besaß eindeutig etwas, das er begehrte.

Informationen.

Was ich nicht verstand, war, warum er sie wollte. Er hatte einen Cam erwähnt – einen Namen, den ich nicht kannte. Aber viel mehr hatte er nicht verraten.

„Was willst du wirklich wissen?", fragte ich neugierig. „Mir zu drohen ist sinnlos – ich bin nackt, an einen Stuhl gefesselt und sitze einem jahrtausendealten Vampir gegenüber. Ich bin mir deiner *Überlegenheit* in dieser Situation sehr wohl bewusst. Sage mir also lieber, was du willst, anstatt dich zu positionieren. Ich werde dir sagen, ob ich dir die Informationen liefern kann und wir werden von diesem Punkt aus verhandeln."

„Du gehst davon aus, dass ich über irgendetwas verhandeln will. Wie du schon sagtest, bist du eindeutig in einer unterlegenen Position."

„Ja. Aber ich habe über ein Jahrhundert Folter ertragen, König Jace. Es gibt nicht viel, was du mir antun könntest, was nicht schon getan wurde." Ich versuchte, mich so gut es ging in meinem Stuhl zu entspannen, während meine Handgelenke an den Armen und meinen Knöcheln festgeschnallt waren. „Aber du kannst gerne dein Bestes geben."

„Jace", antwortete er. „Ich bin nicht Lilith. Ich brauche keinen Titel wie ‚Gott' oder ‚König', um mich wichtig zu fühlen."

Nein, ich konnte mir gut vorstellen, dass er das nicht tat. Er strahlte Zuversicht aus, mit diesem konstanten Unterton von Alter und Erfahrung.

„Und ich will dich nicht quälen, Calina. Aber ich brauche Antworten und werde alles tun, was nötig ist, um sie zu bekommen."

„Interessant, denn du hast mich noch nie etwas wirklich Wichtiges gefragt", murmelte ich. „Du willst, dass ich meinen Wert beweise, aber du hast mir keine Gelegenheit dazu gegeben."

„Weil du verhandeln willst."

„Das tue ich. Aber ich will auch, dass alle unsere Schachfiguren auf dem Brett stehen. Du arbeitest nicht für Lilith und doch bist du in ihrem Bunker aufgetaucht. Wieso?"

„Wie bist du in diesen Bunker gekommen?", entgegnete er und wich meiner Frage aus.

Ich würde es zulassen, denn diese Antwort war nicht wertvoll. „Lilith hat mich erschaffen und mir die Verantwortung für Bunker 47 übertragen. Ein streng geheimer Ort, den du auf mysteriöse Weise gefunden hast. Dennoch behauptest du, nicht für sie zu arbeiten."

„Ich arbeite nicht für sie."

„Arbeitest du mit ihr zusammen?", formulierte ich meine Frage neu. „Übernimmst du jetzt, da sie tot ist, ihr Erbe? Nennt der andere Vampir dich deshalb König Jace?"

Sein Blick verengte sich. „Woher weißt du, dass sie tot ist?"

„Das Weltuntergangs-Protokoll sollte erst nach ihrem Tod aktiviert werden. Und da ich immer noch weitgehend unverletzt bin, nachdem ich ihre Anweisungen ignoriert habe, kann ich davon ausgehen, dass sie wirklich tot ist. Was mich zu der Frage führt, ob du ihr Ersatz bist. Das würde meinen Zustand erklären – du brauchst mich lebendig und geistig wach, um die notwendigen Forschungsdetails weiterzugeben." Ich sprach die Worte so, wie ich sie dachte. Meine Lippen kräuselten sich am Ende des Satzes.

Denn … Nein, das konnte nicht richtig sein. Er hatte bei seiner Ankunft in Bunker 47 nicht genug gewusst.

Lilith würde ihr Gegenüber oder ihren Nachfolger niemals ohne einige wichtige Details zurücklassen.

„Wenn du nicht für oder mit ihr arbeitest …", fuhr ich fort, während ich laut über die Fakten nachdachte, „… Dann wärst du gegen sie. Eine Art Widersacher. In diesem Fall willst du die Forschungsergebnisse, um sie für dich selbst zu nutzen. Eine Machtdemonstration? Ein Weg, das Spielbrett zu übernehmen?"

Vielleicht war er kein echter König, sondern ein zukünftiger.

Ich musterte seine Gesichtszüge auf der Suche nach einem Anhaltspunkt.

Doch er lächelte nur.

„Du bist schon was Besonderes …", sagte er schließlich. „Was wäre, wenn ich dir sagen würde, dass ich vorhabe, Lilith zu ersetzen und die Art und Weise, wie die Welt funktioniert, zu revolutionieren?"

„Ich würde dich fragen, was das mit mir zu tun hat", antwortete ich.

„Das hängt davon ab, wie viel du mir über Liliths Operationen erzählen kannst. Als ihre leitende Wissenschaftlerin weißt du sicher eine Menge. Das macht dich für mich ausgesprochen nützlich. Vor allem, da die von dir übermittelten Dateien keine wirklichen Details enthielten."

Ich versteifte mich. „Woher weißt du das?" Nur der von Lilith vorgesehene Empfänger hätte die Dateien entschlüsseln können, um sie voller veralteter, fremder Daten zu finden. Was mich wieder auf meinen früheren Gedanken zurückbrachte: dass er eine Art Ersatz war.

„Wir haben sie abgefangen", erklärte er. „So haben wir auch das Labor gefunden."

Meine Lippen öffneten sich. „Es war also meine Schuld …" Die Worte kamen unaufgefordert in einem Atemzug heraus. „Du warst der Eindringling, den das System entdeckt hat und der das aktualisierte Verfahren ausgelöst hat … wegen meiner unsicheren Datenübertragung."

Ich blinzelte und mein Herz pochte schnell und gequält.

Scheiße. All diese verlorenen Leben …

Ich spürte ein Stechen in meiner Brust und

unterdrückte die aufsteigende Emotion mit dem nächsten Einatmen.

Mir selbst die Schuld zu geben, ist nicht richtig. Lilith hatte diese Vorkehrungen entworfen, nicht ich. Und ich habe versucht, den Wissenschaftlern zu helfen, anstatt ihnen zu schaden.

Lilith hatte mich mit ihren Gegenmaßnahmen umgangen.

Woher sollte ich wissen, dass noch andere nach unserem Standort suchten?

Ich runzelte die Stirn. „Woher wusstest du überhaupt, wonach du suchen musst?" Als ich diese Frage stellte, fügten sich die restlichen Teile des Puzzles zusammen, und meine Augen weiteten sich. „Weil du Lilith getötet hast. Deshalb nennt der andere Vampir dich *König*. Du warst also auf der Suche nach den Laboren ... um ... Liliths Platz einzunehmen."

Das würde ihn zu meinem neuen Herrn machen.

Ich begegnete seinem Blick. „Du bist ein Revolutionär." Ich hatte den Begriff schon ein paar Mal im Labor gehört, meistens bei Liliths Besuchen, wenn sie einige der Versuchspersonen mit Nachrichten über die gescheiterte Revolution verspottet hatte. „Aber ihr seid alle gestorben ..." Das hatte Lilith zu Louis gesagt und ihn ständig an eine Frau namens Lydia erinnert.

„Ihre Schreie erregen mich immer noch", sagte Lilith dann. *„Ich habe Michael in einer Lache aus seinem eigenen Blut gefickt. Es gibt Fotos. Ich werde sie dir irgendwann mal zeigen."*

„Du weißt von der Revolution?", fragte Jace und holte mich damit zu ihm und unserer gegenwärtigen Situation zurück.

„Nur das, was Lilith zu den Testpersonen zu sagen pflegte."

Seine Miene verfinsterte sich. „Du meinst Louis. Und vielleicht Cam?"

Dieser Name schien ihm wichtig zu sein. Ich könnte ihn als Verhandlungsgrundlage nutzen, aber auch als Zeichen des guten Willens.

Manchmal bestand der Schlüssel zum Verhandeln darin, ein wenig zu geben, um die Person zu ködern. Und das Wissen, dass Jace nicht für oder mit Lilith arbeitete, half meiner Stimmung.

„In meinem Bunker gab es keine Personen namens Cam", versprach ich ihm.

Sein Blick verengte sich. „Wehe, du lügst mich an."

„Ich brauche nicht zu lügen", konterte ich. „Und außerdem kann ich es beweisen."

Seine Augenbrauen hoben sich. „Ja? Wie?"

„Indem ich die Logdateien herunterlade", antwortete ich.

„Das ist Kauderwelsch."

„Die Dateien, die ich über das Protokoll gesendet habe, sind es, ja. Aber ich habe unsere Daten täglich auf einer Serverfarm gesichert." Das war etwas, das er wissen würde, wenn er mit Lilith zusammenarbeiten würde, aber seine Gesichtszüge zeigten Überraschung. „Bring mich zu eurer Technik und ich liefere dir den Beweis sowie eine ganze Reihe von Informationen." Ich fing seinen Blick auf und hielt ihn fest. „Natürlich habe ich eine Bedingung, die zuerst erfüllt werden muss."

Seine Lippen zuckten unmerklich. „Und so schließt sich der Kreis."

„Wir haben unsere Verhandlungen nicht abgeschlossen", sagte ich. „Aber du willst einen Beweis für meinen Wert. Den habe ich dir gegeben. Jetzt möchte ich, dass Gretchen und James unversehrt bleiben, und ich möchte, dass du sie freilässt."

Er betrachtete mich einen Moment lang, wobei seine eisigen Augen nichts verrieten. „Wie vertraut bist du mit der neuen Welt?", fragte er, und sein Themenwechsel ließ mich innehalten. „Hast du gesehen, wie die Menschen behandelt werden?"

„Ich bin über das Verfahren des Bluttages und die Zuteilung zu den verschiedenen Lagern informiert."

Er nickte. „Und du glaubst, deine beiden Freunde können das überleben? Denn genau das wird mit ihnen passieren, oder noch schlimmer, wenn man ihre Unsterblichkeit bedenkt. Sie sind verherrlichte Blutbeutel, Calina. Genau wie du. Und die höheren Wesen dieser Welt sind nicht gerade freundlich zu ihrem Essen."

Er demonstrierte mit seinen Augen, was er meinte, als er jeden entblößten Zentimeter meines Körpers abtastete. Der Hunger loderte in seinen Augen und ich konnte erkennen, dass er nicht nur Blut, sondern auch *mich* begehrte.

Die Aussicht darauf, sein neues Spielzeug zu werden, ließ mich erzittern. Mir drehte sich der Magen um.

Lilith hatte mich oft wegen meines Blutes benutzt, aber nie für Sex. Allerdings hatte ich den Akt unzählige Male miterlebt. Sie hatte oft Menschen in die Zellen geworfen, damit die Vampire und Lykaner mit ihnen spielen konnten, als eine Art Belohnung für ihre Duldsamkeit während unserer Studien. Diejenigen, die sich weigerten zu gehorchen, wurden so lange psychisch gefoltert, bis sie sich ihrem Befehl fügten.

Genauso wie sie ungehorsame Labortechniker in die Zellen schickte, um ihnen eine Lektion von den höheren Wesen erteilen zu lassen.

Ich hatte diese Behandlung nie erfahren. Ihre Bestrafungen für mich waren viel persönlicher.

„Ich kann sie nicht freilassen", fuhr Jace fort. „Und ich

werde dich nicht freilassen. Aber ich kann ihr Leben – und deines – angenehmer machen, wenn du dich fügst."

Er machte sich nicht die Mühe, die Alternative auszusprechen, denn wir hörten es beide an seinem Tonfall.

Wenn du *dich nicht fügst, werde ich dir das Leben schwer machen,* dachte ich in einem englischen Akzent, der dem seinen kaum nachstand. Seine Stimme klang vornehm und elegant, während meine stark an den mittleren Westen der Vereinigten Staaten erinnerte oder zumindest an das, was früher einmal diese Gegend gewesen war.

Ich warf einen Blick auf das Fenster, das einige Meter entfernt war, und bemerkte den Balkon dahinter und den dunklen Himmel über uns. Die Luftfeuchtigkeit hier war anders, meine Haut wurde trotz der kühlen Luft, die sie streifte, feucht.

Ich fragte mich, wo er mich hingebracht hatte – eine triviale Neugierde, wenn man meine Situation bedacht.

Jace stand auf und schlenderte zu einer Bar in der Ecke nahe der hohen Fenster. Entweder hatte er meinen Blick missverstanden oder mein umherschweifender Blick hatte ihn durstig gemacht. Er füllte ein einzelnes Glas mit bronzefarbener Flüssigkeit, nahm einen Schluck und schlenderte auf mich zu.

„Öffne deinen Mund", murmelte er, als er den Rand an meine Lippen presste.

Ich versuchte, ihm zu sagen, dass ich nichts zu trinken brauche, aber er kippte mir den Inhalt über die Zunge und zwang mich zu schlucken. Der Alkohol brannte auf dem Weg nach unten, sodass ich würgen musste.

Er grinste. „Daran werden wir arbeiten."

„Warum?", fragte ich mit heiserer Stimme.

„Weil es für einen zukünftigen Nutzen von Bedeutung ist", antwortete er und nahm einen weiteren Schluck von der gleichen Seite des Glases, die ich mit meinem Mund berührt hatte.

Ich erschauderte … die Handlung war ausgesprochen intim. Als hätten wir soeben eine Art unausgesprochenes Gelübde abgelegt, was völlig unerklärlich war. Ich hatte ihm nichts versprochen. Ich hatte auch keiner Frist zugestimmt.

Der Rand des Glases traf wieder auf meine Lippen. Ich öffnete sie und schluckte, dieses Mal ohne zu würgen. Ein dunkler Schimmer zierte seine silberblauen Augen.

„Du lernst bereits", sagte er und entfernte das Getränk von meinem Mund.

Ein Ruck ging durch meine Adern, als das kühle Glas meine Brustwarze berührte. Sein Blick senkte sich, um meine Reaktion zu beobachten. Seine Berührung war offensichtlich beabsichtigt, denn er wiederholte sie mit der anderen Brust.

Sollte das die böse Form des Verhörs sein? Oder war er nur ein Raubtier, das seine Beute verspottet?

„Ich hoffe fast, dass du dich weigerst", murmelte er. „Deine blasse Haut würde sich so schön röten und ich würde es sehr genießen, dir ein paar Reaktionen zu entlocken."

Das Glas rollte erneut über meine Haut, nur dass er diesmal den Inhalt über den Rand kippte und die bronzen farbige Flüssigkeit auf meine Brust spritzte.

Eine Gänsehaut kribbelte über meine Haut.

Mein Atem setzte aus, als er seinen Kopf runterbeugte, um die Tropfen mit seiner Zunge aufzufangen.

Wärme streichelte meine Haut und sein Mund war ein unerwarteter Kuss für meine Sinne.

Ohhh …

Ein heftiges Beben regte sich in meinem Unterleib und schoss Funken durch meine Adern. Funken, die sich zu

Flammen entzündeten, als seine Reißzähne den empfindlichen Bereich um meine Brustwarze durchbohrten.

Ich schrie vor Überraschung und leichtem Schmerz auf, erstarrte aber, als er das Getränk auf die frische Wunde hielt.

„Wie ich schon sagte …", flüsterte er, und seine eisblauen Augen erfassten die meinen. „Ich kann dir das Leben angenehm machen. Ich kann es aber auch absolut miserabel machen."

Er kippte das Glas, der Alkohol floss über den Rand und landete direkt auf meine Brust.

Das angenehme Brennen verwandelte sich in ein stechendes Inferno, das meiner Kehle ein scharfes Zischen entlockte, das aus Schock und Schmerz bestand.

Er leckte mit seiner Zunge mein mit Alkohol versetztes Blut auf und linderte meine Qualen.

Es dauerte nur eine Sekunde.

Aber sein Standpunkt war klar.

Ich bin jetzt dein Meister. Arbeitet mit mir und ich werde dich belohnen. Arbeitest du gegen mich, werde ich dich vernichten.

JACE

CALINAS NACH LUFT schnappen ging mir immer wieder durch den Kopf. Das war ein Geräusch, das ich immer wieder hören wollte, während ich tief in sie eindrang.

Mmm, ich hatte es ernst gemeint, als ich sagte, ich hoffte, sie würde nicht kooperieren. Ich wollte ihr nicht wirklich schaden, sondern ihr eine Lektion in Sachen Autorität erteilen.

Die hübsche kleine Wissenschaftlerin betrachtete sich als mir ebenbürtig und obwohl ich ihre Hartnäckigkeit bewunderte, war sie nicht auf meinem Level.

Aber sie könnte es sein.

Es war lange her, dass ich die Aussicht auf einen Nachkommen in Betracht gezogen hatte. Doch Calinas Geist rief nach mir. Ihre Gegenwart war ein verführerischer Rausch, in dem ich ertrinken wollte.

Sie war stark, stur und, was am wichtigsten war, sie dachte *strategisch*.

In nur einem Gespräch konnte ich all diese Eigenschaften erkennen, weil sie sich wie ein offenes Buch präsentiert hatte, nicht weil sie naiv war, sondern weil sie wusste, dass es ihre beste Chance war, zu überleben.

Sie hatte versucht, mit mir zu spielen, indem sie die Diskussion cleverer umgangen war.

Meine Lippen zuckten vor Belustigung.

Ich wollte mich ihr hingeben und noch eine Runde mit ihr spielen, aber die Zeit war nicht auf unserer Seite.

Also ließ ich Calina am Stuhl gefesselt zurück und machte mich auf die Suche nach Damien, um ihn mit Bezug auf die Serverfarm auf den aktuellen Stand zu bringen.

„Überlege es dir gut", hatte ich ihr gesagt, bevor ich den Raum verließ. „Ich will eine schlüssige Antwort, wenn ich zurückkomme."

Ich hatte mir nicht die Mühe gemacht, die Wunde an ihrer Brust zu heilen. Sie würde sich von selbst schließen. Ihre faszinierende Genetik würde diesen Vorgang beschleunigen.

Außerdem gefiel es mir, meine Markierung über ihrer erigierten Brustwarze zu hinterlassen. Es war fast so, als hätte ich sie für mich beansprucht.

Einen Biss in den Hals und einen in die Brust. Vielleicht würde meine nächste Kostprobe von ihrem weichen Schenkel stammen.

Ja, in der Tat, dachte ich und stellte mir das Bild deutlich vor.

„Bist du betrunken?", fragte eine tiefe Stimme und ließ mich innehalten. „Oder hat das Alter deine Sehkraft beeinträchtigt?"

Ich warf einen Blick über die Schulter und sah Ryder, der mit einer hochgezogenen Augenbraue an der Wand lehnte. „Soll ich mich etwa verbeugen?", fragte ich und wich seiner Aussage über meine gedankliche Abwesenheit aus.

Offenbar war ich an ihm vorbeigegangen, ohne ihn zu bemerken.

Ich nahm an, dass das bedeutete, dass ich ihn nicht länger als Bedrohung ansah. Vielleicht hatte mich meine

Konzentration auf vergnüglichere Dinge von der tödlichen Umgebung abgelenkt.

„Ich bin der Meinung, dass zumindest eine Art von Begrüßung erforderlich ist, wenn wir uns begegnen."

„Ich verstehe", antwortete ich. „Na dann ... Hallo, Ryder. Was für eine schöne Überraschung. Was führt dich in Damiens Etage?"

Seine schwarzen Augen schimmerten mit tödlicher Absicht. „In seinem letzten Bericht erwähnte er Gefangene und Verhöre. Ich glaube, er wollte mich auf dem Laufenden halten, aber ich habe es als Einladung verstanden."

„Wir können sie nicht töten", sagte ich sofort, denn ich kannte Ryders Vorliebe, erst zu schlachten und dann Fragen zu stellen. So war auch Liliths Kopf in seiner Gefriertruhe gelandet. „Sie sind der Beweis dafür, dass Lilith Unsterbliche für ihre Forschung benutzt hat."

„Und wir brauchen drei von ihnen, um diesen Beweis zu erbringen, weil ...?"

„Eine Gefangene war Liliths leitende Wissenschaftlerin im Bunker. Sie ist uns nützlich, wenn sie lebendig ist, und die beiden anderen Wissenschaftler – die sie anscheinend als Freunde betrachtet – brauchen wir als Druckmittel, um sie zur Zusammenarbeit zu bewegen."

„Und der kleine Lykaner-Welpe, in den sich meine Gefährtin da unten verliebt?", fragte er.

„Ein Druckmittel, das die beiden Wissenschaftler gesprächig macht", sagte Damien, als er zu uns in den Flur trat. „Oder es war eines, bis James mit seinem Lykanergehör diesen Kommentar gehört hat." Er deutete mit dem Kinn in Richtung der Tür, durch die er gerade gekommen war. „Nicht schalldicht. Was interessant ist, wenn man bedenkt, dass Silvano dieses Quartier früher benutzt hat. Aber ich schweife ab." Er sah mich an. „Wie ist es mit Dr. C. gelaufen?"

„Sie wägt gerade ihre Optionen ab." Ich konnte mir meinen amüsierten Tonfall nicht verkneifen, was die beiden Männer sofort bemerkten.

„Und diese Optionen sind?", fragte Damien.

„Eine Serverfarm", antwortete ich und lenkte damit das Thema von meiner kleinen verbalen Schachpartie mit Calina ab. „Sie behauptet, dass alle ihre Dateien täglich darauf gespeichert wurden, und sie kann uns auch helfen, die Quelle zu finden.

„Oder sie könnte unsere Technik nutzen, um dem ursprünglichen Empfänger dieser Dateien eine Nachricht zukommen zu lassen."

„Stimmt", räumte ich ein. „Aber sie hat dieser Person nicht ohne Grund falsche Dateien geschickt. Außerdem hat sie gegen das Protokoll verstoßen. Daher glaube ich nicht, dass sie sehr erpicht darauf ist, wieder mit Liliths früherem Partner in Kontakt zu treten. Vorausgesetzt, sie hatte einen. Das ist immer noch unklar."

„Hat sie jemand Interessantes erwähnt?", fragte Ryder.

„Noch nicht", gab ich zu. „Aber ich werde sehen, ob irgendwelche Fotos ihrem Gedächtnis auf die Sprünge helfen." Oder, genauer gesagt, ich würde sehen, ob sie visuell auf irgendwelche Fotos reagierte. Denn irgendetwas sagte mir, dass ein kleiner Biss nicht ausreichen würde, um sie zur Kooperation zu bewegen. Und das war gut so. Ich könnte noch viel Schlimmeres tun und dafür sorgen, dass sie wenigstens einen Teil davon genießt.

„Also gut, diese Wissenschaftler experimentieren seit einem Jahrhundert an Lykanern und Vampiren herum, manche sogar noch länger, und unsere Lösung besteht darin, sie am Leben zu erhalten, um sie später vorzuführen", fasst Ryder zusammen.

„Du hast also meine Notizen gelesen", antwortete Damien. „Gut zu wissen."

„Wirst du sie nach ihren Aussagen mit Essen versorgen?", fragte Ryder und ignorierte den Kommentar seines neuen Herrschers. „Ich werde sonst für immer und ewig den Vater für diesen Welpen spielen müssen, denn meine Gefährtin wird nicht zulassen, dass ihn jemand tötet. Sie ist verliebt und ich werde ihr nicht das Herz brechen."

Er zog ein Gerät aus seiner Tasche und zeigte ein Video von einer hübschen weißen Wölfin, die sich um ein kleines Fellknäuel geschlungen hatte.

Damien grinste und klopfte Ryder auf die Schulter. „Herzlichen Glückwunsch. Du bist gerade Vater geworden. Willst du eine Umarmung?"

„Nein."

„Gut." Damien ließ seine Hand fallen und sah mich an. „Erzähl mir von dieser Serverfarm."

„Ich kann nicht. Calina hat noch nicht zugestimmt, uns zu helfen."

Seine Augenbrauen hoben sich. „Warum zum Teufel stehst du dann hier draußen?"

Ich hob eine Augenbraue, da mir sein respektloser Ton überhaupt nicht gefiel.

Er räusperte sich. „Tut mir leid, König Jace. Ich kann es nur kaum erwarten, in einer Serverfarm rumzustöbern."

„Hör auf, mich *König* zu nennen, und ich vergebe dir."

„Aber das klingt doch so gut", warf Ryder ein.

Ich machte mir nicht die Mühe, diesen Kommentar zur Kenntnis zu nehmen. „Ich gebe Calina ein paar Minuten Zeit, um ihre Optionen abzuwägen. In der Zwischenzeit wollte ich die Informationen mit euch teilen, damit ihr mit James oder Gretchen reden könnt, um ihre Behauptung zu untermauern.

„In Ordnung", murmelte Damien. „Ich werde sehen, was ich tun kann."

„Ich werde helfen", bot Ryder an.

„Nein", sagte ich sofort.

Ryder starrte mich an. „Wie bitte?" Er klang tatsächlich schockiert, als hätte man ihm noch nie etwas verboten.

„Wenn wir dich brauchen, um jemanden zu töten, werden wir dich anrufen", versprach ich ihm. „Aber im Moment müssen diese Wissenschaftler am Leben und gesund bleiben. Und offen gesagt, traue ich dir das nicht zu."

„Ehrlich gesagt, ist mir das scheißegal", erwiderte er.

„Ryder." Ich stellte mich ihm in den Weg, bevor er in Calinas Richtung gehen konnte. „Diese Wissenschaftler könnten Informationen haben, die uns zu Cam führen. Das werde ich nicht aufs Spiel setzen."

„Ich verstehe immer noch nicht, wie dieser uralte Vampir der Schlüssel zur Lösung all unserer Probleme sein soll", erwiderte Ryder in gedämpftem Tonfall. „Aber für Izzy werde ich mitspielen."

Als er den Namen der Frau aussprach, wurde er etwas ruhiger. Als Damiens Erschaffer war Ryder sehr vertraut mit Izzy, weil sie Damiens Schwester war.

Und zufällig war sie auch Cams *Erosita*.

Ihre Existenz bewies, dass er noch am Leben war, denn seine Unsterblichkeit war an ihr Leben gebunden. Wenn er starb, würde sie mit ihm sterben. Doch die Menschenfrau war seit über tausend Jahren nicht einen Tag gealtert.

„Willow will wissen, wie der Welpe heißt und ob er jemals in menschlicher Gestalt war. Finde das für mich heraus, dann gehe ich wieder nach unten", sagte Ryder in einem gelangweilten Tonfall, doch ich bemerkte das

Glitzern in seinen dunklen Augen. Der alte Vampir war verknallt.

„Die Liebe steht dir gut", sagte ich leise.

„Eine Krone würde dir gut stehen", gab er zurück. *„König Jace."*

Ich verzichtete darauf, mit den Augen zu rollen. Unsere Auseinandersetzung hatte eindeutig ihren Endpunkt erreicht.

Ohne ein weiteres Wort ging ich zurück in den Flur zu Calina und ihrem verführerischen Duft.

Zeit für die zweite Runde.

Jetzt bist du dran, Schätzchen.

LILITH

Es gibt drei Hauptserverfarmen, die alle strategisch rund um den Globus verteilt sind, wie geplant.

Jede Anlage wird elektronisch überwacht. Das Gerät an deinem Handgelenk wird dich warnen, wenn einer der Sicherheitsmechanismen ausgelöst wird. Wenn etwas passiert, wird dir eine Reihe von Codes angezeigt. Du entscheidest dann selbst, wie du weiter vorgehst.

Wenn du zu irgendeinem Zeitpunkt Hilfe benötigst, wähle die rote Taste auf dem Bildschirm, und jemand wird sich sofort um dich kümmern.

Was die Serverfarmen betrifft, so enthalten sie Details zu den Forschungen aller von dir kontrollierten Bunker.

Bunker 7, in dem du dich gerade befindest, ist der Hauptbunker.

Bunker 17 ist in erster Linie auf Techniken der Folter ausgerichtet. Dieser Bunker ist voll funktionsfähig. Protokolle folgen in Kürze.

Bunker 27 ist in erster Linie auf geistige Stimulation und moderne Technologie ausgerichtet. Dieser Bunker ist voll funktionsfähig. Protokolle folgen in Kürze.

Bunker 37 befasst sich in erster Linie mit der Blutpotenz und dem Erosita-Band. Dieser Bunker ist voll funktionsfähig. Protokolle folgen in Kürze.

Bunker 47 war in erster Linie auf die Langlebigkeit von Menschen ausgerichtet. Wenn die Protokolle ordnungsgemäß abgelaufen sind, ist dieser Bunker nun zerstört und du solltest im Besitz der erforderlichen Protokolle sein. Falls nicht, ist ein Besuch in der Serverfarm erforderlich.

Drücke auf den grünen Pfeil unten, um fortzufahren. Oder klicke auf das rote X, um Details zu den Serverfarm-Standorten zu erhalten.

Vielen Dank für deine Auswahl. Dein Assistent wird sich gleich um dich kümmern.

Übertragung beendet.

CALINA

Als Jace zurückgekehrt war, spürte ich ein Kribbeln auf meiner Haut. Seine königliche Energie war wie ein Peitschenhieb für meine Sinne. Er sah mich nicht an und sprach auch nicht, sondern ging wieder zur Bar hinüber, um sich einen Drink zu holen.

Ich beobachtete, wie er sich bückte und bemerkte, wie sich seine schwarze Jeans an seine Oberschenkel und seinen Hintern schmiegte. Vampire waren schon immer verführerische Kreaturen und ihre Potenz ein verführerisches Werkzeug, mit dem sie ihre Beute anlockten. Die Anziehungskraft, die er auf mich ausübte, war tief in mir verwurzelt und machte es mir unmöglich, dem männlichen Meisterwerk vor mir zu widerstehen. Wenn er mir sagte, ich solle mich hinknien, würde ich es tun, denn mein Körper würde es verlangen.

Das bedeutete jedoch nicht, dass er meinen Verstand haben konnte.

Er richtete sich mit etwas in der Hand auf und ging auf mich zu. Ich begegnete seinem Blick und hielt ihn fest, um ihm ohne Worte zu sagen, dass ich keine Angst vor ihm hatte. Lilith hatte unmissverständlich versucht, mir Angst einzujagen, aber ihre Bemühungen hatten mir nur bewiesen, wie viel ich aushalten konnte, ohne zu zerbrechen.

Er strich über den Gegenstand in seiner Hand und lenkte meine Aufmerksamkeit auf die Flasche. Er drückte den Rand an meine Lippen und versorgte mich mit ausreichend Wasser. Ich hatte nicht einmal bemerkt, dass ich durstig war, bis ich anfing zu schlucken. Die Schlucke des Alkohols hatten ein Brennen in meiner Kehle hinterlassen, das das Wasser bald löschte, sodass ich seufzte und dankbar für die erfrischende Flüssigkeit war.

Er sagte nichts, sondern half mir nur vorsichtig beim Trinken, bis die Flasche leer war. Als ich fertig war, stellte er sie zur Seite und stellte sich hinter mich.

Ich widerstand dem Drang, ihn anzuschauen, als seine Finger meine Schultern berührten. „Hast du eine Entscheidung getroffen?", fragte er, und seine Stimme klang wie eine seidige Liebkosung in meinen Ohren. „Wirst du mit mir zusammenarbeiten?"

Er begann, meine steifen Muskeln zu massieren, löste die Verspannungen in meinen Armen und ließ meinen Unterleib erbeben. Ich unterdrückte den Drang zu stöhnen. Seine Berührung war hypnotisch und wissend, als er meine verschiedenen Schmerzpunkte aufspürte und gerade genug Druck ausübte, um die gequälten Gelenke zu lockern.

Ich war schon zu lange an diesen Stuhl gefesselt. Meine Arme und Beine waren unbeweglich geworden.

Aber diese bezaubernde Berührung gab mir das Gefühl, lebendig, jung und *gesund* zu sein.

„Oder willst du es lieber auf die harte Tour?", fuhr er fort und sein Daumen grub sich in einen Druckpunkt an meinem Hals, was mich vor Schmerz aufstöhnen ließ. „Sag etwas, Calina", murmelte er in meinem Ohr. „Oder ich bin gezwungen, deine Entscheidung zu erraten."

Ich zitterte, als er seine Massage fortsetzte und mein Körper sich sofort seinem Willen beugte. Es stand außer Frage, dass ich ihm völlig ausgeliefert war. Aber würde ich bereitwillig kooperieren?

„Ich muss wissen, dass James und Gretchen in Sicherheit sind", sagte ich keuchend und zuckte zusammen, als er wieder den Druckpunkt erreichte. „Ich werde nicht helfen, wenn sie verletzt sind." Die Aussage presste ich durch zusammengebissene Zähne heraus. Ich konnte einen Seufzer nicht unterdrücken, als er mich mit diesen köstlichen Kreisen auf meiner Haut quälte.

Er wollte meinen Verstand brechen und mich zur Unterwerfung zwingen, auch wenn ich innerlich schrie. Ich konnte es an der Art spüren, wie er mit mir umging. Seine strategischen Bewegungen wiesen ihn als würdigen Gegner in diesem Ring aus.

Genau wie Lilith.

Sie war auch eine Meister-Strategin.

„Es geht ihnen gut", antwortete er. „Und das wird auch so bleiben, wenn du kooperierst."

Das heißt, er wollte sie als Druckmittel am Leben erhalten.

„Ich brauche sie lebend, damit sie aussagen können. Also werde ich sie nicht freilassen. Dafür solltest du mir danken, Calina, denn ohne meine Obhut, würden sie in dieser Welt nicht überleben." Er knabberte an meinem Puls und seine Hände glitten über meine Arme, als würde er sich das Gefühl meiner Haut einprägen. „Und du würdest es auch nicht."

Als seine Fingerknöchel die Seiten meiner Brüste berührten, lief mir ein Schauer über den Rücken. Seine Wärme war ein Trost, nach dem sich mein Körper weit mehr sehnte als mein Verstand.

Aber ich konnte nicht leugnen, dass ich mich in seiner

Umarmung auf seltsame Weise beschützt fühlte, und das trotz der sehr realen Bedrohung durch seine Zähne an meinem Puls.

„Arbeite mit mir", flüsterte er. „Hilf mir, Liliths Imperium zu zerstören."

Ich schluckte. „Ist das dein wahres Ziel?"

„Ja", gab er leise zu. „Ich beabsichtige, alles zu verbrennen, was sie erschaffen hat. Aber um das zu tun, muss ich Cam finden. Außerdem muss ich wissen, mit wem sie zusammengearbeitet hat, wohin deine Dateien gegangen sind und welche anderen Protokolle in den Serverfarmen existieren könnten – vorausgesetzt, es gibt sie überhaupt."

„Es gibt sie …"

„Das wird der erste Punkt sein, den du beweisen musst."

„Genauso wie es mein erster Wunsch sein wird, Gretchen und James zu sehen", gab ich zurück.

„Du bist nicht wirklich in der Lage, Befehle zu erteilen, kleine Strategin", brummte er. „Aber ich gewähre dir diesen einen Punkt, wenn du mir im Gegenzug etwas gibst."

„Was willst du?"

„Deine Augen." Er küsste meinen Hals und ließ mich los. Die kühle Luft war ein unerwarteter Reiz auf meiner geröteten Haut, der einen Schauer durch meinen Körper jagte.

Plötzlich fühlte ich mich verlassen und kalt. Jace' Anwesenheit war wie eine Decke, nach der ich mich nicht sehnen wollte, aber ich konnte mich nicht gegen seine Anziehungskraft wehren. Er war das überlegene Wesen, das *Raubtier*. Als Mensch war ich prädisponiert, mich der höheren Macht zu unterwerfen.

Und genau *das* war Jace.

„Ich lasse dich zu Gretchen und James, aber erst, wenn du mir deine Bereitschaft zur Unterstützung meiner Sache beweist." Er ging mit einem Gerät in der Hand um mich herum und stellte sich vor mich. Es erinnerte mich an ein altes Handy oder eine Art technischen Schreibblock. Aber als er das Gerät zum Leben erweckte, wurde mir klar, dass es viel mehr war als das.

Hologramme von Bildern füllten den Raum zwischen uns. Jedes von ihnen zeigte ein Gesicht mit einem Namen und einem Titel darunter. Das Bild, das mir am nächsten war, gehörte zu dem Mann, der mich an diesen Stuhl gefesselt hatte.

Königlicher Vampir. Jace Region.

„Was ist die Jace Region?", fragte ich mich laut. „Oder besser gesagt, wo ist sie?" Ich wusste, dass Lilith die Welt in verschiedene Königreiche aufgeteilt hatte, über die Vampire und Lykaner herrschen sollten. Aber ich kannte weder die Namen noch die ursprünglichen Orte.

„Nordwestliche Vereinigte Staaten", antwortete er und musterte mich. „Jace City ist die verbesserte Version von San Francisco."

Ich blinzelte, dann nickte ich. „Lilith hat Chicago genommen." Ich hatte das nie wirklich gewusst, sondern nur anhand von Bildern vermutet, die ich hinter Lilith gesehen hatte, wenn wir einen Videochat führten.

Sie hatte mich absichtlich im Unklaren über die neue Ordnung gelassen, weil das meine Bereitschaft zu fliehen abschwächte. Ich hatte nicht wirklich eine Möglichkeit gehabt, zu fliehen.

Und wie Jace gesagt hatte, würde ich in dieser reformierten Welt wahrscheinlich nicht lange überleben. Oder schlimmer noch, ich würde mir den Tod wünschen, nur um das nie erleben zu müssen.

„Bunker 47 war im Norden von Michigan", murmelte er und beobachtete mich immer noch.

„Das bestätigt, dass Lilith in Chicago war", antwortete ich mit einem Nicken. „Sie wollte nie zu weit weg sein."

„In der Tat." Er beobachtete mich weiter und blätterte zu einem neuen Bild. „Ich möchte, dass du mir sagst, ob dir jemand bekannt vorkommt. Jemand, den du im Labor gesehen hast oder der mit Lilith gesprochen hat. Ganz egal, was es ist."

„Ich habe nicht viele Vampire oder Lykaner außerhalb der Käfige getroffen", warnte ich ihn.

„Wenn du auch nur einen getroffen hast, wird uns das helfen, unsere nächsten Schritte zu planen." Er sah mich noch einmal an und lächelte. „Du scheinst Wissen zu schätzen, also werde ich dir auch die Region und die Clan-Gebiete erklären, während wir weitermachen. Das hier ist zum Beispiel Kylan. Seine Region umfasst British Columbia, Yukon, Alaska, das ganze Gebiet. Sein Regierungssitz ist in Vancouver."

Ich betrachtete den gut aussehenden königlichen Vampir auf dem Bildschirm und bemerkte seine dunklen Augen und das dazu passende Haar. „Ich habe ihn noch nie gesehen." Er hatte die Art von Gesicht, an die sich eine Frau erinnern würde. Genau wie Jace.

Jace senkte sein Kinn und holte den nächsten Vampir heran.

Claude. Seine Region lag ebenfalls in Kanada und umfasste Quebec, Neufundland, Nova Scotia und einige andere nördliche Gebiete. Ich kannte ihn nicht.

Dann kam Silvano. Vampir. Verstorben und durch Ryder ersetzt. Sein Gebiet umfasste Texas, Mexiko und mehrere mittelamerikanische Länder.

„Hier sind wir gerade in Costa Rica. San José, um genau zu sein."

„Das erklärt die hohe Luftfeuchtigkeit", antwortete ich, wohl wissend, dass wir uns in der Nähe des Äquators befanden und die Hitze für diesen Teil der Welt bekannt war.

Sein eisiger Blick flackerte, was ich nicht verstand. Er öffnete das nächste Bild, das uns in die Vereinigten Staaten zurückbrachte, mit dem Clementer Clan, dem ersten Lykanergebiet. Die Wölfe nahmen einen großen Teil des Südens ein. Alpha Edon war der Anführer.

„Ich kenne ihn nicht", antwortete ich.

„Alpha Luka, Majestic Clan" blinkte als Nächstes auf dem Bildschirm auf und ließ mich die Stirn runzeln. Ich erkannte ihn nicht wieder, nur den Namen. „Ich habe schon von diesem Gebiet gehört." Aber ich konnte nicht mehr sagen, warum.

„Es liegt im Norden der USA. Montana, North Dakota, Wisconsin ..." Er brach ab und wartete auf einen Kommentar von mir.

Ich suchte nach einer Erinnerung und schüttelte den Kopf. „Ich bin mir nicht sicher, warum es mir bekannt vorkommt. Wir müssen die Protokolle überprüfen. Vielleicht kam einer der Lykaner von dort." Was angesichts der Nähe zu Liliths Territorium Sinn ergeben würde.

„Sagen dir die Namen Izzy oder Ismerelda etwas?"

Ich wiederholte die Namen und schüttelte erneut den Kopf. „Nein."

Seine Augen flackerten erneut auf, dann zeigte er mir ein neues Bild. Ein anderer Lykaner. Brandt. Calgary Clan. Der Name seines Territoriums stimmte mit dem Gebiet in Kanada überein, denn sein Land umfasste Alberta, Saskatchewan und andere nahe gelegene Provinzen.

Als Jace nach Europa wechselte, fragte ich nach New York und dem Nordosten der USA im Allgemeinen.

„Ich fürchte, sie gehörten früher alle Lilith", murmelte er.

„Oh." Ich wollte ihn mit einer Geste zum Weitermachen auffordern, erinnerte mich aber daran, dass meine Handgelenke immer noch an den Stuhl gefesselt waren.

Das war der Zeitpunkt, an dem ich merkte, dass ich meine Finger nicht mehr spürte, weil die Fesseln meinen Blutkreislauf unterbrochen hatten.

Jace folgte meinem Blick und die Bilder verschwanden für einen Moment. „Wann hast du das letzte Mal etwas gegessen?"

Ich öffnete die Lippen, um zu antworten, und zog dann die Stirn in Falten, als mir klar wurde, dass ich keine Ahnung hatte. „Dein Blut?", erinnerte ich ihn. Es hatte mich völlig regeneriert und jeden Hunger gestillt, den ich gehabt haben könnte.

Obwohl ich jetzt, wo ich darüber nachdachte, ein leichtes Ziehen in meinem Bauch spürte. Ähnlich wie meine Kehle sich angefühlt hatte, als er mir Wasser gegeben hatte.

Jace verschränkte die Arme, während er mich betrachtete, und sein schwarzer Pullover spannte sich über seine Brust.

„Also gut, kleines Genie. Ich werde dich befreien und dir Essen geben. Aber wenn du auch nur versuchst zu fliehen, werde ich dich an das Bett fesseln und dir eine Lektion erteilen, die du so schnell nicht vergessen wirst. Hast du verstanden?"

Er will mich an das Bett fesseln, nicht an den Stuhl. Das war ein Unterschied, der mir nicht entging.

Er zog ein Messer aus seiner Tasche, was mir einen

Schauer über den Rücken jagte. Ich öffnete meine Lippen, um zu bestätigen, dass ich verstanden hatte und keine Lektion brauchte, aber er löste bereits die Seile, sodass mir die Worte in der trockenen Kehle stecken blieben.

Doch er löste nur die Fessel an meinem rechten Handgelenk und dann die an meinem linken. Ich bewegte mich nicht, mein Herz schlug unregelmäßig in meiner Brust, als er sich hinkniete, um die Fesseln an meinen Knöcheln zu lösen.

Ich konnte nichts fühlen.

Und dann spürte ich plötzlich alles. Seine Hände, seine Finger und die heißen Berührungen. Er glitt über meine Waden bis zu meinen Knien und schließlich zu meinen Oberschenkeln.

Mit seinen eisigen Augen blickte er in meine. Seine Pupillen weiteten sich und zeigten den göttlichen Durst eines Vampirs. „Dein Blut …" Er brach ab, beendete seine Aussage nicht. Aber ich wusste, was er hatte sagen wollen.

Ich wurde geschaffen, um unwiderstehlich zu sein. Ein Mensch mit einzigartigen Eigenschaften, der nicht einfach getötet werden konnte. Liliths persönliche Droge.

„Meine Essenz wurde von meinem Wirt-Inkubator perfektioniert", flüsterte ich. „Eine seltene Blutgruppe."

„Eine Blutjungfrau."

„Ähnlich", erwiderte ich, denn ich wusste, dass Menschen gezüchtet wurden, um diejenigen zu befriedigen, die sie sich leisten konnten. Lilith hatte die gesamte Organisation geleitet, und das Geld floss größtenteils in ihre verschiedenen Projekte – wie Bunker 47.

Ich wusste diese Dinge, weil sie in meiner Gegenwart offen darüber gesprochen hatte. Ihre Selbstüberschätzung hätte es ihr nicht erlaubt, diese Situation vorherzusehen. Sie hatte keinen Zweifel daran, dass ich dem Protokoll folgen und mich umbringen würde, lange bevor mich jemand finden würde. Für den unwahrscheinlichen Fall, dass ich es nicht tun würde, hatte sie höchstwahrscheinlich einen Ersatzplan parat.

Nur hatte sie versagt und ich war in den Klauen von König Jace.

Dieses strategische Verhandlungsspiel war ohnehin viel aufschlussreicher.

„Mein Blut ist teils Lykaner, teils *Erosita* und wurde in einem Inkubator einer seltenen menschlichen Art gezüchtet, die es nicht mehr gibt. Eure Blutjungfrauen sind der gentechnisch hergestellte Ersatz für eine Rasse, die während der Revolution ausgestorben ist."

„Und du hast geholfen, so etwas zu erschaffen?"

„Nein. Ein anderes Labor ist auf Blutgruppen und die Erosita-Bindung spezialisiert. Ich weiß nicht viel darüber, aber die Serverfarm hat vielleicht Details dazu."

„Wurde es zerstört, so wie Bunker 47?"

„Das bezweifle ich", antwortete ich. „Aber bei Lilith ist alles möglich."

„Du weißt also nicht, wie weit das Protokoll geht?"

„Meine Aufgabe war es, Bunker 47 zu leiten und zu beaufsichtigen. Alle Informationen außerhalb dieses Labors fielen nicht in meinen Zuständigkeitsbereich."

„Woher weißt du dann von dem Labor, das auf Blutgruppen spezialisiert ist?"

„Weil ich dort vor der Revolution geboren wurde." Ich begegnete seinem Blick. „Und ich weiß von seinem letzten Zweck – Lilith hat mir oft von ihren Siegen erzählt. Sie tat es, um mir das Gefühl zu geben, dass ich versagt hatte, weil ich nicht schneller gearbeitet hatte. Unsere Labore waren sehr unterschiedlich, deshalb habe ich es nie persönlich genommen." Eine Tatsache, die sie für gewöhnlich hat gewalttätig werden lassen.

„Wie alt bist du?", fragte er leise, während er mit seinen Fingerspitzen die Oberseite meiner Oberschenkel streifte und von seiner knienden Position aus zu mir hochblickte.

Ich nannte ihm mein Geburtsjahr in vorrevolutionären Zeiten. „Ich glaube, dann bin ich fast hundertneununddreißig oder hundertvierzig. Ich habe mit zweiundzwanzig Jahren aufgehört zu altern."

„Wegen deiner Lykaner-Genetik?"

„Und der Erosita-Manipulation, ja."

Er runzelte die Stirn. „Bist du mit einem Vampir verbunden?"

„Nicht wirklich." Ich überlegte, wie ich meine Unsterblichkeit erklären sollte. „Mein Vater war ein *Erosita*. Das reichte allerdings nicht aus, um mich mit dem Band der Seelenverwandten zwischen Mensch und Vampir zu verbinden. Meine Geburt war ein Test und ein Teil von Liliths Ziel, die Unsterblichkeit ohne die mit der Erosita-Verbindung verbundenen Anforderungen zu sichern."

„Hm, das erklärt, warum ihre politische Plattform darauf abzielte, *Erositas* zu diskreditieren, anstatt sie zu verehren. Aber das verrät mir nicht, wie man ohne eine Partnerbindung unsterblich sein kann."

„Die Erosita-Verbindung existiert im selben Teil des Gehirns, wie das lykanische kollektive Bewusstsein. Liliths Wissenschaftler erforschen diesen Teil des Gehirns seit fast zweihundert Jahren. Ein Teil davon wurde während meiner Erschaffung in meiner Psyche eingespeist."

Er legte den Kopf schief. „Du bist also ein erfolgreicher Fall – ein leckerer Blutbeutel, der nicht sterben kann."

Eine grobe Beschreibung, aber eine zutreffende. „Für dich, ja. Aber nicht für Lilith."

Seine Nasenflügel blähten sich. „Welchen Makel hat sie denn noch festgestellt?"

„Der, der sie dazu gebracht hat, sich besitzergreifend über mich zu fühlen." Meine Finger begannen zu kribbeln. Das Blut kehrte endlich in meine Extremitäten zurück. „Das ist der Grund, warum sie mich von meinen anderen Verbindungen zur Unsterblichkeit fernhielt."

„Du hast mehr als einen ... Gefährten?"

„Ich betrachte sie als Verbindungen, nicht als Gefährten. Aber ja. Ich habe mindestens drei. Eine war mit Lilith und da ich noch lebe, kann ich mir nur vorstellen, dass meine anderen beiden Verbindungen noch am Leben sind."

„Wer sind sie?", fragte er.

„Lilith hat es mir nie gesagt, also weiß ich es nicht." Ich hielt seinem Blick stand und entschied mich für einen subtilen Hinweis auf ein Druckmittel, das meine Kooperation sicherstellen würde. „Auf diese Aufzeichnungen konnte ich nie zugreifen. Aber vielleicht kann ich sie in den Serverfarmen finden."

Seine Miene wurde weicher und seine Augen funkelten amüsiert. „Du gibst mir einen Grund, auf deine Kooperation zu vertrauen."

„Ich bin kooperativ."

„Hm." Er begann, meinen Körper langsam abzutasten und seine Handflächen auf meine Oberschenkel zu legen. „Du lieferst auch eine mögliche Spur. Wer auch immer mit dir in Verbindung steht, hat offensichtlich mit Lilith zusammengearbeitet."

„Genau."

„Clever", murmelte er und drückte mir einen Kuss auf die Innenseite meines Knies. Es war ausgesprochen intim, da er zwischen meinen gespreizten Beinen kniete.

Ich erschauderte, als sich seine Berührung nach oben verlagerte und sein Mund sich einen Weg direkt zu meiner Arterie in der Leiste bahnte.

„Wenn Lilith besitzergreifend war, dann kann ich mir vorstellen, dass sie dich nie geteilt hat", sagte er leise, und seine eisigen Augen blickten zu meinen auf. „Ist das richtig?"

Ich schluckte, zwang mich aber zu nicken. „Sie hat damit gedroht, es aber nie durchgezogen." Das war etwas, das ich vor langer Zeit gelernt hatte und das mir geholfen hat, diese besonderen Spötteleien nicht zu fürchten.

Aber jetzt war sie nicht hier und ich hatte keine Ahnung, was ich von dem mächtigen Vampir, der vor mir kniete, zu erwarten hatte.

„Heißt das, dass du unberührt bist?", fragte er, wobei sich sein Blick auf den Scheitelpunkt zwischen meinen Schenkeln senkte.

„Ich wurde einmal benutzt", sagte ich ihm. „Nur um die Bindung der Unsterblichkeit zu testen."

„Es war also von jemandem, mit dem du nicht verbunden warst?"

„Ja, eine lykanische Versuchsperson", antwortete ich. Mein Magen verzog sich bei der Erinnerung an diese Erfahrung.

Es war an meinem dreißigsten Geburtstag. Ich musste jedes Jahr Blut- und andere Körperproben abgeben, um mich auf Anzeichen des Alterns oder andere Veränderungen meiner Wachstumsmuster untersuchen zu lassen. Als sich meine Werte ein Jahrzehnt lang nicht verändert hatten, war Lilith zufrieden gewesen und hatte mich nie wieder dieser Prüfung unterzogen.

„Danach tötete sie den Lykaner und schlug mich, weil ich sie zu dieser Reaktion veranlasst hatte", fügte ich hinzu und erinnerte mich mit großer Klarheit an diesen Vorfall, weil er mich oft in meinen Träumen verfolgte.

Die Erfahrung war schlimmer als die des Lykaners.

„Ich bin tatsächlich gestorben." Meinem flachen Ton

fehlten die Emotionen, die ich an diesem Tag erlebt hatte. „Aber die Verbindung zur Unsterblichkeit brachte mich zurück … langsam."

Das war der letzte Test.

Einer, den ich leider nicht bedacht hatte.

Ich schüttelte den Kopf und begegnete seinem Blick erneut. „Das war das einzige Mal, dass Lilith jemandem erlaubt hat, mich zu berühren, abgesehen von ihr selbst."

Seine Augenbraue hob sich und ich vermutete, dass er mich fragen wollte, was ich damit meinte. Aber er ging nicht darauf ein. Ein Teil von mir war froh darüber. Er konnte erahnen, was ich meinte. Es gab keinen Grund, Liliths brutale Fressgewohnheiten im Detail zu erläutern.

Außerdem würde er alles erfahren, wenn wir die Protokolle finden.

Er drückte mir einen weiteren Kuss auf die Innenseite meines Oberschenkels, stand dann auf und ging zu einer Schalttafel in der Nähe der Tür. Ich konnte nicht sehen, was er tat, um das Gerät zum Leben zu erwecken, aber ich hörte die weibliche Stimme über die Sprechanlage. „Guten Abend, mein Prinz."

„Hallo, Darling", antwortete er, und seine Stimme hatte einen warmen Klang. „Ich habe mich gefragt, ob du mir mit einer Mahlzeit helfen könntest. Für einen Menschen."

„Natürlich, mein Prinz. Irgendwelche Vorlieben?"

Er schaute mich an. „Irgendwelche Sehnsüchte, kleines Genie?"

Ich blinzelte ihn an. „Sehnsüchte?" Warum sollte man sich nach Essen sehnen? Nahrung diente als Nährstoff zum Leben und zu nichts anderem."

Seine Lippen verzogen sich zu einem verschlagenen Grinsen. „Nimm dir einen Stift, Tracey. Ich werde dir gleich ein paar Dinge nennen."

JACE

Iᴄʜ ʜᴀᴛᴛᴇ Calina keine Kleidung gegeben, hauptsächlich, weil sie mir nackt besser gefiel – aber auch, weil ich die Oberhand behalten wollte, falls sie einen Weg zur Flucht finden würde.

Sie saß mir am Tisch, mit geradem Rücken und einer Gabel in einer Hand, gegenüber, während sie die Speisen auf ihrem Teller sortierte.

Es war methodisch und verblüffend – Fleisch in der unteren Ecke, Gemüse darüber, dann stärkehaltige Lebensmittel, gefolgt von noch mehr Stärke. „Dieses Essen ist nicht ausgewogen", sagte sie.

„Nein, das ist es nicht", stimmte ich zu. „Aber du wirst es trotzdem essen."

Ihre vollen Lippen schürzten sich. „Was ist der Zweck der gelben Nudeln?"

„Makkaroni und Käse", korrigierte ich. „Der Zweck ist, dass es köstlich ist."

„Welche Inhaltsstoffe sind für die Substanz entscheidend?"

„Käse", murmelte ich. „Jetzt iss endlich."

Sie rümpfte die Nase, aber sie tat wie ihr geheißen und begann mit dem gedünsteten Gemüse. Dann wandte sie sich dem Filet und den Garnelen zu, wobei sich ihre Stirn mit jedem Bissen mehr in Falten legte. „Das schmeckt anders."

„Es ist gewürzt."

„Womit?"

„Spielt das eine Rolle?"

„Ich versuche, die beabsichtigten Ergebnisse solcher Dinge zu erkennen."

„Geschmack", sagte ich ihr. „Es ist alles eine Frage des *Geschmacks*."

„Und das?" Sie zeigte auf die weiße Substanz auf ihrem Teller.

„Kartoffelpüree. Sehr gut für die Seele."

Ihr Gesichtsausdruck verriet mir, dass sie damit nicht einverstanden war, aber sie aß es trotzdem. In der Küche warteten noch mehrere andere Gerichte, darunter verschiedene Desserts. Allerdings sahen ihre Wangen am Ende des ersten Tellers etwas grün aus, sodass ich beschloss, ihr nicht noch mehr zuzumuten.

Lilith war besessen von einem bestimmten Aussehen der Menschen, was bedeutete, dass die Sterblichen ihr ganzes Leben lang eine strenge Diät einhalten mussten. Doch Calina war kein Mensch, also sollte das für sie auch nicht gelten.

„Darf ich die Toilette benutzen?", fragte sie.

Ich nickte und wies mit einer Geste auf das Bad neben dem Schlafzimmer. Von dort aus gab es keinen Ausgang, sodass ich es nicht für nötig hielt, sie zu überwachen.

Sie entschuldigte sich ohne ein Wort.

Ich nutzte die Gelegenheit, um den Tisch und die Küche aufzuräumen und die Reste in den Kühlschrank zu stellen, um sie später zu genießen. Als ich fertig war, war Calina noch nicht zurück, was mich innehalten und nach ihr lauschen ließ.

Es war nichts zu hören.

Stirnrunzelnd ging ich ins Bad und fand sie wie ein Häufchen Elend auf dem Boden.

Scheiße.

Sie hatte offensichtlich den größten Teil ihres Mageninhalts von dich gestoßen, aber das hatte ihre Schmerzen nicht gelindert.

„Du bist unser Essen nicht gewohnt", sagte ich leise und seufzte. „Ich dachte, du würdest mit deinen unsterblichen Genen damit umgehen können, aber anscheinend habe ich mich getäuscht."

Sich zu entschuldigen, würde der Situation nicht helfen. Sie brauchte Trost, und den hatte ich ihr versprochen, solange sie kooperierte, und bisher schien sie mir auch entgegenzukommen, wenn es darum ging, mir Informationen zu geben.

Ich ging in die begehbare Dusche und ließ warme Wasserstrahlen von oben rieseln. „Ein bisschen Wassertherapie wird helfen", sagte ich ihr.

Daraufhin rollte sie sich noch fester zu einem Ball zusammen und murmelte eine Antwort, die sich in etwa so anhörte, „*Lass mich in Ruhe*". Mein kämpferisches Genie lag auf dem Boden, wirkte zerbrechlich und verschwand hinter einer sterblichen Hülle, die unter meiner Berührung so leicht brechen konnte …

Ich betrachtete sie und unsere Umgebung und zog mich bis auf meine Boxershorts aus.

Sie blickte zu mir auf – ihre Wangen waren leichenblass.

„Hm", brummte ich und hockte mich vor sie. „Hier." Ich biss in mein Handgelenk und hielt es ihr an die Lippen. „Trink."

Sie rümpfte die Nase, ähnlich wie sie auf das Abendessen reagiert hatte.

„Das war ein Befehl, Frau Doktor", fügte ich hinzu,

wobei mein Tonfall einen Hauch von Forderung enthielt. „Ich biete mein Blut nicht einfach jedem an und es wäre unklug, mich abzulehnen."

Ich wusste, dass Schlucken wahrscheinlich das Letzte war, was sie tun wollte, aber mein Blut würde ihre Übelkeit schnell und effizient lindern. Dann könnte ich den Gestank von ihr abwaschen und sie ins Bett bringen – nicht zum Ficken, sondern zum Schlafen. Ich war seit fast zwei verdammten Tagen wach, außerdem war ich nicht in der Stimmung, in der heißen Sonne von Costa Rica länger als nötig wach zu bleiben.

Ihre Lippen öffneten sich, was ich als Zeichen nahm, mein Handgelenk an ihren Mund zu drücken. Sie strich mit ihrer Zunge über meine Haut und hielt inne, als sie die Abdrücke meiner Zähne entdeckte.

Sie begann zu saugen, und verdammt, wenn das nicht der erotischste Anblick meines Lebens war.

Vielleicht lag es an ihrem verführerischen Duft oder an meiner momentanen Gemütsverfassung oder an der Tatsache, dass diese Frau mich zum ersten Mal seit über einem Jahrhundert wieder vor eine verlockende Herausforderung gestellt hatte. Als ich ihr jetzt beim Trinken zusah, wurde ich sofort hart wie ein verdammter Stein.

Ich war hingerissen von ihr. Völlig gefesselt. Ich verlor mich in dem kleinen, zufriedenen Wimmern, das sie ausstieß, während ihre Kehle arbeitete.

Ihre Augen fielen zu und ihre Wangen färbten sich rosa.

Ich hatte ihr nicht gesagt, dass sie aufhören soll. Ich sollte es tun. Ich *würde es tun*. Aber jetzt noch nicht. *Nur noch einen Moment*, dachte ich, während meine andere Hand zu ihrem Haar fuhr, um meine Finger durch ihre weichen Haare zu ziehen. Die blonden Strähnen waren verfilzt, was ihr Bedürfnis nach einer Dusche bestätigte und meine Aufmerksamkeit wieder auf das Wasser lenkte, das nur ein paar Meter entfernt zu Boden fiel.

Ich löste mein Handgelenk von ihrem Mund, hob sie in meine Arme und trug sie in den gekachelten Innenraum.

Ihre haselnussbraunen Augen waren jetzt eher grün als blau, während sie mich offensichtlich verwirrt anstarrte. Anstatt einen Kommentar abzugeben, setzte ich sie auf die Bank und nahm einen der beweglichen Duschköpfe in die Hand. Die anderen beiden spritzten mir heißes Wasser auf den Rücken, während ich den dritten benutzte, um ihr Haar zu befeuchten.

Sie sagte nichts, sondern sah mich einfach nur an.

Als ich mit dem Beträufeln ihrer Strähnen fertig war, reichte ich ihr den Duschkopf und griff nach einer Flasche vom Sims.

Sie richtete das Wasser auf sich selbst, bewegte den Duschkopf aber nicht viel, sondern konzentrierte sich ganz auf mich und meine Finger, während ich eine großzügige Menge Shampoo in ihr Haar einmassierte.

Als ich meine Hand senkte, spülte sie diese ab. Ich nahm ihr den Duschkopf wieder ab, um den Schaum von ihrem Kopf zu spülen.

Wir wiederholten die Aktionen mit dem Conditioner.

„Steh auf", sagte ich ihr, als ich fertig war, denn ich wusste, dass mein Blut ihre momentane Übelkeit mehr als beseitigt hatte.

Sie gehorchte.

Ich hängte den Duschkopf wieder an seinen Haken in der Wand und nahm ein Stück Seife in die Hand.

Ihre Pupillen weiteten sich, als ich begann, die Seife auf ihre Arme und Schultern aufzutragen.

Ich wartete darauf, dass sie etwas sagen würde – dass sie eine ihrer vielen Fragen stellen würde, die in ihrem

Blick erkennbar waren – aber alles, was sie tat, war, absolut still zu bleiben, während ich über ihre Haut streichelte.

„Du darfst sprechen", sagte ich und berührte erneut ihre Schulter, bevor ich mich zu ihrem Brustbein und weiter zu ihrem Bauch hinunterwagte.

Sie zitterte und ihre Brustwarzen stellten sich zu schönen rosigen Knospen auf. Ich wich ihnen mit der Seife aus, seifte ihren gesamten Unterleib ein und arbeitete mich zu ihren Seiten vor.

Ihre Hüftknochen kamen als Nächstes, gefolgt von ihren Oberschenkeln, Knien und Waden. Auf meinem Weg zurück nach oben konzentrierte ich mich auf die gestutzten blonden Härchen ihres Venushügels.

„Du bist erregt", flüsterte ich und roch ihr Verlangen. Ich sah den glitzernden Beweis auf ihren hübschen rosa Schamlippen. Mein Mund lechzte nach einer Kostprobe. Mmm, vielleicht würde ich sie heute Abend doch noch ficken.

„Ich werde von einem Raubtier mit verführerischen Eigenschaften gestreichelt, das seine Beute umgarnt. Natürlich bin ich erregt."

Ihr flacher Ton lenkte meine Aufmerksamkeit von ihrer Mitte weg auf ihr Gesicht. Sie sprach, als wäre diese Anziehung zwischen uns normal, als könnte jeder andere Vampir eine ähnliche Reaktion in ihr hervorrufen.

Meine Hand lag immer noch auf ihrem Schoß, meine Fingerspitze glitt ein Stück nach unten, um ihre Klitoris sanft zu streicheln. Sie zuckte zusammen und schnappte leise nach Luft.

„Und das?", fragte ich. „Ist das nur eine weitere meiner verführerischen Eigenschaften?"

„Ja." Ich hatte keinerlei Emotionen erkannt. Es gab keine weiteren Ausführungen, nur eine direkte Bestätigung, dass sie glaubte, das alles sei eine Folge der Eigenschaften eines Vampirs und nichts anderes.

„Das ist naiv", sagte ich und umkreiste ihre empfindliche Knospe mit einer Präzision, die in über dreitausend Jahren Erfahrung gewachsen war. „Nicht alle Vampire sind in der Kunst der Liebe überragend."

„Das müssen sie nicht", erwiderte sie. „Menschen beugen sich von Natur aus, sodass sexuelle Fertigkeiten überflüssig sind."

„Du beugst dich nicht", sagte ich.

„Du hast mich nicht darum gebeten."

Fast hätte ich meinem Verlangen, ihren Mund mit meinem Schwanz eine Lektion zu erteilen, nachgegeben. Der Wunsch wuchs mit jeder Sekunde exponentiell an, aber ich beschloss, dass in unserer Situation eine andere Lektion sinnvoller wäre.

Ich legte das Seifenstück in die Halterung zurück und spülte meine Hände unter dem Wasserstrahl ab.

Dann drückte ich Calina rückwärts gegen die Kachelwand.

Ihre haselnussbraunen Augen flackerten vor Unsicherheit, doch sie hielt meinem Blick stand, selbst als ich einen meiner Schenkel zwischen ihre schob. Ich umschloss sie mit meinem Körper und meine Handflächen umfassten ihre Hüften.

Sie zitterte.

Ich lächelte.

„Du glaubst, dass das Schlüsselprinzip beim Umwerben einer Beute die Verführung ist und dass es nur natürlich ist, dass du dich in meiner Gegenwart erregt fühlen, weil ich bin, was ich bin und nicht *wer* ich bin. Richtig?"

„Richtig." Die Bestätigung kam mit einem leisen Ausatmen heraus, das ich an meinem Kinn spürte.

„Was ist mit dem Vergnügen?", fragte ich mich. „Erleben Menschen Sex nur als *natürliche* Reaktion auf die Fähigkeiten eines höheren Wesens?"

Sie runzelte die Stirn. „Meinst du während des Todes?"

Eine vielsagende Antwort, die mich dazu veranlasste, meinen Griff um sie zu verstärken. „Ist das die einzige Freude, die ein Mensch in Gesellschaft eines höheren Wesens verspüren kann?"

„Es geht darum, die Beute in Verzückung zu versetzen. Daher nehme ich an, dass ein gewisses Maß an Endorphinen an diesem Prozess beteiligt ist."

„Ist es das, was du jetzt fühlst?", fragte ich und strich mit meinen Lippen über ihre Wange. Küssend setzte ich den Weg zu ihrem Ohr fort. „Eine gewisse Menge an Endorphinen?"

„Ich … ich fühle … ja."

„Hm", brummte ich und war fasziniert von ihrer Interpretation der Reaktionen ihres Körpers. Es war eine praktische Einschätzung, die darauf hindeutete, dass sie den Rausch der Leidenschaft noch nie wirklich erlebt hatte.

Kein Wunder, wenn man bedenkt, was sie mir über ihre einzige sexuelle Begegnung erzählt hatte.

Umso mehr Spaß hatte ich bei diesem Experiment mit ihr.

Ich musste jedoch noch ein paar Parameter festlegen, bevor wir wirklich beginnen konnten. Als Wissenschaftlerin würde sie es zu schätzen wissen, wenn die Fakten in ihren Gedanken klar wären. Auf diese Weise würde sie die volle Wucht der Explosion zu spüren bekommen, wenn ich ihr den Verstand raubte.

„Bist du gekommen, während der Lykaner dich im Labor gefickt hat?", fragte ich. Es war eine plumpe Frage, aber Calina reagierte nicht mit Gefühlen. Sie schien

Wissenschaft und Verstand über Gefühle und Empfindlichkeiten zu stellen.

Und jetzt zögerte sie nicht mehr. „Nein."

„Was ist mit Lilith? Hat sie dich jemals kommen lassen?", drängte ich und meine Zähne streiften ihr Ohrläppchen, während sich mein Puls bei dem Gedanken stark beschleunigte. Der Gedanke, dass Lilith Calina benutzt haben könnte, gefiel mir nicht besonders. Das lag nicht so sehr an Lilith, sondern an Calina.

Eine seltsame Offenbarung, da ich die Frau kaum kannte.

Dennoch fühlte ich mich auf wundersame Weise ihr gegenüber besitzergreifend.

War das eine Folge ihrer Entstehung? Sie hatte bereits erwähnt, dass Lilith ähnlich empfunden hatte. Vielleicht hatte es etwas mit ihrer Schöpfung im Labor zu tun?

„Natürlich nicht", antwortete sie und bestätigte, dass Lilith ihr nie einen Orgasmus beschert hatte. „Meine Befriedigung diente während ihrer Mahlzeiten keinem Zweck. Sie wollte nur meine Unterwerfung und meinen Schmerz."

„Das ist es, was du denkst, was hier gerade passiert? Dass ich meine sinnliche Macht über dich ausübe, um dich zum Nachgeben zu bewegen?"

Ihre Kehle drückte gegen meine Lippen und ihr Zittern war so deutlich spürbar, dass ich einen Schauer über meine eigene Haut laufen fühlte. „J-ja?"

„Du klingst nicht sehr sicher", murmelte ich gegen ihre pochende Ader, während ich meinen Schenkel zwischen ihren Beinen anwinkelte. „Das ist okay, kleines Genie. Ich werde dir in ein paar Minuten helfen, das Licht zu sehen."

„Licht?"

Ich richtete mich wieder auf, um meine Lippen an ihr

Ohr zu führen. „Ja, süße Strategin. *Licht.*" Ich ließ meine Hand an ihrer Seite hinauf zu ihrer Brust gleiten und umkreiste eine ihrer erigierten Brustwarzen mit meinem Daumen. „Es ist wahr, dass Vampire und Lykaner sexuell aktive Wesen sind. Wir sind in der Lage unsere Auserwählte zu fesseln und sie mit Leichtigkeit zu unterwerfen. Aber die Gleichung hat noch viel mehr zu bieten, Frau Doktor."

Meine andere Hand verließ ihre Hüfte und glitt an ihrem Unterbauch entlang zu den kurzen blonden Härchen ihres Geschlechts.

„Unsere Vorlieben und Fähigkeiten sind alle unterschiedlich", fuhr ich an ihrem Ohr fort, während ich mit Daumen und Zeigefinger in ihre Brustwarze kniff und ihr ein leises Stöhnen entlockte. „Es geht also nicht darum, was wir sind, liebes Genie." Ich ließ meine Finger in ihre feuchte Mitte hinuntergleiten. „Es geht darum, *wer* wir sind."

Sie zitterte, als ich ihre Schamlippen erforschte. Mein Daumen fand die weiche Mitte, um ihr die Reibung zu geben, nach der sie sich sehnte. Ein weiteres Stöhnen verließ ihren Mund, es klang beinahe wie ein Würgen, als würde sie gegen die Reaktion ihres Körpers auf meine Berührung ankämpfen.

Dabei spitzten sich meine Lippen. „Süßes Mädchen", flüsterte ich und knabberte an ihrem Ohrläppchen. „Ich bin nicht nur irgendein Vampir. Ich bin ein verdammter *König*. Und du wirst gleich herausfinden, warum."

Ich drang mit zwei Fingern in sie ein, während mein Daumen ihre empfindliche Knospe streichelte. Sie schrie auf, was mich noch mehr zum Grinsen brachte.

Ich gab dem Impuls nach, zuzubeißen.

Meine Reißzähne stachen in ihren hübschen zarten Hals, durchbohrten ihre Vene mit Leichtigkeit und versetzten sie in einen Höhepunkt, der sie vor Überraschung aufkeuchen ließ.

Sie klammerte sich an meine Arme und hielt mich fest, als ginge es um ihr Leben, während sie sich unaufhörlich gegen meinen Körper stemmte. Es war fast so, als ob die verweigerte Lust der Jahrzehnte in einem einzigen Moment ihren Höhepunkt erreichte, als ihre enge Scheide versuchte, das Blut aus meinen Fingern zu quetschen.

Ich ließ nicht locker und spornte sie mit kleinen Stößen gegen ihre Lustknospe an, stieß meine Finger in ihren heißen Kanal und streichelte diesen Punkt tief in ihrem Inneren, der Frauen vor Verlangen verrückt machte.

Sie schrie und ihre Nägel gruben sich in meine Haut, als sie zu einem weiteren intensiven Höhepunkt fand.

Ihr Blut auf meiner Zunge ließ mich knurren, mein Wunsch, jeden Tropfen ihres Blutes zu trinken, war ein überwältigendes Verlangen in meinem Kopf. Aber ich bewahrte meinen Verstand, genoss ihren Geschmack und spielte mit ihrem Körper bis zur Perfektion.

Mein Name verließ ihren Mund mit einem Flehen in ihrer Stimme – aber zu hören, dass sie mich Jace nannte, ermutigte mich nur, weiterzumachen.

Mehr Saugen.

Mehr Streicheln.

Ich kniff ihr abwechselnd in ihre Brustwarzen und streichelte ihr Inneres noch einmal mit meinen Fingern, während ich gleichzeitig ihre Klitoris quälte.

Ich stürzte sie in einen Rausch, der ihre Realität neu definierte. Tränen liefen über ihre Wangen. Ihre Lippen öffneten sich lautlos und ihr Körper war wie Wachs in meinen Händen.

Und wieder zuckte sie zusammen.

Ich trank nur so viel, um sie in diesem euphorischen Zustand zu halten, denn ich wollte ihr die wahre Macht eines Vampirs zeigen – die wahre Stärke ... die Zurückhaltung.

Das war eine gute Lektion. Ich hörte nicht auf, sie zu befriedigen, bis sie so heftig und so lange kam, dass sie in meinen Armen ohnmächtig wurde.

Erst dann löste ich mich langsam von ihrem Hals, wobei ich darauf achtete, ihre Haut nicht aufzureißen, und hob sie in meine Arme. Ich küsste sie auf den Kopf, wusch uns beide und wickelte sie in ein großes Baumwollhandtuch.

Schließlich hoben sich ihre Augenlider und gaben den Blick auf ihre Augen frei, deren haselnussbraune Iriden nur einen dünnen Rand um ihre schwarzen Pupillen bildeten.

„Ich freue mich darauf, heute Abend mehr über deine Analyse meiner Art zu erfahren, Frau Doktor", sagte ich ihr sanft, während ich sie zum Bett trug. „Und ich erwarte, dass du diese orgastische Erfahrung in deinem Bericht ausführlich beschreiben wirst."

LILITH

Serverfarm-Protokoll aktiviert.

Dein Team wird innerhalb von vierundzwanzig Stunden eingesetzt, um die erforderlichen Dateien abzurufen.

Drücke auf den grünen Pfeil, um die Überprüfung der Protokolle fortzusetzen.

Das nächste Protokoll beginnt in drei, zwei …

Protokoll Jahr eins. Tag eins.

Hallo, mein Lehnsherr, und willkommen in der neuen Ära. Ich habe diese Jahresprotokolle zusammengestellt, damit Ihr den Fortschritt deines Plans verfolgen kannst. Ich hoffe, dass sie sich im Falle meines Todes als hilfreich erweisen. Fangen wir also an.

Neunzig Prozent der menschlichen Rasse sind ausgerottet worden, wie du es vorgeschlagen hattest.

Fünfhunderttausend Menschen wurden von Hand ausgewählt, um den Zuchtprozess zu beginnen. Ihre Bluttypen sollten sich als fruchtbar für künftige Generationen erweisen. Weitere einhunderttausend wurden in die Reserven aufgenommen, um ihre Lebensfähigkeit zu testen.

Alle Kinder und Jugendlichen unter achtzehn Jahren wurden in das Universitätssystem eingeschrieben, mit Ausnahme der Schwachen, die an Könige gegeben wurden, um den betörenden Geschmack zu genießen, der in einer kindlichen Ader steckt.

Der Rest der menschlichen Rasse wurde nach Regionen aufgeteilt, sodass jeder König und jeder Alpha die gleiche Anzahl von Sterblichen für die Aufrechterhaltung der Stadt erhält. Die meisten werden wahrscheinlich als Nahrungsquelle genutzt, aber andere, die sich als nützlicher erweisen, werden für Harems, Befriedigungskammern, allgemeine Dienstleistungen, Lykanerzucht, Mondjagden oder für andere Aktivitäten der Unsterblichen eingesetzt.

Die Vorbereitungen für den Bluttag sind fast abgeschlossen, da der Magistrat von der lykanischen Seite des Bündnisses gewählt wurde. Heute in einem Jahr werden wir mit der ersten Bluttag-Zeremonie beginnen. Die Menschen werden um ihr Recht kämpfen, in unsere Reihen aufgenommen zu werden. Nur ein Lykaner und ein Vampir werden an diesem Tag ausgewählt werden.

All das ist von dir gewollt. Ich hoffe nur, dass ich deinen Erwartungen gerecht werden kann, während du dich ausruhst.

Schlaft gut, mein König.

Ich werde Euch Bescheid geben, wenn es Zeit ist, aufzustehen.

Drücke den grünen Pfeil, um mit dem nächsten Protokoll fortzufahren.

Übertragung beendet.

CALINA

MEIN KÖRPER BEBTE und meine Haut war heiß und empfindlich.

Es war unangenehm – aber wiederum auch nicht.

Ich runzelte die Stirn und war unsicher, wie ich mich wirklich fühlte. *Erholt. Leichter als Luft. Traumhaft.*

Die Empfindungen waren mir fremd, ebenso wie die warme männliche Decke hinter mir.

Seine Lippen wanderten über meinen Hals und jagten mir einen Schauer über den Rücken. „Hallo, Doktor. Wie fühlst du dich? Zufrieden?"

Meine Augenlider hoben sich. Die Fenster vor mir zeigten die untergehende Sonne. Ich konnte mich nicht erinnern, eingeschlafen zu sein.

Eigentlich …
Meine Lippen öffneten sich.
Oh …

Ich presste meine Schenkel zusammen, als die Erinnerungen an das, was mich umgehauen hatte, wieder in mein Gedächtnis drangen.

Zufrieden wäre eine Untertreibung.

Jace hatte mich in einen Strudel der Ekstase versetzt, der sich fast unwirklich angefühlt hatte. Er hatte unsere gemeinsame Zeit mit der Bemerkung beendet, ich solle ihm einen vollständigen Bericht geben.

Ein vollständiger Bericht … wovon?, fragte ich mich und war unfähig, mich daran zu erinnern, was er sonst noch gesagt hatte.

Wahrscheinlich hatte er etwas über die vampirischen Fähigkeiten gesagt, Beute zu überwältigen – eine Tatsache, die er in der Dusche mehr als bewiesen hatte, denn ich hätte alles getan, um mich weiterhin so gut zu fühlen.

Sein Mund versiegelte sich über meinem Puls und seine Zähne berührten meine Haut.

Mein Herz setzte einen Schlag aus, als er meine Vene mit müheloser Leichtigkeit durchbohrte, als würde meine Kehle ihm gehören. Er knurrte … Das Raubtier in ihm ergötzte sich an meinem Geschmack.

Er strich mir mit seiner Hand über die Hüfte bis zu dem Scheitelpunkt zwischen meinen Schenkeln.

Ich wartete mit angehaltenem Atem darauf, diese erotische Berührung zu spüren und er enttäuschte mich nicht. Sein Finger glitt zwischen meine Schamlippen und entlockte mir unübertreffliche Lust.

Es fühlte sich an wie ein Traum. Wahrscheinlich war es auch einer – eine Fantasie, von der ich nicht wusste, dass ich sie begehren würde. Aber oh … Wie sehr ich sie jetzt begehrte.

Dieser Vampir war gefährlich. Er hatte meine Gedanken eingenommen. Mich verschlungen. Meine Konzentration entgleiste und er besaß mich auf eine so fremde Weise, dass ich nicht wusste, wie ich ihn bekämpfen sollte.

Raubtier, flüsterte mein Verstand. *Alpha-Raubtier.*

Ich wusste das.

Dennoch erlag ich seiner Berührung.

Vielleicht, weil ich so etwas noch nie erlebt hatte.

Liliths Hände waren Werkzeuge, mit denen sie mich und andere verletzt hatte.

Jace ... Seine Hände ... Sie machten *süchtig*.

Sein Mund arbeiteten an meiner Kehle, aber nicht zu stark. Es war genau wie unter der Dusche, wo er in langsamen, maßvollen Zügen getrunken hatte.

Es war anders, als die Art und Weise, wie er in Bunker 47 von mir getrunken hatte.

Warum eigentlich? Warum tust du das ...?, wollte ich fragen.

Aber meine Lippen verweigerten sich mir und im nächsten Moment stöhnte ich eine Erleichterung aus mir heraus, die durch jede Zelle meines Seins pulsierte. Ich spürte, wie er gegen meinen Nacken grinste und dass seine Zähne nicht mehr in meiner Haut steckten.

„Warum?", röchelte ich und versuchte, mich an den genauen Wortlaut meiner Frage zu erinnern, während mein Körper in Flammen stand und heftig erzitterte.

„Warum?", wiederholte er an meinem Ohr. „Warum ich dir Freuden bereite?"

Ich versuchte zu nicken, aber ich war zu sehr im Rausch, um meine Bewegungen kontrollieren zu können. Er muss gespürt haben, dass ich es versuchte, denn sein Lächeln wurde breiter.

„Es gibt nichts Schöneres auf der Welt, als eine Frau nach dem Aufwachen so stöhnen zu hören", murmelte er und küsste die Stelle direkt unter meinem Ohr. „Hilft es dir bei deiner Analyse?"

Ich blinzelte. „Analyse?"

„Ja, die, die mit deiner Theorie über deine Erregung zusammenhängt." Er drehte mich auf den Rücken und stützte sich neben mir auf seinen Ellenbögen ab. Seine eisblauen Augen funkelten amüsiert, als er auf mich herabblickte. „Du hast gestern Abend gesagt, dass deine

Erregung eine Folge davon ist, dass ich ein Vampir bin. Erinnerst du dich?"

Diesmal konnte ich meinen Nacken ein wenig bewegen, sodass ich mein Kinn neigen konnte. Denn ja, ich erinnerte mich an meine Aussage. Allerdings verstand ich nicht, warum er deswegen so ... so ... Mir fiel das richtige Wort nicht ein. Freundlich, vielleicht? Nett? Zuvorkommend? *Interessiert?* Er hatte mich bereits überwältigt, aber kaum Blut aus meiner Vene entnommen.

Was war der Zweck davon?

„Hat unser Experiment die Richtigkeit deiner Theorie bewiesen?", fragte er und lenkte mich auf unser Gespräch zurück. „Oder möchtest du deine Einschätzung revidieren?"

Experiment, dachte ich und runzelte die Stirn. *Ist es das, was das hier ist? Ein Experiment?* „Warum?"

Er musterte mich. „Ich bin mit deiner Hypothese nicht einverstanden und beabsichtige, sie zu widerlegen."

„Aber warum?" Warum war ihm so eine Kleinigkeit so wichtig? Ich war unter seiner Würde. Meine Meinung sollte keine Rolle für ihn spielen. Lilith hatte sich noch nie für etwas interessiert, was ich zu sagen hatte, es sei denn, es ging um eine wissenschaftliche Erkenntnis. Selbst dann hatte sie meine Ausführungen kaum ernst genommen. Ich hatte sie durch einen Test beweisen müssen, während sie zugesehen hatte.

Seine Hand wanderte von meinem Unterleib hinauf zu meinem Gesicht und umfasste meine Wange. „Weil ich es beleidigend finde, dass du denkst, du wärst nur deshalb von meiner Anwesenheit erregt, weil ich ein Vampir bin. Das mag eine Rolle spielen, aber der Rest betrifft mich persönlich."

„Es geht also um dein Ego als Mann", übersetzte ich.

Er beugte sich herunter und presste seine Lippen auf

meinen Mundwinkel. „Nein, Doktor. Es geht um deine Unwissenheit als unerfahrene Frau." Er knabberte an meiner Nase, dann setzte er sich auf. „Wir werden das später neu bewerten. Jetzt musst du erstmal richtig wach werden und ordentlich essen." Er rollte sich vom Bett und hielt mir eine Hand entgegen. „Komm, kleines Genie. Es ist an der Zeit, dass du deinen Wert noch einmal unter Beweis stellst."

Wir duschten wieder zusammen, dieses Mal ohne das angenehme Ende. Aber er hatte seine Boxershorts ausgezogen, sodass ich jeden Zentimeter seiner maskulinen Gestalt sehen konnte.

Perfektion war eine Untertreibung.

Ich erwartete, dass er meine Hand oder meinen Mund zu seinem Schwanz führen würde, aber er strich nur ein paar Mal träge mit der seifigen Hand darüber und schäumte den Rest seines wohlgeformten Körpers ein. Dann spülte er sich ab und schäumte meine Haut ein.

Nach dem Duschen wickelte er sich ein weißes Handtuch um die Taille. Die Wassertropfen an seinem Oberkörper und seinem dichten, dunklen Haar blieben, wo sie waren.

Mich umhüllte er auf eine ähnliche Weise, bevor er mich in den Essbereich der Suite führte. Zwei Teller mit Eiern warteten auf uns. Auf meinem waren Tomaten, Zwiebeln und Paprika in das Rührei eingekocht. Es war viel weniger Auswahl als bei unserer letzten Mahlzeit, sodass ich es gut vertrug.

Seine Eier waren mit einer Art Soße bestrichen und mit Schinkenscheiben belegt.

Eier Benedict, hatte er es genannt.

Mein Magen hatte sich bei diesem Anblick verzogen und ich lehnte sein Angebot ab, es zu kosten.

Danach zog er eine schwarze Hose und ein dunkles

Hemd an. Mir reichte er ein weißes Hemd und wies mich an, es wie ein Kleid zu tragen. Das tat ich, wobei der Stoff nur bis zu meinen Oberschenkeln reichte, und folgte ihm barfuß aus der Suite.

Wir gingen nicht sehr weit, nur ein paar Türen weiter in einen ähnlichen Raum mit einem Wohnbereich, einem Esstisch, einer Küche und einer Tür an der Seite, die in ein Schlafzimmer führte.

Vielleicht bestand diese ganze Etage aus Einzimmerwohnungen.

„Wird auch verdammt noch mal Zeit, dass du auftauchst", sagte eine tiefe Stimme, als der Vampir mit dem dunklen Haar und den karamellfarbenen Augen den Raum betrat.

Er trug eine dunkle Hose, sonst nichts. Hinter ihm stand die Frau – Tracey –, die vorhin das ganze Essen gebracht hatte. Sie verbeugte sich vor Jace auf dieselbe Weise, wie sie ihn damals begrüßt hatte. Er küsste sie auf die Wange, ähnlich wie bei ihrer letzten Begegnung, nur dass sich mir bei diesem Anblick dieses Mal mein Magen umdrehte.

Ich runzelte die Stirn, verstand diese Reaktion nicht.

„Calina brauchte eine Lektion in Sachen Respekt", murmelte Jace. „Jetzt versteht sie es besser."

Mein Stirnrunzeln vertiefte sich. „Ich hatte keine Ahnung, dass Vampire unter mangelndem Selbstbewusstsein leiden können." Die Worte verließen meinen Mund, bevor ich sie aufhalten konnte.

Jace sah mich an und seine Augenbrauen hoben sich bis zu seinem Haaransatz. „Was hast du gerade zu mir gesagt?"

Nun, da ich meine Meinung gesagt hatte, konnte ich genauso gut weitermachen. „Vampire sollen ein ausgezeichnetes Gehör haben, aber ich nehme an, dass mich dieser Mangel nicht überrascht, wenn man alles andere bedenkt."

Der Vampir mit den hellbraunen Augen pfiff und sah zu Tracey rüber. „Verschwinde von hier, Schätzchen. Ich will nicht, dass du mit dem Blut eines anderen Menschen durchtränkt wirst."

Sie warf mir einen bestürzten Blick zu, bevor sie in großer Eile die Suite verließ.

Ich begegnete Jace' glühendem Blick und überlegte, ob ich mich entschuldigen sollte. Aber ich war mir nicht ganz sicher, wie ich es hätte formulieren sollen, denn meine Aussagen waren nicht unbedingt falsch. Er verhielt sich ganz und gar nicht wie ein normaler Vampir und seine Vorliebe, *Theorien* zu testen, verwirrte mich ebenfalls.

Fast augenblicklich öffnete sich die Tür wieder und ein dritter Vampir betrat den Raum, dessen Anwesenheit Jace beunruhigend vertraut war. Eine Frau mit blassen Gesichtszügen, umrahmt von dunklem Haar, folgte ihm.

Ein *Mensch*, das war mir sofort klar. Die Art und Weise, wie sie sich an den Mann im Anzug klammerte, sagte mir, dass sie zu ihm gehörte.

Er warf einen Blick auf uns und wölbte eine seiner dunklen Brauen. Seine scharfen grünen Augen strahlten uns intensiv entgegen. „Habe ich etwas verpasst? Dein kleines Mäuschen rannte auf meinem Weg hierher praktisch an uns vorbei und hat sich kaum verbeugt.

„Calina war gerade dabei, König Jace zu beleidigen", informierte ihn der Mann mit dem Südstaatenakzent und verschränkte die Arme. „Sie sagte, er leide unter *mangelndem Selbstbewusstsein.*"

Jace *verhielt* sich für einen Vampir untypisch. Er tat nichts, was ich erwartet hatte, und er verschwendete seine Zeit damit, seine männlichen Fähigkeiten unter Beweis zu stellen, anstatt mich zu verhören.

Es sei denn, das war seine Methode, mich zur Kooperation zu bewegen. In diesem Fall hätte er eines seiner Druckmittel einsetzen sollen.

Er nahm mein Kinn zwischen Daumen und Zeigefinger und seine silberblauen Augen brannten sich in die meinen. „Hast du auf diese Weise mit Lilith gesprochen?", fragte er mit tödlich ruhiger Stimme.

Ich schluckte, weil mich seine Erwähnung meiner früheren Herrin daran erinnerte, wer vor mir stand. Jetzt gehörte ich ihm und ich hatte ihn beleidigt. Es war keine Absicht gewesen, sondern eine Feststellung, die ich ohne viel nachzudenken ausgesprochen hatte. Hätte ich das auch bei Lilith getan? „Nein." Weil ich ihre Vergeltung gefürchtet hatte.

Jace rief bei mir nicht die gleiche Reaktion hervor. *Woran liegt das?*, fragte ich mich.

„Und doch beleidigst du mich offen vor den anderen. Warum?" Er behielt diesen ruhigen Ton bei, der mir einen Schauer über den Rücken jagte.

Liliths Wut war ein Inferno, die ohne Vorwarnung explodierte und alles und jeden zerstörte, der sich ihr in den Weg stellte.

Jace' Wut erinnerte mich an eine Welle, die sich langsam zu einer gewaltigen Mauer aufbaute und das Opfer unter sich begrub.

Ich hatte eine kleine Welle angestoßen, die sich jetzt aufbaute und mich vollständig verschlingen würde, wenn ich nicht schnell Wiedergutmachung leistete.

Doch ich konnte die Worte nicht formulieren. Eine Entschuldigung war unmöglich. Er verwirrte mich zu sehr. „Ich verstehe dich nicht", stotterte ich stattdessen. „Du tust nichts, was ich von dir erwarte."

Seine Augenbrauen hoben sich. „Und was ist deiner Meinung nach zu erwarten?"

„Aufträge. Aufgaben. Fragen." *Auf jeden Fall nicht, mich zu füttern und zu baden, nachdem ich mein Essen wieder erbrochen habe,* dachte ich, sprach es aber nicht aus. „Lilith hat Berichte angefordert. Ich habe sie ihr gegeben. Sie trank mein Blut und ich starb. Dann wachte ich auf, um alles zu wiederholen, bis sie wiederkam." Das war mein Leben. Es gab nichts anderes. Mein Ritual. Und all das existierte plötzlich nicht mehr.

Mein Leben ergab keinen Sinn mehr.

„Ich möchte James und Gretchen sehen", fügte ich hinzu, weil ich mich nach Normalität sehnte. „Bitte."

Er beobachtete mich einen längeren Moment lang, bevor er den anderen Vampir ansah. „Mach eine Live-Übertragung für sie."

Ich ließ Jace nicht aus den Augen – weil ich es nicht konnte. Er hatte mich zu sehr in seinen Bann gezogen, als dass ich meinen Blick von ihm lösen könnte, und das Zusammenbeißen seines Kiefers verriet mir, dass er mich nicht so bald wieder loslassen würde. Ich hatte einen Nerv getroffen. Aber ein Teil der Flammen war aus seinen Augen gewichen, als er seinen Blick langsam wieder auf mich richtete.

„Erzähl mir von den Serverfarmen", forderte er.

Ich schluckte und erzählte ihm alles, was ich wusste. Allein die Worte laut auszusprechen, half mir, mich geerdet zu fühlen und mich an meine Aufgaben in dieser Welt zu erinnern. Es half mir, mich in meiner eigenen Haut wohler zu fühlen.

Seine magischen Berührungen hatten mich verunsichert.

Aber das Gespräch über die Berichte und die Systeme beruhigte mich wieder.

Ich ging sogar so weit, ihm von dem Hintertürchen zu erzählen, das ich mir selbst geschaffen hatte, und erklärte ihm, wie ich damit einige der Funktionen des Systems von Bunker 47 umgehen konnte. Ich hatte damit die Überwachung umgehen und auf meine Dateien zugreifen können.

„Die Hintertür führte über die Verbindung zur Serverfarm", schloss ich meinen Vortrag ab.

Sein Gesichtsausdruck hatte sich nicht verändert, durch seinen angespannten Kiefer glühten seine Wangenknochen noch immer majestätisch.

„Jetzt verstehe ich deine Verspätung", murmelte der Südstaaten-Vampir. „Sie ist großartig."

„In der Tat", antwortete Jace, kurz und knapp. Dann neigte er meinen Kopf, sodass ich einen Bildschirm sehen konnte, den der andere Vampir hochhielt. „James und Gretchen", fügte er schlicht hinzu.

Sie befanden sich in einem Raum ohne Fenster und liefen auf und ab.

Das Essen stand unberührt auf dem Tisch und ich konnte sehen, dass Gretchen geweint hatte.

„Wo ist ihr Sohn?", fragte ich und suchte den Bildschirm ab.

„Er war nicht Teil deiner Verhandlung", betonte Jace und lenkte meinen Blick mit seiner Hand an meinem Kinn wieder auf sich.

Meine Augen verengten sich. „Hast du ihn verletzt?"

„Hast du das Recht, es zu erfahren?"

Nein, aber ... „Wenn du willst, dass ich den Standort der Serverfarm preisgebe, dann ja."

„Kennst du den Standort?", konterte er.

„Ich weiß, wie man ihn findet." Wenn man bedenkt, dass mein gesamter Hintergrund an die Serverfarm gebunden war, wäre das nicht schwer zu bewerkstelligen und sein vampirischer Freund mit dem Südstaaten-Akzent schien Zugang zu Spitzentechnologie zu haben. Nur so war zu erklären, dass er mein ursprüngliches Signal hatte aufspüren können. „Gib ihnen das Kind zurück und ich finde deine Serverfarm."

„Finde die Serverfarm und ich werde deine Bitte berücksichtigen", erwiderte er, während sein Griff fester wurde. „Findest du die Serverfarm nicht, töte ich den Welpen und lasse dich zusehen."

Mein Herz setzte einen Schlag aus und die Art, wie er über einen derartigen Gewaltakt sprach, verdrehte mir den Magen. „Er ist ein Lykaner."

„Er ist eine Abscheulichkeit, die in einem Labor erschaffen wurde", gab er zurück. „Genau wie du. Der einzige Unterschied ist, dass du nützlich bist. Er ist es nicht. Triff deine Wahl, Doktor."

Und er behauptete, anders zu sein als Lilith.

Ich nahm an, dass er das in gewisser Weise tatsächlich war. Sie hätte den kleinen Petri – Gretchens und James' Sohn – getötet, noch während ich meine Forderung gestellte hätte, nur um den Welpen bluten zu sehen. Vielleicht hätte sie ihn sogar als Snack genossen.

Jace hielt sein Leben als Druckmittel gegen mich in der Hand.

Was die Verhandlungstaktik anbelangte, so war seine eher zielführend. Lilith hatte aus Angst gehandelt. Jace setzte strategische Manöver ein, um zu bekommen, was er wollte.

„Ich brauche einen Computer", sagte ich ihm. „Und Zugang zu einem Netzwerk."

„Du wirst beaufsichtigt", sagte er, sein Griff blieb unnachgiebig. „Enttäusche mich nicht, Calina, oder du wirst es bereuen." Mit diesen Worten ließ er mich los. „Damien."

Der Südstaaten-Vampir, von dem ich annahm, dass er Damien hieß, lächelte, was ihm eine angenehme

Ausstrahlung verlieh. Er hatte auch eine Tätowierung auf einem seiner Arme, die ein uraltes Muster zeigte, wodurch ich mich fragte, welche Herkunft er wohl hatte. Ich fragte ihn aber nicht, stattdessen begegnete ich seinem Blick und wartete.

„Bin ich mit dem Spielen dran?", fragte er und klang amüsiert über diese Aussicht.

„In einem vernünftigen Rahmen", antwortete Jace, woraufhin der andere Mann zu ihm aufblickte.

„Grenzen?"

„Ja. Ähnlich wie bei deinem Mäuschen."

„Interessant", murmelte Damien und sah mich an. „Gut, dann fangen wir mal an."

JACE

Ich stand im Flur, die Finger zu Fäusten geballt, und mein Verlangen, Damien zu schlagen, war unerträglich.

Er hatte Calina kaum berührt – nur ihr langes blondes Haar über ihre Schulter geschoben, um ihren Nacken auf bedrohliche Weise zu entblößen – und dennoch hätte ich mich fast auf ihn gestürzt. Anstatt einen Kommentar abzugeben, hatte ich den Raum verlassen.

Denn, *was zum Teufel?*

Der Besitzerinstinkt hatte mich mitten ins Herz getroffen. So ein starkes Bedürfnis, sie von dem anderen Mann wegzuziehen, hatte ich noch nie in meinem Leben verspürt.

Zum Teufel, erst vor ein paar Wochen hatte ich mehrere Nächte mit Tracey und Damien im Bett verbracht. Ich zog Gruppensex den individuellen Erfahrungen vor.

Und doch sah ich bei dem Gedanken, Calina mit Damien zu teilen, rot.

Ich fuhr mir mit den Fingern durchs Haar und holte tief Luft, als Darius zusammen mit Juliet zu mir in den Flur kam.

Apropos teilen, dachte ich trocken. Seit ich Juliet zum

ersten Mal gesehen hatte, wollte ich mit den beiden ins Bett, aber Darius weigerte sich.

Und jetzt hatte ich nur noch den einen Wunsch ... Calina über den Tresen zu legen und ihren ungehorsamen Arsch bis zur Unterwerfung zu ficken.

Diese Frau bringt mich um den Verstand, entschied ich. *Es ist ihr Duft. Dieses köstliche blutjungfräuliche Aroma.*

Ich konzentrierte mich auf Juliet und meine Nasenflügel blähten sich auf.

Normalerweise sang ihr Blut für mich.

Aber heute nicht.

Verdammt.

Ich begann auf- und abzugehen, während Darius mit einer hochgezogenen Augenbraue zusah. „Sie hat dich wirklich verärgert, nicht wahr?"

„Es ist so viel mehr als das", schnauzte ich ihn an, während ich mit beiden Händen in meinen Haaren um Selbstbeherrschung kämpfte.

Ich kenne diese Frau nicht einmal.

Sie ist ein Mittel zum Zweck.

Sie denkt, ich habe kein Selbstbewusstsein.

Dieser letzter Gedanke ließ mich knurren, und mein Verlangen, wieder hineinzustürmen und ihr zu zeigen, wie falsch sie lag, überwältigte meine Fähigkeit, mich auf irgendetwas anderes zu konzentrieren.

Aber Darius stellte sich mir in den Weg. Sein Blick war ernst. „Sie hilft Damien bereits, die Serverfarm zu finden. Lass sie arbeiten, dann kannst du sie töten."

„Sie töten?", höhnte ich über diesen Gedanken. „Oh, ich werde sie nicht umbringen. Ich werde die Respektlosigkeit aus ihr heraus ficken. Dann werde ich mich von ihr ernähren, bis sie mich anfleht, aufzuhören. Oder vielleicht mache ich auch beides gleichzeitig."

Darius packte mich an der Schulter, aber ein lautes *Ding* unterbrach das, was er sagen wollte, und Ryder trat in Jeans und T-Shirt in den Flur.

„Ich glaube langsam, dass ihr alle mehr Zeit in diesem Korridor, als in euren Zimmern verbringt", sagte er, als er näherkam. Willow ging mit einem Kleinkind auf dem Arm neben ihm her.

Der Anblick des kleinen Jungen schien mich auf andere Gedanken zu bringen. „Ist das …?" Helle türkisfarbene Augen hoben sich zu meinen. Die Farbe erinnerte mich an die Augen seines Vaters. „Du hast ihn dazu gebracht, sich zu verwandeln."

„Er musste nur ein wenig überredet werden", antwortete Willow, deren blondes Haar in langen Wellen über ihren Rücken fiel.

Wie Lilith, wurde mir bewusst. „Bist du hierhergekommen, um mit Damien ein Fotoshooting zu machen?"

„Ja", bestätigte Ryder. „Lilith ist seit ein paar Tagen nicht mehr gesehen worden und wenn du es dir nicht anders überlegt hast und ihren Tod beim nächsten Treffen der Blutallianz verkünden möchtest, müssen wir ein paar Bilder machen."

„Mit einem Kleinkind auf dem Arm geht das nicht", meinte Darius.

„Nein, deshalb haben wir ihn ja hierhergebracht. Wir brauchen Juliet als Babysitterin." In typischer Ryder-Manier hatte er nicht gefragt, sondern einfach gefordert. Und da wir alle Gäste in seinem Territorium waren, nahm ich an, dass er das Recht dazu hatte.

„Damien ist damit beschäftigt, Calina zu beaufsichtigen, während sie nach der Serverfarm sucht, auf der all ihre Forschungsmaterialien liegen", sagte ich.

Ryder hob eine Schulter. „Dann kannst du sie beaufsichtigen, während er ein paar Fotos macht."

Bei dieser Aussicht knirschte ich mit den Zähnen. Vor allem, weil ein Teil von mir erleichtert war, Damien woanders hinzuschicken und Calina ganz für mich allein zu haben.

Das muss an ihrem Blut liegen.

Sie hatte erwähnt, dass Lilith auch besitzergreifend gewesen war, hatte dieses Verhalten aber damit in Verbindung gebracht, dass sie eine Verbindung teilten. Vielleicht war es gar nicht die Verbindung, sondern nur Calina.

Trotzdem nickte ich Ryder zustimmend zu und sagte, „Ich übernehme."

Denn warum sollte ich das nicht tun?

Sie gehörte mir.

Für den Moment.

Vorübergehend.

Verdammt.

Ich schluckte den Drang zu knurren herunter und ging um Darius herum. Als ich feststellte, dass seine Hand immer noch auf meiner Schulter lag, begegnete ich seinem Blick. „Es geht mir gut."

„Ist das so?"

„Ja", schnauzte ich. „Jetzt lass mich los."

Er runzelte die Stirn, hielt mich aber nicht länger fest. Stattdessen sagte er: „Vielleicht sollten wir Calina den Jungen sehen lassen – als Zeichen des guten Willens. Wenn er mit ihr im Zimmer ist, während sie arbeitet, könnte es sie motivieren, schneller nachzugeben. Vor allem, wenn sie in Gedanken noch bei deiner Drohung ist."

Ich dachte darüber nach und nickte. „Okay."

„Welche Drohung?", fragte Willow.

„Nichts, was ich vorhabe, wirklich durchzuziehen", versprach ich ihr. „Aber das weiß Calina nicht." Und soweit ich es beobachten konnte, waren ihre Sinne nicht geschärft, sodass sie nichts von diesem Gespräch mitbekommen konnte. „Juliet, Darling, würdest du das Kind eine Weile halten?" Ihr gegenüber drückte ich mich sanfter aus, denn diese Frau hatte sich in den letzten Monaten meinen Respekt und meine Bewunderung verdient.

Anstatt mir zu antworten, schaute sie zu Darius. Er nickte ihr zu, um ihr ohne Worte – oder vielleicht durch ihre mentale Verbindung – zu sagen, dass er zustimmte. „Natürlich, mein Herr", murmelte sie und ihre hübschen braunen Augen fanden kurz die meinen.

Als wir uns das erste Mal getroffen hatten, konnte sie sich nicht einmal im selben Raum mit mir aufhalten, ohne sich zu verbeugen. Darius hatte an ihrer angeborenen Neigung Wunder vollbracht und ihr das Rückgrat gegeben, das sie brauchte, um in dieser Welt zu überleben.

Sie trat vor und hielt dem Kind die Hand hin.

Willow sah Ryder an, der seinen Blick daraufhin auf mich richtete. „Wenn das Kind während unserer Abwesenheit auch nur weint, werde ich dich vernichten, weil du meine Gefährtin verärgert hast."

Normalerweise würde ich eine solche Drohung kommentieren, aber mir fiel keine passende Antwort ein, also nickte ich nur. Mein Augenmerk lag nicht auf dem Kleinkind, sondern auf Calina.

Anstatt zu warten, um den Austausch des Jungen zu beobachten, ging ich zurück in Damiens Zimmer und zu dem etwas versteckten Büro, das er neben dem Essbereich hatte.

Die Tür war offen und gab den Blick auf Calina frei,

die an einem Schreibtisch saß, während Damien ihr über die Schulter schaute. Er berührte sie nicht, aber sein Mund war für meinen Geschmack viel zu nahe an ihrem entblößten Hals.

„Ryder braucht dich im Flur", sagte ich in einem schärferen Ton, als ich beabsichtigt hatte.

Damien warf mir einen Blick zu. „Tut er das? Sofort?"

„Ein Lilith-Fotoshooting".

Diese Worte ließen Calina erstarren. „Lilith ist *hier*?"

„Ja", antwortete ich. „Sie ist da drin." Ich warf einen Blick auf die versteckte Tür, hinter der sich Lilith aufhalten sollte. „Zeig es ihr, Damien."

Er versuchte nicht einmal, mir zu widersprechen. Zu sehr freute er sich auf die Aussicht, seine beiden Trophäen vorzeigen zu können.

Er drückte seine Handfläche an die Wand und öffnete ein elektronisches Bedienfeld, das ein sehr langes Passwort erforderte. Er tippte alle Zahlen ein und trat zurück, als sich die Wand wie die Türen eines Fahrstuhls öffnete.

Ein zischendes Geräusch ertönte, als der Blick auf einen Kühlbereich freigegeben wurde, in der eine kaum noch atmende Frau an einen Stuhl gefesselt war. „Wie ich sehe, hast du die Axt noch nicht aus ihrem Bauch entfernt", kommentierte ich.

„Oh, das habe ich", antwortete Damien. „Dann habe ich Tracey gebeten, sie an ihren Platz zurückzubringen."

„Vorspiel?", vermutete ich.

„So ähnlich", sagte er.

Ich blickte zu Calina, die den Kopf auf dem Regal anstarrte. „Wie ich sagte", murmelte ich. „Lilith ist hier. Sie ist nur nicht am Leben."

Calina stand auf, ließ die Bildschirme hinter sich und trat wie gebannt in den Kühlbereich.

Damien wollte sie aufhalten, aber ich hob meine Hand, um ihn davon abzuhalten, und beobachtete neugierig ihre Reaktion.

Sie schlich sich an Lilith heran, als ob sie jeden Moment wieder lebendig werden könnte. Dann neigte sie abschätzend den Kopf zur Seite.

Ryder trat in die Bürotür, hielt aber inne, als Calina sich bückte, um einen Sack zu öffnen, in dem der Rest von Lilith lag. Ihre Arme. Ihre Beine. Ihr Torso. Calina berührte sie nicht, sondern schien die Teile mit ihren Augen zu untersuchen, bevor sie sich wieder auf den abgetrennten Kopf konzentrierte.

Ryder und Damien tauschten einen Blick aus.

Dann sah Ryder mich an.

Ich nickte den beiden zu und gab ihnen ohne etwas zu sagen zu verstehen, dass ich die Situation im Griff hatte.

Damiens Blick sagte mir, dass ich seiner wertvolle Trophäe besser nicht zu nahe kommen sollte.

Er ging, bevor ich antworten konnte, in der Erwartung, dass ich der stummen Forderung nachkommen würde. Wahrscheinlich, weil er wusste, dass er hier keine wirkliche Autorität hatte. Ich würde tun, was immer ich verdammt noch mal wollte. Deshalb hatte mich die neue Allianz auch zum König gekrönt.

Der Computer piepte und lenkte Calinas Aufmerksamkeit von dem Kopf ab. Ihr Gesichtsausdruck verriet nichts, als sie ins Büro zurückkehrte, um ein paar Dinge auf der Tastatur einzugeben.

Ich hatte keine Ahnung, was sie da tat, weshalb ich eindeutig der falsche Ansprechpartner für diese Aufgabe war. Nach allem, was ich wusste, konnte sie einem von Liliths Partnern oder Interessenvertretern eine Nachricht schicken. „Du kannst den Kühlbereich jetzt schließen", sagte sie und ließ sich auf dem Stuhl nieder. „Danke, dass ich sie sehen durfte."

Anstatt zu antworten, ging ich zu der Schalttafel in der Wand und schloss die Tür. Damien hatte mir die Codes als Zeichen des guten Willens verraten. Es war ein neues Bündnis zwischen vielen von uns, aber seine familiären Bindungen zu Izzy machten ihn in meinen Augen vertrauenswürdig, genauso wie meine Verbindung zu Izzys Freund Cam mich des gleichen Respekts von Damien würdig machte.

Darius und Juliet betraten die Suite, kamen aber nicht ins Büro. Calina war entweder zu sehr mit den Informationen auf dem Bildschirm beschäftigt, um sie zu bemerken, oder sie hatte sie nicht gehört. Mit einer Handbewegung wies ich ihn an, nicht einzutreten, als sie nahe genug waren, um uns zu sehen. Wenn ich ihn brauchte, würde ich es ihn wissen lassen. Bis dahin konnten er und Juliet im Nebenzimmer bleiben.

Calina schwieg und starrte auf den Bildschirm.

Ich studierte den Code, konnte ihn aber nicht entziffern.

Also ließ ich sie in Ruhe arbeiten und bewunderte stattdessen ihren langen Hals, die Art und Weise, wie ihr Haar über die gegenüberliegende Schulter lag und wie sich mein Hemd an ihre nackte Haut schmiegte. Sie hatte die Ärmel bis zu den Ellbogen hochgekrempelt und die Beine übereinandergeschlagen, sodass der Stoff an ihren Oberschenkeln hochrutschte.

Während sich ihre Finger bewegten, wippte sie mit dem Fuß, wodurch ich mich fragte, was sie da eigentlich tat.

Ich legte meine Hand auf ihre Schultern und beugte mich vor, um meine Lippen gegen ihr Ohr zu drücken.

„Ein Teil von mir hofft, dass du etwas Hinterlistiges

vorhast", flüsterte ich. „Denn dann hätte ich einen Grund, dich übers Knie zu legen und dir den Hintern zu versohlen." Ich knabberte an ihrem Ohrläppchen und grinste, als sie erschauderte. „Dann würde ich dich über diesen Schreibtisch beugen und dich ficken, bis du wund bist. Und wenn ich mich am Ende entschließe, dir zu verzeihen, würde ich dir vielleicht wieder etwas Freude bereiten. Aber da ich ja unter *mangelndem Selbstbewusstsein leide* … vielleicht auch nicht."

Ihr Hals arbeitete, ihr Atem ging flach. Ich drückte meine Nase an ihren Hals, atmete ihren süßen Duft ein und lauschte dem schnellen Rhythmus ihres Herzens.

„Jetzt, wo du Lilith gesehen hast, weißt du, dass das, was ich dir gesagt habe, wahr ist", fuhr ich fort. „Das macht dich zu meinem Eigentum, Calina. Wenn du also jemanden mit diesen Tastenanschlägen warnst, werde ich sehr enttäuscht sein, und ich glaube nicht, dass du wissen willst, was ich tue, wenn ich enttäuscht bin, Darling."

„Du ermordest Kinder?", vermutete sie, wobei ihre Stimme keinerlei Emotionen preisgab.

Ich kicherte gegen ihre Kehle. „Beende deinen Job und sag mir, wo die Server-Farmen sind, dann musst du es nicht herausfinden."

Ich küsste einen Weg entlang ihres Halses. Meine Lippen schienen süchtig nach ihrer Haut zu sein, während sie wieder anfing zu tippen. Ihr Puls schlug weiter gegen meinen Mund wie die Flügel eines Schmetterlings.

Sie konnte ihren Tonfall vielleicht mit Gleichgültigkeit überspielen, aber ihr Körper verriet sie.

Sie war verängstigt, was das Raubtier in mir reizte. Ich wollte, dass sie verängstigt war, bettelte und *sich unterwarf.*

Sie stellte eine Herausforderung dar, die ich auf dunkle Weise genoss. Ich wollte ihre stoische Persönlichkeit brechen, nur um zu beobachten, wie sie vor meinen Füßen zerfällt. Noch nie war ich von jemandem so verzaubert worden.

Vielleicht war es ihr stillschweigender Widerstand – die Tatsache, dass sie ihre Anziehung auf eine natürliche biologische Reaktion zurückführte, anstatt eine potenzielle Anziehung zu mir, der Person, anzuerkennen.

Die meisten Frauen zogen sich auf Kommando aus, weil sie es wollten, und nicht, weil sie ein biologisches Bedürfnis verspürten, dem Befehl eines Raubtiers zu folgen.

Die Frauen genossen meine Anwesenheit aufrichtig und ich hatte sie in gleicher Weise umgarnt.

Aber Calina sprach mit einer Selbstsicherheit zu mir, die an Arroganz grenzte, was ich in Anbetracht ihres Alters und ihres menschlichen Status faszinierend fand.

Ich wollte ihr eine sinnliche Lektion erteilen, sie süchtig nach mir machen und sie entweder in meinen Harem aufnehmen oder aus ihr einen ebenbürtigen Nachkommen machen, der unter meinen Fittichen lernen sollte.

Die Art und Weise, wie sie sich jetzt konzentrierte und ihre Aufgabe erledigte, selbst wenn ein übermächtiges Wesen in ihrem Rücken lauerte, war nur ein weiterer Beweis für ihr Potenzial in dieser Welt. Sie würde einen fantastischen Vampir abgeben. Kaltblütig, auch wenn sie unter Druck stand. Praktisch. Intelligent. Strategisch.

Ich küsste ihren Hals und dachte an den einzigen Nachteil, den es mit sich bringen würde, sie zu verwandeln – sie würde diesen köstlichen Geschmack ihres Blutes verlieren.

Ich war definitiv noch nicht bereit, diese Droge aufzugeben. Während meine Hand weiter auf ihren Schultern lag, richtete ich mich auf. Sie rief eine Karte des früheren New York auf und tippte Koordinaten ein, drückte die Eingabetaste und sah zu mir auf. „Da."

„Beeindruckend", murmelte Darius hinter uns.

Ich hatte gespürt, wie er eingetreten war, als ich mich aufgerichtet hatte.

Calina versuchte, um mich herum zu Darius zu blicken, aber meine Hand glitt von ihrer Schulter zu ihrer Kehle und hielt sie fest. „Woher soll ich wissen, dass du uns nicht in eine Falle lockst?"

„Welchen Nutzen hätte ich davon?", konterte sie. „Die einzigen Menschen, die ich als Familie betrachte, hast du in deiner Gewalt. Außerdem hast du mir Liliths Kopf gezeigt und mich damit von ihrer Kontrolle befreit. Manche würden sagen, ich schulde dir Dankbarkeit."

„Und das zeigst du, indem du mich vor meinem Team beleidigst?", gab ich zurück.

„Ich … Ich habe es nicht als Beleidigung gemeint. Ich habe nur Probleme damit, dich zu verstehen. Du bist nicht wie die Vampire, die ich bisher kennengelernt habe."

Ich dachte daran, was sie mir vorhin über Lilith erzählt hatte − wie sie einen Bericht verlangte und sich dann von Calina ernährte, bis sie starb.

„Deine Sicht auf meine Art ist verzerrt", sagte ich nach einer Weile, wobei mein Daumen eine Linie an ihrem Hals entlang zog, während ich sie mit zurückgelegtem Kopf auf dem Stuhl festhielt. „Lilith glaubte, dass die Menschen dazu bestimmt sind, zu dienen. Es gibt einige von uns, wie mich, die bis zu einem gewissen Grad anderer Meinung sind."

Ich ließ ihre Kehle los und drehte ihren Stuhl so, dass sie mir zugewandt war. Dann packte ich die Armlehnen und beugte mich vor, um mein Gesicht vor ihrem zu platzieren.

„Menschen sind minderwertig, weil sie schwächer sind. Tatsache ist aber, dass Vampire auf das Blut der Sterblichen angewiesen sind, um zu überleben. Daher ist es unsere Pflicht, unsere Nahrungsquelle zu schützen. Dass wir alle irgendwann einmal sterblich waren, sollte uns auch ein wenig Menschlichkeit verleihen."

Ich griff nach oben und fuhr mit den Fingern durch ihr noch feuchtes Haar.

„Und manchmal gibt es wertvolle Menschen, die sich von den anderen abheben – sei es durch Intelligenz, eine besondere Fähigkeit oder ..." Ich fuhr mit dem Daumen an ihrem Kinn entlang zur anderen Seite und über ihren Hals. „Eine einzigartige Blutlinie, die bewahrt und verehrt werden muss."

„Mein Blut ist der Grund, warum du dich so verhältst?"

„Zum Teil", gab ich zu. „Aber ich schätze auch, was hier drin ist." Ich hob meine Hand und tippte ihr sanft auf den Kopf. „Und ich hoffe, dass die Informationen, die du mir gerade gegeben hast, stichhaltig und hilfreich sind, damit ich dich auch weiterhin schätzen kann. Andernfalls wird es nur dein Blut sein, das ich als wertvoll erachte, was dein Schicksal drastisch verändern wird."

Es war eine leere Drohung.

Irgendetwas sagte mir, dass ich, selbst wenn sie versuchen würde, uns zu täuschen, immer noch zu sehr von ihr fasziniert wäre, um ihr etwas Grausames anzutun.

Aber Ryder würde es tun ... Darius ebenso und ich würde mich ihnen nicht in den Weg stellen.

Cam zu finden, war hatte oberste Priorität. Nicht einmal diese köstliche Frau könnte mich davon abbringen.

Ich küsste ihre Schläfe und richtete mich wieder auf.

„Sieht so aus, als würden wir wieder in den Norden fliegen", sagte ich zu Darius. „Ich will vor Mitternacht in der Luft sein. Das heißt, wir müssen uns auf einen weiteren langen Tag im Sonnenlicht einstellen, wenn wir ankommen."

„Ich vermisse den Mond jetzt schon", antwortete Darius.

„Ich auch", murmelte ich und ließ meine Finger unter Calinas Kinn gleiten. „Steh auf. Du wirst angemessene Kleidung brauchen."

CALINA

Jace hatte mir erlaubt, Gretchen und James zu sehen, bevor wir gegangen waren. Er hatte ihnen auch einen Moment mit ihrem Sohn gegönnt, was einige der Sorgenfalten auf Gretchens Stirn vertrieben hatte.

Zumindest bis er ihr das Kind wieder weggenommen hatte – da war sie völlig außer sich gewesen, aber das lag in der Natur dieses gefährlichen Spiels.

Es war alles nur zu meinem Vorteil gewesen. Jace' Handlungen dienten als Erinnerung daran, dass er sie in seiner Obhut hatte und sie töten könnte, wenn ich mich falsch verhielt. Er hatte mir eine letzte Chance gegeben, sie zu retten, indem ich die Wahrheit sagte, bevor wir gegangen waren.

Ich hatte keinen schädlichen Plan, also hatte ich geschwiegen.

Auch während unseres langen Fluges in den Norden von New York blieb ich schweigsam. Oder *Lilith Region*, wie der Ort jetzt genannt wurde. Es war ein weites Gebiet, das einen großen Teil der ehemaligen Vereinigten Staaten umfasste.

Jace saß neben mir, ganz in Schwarz gekleidet, und konzentrierte sich auf ein Gerät in seiner Hand. Es erinnerte mich an ein Tablet, aber der Bildschirm schwebte in der Luft, während er durch Nachrichten blätterte.

Ich las sie und erkannte, dass er Anfragen von Vampiren, die ihm unterstellt waren, abarbeitete. Es gab Anfragen von Menschen für bestimmte Ämter, einige Bitten um mehr Blut und Besuchsanfragen von Vampiren aus anderen Regionen. Viele von ihnen genehmigte er, andere lehnte er mit Vermerken versehen ab.

Abgelehnt. Du hast deine Quote für Blut in diesem Monat bereits überschritten. Leg eine vollständige Auflistung deiner Vermögenswerte zur Prüfung vor und ich werde den Antrag erneut überdenken. −J

Er schickte diese Nachricht mit einem Seufzer ab und rief dann einen anderen Punkt auf, der ihn innehalten ließ. „Jasmine hat mir gerade eine Anfrage für ein Treffen nächste Woche geschickt. Sie möchte mit mir über Handelsoptionen sprechen."

„Interessantes Timing", erwiderte der adrette Vampir ihm gegenüber.

Darius.

Mit seinem Charme erinnerte er mich ein wenig an Jace, aber seine grünen Augen waren auf eine einzigartige Weise intensiv, die mir sagte, dass er nicht oft lächelte.

Die Frau an seiner Seite war seine *Erosita*. Sie hatte ihr dunkles Haar zu einem Pferdeschwanz zurückgebunden, der ihren langen Hals entblößte, was ihrem Gefährten sehr zu gefallen schien, da sein Blick häufig auf ihrem Puls landete.

Sie konnten offensichtlich über eine telepathische Verbindung miteinander sprechen, denn er nickte ein paar Mal, ohne etwas laut ausgesprochen zu haben, dann drückte er ihren Schenkel so zärtlich, dass sie ihren Kopf an seine Schulter legte.

Eine Liebesbeziehung, entschied ich. Ich erkannte die Anzeichen dafür aus meinen Beobachtungen von Gretchen und James, nur schien die Verbindung zwischen Juliet und ihrem Herrn noch inniger zu sein. Wahrscheinlich, weil er sich auf ihr Blut verließ, um zu überleben, so wie sie sich auf ihn verließ, um in dieser grausamen Welt Schutz zu finden.

„Ich werde annehmen", sagte Jace. „Es wird eine gute Gelegenheit sein, ihre politische Einstellung zu prüfen."

„Sie ist eine Sadistin, die in menschlichem Blut badet", murmelte Damien ein paar Meter entfernt. Er hatte sich zu uns gesellt, nachdem er ein paar Fotos gemacht hatte, die angeblich Lilith zeigten, um sie so offiziell am Leben zu erhalten.

Nach dem, was ich herausgefunden hatte, wollten diese Vampire nicht, dass die Welt von Liliths Tod erfuhr. Ich war mir über ihre Pläne nicht ganz sicher, aber ihre Absichten schienen gut zu sein, da sie das Regime, das sie geschaffen hatte, zerschlagen wollten.

Ich fragte mich, welche Ziele sie für die Zukunft hatten und wie sie die Gesellschaft umstrukturieren wollten.

Jace hatte gesagt, dass einige Vampire es für wichtig hielten, ihre Nahrung zu schützen. Das war für ihr Überleben von größter Bedeutung, also verstand ich den Gedankengang. Aber was bedeutete das für die Menschen?

Ich grübelte darüber nach, während Jace, Damien und Darius weiter über Verbündete und potenzielle Feinde sprachen. Keiner der Namen, die sie nannten, sagte mir etwas, also schaltete ich ab, bis Jace mir Bilder zeigte, die ich mir noch einmal ansehen sollte.

Er zeigte mir Jasmine. Die Frau hatte düstere

Gesichtszüge und war ein königlicher Vampir auf den ehemaligen Philippinen.

Aika war die nächste, eine weitere königliche Vampirin, die Japan übernommen hatte.

Dann ging er weiter zu Lajos, einem königlichen Vampir auf Hawaii. Das war der erste Name, der mir bekannt vorkam. „Lilith hat ihn schon mal erwähnt." Aber viel mehr als das konnte ich ihm nicht sagen. „Ich bin ihm noch nie begegnet." Er hatte dunkle Augen, die böse Absichten ausstrahlten und an die ich mich bestimmt erinnert hätte.

Jace machte sich ein paar Notizen und fuhr dann mit seinem Vortrag fort.

Der nächste war Ayaz, ein dunkelhäutiger Vampir, der die Türkei, Armenien und einige andere Länder in dieser Region übernommen hatte. „Ihn hat sie auch schon mal erwähnt – irgendetwas darüber, dass sie ihn mit Erosita-Blut versorgt." Ich erinnerte mich daran, weil sie eine unserer Versuchspersonen zu diesem Zweck entführt hatte. Wir hatten die Frau nie wiedergesehen.

Darius und Jace tauschten einen Blick aus, dann zeigte er mir drei weitere königliche Personen, die ich nicht kannte.

Cormac. Khalid. Ankit.

Vereinigtes Königreich und Irland. Länder des Nahen Ostens. Weitere Länder des Nahen Ostens inklusive Indien, Nepal und Sri Lanka.

Ich kannte alle Orte, aber keinen der Namen der Vampire.

Er kehrte nach Europa zurück und zeigte mir Sofia und Helias, zwei Identitäten, die ich von Lilith kannte. „Das Coventus untersteht Sofia", sagte ich, als ich versuchte, mich an alle Details zu erinnern. „Richtig?"

„Nein, die Coventus-Grundstücke und die

umliegenden Gebiete gelten als neutrale Zonen und wurden früher von Lilith verwaltet", antwortete Jace. „Allerdings grenzt Sofias Region an das ehemalige Italien, wo sich ein Coventus für Blutjungfrauen befindet."

Juliet erzitterte sichtlich und Darius griff erneut nach ihrem Oberschenkel, bevor er ihr einen Kuss auf den Hals drückte.

„Ist sie eine Blutjungfrau?", fragte ich mich laut.

Jace blickte nicht von den Bildschirmen auf, obwohl er wusste, wen ich meinte. „Ja." Er scrollte zu einem neuen Bild. „Was ist mit ihr hier?"

Eine blonde Frau mit dunkelbraunen Augen erschien auf dem Bildschirm. *Hasel. Königlicher Vampir.*

„Ihre Region umfasst Griechenland, Mazedonien, Albanien, Ungarn und einige andere osteuropäische Länder", fügte er hinzu, wie er es auch bei allen anderen Ländern tat.

„Ich kenne sie nicht." Sie hatte freundliche Augen. Ganz anders als Liliths scharfes und grausames Aussehen.

„So sehr ich die Geografie- und Politikstunde auch genieße, wir werden in etwa fünf Minuten landen", warf Damien ein. „Wir müssen bereit sein."

Jace nickte, schaltete sein Gerät aus und steckte es zurück in seine Tasche. „Wir werden diese Diskussion fortsetzen, wenn wir hier fertig sind."

„Ich habe nicht viele Vampire oder Lykaner außerhalb der Labore getroffen", sagte ich ihm. „Alles, was ich weiß, weiß ich nur, wenn ich Lilith reden hörte."

„Was sich als außerordentlich nützlich erweisen könnte, wenn du das Richtige gehört hast", antwortete er und griff über mich hinweg, um meinen Sicherheitsgurt zu überprüfen. Dann richtete er seinen eigenen, lehnte sich zurück und schloss die Augen, als wir in den Landeanflug übergingen.

Ich konzentrierte mich auf die Fenster und spitzte die Lippen beim Anblick der gleißend hellen Sonne. Wir waren den ganzen Weg hierher mit abgedunkelten Fenster geflogen, sodass ich den Himmel nicht hatte sehen können. Jetzt, wo ich ihn sehen konnte, war ich wie hypnotisiert von seinem Strahlen.

Wie viele Jahre habe ich ohne dieses Phänomen gelebt, dachte ich ehrfürchtig vor dem Anblick.

Während des gesamten Sinkfluges klebte ich vor dem Fenster, meine Augen tränten von der Helligkeit, aber ich konnte nicht aufhören hinaus zu starren. Es war großartig. Ich hatte Fotos gesehen, aber die wurden diesem Erlebnis einfach nicht gerecht.

Jace' glitt mit seinem Finger über meine Wange, bevor er seine Lippen berührte und meine Tränen kostete.

Dann löste er meinen Sicherheitsgurt, führte seine Lippen an mein Ohr und flüsterte, „Zeit, deinen Wert zu beweisen, kleines Genie."

Ich wollte meinen Platz nicht verlassen, aber die Aussicht, nach draußen zu gehen und den Himmel zu sehen, ließ mich sofort aufstehen.

Jace drückte seine Hand auf meinen Rücken und führte mich den Gang des Flugzeugs hinunter zur Treppe. Juliet und Darius waren bereits ausgestiegen. Die beiden standen am Boden und trugen schwarze Hosen und dunkle, langärmelige Hemden.

Ich stieg die Treppe hinunter, um mich zu ihnen zu gesellen, aber mein Blick wanderte sofort nach oben zu dem strahlend blauen Himmel und zur glühenden Sonne. *Wunderschön.*

„Sie wird sich selbst blenden, wenn sie das tut", sagte Damien, als er mit einem Rucksack über der Schulter zu uns stieß.

Jace strich mir noch einmal mit dem Finger über die

Wange und kniff mir ins Kinn, um mich sanft von dem blendenden Lichtspiel über mir abzulenken. Ich blinzelte ihn an und sah einen schwarzen Fleck an der Stelle, wo eigentlich sein Gesicht sein sollte.

„Ich glaube, das hat sie schon", sagte er. „Schütze deine Augen, Doktor. Ich brauche sie noch." Er verstärkte seinen Griff gerade genug, um mir zu zeigen, dass er es ernst meinte. Dann ließ er mich los und ließ mich geblendet von der Sonne neben sich stehen.

Jedes Mal, wenn ich meine Augen schloss, tanzten Punkte über meine Lider. Es erinnerte mich daran, was passiert war, als ich zu lange in eine Neonröhre gestarrt hatte, nur war diese Reaktion stärker.

Ich blinzelte immer wieder und wartete darauf, dass es nachließ.

Jace' Hand fand wieder meinen Rücken und gab mir einen kleinen Schubs, damit ich mich neben ihm In Bewegung setzte. Ich blickte auf den Boden und wollte auf meine Schritte achten, aber diese verdammten Punkte verstellten mir die Sicht und brachten mich ins Straucheln.

Er gluckste ein wenig. „Das geht vorbei", versprach er und legte seinen Arm um mich, um mich mit sich zu ziehen.

Damien sagte etwas in einer Sprache, die ich nicht verstand, woraufhin Darius schnaubte. Jace antwortete in der gleichen fremden Sprache.

Sie war ein Zeichen dafür, wie alt diese Wesen waren. Wahrscheinlich sprachen sie Dutzende von Sprachen und hatten Jahrhunderte oder Jahrtausende der Kultur und des Lebens hinter sich.

Jace wirkte auf mich wie der Älteste von allen, aber Darius stand ihm nicht viel nach. Beide hatten eine königliche, uralte Ausstrahlung, die nach Macht und Opulenz roch.

Der, den sie Ryder nannten und den ich nur flüchtig kannte, war ihnen ähnlich.

Damien schien jünger zu sein. Nicht so jung wie ich, aber weniger erfahren als die anderen. Ihm fehlte ihre kraftvolle Präsenz. Das machte er jedoch mit der tödlichen Schärfe in seinem Blick wieder wett. Irgendetwas sagte mir, dass er sich gegen einen Uralten behaupten und den Kampf am Ende möglicherweise allein aufgrund seiner Fähigkeiten für sich entscheiden konnte.

Jace' Daumen drückte auf meine Wirbelsäule, mein dünnes schwarzes Hemd trug wenig dazu bei, die von seiner Berührung ausgehende Hitze zurückzuhalten. Er hatte auch eine Hose für mich gefunden, deren Jeansstoff sich von meiner üblichen OP-Kleidung sehr unterschied. Ich mochte es nicht besonders, wie er sich an meinen empfindlicheren Stellen anfühlte, aber Unterwäsche hatte Jace mir nicht zur Verfügung gestellt.

„Halt", sagte Damien, woraufhin Jace mich an der Hüfte packte, um mich an seiner Seite zu halten. „Lass mich mal sehen, was ich tun kann."

Es dauerte noch einige Minuten, bis ich begriff, was er meinte, denn so lange dauerte es, bis ich wieder klar sehen konnte.

Eine Tür.

Wir standen vor einem Gebäude, das wie eine heruntergekommene Lagerhalle aussah, aber die Technik im Eingangsbereich wirkte brandneu. Sie erinnerte mich an die Technik in unseren Labors.

„Das ist definitiv der richtige Ort", sagte ich und schaute mich nach Überwachungskameras um, fand aber keine.

Seltsam. Sie müssen hier irgendwo sein.

Ich hatte auch erwartet, dass eine Art Vigil-Armee das Gelände beschützen würde – was ich erwähnt hatte, als

Damien mich nach möglichen Sicherheitsmaßnahmen gefragt hatte.

Der Ort schien jedoch verlassen zu sein.

Vielleicht ist das alles unterirdisch, dachte ich und blickte nach unten.

„Müssen wir die Tür wie die andere sprengen?", fragte Darius.

„Das können wir nicht", antwortete Damien. Seine Aufmerksamkeit war auf einen Bildschirm gerichtet, den er in einer Hand hielt. „Die Technologie darin ist zu wertvoll und soweit wir wissen, befinden sich die Computer, die wir brauchen, gleich hinter dieser Tür.

Ich analysierte schnell die Größe des Gebäudes, das sich vor uns ausbreitete, und stimmte im Stillen mit seiner Einschätzung überein. Wenn sich die Server oberirdisch befanden – was der beste Platz für sie wäre, da sie ständig belüftet werden mussten –, konnten wir das nicht riskieren. Eine unglücklich platzierte Explosion könnte außerdem die Luftzufuhr unterbrechen und damit die Temperaturregelung im Inneren zerstören, was zu einem schnellen Verfall der gesamten Technik führen würde.

Ich schaute Damien über die Schulter und beobachtete das Tablet, um zu sehen, wie er versuchte, die Tür zu entriegeln. Er benutzte eine Art Code- oder Entschlüsselungsgerät, um das richtige Passwort zu finden, und da wir keinen Countdown-Timer hatten, nahm ich an, dass es eine vernünftige Methode war, dies zu tun.

Es gab dabei nur ein Problem.

„Wenn die Software von Lilith diesen Verstoß entdeckt, wird wahrscheinlich ein Protokoll aktiviert, genau wie in Bunker 47."

Ohne meine Uhr war ich nicht in der Lage, etwas über diese Serverfarm zu erfahren. Wahrscheinlich war meine Uhr gar nicht mit diesem Bereich verbunden. Ich wusste nicht einmal, ob sie noch funktionierte, denn jemand – wahrscheinlich Jace – hatte sie mir abgenommen, als ich bewusstlos war.

„Damit habe ich schon gerechnet", antwortete Damien und hielt ein weiteres Gerät in die Höhe, „deshalb habe ich Liliths Handy mitgebracht."

Das erklärte, woher sie von dem Countdown in Bunker 47 wussten und verschiedene andere Details.

Damien wandte seine Aufmerksamkeit wieder dem Bildschirm zu, fing aber an, nebenbei durch Liliths Handy zu scrollen. Ich betrachtete das Gebäude erneut und wurde besorgt. Wenn ich im Laufe der Jahre etwas gelernt hatte, dann, dass Lilith für jede Situation vorgesorgt hatte.

Das Fehlen von sichtbaren Kameras bereitete mir wirklich Sorgen.

Es sagte mir, dass sie entweder versteckt waren oder dass in diesem Gebiet vielleicht eine andere Art der Überwachung eingesetzt wurde.

Satelliten?, fragte ich mich. *Infrarot-Scanner in den Bäumen?* Ich blickte über meine Schulter und bemerkte den umliegenden bewachsenen Wald. Sie hatten das Flugzeug über hundert Meter entfernt auf einem Stück Asphalt gelandet, das eindeutig als Landebahn speziell für diesen Ort gedacht war.

Für Liliths Besuch.

Sie wollte nicht zu weit weg landen, da sie es vorzog, schnell und effizient zu und aus ihren Einrichtungen zu komme.

„Wonach suchst du Doktor?", fragte Jace misstrauisch.

„Nach einer Überwachung." Ich schaute auf die Tur und dann etwa drei Stockwerke hoch auf das Dach. „Es gibt keine Kameras."

„Außerhalb deines Labors gab es auch keine", antwortete er.

„Das lässt das Gebäude weniger verdächtig erscheinen", fügte Damien hinzu.

Ich ging die Überwachungskameras durch, zu denen ich in Bunker 47 Zugang gehabt hatte und musste einräumen, dass es keine gab, die nach außen gerichtet waren. Aber ich war mit seiner Einschätzung nicht einverstanden.

„Diese Tür ist sehr verdächtig." Und vielleicht auch zu offensichtlich als Eingang. „Ich glaube, wir sollen hier nur Zeit verschwenden. Es gibt irgendwo einen anderen Eingang."

Es wäre typisch für Lilith, ihr Anwesen so zu gestalten, um unwillkommene Besucher in eine Falle zu locken.

Damien hielt inne. Seine Nasenflügel blähten sich auf und dann setzte er den Bildschirm ab und presste einen Finger an sein Ohr. „Rick. Du musst mir ein paar von Ryders Thermospielzeugen bringen."

LILITH

DAS BERGUNGSTEAM WURDE BEREITS ENTSANDT. Ein Update wird innerhalb von zwölf Stunden erwartet.

Drücke auf den grünen Pfeil, um die Überprüfung der Protokolle fortzusetzen.

Das nächste Protokoll beginnt in drei, zwei …

Logbuch Jahr fünf. Tag eins.

Wir haben gerade eine weitere erfolgreiche Bluttag-Zeremonie hinter uns. Alle Menschen wurden, wie vorgeschrieben, gleichmäßig aufgeteilt. Mehrere Kandidaten für die Unsterblichkeit wurden in die Arena gebracht, um dort um ihr Schicksal zu kämpfen. Die Allianz scheint amüsiert zu sein und sie platzieren bereits Wetten auf ihre Favoriten.

Lajos hat zugestimmt, dem Stellares Clan die erste Wahl der beiden Gewinner zu überlassen. Als Dank für die Vereinfachung des Auswahlverfahrens habe ich ihm eine Blutjungfrau geschenkt. Das sollte ihn vorübergehend über Wasser halten, bis ich eine andere *Erosita* finde, die er brechen kann.

Das erinnert mich daran, dass Eure Idee, das Paarungsband der Vampire zu entwerten, wunderbar aufgeht. Bald werden wir in der Lage sein, die neue Linie unsterblicher menschlicher Opfergaben einzuführen, ohne

164

dass es zu großen Störungen kommt, da die alten Bräuche in unserer Welt weiter aussterben.

Da ist natürlich noch die Sache mit Eurer eigenen *Erosita*. Ich habe mein Bestes getan, um die Verbindung zwischen euch abzuschwächen, aber die besitzergreifenden Instinkte bleiben wahrscheinlich bestehen.

Macht Euch keine Sorgen. Ich werde unsere Forschungen zu diesem Thema fortsetzen und alle Ergebnisse in den Protokollen mit Euch teilen.

Im Anhang findet Ihr ein Foto, falls Ihr sie sehen möchtet. Sie ist eine hübsche kleine Blondine. Unberührt und unschuldig, genau so, wie Ihr sie mögt.

Aber ich habe vor, die Grenzen dieser Verbindung zu testen.

Dazu später mehr.

Drücke auf den grünen Pfeil, um mit der Durchsicht der Dateien für das Projekt zur Neueinstufung der Erosita *zu beginnen.*

Übertragung beendet.

JACE

MEINE AUGEN BRANNTEN und die aufgehende Sonne bereitete mir Kopfschmerzen epischen Ausmaßes.

Es schien, als würde meine Empfindlichkeit gegenüber den Elementen mit dem Alter zunehmen, sodass ich auf dem offenen Feld zwischen den Bäumen und dem Gebäude der Serverfarm beeinträchtigt wurde.

Damien schien das nicht zu stören, denn er konzentrierte sich auf eine Reihe von Geräten, die Rick aus dem Flugzeug getragen hatte. Calina stand neben ihm und stützte ihre Hände auf ihre wohlgeformten Hüften, während sie mit ihm die Bildschirme studierte. Ich versuchte, den Anblick zu genießen, wie sie sich nach vorne beugte, aber das Hämmern in meinem Schädel dämpfte ihren Reiz.

„Verdammtes Tageslicht", murmelte ich.

„Allerdings", stimmte Darius neben mir zu.

Er schob seine Arme um Juliets Bauch, um sie an seine Brust zu ziehen, und beugte sich vor, um sein Gesicht in ihrem Nacken zu verbergen. Ihre vollen Lippen verzogen sich zu einem Lächeln und öffneten sich leicht, als seine Fangzähne in ihre Ader glitten.

Sie erzitterte gegen ihn. Das war ein Anblick, der mich

noch vor wenigen Tagen neidisch gemacht hätte, doch nun kehrte mein Blick zu Calina zurück.

Das Aufsaugen ihrer köstlichen Essenz wäre eine gute Ablenkung von meinen brennenden Kopfschmerzen.

Leider musste sie konzentriert bleiben und auch ich musste einen klaren Kopf bewahren. Juliets berauschendes Blut hatte mich früher immer angelockt, aber jetzt konnte ich ihren süßen Duft kaum noch wahrnehmen. Mein Mund sehnte sich nach Calina und nur nach Calina.

Warum ist das so?, fragte ich mich.

Ja, sie schmeckte göttlich, aber das taten die meisten Frauen.

Ich würde sie später bitten müssen, ihre Blutgruppe zu bestimmen. Sie hatte sie als selten bezeichnet und gesagt, sie sei während der Revolution ausgestorben, aber nie ihre Eigenschaften definiert.

Ich atmete tief ein und schloss die Augen, um die sich steigernde Qual zu betäuben.

„Wir haben Besuch", sagte Rick über das Funkgerät in meinem Ohr.

Damien richtete sich auf, den Blick in den Himmel gerichtet, während er sein Mikrofon einschaltete. „Aus welcher Richtung?"

„Sie kommen aus dem Westen und haben eine Flugbahn, die vermuten lässt, dass sie auf dem Weg hierher sind", antwortete Rick. „Ich würde sagen, wir haben zehn Minuten, bevor sie landen."

„Du bist immer noch im Tarnmodus, oder?" Damien warf einen Blick über seine Schulter auf den Jet, der auf dem nahe gelegenen Feld geparkt war.

„Es ist nicht das erste Mal, dass ich unter dem Radar fliege", antwortete Rick. „Soll ich die Landebahn freimachen?"

Damien zog eine Augenbraue hoch und schaute in meine Richtung. „Du bist der König."

Ich musterte ihn, bevor ich Calina ansah. „Erwartest du Hilfe, Darling?"

Sie runzelte die Stirn. „Hilfe?"

Ich trat vor und packte sie am Kinn, während ich ihren Gesichtsausdruck studierte. „Du lügst so gut, Doktor. Beinahe hätte ich geglaubt, dass du uns helfen würdest. Aber wir beide wissen, dass du sie gerufen hast." Während ein Teil von mir wütend über ihren Verrat war, war ein anderer Teil von mir begeistert von der Aussicht, sie dafür zu bestrafen.

„Jace, ich …"

„Pst", beruhigte ich sie und drückte meinen Daumen auf ihre vollen Lippen. „Ich werde deinen Mund benutzen, wenn wir mit deinem Rettungstrupp fertig sind." Ich hob meine andere Hand nach oben und drückte einen Finger auf das Gerät an meinem Ohr, um mein Mikrofon einzuschalten. „Mach die Landebahn frei. Wir werden die Ankömmlinge gebührend vom Boden aus begrüßen."

„Ausgezeichnet." Die Motoren heulten umgehend auf, was mir zeigte, dass Rick mit dieser Antwort gerechnet hatte.

Der Jet hob anmutig ab und erinnerte mich mehr an eine Rakete als an ein Flugzeug und verschwand im Himmel unter einer Tarnwolke. „Ich bin neidisch auf Ryders Spielzeug", gab ich zu und bewunderte die schöne Maschine. „Was muss ich tun, um auch so eins zu bekommen?"

Ryder hatte das letzte Jahrhundert damit verbracht, sich in Südtexas wie ein altmodischer Einsiedler auf einer großen Farm zu verstecken. Er hatte schon immer für Waffen geschwärmt, aber der Jet war eine gelungene Ergänzung seiner Sammlung, denn eigentlich schien er nicht sonderlich scharf auf modernere Technologie zu sein.

Das bedeutete, dass Damien der wahre Grund für diese Aufrüstung war.

Ich begegnete seinem karamellbraunen Blick. „Nenn mir deinen Preis."

Er grinste nur. „Darüber verhandeln wir später."

„Das werden wir", stimmte ich zu und umfasste Calinas Kehle, als sie wieder zu sprechen versuchte. Ich drückte zu, schnitt ihre Luftzufuhr ab und brachte sie damit zum Schweigen. „Ich brauche etwas, mit dem ich sie zum Schweigen bringen kann, und ein Seil." Die Worte waren an Damien gerichtet, nicht an Calina.

Sie versuchte, den Kopf zu schütteln, und machte große Augen.

Ich ignorierte sie und konzentrierte mich stattdessen auf die Tasche, die Damien ausgepackt hatte. „Du bist wirklich auf alles vorbereitet." Wenn ich Ryder nicht respektieren würde, würde ich versuchen, Damien auf meine Seite zu ziehen und ihn für mich zu behalten.

Leider waren Damien und Ryder ein ausgezeichnetes Team, genauso wie Darius und ich.

Darius und Juliet gingen bereits zu den Bäumen und brachten sich mit ihren Waffen in Position. „Zielübungen?", fragte ich.

Er schaute mich nicht an, als er mit einem „Ja" bestätigte.

Ich nickte und lockerte meinen Griff um Calina ein wenig, damit sie wieder Luft holen konnte.

Sie atmete scharf ein und ihre hübschen Augen glitzerten.

„Ich habe dich gewarnt, mich nicht zu betrügen", sagte ich leise zu ihr und hob meine andere Hand, um über die Träne zu streichen, die ihre Wange hinunterlief. Ich führte den Tropfen zu meinem Mund und lächelte, als ich das Salz auf meiner Haut schmeckte. „Aber ich kann nicht behaupten, darüber sehr enttäuscht zu sein."

„Ich habe dich nicht …"

Ich verschloss ihre Atemwege wieder. „Du kannst mich anlügen, nachdem wir das Problem gelöst haben, das du verursacht hast."

Damien warf mir die Sachen zu, um die ich gebeten hatte, wobei der Ballknebel normalerweise für Spiele im Schlafzimmer gedacht war. „Auf wirklich alles vorbereitet", wiederholte ich amüsiert.

Er warf mir ein wölfisches Grinsen zu, bevor er sich wieder auf den Himmel über mir konzentrierte. „Du fesselst sie besser schnell, König. Sonst verpasst du den ganzen Spaß."

„Oh, ich werde auf jeden Fall Spaß haben", schwor ich und mein Blick traf auf Calinas wütende Augen. „Eine ganze Menge Spaß." Ich sprach die letzten drei Worte langsam aus und sorgte dafür, dass sie jedes Wort verinnerlichte.

Als ich sie losließ, atmete sie scharf ein.

Ich ging mit ihr rückwärts zu den Bäumen und fand einen guten Platz, um sie an einem stabilen Baumstamm zu binden.

„Jace", würgte sie hervor, was mich zwang, mich zuerst auf den Ballknebel zu konzentrieren.

„Auf machen", forderte ich.

Doch stattdessen presste sie ihre Lippen aufeinander.

„Willst du es auf die harte Tour, Doktor?", fragte ich sie. „Im Moment bin ich noch freundlich. Das kann sich sehr schnell ändern."

Ihre Augen verengten sich zu trotzigen Schlitzen.

Ich wurde hart und das Verlangen, sie auszuziehen und

sie gegen diesen verdammten Baum zu ficken, überstieg beinahe meinen Instinkt.

Diese Frau ist gefährlich für meinen Geisteszustand, stellte ich fest, während mein Magen sich vor köstlichem Verlangen zusammenkrampfte. Ich konnte mich nicht erinnern, wann mich das letzte Mal eine Frau so sehr verführt hatte. Vielleicht war das noch nie geschehen.

„Calina." Ihr Name klang wie Musik.

Die Härchen auf meinen Armen stellten sich auf, als ein leises Summen an meine Ohren drang.

Motoren.

Mehrere.

Und sie kamen nicht aus dem Himmel.

Ich drückte meine Handfläche an ihren Mund, drückte sie gegen den Baum und suchte den Wald nach Fahrzeugen ab.

Damien und Darius würden sie auch hören können, also verschwendete ich keine Zeit damit, sie zu warnen.

Ich hatte nur eine einzige Pistole in einem Holster an meiner Hüfte. Sonst hatte ich nichts außer der Frau vor mir und den Werkzeugen, mit denen ich sie hatte festbinden wollen.

„Wenn du auch nur mit der Wimper zuckst oder einen Laut von dir gibst, werde ich dir das Genick brechen und dich hier zurücklassen", versprach ich ihr düster. „Und je nach dem, wie ich Lust habe, komme ich vielleicht nicht zurück, um zu sehen, ob du dich wieder erholt hast."

Sie schluckte und der erste Anflug von Angst machte sich in ihren Zügen breit.

Das wurde aber auch Zeit. Ich dachte schon, diese Frau hätte keinen Überlebensinstinkt.

Ich ließ meine Hand langsam sinken und beobachtete sie auf Anzeichen ihres typischen Trotzes, doch sie starrte nur zu mir auf und wartete auf ihre nächste Anweisung.

„Wenn du versuchst zu fliehen, werde ich dich jagen", drohte ich und trat einen Schritt zurück.

Sie blieb wie erstarrt an dem Baum kleben.

Ich warf das Seil und den Knebel neben ihr auf den Waldboden, zog meine Waffe und horchte noch einmal nach den ankommenden Fahrzeugen. Ihre Motoren waren jetzt lauter und wurden von dem Jet über ihnen begleitet.

Als der erste Geländewagen auftauchte, drückte ich mich neben Calina an den Baumstamm.

Zwei gepanzerte Fahrzeuge mit Allradantrieb

Komplett schwarz.

Getönte Scheiben.

Ich ging in die Hocke und gab Calina ein Zeichen, es mir gleichzutun. Sie tat es … Ihre Bewegungen waren ruckartig, als hätte ihr Körper vergessen, wie man richtig funktioniert. Offenbar hatte meine Drohung Gehör gefunden.

Die beiden Wagen parkten neben dem Gebäude, ihre Türen öffneten sich einige Sekunden nachdem die Motoren abgestellt worden waren.

Sie alle waren Menschen. *Vigil.*

Ich warf einen Blick auf Calina und stellte fest, dass sie sich auf mich konzentrierte und auf meinen nächsten Befehl wartete. Eine seltsame Art, sich zu verhalten, wenn man bedenkt, dass sie diese Männer wahrscheinlich zu ihrer Rettung herbeigerufen hatte.

Es sei denn, sie hatte es nicht getan und dies war nur ein weiteres Protokoll von Lilith.

Die Art und Weise, wie die Menschen verhielten, ließ darauf schließen, dass sie keine Ahnung hatten, dass wir hier waren. Ihre Schritte waren entspannt, als sie sich in Richtung des Feldes bewegten, um die Ankunft des Flugzeugs abzuwarten.

„Hast du sie gerufen?", fragte ich sie leise, wohl

wissend, dass die Menschen zu weit weg waren, um mich zu hören.

„Nein", flüsterte sie zurück. „Das habe ich nicht."

„Hast du bei der Suche nach diesem Ort ein Protokoll ausgelöst?", fragte ich mich laut. Aber selbst als ich es aussprach, wusste ich, dass das nicht stimmen konnte, denn diese Menschen waren überhaupt nicht in Alarmbereitschaft. Wenn sie uns erwartet hätten, wären sie auf eine andere Weise hergekommen. Sie würden jetzt in der Defensive sein und nicht einfach am helllichten Tag dort herumlaufen.

Ich übermittelte diesen Gedanken über das Kommunikationssystem, bevor Calina mir antworten konnte.

„Stimmt", antwortete Darius. „Sie riechen nicht aggressiv."

„Menschen in den Kampf gegen Vampire zu schicken, ergibt auch keinen Sinn", fügte Damien hinzu.

„Das heißt, sie haben keine Ahnung, dass wir hier sind", übersetzte Darius.

„Es sei denn, derjenige, der in diesem Flugzeug kommt, ist ein höheres Wesen", überlegte ich und beobachtete den Sinkflug des Flugzeugs. „Und dies ist nur eine Ablenkung."

Meine Augen brannten von dem auf dem Metall schimmernden Sonnenlicht und ließen mich zusammenzucken.

„Brauchst du Blut?" Calinas sanfte Stimme vibrierte vor Emotionen, die ich an ihrem donnernden Puls spürte. Ich hatte sie mit meiner Drohung, ihr das Genick zu brechen, ausreichend verunsichert. Vielleicht hatte Lilith das in ihrer Vergangenheit schon ein paar Mal getan.

Ich studierte ihre blassen Gesichtszüge und bemerkte

die Aufrichtigkeit in ihrem Blick. „Du bietest mir einen Drink an?"

„Ich bin mir der Auswirkungen der Sonne auf deine Sinne bewusst, die du mit jedem Zucken ausstrahlst. Und auch wenn die Sonne dich nicht gerade auslaugt, so schwächt sie doch deine Konzentrationsfähigkeit aufgrund von Überreizung." Sie schluckte und ihre Nervosität machte sich erneut bemerkbar. „D-die Aufnahme meines Blutes wird deinen Sinnen etwas geben, worauf d-du dich konzentrieren kannst."

„Du klingst dir nicht besonders sicher", murmelte ich und bemerkte das Stottern in ihrer Stimme und das erhöhte Brummen ihres Pulses. „Hast du Angst, ich könnte zu viel nehmen?"

„Du denkst, ich habe sie hergebracht", flüsterte sie. „Ja, im Moment mache ich mir Sorgen über deine Absichten."

„Und doch hast du mir angeboten, dich zu beißen?" Ich formulierte es als Frage, da meine Neugierde die Situation vorübergehend völlig überlagerte.

„Weil du meine einzige Chance bist, das zu überleben, was auch immer passieren wird", antwortete sie ohne Umschweife. „Dir die nötige Aufmerksamkeit zu schenken, ist eine praktische Maßnahme, die nicht nur dich stärkt, sondern auch meine guten Absichten demonstriert, wodurch es hoffentlich weniger wahrscheinlich wird, dass du mir das Genick brichst und mich hier alleine aufwachen lässt."

Ah, es war der letzte Teil meiner Drohung, der es vollbracht hatte, sie dazu zu bringen, sich zu unterwerfen, nicht die Androhung von Gewalt. Sie hatte vorhin gut aufgepasst, als ich ihre Zukunft in dieser Welt ohne ein mächtiges Wesen an ihrer Seite, das sie beschützt, kommentiert hatte. Und nicht nur das, sie hatte zugehört und meine Behauptungen gründlich genug verarbeitet, um die Wahrheit in meinen Worten zu erkennen.

„Du hast sie nicht gerufen", sagte ich überzeugt von meiner Einschätzung.

Hätte sie sie vor unserer Anwesenheit hier gewarnt oder um Rettung gebeten, wären die Menschen vorbereitet gewesen. Und sie waren alles andere als vorbereitet, sich uns zu stellen. Sie standen alle nur am Rande der Landebahn und warteten auf die Ankunft des Flugzeugs.

Es war fast da. Das silberne Fahrwerk glitzerte in der Sonne und brannte sich in meine Sinne. Darius hatte Juliet als Ablenkung benutzt. Jetzt bot sich Calina an, meine zu sein.

Ein so köstliches Geschenk wollte ich nicht ablehnen.

Ich schlang meine freie Hand um ihren Nacken und zog sie zu mir, während ich den anderen Arm mit der auf den Boden gerichteten Pistole freihielt. „Mal sehen, wie vertrauensvoll du bist", flüsterte ich gegen ihren Mund.

Dann presste ich meine Lippen an ihre Kehle und durchbohrte ihre Vene.

Sie packte mich an den Schultern, ihre Fingernägel gruben sich in den Baumwollstoff meines langärmeligen Hemdes. Ein leises Stöhnen entwich ihren Lippen. Ihre sterbliche Gestalt reagierte auf das Endorphin meines Bisses.

Ich ließ sie jeden Zug spüren, während ich sie gegen den Baum drückte. Meinen Körper stemmte sich hart gegen ihren. Bereit. Heiß. *Begehrend*.

Ich hielt mich nicht zurück und ließ sie jeden Zentimeter meiner Kraft und Macht spüren, während ich sie mit meinem Mund dominierte. Sie hatte sich nicht gewehrt und schrie auch nicht. Sie verschmolz einfach mit mir und nutzte den Griff um meine Schultern, um nicht das Gleichgewicht zu verlieren.

Es war erotisch und berauschend. Ihre Essenz war wie eine Droge auf meiner Zunge, die mein eigenes Blut in Flammen setzte.

Ich hörte, wie das Flugzeug hinter mir landete.

Ich hörte, wie die Menschen von Bord gingen.

Ich hörte, wie Damien bestätigte, dass sich keine Vampire in der Gruppe befanden.

Ich hörte, wie Darius vorschlug, die Vigil zu beobachten und darauf zu warten, dass sie uns den Eingang verrieten.

Ich machte keine Pause, um ihm zuzustimmen. Das war nicht nötig. Als meine Rechte Hand wusste er genau, wie ich entscheiden würde. Genauso wie er wissen würde, was ich jetzt gerade mit Calina tat.

Sie hatte recht – ihr Blut war genau das, was ich brauchte. Es stärkte meine Konzentration. Es dämpfte den Schmerz in meinem Kopf, aber es weckte eine neue Qual in mir. Die Sehnsucht ließ meine Muskeln anspannen, während ich den Drang bekämpfte, sie auszuziehen und hier und jetzt gegen den Baum zu ficken.

Ihr Griff wurde schwächer und ihre Glieder zitterten, sie klammerte sich um meinen Hals, um sich festzuhalten, während ich sie verschlang.

Zu viel, dachte ich. *Ich nehme zu viel.*

Und für unsere nächste Aufgabe musste sie bei Bewusstsein bleiben.Ich zog meine Reißzähne aus ihrem Fleisch. Meine Adern brannten von der erforderlichen Zurückhaltung. Sie wiegte sich gegen mich. Ihr Vertrauensbeweis war exquisit und schön und so verdammt heiß, dass ich erwog, Darius alles in der Serverfarm für mich erledigen zu lassen.

„Du machst süchtig", sagte ich ihr, bevor ich meine Zunge mit einem scharfen Schneidezahn aufschlitzte. Ich tupfte die Wunde ihrer Haut mit meinem Blut ab, um sie zu unterstützen, schnell zu heilen.

Ich eroberte ihre Lippen und küsste sie innig.

Sie zuckte vor Überraschung zusammen, ihr Schock war wie ein Aphrodisiakum für meine raubtierhaften Sinne. Ich biss mir erneut auf die Zunge und zwang mein Blut in ihren Mund.

Der Daumen meiner Hand, mit der ich immer noch ihren Nacken umklammerte, fuhr sanft an ihrer Kehle entlang und forderte sie ohne Worte auf, zu schlucken.

Sie gehorchte.

Und verdammt, wenn mich das nicht noch mehr erregte.

„Sie sind auf dem Weg hinein", flüsterte mir Damien in mein Ohr. „Hast du vor, dich uns bei diesem Massaker anzuschließen, oder willst du hier draußen bleiben und weiter mit deinem Doktor spielen?"

Ein leises Knurren entwich aus meiner Brust und meine Verärgerung über die Unterbrechung überwältigte kurzzeitig meine Instinkte.

„Jace", fügte Darius mit leiser Stimme hinzu. „Du kannst sie im Flugzeug ficken, wenn wir die Akten haben."

Mein Kiefer zuckte und entlockte meiner Brust einen warnenden Laut, der Calina gegen mich erzittern ließ. Die kleine Füchsin hatte mich mit ihrer exquisiten Essenz vollkommen verführt. „Du und ich werden uns später lange über deine einzigartige Blutgruppe unterhalten."

Ich wich zurück und musste sofort wieder nach vorne greifen, als sie gegen mich fiel. Ihre Glieder zitterten und ihre Lippen waren geschwollen und mit kleinen Blutflecken übersät. Sie leckte sie mit einem sichtbaren Schaudern ab, ihre Pupillen waren geweitet.

Es schien, als wäre ich nicht der Einzige, der kurzzeitig ein schlechtes Urteilsvermögen hatte.

Ihre Hand landete auf meinem Unterarm und drückte mich fest, während sie um ihr Gleichgewicht kämpfte. Ich hielt sie weiterhin mit meinem Griff an ihrer Hüfte aufrecht.

Nach einem weiteren Moment räusperte sie sich. „Ich bin ... ich bin stabil."

Ich schnaubte. „Bist du nicht." Aber sie konnte stehen und das war alles, was im Moment wichtig war. Als ich mich umdrehte, bemerkte ich, dass die Menschen weg waren. „Wo sind sie hin?"

„Sie sind alle drinnen", murmelte Damien. „Sie sind durch einen unterirdischen Tunnel auf der Rückseite hineingegangen."

Calina schwankte wieder, ihr blondes Haar wehte in meinem Blickfeld. Ich fing sie auf und zog sie noch einmal an mich heran. Sie erschlaffte vor Erleichterung und versteifte sich augenblicklich, als ihr ihre Reaktion bewusst wurde.

Ich kämpfte gegen den Drang zu kichern an. Diese Anziehungskraft zwischen uns war elektrisierend und verführerisch zugleich. Dass sie versuchte, sich dagegen zu wehren, machte mich nur noch neugieriger. „Denkst du immer noch, dass es nur an meinen Fähigkeiten als Vampir liegt?", fragte ich.

Ich erhielt keine Antwort.

„Jace", forderte mich Darius auf. „Wie willst du vorgehen?"

„Ich denke, wir wissen beide, wie er vorgehen möchte", sagte Damien.

Ich ignorierte seinen humorvollen Unterton und konzentrierte mich wieder auf das Gebäude.

„Sie sind alle Menschen", sagte ich, während ich mich an ihre vorherige Unterhaltung erinnerte, als ich mich an Calinas Vene gelabt hatte. „Das heißt, sie sind auf Befehl hier. Und da sie nicht wachsam waren, als sie ankamen, nehme ich an, dass diese Befehle als ein Protokoll ausgegeben wurden, das Lilith in Gang gesetzt hat ... ähnlich wie bei den anderen, die wir bisher beobachtet haben."

„Ihr Handy hat nichts von sich gegeben, also hat es vielleicht gar nichts damit zu tun", meinte Damien.

„Vielleicht", stimmte ich zu. „Aber es gibt hier eine Möglichkeit, Antworten zu finden, und zwar nicht nur von den Servern." Ich fuhr mit meiner Hand auf Calinas Rücken auf und ab und bemerkte ihre gestärkte Körperhaltung.

„Was schwebt dir vor?", fragte Darius.

„Eine Inquisition." Ich blickte nach unten und sah, dass Calina zu mir hoch starrte. Sie hatte keinen Ohrstöpsel, also konnte sie die andere Hälfte des Gesprächs nicht hören.

„Die Menschen betrachten uns als Götter", fuhr ich fort. „Bringen wir sie also zur Beichte und sehen, wie viele von ihnen für ihre Sünden büßen wollen." Ich hielt Calinas Blick fest, meine nächsten Worte waren für sie. „Betrachte dies als eine Einführung in die neue Herrschaft."

CALINA

Mein Mund kribbelte, als ich mich an seinen Kuss erinnerte.

Nein, es war kein Kuss.

Es war eine *Forderung*.

Er hatte meinen Mund in einer Leidenschaft genommen, die ich bis in die Zehenspitzen spürte. Seine Besessenheit war wie ein Brandzeichen in meiner Seele.

„Denkst du immer noch, dass es nur an meinen Fähigkeiten als Vampir liegt?"

Seine Frage ging mir nicht aus dem Kopf, als ich ihm in Richtung der Serverfarm folgte. Ich achtete nicht auf die Steine, das Gras oder den Schmutz unter meinen Schuhen. Denn alles, woran ich denken konnte, war diese Frage und meine geflüsterte Antwort *„Nein"*.

Ich hatte mich bei Liliths Fressgelüsten nie so gefühlt – als ob ich erhitzt wäre und ohne seine Berührung verbrennen würde. Es war ein Gefühl, als würde ich schmelzen, und jede Minute davon genießen, als würde ich wollen, dass er mich aussaugt, nur um sein Bedürfnis nach meinem Blut zu befriedigen.

Es war ein schwindelerregendes Gefühl, das mich verwirrt und leicht aus dem Gleichgewicht gebracht hatte.

Meine Schenkel pressten sich aus Verlangen, seine

Finger wieder in mir zu spüren, zusammen. Ich hatte das Bedürfnis nach ihm und etwas anderem. Länger. Dicker. Härter.

Ich schluckte und mir entwich ein leises Stöhnen, als der verlockende Geschmack seiner Essenz noch einmal meine Zunge umspielte.

Er hatte mich als süchtig machend bezeichnet.

Dann war sein Blut ... das *Leben*.

Ich wollte mehr von ihm schmecken. Seine Zunge hatte meinen Mund in einer Dominanz beherrscht, gegen die ich mich nicht wehren konnte, und ich hatte sie genommen, da es keine Alternative gab.

Daher auch sein Besitzanspruch.

Seine Behauptung.

Sein *Eigentum*.

Ich gehörte ihm, aber nicht so, wie ich Lilith gehörte, sondern auf eine sinnliche, aufregende Art und Weise.

Es sei denn, er bricht mir das Genick und lässt mich hier alleine zurück, dachte ich und zitterte bei dieser Vorstellung. Er hatte diese Drohung so deutlich ausgesprochen, dass ich nicht eine Sekunde an seinen Absichten zweifelte.

Ich war für ihn ein verherrlichter Blutbeutel und eine Wissenschaftlerin mit einer Reihe von nützlichen Eigenschaften und speziellem Wissen.

Wissen, das er in dieser Einrichtung zutage fördern wollte.

Wissen, das sich in wenigen Minuten als veraltet erweisen würde.

Was bedeutete das für meine Zukunft? Wenn diese Vigils auch nur andeuteten, dass ich sie gerufen hatte, würde Jace höchstwahrscheinlich sein Versprechen einlösen, mich zu töten und mich hier zurücklassen.

Das bedeutete, dass ich endlich frei sein würde.

Aber für wie lange?

Jace hatte recht, mit seinen Aussagen über diese Welt und dem, was wahrscheinlich mit mir passieren würde, wenn mich ein anderer Vampir finden würde. Ich war eine Blutquelle, die nicht sterben konnte.

Er hatte mich wenigstens mit etwas Respekt behandelt. Alles in allem war er sogar recht nett zu mir gewesen.

Lilith hatte immer mit mir gesprochen, aber nur über die Forschung und dann saugte sie ich aus, bis ich starb, und ich wachte später erschöpft und allein auf. Danach hatte ich tagelang Schmerzen und eine Woche später wiederholte sich diese Erfahrung, wenn sie für ein weiteres Update zurückkam.

Obwohl ich das Aussaugen überleben konnte, hatte Jace mir seine Essenz gegeben. Er hatte mich mit seiner Kraft gestärkt.

Ich betrachtete seinen muskulär ausgeprägten Rücken, die Breite seiner Schultern und den unordentlichen Schnitt seines dunklen Haares.

Nein. Es liegt nicht nur an deinen Fähigkeiten als Vampir, entschied ich. *Es liegt an* dir.

Zum Glück konnte er meine Gedanken nicht hören. Außerdem war er durch unsere aktuelle Situation, das *Gebäude zu betreten,* abgelenkt.

Mir stockte der Atem, als mir bewusst wurde, dass ich ihm den ganzen Weg nach drinnen gefolgt war, ohne an meine eigene Sicherheit oder einen möglichen Angriff der Vigils zu denken. Ich war einfach hinter ihm hergelaufen wie ein Haustier an der Leine, verloren in meinen Gedanken an ihn und seinen alles verzehrenden Kuss.

In der Zwischenzeit konzentrierte er sich völlig auf die Situation, um die es ging.

So wie ich es auch tun sollte.

Ich nahm schnell unsere Umgebung in Augenschein und bemerkte die sauberen Fliesen und das Summen der blauen Beleuchtung, die alle Server vor uns erhellten. Es gab keine Oberlichter oder Fenster, und die Decken waren über drei Meter hoch.

Mir lief eine Gänsehaut über die Arme, nicht vor Schreck, sondern wegen des kühlen Innenraums. Um die Technik zu schützen, mussten elektronische Geräte, wie diese, ständig klimatisiert werden. Wir hatten unseren eigenen Technikraum in Bunker 47, aber der war nicht mit diesem zu vergleichen.

Hier handelte es sich um eine richtige Serverfarm mit einer Reihe von fein säuberlich angeordneten Kabeln und Laufwerken zur Speicherung von Informationen.

Ich warf einen Blick über meine Schulter und stellte fest, dass Darius und Juliet die Nachhut unserer Gruppe bildeten, was bedeutete, dass Damien zuerst eingetreten war.

Es gab keine Menschen, die vor der Tür Wache standen.

Das bestätigte, dass sie nicht als Schutz hier waren. Sie waren zur routinemäßigen Wartung hier, oder vielleicht, um die Protokolle zu überprüfen, die ich nicht ordnungsgemäß von Bunker 47 geschickt hatte.

Sie hatten keine Ahnung, dass wir hier waren, es sei denn, wir sind in einen Hinterhalt geraten. *Hm, nein.* Jace würde das mit seinen geschärften Sinnen vermuten. Seine selbstsicheren Schritte verrieten mir, dass er genau wusste, wo sich die Menschen aufhielten, und die wieder eingepackte Pistole an seiner Hüfte bestätigte mir, dass er nicht damit rechnete, dass sie ihm Schwierigkeiten machen würden.

Wie er gesagt hatte, hielten die Menschen die Vampire für Götter.

Die Vigils müssten verrückt sein, wenn sie ihn angreifen wollten. Der einzige Grund, warum sich die menschlichen Soldaten in Bunker 47 gewehrt hatten, war, dass sie wussten, dass sie sowieso tot waren. Das waren keine normalen übernatürlichen Wesen, die aus dem Labor geflohen waren, sondern Forschungsobjekte, die auf Rache aus waren.

Diese Wachen würden anders reagieren.

Zumindest hoffte ich das.

Ich konnte sie vorne hören. Ihre tiefen Stimmen drangen durch den Bereich der Server. Es war schwierig, ihren Standort zu bestimmen, denn die Computerwände waren zu hoch, als dass wir darüber hinaus hätten überblicken können. Sie waren mindestens drei Meter hoch und ließen etwa einen Meter zur Decke frei. Wir konnten sie hören, aber nicht sehen.

Zum Glück ist Damien …

„Meine Herren", rief Jace, sein königlicher Tonfall durchdrang meine Sinne und ließ mich zusammenzucken, als er unsere Anwesenheit in diesem Gebäude ankündigte. „Mein Name ist Prinz Jace. Ich erwarte, dass ihr alle auf die Knie geht, wenn mein Gefolge um diese Ecke kommt. Jeder Widerstand wird mit tödlicher Gewalt beantwortet werden.

Prinz Jace? Ich dachte, er sei König Jace?

Auf seine Ankündigung folgte ein lautes Geräusch. Das Scharren von Stiefeln, mir verriet, dass die Vigils vielleicht nicht das tun, was Jace verlangt hatte.

„Ihr habt fünf Sekunden", fuhr Jace fort. „Diejenigen, die sich an die gesellschaftlichen Erwartungen halten und mich gebührend willkommen heißen, werden belohnt. Ich habe bereits angedeutet, was mit denen passieren wird, die sich nicht daran halten."

Sein selbstbewusstes Auftreten änderte sich nicht. Er ging einfach mit der Anmut eines Gottes weiter. Seine Schritte waren zielgerichtet und dominant. Damien blieb am Ende der Reihe stehen und wartete darauf, dass Jace sich ihm anschloss.

Jace schlenderte einfach um die Ecke, ohne sich um irgendetwas zu kümmern.

Meine Lippen öffneten sich, und ich spürte, dass meine Angst meinen Bauch zusammenkrampfen ließ.

Statt Schüssen lag ein Keuchen in der Luft.

„Das hat mir den Spaß an der Sache genommen", murmelte Damien und folgte Jace. „Ich habe mich nach Blut gesehnt.

„Du bist immer auf Blut aus", erwiderte Jace.

Darius und Juliet traten hinter mich. Ihre Anwesenheit so dicht an meinem Rücken war ein unangenehmes Gefühl. „Beweg dich", sagte Darius. Seine Lippen waren viel zu nah an meinem Ohr.

Ich sprang nach vorne und erschrak beim Anblick von neun Männern, die alle ehrfürchtig vor Jace knieten. Ich fragte mich unwillkürlich, ob ich mich zu ihnen gesellen sollte. Stattdessen ging ich hinter Jace her und griff nach seinem Hemd.

Das war eine seltsame Reaktion und doch fühlte sie sich richtig an. Intuitiv – als ob ich dazu bestimmt wäre, ihn auf diese Weise zu begleiten.

Ich merkte jedoch schnell, dass ich den königlichen Vampir unangemessen berührt hatte, als ob er mir gehören würde.

Ich ließ den Stoff sofort los, als hätte er meine Hand verbrannt, und mein Verstand sagte mir, dass ich mich zurückzuziehen sollte, aber es war zu spät.

Jace griff um sich, packte mich und zerrte mich an seine Seite.

„Erkennst du einen von ihnen, Doktor?", fragte er und deutete auf die unterwürfigen Menschen. Ihre Köpfe waren alle nach unten gerichtet, die Augen respektvoll abgewandt.

„Ich kann sie nicht richtig sehen", gab ich flüsternd zu. „Aber ich bezweifle, dass ich sie kenne."

Alle Vigils, die mit meinen Forschungen vertraut waren, wurden in Bunker 47 getötet. Auch diejenigen, die vor der Selbstzerstörung des Bunkers ihren Zweck überlebt hatten. Lilith hatte die Menschen gewöhnlich an die Vampire und Lykaner verfüttert, wenn sie ihren Zwecken nicht mehr dienten.

Jace senkte sein Kinn und blickte in die Menge. „Wer ist hier der befehlshabende Wachmann?"

„Das bin ich, Eure Hoheit", verkündete ein blonder Mann in der Mitte der Gruppe. „Vigil Eins, Region Lajos."

Jace zog eine Augenbraue hoch. „Du kommst aus der Lajos-Region? Nicht aus der Lilith-Region?"

„Mein Team kommt aus der Lajos Region, Hoheit." Wache Eins hob den Kopf nicht, während er sprach. Seine Gestalt war vollkommen unterwürfig. „Die Wachen Sieben, Zweiundzwanzig, Achtundfünfzig und Einundsechzig sind aus der Region Lilith. Für diesen Einsatz unterstehen sie jedoch meinem Kommando."

„Ich verstehe. Und was ist hier deine Aufgabe?" verlangte Jace.

„Wir sollen die Dateien von Server 47 abrufen und uns in neun Stunden mit der Einheit Bunker 27 treffen, um den Informationstransfer abzuschließen. Wir werden auch eine virtuelle Kopie an die Server von Bunker 37 senden."

„Auf wessen Befehl?", drängte Jace, während ich mir die bekannten Bunkernummern und ihre Verwendungszwecke ansah.

Verhaltensforschung und Erosita-Tests.

Vigil Eins schluckte. „Prinz Lajos, Eure Majestät."

„Wenn ich ihn anrufe, würde er diese Mission

bestätigen?", fragte Jace. Sein Tonfall war scharf und von tödlicher Absicht geprägt.

Die Vigils spürten eindeutig das Gewicht seiner Worte, denn alle zitterten.

Dieses Wesen war mächtig. Alt. *Tödlich.*

Ich hatte es bisher nicht wirklich gespürt, denn meine Erfahrungen mit Lilith hatten mich gegenüber der Überlegenheit ihrer Spezies abgestumpft.

Die Reaktionen der Menschen zeigten mir jedoch, dass Jace mit seiner gesellschaftlichen Stellung nicht übertrieben hatte. Allein die Tatsache, dass er seinen Namen aussprach, hatte ausgereicht, um von diesen Wachen Unterwerfung zu verlangen. Keiner von ihnen hatte seine Waffe gezogen. Sie zeigten sogar ihre Hälse in einer Weise, die Jace dazu einlud, einen Bissen zu nehmen.

„Ja, Eure Majestät. Diese Befehle kamen direkt von ihm an mich als Leiter der Einheit."

„Nicht durch einen Herrscher oder einen Regenten?" Jace gab sich keine Mühe, seine Überraschung zu verbergen. „Sondern direkt von Lajos selbst?"

„Ja, Eure Majestät", antwortete Vigil Eins, wobei seine Stimme leicht zitterte. „Ich kann versuchen, ihn per Funk zu erreichen, wenn …"

„Das wird nicht nötig sein. Mein Herrscher wird das erledigen. Nicht wahr, Darius?" forderte Jace und warf einen Blick über seine Schulter zu dem anderen königlichen Vampir.

„Natürlich, Eure Majestät." Darius neigte leicht den Kopf, legte seinen Arm um Juliets Taille und zog sie mit sich.

Ich bezweifelte sehr, dass er wirklich vorhatte, Prinz Lajos anzurufen, es sei denn, sie waren Freunde. Ich wusste nicht viel über den königlichen Vampir, außer dass Lilith ihn zu mögen schien und ihm das Gebiet gehörte, das früher als Hawaii bekannt war. Das hatte ich aus Jace' Übersicht über die Anführer und ihre aktuellen Regionen erfahren.

Ich versuchte mich daran zu erinnern, was Lilith in früheren Gesprächen über ihn gesagt hatte, aber mir fiel nichts Wichtiges ein.

„Was ist der Zweck der zweiten Einheit?", fragte Jace und nahm seine Befragung wieder auf. „Warum werden beide hier gebraucht?"

„Sie werden die Eskorte zum Bunker 27 stellen", erklärte Vigil Eins. „Er befindet sich im Gebiet des Majestic Clans."

Jace' Augenbrauen hoben sich, als er einen Blick mit Damien tauschte.

Die Menschen sahen es nicht, denn sie starrten alle noch immer auf den Boden. Fragten sie sich, wie Jace sie hier gefunden hatte? Oder was ihn hierhergeführt hatte? Sie machten keine Anstalten, ihn zu befragen, und es gab auch keine Anzeichen dafür, dass sie über seine Anwesenheit nachdachten.

Es war, als wären sie alle in einen tief verwurzelten Modus der Unterwerfung gefallen, und alles, was jetzt zählte, war, das zu tun, was Jace verlangte. Es spielte keine Rolle, dass er nicht der König über ihre jeweiligen Regionen war. Er war Prinz Jace und stand in diesem Moment vor ihnen, was ihn als ihren derzeitigen Vorgesetzten auswies.

Ich wusste, dass diese Mentalität in der heutigen Welt existiert. Sie zu erleben – war eine ganz andere Erfahrung.

Ich hatte mich Lilith unterworfen, aber nicht auf diese Weise. Ich hatte nie gekniet oder mich verbeugt. Nur ihre Fragen hatte ich beantwortet und meinen Hals angeboten. Jace hatte ich ähnlich behandelt. Ich hatte ihm die gewünschten Informationen gegeben, mit ein wenig strategischer Verhandlung. Er hatte mich nicht verängstigt.

Doch als ich ihn jetzt sah und mir bewusst wurde, wie viel Macht er in seinen Händen hielt, konnte ich nicht umhin, mich zu fragen, ob ich eine schwere Fehleinschätzung vorgenommen hatte.

„Wie weit seid ihr mit eurer Aufgabe?", fragte Jace nach einem kurzen Moment.

„Wir haben gerade erst mit dem Download begonnen, mein Prinz." Vigil Eins zeigte langsam auf die Stelle, an der ihre Ausrüstung mit dem Server verbunden war.

Damien ging hinüber und übernahm die Steuerung. „Sie haben eine Live-Übertragung aktiviert."

„Ja, an Bunker 37", bestätigte Vigil Eins. „Wir schicken eine Kopie an die dortigen Server, die andere geben wir persönlich an Bunker 27 ab."

Anstatt zu antworten, fing Damien an, an der Verbindung herumzufummeln, vielleicht auf der Suche nach einem Alarmsignal irgendeiner Art. Aber nach einer Weile sah er Jace an und sagte, „Soweit ich sehen kann, sagt er die Wahrheit.

„Wo ist Bunker 37?", fragte Jace.

„Lajos Region", bestätigt Vigil Eins. „Es ist unsere Heimatbasis."

Nicht ein einziges Mal kam er auf die Idee zu fragen, warum Jace nichts davon wusste, was mir sagte, dass die Wachen in Bunker 37 nie richtig über die Sicherheitsprotokolle unterrichtet worden waren. Meine Anweisungen waren sehr klar gewesen – nur die Zuständigen durften diese Details kennen.

Jace hatte mehr als bewiesen, dass er für diese Operation nicht zuständig war.

Doch diese Menschen verneigten sich vor ihm und gaben ihm ohne Provokation jede Antwort.

Faszinierend.

Hätten die Wachen von Bunker 47 dasselbe getan, fragte ich mich.

Vielleicht.

Sie sind anders aufgewachsen und haben ihre prägenden Lebensjahre an den Blutuniversitäten des Landes verbracht, wo sie um das Privileg kämpften, Vigils zu werden. Sie erlangten ihren Status durch den Tod anderer Menschen und indem sie ihre Loyalität gegenüber den Unsterblichen, denen sie dienten, unter Beweis stellten.

Ich nehme also an, dass es für sie sinnvoll war, sich Jace' Willen zu beugen.

„Was passiert im Bunker 37?", fragte Jace.

Vigil Eins räusperte sich. „Das liegt nicht in unserem Zuständigkeitsbereich, mein Prinz. Ihr müsstet Prinz Lajos fragen."

„Ich verstehe." Jace' Hand wanderte von meiner Hüfte zu meinem Nacken und drückte zu. Seine blauen Augen glichen Eis, als ich seinem Blick begegnete. Sein Ausdruck war hart wie Stein. „Hast du noch etwas hinzuzufügen, Doktor?"

„Das ist das Labor, in dem ich geboren wurde", sagte ich ihm. „Bunker 37. Dort erforschen sie die Paarungsbindungen zwischen Vampiren und Menschen und die seltenen Blutgruppen."

„Und Bunker 27?", fragte er.

„Ich weiß das nur, weil Lilith diese Technologie benutzt hat, um einige der stärkeren Vampire in den Labors zu kontrollieren."

„Vampire mögen Cam", sagte Jace und sah erst Damien und dann die Menschen an. „Hat einer von euch Cam jemals getroffen?"

Es folgte Schweigen.

Einer der Vigils stammelte im Hintergrund – ein dunkelhäutiger Mann mit langen schwarzen Haaren – „Meinst du den Vampir, der sich Liliths Herrschaft widersetzt hat?"

„Genau der", bestätigte Jace.

Mehr Stille.

Dann sagte Vigil Eins, „Verzeiht mir, Eure Hoheit, aber ich verstehe die Frage nicht. Meister Cam ist während der Revolution gestorben. Lilith hat ihn getötet."

„Nein. Sie hat die Hive-Mind-Technologie benutzt, um ihn zu schwächen und gefangenzunehmen", korrigierte Jace seufzend. „Damien?"

Der andere Mann nickte. „Ich werde den Transferprozess einleiten, aber es wird Wochen dauern, bis wir damit fertig sind."

„Gut." Jace' Griff um meinen Hals lockerte sich, aber er ließ mich nicht los. „Lassen auch den Transfer ruhen. Wir wollen niemanden auf die Störung hier hinweisen."

„Und die Menschen?"

„Sie sind uns nützlich und werden am Leben bleiben, solange sie uns ihre Treue schwören." Jace sah mich endlich wieder an. „Und was Dich betrifft, entschuldige ich mich, dass ich an Dir gezweifelt habe. Jetzt geh und sei ein braver Schatz und hilf Damien, hm?" Er drückte mir einen Kuss auf den Mund und ließ mich mit einem sanften Lächeln los.

Ich blinzelte einige Male und war über seine Entschuldigung verblüfft, aber er schenkte mir keine Aufmerksamkeit mehr. Stattdessen wandte er sich wieder an die Wachen und teilte ihnen mit, dass sie sich direkt bei ihm melden und genau das tun sollten, was er sagte. Jedem, der nicht gehorchen wolle, stehe es frei, wieder nach draußen zu gehen und den Weg nach Hause zu finden, denn er beabsichtige, ihr Flugzeug zu beschlagnahmen.

Keiner von ihnen stand auf, um zu gehen.

Keiner von ihnen diskutierte.

Aber als ich mich umdrehte, schwor ich, dass ich bei einigen von ihnen Erleichterung wahrnahm, als ob die Vorstellung, für Jace zu arbeiten, sie irgendwie beruhigte.

Ich wunderte mich über diese Enthüllung, als ich zu Damien hinüberging, um ihm zu helfen und dachte weiter darüber nach, während ich mit ihm daran arbeitete, so viele Daten wie möglich auf die Geräte herunterzuladen, die Damien mitgebracht hatte.

Dann half ich ihm, einen Hintertür-Zugang einzurichten, über den er sich jederzeit anmelden konnte, um zusätzliche Dateien abzurufen. So würde er alle gewünschten Informationen über diese Serverfarm erhalten, vorausgesetzt, dass den Festplatten nichts passiert.

Wir überwachten auch die Verbindung zu Bunker 37, und Damien übernahm eine der Wachen der Vigil, um uns über alle eingehenden Protokolle auf dem Laufenden zu halten.

Es war nichts passiert, unser Eindringen scheint ein Geheimnis zu sein.

Als wir fertig waren, war die Nacht hereingebrochen und das Treffen mit Bunker 27 sollte in zwei Stunden stattfinden.

„Dein Alibi ist gesichert", sagte Darius zu Jace, als wir das Gebäude verließen. „Ich habe eine Nachricht geschickt, dass du auf dem Rückweg von deinem Besuch bei Lilith in der Ryder-Region bei meinem Anwesen vorbeigekommen bist."

„Scheint ein Umweg zu sein", bemerkte Jace.

„Ja. Ich habe angedeutet, dass Juliet der Grund für

deinen Umweg war. Wenn sie Calina sehen, werden sie sicher verstehen, warum."

„Ich genieße das Spiel von Frau zu Frau."

„Das tust du", stimmte Darius zu. „Das erklärt, warum wir dich nach Jace City begleitet haben."

„Hast du das auch arrangiert?"

„Das habe ich", antwortete sein Herrscher. „Wir werden in vier Stunden von meinem Anwesen nach Jace City aufbrechen. Damien erwähnte irgendetwas über das Verändern der Aufzeichnungen des Flugscanners, um all das zu bestätigen, einschließlich der Strecke von Ryder City zu meinem Haus."

„Es ist nicht zu fassen, dass du die politische Arena all die Jahre gemieden hast", kommentierte Jace. „Du bist außerordentlich gut darin."

„Außerdem wird es dich freuen zu hören, dass Jasmine sich bereit erklärt hat, uns in zwei Tagen in der Lajos-Region zu treffen", fügte Darius hinzu und ignorierte Jace' Kommentar über seine politischen Ambitionen. „Und auch Lajos hat unsere Bitte um einen Besuch freudig angenommen."

Jace wölbte eine Augenbraue. „Freudig?"

Darius' grüne Augen verfinsterten sich. „Er ist aufgeregt, Juliet offiziell kennenzulernen."

„Ah, ich dachte, sie wäre ein guter Köder", murmelte Jace. „Er dürstet nach einer Kostprobe deiner *Erosita*, seit du sie zur Bluttag-Zeremonie mitgebracht hast."

Darius antwortete nicht, aber ich spürte seinen Unmut.

„Was ist mit Luka?", fragte Jace und ignorierte den harten Gesichtsausdruck des anderen Mannes.

„Er arrangiert eine Empfangsmannschaft in der Nähe von Bunker 27. Er wird auf Damiens Signal warten."

„Brillant." Jace wandte sich mit einem Lächeln an den Vampir mit Südstaatenakzent „Ich nehme an, du bist damit einverstanden, die Führung beim Angriff auf Bunker 27 zu übernehmen? Du hast dich doch nach Blut gesehnt, oder?"

Damiens Lippen verzogen sich zu einem Grinsen. „Versuchst du mich zu verführen, König Jace? Denn wir wissen bereits, dass ich mit Freuden vor dir knie."

Die Vorstellung, wie Damien vor Jace auf die Knie geht, ließ meine Wangen heiß werden. Das wäre ein Anblick, der sich sehen lassen könnte.

Jace erwiderte mit amüsierten Blick. „Versucht, meine neuen Vigils am Leben zu erhalten. Ich werde sie bald brauchen."

Damien schnaubte. „Ich werde sehen, welche Tricks ich ihnen unterwegs beibringen kann." Er machte sich auf den Weg, doch Jace packte ihn am Nacken und hielt ihn zurück.

„Ich erwarte, dass du auch am Leben bleibst", fügte Jace hinzu. „Wenn du den Verdacht hast, dass irgendetwas passieren könnte, solltest du verdammt noch mal abhauen. Verstanden?"

Damien warf ihm einen Blick zu. „Du und Ryder, ihr fangt an, mich mit diesem ganzen emotionalen Blödsinn zu beunruhigen." Er zuckte sichtlich zusammen. „Bitte umarme mich nicht."

Jace lachte leise und klopfte ihm stattdessen auf die Schulter. „Ich meine es ernst, Damien. *Überlebe.*"

„Es ist ja nicht so, dass ich sterben will", warf Damien ihm zurück.

„Manchmal lassen deine Handlungen etwas anderes vermuten."

„Ich lebe nur am Limit", murmelte er. „Aber wenn Cam da unten ist, werde ich alles für ihn riskieren."

„Und genau deshalb bist du der richtige Mann für diesen Job", stimmte Jace zu und ließ den Mann los. „Ich erwarte bis zum Morgengrauen einen vollständigen Bericht."

Damien winkte ein wenig, als er die Vigils zu dem Flugzeug führte, mit dem sie angekommen waren. Ich war mir des Plans nur vage bewusst.

Damien und die Vigils würden zum Bunker 27 fliege, um die Datenübertragung abzuschließen. Damien würde sich dann mit Luka, dem Alpha des Majestic Clans, treffen und den Bunker übernehmen.

In der Zwischenzeit hatte Darius eine Reise in die Region Lajos organisiert. Aufgrund der Wegbeschreibung von Vigil Eins wussten sie ziemlich genau, wo sich Bunker 37 befand, und wollten die Reise als Gelegenheit für Nachforschungen und als eine Art Alibi für Jace nutzen, falls im Bunker 27 etwas schiefgehen sollte.

Jace streckte eine Hand nach mir aus. „Komm, kleines Genie. Es ist an der Zeit, dass du deine neue Aufgabe in meiner Welt kennenlernst."

Bei diesen Worten drehte sich mir der Magen um. „M-meine neue Bestimmung?"

„Ja." Er schaute mir in die Augen. „Glückwunsch, Calina. Du bist soeben ein besonderes Mitglied meines Harems geworden. Das heißt, ich habe jetzt sechs Stunden Zeit, dir beizubringen, was das bedeutet. Wir fangen damit an, deine Garderobe in etwas Passenderes zu verwandeln. Jetzt lass uns gehen."

JACE

„Das ist eine schreckliche Idee", murmelte Darius, als Juliet und Calina in der hinteren Kabine des Flugzeugs verschwanden.

Ich stellte mein Glas Rotwein auf dem Tisch in der Lounge ab und sah ihn an. „Wie sonst soll ich ihre Anwesenheit und Ryders Flugzeug erklären?", fragte ich ihn. „Es ergab absolut Sinn, dass Lilith mich herbeirufen hätte, damit ich versuchen würde, den alten Vampir zu zähmen, genauso wie es plausibel ist, dass ich einen Menschen finde, der mir gefällt, und ihn mit zurücknehme."

„Sie hat keinen Eintrag im System …"

„Das wird Damien auf seinem Weg zum Bunker 27 für uns in Ordnung bringen", warf ich ein.

„Und sie hat keine Ausbildung", fügte er hinzu und ignorierte meine Unterbrechung. „Juliet hat Monate gebraucht, um die perfekte Scharade zu schaffen. Wir haben weniger als sechs Stunden, um eine ähnliche für Calina zu schaffen. Ich bin mir nicht sicher, ob das möglich ist, Jace. Sie ist zu …" Er winkte mit der Hand zur Hintertür, als ob das alles erklären würde.

Leider war es so. Denn ich hatte genau verstanden, was er meinte.

Calina strahlte ein Selbstbewusstsein aus, das den meisten Menschen fehlte, und sie besaß nicht die sexuelle Ausstrahlung, die man von meinen Liebhaberinnen erwarten könnte.

Die einzige Möglichkeit, ihre Anwesenheit an meiner Seite zu erklären, war jedoch, sie als neues Haremsmitglied vorzustellen. Ich hatte einen Ruf aufrechtzuerhalten, zumindest noch eine Weile, und das bedeutete, dass Calina eine sehr wichtige Rolle zu spielen hatte.

„Sie ist intelligent", sagte ich, und es war ein leichtes, sie zu verteidigen. „Sie ist auch strategisch. Wenn jemand diese Rolle in sechs Stunden lernen kann, dann sie."

„Du klingst so sicher, obwohl du sie erst ein paar Stunden kennst."

Technisch gesehen waren es Tage, aber ich habe mir nicht die Mühe gemacht, darüber zu streiten.

„Ich habe die Menschen in meiner Umgebung immer schnell eingeschätzt", erinnerte ich ihn. „Ich liege bei ihr nicht falsch."

„Sagt der Mann, der dachte, sie hätte uns verraten."

„Nein. Das war mehr eine Hoffnung als eine Tatsache", gab ich zu. „Der Gedanke, sie zu bestrafen, ist sehr verlockend."

Darius dachte einen Moment darüber nach, seufzte und kämmte sich mit den Fingern durch sein dunkles Haar. „Nun, zumindest muss die Anziehung nicht vorgetäuscht werden."

„Das ist selten", murmelte ich und drückte bei ihm damit absichtlich einen Knopf. Wenn wir das durchziehen wollten, mussten er und Juliet mitzuspielen. Die Gesellschaft wusste, dass Darius und ich einen ähnlichen Geschmack bei Frauen hatten, was bedeutete, dass, wenn ich Calina attraktiv fand, er es auch tun würde.

Teilen war in dieser neuen Welt ein Gebot, etwas, das

mein Herrscher verachtete. Juliet gehörte ihm, und das respektierte ich. Aber das bedeutete nicht, dass die anderen das auch so sehen würden.

Deshalb wollten wir eine Scharade inszenieren. Alle dachten, ich sei in Juliet verliebt, was Darius einen Grund lieferte, sie als seine *Erosita* zu machen. Das machte sie weniger angreifbar, und so konnte ich nach Herzenslust spielen. Meistens jedenfalls. *Erositas* konnten nur von ihrem vampirischen seelenverwandten gefickt werden.

Aber in Wirklichkeit habe ich sie nur in der Öffentlichkeit berührt. Selbst dann habe ich es eher spielerisch als offenkundig sexuell gehalten.

„Lajos wird eine Show erwarten", sagte ich und dachte laut über unsere Strategie nach. „Wir müssen der Gesellschaft eine geben."

Darius' grüne Augen verengten sich. „Was schlägst du vor?"

„Dass wir ihnen geben, was sie wollen", antwortete ich, als sich die hintere Kabinentür öffnete.

Was auch immer Darius zu meiner Bemerkung gesagt hätte, es verflog, als er Juliet in einem schwarzen Spitzenkleid sah, das alle ihre Vorzüge enthüllte. Ihr Anblick lenkte ihn oft von seinen Gedanken ab, was ich immer verstanden habe, denn auch ich fand Juliet verführerisch.

Als ich Calina neben ihr ähnlich gekleidet sah, war mein ganzes Interesse geweckt.

Calinas durchscheinendes Kleid war nicht schwarz, sondern dunkelblau und brachte die Farbe ihrer Augen zur Geltung. Ihr Kleid endete an den Oberschenkeln, während das von Juliet bis zum Boden reichte. Calinas kühner Blick traf meinen.

„Hat Lilith dir erlaubt, sie direkt anzusprechen?",

fragte ich mich laut. „Oder ist es dein Beruf, der dir dieses Privileg gab?"

Ich nahm an, dass das Experimentieren an Vampiren und Lykanern den ganzen Tag über ihre Überlegenheit infrage stellen würde, aber ich bezweifelte sehr, dass Lilith dieses Verhalten von Calina akzeptiert hatte.

Sie räusperte sich und schaute dann auf Juliets Haltung. Ihre hübschen braunen Augen waren auf den Boden gerichtet, während sie ihre Schultern und ihren Rücken gerade hielt – eine unterwürfige Pose, die ihre atemberaubenden Eigenschaften zur Schau stellen sollte. Sie war perfekt ausgeführt, wie immer.

„Lilith verlangte gewisse Formalitäten", sagte Calina, die immer noch Juliet beobachtete. „Aber sie hat mir auch die Verantwortung für meinen Posten überlassen, was gewisse Führungsqualitäten in ihrer Abwesenheit erforderte."

„Was ist mit ihrem Besuch?", drängte ich. „Hast du dich verbeugt? Unterworfen? Ihren Hals angeboten?"

„Ich habe meine Berichte pünktlich abgeliefert, also ..."

„Mit direktem Augenkontakt?", warf Darius ein, woraufhin sich ihr Blick auf seinen richtete.

„Es ist schwer, Berichte zu präsentieren, während man auf den Boden starrt." Ihr Ton klang eher verwirrt als aufmüpfig, als ob sie darum rang, zu verstehen, warum das wichtig war.

Ich tauschte einen Blick mit ihm aus und sagte ihm ohne Worte, was als Nächstes geschehen musste. Die leichte Neigung seines Kinns verriet mir, dass er zustimmte.

„Deine Stellung hat sich offiziell geändert, Doktor", informierte ich sie. „Die Menschen sind Eigentum. Spielzeug. *Nahrung.* Die höheren Wesen dieser Welt verlangen Gehorsam und exquisite Unterwerfung. Ein Fehltritt wird dich dein Leben kosten."

„Sie wäre jetzt schon tot, wenn sie sich vor Lajos so aufführen würde", murmelte Darius.

Technisch gesehen waren mein Alter und meine Blutlinie wichtiger als Lajos' Autorität. Aber diese Macht zu nutzen, könnte meinem politischen Einfluss in der Vampirarena schaden. Daher wäre ich gezwungen, ihn Calinas ungehorsames Verhalten korrigieren zu lassen. Dadurch wäre Darius' Aussage richtig.

„Er würde sie zuerst ficken", antwortete ich – meinen Blick auf Calina gerichtet. „Und er würde sie ausbluten lassen."

Das war das größere Problem, denn in dem Moment, in dem jemand anderes von ihr gekostet hätte, würde er die Einzigartigkeit ihres Wesens erkennen und sie in eine richtige Blutsklavin verwandeln.

Am Ende würde sie sich nach dem Tod sehnen.

Es war meine Aufgabe, dafür zu sorgen, dass das nicht passiert.

„Juliet", sagte ich, ihr Name war eine Liebkosung meiner Lippen. „Ich brauche deine Hilfe, um Calina richtig in ihre neue Rolle einzuführen. Tun wir also so, als wären wir auf einer Veranstaltung mit anderen Anwesenden. Alle Regeln gelten."

Wenn man bedenkt, dass ich sie in die Kabine geschickt hatte, um sich für die Rolle zu kleiden, sollte mein Befehl sie nicht überraschen.

„Wie Ihr wünscht, mein Prinz." Sie machte einen perfekten Knicks auf ihren zehn Zentimeter hohen Stöckelschuhen – ein Kunststück, wenn man bedenkt, dass wir uns in einem Flugzeug befanden – und blieb in dieser Position, während sie auf weite Anweisungen wartete.

„Siehst du, wie sie mich anspricht und auf ihre Befehle

wartet?", fragte ich und wandte mich an Calina. „Das erwartet man von einer Frau in deiner Position. Das würde man auch von einer Gemahlin erwarten."

Calina musterte die andere Frau, ihre Stirn legte sich in Falten. „Aber sie ist nicht deine *Erosita*."

„Nein, sie ist die *Erosita* meines Herrschers. Seine Stellung ist unter der meinen in dieser Welt. Daher gehört alles, was er besitzt, mir. Einschließlich Juliet." Harte Worte, aber zutreffend. „Wenn ich sie ficken will, hat Darius keine Wahl. Ich kann mich jederzeit dafür entscheiden, ihre Bindung zu brechen. Es gibt nichts, was er dagegen tun kann."

Außer – mich herauszufordern, was er nicht tun würde.

Genauso wie ich Juliet nie etwas antun würde.

Calina nahm Juliets Verbeugung zur Kenntnis und betrachtete Darius' stoische Miene. „Du erlaubst das?"

„Das verlangt die Gesellschaft von uns", antwortete er.

„Und du akzeptierst das?"

„Ob ich das akzeptiere oder nicht, steht nicht zur Debatte. Das ist die Welt, in der wir leben. Wenn du überleben willst, musst du dich an die Regeln halten. Das tust du gerade ganz und gar nicht. Du starrst mich weiterhin direkt an und sprichst mit mir, als ob wir gleichberechtigt wären." Darius' scharfe Worte schnitten durch die Luft und zogen eine Gänsehaut über Juliets Arme. Sie reagierte so wunderbar auf seine Dominanz.

Dennoch blieb ich von Calinas scharfsinnigem Gesichtsausdruck gefesselt, als sie alles, was wir sagten, bewertete. Darius' Tonfall beeindruckte sie überhaupt nicht. Ihr Verstand war zu sehr damit beschäftigt, die Worte zu verarbeiten, als dass sie über die Art und Weise, wie er sie vortrug, nachdenken konnte.

„Wenn du jetzt König bist, kannst du das ändern",

sagte sie und richtete ihren Blick auf mich. „Wenn das dein Wunsch ist."

„Ich könnte", stimmte ich zu. „Mit der richtigen Unterstützung."

Sie schwieg für einen langen, nachdenklichen Moment. „Ein strategisches Spiel, bei dem es darum geht, genügend Unterstützung zu gewinnen, bevor du die Macht übernehmen kannst. Deshalb hast du Liliths Tod noch nicht publik gemacht. Du brauchst mehr Unterstützung."

Ich lächelte nur. „Unabhängig davon, was meine Absichten sind oder nicht, musst du deinen Platz in dieser Welt kennenlernen. Ein Versagen deinerseits wird zu einer höchst unangenehmen Zukunft führen. Es könnte auch mein Leben in Gefahr bringen, was nicht akzeptabel ist."

Sie betrachtete noch einmal Juliets Körperhaltung. „*Erositas wurden* früher verehrt. In dieser Haltung ähnelt sie eher einer Sklavin."

„Das ist genau der Punkt", sagte Darius und trat vor. „Sie ist meine Blutjungfrau. Ich habe sie auf einer Auktion ersteigert, und sie ist hier, um genau das zu tun, was ich sage. Keine Widerrede. Keine gegenteiligen Meinungen. Nur Unterwerfung." Er blieb vor Juliet stehen, seine Fingerknöchel streiften ihre Wange. „Stimmt's, Juliet?"

„Ja, mein Herrscher." In ihrer Stimme lag kein Zögern, nicht nur, weil sie ihm vertraute, sondern weil man sie gelehrt hatte, so zu handeln.

„Juliet verbrachte zweiundzwanzig Jahre im Konvent, um zu lernen, wie sie sich ihrem zukünftigen Besitzer unterwirft. Sie erwartete, in der Nacht zu sterben, in der ich sie kaufte, weil die meisten Blutjungfrauen das tun. Ihr Blut ist reichhaltig und süchtig machend, und es heißt, dass sie nach ihrem Tod noch süßer schmecken." Darius' Berührung wanderte hinunter zu ihrem Kinn, während er ihren Blick zu ihm hinauf lenkte. „Sie spielt die Rolle wunderbar."

Das Kompliment ließ ihre Gesichtszüge hübsch erröten. „Danke, Herr."

„Seid Ihr bereit, mit ihr zu spielen, mein Prinz? Oder darf ich mir die Ehre geben?", fragte Darius, dessen Förmlichkeit mir verriet, dass er in die Rolle schlüpfte, die ich vorgeschlagen hatte, als Juliet und Calina erschienen waren.

Anstatt ihm zu antworten, übernahm ich meinen eigenen Anteil an dieser Tat und ignorierte ihn.

„Vampire lieben die Freuden des Lebens", murmelte ich. Mein Blick blieb an Calina haften, als ich mich ihr langsam näherte. „Wir ernähren uns. Wir ficken. Wir nehmen uns immer, was wir wollen."

Sie schluckte, ihre Pupillen weiteten sich und verblassten die leuchtenden Farben in ihren Augen.

„Die meisten von uns haben im Laufe der Jahre ihren Sinn für Menschlichkeit verloren", fuhr ich leise fort, als ich vor ihr innehielt. „Wir genießen es, die überlegene Rasse zu sein, Calina. Wir akzeptieren alle Belohnungen, die damit einhergehen, und ignorieren die Verantwortung."

Zumindest die meisten von uns. Das war der Hauptpunkt der von mir gewünschten Veränderung.

Das war ja gerade der Sinn unserer Diskussion.

Ich hob meine Hand, um ihre Wange zu streicheln und ließ meinen Daumen über ihre Unterlippe fahren.

„Die Menschen wurden dazu erzogen, sich jeder unserer Launen zu unterwerfen." Ich drehte ihren Kopf zu Juliet. „Selbst jetzt bleibt sie gebeugt, weil sie weiß, dass nur mein Wort sie befreien wird und nicht das Wort ihres Herrn. Vampire und Lykaner respektieren immer Hierarchie und Alter."

Calina beobachtete Juliets gebeugte Haltung einen weiteren Moment, bevor ich ihren Blick wieder zu mir lenkte. „Ich bin eine der ältesten meiner Art, Calina. Alle bewundern meine Erfahrung und mein Wissen. Alle respektieren mich. Jeder tut genau das, was ich sage, ohne zu fragen. Genau das wirst du auch tun müssen, sonst bin ich gezwungen, ein Exempel an dir zu statuieren." So funktioniert unsere Gesellschaft. Ungehorsam wird nicht geduldet, schon gar nicht von Menschen.

Oh, einige Vampire und Lykaner hatten Spaß an Spielen. Viele von ihnen überlebten, nachdem sie gespielt hatten, aber niemand ging ohne Strafe davon.

„Das ist die Welt, die Lilith geschaffen hat – eine Welt, die meine Art zu lieben scheint. Sie hat definitiv ihre Vorteile", gab ich zu und ließ meinen Blick auf ihren tiefen Ausschnitt und den durchsichtigen Stoff fallen, der ihre harten Brustwarzen zeigte. „Aber diese Vorteile kommen meinen Brüdern zugute, nicht den Menschen."

Ich neigte meinen Kopf in Richtung Juliet und Darius.

„Zeig ihr, wie wir vor Publikum essen", sagte ich. Das Kommando war für Darius. „Betrachte es als Übung für das, was Lajos wünschen wird."

Als Lajos' Ältester wäre ich nicht verpflichtet, ihm irgendetwas zu geben. Ich hatte einen Ruf für dieses Spiel und dafür, wie ich es spielte. Das bedeutete, dass Darius und Juliet ihren Teil dazu beitragen mussten, damit wir Erfolg hatten.

„Gerne", erwiderte Darius, und sein stoischer Gesichtsausdruck verwandelte sich in einen rein animalischen Hunger. „Steh auf." Sein Griff wanderte zu Juliets Nacken, als er sie aus ihrem Knicks hochzog.

JACE

Juliets Oberschenkel mussten von dieser Haltung brennen, doch sie zeigte keine Anzeichen von Unbehagen. Vielleicht, weil Darius sie mit einer Dosis seines eigenen Blutes zur Heilung versorgte oder wahrscheinlicher war es vielleicht, weil sie praktisch in dieser Position aufgewachsen war.

Ich bezweifelte sehr, dass Calina sich so lange unterwerfen konnte wie Juliet – etwas, das ich in meinem Plan berücksichtigen würde.

Darius führte Juliet zu dem Tisch, an dem ich mein Glas Wein abgestellt hatte. Er räumte alles aus dem Weg, bevor er sie aufforderte, „Präsentiere dich für mich, Liebling. Ich bin am Verhungern."

Meine Finger glitten an Calinas Kiefer entlang zu ihrer Kehle hinunter. Federleicht und zart, aber mit tödlichem Versprechen unterstrichen.

Sie schluckte und ihr Herz schlug schneller.

Ich brummte zustimmend, als ich den Ausschnitt ihres Kleides entlang zu ihren Brüsten fuhr.

„Dieses Kleid steht dir wunderbar", flüsterte ich. „Aber es ist nicht annähernd kurz genug." Das Kleid gehörte Juliet und sie war ein paar Zentimeter größer als Calina.

„Ich werde dir für unsere Reise eine Garderobe bestellen, die richtig passt."

Keine Laborkittel oder Kittel mehr für die atemberaubende Wissenschaftlerin. Sie würde in absehbarer Zeit nur noch Spitze tragen.

Vielleicht auch nur Haut.

Juliet stellte sich anmutig auf den Tisch, während Darius zwischen ihren gespreizten Schenkeln Platz nahm. Sie legte sich mit dem Rücken auf den Tisch, wobei ihre Beine über die Kante baumelten, und legte verführerisch den Schlitz ihres Kleides frei, indem sie den Stoff zur Seite zog und ihre Mitte Darius' Blicken preisgab.

Meine Hände fielen auf Calinas Hüften, und ich drehte sie so, dass sie sich der Show zuwandte, drückte meine Brust an ihren Rücken und meine Lippen an ihr Ohr. „Vampire sehnen sich nach Berührung." Die Worte waren sanft und für sie bestimmt, aber ich wusste, dass Darius sie sogar über das Dröhnen der Motoren hören konnte. „Wir sind sinnliche Geschöpfe, die gerne ficken. Für uns gibt es nichts Erotischeres, als Vergnügen mit Blut zu mischen."

Diese Informationen kannte sie bereits, aber das bedeutete nicht, dass sie sie vollständig verstand.

„Du hast mir gesagt, dass Vampire von Natur aus sexuell veranlagt sind, um unsere Beute anzulocken. Da hast du nicht unrecht, aber wir haben alle unsere eigenen Vorlieben, wie wir verführen und uns ernähren." Ich küsste den pulsierenden Punkt an ihrem Hals, während Darius seine Hand an Juliets nackten Schenkeln hinauf führte. Der Stoff ihres Kleides hatte sie völlig entblößt – die Schlitze waren genau für diesen Zweck gedacht.

„Viele von uns sind Sadisten", fuhr ich leise fort. „Wir mögen Schmerz. Wir mögen es, Menschen schreien zu hören. Wir mögen es, sie bluten zu lassen.

Darius beugte sich vor und drückte seine Lippen auf die Innenseite von Juliets Knie, was der Frau auf dem Tisch einen Schauer entlockte.

Ihre Erregung lag in der Luft. Der süße Duft war eine Verlockung, die meine niederen Instinkte anlockte. Aber Calinas scharfes Einatmen erforderte meine Aufmerksamkeit. Ihr eigener Duft war ein Hohn auf meine Selbstbeherrschung.

Ich wollte sie in der gleichen Position wie Juliet auf dem Tisch und ihre köstliche Mitte kosten.

Bald, versprach ich mir, als Darius begann, sich einen Weg nach oben zu lecken. *Sehr bald.*

„Die meisten Vampire würden sich bereits ernähren", sagte ich ihr. „Aber Darius mag es, den Moment hinauszuzögern, die Erregung aus ihr herauszukitzeln und ihre völlige Unterwerfung zu erzwingen."

Ich knabberte an Calinas Ohrläppchen, schlang meine Arme um ihre Taille und drückte sie an mich, während sie darum kämpfte, auf den Schuhen, die Juliet ihr geschenkt hatte, stehenzubleiben. Es waren Stilettos, und ich vermutete, dass sie ein wenig zu groß sein könnten, genau wie das Kleid. Calina trug wahrscheinlich nicht oft Absätze, wenn überhaupt.

Ein weiterer Faktor, den ich für unser Szenario in der Lajos-Region berücksichtigen muss.

Juliets ballte ihre Hände zu Fäusten und schloss ihre Augen in lustvoller Qual, als Darius seinen Weg langsam nach oben fortsetzte.

„Es geht nur um die sinnliche Präsentation." Ich sprach die Worte noch einmal an Calinas Ohr. „Es liegt Macht darin, Geduld zu zeigen, besonders wenn man von einer so seltenen Blutgruppe verführt wird. Die meisten in Darius' Lage wären nicht in der Lage, sich zurückzuhalten. Das macht das, was er tut, noch viel erotischer."

Ich kraulte ihren Hals, um das zu unterstreichen.

Ihr Blut rief nach mir, aber ich konnte die Befriedigung, sie zu schmecken, aufschieben, selbst als ihr Interesse an mir erwachte und ihre Mitte unter dem Kleid feucht war. Ich konnte es auf meiner Zunge schmecken – ihre Lust, ein Aphrodisiakum, das meine Geduld auf die Probe stellte.

Aber ich war ein Meister in diesem Spiel.

Genau wie Darius.

Juliets Lippen öffneten sich zu einem leisen Stöhnen, als der Mund ihres Herrn ihre intime Falte erreichte. Kein Biss, nur ein Lecken, begleitet von einem hungrigen Knurren des Raubtiers vor ihr.

„Siehst du, wie sie schweigt?", fragte ich leise. Ich lockerte mein Griff und legte meine Hände wieder auf Calinas Hüften. „Kein Betteln. Kein Stöhnen. Kein Schreien. So wird den Menschen beigebracht, sich zu verhalten. Sie äußern sich nur, wenn sie die Erlaubnis dazu haben. Deshalb muss deine Direktheit korrigiert werden. Niemand wird das tolerieren."

Sie zitterte, als ich begann, den Stoff ihres Kleides hochzuziehen, und meine Finger begierig die Feuchtigkeit zwischen ihren Schenkeln erkundeten.

„Lajos würde dich jetzt auf die Knie zwingen, Calina. Er würde wollen, dass du seinen Schwanz in den Mund nimmst, um ihn zu befriedigen, während er zusieht, wie sich Darius an Juliets köstlicher Mitte labt." Ich entblößte Calinas erhitzte Mitte. „Er würde dich zwingen, ihn tief in den Mund zu nehmen, bis du ohnmächtig wirst."

Ich ließ meine Zähne über ihren Hals gleiten und leckte den donnernden Puls unter ihrer zarten Haut. Sie zitterte, was meine dunkle Seite erregte.

Ich wollte genau das tun, was ich beschrieben hatte – ihr befehlen, sich hinzuknien und ihre Kehle ficken.

All das spielte in meine Fähigkeiten hinein und in die Art und Weise, wie ich es vorzog, mich sinnlichen Spielen hinzugeben.

„Ich werde dich als meine bevorzugte Gefährtin in die Region Lajos mitnehmen. Lajos wird wahrscheinlich etwas von dem haben wollen, was ich für wertvoll halte. Solange du dich benimmst, muss ich dem nicht zustimmen. Aber dafür musst du so sein, wie Juliet jetzt ist – still, verführerisch und sündhaft aufreizend."

Darius nutzte diesen Moment, um seine Reißzähne in Juliets Knospe zu versenken, wodurch sich ihr Rücken vom Tisch abhob und sie durch seinen Biss sofort kam.

Calina schüttelte sich gegen mich und geriet ins Wanken. Ich umfasste ihr Geschlecht, um sie zu halten, und mein Finger glitt mit Leichtigkeit durch die Spuren ihrer Lust.

Ich schlang meinen anderen Arm um ihre Brust und hielt sie fest, während der Stoff ihres Kleides an ihren Hüften klebte.

„Lilith hat sich nie auf diese Weise von dir ernährt." Das war eine Feststellung und keine Frage. Ihre Reaktion sagte mir, dass sie so etwas noch nie gesehen hatte.

Sie antwortete nicht, sondern konzentrierte sich auf Juliet und Darius, während er seine *Erosita* verschlang, was sie die ganze Zeit über in einen Zustand gesteigerter Erregung versetzte.

Ihre Wangen waren vor Anstrengung rosa, ihre Lippen öffneten sich zu einem stummen Schrei. Sie zitterte heftig, was Darius veranlasste, eine Hand auf ihren Bauch zu legen, um sie gegen den Tisch zu drücken, während er sie fütterte.

„Das könnte schmerzhaft werden", flüsterte ich in Calinas Ohr. „Er könnte jeden Moment die Endorphine absetzen. Dann müsste sie ihr Bestes geben, um nicht vor

Schmerzen zu schreien. Das ist ein Spiel, das viele meiner Brüder spielen, weil es ihnen Spaß macht, ihre Erositas zu quälen."

Ich schob zwei Finger in sie hinein und entlockte ihren Lippen ein Zischen.

„Selbst die kleinste Reaktion kann dazu führen, dass ein Vampir gewalttätig wird", warnte ich sie, und meine Lippen wanderten zu ihrem Hals, wo ich ihre Haut durchbohrte, um sie zurechtzuweisen, weil sie eine Reaktion geäußert hatte.

Sie zuckte, aber ich hielt sie mit Leichtigkeit auf ihrem Platz.

Ihre Schenkel krampften sich zusammen, als ich meinen Mund gegen ihre Ader drückte, was ein interessantes Detail über ihre eigenen Vorlieben lieferte. Ich hatte ihr den lustvollen Aspekt meines Bisses vorenthalten, doch das schien sie nur noch mehr zu faszinieren.

Das deutet darauf hin, dass sie im Schlafzimmer gerne ein wenig Schmerz empfindet.

Mmhmm, das ist genau mein Typ Frau, staunte ich, während ich mich ihrem Geschmack hingab.

Sie hat nicht geschrien. Sie hat nicht gesprochen. Und dieses Zischen war das einzige Geräusch, das sie von sich gab.

„So eine gute Schülerin", lobte ich sie und ließ ihren Hals los. Ich ließ das Blut verlockend aus ihrer offenen Wunde fließen.

Darius hatte ebenfalls aufgehört zu trinken. Seine Aufmerksamkeit galt Juliets lustvollem Zustand, während er aufstand, um seinen Gürtel zu lösen.

Ich hatte ihm gesagt, er solle uns eine Show bieten, so wie er es mit Lajos tun würde, und er hatte sich meine

Worte entweder zu Herzen genommen oder vergessen, dass wir hier waren.

Wahrscheinlich ersteres, denn er war nicht der Typ, der seine Umgebung ignorierte und es war ja nicht so, dass ich ihn nicht schon vorher hatte ficken sehen.

Er würde auch sein Territorium vor Lajos markieren wollen, was diesen Zug von Darius strategisch machte. Natürlich zeigte sich darin auch ein Hauch von besitzergreifender Absicht.

Eine Absicht, die ich allmählich verstand, denn mir gefiel der Gedanke nicht, dass Lajos Calina berührte. Es war nicht falsch gewesen, sie zu warnen, dass er es tun könnte.

„Ich denke, wir sollten üben, süße Calina", sagte ich und traf eine Entscheidung.

Wenn ich sie zuerst genießen würde, wäre ich eher bereit, Calina mit Lajos zu teilen. Ich musste auch sicherstellen, dass sie dazu bereit war, was voraussetzte, dass ich ihr erklärte, was sie erwarten würde. Je mehr sie verstand, desto eher würde sie am Leben bleiben.

„Darius, versüße meinen Wein." Ich sprach die Worte in meinem üblichen überheblichen Tonfall aus und nahm meine Rolle als sein Vorgesetzter an.

Er zögerte nicht. Seine Verärgerung über diese Störung verbarg er hinter einer Maske der Gleichgültigkeit. Für alle anderen schien er von meiner Bitte unbeeindruckt zu sein, aber ich kannte ihn und verstand seine Beziehung zu Juliet.

Ich hielt Calina fest und zwang sie zuzusehen, wie er mein Glas an Juliets Spalte führte und den Rand mit ihrem süßen, nach Erregung schmeckenden Blut aromatisierte.

Es war genau das, was Lajos verlangen würde.

Höchstwahrscheinlich war es das auch, was wir vorsorglich anbieten würden, damit er nichts anderes verlangt.

Darius nahm einen Schluck des Weins, um sich zu vergewissern, dass der Geschmack meinen Wünschen entsprach, und fügte dann noch etwas mehr hinzu, indem er Juliets gebissene Knospe drückte.

Sie schüttelte sich, schrie aber nicht.

Obwohl die Handlung hart erschien, wusste ich, dass er sie für sie abgemildert hatte, vielleicht mit einer Warnung oder einem subtilen Schnippen seines Daumens. Er sorgte immer für ihr Vergnügen, egal wie brutal er es erscheinen ließ.

Ich glitt aus Calinas enger Scheide und führte meine Finger an ihre Lippen. „Öffne den Mund." Sie schluckte und tat genau das, was ich ihr sagte. „Braves Mädchen", lobte ich und schob meine Finger in ihren Mund. „Und jetzt ... lutschen."

JACE

Calinas Mund auf meinen Fingern vermittelte mir einen Einblick in ihre Fähigkeit, Befehle auszuführen, wenn sie vor Erregung benommen war.

Vollkommenheit.

Sie leckte, saugte und schluckte, als hätte sie das schon ihr ganzes Leben lang gemacht.

„Mmhmm, das wirst du als Nächstes mit meinem Schwanz machen", sagte ich zu ihr, während sie ohne zu zögern meinen Anweisungen folgte. Sie hielt bei meinen Worten inne und ihr Puls schlug schneller. „Deine Unschuld ist köstlich, Calina." Allein dieses kleine Zögern verriet mir, dass sie noch nie Oralsex gegeben hatte, genauso wenig wie sie ihn jemals erhalten hatte. Ich gluckste gegen ihren Puls. „Lilith hat dich wirklich gut behütet, nicht wahr?"

Darius stellte mein Weinglas auf dem Tisch ab. „Mein Prinz."

„Danke", sagte ich, während meine Hände Calinas Hüften umfassten, um ihr einen Schubs nach vorn zu geben. „Geh."

Stattdessen stolperte sie, aber mein Griff um ihre Taille verhinderte, dass sie fiel. Ich würde ihr in Jace City auf jeden Fall ein paar niedrigere Absätze kaufen müssen. Das würde ich auf meine Liste für ihre Garderobe setzen.

Darius ignorierte unsere Annäherung. Seine Handflächen lagen wieder auf Juliets Schenkeln, als er sich beugte, um an ihrem Geschlecht zu lecken. Sie zuckte unter ihm zusammen und war an die Zunge ihres Herrn verloren.

Ein so erotischer Anblick.

Ein Anblick, den ich mit Calina wiederholen wollte.

„Ich will Juliet schreien hören", murmelte ich, als wir den Tisch erreichten. „Lass sie wieder kommen."

Darius reagierte, indem er den Stoff von ihrem Oberkörper riss und ihre Brüste freilegte. Im nächsten Atemzug nahm er sie in die Hände und drückte sie zusammen, während er ihre empfindliche Knospe ein weiteres Mal durchbohrte.

Juliet brach in einem erlösenden Zustand euphorisch zusammen. Calina zitterte unter meinen Händen. „Sind es nur seine vampirischen Kräfte, die sie so schreien lassen?", flüsterte ich in ihr Ohr. „Oder ist er es?"

Ich gab ihr keine Gelegenheit zu antworten, sondern drehte sie in meinen Armen und verschloss ihren Mund mit meinem.

Der Geschmack ihrer süßen Erregung lag noch auf ihrer Zunge und gab mir eine berauschende Dosis ihres süchtig machenden Aromas.

Juliet stöhnte weiter, gefolgt von Darius' Knurren, und die Mischung ihrer Geräusche betörte meine Sinne.

„So spielen Vampire mit ihrem Essen", sagte ich. „Besonders mit unseren Lieblingsleckereien. Manchmal teilen wir. Manchmal auch nicht."

Ich legte meine Hand in ihren Nacken und küsste sie erneut. Diesmal tiefer und mit Absicht.

Ich wollte mehr.

Ich wollte sie.

Ich wollte nicht teilen.

Und das brauchte ich nicht. Ich war ein Prinz. Ein alter Vampir. Der zukünftige König.

Ich zog sie in den Chefsessel gegenüber von Darius und Juliet und zwang Calina, ihre Oberschenkel zu spreizen. Ihr Spitzenkleid war immer noch bis zu den Hüften hochgezogen, sodass ihre feuchten Falten direkt an den Reißverschluss meiner Hose stießen.

„Verdammt", flüsterte ich, als mir die Kontrolle entglitt.

Ich sollte sie unterrichten, ihr zeigen, wie sie sich verhalten soll, um ihr Überleben zu sichern. Alles, was ich wollte, war, meine Hose zu öffnen und tief in sie einzudringen.

Das wilde Knurren von Darius war nicht hilfreich. Sein Grunzen auch nicht. Genauso wenig wie das wilde Ficklied, das folgte, als er Juliet gegen den Tisch drückte.

Es ging nicht mehr darum, die Erwartungen der Gesellschaft an Calina zu erfüllen, sondern um animalische Bedürfnisse und sinnliche Vorfreude.

Ich biss ihr auf die Zunge, weil ich ihr Blut mehr begehrte, als den gesüßten Wein von Darius.

Calinas Essenz füllte unsere Münder und gab mir, wonach ich mich sehnte.

In der nächsten Sekunde kitzelte ich meine eigene Zunge und gab ihr Zugang zu der Kraft, die durch meine Adern strömte.

Es war so sinnlich und natürlich. Dennoch hatte ich das nie zuvor mit meinen Gefährtinnen gemacht, aber irgendetwas an dieser Frau rief die dunkle Bestie in mir auf den Plan, die sich nach ihrem Körper sehnte.

Sie hatte mich völlig in Beschlag genommen, meine Konzentration zerstört und die Grundlagen, die ich hier zu schaffen versucht hatte, zunichtegemacht.

„Knöpfe meine Hose auf", befahl ich ihr. „Jetzt."

Sie öffnete zuerst meinen Gürtel, dann den Knopf, aber ihre heiße Mitte war zu dicht an meinem Schwanz, als dass sie die Barriere zwischen uns hätte öffnen können.

Ich schob sie zurück auf meine Beine, begierig darauf, den Weg, den wir eingeschlagen hatten, zu Ende zu gehen. In dieser kurzen Sekunde der Trennung zwischen uns erinnerte ich mich an unsere Aufgabe. Schwindelig vor Unentschlossenheit war ich hin- und hergerissen zwischen strategischem Manövrieren und dem Ficken der Frau auf meinem Schoß.

Was zum Teufel ist los mit mir?

Ich habe mich noch nie so sehr nach einer Frau gesehnt. Ich habe nie die Kontrolle verloren und ich war über viertausend Jahre alt.

Es war eine Kostprobe und ich hätte fast den Verstand verloren.

Diese Frau war gefährlich.

Ich brauche sie *auf ihren Knien. Angeleint.*

„Knie dich hin." Die Worte kamen mit einem wütenden Knurren heraus, die sie zusammenzucken ließ, um zu gehorchen. Ich hatte ihr keinen Moment Zeit gelassen, sich zu beruhigen und erlaubte ihr nicht, sich vorzubereiten. Ich öffnete einfach den Reißverschluss meiner Hose, packte sie an den Haaren und verlangte unnachgiebig, dass sie ihren verdammten Mund öffnete.

Das tat sie.

Ich war zu Hause angekommen.

Und *verdammt*, es war, als wäre ich direkt in den Himmel gekommen.

Ihre samtweiche Zunge streichelte meinen Schaft und ihre Kehle schloss sich wunderbar um den Kopf.

Sie verschluckte sich.

Das war mir egal.

Tränen flossen aus ihren Augen.

Ich schnippte sie mit meinen Daumen weg.

Dieses wollüstige kleine Genie hatte mich in den Wahnsinn getrieben, und ich wollte sie dafür bestrafen. Ich wollte auch auf die Knie fallen und sie anbeten.

Es war ein Wirrwarr an Gefühlen, Gedanken und Verwirrung, das mein Blut in Flammen setzte und mich zwang, sie härter zu nehmen, während meine Gefühle die Realität in meinem Kopf zu Asche verbrannte.

Flüche verließen meinen Mund.

Ihr Name ähnelte einem Gebet.

Ich wusste nicht, was ich wollte oder wie ich es erreichen wollte. Ich wusste nur, dass ich kommen *musste*.

Ich musste ihr Inneres mit meinem Samen tränken.

Sie besitzen.

Sie vervollständigen.

Sie zu meiner machen.

Und wo zum Teufel kam dieses Verlangen überhaupt her? Ich konnte diese Frau nicht behalten.

„Dein Blut verzaubert mich", warf ich ihr vor, während ich sie zwang, noch mehr von mir in ihrer Kehle aufzunehmen.

Ihre Pupillen weiteten sich, als sie zu mir aufblickte – Ungehorsam war in ihrem Blick eingebrannt.

Ich konnte es nicht über mich bringen, sie dafür zu bestrafen, nicht, als ich mich so sehr an das intensive Funkeln in ihren Augen verlor.

Das war der Blick einer Frau, die entschlossen war, alles zu überleben, was ich mit ihr machte, und mich dabei zu vernichten.

Und verdammt noch mal, es hatte mich nur noch härter gemacht.

Diese Frau hatte sich allen Erwartungen widersetzt. Sie schrieb die Regeln ihrer Existenz neu. Sie war auf den Knien und weigerte sich, sich zu unterwerfen, selbst mit meinem Schwanz in ihrer Kehle.

Ich war mir nicht sicher, wer in diesem Moment wem gehörte, aber der Trotz in ihrem Blick deutete darauf hin, dass sie irgendwie als Siegerin aus diesem Arrangement hervorgehen würde.

„Wir werden sehen", versprach ich ihr, ohne dass es einen Sinn ergab, während ich in ihren einladenden Mund stieß und mich erneut danach sehnte, sie von innen heraus zu erobern. „Entspann deine Kehle."

Ich krallte meine Finger in ihr Haar, die einzige Zurechtweisung, die ich zu geben bereit war.

Aber die Wissenschaftlerin erwies sich einmal mehr als geschickte Schülerin, denn sie folgte meinen Anweisungen und öffnete ihren Mund weiter für meine Stöße.

„Wunderschön", flüsterte ich und legte meine Hand auf ihren Hinterkopf, um ihre Bewegungen zu lenken. „So verdammt gut."

Die Menschen brauchten Jahre, um zu lernen, wie man einen Schwanz wie diesen nimmt. Aber Calina war kein gewöhnlicher Mensch. Das bewies sie, als sie mit ihren Zähnen über meine empfindliche Haut fuhr – gerade so viel, dass sie mir drohte, ohne zu verletzen.

„Mmhmm, mach das noch mal", forderte ich.

Sie tat es und saugte an meinem Schwanz. Ihre Zunge tanzte um den Kopf und Scheitel und entlockte mir einen Schauer, bevor ich wieder tief in sie eindrang.

Ihr Blick bekam einen neuen Glanz, die Forscherin in ihr lernte, was mir gefiel und wiederholte die Bewegungen mit einer Perfektion, die meine Eier dazu brachte, alles in ihrer Kehle zu entladen.

Diese Frau brauchte keine Lektion in Sachen Sex. Sie musste nur dazu gebracht werden, es sich selbst beizubringen.

Mein Griff um ihre seidigen blonden Haare wurde fester, mein Unterleib krampfte sich zusammen, als Flammen in mir ausbrachen. „Schluck, Calina", sagte ich. „Schluck alles hinunter."

Es war die einzige Form der Bestrafung, die ich geben konnte – die Forderung, dass sie alles, was sie in mir inspirierte, in sich aufnimmt und jeden Tropfen verschlingt.

Die Art und Weise, wie sich ihre Nasenflügel aufblähten, verriet mir jedoch, dass es für sie keineswegs eine Form von Tadel war, sondern eine Herausforderung und es war dieser aufschlussreiche Einblick in ihre Persönlichkeit, der mich aus dem Konzept brachte.

Ich wollte, dass sie ertrinkt.

Ich wollte, dass sie darin schwimmt.

Ich wollte, dass sie unter den Wellen der Lust, die aus meinem Schaft strömten, erstickt.

Ich wollte sie dann mit meinem Blut in ihrem Mund wiederbeleben, während sich meine Zunge an ihrer Spalte laben würde und meine Finger tief in ihr versenkt wären.

Verdammt, dieses leidenschaftliche Bild spornte mich an. Die Vibrationen der Lust ließen meine Schenkel zusammenziehen, während ich ihre Kehle mit meinem Sperma füllte.

Sie schluckte.

Und schluckte.

Und schluckte.

Ihre Augen glitzerten von neuen Tränen. Panik

flammte in ihren Nasenlöchern auf und sie hatte das Bedürfnis zu atmen.

„Hör nicht auf." Es klang guttural. Grausam. Kalt. Aber innerlich war ich entflammt von dem Bedürfnis, ihren Körper mit meiner Essenz auszufüllen. Sie zu besitzen. Sie als mein Eigentum zu kennzeichnen.

Ihre Kehle war nicht mehr in der Lage, meinen Schaft so zu massieren, wie ich es wollte und sie begann ohnmächtig zu werden.

Die meisten meiner Artgenossen würden einen Menschen töten, wenn er sie bei einer so wichtigen Handlung im Stich lässt.

Aber ich mochte Calina sehr gerne lebendig.

Ich zog sie von meinem Schwanz, bevor sie ohnmächtig werden konnte. Sie stotterte, als etwas von meiner Essenz ihre Wange beschmierte. Dann trafen ihre großen, feuchten Augen meine.

Sie war perfekt.

Atemberaubend.

Ganz und gar exquisit.

Ich konnte nur daran denken, mich zu revanchieren.

Ich legte sie nicht auf den Tisch, wie Darius es mit Juliet getan hatte. Stattdessen trug ich sie ins Hinterzimmer und legte sie auf das Bett.

Ryder würde mich dafür wahrscheinlich später umbringen, aber er könnte die Wäsche reinigen lassen.

Die gegenseitige Zufriedenheit war wichtiger.

Ich spreizte Calinas Schenkel und kniete mich zwischen ihre Beine und drückte dann einen innigen Kuss auf die Süße, nach der ich mich seit einer gefühlten Ewigkeit gesehnt hatte.

Sie enttäuschte mich nicht, ihre Knospe war fast so verlockend wie ihre Oberschenkelarterie.

„Jace", flüsterte sie und brach die Regeln, indem sie

außer der Reihe sprach. Aber die kehlige Art, wie sie meinen Namen aussprach, machte jede Form der Züchtigung unmöglich. Vor allem, wenn man bedenkt, wie kratzig dieser Klang war.

Ich hatte ihr die Kehle wund gefickt. Sie konnte kaum noch sprechen.

Ein weiteres Detail für meinen Plan.

Ich könnte durchaus mit dieser Methode arbeiten, um meine neue Gefährtin zum Schweigen zu bringen.

Aber ich wollte diese Theorie weiter testen, um zu sehen, ob mein Plan tatsächlich geeignet war.

Also versenkte ich meine Zähne in ihrer Knospe, genau so, wie es Darius mit Juliet getan hatte.

Calina schrie. Sie war heiser und der Schrei enthielt einen Hauch von Schmerz, doch ihre Lust schien diese Qual zu überlagern.

Ich saugte und knabberte und biss sie wieder.

Und wieder.

Der Biss zwang sie jedes Mal zum Höhepunkt, bis ihre Schreie verstummten, weil ihre Kehle zu wund war, um einen Ton hervorzubringen.

Erst dann hörte ich auf. Ihr Körper zitterte und ihre Wangen waren von Tränen bedeckt. Ich kroch auf das Bett und drückte meine Lippen auf die ihren, um ihr das Gegenmittel gegen ihren Todeskampf anzubieten.

Zuerst schluckte sie nicht, als wäre sie zu einer solchen Handlung nicht fähig. Aber als das Blut meiner durchbohrten Zunge in ihrer Kehle hinunterlief, begann sie sich langsam zu erholen.

Das war ein Geschenk, das ich meinen Gefährtinnen nie gemacht hatte.

Aber es war auch ein Geschenk, das sie nie brauchten.

Was ich Calina gerade angetan hatte, hätte einen Menschen getötet. Es war zu viel. Zu grob. Zu intensiv.

Und doch hatte sie alles mitgenommen.

Sie hatte mich nicht ein einziges Mal angefleht, damit aufzuhören.

Und als sie jetzt zu mir aufblickte, sah ich nur ein Wort in ihrem Blick aufleuchten.

Mehr.

CALINA

Ich konnte meine Beine nicht mehr spüren.

Sie fühlten sich wie nutzlose Gliedmaßen an, die schlaff von meinen Hüften hingen. Doch irgendwie stand ich aufrecht und das auch noch in Stöckelschuhen. Ich hatte etwas anderes an.

Ich betrachtete mich im Spiegel und bemerkte meine geröteten Wangen und geschwollenen Lippen. Jace hatte mein Haar zu einem Dutt zurückgesteckt – ganz anders als sonst –, um die beiden Bisswunden an meinem Hals deutlich zu zeigen.

Eine weitere befand sich an meiner linken Brust, die durch den tiefen Ausschnitt meiner Unterwäsche sichtbar war.

Nein, warte, das war ein Kleid.

Ich betrachtete das durchsichtige Material und verzog meinen Mund. Ich war praktisch nackt, und ein grünlicher Schimmer bedeckte Teile meiner Haut. Das marineblaue Kleie von vorhin hatte ich vorgezogen, aber Jace hatte es während einer meiner vielen Orgasmen zerrissen.

Er hatte so ziemlich jeden Zentimeter meines Körpers mit seinem Mund abgesteckt, als wollte er sein Wesen in meine Haut einbetten.

Ich erschauderte, und die Erinnerung an seine intimen Berührungen erwärmte mein Inneres.

Ich verstand das Wesentliche von dem, was er mir beibringen wollte – sich zu unterwerfen, wie die Vigils sich Lilith zu unterwerfen pflegten. Sie hatten sich in ihrer Gegenwart immer verbeugt, nie Augenkontakt hergestellt oder mit ihr gesprochen.

Allerdings hatte Jace auch Lajos erwähnt und was er mit mir machen könnte.

Dieser Teil hatte mir nicht gefallen.

Glück war das kein Problem, als wir in weniger als zwei Tagen in die Lajos-Region fuhren.

„Diese Farbe betont deine Augen", sagte Jace, als er sich von hinten näherte und sich auf mein Spiegelbild konzentrierte.

Er hatte sich einen schwarzen Anzug angezogen, aber sein Haar war immer noch zerzaust, weil ich mit den Fingern darin gewühlt hatte.

Meine Wangen erwärmten sich bei der Erinnerung. Es war fast so, als hätte Jace eine schlummernde Seite von mir geweckt und eine ganz neue Person geschaffen. Ich erkannte mich kaum wieder. Und wenn es sein Ziel war, dass ich mich vor ihm fürchtete, hatte er versagt.

Ich erkannte jedoch die Gefahren, die von anderen ausgingen.

Ich habe auch den Sinn des Gehorsams verstanden.

Jace war vielleicht kein Monster, aber Liliths Verbündete waren es. Und obwohl ich keinen von ihnen kannte, wusste ich, dass sie Verbündete hatte. Irgendwo.

Sonst wäre ich tot.

Meine Blutlinie war mit mindestens einem anderen Unsterblichen verbunden, möglicherweise sogar mit mehreren.

„Was macht dich stutzig?", fragte er mit sanfter Stimme. „Bist du besorgt darüber, was passiert, wenn wir landen?"

Ich blinzelte. „Nein. Nicht wirklich. Ich werde einfach den Kopf einziehen und dir folgen." Ähnlich wie Juliet es mit Darius gemacht hatte, nur dass ich nicht die Gewissheit haben würde, dass Jace sich tatsächlich um mein Wohlbefinden sorgte. Ich war nicht so naiv zu glauben, dass unser sexuelles Intermezzo irgendwelche Gefühle bei ihm ausgelöst hatte. Wie er gesagt hatte, spielten Vampire gern mit ihrem Essen.

Seine Hände glitten meine Arme hinauf zu meinen Schultern, als er hinter mir stehen blieb. „Worüber denkst du dann nach?"

Ich brauchte eine Sekunde, um über die Bedeutung seiner Frage nachzudenken, denn meine Gedanken hatten sich bereits auf meine persönliche Sicherheit konzentriert. Aber das lag an seiner vorherigen Frage, was ich bei unserer Ankunft erwartete.

Davor hatte ich über meine Abstammung nachgedacht. Das erzählte ich ihm jetzt und schloss mit den Worten, „Die Tatsache, dass ich noch am Leben bin, sagt mir, dass ich immer noch mit mindestens einem Vampir durch eine Verbindung verbunden bin, die der Erosita-Verbindung ähnelt."

„Es sei denn, du hast begonnen, normal zu altern und bist nicht mehr unsterblich", antwortete er und runzelte die Stirn. „Wenn ein Erosita-Band gebrochen wird, nimmt der Sterbliche einfach sein normales Alter wieder an."

„Ja. Aber mein Fall ist nicht normal. Ich habe Lykanergene von meiner Mutter. Allerdings wurde diese Linie von meinem Vater, der Erosita-Sperma gespendet hat, stark unterdrückt. Dann hat mich Lilith auf eine

Weise mit ihr verbunden, die mir nie erklärt wurde. Mir wurde gesagt, dass es mindestens einen anderen gibt. Ich … ich kann es auch spüren."

„Die Verbindung?"

„Nein." Ich rang nach Worten, wie ich das Gefühl erklären sollte. „Die Bindungen wurden vor Jahrzehnten abgemildert, und ich kann sie nicht einmal richtig spüren. Aber ich kann meine Unsterblichkeit spüren. Wenn sie fehlen würde, würde ich es merken. Nichts fühlt sich anders an."

„Ich verstehe. Und du weißt nicht, mit wem du verbunden bist?"

Ich schüttelte den Kopf. „Nein, aber ich hoffe, dass wir im Bunker 37 etwas finden werden." Das war einer meiner ersten Gedanken gewesen, als er gesagt hatte, dass wir dorthin fliegen würden. Ich wollte mir auch die Protokolle der Serverfarm ansehen, aber Damien hatte sie.

„Und du erzählst mir das, damit ich weiß, dass du auf unserer Reise kooperativ sein wirst, weil es dir nützt", antwortete Jace und drückte mit seinen Händen meine Schultern. „Gut."

„Eigentlich habe ich dir nur gesagt, was ich gerne herausfinden würde. Die nächsten zwei Tage werden den Beweis für meine Bereitschaft zur Zusammenarbeit liefern. Ich begegnete seinem Blick im Spiegel. „Ich glaube auch, dass mein Verhalten in diesem Flugzeug meine Absichten unter Beweis gestellt hat."

Ich hatte mich auch während unseres Ausflugs zur Serverfarm benommen, aber das schien nebensächlich zu sein, da diese nächste Reise nichts mit meinen Forschungserfahrungen zu tun hatte. Jetzt ging es nur um meine Fähigkeit, die Rolle eines gebrochenen, fügsamen Menschen zu spielen.

Er betrachtete mein Spiegelbild einen Moment lang

und drehte mich dann zu sich um. „Du wirst nicht mehr so mit mir sprechen können, wenn wir aus dem Flugzeug steigen. Du wirst auch nicht mehr in der Lage sein, mich oder jemand anderen anzusehen. Jedenfalls nicht, bis ich etwas anderes sage."

„Ich weiß, wie sich die menschlichen Vigils in Liliths Gegenwart verhalten haben. Ich werde mein Bestes tun, um ihr Verhalten zu imitieren."

Jace' Gesichtsausdruck wurde nachdenklich. „Vigils haben mehr Vorteile als die meisten Menschen in dieser Welt. Meine Haremsmitglieder werden normalerweise mit ähnlichem Respekt behandelt, also sollte das für unsere Zwecke ausreichen." Er beugte sich hinunter und küsste meinen entblößten Hals, wobei sich seine Zähne in die Wunde bohrten, die er bereits verursacht hatte.

Durch meine Glieder zog ein Zittern. Seine Berührung und sein Mund lösten eine Reihe von Empfindungen in meinem Inneren aus. Liliths Biss hatte das nie in mir ausgelöst, aber sie hatte auch nie etwas von den anderen Dingen getan, die Jace getan hatte ... wie mich *da unten zu* beißen.

Mir fielen die Augen zu, als ich mich den Empfindungen hingab. Seine Hände glitten nach unten, um meine Brüste zu umfasse und seine Daumen streichelten meine Brustwarzen durch den kaum vorhandenen Stoff.

Ein Stöhnen blieb mir in der Kehle stecken. Mein Körper reagierte und mein wollüstiges Wesen verlangte nach mehr ...

Ich war mein ganzes Leben lang nicht berührt worden und hatte keine Ahnung, was ich verpasst hatte. Bis ich Jace traf.

Und nun fürchtete ich, nie mehr dieselbe zu sein.

„Sind es immer noch nur meine vampirischen Fähigkeiten, kleines Genie?", fragte er flüsternd.

Ich schluckte, denn diese Frage hatte er mir in den letzten vierundzwanzig Stunden oft gestellt. Wie jedes Mal weigerte ich mich zu antworten.

Das brachte ihn nur dazu, zu kichern.

„Ich interpretiere dein Schweigen als eine Bitte um eine eingehende Beschäftigung mit dem Thema." Er küsste mich auf die Wange und sein Blick in den Spiegel traf den meinen. „Betrachte es als Annahme deiner Herausforderung, Doktor. Ich freue mich auf mehrere Versuchsrunden, bevor du eine Zusammenfassung deiner Ergebnisse abgibst." Seine eisigen Augen glitzerten voller Absicht. „Und ich erwarte, dass du diese Ergebnisse vorträgst, während du meinen Schwanz tief in den Mund nimmst."

Mein Magen brannte, als er mich losließ, und mein Inneres wurde durch das Versprechen, das in diesen Worten lag, zu flüssiger Hitze.

Sein Gesichtsausdruck verriet mir, dass er es wusste.

Dieser Mann hatte ein ganz neues Selbstvertrauen. Sein Alter und seine Erfahrung trugen nur zu dem arroganten Flair seiner Gesichtszüge bei.

Lilith hatte eine ähnliche Ausstrahlung, nur mit einer zusätzlichen Schicht von Überlegenheit. Jace wirkte auf mich wie jemand, der wusste, dass er mächtig war und es nicht nötig hatte, sich über andere zu erheben, um das zu beweisen. Lilith hingegen hatte es geliebt, das Sagen zu haben, und wollte, dass sich alle vor ihr verneigten.

Sehr unterschiedliche Ansätze.

Zumindest nach dem, was ich beobachtet hatte.

Jetzt, da wir in sein Gebiet eindrangen, könnte sich meine Meinung ändern. Aber irgendetwas sagte mir, dass es nicht so sein würde.

An der Tür hielt er inne und streckte mir die Hand entgegen, sein Blick fand wieder den meinen. „Calina."

Ich drehte mich um und machte meinen besten Knicks. „Mein Prinz." Das war der Ausdruck, den er mir aufgetragen hatte zu benutzen. *Eure Hoheit* wäre auch gut.

„Schön", murmelte er. „Steh auf."

Das tat ich gerne, denn in dieser Haltung zu verharren, ließ meine Oberschenkel brennen. Ich war mir nicht sicher, wie Juliet es vorhin so lange ausgehalten hatte. Sie gehorchte diesen Vampiren ganz genau.

Sind alle Menschen in dieser Welt so indoktriniert, fragte ich mich.

Ich kannte die alte Stadt nur bruchstückhaft, hauptsächlich aus meiner Zeit in den Labors und den Forschungsakten, die ich einsehen konnte. So wusste ich auch von San Francisco, dem Ort, der jetzt in Jace City umbenannt wurde. In der vorherigen Ära war es ein beliebter Technologiesektor.

„Jetzt komm auf mich zu." Jace hielt mir weiterhin die Hand hin, vielleicht um mich aufzufangen, falls ich stürzte – ein wahrscheinliches Szenario, wenn man bedenkt, wie wackelig diese dünnen Absätze waren.

Als das Flugzeug gelandet war, konnte ich mich leichter über den Teppich bewegen – nicht elegant oder verführerisch wie Juliet aber eloquent genug, um zu funktionieren.

„Braves Mädchen", lobte Jace und hielt mich am Arm fest, als ich ihn erreichte. „Jetzt halte deinen Kopf unten und sprich nur, wenn ich es dir sage, und du wirst deinen ersten Test bestanden haben."

Ich hatte nicht geantwortet, was mir ein Lächeln entlockte.

„Das war ein hervorragender Start", murmelte er und drückte seine Lippen erneut auf meine Wange.

Das Lob drang in mich ein und gab mir den seltsamen Drang, zu lächeln. Ich ignorierte diesen Drang und konzentrierte mich auf die Aufgabe, mit Jace zu gehen und nicht zu stürzen – eine Aufgabe, die sich als viel schwieriger erwies, als wir die Treppe außerhalb des Flugzeuges bewältigten.

„Na ja, nicht gerade anmutig", sagte Darius zur Begrüßung vom Boden aus. „Aber sie wird schon ankommen, solange du sie nicht loslässt."

Jace ließ meinen Arm los und fuhr mit dem Finger meine entblößte Wirbelsäule hinauf. „Ich kann mir unangenehmeres vorstellen."

„In der Tat", stimmte sein Herrscher zu, und sein Tonfall verriet mir, dass er gerade etwas Ähnliches mit Juliet getan hatte. Ich konnte sie nicht sehen, da mein Blick auf den Boden gerichtet war, was sich zu meinen Gunsten auswirkte, als wir uns in Bewegung setzten, denn so konnte ich auf meine Schritte achten.

„Richte die Schultern auf und neige nur den Kopf", sagte Jace und korrigierte meine Haltung mit seiner Hand gegen meinen Rücken.

Ich richtete mich kommentarlos auf und veranlasste ihn, erneut sanft über meine Wirbelsäule zu streichen. Ein Frösteln begleitete seine Berührung, nicht weil ich sie als besonders unangenehm empfand, sondern weil die kühle Nachtluft um uns herum durch die dünne Spitze meines Kleides drang.

Dieses Outfit war völlig unpraktisch für das Wetter, was meine Arme zu bestätigen schienen, denn eine Gänsehaut kribbelte entlang meiner Glieder.

Ich musste mich beherrschen, um nicht zu zittern, denn jeder Schritt machte mir mehr Angst.

Ich spürte Jace' Hand auf meinen Rücken, und seine Wärme trug wenig dazu bei, mich zu wärmen.

Zum Glück erreichten wir nach ein paar weiteren Schritten ein langes schwarzes Auto. Jace verschwendete keine Zeit, mich auf den Rücksitz zu geleiten und nahm neben mir auf der Rücksitzbank Platz, während Juliet und Darius sich uns gegenüber setzten.

Als sich die Tür schloss, herrschte Stille.

Es ging weiter, als der Motor aufheulte.

Ich hielt meinen Blick gesenkt und tat mein Bestes, um die Rolle des unterwürfigen Menschen einzunehmen – eine Position, die mir viel lieber war als der Blutbeutel-Status, den Jace vorhin erwähnt hatte.

Seine Hand wanderte zu meinem Oberschenkel und erinnerte mich an den kurzen Saum meines Kleides, als sich seine Fingerspitzen nur wenige Zentimeter vor meinem Geschlecht niederließen.

Die Vibrationen des Wagens unter mir hatten plötzlich ein anderes Gefühl in mir ausgelöst, und meine neue verführerische Seite erblickte die Oberfläche in meinen Gedanken. Ich zuckte ein wenig zusammen, was Jace veranlasste, seinen Griff zu verstärken. „Halt still", forderte er.

Ich schluckte und mein Herz raste.

„Ryder hat sie wohl nicht richtig ausgebildet", sagte Darius. „Wenigstens wirst du Spaß daran haben, sie zu züchtigen."

„Ja, ich habe die Absicht, sofort damit anzufangen". Jace' scharfer Tonfall enthielt einen Hauch von Verärgerung in sich. „Du musst dich mit Ivan in Verbindung setzen und ihn wissen lassen, dass ich nicht wie geplant zu meinem Harem stoßen werde. Ich nehme an, er und Trevor können sie in meiner Abwesenheit weiter unterhalten. Wie du weißt, brauchen manche Menschen eine härtere Hand als andere."

„Ja, sie können nicht alle so geeignet sein wie meine Juliet", gab Darius zurück.

„Nein. Sie ist wirklich einzigartig." Die Zuneigung in Jaces Stimme irritierte mich, und ich spürte, dass seine Lippen nach oben gezogen waren.

„Was hast du dazu zu sagen, Liebling?", fragte Darius.

Ihre Antwort kam sofort. „Ich danke Euch, mein Herrscher. Es ist mir wie immer ein Vergnügen, Euch zu dienen."

„Vielleicht kannst du mich heute in mein Quartier begleiten und mir helfen, Calina weiter zu schulen", bot Jace an.

„Das würde mir sehr gefallen, Eure Hoheit", antwortete Juliet.

„Brillant. Darius, bring sie mit hoch, nachdem du Iwan die Nachricht überbracht hast. Wir werden einen Schlummertrunk nehmen."

„Natürlich, mein Prinz."

Jace drückte mein Bein erneut, diesmal mit einer Bedeutung, die ich nicht verstand. Trost? Enttäuschung? Eine Warnung oder ähnliches?

Ich war weit davon entfernt, eine Antwort zu erhalten, als wir einige Minuten später an einer Art Kontrollpunkt zum Stehen kamen, an dem der Fahrer mit jemandem sprechen musste.

Es kostete viel Mühe, nicht hinzusehen.

Dann setzten wir uns wieder in Bewegung, und wir fielen alle in eine Welt der Stille, während ich über das Gespräch von Darius und Jace nachdachte. Im Flugzeug hatten sie sich nicht so unterhalten, was mir sagte, dass es eine Art Abhörgerät in der Nähe geben musste. Oder vielleicht war es durch den Fahrer. Jace hatte ihn nicht gegrüßt, als wir eingestiegen waren. Er hatte auch nicht mit demjenigen gesprochen, der die Tür geöffnet hatte.

Ganz anders als mit dem Piloten, mit dem er beim Einsteigen ausführlich gesprochen hatte.

Allerdings war der Pilot ein Vampir gewesen.

War der Fahrer ein Mensch?

Das konnte ich von meinem Standpunkt aus, an dem ich auf den Boden starrte, nicht erkennen.

Das ist wirklich lächerlich, dachte ich und kämpfte gegen den Drang an, mit den Zähnen zu knirschen.

Menschen mögen in Bezug auf Kraft, Geschwindigkeit und allgemeine Vitalität unterlegen sein, aber wir waren keine hirntoten Kreaturen. Ich war der lebende Beweis dafür, als Liliths ehemalige Wissenschaftlerin in Bunker 47.

Jace und Darius begannen, über ihre Reisepläne für die Region Lajos zu sprechen und alles aufzulisten, was vor unserer Abreise erledigt werden musste.

Für mich und Juliet mussten Termine vereinbart werden.

Verwöhnung, nannten sie es.

Jace meinte, ich bräuchte eine neue Garderobe. Darius machte vermutlich Notizen.

„Und wie es scheint, hat Sebastian gerade eingecheckt", sagte der Herrscher, und sein Ton verriet mir, dass er von dieser Aussicht nicht begeistert war. „Er hat um ein Treffen mit mir gebeten."

„Mit dir?" Jace klang überrascht. „Warum?"

„Er denkt, er wäre der Grund für meine kürzliche Beförderung." Darius klang nicht beeindruckt. „Ich werde mich mit ihm treffen, um höflich zu sein. Außerdem hat Juliet unsere letzte Dinnerparty genossen, nicht wahr?"

„Natürlich, mein Herrscher." Sie klang so sanftmütig und ruhig, genau das Gegenteil von dem, was ich normalerweise sage.

„Sag mir, was du auf die Speisekarte setzen willst", antwortete Jace. „Vielleicht lade ich mich selbst ein."

233

Darius muss genickt haben, denn er hatte nicht laut geantwortet.

Sie unterhielten sich in ähnlicher Weise weiter und legten ihre Reiseroute fast vollständig fest, bevor das Auto wieder zum Stehen kam.

Die Tür öffnete sich fast augenblicklich, und Jace glitt mit einem leise gesprochenen „Komm mit, Calina" hinaus.

CALINA

ICH RUTSCHTE auf der Rücksitzbank entlang, wobei ich mein Bestes tat, um zu verhindern, dass mir das Kleid bis zu den Hüften hochrutschte, und stellte mich außerhalb des Autos vorsichtig hin.

Jace hielt mich am Ellbogen fest und zog mich zur Seite, als Juliet und Darius zu uns stießen. Ihre Füße waren das Einzige, was ich neben dem Bürgersteig sehen konnte.

Wunderschöne Aussicht, dachte ich. *Einfach wundervoll.*

Jace' legte seine Hand auf meinen Rücken, als er mich weiterführte. Diesmal sprach er jeden um uns herum an, begrüßte seine Mitarbeiter mit Namen und war allgemein freundlich, ohne dabei eine gewisse Autorität zu verlieren.

Lilith hatte sich für die Einschüchterung entschieden.

Jace entschied sich für die Führung.

Faszinierend.

Es kam mir seltsam vor, dass er seinen Fahrer nicht so behandelte wie alle anderen. Ich fragte mich erneut, ob er ein Mensch oder ein Vampir war, denn wir schienen auf unserem Weg nach drinnen an allen Arten des Lebens vorbeizukommen. Jace behandelte sie alle gleich. Im Empfangsbereich hielt er sogar inne, um einen sterblichen Mann mit den Worten anzusprechen, „Bitte bringen Sie

Darius' Gepäck in meine Suite. Er und Juliet werden in einem meiner Gästezimmer übernachten."

„J-ja, mein Prinz." Das Stottern in seiner Stimme verriet mir, dass er ein Mensch war.

Das und seine unangemessene Kleidung.

Ich konnte nicht über seine Knie hinaussehen, aber er trug weder eine Anzughose noch schicke Schuhe. Er trug nur eine rote Schlabberhose und Tennisschuhe.

„Paula, ich werde das Personalmitglied …" Jace brach ab, sein Tonfall verriet, dass er wollte, dass jemand den Satz für ihn beendete.

„Dreizehn, mein Prinz", flüsterte der Mensch, wobei die Worte angestrengt klangen, als ob er sie nicht aussprechen wollte, aber keine andere Wahl hatte.

„Mitarbeiter Dreizehn", wiederholte Jace in nachdenklichem Ton. „Ja, Paula, ich behalte Mitarbeiter Dreizehn für die Nacht hier. Vermerke das bitte in seiner Akte für mich. Ich bringe ihn zurück, wenn ich fertig bin, vorausgesetzt, er lebt noch."

„Natürlich, mein Prinz", erwiderte eine Frau, vermutlich Paula.

Als wir unseren Weg fortsetzten, begann ich mich zu fragen, ob Jace es jemals leid war, ständig so förmlich angesprochen zu werden.

Mein Prinz.

Eure Hoheit

Immer und immer wieder, immer mit zustimmendem Gemurmel vor dem formellen Satz.

Als wir den Aufzug betraten, schwirrten mir die Worte im Kopf herum.

Jace stand plötzlich vor mir und drückte mich mit einer Hand an meiner Hüfte und der anderen an meiner Kehle an die Wand.

Ich erschrak, als ich feststellte, dass niemand sonst

mit uns in dieser winzigen Kiste war. Nur ich und Jace. „Gelangweilt?", murmelte er, und sein Daumen zog mein Kinn nach oben, um meinen Blick einzufangen.

Gewitterwolken starrten auf mich herab und ein Blitz schien in seinen Pupillen zu flackern.

„Nein, mein Prinz", antwortete ich und freute mich, etwas anderes sagen zu können als all die banalen Zustimmungsbekundungen.

Er zog eine Augenbraue hoch. „Bist du amüsiert?"

Ich dachte einen Moment darüber nach und versuchte, eine kluge Antwort zu finden. „Ich bin nachdenklich, Eure Hoheit." Ich musste fast lachen, weil ich ihn wieder so förmlich ansprach.

Ich verliere den Verstand.

Vielleicht war ich einfach nur müde, erschöpft oder überwältigt von den letzten paar Tagen. Ich war in einer Welt von unterwürfigen Menschen und banaler Semantik verloren.

Er musste es satthaben.

Ich hatte nur diese kurze Zeit damit verbracht, und schon war ich über die Formalitäten und die lächerliche Struktur aufgebracht.

„Nachdenklich", wiederholte er. „Ich verstehe."

Seine Hand drückte sich um meine Kehle und schnürte die Luftzufuhr gerade so weit zu, dass ich wusste, dass ich etwas falsch gemacht hatte.

Ich konnte mir nicht vorstellen, was – ich hatte den ganzen Weg über geschwiegen und auf den Boden gestarrt. Niemand hatte mit mir gesprochen. Nur er. *Seine Hoheit.*

Ein seltsames Verlangen zu lachen, kitzelte mich innerlich und ließ mich ein wenig zusammenzucken.

Jaces Augenbrauen schossen jetzt nach oben.

Und warum auch immer, ich fand diesen Ausdruck geradezu komisch.

War er wirklich von meiner Reaktion überrascht? Die ganze Aktion, die wir machten, war äußerst komisch.

Lilith hatte im Labor ähnliche Formalitäten verlangt, aber sie waren irgendwie anders. Vielleicht, weil wir alle und die Labore ihr gehörten.

Jace besaß dieses Gebiet und es waren seine Untertanen. Also nein. Das konnte es nicht sein.

„Ich kann mich nicht entscheiden, ob ich dich jetzt ficken oder töten will", sagte Jace und riss mich aus meinen Gedanken.

Ein Klingeln ertönte.

Er zog mich von der Wand weg, hielt seine Hand immer noch an meinem Hals und die andere an meiner Hüfte und führte mich aus dem Aufzug.

Ich hielt seinem Blick die ganze Zeit stand und weigerte mich, mich umzusehen, um unsere neue Umgebung zu inspizieren. Vor allem, weil die Wut, die er ausstrahlte, meine Aufmerksamkeit brauchte.

Nein. Das ist keine Wut. Das ist Hunger.

Ich zitterte und mein Körper reagierte, als wäre er darauf programmiert, ihm jeden Wunsch zu erfüllen.

Dieser Vampir hatte mich umgarnt. Ich war wie eine Fliege in einem Spinnennetz, die darauf wartete, gefressen zu werden.

„Du verhext mich", warf mir Jace vor und riss mich aus meinen Gedanken. Er lockerte seinen Griff um meinen Hals. „Sag mir, was du denkst. Sei ganz ungezwungen. In meinen persönlichen Räumen gibt es keine Aufnahmegeräte oder Spione."

Seine Worte ließen mich innehalten. *Spione.* „Warst du deshalb so kalt zu deinem Fahrer? Ist er ein Spion?"

Jace blinzelte, und seine Überraschung war deutlich zu sehen. „Du hast an Puck gedacht?"

„Ist das der Fahrer?"

„Ja."

„Du hast ihn nicht wie die anderen begrüßt." Es war eine Vermutung, aber sein Gesichtsausdruck verriet Neugier.

„Faszinierend. Was ist dir noch aufgefallen? Erzähle mir mehr ..."

„Über Puck?"

„Über alles."

Ich runzelte die Stirn. „Da gibt es nicht viel zu erzählen. Es war alles nur eine Wiederholung von Sätzen, wie ... *Ja, mein Prinz,* und *natürlich, Eure Hoheit.*" Ich bemühte mich, bei jedem Satz sanftmütig zu klingen, was ihm sehr zu gefallen schien. „Sagt irgendjemand jemals ... nein, mein Prinz?"

„Ja. Du tust das."

„Nun, ja. Ich bin keine Sklavin."

„Aber du hast doch für Lilith gearbeitet."

„Als leitende Forscherin", betonte ich. „Und sie hatte mir schon vor langer Zeit gezeigt, dass nichts, was sie mir antun könnte, mich umbringen würde. Das hatte meine Angst deutlich gemildert. Schließlich ist der Schmerz nur vorübergehend."

„Du kannst mich mal", antwortete er.

Ich zog meine Augenbrauen schlagartig nach oben. „Wie bitte?"

„Ich will dich ficken und nicht töten. Aber wir bekommen gleich Besuch, also muss das warten." Er ließ meine Kehle los und griff nach oben, um eine Haarsträhne zurückzustecken, die sich aus meinem Dutt gelöst hatte. „Und ja, Puck ist so etwas wie ein Spion.

Deshalb verhalte ich mich in seiner Nähe dementsprechend."

Das erschien mir irgendwie seltsam. „Warum lässt du ihn für dich arbeiten?"

„Weil er ein nützliches Klatschmaul ist, der gerne Nachrichten über meine persönlichen Angelegenheiten verbreitet. Deshalb sorge ich dafür, dass er genau das hört, was ich ihm sagen will. Er verbreitet die Nachricht, und ich lasse ihn zur Belohnung am Leben – zumindest im Moment. Irgendwann wird es mir ein Vergnügen sein, ihn zu töten."

„Ich verstehe …" Jace' Strategie ergab Sinn. Ich würde an seiner Stelle dasselbe tun. „Ist er ein Vampir?", fragte ich neugierig.

„Ja, natürlich. Menschen können kein Auto fahren."

„Oh."

Er lächelte. „Eine weitere Lüge, um eure Art zu kontrollieren und zu unterdrücken."

„Und doch gibst du ihnen Waffen", bemerkte ich und dachte an die Vigils.

„Sie richten die Waffen gegen die eigenen Leute, nicht gegen uns", antwortete er. „Sie sind zu sehr mit dem Wusch und dem damit verbundenen Kampf für die Unsterblichkeit beschäftigt, als dass sie uns bekämpfen würden. Und selbst wenn sie es versuchen würden, die Kugeln sind aus Blei. Die Kugeln brennen ein wenig, aber nicht sehr lange. Wir würden uns sofort rächen und dem Schützen die Kehle herausreißen."

Ich dachte darüber nach und nickte. Es war eine richtige Einschätzung.

An seiner Wange erschienen ein paar Grübchen, als sein Lächeln größer wurde. „Dein Geist fasziniert mich."

„Warum?"

„Das erinnert mich an meine …", antwortete er, als der

Aufzug erneut klingelte. „Du brauchst dich nicht verstellen, Calina. Es sind keine Etiketten erforderlich."

„Natürlich, mein Prinz", sprach ich aus dem Bauch heraus.

Er lachte laut auf, und seine Freude war fast so groß wie meine.

Das war eine seltsame Unterhaltung. Er hatte dieses Gefühl von Freiheit in mir geweckt, was ich nicht ganz verstand. Vielleicht hatte auch Liliths Tod diesen Teil von mir ans Licht gebracht. Ich war nicht frei, aber ich fühlte mich frei, als wären meine Ketten entfernt worden, sodass ich endlich so leben konnte, wie ich wollte. Jetzt gab es keine Aufgaben, keine Labore, keine Experimente und auch keine Befehle mehr.

Mit Ausnahme derer von Jace.

Aber seine Befehle hatten mich nicht so beeinflusst, wie die von Lilith.

Warum ist das so?, fragte ich mich, während eine männliche Person in einer roten Hose und einem passenden Hemd mit Knopfleiste den Raum betrat. *Mitarbeiter Dreizehn*, stellte ich fest und bemerkte seine drahtige Statur und die markanten Gesichtszüge. Er schien halb verhungert zu sein. Es war ein Schock, ihn so zu sehen. Er trug eine Reihe von Taschen, die viel zu schwer erschienen.

Sein Blick war auf den Boden gerichtet und sein Haar fiel ihm über die Stirn, während er sich wackelnd verbeugte. Er richtete sich nicht auf, sondern blieb so stehen, während er auf weitere Anweisungen wartete. Genau wie Juliet im Flugzeug.

Jace trat an ihn heran und sein Lächeln verwandelte sich in einen finsteren Blick. „Ich werde dir zwei Fragen stellen, Dreizehn. Deine Antworten werden über dein Schicksal entscheiden." Er blieb vor ihm stehen. „Steh auf und schau mir in die Augen, damit ich deine Aufrichtigkeit beurteilen kann."

Die plötzliche Veränderung in Jace' Verhalten ließ mein Herz schneller schlagen, denn diese Seite von ihm erinnerte mich ein wenig zu sehr an Lilith und ihre Vorliebe, Menschen zum Spaß zu erniedrigen.

Der Mensch richtete sich auf und seine eingefallenen Wangen wirkten im schwachen Licht wie dunkle Schatten. Seine blassgrünen Iriden verengten sich, während sich seine Pupillen vor Angst weiteten. Aber er begegnete Jace' Blick auf bewundernswerte Weise.

„Warum …" Jace' unterbrach die Frage wurde abrupt, als er auf sein Handgelenk schaute. „Hm. Ich muss da rangehen. Nicht bewegen." Die letzten beiden Worte waren für den Diener bestimmt.

Jace drehte sich ohne Erklärung um und ging auf eine Tür im Wohnbereich zu. Er verschwand und ließ mich mit dem eingefrorenen Mann allein.

Buchstäblich eingefroren.

Das heißt, er bewegte sich überhaupt nicht.

Er hatte Jace' Worte eindeutig als Befehl verstanden, und atmete nicht einmal.

„Ähm, ich glaube, er meinte, *du sollst nicht weggehen*", wiederholte ich.

Der Mensch antwortete und blinzelte nicht. Ein paar Sekunden später traten ihm Tränen in die Augen und sein Gesicht wurde noch blasser.

„Im Ernst, er wollte nur nicht, dass du weggehst", sagte ich und versuchte es erneut.

Nichts.

Ich seufzte. „Du kannst die Luft nur bis zu einem gewissen

Punkt anhalten, bevor dein Körper dich zum Atmen zwingt. Aber in deinem jetzigen Zustand wird es dich aus dem Gleichgewicht bringen, was dazu führen wird, dass du in irgendeiner Weise schwankst oder, was wahrscheinlicher ist, dass du hinfällst. Du kannst also genauso gut atmen. Er wird es nicht sehen und ich werde es ihm nicht sagen. Aber wenn du fällst, wird er es mit Sicherheit bemerken."

Ich dachte natürlich nicht, dass sich Jace wirklich darum kümmern würde, denn ich vermutete, dass sein Befehl darauf abzielte, den Menschen in der Suite zu halten und nicht an Ort und Stelle einzufrieren.

Der Mensch starrte mich mit einer schockierenden Hoffnungslosigkeit an.

Er schwankte und kippte in der nächsten Sekunde zur Seite und landete mit einem dumpfen Aufprall auf dem Marmorboden.

Ich starrte auf ihn herab. „Siehst du?"

Der Bedienstete Dreizehn – den Namen kürzte ich im Geiste auf *Dreizehn* herab – *versuchte,* wieder aufzustehen, aber seine Beine versagten ihm.

Ein schriller Schrei verließ seinen Mund, als seine Hand zu seiner Leiste wanderte und er sich einrollte.

Stirnrunzelnd betrachtete ich seine krampfende Gestalt. Er schien große Schmerzen zu haben.

Ich schlüpfte aus meinen Schuhen und setzte mich neben ihn auf den Boden. Meine Instinkte traten hervor. Ich war zwar kein Arzt im medizinischen Sinne, aber ich wusste genug über die menschliche Anatomie, um in bestimmten Situationen hilfreich zu sein.

„Nun, sag mir …"

Ein Keuchen unterbrach mich.

Dann wurde Dreizehn wieder still.

Nur dieses Mal gab es keinen Befehl, sich nicht zu

bewegen oder still zu sein. Er hatte das Bewusstsein verloren und war in Ohnmacht gefallen.

Ich runzelte die Stirn und überlegte, wie ich ihn am besten auf den Rücken drehen konnte.

Ich richtete meinen Unterarm an seiner Wirbelsäule aus, legte meine Hand um seinen Nacken und legte meine andere Hand auf seine Hüfte, um seinen Körper vorsichtig zu drehen. Es dauerte eine Minute, da ich meinen Arm wegziehen musste, damit sein Rücken auf dem Boden aufliegt, aber ich schaffte es, seinen Hals während der gesamten Drehung zu schützen.

Als nächstes überprüfte ich seinen Puls und stellte fest, dass er schwächer wurde.

Auch seine Atmung war flach.

Angesichts der eingefallenen Wangen, des kalten Schweißes, der auf ihm glitzerte, und der aschfahlen Farbe seiner Haut, vermutete ich, dass er in letzter Zeit zu viel Blut verloren hatte.

Ich untersuchte seinen Hals auf Anzeichen einer kürzlichen Fütterung. Es gab eine auffällige Narbe, aber sie war nicht frisch.

Ich untersuchte seinen Torso.

Dann seine Arme.

Und als ich seine Handfläche von seiner Leiste wegzog, bemerkte ich die rote Farbe an seinen Händen. Sie entsprach der Farbe seiner Hose, aber nicht, weil es abgefärbt hatte.

Nein.

Jemand hatte ihn dort gebissen und ihn verbluten lassen.

Ich schluckte den Schreck herunter und öffnete seine Hose und dann den Reißverschluss.

„Was zum Teufel machst du da?"

JACE

DAMIENS ZUSAMMENFASSUNG der Ereignisse hatte mich überrascht, vor allem, weil er die Herkunft der Waffe gefunden hatte, die Lilith kürzlich bei Ryder eingesetzt hatte. Er hatte auch eine Reihe von Protokollen entdeckt, die für jemanden hinterlassen wurden, den Lilith als ihren *Lehnsherrn bezeichnet hatte.*

Ich war mit der Frage, ob Lilith jemals einen König oder Lehnsmann erwähnt hatte, ins Wohnzimmer zurückgegangen und musste feststellen, dass Calina die Hose eines anderen Mannes auszog.

Das hatte alle anderen Fragen in meinem Kopf vertrieben, sodass mir nur noch die eine Frage blieb: *„Was zum Teufel machst du da?"*

Sie antwortete nicht sofort und machte unbeirrt weiter. Das Geräusch des Öffnens des Reißverschlusses irritierte meine Ohren.

Dann besaß die Frau die Dreistigkeit, ihm die Hose herunterzuziehen.

„Calina." Es kam mit einem Knurren heraus, während der Geruch von frischem Blut meine Nasenlöcher betörte.

Sie schien nicht auf mich zu reagieren, sondern widmete sich auf das, was sie gerade preisgegeben hatte.

Mein Schock und meine Wut wichen langsam einer

Wolke des Verständnisses, die von Verwirrung geprägt war. Ich hatte gerade … irrational reagiert.

Warum?

Weil ich dachte, sie würde mit einem Menschen in meinem Wohnzimmer spielen?

Ich hatte immer gerne geteilt. Ich liebte es auch zuzusehen. Doch der Gedanke, dass sie auf den Knien lag, bereit, einem anderen Mann zu dienen, hatte mich für einen Moment von der sehr offensichtlichen Szene vor mir abgelenkt – der Mensch war aufgrund von Blutverlust ohnmächtig geworden.

Und sie hatte gerade die Wunde gefunden, die seinen jetzigen Zustand verursacht hatte.

Mit einem Kopfschütteln gesellte ich mich zu ihr und fluchte beim Anblick der schweren Verletzung seines Schwanzes. Jemand hatte ihn mehrmals gebissen, wahrscheinlich, während er erregt war, und sich dann von seiner Oberschenkelarterie ernährt, bis er dem Tod nahe war.

„Nun. Das beantwortet meine erste Frage", murmelte ich.

Ich hatte vorgehabt, ihn zu fragen, warum er hinkte. Ich konnte das Blut an ihm riechen, was auf eine kürzliche Fütterung hindeutete, die ein wenig außer Kontrolle geraten war, aber ich hatte nicht erkannt, wie sehr sie außer Kontrolle geraten war.

„Wie zum Teufel hat er es geschafft, die Taschen hierher zu bringen?", fragte ich mich laut und warf einen Blick auf ihn und dann auf die Taschen von Juliet und Darius.

„Ich nehme an, er hatte keine andere Wahl", antwortete Calina, ihr Tonfall war emotionslos. „Er will ganz klar überleben, und zwar so sehr, dass er aufgehört hat zu atmen, als du den Raum verlassen hast."

Ich runzelte die Stirn. „Das ist aber das Gegenteil von überleben wollen."

„Du hast ihm gesagt, er soll sich nicht bewegen. Er hat es wörtlich genommen." Als sie seine Hose ausgezogen hatte, streckte sie sein Bein, um die Wunde an seinem Oberschenkel zu untersuchen. „Er muss genäht werden, und wahrscheinlich braucht er eine Bluttransfusion." Ihr Blick hob sich zu seinem blutigen Schwanz. „Je nachdem, wie tief die Schnitte sind, braucht er vielleicht …"

„Jesus", hauchte Darius, als er mit Juliet an seiner Seite aus dem Aufzug in die Suite trat. „Was soll der Scheiß, Jace?"

Ich warf ihm einen Blick zu. „Du weißt, dass ich das nicht bevorzuge."

In das Geschlecht einer Frau zu beißen, um sie zum Orgasmus zu bringen, ist etwas anderes. Aber hierbei ging es nicht wirklich ums Fressen, da das Blut in dieser Region nicht annähernd so gut floss, wie in der Oberschenkelarterie. Deshalb kam ich kaum davon weg, wenn ich mich an dem glatten Fleisch einer Frau labte.

Wer immer dem Mann das angetan hatte, wollte offensichtlich, dass es wehtut.

Calina stand abrupt auf. „Ich brauche alles für eine Bluttransfusion."

„Willst du operieren?", fragte ich, leicht amüsiert und auch ein wenig verblüfft über die Absicht, dass sie erwartet hatte, dass es die Lösung für dieses Problem sein würde. Das zeigte, wie wenig sie von der heutigen Gesellschaft verstand.

Fast alle Könige in meiner Position würden den Job einfach beenden und den Menschen sterben lassen.

Aber Calina wollte ihn retten.

In diesem Fall wünschte ich mir das gleiche Ergebnis wie sie, denn ich musste wissen, wer ihm das in meiner

Abwesenheit angetan hatte. Dieser Mensch war mein Eigentum, und er war dazu bestimmt, in meinen persönlichen Gemächern zu dienen. Das bedeutete, dass er nicht auf der Speisekarte stehen sollte. Andere Menschen waren für dieses Schicksal vorgesehen.

Ich war mit den derzeitigen Regeln in dieser Welt nicht einverstanden, aber ich hatte eine Rolle zu spielen und ich musste sie umsetzten – zumindest bis ich sie richtig ändern konnte.

„Ja, das will ich." Calina sah mich an. „Wo ist das nächstgelegene Krankenhaus?"

Ich schenkte ihr ein schiefes Lächeln. „Darling, Krankenhäuser sind für Menschen, nicht für Unsterbliche. Deshalb gibt es sie nicht mehr." Es gab Zuchtkliniken, aber diese dienten einem ganz bestimmten Zweck. Das Leben dieses Mannes zu retten, hätte dort keine Priorität.

Sie hat nicht einmal geblinzelt. „Wo finde ich Blutkonserven?"

„Es gibt keine."

„Nadeln und Blutbeutel gibt es doch irgendwo auf jeden Fall", erwiderte sie, immer noch unbeeindruckt. „Und ich bin sicher, dass seine Blutgruppe irgendwo gespeichert ist. So katalogisiert man doch Menschen, oder?"

„Er hat nicht die Zeit, die du brauchen würdest, um ihn zu retten."

„Dann gib ihm dein Blut, um ihn am Leben zu halten."

Meine Augenbrauen hoben sich. „Mein Blut?"

„Ja. Ich habe die Auswirkungen davon gespürt. Du bist stark und alt. Deine Essenz sollte ausreichen, um ihn zu retten."

„Und warum sollte ich ihn retten?" Ich hatte durchaus

die Absicht, genau das zu tun, aber ihre Beharrlichkeit, dem Menschen zu helfen, faszinierte mich.

„Weil du nicht Lilith bist."

„Nein, das bin ich nicht. Aber das heißt nicht, dass ich in seinem Leben einen Wert sehe." Jeden Tag starben Menschen. Sie waren Nahrung. Und auch wenn ich mit ihrer Behandlung nicht einverstanden war, erkannte ich doch ihren Platz in der Welt an.

„Du hast ihn aus einem bestimmten Grund ausgewählt, um diese Taschen hochzubringen. Und das war nicht, um ihn einfach in deinem Wohnzimmer sterben zu lassen." Sie verschränkte die Arme. „Rette ihn."

„Erstens nehme ich keine Befehle von jemand anderem als mir selbst an. Zweitens: Er ist ein Diener. Deshalb habe ich ihn mein Gepäck hochbringen lassen."

„Das ist nur ein Grund, warum du ihn herbeigerufen hast. Der andere Grund war, unten eine Show zu veranstalten, damit jeder deine königliche Vampirscharade glaubt. Und du hattest auch zwei Fragen an ihn, von denen eine bereits beantwortet wurde. Rette ihn und du kannst deine zweite Frage stellen." Calina sprach völlig unbekümmert, ihr Selbstvertrauen war ungebrochen.

Und verdammt, wenn mich das nicht hart gemacht hätte.

Hinzu kommt, dass sie mich zu durchschauen schien. Wahrscheinlich, weil ich ihr so viele Details über meine wahren Absichten verraten hatte, dass sie meine Beweggründe erahnen konnte. Aber ich vermutete, dass es viel tiefer ging.

Diese Frau durchdachte Situationen mit einem strategischen Gespür, das meinem eigenen in nichts nachstand.

„Vorsicht, Calina", warnte ich sie. Denn wenn sie so

weitermachte, wäre ich versucht, sie für die Ewigkeit zu behalten.

Natürlich gehörte sie mir bereits.

Die Warnung war also überflüssig.

Denn zu diesem Zeitpunkt hatte ich definitiv schon vor, sie zu behalten.

„Er wird sterben", sagte sie ohne Umschweife. „Ohne angemessene Versorgung kann ich ihm nicht helfen. Das kannst nur du. Du sagtest mir, ich solle deinen Führungsstil beobachten. Im Moment bin ich nicht beeindruckt."

Ich hatte fast gelacht. „Das war auf der Serverfarm, Darling. Und wir beide wissen, dass du von meinen Aktionen dort mehr als beeindruckt warst." Sie hatte auch im Flugzeug bewiesen, wie begeistert sie von meinem *Führungsstil* war.

Ihre Augen verengten sich bei der Verwendung meiner eindeutigen Doppeldeutigkeit. „Du lässt dich auf ein Wortspiel mit mir ein, obwohl du ihn retten könntest. Das ist enttäuschend."

„Das ist kein Spiel." Obwohl ich verstehen konnte, warum sie das so empfand. „Es ist eher ein Experiment."

„Und was testest du?"

„Dich …", antwortete ich schlicht. Dann biss ich in mein Handgelenk und kniete mich hin, um die Wunde an den Mund des Menschenmännchens zu drücken, während ich seinen Kopf nach hinten neigte, um die lebenserhaltende Flüssigkeit aufzunehmen.

Er könnte daran ersticken.

Er könnte sich verschlucken.

Es hing von seiner eigenen Entschlossenheit ab.

„Möchtest du die Ergebnisse des Tests erfahren?", fragte ich sie, während ich darauf wartete, dass der Sterbliche sein Schicksal wählte. Die natürliche Reaktion seines Körpers sollte sein, meine Essenz zu akzeptieren.

Aber wenn er geistig und körperlich zu erschöpft war, würde er sich stattdessen für das Ertrinken entscheiden.

Sterbliche Gemüter waren wankelmütig und zerbrachen viel zu leicht, aber eine starke Kraft hatte sich am Ende immer durchgesetzt.

Calina kniete sich auf die andere Seite des Menschen. Sie fuhr mit der Fingerspitze an seiner Kehle entlang, als wollte sie ihn allein durch Berührung zum Schlucken bringen.

„Lilith hat fast vierzig Jahre lang Experimente an mir durchgeführt. Ich bin mir sicher, dass es nichts gibt, was du durch deine Studien gelernt hast, was mich überraschen würde." Sie sprach die Worte leise aus, aber mit einer Überzeugung, die ich tief in mir spürte.

„Ich habe festgestellt, wie gut du mich lesen kannst", antwortete ich ehrlich. „Wie gut du meine Handlungen interpretierst und verstehst." Ich begegnete ihrem Blick. „Du beeindruckst mich."

Sie blinzelte, blickte auf den nun schluckenden Mann hinunter und sah dann wieder zu mir auf. „Ich nehme alles zurück", antwortete sie mit immer noch weicher Stimme. „Das überrascht mich allerdings."

Ich lächelte und nahm mein Handgelenk vom Mund des Menschen, da ich wusste, dass er mehr als genug Blut hatte, um den Genesungsprozess einzuleiten. „Und jetzt musst du mich weiter beeindrucken", sagte ich zu ihr, stand auf und reichte ihr die Hand, damit sie sich zu mir setzte. „Damien schickt mir die Protokolle, die er heruntergeladen hat. Ich möchte, dass du mir hilfst, sie durchzusehen."

Sie richtete ihren Blick wieder auf den Menschen und runzelte die Stirn. „Er muss gepflegt werden."

„Er braucht Ruhe", korrigierte ich sie. „Darius wird ihn an einen sicheren Ort bringen. Wenn er aufwacht, werde ich ihn fragen, wer ihn in diese Lage gebracht hat, und dann sehen wir weiter." Ich begegnete Darius' Blick. „Der Mann hat eine jugendliche Ausstrahlung. Deshalb vermute ich, dass es Gaston war."

Darius' Gesichtsausdruck blieb stoisch. „Ja, ich habe seinen Namen im Besucherprotokoll gesehen."

„Ich bin sicher, dass es dir nichts ausmacht, ihm zu sagen, wie ich über diese Sache denke, vorausgesetzt, wir stellen fest, dass er es war?" Ich hatte es als Frage formuliert, aber wir beide kannten die Antwort. Gaston hatte vor einigen Monaten darum gebeten, mein Herrscher zu werden. Ich hatte ihn zugunsten von Darius abgelehnt.

Als ob ich jemals einen Vampir fördern würde, der gerne Kinder fickt und isst.

„Ich denke, ich kann diese Nachricht überbringen", stimmte Darius zu.

„Ja, ich kann mir vorstellen, dass du dazu mehr als fähig bist. Er wartet wahrscheinlich auch auf diese Nachricht." Das war der eigentliche Grund, warum ich darum gebeten hatte, dass der Mensch mein Gepäck hochbringt.

Ich hatte den schwindenden Zustand des Sterblichen sofort bemerkt. Die öffentliche Aufforderung, meine Taschen zu holen, diente als subtiler Hinweis an denjenigen, der ihn berührt hatte, dass ich mir nicht nur über den Gesundheitszustand des Menschen im Klaren war, sondern dass ich die Übertretung wahrscheinlich weiterverfolgen würde, nachdem ich den Sterblichen ordnungsgemäß entsorgt hatte.

Nur, dass dieser eine wundersame Genesung erfahren hatte.

„Ich brauche einen neuen Job für ihn", fuhr ich fort

und dachte laut über unsere Situation nach. „Den jungen Mann, meine ich. Nicht Gaston."

„Ich bin sicher, dass Ida nichts gegen etwas Hilfe im Haus hätte. Sie wird immer älter, da ist ein junger Mann genau das Richtige, um ihr bei einigen schweren Arbeiten zu helfen."

Ich nickte. „Das ist richtig. Betrachte ihn als Geschenk. Aber ich will zuerst einen Namen."

„Okay", stimmte er zu.

„Nein, ich will speziell Gastons Namen hören."

„Oder wir bringen ihn bei Sebastian unter", bot er an.

„Sebastian. Er ist machthungrig, aber respektvoll." Ich hatte den älteren Vampir nie gemocht, deshalb hatte ich ihn zum Regenten in meinem Gebiet ernannt. Das war eine Stufe unter einem Herrscher. Ich vertraute ihm nicht genug, um ihm eine höhere Stellung zu geben, aber er faszinierte mich genug, um ihn zu testen. Und bis jetzt hatte er mich nicht enttäuscht.

„Wir werden sehen, ob ich zustimme, wenn ich morgen mit ihm zu Abend esse." Darius' Tonfall verriet mir, dass das zweifelhaft war.

„Er könnte dich überraschen", antwortete ich und meinte es ernst. Meine Aufmerksamkeit richtete sich wieder auf die kniende Blondine neben dem Menschen. „Calina?"

Ihre Finger lagen immer noch am Hals des Mannes. „Sein Puls ist wieder stabil."

„Ja." Ich konnte es verlockend klopfen hören. So wie ich auch ihren Puls hören konnte. Ihr Puls reizte mich mehr. Ebenso wie ihr Duft.

Ich konnte Juliet fast nicht mehr riechen – ihre blutjunge Essenz rief nicht mehr nach meiner räuberischen Seite.

Calina hatte mich umgarnt.

Und als ihre hübschen blaugrünen Augen sich zu den meinen erhoben, verstand ich, warum.

Diese Frau hatte mich in jeder Hinsicht in ihren Bann gezogen.

„Komm", sagte ich zu ihr und hatte Mühe, mich daran zu erinnern, was sie für mich tun sollte. Das einzige Bild, das ich im Kopf hatte, war, wie sie auf den Knien lag und meinen Schwanz zwischen ihren schönen, prallen Schamlippen aufnahm.

Leider war es kurz vor der Dämmerung.

Damit hatten wir weniger als zwei Tage Zeit, um uns auf die Lajos Region vorzubereiten.

Das leise Summen an meinem Handgelenk erinnerte mich daran, was wir in der Zwischenzeit zu tun hatten.

„Die Protokolle sind heruntergeladen", sagte ich und erinnerte mich klar an unsere Aufgabe. „Damien sagte, es gäbe eine Handvoll Protokolle, die wir durchsehen müssten, da Lilith anscheinend jemandem Anweisungen hinterlassen hat, wie er die Macht übernehmen kann."

„Anweisungen?", wiederholte Darius.

Ich nickte. „Für jemanden, den sie für ihren König hielt."

Calina runzelte die Stirn, als sie meine Hilfe beim Aufstehen annahm. „Ihren König?"

„Damien hat sich bisher nur einige wenige angehört, aber in den Protokollen bezeichnet sie jemanden als *meinen König* und *meinen Lehnsmann*. Er sagt, dass es für jedes Jahr eines gibt, und auch einige, die nach ihrem Tod veröffentlicht wurden.

„Heißt das, dass jetzt jemand die Protokolle anhört?", vermutete Darius.

„Das ist es, was Damien vermutet. Er versucht immer noch, den Feed zurückzuverfolgen, um herauszufinden, wohin sie führen, aber er hat im Moment alle Hände voll mit den Lykanern zu tun."

„Ist alles gut mit Lukas Männern gelaufen?"

„Sein Bericht war kurz." Wir sprachen nur ein paar Minuten lang. „Er erwähnte die Protokolle und wie er sie senden wolle. Dann sagte er, dass sie die bewusstseinsverändernde Waffe gefunden haben, die Ryder erwähnt hatte. Sie arbeiten im Moment noch daran, alles zu säubern und kümmern sich um einen Haufen wilder Lykaner. Er wird in einer Stunde zurückrufen und mehr Informationen haben."

Darius senkte verständnisvoll das Kinn. „Dann sollten wir anfangen, die Protokolle zu überprüfen."

„Einverstanden." Ich sah Calina an. „Bist du bereit, mich weiter zu beeindrucken, kleines Genie?"

LILITH

BITTE WARTEN Sie auf eine wichtige Nachricht von Ihrem virtuellen Assistenten.

Die Nachricht beginnt in drei, zwei …

Mein Lehnsherr, es scheint, dass Ihr Rettungsteam in den Serverfarmen abgefangen wurde. Ein Sicherheitsteam ist jetzt vor Ort, um den Schaden zu beurteilen, aber ich vermute, dass das gesamte Team kompromittiert wurde, da Bunker 27 gerade offline gegangen ist. Meine Insiderquelle ist noch dabei, den Schaden zu bewerten. Ich fürchte jedoch, dass der Widerstand kurz davor ist, Ihre Identität und Ihren Aufenthaltsort herauszufinden. Es wird ein Eskalationsprotokoll vorgeschlagen. Bitte sagen Sie mir, wie Sie vorgehen wollen.

Klicken Sie auf den grünen Pfeil, um die Eskalationssequenz zu aktivieren. Oder drücken Sie –

Das nächste Protokoll beginnt in drei, zwei …

Wenn Sie dies sehen, dann muss ich mich zunächst entschuldigen, denn ich habe in unserer Sache eindeutig versagt. Ich werde nicht weiter darauf eingehen, da die Zeit drängt, und stattdessen mein Bestes tun, um Ihr Vertrauen mit effizienten Mitteln zurückzugewinnen.

Ich nehme diese Nachricht monatlich auf, um sicherzustellen, dass Sie die aktuellsten Informationen über unsere Notlage erhalten. Heute ist der vierte Monat des Jahres einhundertsiebzehn. Bis zur nächsten Blutspendezeremonie sind es noch acht Monate.

Die jüngsten Ereignisse sind für unsere Ziele kontraproduktiv. Es scheint, dass Silvano beschlossen hat, einen Krieg gegen den benachbarten Alpha des Clementer Clans zu führen, und es überrascht mich nicht, dass er verloren hat.

Jetzt gibt es jedoch eine Triade, die sich aus drei Widerstandsmitgliedern zusammensetzt.

Es scheint, dass Jolene seine alten Tricks wieder einsetzt.

Sie haben zu Recht die Lykaner und ihre Fähigkeit infrage gestellt, um mit Vampiren eine angemessene Partnerschaft für die Führung einzugehen. Ich vermute, dass in naher Zukunft eine neue Weltordnung erforderlich sein wird. Ich habe Ihnen den Posten des Magistrats gegeben, wie wir es besprochen haben, aber das reicht eindeutig nicht aus.

Glücklicherweise scheinen die meisten Lykaner nichts zu bemerken und fühlen sich in unserer derzeitigen Gesellschaft wohl. Die Befriedigung ihrer Bedürfnisse nach Mondjagd und Fortpflanzung scheint vorerst auszureichen, um ihre Begierden zu stillen.

Als Folge dieses Vorfalls im Gebiet des Clementer Clans kam ein alter Vampir aus seinem Versteck.

Ryder.

Er hat das Amt des vorläufigen Königs der Region Silvano übernommen.

Seine Loyalität bleibt abzuwarten, aber angesichts seiner Neigung, die Regeln zu brechen, vermute ich, dass er ein Problem darstellen wird. Ich bezweifle jedoch stark, dass ihm der Widerstand etwas ausmacht. Er hat immer nur an sich selbst gedacht und kümmert sich selten um die Bedürfnisse anderer.

Anbei finden Sie alles, was ich von unserer Übertragung über den Widerstand wusste. Ich bin sicher, dass unser Agent sich bei der ersten Gelegenheit melden wird.

Ebenfalls ist eine Liste unserer bekannten Verbündeten beigefügt. So wie es heute aussieht, wissen diese Vampire von unserer geheimen Aktion und werden Euch bei Eurem Aufstieg zur Macht unterstützen.

Die letzte Liste enthält die Lykaner, die am leichtesten auf Eure Seite zu ziehen sind, wenn ihr die Macht an Euch reißt.

Sie könnten natürlich auch das Erinnerungsprotokoll in Betracht ziehen, um mehr Menschen auf unsere Seite zu ziehen. Aber ich überlasse Ihnen das endgültige Urteil darüber.

Um mit der Überprüfung der Details des Widerstands zu beginnen, geben Sie den Aktionscode ein: Widerstand.

Um mit der Überprüfung der Details der Verbündeten zu beginnen, geben Sie den Aktionscode ein: Verbündete.

Um zu beginnen …

Verbündeten-Dateien aktiviert.

Klicken Sie auf den grünen Pfeil, um weitere Informationen über Lajos zu erhalten.

Oder …

Lajos-Datei aktiviert.

JACE

SEBASTIAN UND GASTON waren am Ende das geringste Problem unserer Sorgen.

Darius war trotzdem zum Essen gekommen, um die Formalitäten einzuhalten — was sich als positiv herausstellte, denn Sebastian hatte während des gesamten Essens bewundernswerten Respekt gezeigt. Offenbar wollte er nur die Erlaubnis, ein neues Anwesen an der Küste in meiner Region zu bauen.

Ich hatte die Genehmigung sofort per SMS erteilt und bin dann wieder mit Calina die Protokolle durchgegangen.

Es gab zahlreiche Forschungsberichte, von denen viele mit den Studien von Bunker 47 zusammenhingen. Aber es gab auch eine Reihe von Videos, in denen Lilith in den letzten einhundertsiebzehn Jahren zu sehen war.

Nachdem ich die Laborergebnisse durchgesehen und festgestellt hatte, dass Cams Name in keinem von ihnen aufgeführt war, konzentrierte ich mich auf Liliths Videos.

Es waren jährliche Berichte, die mich nicht wirklich interessierten. Ich hatte jeden Bluttag miterlebt und kannte daher die Ergebnisse sehr gut.

Ihre Stimme in den Videos hatte mich aber in ihren Bann gezogen, ebenso wie ihre häufige Anrede *„mein Lehnsherr"*. Diese Videos waren für jemanden bestimmt, den sie als ihren Vorgesetzten betrachtete, und *dieses* Detail faszinierte mich.

Sie hatte auch mit einer Ehrfurcht gesprochen, wie ich sie seit über einem Jahrhundert nicht mehr gehört hatte, was darauf schließen ließ, dass sie mit Michael gesprochen hatte.

Aber er war tot.

„Sie ist verrückt …", hatte Darius nach dem dritten Video gesagt.

Ich wollte ihm zustimmen, aber der strategische Teil von mir konnte es nicht. Denn alles, was sie auf den Weg gebracht hatte, war zu brillant, um von jemandem mit unzureichendem Verstand ausgearbeitet zu werden.

Also ging ich in den letzten zwei Tagen so viele Protokolle durch, wie ich konnte.

Damien hatte eine Art Hintertür in der Serverfarm eingerichtet, die es uns ermöglichte, alle in der Einrichtung befindlichen Dokumente zu scannen. Das war einfacher, als zu versuchen, sie alle herunterzuladen und anderswo einen geeigneten Speicherplatz zu finden.

Calina verstand es besser als ich, denn sie hatte ihm bei der Konfiguration geholfen.

Sie hat mich während unserer Zeit in Jace City immer wieder beeindruckt.

Und jetzt, als sie neben mir im Flugzeug saß, beeindruckte sie mich wieder.

Sie trug eines ihrer neuen Kleider, dessen marineblauer Stoff jede Kurve ihres schönen Körpers betonte. Es kostete mich große Überwindung, sie nicht auf meinen Schoß zu ziehen und ihren hohen Schlitz im Kleid auszunutzen. Dass ich sie in den letzten zwei Tagen kaum berührt hatte, weil ich mich auf die Akten konzentrierte, die Damien zur Durchsicht geschickt hatte, machte die Sache nicht besser.

Das einzige Mal, dass ich eine Pause einlegte, war, als

eine Boutique-Besitzerin mit einem Ständer voller Kleider ankam, die Calina anprobieren sollte. Ich war mit Leichtigkeit in meine Rolle als Berater geschlüpft und hatte Calina beraten, was sie tragen sollte, und sie hatte die Rolle des unterwürfigen Menschen mit Bravour gemeistert.

Als der Besitzer der Boutique gegangen war, war Calina wieder zu ihrer selbstbewussten Art zurückgekehrt und hatte sich sofort wieder daran gemacht, mit mir die Protokolle durchzusehen. Ich hätte sie daraufhin fast auf dem Schreibtisch gefickt, aber sie hatte ein *Todesprotokoll* von Lilith entdeckt, das mich sofort davon abgelenkt hatte.

Sie hatte die Vermutung aufgestellt, dass sich jemand diese Aufnahmen gerade ansehen könnte, vor allem, weil das Video damit begann und sie sagt hatte, dass die Aufnahme abgespielt werden würden, wenn etwas schrecklich schiefgegangen wäre. Calina hatte es so verstanden, dass es Liliths Tod bedeutete.

Nachdem ich mir das Protokoll mit ihr angesehen hatte, stimmte ich zu.

Das, was wir jetzt beobachteten, stand im Zusammenhang mit einem Eskalationsprotokoll. Ich hatte es auf eine Leinwand in der Kabine meines Jets übertragen, sodass Darius und Juliet von ihren Sesseln aus mit uns zusehen konnten.

„Und wo sind die Anhänge?", fragte Darius, als das Video zu Ende war.

„Es gibt keine", antwortete Calina. Auf ihrem Schoß lag der Laptop, der das Video abspielte. „Ich vermute, dass sie sich entweder an einem anderen Ort befinden oder Lilith sie in einer anderen Serverfarm untergebracht hat."

„Das wäre ein strategischer Zug", gab ich zu. „Und wir wissen bereits aus einem anderen Protokoll, dass es weitere Serverfarmen gibt."

Calina nickte. „Viele der Berichte sind auch

geschnitten." Sie holte einen Bericht über ein Lykaner-Experiment hervor, das zur Entwicklung der Waffe beigetragen hatte, die sie bei Ryder eingesetzt hatte. „Wir wissen, dass der Bericht unvollständig ist, weil Damien die Akten aus Bunker 27 geholt hat."

„In der Tat", stimmte Darius zu.

Calina las weitere Protokolle. Die meisten davon drehten sich wieder um den Bluttag und Lilith legte ihren Jahresbericht dar.

Gelangweilt nahm ich einen weiteren Schluck von meinem Wein, aber Calina schien von den Informationen fasziniert zu sein, ebenso wie Juliet. Das war alles ganz neu für sie. Also ließ ich die Show weiterlaufen, während ich Damiens letztes Update überflog.

„Sie haben es geschafft, die letzten Lykaner aus ihren Käfigen zu befreien", sagte ich. Meine Worte waren für Darius bestimmt. „Luka beschäftigt sich jetzt mit ihnen. Bis jetzt wurden zwei von ihnen getötet. Sie waren zu wild und eine Bedrohung für den Majestic Clan."

Offenbar gab es einen Punkt, an dem der menschliche Teil eines Lycaners vollständig abstarb. Obwohl Luka in diesem Fall vermutete, dass sich der menschliche Teil des Wesens nie hatte ausbilden können. Und leider waren Lykaner zu stark, um einfach in die Wildnis entlassen zu werden.

„Wer auch immer ein Update von den Vigils erwartet hat, weiß jetzt wahrscheinlich von unserer Einmischung", sagte Darius nach einer weiteren Viertelstunde, in der er sich Liliths Übertragungen angesehen hatte. „Und nach dem, was einige dieser Videos andeuteten, kennen sie auch die Identitäten derjenigen, die sich gegen die Allianz stellen."

„Das ist richtig." Lilith hatte uns jedoch in keinem ihrer Protokolle genannt, und Calina hatte unsere Namen auch noch in keiner der Dateien gefunden. Das ließ uns vermuten, dass unsere Identitäten in ihren Aufzeichnungen enthalten sein könnten oder auch nicht.

„Wir könnten in eine Falle tappen", fügte Darius hinzu.

„Ja, das könnten wir", wiederholte ich. „Angenommen, Lajos hat Liliths Regime wirklich unterstützt."

Aber auch dafür hatten wir keine Beweise gefunden. Wir kannten keinen der Namen ihrer Unterstützer, so wie wir auch keine Ahnung hatten, für wen diese Protokolle bestimmt waren.

„Wir haben keine andere Wahl, als weiterzumachen", fuhr ich fort. „Wir müssen Bunker 37 finden. Außerdem können wir das vielleicht als Gelegenheit nehmen, um zu beweisen, dass Liliths Theorien über uns falsch sind. Im Moment sind das alles nur Vermutungen, denn sie kann keine Beweise gehabt haben. Wir haben noch nichts getan. Vielleicht können wir auf diese Weise unsere Loyalität beweisen und gleichzeitig Lajos einlullen."

„Oder wir könnten ihn einfach töten", bot Darius an.

Ich lächelte. „Das würde dir gefallen."

„Das würde es."

„Wenn er sich als unbrauchbar erweist, werde ich es in Betracht ziehen", versprach ich ihm.

„Kommt mir bekannt vor", murmelte er und war offensichtlich noch nicht über den Erlass hinweg, den ich erst gestern erlassen hatte.

Mitarbeiter Dreizehn hatte bestätigt, dass es Gaston war, der ihn fast umgebracht hatte, was ihm normalerweise eine Exkommunikation eingebracht hätte. Ich nahm es nicht auf die leichte Schulter, wenn andere mein Eigentum ohne ausdrückliche Erlaubnis berührten, und ein Bediensteter stand nicht auf der Speisekarte.

„Gaston ist immer noch nützlich", erinnerte ich Darius. „Er hilft mir, mein Image aufrechtzuerhalten, was, wie wir jetzt wissen, wichtiger denn je ist. Zumindest, wenn man Liliths Protokollen Glauben schenken darf."

„Sie war eindeutig geisteskrank."

„Das ist deine Lieblingsaussage in letzter Zeit", murmelte ich. „Die Frage ist, wie viele andere haben ihr geglaubt? Je mehr ich tun kann, um diese Vorstellungen zu widerlegen, desto leichter wird es für uns alle."

Denn das würde mir das nötige Überraschungsmoment verschaffen. Es würde mir auch erlauben, lange genug zu überleben, um meinen nächsten Zug angemessen zu planen.

Wenn Liliths Anhänger den Gerüchten über mich Glauben schenkten, würden sie bei der Nachricht von ihrem Tod eher negativ auf mich reagieren. Wenn ich sie aber im Ungewissen ließe, würden sie vielleicht lange genug innehalten, damit ich die Oberhand gewinnen könnte.

Es ging nur um Strategien und darum, die Karte richtig auszuspielen.

Das könnte ich nicht wagen, wenn meine Karten bereits auf dem Tisch liegen würden.

„Ich kann nicht glauben, dass ich das jetzt sagen werde", begann Darius und räusperte sich. „Aber mir gefällt Ryders Plan, nächste Woche aufzutauchen, Liliths abgetrennten Kopf in den Raum zu werfen und das Ganze zu beenden."

Obwohl ich das Bild, das dieser Gedanke hervorrief, zu schätzen wusste, schüttelte ich dennoch den Kopf. „Das würde ein Chaos auslösen."

„Alles wird zu einem Chaos führen", betonte er.

Ich seufzte. „Ja … und die Entdeckungen in Bunker 27 werden der Sache nicht dienlich sein." Sobald die Lykaner erfuhren, was Lilith ihnen angetan hatte, würden sie sich gegen die Vampire auflehnen, die ihre Taten duldeten.

Die nächste Woche würde eine Show epischen Ausmaßes werden, es sei denn, wir fänden einen Weg, das Treffen zu verschieben.

Liliths Handy zu haben war hilfreich, aber es war nicht ihre Art, sich zu lange in einer Region aufzuhalten. Wir haben unser Glück bereits zu lange aufs Spiel gesetzt, indem wir Ryder und Willow die Scharade mit Liliths Mentoring fortsetzen ließen.

Wir mussten Cam finden. Und wir mussten ihn jetzt finden.

„Trotzdem müssen wir Lajos beruhigen", sagte ich und wiederholte meine Aussage von vorhin. „Zumindest vorübergehend. Das heißt, wir müssen sein Spiel so lange mitspielen, bis er uns die Freiheit gibt, zu agieren. Dann werden wir den Bunker mithilfe der Informationen finden, die Damien von den Vigils erhalten hat."

„Was ist mit Jasmine?", drängte Darius.

„Ich werde mich mit ihr treffen, um ihre Wünsche zu erfahren, und ich werde die Zeit nutzen, um ihren Charakter beurteilen zu können.

Darius schnaubte. „Ich kann dir einen Überblick über ihren Charakter geben, Jace. Sadistisches Miststück."

Meine Lippen zuckten amüsiert. „Das trifft auf die Hälfte des Rates zu."

„Eher drei Viertel davon."

„Aber du musst bedenken, wie viele mitmachen", argumentierte ich. „Ich meine, hättest du vor einem Jahr gedacht, dass Kylan auf unserer Seite stehen könnte?"

Darius schwieg einen Moment lang und schüttelte dann langsam seinen Kopf. „Und Ryder."

„Ganz genau." Das war der schwierigste Teil des Spiels – die Feinde von den potenziellen Verbündeten zu unterscheiden. „Lajos ist ein hoffnungsloser Fall." Daran hatte ich keinen Zweifel. „Aber Jasmin macht mich neugierig."

„Was schlägst du also vor?"

„Wir werden einen von Lajos' renommierten Clubs besuchen."

Darius' grüne Augen glühten vor Irritation. „Ich wusste, dass du das sagen würdest."

„Warum fragst du dann?"

„Ich hatte gehofft, eine andere Antwort zu hören."

„Du kennst mich doch besser."

Sein Kiefer zuckte und sein Blick richtete sich auf Juliet. „Er wird sie schmecken wollen."

„Dann schlage ich vor, dass du eine tolle Show abziehst, um ihn von diesem Verlangen abzulenken", antwortete ich. „Genau das werden Calina und ich tun."

Seine Augenbrauen hoben sich blitzschnell. „Willst du ihn verleugnen?"

„Ja." Ich ging nicht näher darauf ein, aber ich hatte gestern Abend die Entscheidung getroffen. Ihr seltenes Blut stellte ein zu großes Risiko dar. Und da sie sich als nützlich erwiesen hatte, konnte ich nicht riskieren, sie an einen gefräßigen Vampir zu verlieren. „Ich habe vor, in seiner aufreizenden Umgebung die Kontrolle zu verlieren und ihm nicht genug zum Genießen zu lassen."

„Ich verstehe." Darius kratzte sich am Kinn und legte langsam den Kopf schief. „Ich werde dir folgen."

Ich blickte zu Calina, die mich anschaute. „Ja, kleines Genie?"

„Erwartest du, dass ich während dieses Aktes schweige?" Ihr Tonfall verriet nichts. Ihre stoische Art war fast bewundernswert, aber ich konnte ihre Intrige riechen.

Natürlich sagte sie mir, das sei nur ihre natürliche

Reaktion an den Gedanken, von einem Raubtier genommen zu werden.

„Ich sage dir Bescheid", sagte ich ihr und war unsicher, was ich wollte. Ich würde das Ambiente die Stimmung bestimmen lassen.

Sie nickte und widmete sich wieder den Dateien auf dem Computer. Ein weiteres Video wurde abgespielt, ein Video von vor zwei Jahren, das auf Liliths Vorstellung basierte.

Ich gähnte, da ich mich bereits langweilte.

Das Video von vor ein paar Wochen, das die Ereignisse zwischen der Region Silvano und dem Clemente Clan zeigte, war interessanter, zumal Lilith ein wenig verunsichert schien. Sie hatte deshalb ein vierteljährliches Treffen der Allianz organisiert.

Unser erstes Treffen war für nächste Woche angesetzt.

Ich dachte erneut über Ryders Vorschlag und seinem großen Auftritt nach und spielte das Szenario in meinem Kopf durch.

Alle würden aufschreien. Aber wie viele würden richtig reagieren? Diese Welt hatte unsere Emotionen so sehr abgestumpft, dass viele nicht einmal überrascht sein dürften.

Das Chaos, das ich erwähnt hatte, bezog sich auf einen politischen Kampf um die vakante Führungsrolle. Kylan war vom Alter her der nächste in der Reihe, aber er wollte den Posten nicht. Das bedeutete, dass sie an mich fallen würde. Und obwohl ich kein Problem damit hatte, die Aufgaben anzunehmen, wusste ich, dass einige Lykaner gegen meine Führung sein würden.

Andere würden argumentieren, dass ein Lykaner das Sagen haben sollte.

Dann würden die Vampire darauf hinweisen, dass

Lykaner nicht unsterblich sind und damit als die etwas schwächere Rasse gelten.

Das Chaos würde sich nur noch verschlimmern, wenn Liliths Forschungen aufgedeckt würden.

Ich musste wissen, wer es genehmigt hatte, damit die Lykaner einen Verantwortlichen zur Rechenschaft ziehen konnten. Mit einer geeigneten Präsentation würden sie die größten Bedrohungen und Gegner einer möglichen Reform ausschalten.

Allerdings wäre es auch problematisch, diese Lykaner für sich zu gewinnen. Die Dinge, die Lilith getan hatte, waren unverzeihlich, und es würde mich nicht überraschen, wenn die Lykaner die gesamte Vampirrasse dafür verantwortlich machten.

Und dann war da noch die Frage nach Calinas Existenz. Als leitende Wissenschaftlerin würden die Lykaner zweifellos ihren Kopf als Entschädigung fordern. Und vor sechs Tagen hätte ich sie gewähren lassen.

Jetzt war ich mir nicht mehr so sicher.

Eine seltsame Offenbarung, wenn man bedenkt, dass ich nicht auf emotionale Bindungen stand. Aber sie hatte sich als nützlich erwiesen.

Und ich hatte noch nicht genug von ihr gekostet.

Vielleicht würde dieser Besuch in der Lajos Region dazu beitragen, mein Verlangen zu stillen.

Ich schaute Calina wieder an und mein Blick fiel automatisch auf ihr köstliches Dekolleté.

Vielleicht wird sich unsere Situation durch dieses Vorhaben aber auch noch verschlechtern.

CALINA

DREIZEHN ERSCHIEN mit geröteten Wangen in der Hauptkabine und verkündete: „Sal sagt, dass wir in zehn Minuten landen werden."

„Ausgezeichnet. Danke", antwortete Jace. „Hast du schon einen neuen Namen gewählt?"

Bei dieser Frage leuchteten Dreizehns Augen auf. Jace hatte ihm gesagt, er solle aufhören, sich zu verbeugen, und ich konnte an seiner steifen Haltung erkennen, dass es ihn große Mühe kostete, diesem Befehl zu folgen. Dennoch räusperte er sich und antwortete: „Anvil."

„Anvil", wiederholte Jace.

„Den Namen hat Sal vorgeschlagen", antwortete Dreizehn – *oder heißt er jetzt Anvil?*

Jace nickte. „Sie hatte schon immer eine Vorliebe für Dinge, die mit *A* anfangen." Er blickte mich an. „In ihren sterblichen Tagen war Sal Astronautin. Nach ihrer Verwandlung hat sie diese Leidenschaft weiterverfolgt, wechselte aber später zur Luftfahrt. Und jetzt ist sie meine Chefpilotin." Sein Blick richtete sich wieder auf den Menschen. „Anvil soll es also. Vorausgesetzt, Darius ist einverstanden?"

„Anvil ist in Ordnung", antwortete der andere Vampir

und hatte seinen Blick auf Juliet gerichtet. „Aber vielleicht lässt Sal ihn jetzt nicht mehr gehen."

„Wir werden sehen", murmelte Jace. „Bitte richte Sal aus, dass wir uns auf die Landung vorbereiten werden."

Anvil wollte sich verbeugen, richtete sich dann aber mit einem gemurmelten „Danke, mein Prinz" wieder auf und kehrte mit steifen Schritten ins Cockpit zurück.

„Calina. Du musst das rote Kleid anziehen." Jace sprach, ohne mich anzusehen. „Sofort, bitte."

Ich klappte den Laptop zu, stellte ihn auf dem Tisch ab und stand dann auf, um ihm zu gehorchen.

In den letzten zwei Tagen hatten wir nur ein paar Minuten mit anderen verbracht, in deren Gegenwart ich eine unterwürfige Rolle spielen musste. Jace hatte mich jedoch bei unserer Abreise gewarnt, dass ich die Rolle des gehorsamen Menschen beibehalten müsse, sobald wir gelandet waren. Ich musste diese Rolle so lange beibehalten, bis er mir die Erlaubnis erteilte, wieder ich selbst zu sein.

Er hatte auch gesagt, dass wir selbst hinter verschlossenen Türen nicht sicher sein würden.

Offenbar waren Überwachungs- und Abhörgeräte in dieser Welt weit verbreitet.

Da ich mein ganzes Leben in einem schwer bewachten Bunker verbracht hatte, schockierte mich dieses Konzept nicht. Außerdem war ich es gewohnt, Befehle zu befolgen.

Deshalb fiel es mir auch nicht schwer, in den hinteren Teil des Flugzeugs zu gehen, um von meinem marineblauen Spitzenkleid in das rote zu wechseln.

Allerdings war es nicht gerade ein Abendkleid.

Die schmalen Träger des hauchdünnen Stoffes hielten das Kleid kaum auf meinen Schultern. Der tiefe Ausschnitt reichte bis zu meinem Bauchnabel und mein Rücken war nicht bedeckt. Obwohl der Rock bis zum

Boden reichte, hatte er zwei Schlitze, die bis zu meinen Hüften reichten.

Ich nahm die passende Unterwäsche mit, um sie unter dem Kleid zu tragen. Kein BH. Nur Höschen, Strümpfe und Strapse.

Die beiden letzten Kleidungsstücke waren für mich neu. Ein Tutorium des Designers half mir jedoch zu verstehen, wie ich sie tragen musste.

Ich schob den rubinroten Tanga und die durchsichtigen roten Strümpfen über meine Beine und befestigte sie an den Haken im Spitzenstoff.

Ein Paar schwarzer Pumps mit halbhohen Absätze vervollständigten mein Outfit. Ich überprüfte gerade noch einmal mein Spiegelbild, als der Jet zu fallen begann und der Flugwinkel mir sagte, dass wir uns im Sinkflug befanden.

Ich schluckte und drehte mich vorsichtig um, um mich auf den Weg zu Jace zu machen, doch stellte fest, dass er mich bereits von der Tür aus beobachtete.

Sein eisiger Blick verfolgte mich mit unverhülltem Interesse – sein Ausdruck war hungrig.

„Habe ich es richtig gemacht?", fragte ich ihn und zeigte ihm mein linkes Bein.

Er stieß sich von der Tür ab und schlich auf mich zu.

Mein Herz setzte einen Schlag aus, als er sich lautlos näherte. Die räuberischen Bewegungen erinnerten mich an seine Überlegenheit und seine Anmut.

Mit jedem seiner Schritte fiel es mir schwerer zu schlucken, bis er direkt vor mir stand. Sein holziges Aftershave umschmeichelte meine Nasenlöcher – ein Duft, nach dem ich mich mehr zu sehnen begann, als mir lieb war.

Seine Fingerspitzen streiften meine Hüfte und sein Blick blieb an meinem haften, als seine Berührung tiefer zu den Strapsen an meinem Oberschenkel wanderte. Er glitt hinunter zu meinem Strumpf und wieder hinauf. Die Liebkosung verursachte eine Gänsehaut bei mir.

Ich hörte auf zu atmen, als er seine Fingerspitzen zärtlich zu dem Riemen an meinem Hintern gleiten ließ. Ganz langsam fuhr er daran hinunter zu dem Spitzenstoff an meinen Schenkeln.

„Perfekt", flüsterte er. Seine Lippen waren nur eine Haaresbreite von meinen entfernt. „Wirklich umwerfend."

Er eroberte meinen Mund mit einem Kuss, der meine geistigen Fähigkeiten lähmte.

Das Brennen in meiner Brust sagte mir, dass ich etwas tun musste, aber seine Zunge war alles, worauf ich mich konzentrieren konnte. Die zärtlichen Berührungen waren eine hypnotische Umarmung, die das Leben neu definierte.

Sein Blut sickerte in meinen Mund und ich schluckte schnell, da ich dringend atmen musste.

Im nächsten Moment wurde ich von seinem Kuss regelrecht überwältigt, während er mich zum Bett trug. Es war ähnlich wie die Situation in dem anderen Flugzeug, mit dem wir geflogen waren, nur noch intensiver. Leidenschaftlicher. Mehr *Jace*.

Er legte mich auf die Matratze, während sich die Welt um uns herum weiter drehte, und hielt mich sanft fest, während er seine Zähne in meine Unterlippe bohrte und meiner Kehle einen leisen Schrei entlockte. Anstatt mich für diesen Laut zu züchtigen, küsste er mich noch intensiver, wobei sich unser Blut im Kuss vermischte und dieser *Vampirumarmung* eine neue Bedeutung gab.

Er legte seine Hüften zwischen meine Beine, als sich der Stoff des Kleides automatisch öffnete, sodass ich meine Beine spreizen konnte, um ihm sofort entgegenzukommen.

Es war alles so natürlich. So unverfälscht. So *heiß*.

Ich fuhr mit den Fingern durch sein Haar und hielt ihn

an mich gedrückt, während ich ihn küsste und an seiner Lippe saugte. Er ließ es zu und hielt mit der einen Hand meinen Oberschenkel fest und mit der anderen Hand mein Gesicht.

Das passierte unerwartet, doch fühlte sich wunderschön an. Wie *Glückseligkeit*.

Ich wollte nicht, dass es jemals endete, aber ich spürte, dass das Flugzeug auf dem Boden aufsetzte, und wusste, was jetzt kommen würde.

Doch Jace schenkte mir ein paar kostbare zusätzliche Minuten. Seine Essenz drang in meine Kehle ein und überzog mich mit seinem Schutz.

Jetzt verstand ich es – das war seine Art, mir Kraft zu geben. Denn keiner von uns wusste, was als Nächstes passieren würde.

Was, wenn Lajos mich kennen würde? War er einer meiner unsterblichen Verbindung? Wir wussten es nicht, und die Akten, die wir durchgesehen hatten, hatten keine nützlichen Informationen geliefert. Mein einziger Trost war, dass ich mich nicht daran erinnern konnte, Lajos jemals gesehen zu haben, was hoffentlich bedeutete, dass er mich auch noch nie gesehen hatte.

Seine Lippen verließen meine und bahnten sich einen Weg über meinen Hals zu meinen Brüsten. Er schob den Stoff beiseite, um eine Brustwarze freizulegen, und ich wusste sofort, was er vorhatte ... Seine Reißzähne versanken in meiner Brustwarze. Ein Schrei drohte meinem Mund zu verlassen, aber ich zwang mich dazu, den Drang zu bekämpfen. Ich schluckte den Schrei hinunter, weil ich wusste, dass ich jetzt in die Rolle des stummen Menschen schlüpfen musste. Und er belohnte mich, indem er mein verwundetes Fleisch liebkoste, bevor er zu mir hochkroch und mich angrinste. „Sehr gut, Calina."

Ich behielt meine Finger in seinem Haar und festigte meinen Griff etwas, um meine Verärgerung auszudrücken, was ihn noch breiter lächeln ließ.

Und dann biss er mich noch einmal, aber diesmal fester.

Mein ganzer Körper bebte vor dem Bedürfnis zu schreien, aber wie durch ein Wunder hielt ich es in mir zurück.

Das brachte mir ein weiteres zufriedenes Lächeln ein.

Schnell eroberte er wieder meinen Mund, während seine Finger über das Blut um meinen Warzenhof strichen.

Dann knabberte er noch einmal an meiner Unterlippe, bevor er sich von mir löste und seine Füße neben dem Bett aufstellte.

„Komm, Calina", murmelte er und ließ seine Hand zwischen uns baumeln. „Ich kann es kaum erwarten, dich vorzuführen."

Ich erschauderte angesichts der Bedeutung seiner Aussage. Er hatte mich gerade mit meinem eigenen Blut verziert – das Angebot war deutlich sichtbar. Und doch hatte er Darius gesagt, dass er nicht vorhatte, Lajos von mir kosten zu lassen.

Beides schien kontraproduktiv zu sein, aber ich war nicht in der Lage, zu widersprechen.

Also drückte ich meine Hand in seine und erlaubte ihm, mir vom Bett hoch zu helfen.

Er richtete mein Kleid – der Stoff klebte an meiner frisch verletzten Brustwarze. Dann fuhr er mit den Fingern durch mein und sein eigenes Haar und richtete den Kragen seines schwarzen Hemdes. Er hatte es mit einem dunklen Jackett und einer Hose kombiniert, aber ohne Krawatte, sodass ein Stück seiner blassen Haut zu sehen war.

Atemberaubend, dachte ich und ergötzte mich an seinem Anblick.

Dieser Teil von mir, den er geweckt hatte, hungerte nach mehr; er hungerte nach *ihm.*

Es war ein gefährliches Gefühl, das zweifellos zu einem tödlichen Ende führen würde. In jeder Sekunde, die verging, schien er mich mehr zu umgarnen und machte es für mich unmöglich, seinem Wesen zu widerstehen.

Und das verschlagene Funkeln in seinem blauen Blick verriet mir, dass auch er es wusste.

„Du bist köstlich, Darling", flüsterte er und seine Lippen berührten die meinen. „Ich werde deine Augen vermissen." Er sprach die Worte so leise aus, dass ich sie fast überhört hätte. Dann umfasste er mein Gesicht und neigte meinen Kopf sanft in eine unterwürfige Pose.

Ich hatte erwartet, dass er mich weiter begleitet.

Doch stattdessen kniete er vor mir nieder.

Seine Finger fuhren unter dem Stoff meines Kleides meine Wade entlang, bis hinunter zum Riemen meines Schuhs. Das Gummiband war verdreht worden, als er mich zum Bett getragen hatte, und ich hatte es nicht bemerkt. Wahrscheinlich hätte ich es erst nach ein paar Schritten gespürt.

„Danke, mein Prinz." Meine Worte waren kaum hörbar, denn ich wusste nicht, wer uns möglicherweise bereits zuhörte.

„Gern geschehen, kleines Genie", erwiderte er, sein Daumen fuhr über meinen Knöchel, bevor er mein Bein hinaufglitt, als er wieder aufstand. Seine Lippen berührten meine Schläfe, während seine Hand meinen Oberschenkel verließ und die nackte Haut meines Rückens berührte.

Ohne ein weiteres Wort führte er mich aus dem Flugzeug.

Darius und Juliet warteten bereits draußen bei einem

schwarzen Wagen, den Jace, wie ich glaubte, irgendwann einmal als *Limousine* bezeichnet hatte.

Die grelle Sonne ließ mich innehalten und nach oben blicken, aber er führte mich mit seiner Hand an meinem Rücken weiter voran.

Wir waren auf dem Rücksitz der Limousine, bevor ich überhaupt die Chance hatte, die Sonne zu genießen.

Soweit ich das verstanden hatte, blieben Sal und Anvil im Flugzeug. Jace hatte erwähnt, dass er bereit sein wollte, sofort loszufliegen, falls wir fliehen müssten. Ich hatte ihn gefragt, ob Lajos seine Absicht erkennen würde, aber er hatte nur mit den Schultern gezuckt und gesagt, dass Sals Liebe zur Fliegerei unter seinesgleichen wohlbekannt sei.

Jace' Hand glitt in den Schlitz meines Kleides und ruhte auf meinem Oberschenkel, während er sich mit Darius über die Pläne am Abend unterhielt.

„Ich möchte mich erst einmal ein paar Stunden ausruhen", sagte Darius. „Juliet hat mich fast den ganzen Tag auf Trab gehalten."

„Ja, darin ist sie sehr gut", erwiderte Jace schlicht. „Obwohl ich nicht sagen kann, dass ich von der Show, die sie und Calina uns geboten haben, sehr enttäuscht bin."

„Nein, *enttäuscht* würde ich das nicht nennen", stimmte Darius zu.

Beinahe hätte ich die Stirn gerunzelt, weil ihr Gespräch so viele falsche Andeutungen enthielt, aber genau darum ging es ihnen.

Die meiste Zeit des Fluges hatten wir damit verbracht, Liliths Logbücher durchzusehen, die wir an Bord des Flugzeugs gelassen hatten, weil Jace nicht riskieren konnte, dass jemand anderes seinen Laptop in die Hände bekam. Er vertraute darauf, dass die Pilotin ihn bewachen würde.

Er hatte auch eine ganze Reihe von Sicherheitsfunktionen auf dem Gerät, die den Inhalt zerstören würden, wenn jemand das Passwort dreimal falsch eingeben würde.

Für jemanden, der technisch nicht sehr versiert zu sein schien, wusste er sehr wohl, wie wichtig die Sicherheit war.

Es war natürlich möglich, dass Damien ihm geholfen hatte, alles einzurichten, aber ich vermutete, dass das nicht der Fall war. Sein Laptop war in Jace City gewesen, nicht bei uns im Flugzeug, was darauf schließen ließ, dass die Sicherheitsprotokolle bereits existierten.

„Dann ist es abgemacht. Wir werden uns in etwa bis Mitternacht ausruhen. Lajos' beste Clubs machen sowieso erst um zwei Uhr auf", erklärte Jace. „Ich bin sicher, er hat nichts dagegen, wenn wir im Bett frühstücken."

Darius gluckste. „Ich weiß, dass es mir nichts ausmachen wird."

Jace' Fingerspitzen wanderten nach oben und streiften die Spitze, die mein Geschlecht bedeckte. „Das wird es mir sicher auch nicht."

Ich erschauderte angesichts des Versprechens in seinen Worten, und die Aussage in Verbindung mit seinen Handlungen erzeugte ein für mich unbekanntes berauschendes Gefühl in mir.

Das alles war eine List und doch machte es das so viel verlockender, denn ich konnte die Realität nicht von der Fiktion unterscheiden. Seine wissende Berührung fühlte sich echt an. Ich verlor mich fast in einem Rausch und mein Wunsch, mit ihm zu verschmelzen, war eine sehr verlockende Vorstellung.

Seine Lippen berührten meinen Hals, was mein Herz zum Rasen brachte.

„Ich kann es kaum erwarten, dir dieses Kleid vom Leib zu reißen", flüsterte er mir ins Ohr. „Dann werde ich dein feuchtes Fleisch verschlingen, bis du ohnmächtig wirst."

Bei dieser Aussicht presste ich meine Schenkel zusammen und mein Inneres loderte auf.

Aber meinte er es ernst? Oder war das alles Teil seines Spiels?

Ich konnte es nicht herausfinden, denn selbst als wir aus der Limo ausstiegen, hielt er mich weiterhin zärtlich fest.

Seine Hand wanderte von meinem Rücken zu meinem Hintern, während er mich in ein eiskaltes Gebäude führte.

Die Kälte ließ meine Brustwarzen sofort hart werden, was mich daran erinnerte, was er im Flugzeug mit meiner Brust gemacht hatte. Meine missbrauchte Knospe streifte die Spitze – der Stoff war durch mein Blut, das durch die Gaze gesickert war, steif geworden.

Jace beugte sich vor, um an der empfindlichen Knospe zu knabbern, und sein anerkennendes Stöhnen drang direkt bis in mein Innerstes. *Was macht er mit mir?*

Seine Essenz, die durch meinen Körper strömte, schien mir seine Berührungen übermäßig bewusst zu machen und jedes Streicheln, Lecken und Saugen seiner Zunge zu verstärken.

Ich wusste, dass andere uns sehen konnten. Wir standen in einer Lobby, während Darius mit jemandem in der Nähe sprach. Ich konnte nicht mehr über Jace und seine verruchten Liebkosungen nachdenken, als er sich einen Weg zu meinem Hals über meinen Kiefer zu meinem Mund küsste.

Seine Zunge fuhr über meine Unterlippe, bevor sie in meinen Mund eintauchte.

Mit kurzen Hieben stieß er mit seiner Zunge in meinen Mund hinein und heraus. Meine Augen trafen auf seine. Seine Pupillen waren vor Lust geweitet und seine Hand wanderte in meinen Nacken, um meinen Blick wieder nach unten zu zwingen.

Aus Verwirrung drehte sich in mir alles, ich verstand diesen Akt der Zuneigung nicht.

Dann hörte ich, wie Darius schnaubte und sagte: „Sie ist sein neuestes Spielzeug und er kann seine Hände nicht von ihr lassen. Das lässt mich an Juliets Anziehungskraft zweifeln."

„Oh, wir beide wissen, dass mein Verlangen nach deiner *Erosita* immer noch sehr lebendig ist", versprach Jace, während er seine freie Hand benutzte, um Juliet zu sich zu ziehen. „Die beiden zusammen genieße ich ganz besonders."

„Deshalb werden wir in der gleichen Suite wohnen. Zwei Schlafzimmer sind in Ordnung, aber der Gemeinschaftsbereich muss geteilt werden", sagte Darius in seinem klaren englischen Akzent.

„Natürlich, mein Herr", antwortete eine weibliche Stimme, als Jace einen Kuss auf Juliets Schlüsselbein drückte. Ich konnte es in meinem seitlichen Blickfeld sehen und der Anblick verursachte ein unangenehmes Ziehen in meinem Bauch.

Die Leichtigkeit, mit der er seine Zuneigung zu ihr vortäuschte, ließ mich einmal mehr in das Land der Wahrheit und der Fiktion abtauchen.

Meint er es ernst? Fühlt er sich zu ihr hingezogen? Allein der Gedanke an eine positive Antwort zog meine Mundwinkel nach unten. Diese Vorstellung gefiel mir ganz und gar nicht.

Allerdings war ich ebenso von der Vorstellung verwirrt, dass er es bei ihr vortäuscht, denn das würde bedeuten, dass er es auch bei mir vorgetäuscht hatte.

Hör auf mit diesem Blödsinn, rügte ich mich selbst. *Diese Art von Gedanken sind Zeitverschwendung.*

Sie waren weder praktisch noch hilfreich, sondern nur ablenkend und störend.

„Abholung um zwei Uhr wäre ideal, ja", sagte Jace und antwortete auf eine Frage, die ich nicht gehört hatte, weil ich vollkommen in meinen Gedanken versunken war.

Das war genau der Grund, warum ich aufmerksam sein musste.

Aber er lenkte mich völlig ab, als seine Hand meinen Nacken freigab, um meinen Rücken hinunter zu meinem Hintern zu gleiten. Er drückte fest zu und ich fragte mich, ob das als Strafe gedacht war oder eine weitere seiner Spielereien war.

Ich versuchte, mich auf Letzteres zu konzentrieren, um seine Strategie zu verstehen, als er begann, ein Frühstück für Mitternacht zu bestellen.

Er forderte zwei Mahlzeiten an, vermutlich für mich und Juliet. Dann fügte er hinzu: „Auérdem wäre eine 0 negative Bedienung köstlich."

„Ich werde dafür sorgen, dass das Küchenpersonal von Eurer Bitte erfährt, mein Prinz", sagte die Frau. „Benötigen Sie weitere Dienstleistungen, um Ihre späte Ankunft zu erleichtern? Etwas für ein Nachmittagsvergnügen vielleicht?"

„Hm", brummte Jace, seine Lippen kehrten zu meiner Brust zurück und er knabberte an der anderen Brustwarze – die ohne Wunde. „Nein. Ich denke, Calina wird heute Nacht ausreichen. Sollte ich mehr brauche, leihe ich mir Juliet. Ihre Verbindung zu Darius' Unsterblichkeit ist sehr vorteilhaft."

„Stets zu Diensten", erwiderte Darius.

„So wie Juliet", antwortete Jace, als er seinen Kopf von meiner Brust hob. „Danke für deine Hilfe, Mika. Du warst sehr entgegenkommend."

„Für Euch tue ich alles, Eure Hoheit."

Ich konnte Jace nicht sehen, aber ich spürte sein Lächeln. „Das werde ich mir merken."

„Das würde mich freuen." Der Ton in ihrer Stimme verriet mir, dass die beiden entweder eine gemeinsame Vergangenheit hatten oder dass sie eine solche erschaffen wollte.

Und das fand ich fast genauso beunruhigend wie das Verlangen von Jace nach Juliet.

Wahrheit oder Fiktion?

Hör auf, darüber nachzudenken, befahl ich mir.

Alles, was Jace tat, war methodisch und strategisch. Er musste alle anderen ablenken. Und ich tat uns keinen Gefallen, indem ich seine Absichten analysierte.

Ich zwang meinen Verstand, in den Logikmodus zu wechseln, und fing an, unsere Umgebung zu bewerten. Mit meiner Haltung konnte ich nur den Boden und ein paar Gegenstände in meiner direkten Umgebung sehen, aber hauptsächlich sah ich Jace und Juliet. Auf der einen Seite bemerkte ich Helligkeit, was darauf hindeutete, dass die Fenster hier nicht verdunkelt waren wie in Jace' Anwesen.

Nach dem, was ich über unseren Standort wusste, befanden wir uns auf den ehemaligen Hawaii-Inseln. Das milde Wetter draußen bestätigte das ziemlich deutlich. Ein blumiger Duft wehte durch die Luft, zusammen mit einem unterschwelligen Hauch von Salz.

Das Meer.

Würde mir Jace das Meer zeigen? Die Jalousien des Flugzeugs waren während des gesamten Flugs heruntergelassen gewesen, sodass ich nicht aus den Fenstern hatte sehen können.

Jace' Lippen streiften meinen Hals, seine Zähne meinen Puls. „Lass uns gehen", hauchte er gegen mein Ohr. Seine Hand lag immer noch auf meinem Hintern, während er mich neben sich herführte.

Darius unterhielt sich mit unserer Eskorte – ebenfalls ein Vampir, wenn man bedachte, wie Darius und Jace ihn ansprachen. Sein Kommentar umfasste eine Zusammenfassung des Geländes und die Lage der Restaurants und Vergnügungslokale.

Jace brummte in unverbindlichem Interesse, während seine Hand zu meiner Hüfte wanderte und sich dann langsam an meinem Rücken hinauf schob.

Wir kamen an einer Reihe von Aufzügen an und fuhren in zwei getrennten Kabinen hinauf, denn unser Gefolge war mit den Menschen, die uns unsere Habseligkeiten in Karren hinterher brachten, gewachsen.

Einer von ihnen war mit Jace und mir im Aufzug. Der Mann kauerte in einer Ecke und versuchte, unsichtbar zu sein. Ich konnte ihn nur sehen, weil das Innere des Aufzugs aus Glas bestand, einschließlich des Bodens, sodass ich den kleinen Raum aus verschiedenen Blickwinkeln sehen konnte.

Während meiner Suche begegnete mir ein Paar blaue Augen, in deren Tiefen ein schelmisches Funkeln lag.

Jace konnte erkennen, wie ich versuchte, meine Umgebung zu erkunden. Er wusste genau, was ich tat.

Doch anstatt mich zu ermahnen, zwinkerte er mir spielerisch zu und starrte erwartungsvoll auf die Tür.

Eine halbe Sekunde später öffnete sie sich und gab den Blick auf dunkelgrüne Böden und noch mehr blumige Düfte frei.

Wir traten hinaus und bogen rechts ab. Darius und die anderen kamen hinter uns. Seine Stimme drang wie ein Echo zu uns, als Jace uns durch eine doppelflügelige Tür führte.

Die dunkelgrünen Kacheln gingen in einen cremefarbenen Teppich über, dessen Struktur sich unter meinen Absätzen plüschig anfühlte. Jace legte seinen Arm um mich, als hätte er mein Schwanken vorausgesehen. Ich hielt mich fest und zwang mich möglichst elegant weiterzuschreiten.

Mehr Licht erfüllte diesen Raum und beleuchtete zwei dunkle Sofas, passende Sessel und einen Couchtisch aus Marmor.

Eine Stufe führte uns zu einem Holzboden, der bis zu den Fenstern reichte.

Ein *Essbereich*, schätze ich. *Vielleicht eine Küche?* Obwohl ich vermutete, dass das links von mir war, wo der Teppich in einen schieferfarbenen Marmor überging.

Unser Begleiter erklärte uns die Technik zum Abdunkeln der Fenster, was Darius sofort ausnutzte und den Raum in Schatten tauchte. Als Nächstes flackerte ein dumpfes Licht auf, das die Atmosphäre des Raumes zerstörte.

Das natürliche Sonnenlicht war mir viel lieber. Wahrscheinlich, weil ich es bis zu dieser Woche noch nie wirklich erlebt hatte.

Der Begleiter fuhr mit einem Rundgang durch das Zimmer fort und erläuterte die Annehmlichkeiten der Küche, die sich tatsächlich in der Nähe des schieferfarbenen Marmors befand. Dann führte er uns in den Essbereich und in einen Flur mit zwei Schlafzimmern.

Beide waren Master-Suiten, die mit eleganten Möbeln und großzügigen Badezimmern ausgestattet waren. Ich schenkte den Überlegungen des Begleiters kaum Beachtung und konzentrierte mich darauf, sicher über den weichen Teppich zu gehen.

Jace wählte das Zimmer, das am weitesten vom Wohnbereich entfernt war, weil ihm der umlaufende Balkon gefiel. Fast hätte ich hingesehen, denn meine Neugier auf die Aussicht war größer als mein Bedürfnis, unterwürfig zu bleiben.

Aber ich hatte den Drang schnell wieder unterdrückt und ihn heruntergeschluckt.

„Danke für deine Hilfe, Mauritius. Vielleicht leistest du uns an einem Abend zum Abendessen Gesellschaft?", fragte Jace.

„Es wäre mir eine Ehre, mein Prinz", antwortete der Begleiter.

„Gut. Darius wird dir Details zukommen lassen." Jace ließ meine Hüfte los und ließ mich in der Mitte des Raumes stehen. „Calina, ich werde Mauritius zur Tür begleiten. Ich erwarte, dass du nur mit diesen Strümpfen bekleidet auf dem Bett liegst, wenn ich zurückkomme. Präsentiere dich mir in angemessener Weise und ich werde dich belohnen."

Die Tür schloss sich, bevor ich reagieren konnte. Ich hätte auch nicht gewusst, was ich darauf sagen oder wie ich reagieren sollte. Er hatte gesagt, dass es überall Kameras gab und dass meine unterwürfige Rolle auch in unserem Hotelzimmer bestehen bleiben musste.

Das bedeutete, dass ich dieses Kleid und die Schuhe ausziehen musste.

Und mich auf dem Bett präsentieren würde. *In angemessener Weise.*

Was immer das auch heißen mag.

JACE

DARIUS UND ICH brauchten dreißig Minuten, um uns zu vergewissern, dass es in der Suite keine Kameras, sondern nur Abhörgeräte gab und eine weitere Viertelstunde, um unsere Gegenmaßnahmen zu ergreifen.

Das bedeutete, dass ich Calina grundlos in eine prekäre Lage gebracht hatte.

Nun ja. Vielleicht war das ein bisschen weit hergeholt, denn ich könnte mir durchaus einen Grund vorstellen, eine wunderschöne Frau halbnackt auf meinem Bett liegen zu haben.

Darius nutzte sein Handy, um die letzte der automatischen Aufzeichnungen einzustellen – ein Trick, den uns Lukas Partnerin Mira vor Jahrzehnten beigebracht hatte – und stand mir währenddessen gegenüber.

„Schweigen ist wirklich ein Segen", informierte er mich. „Ich habe den Wecker so gestellt, dass er sich automatisch ausschaltet, bevor unser Mitternachtsfrühstück kommt, sodass wir ein paar Stunden Zeit haben, uns frei zu unterhalten."

„Na dann mal prost", murmelte ich und reichte ihm ein Glas Bourbon.

Wir prosteten uns zu, dann nahm er einen kräftigen Schluck.

Ich tat es ihm gleich und wurde ein wenig entspannter, da wir alle Wanzen im Zimmer beseitigt hatte. Wir befanden uns in einem von Lajos' besten Hotels. Es überraschte mich nicht, dass es mit Überwachungsanlagen durchsetzt war, denn alle seine königlichen Gäste übernachteten hier.

Meine nobleren Unterkünfte waren ebenfalls mit Abhörgeräten ausgestattet. Einige hatten sogar Kameras.

Vampire vertrauten einander selten. Wir waren zu alt, um so naiv zu sein, und es gab nur selten wahre Freundschaften.

Darius und ich tranken unsere Whiskys schweigend aus, wobei wir uns beide des bevorstehenden Abends sehr bewusst waren. „Am besten genießen wir unsere Einsamkeit, solange sie andauert", sagte ich schließlich.

„Darf ich einen Vorschlag machen?", fragte Darius, wobei seine Augenbraue auf hochmütige Art nach oben wanderte.

„Das nehme ich an. Was aber nicht heißt, dass ich den Vorschlag annehmen werde."

„Nein, das heißt es nicht, aber in diesem Fall hoffe ich, dass du es zumindest in Betracht ziehst."

Das hing davon ab, was er zu sagen beabsichtigte. „Was ist dein Vorschlag?"

„Vergiss sie, Jace. Du bekommst vielleicht keine weitere Chance und ich weiß, wie du über verpasste Chancen denkst." Er wartete nicht auf eine Antwort, klopfte mir einfach auf die Schulter und ging in sein Zimmer.

Ich warf ihm einen finsteren Blick hinterher, da mir seine Worte überhaupt nicht gefielen.

Er glaubte nicht, dass Calina diese Reise überleben würde.

In Anbetracht von Lajos' Vorliebe für die Tötung von köstlichen Menschen, war das eine angemessene

Einschätzung. Ich hatte jedoch nicht die Absicht, das zuzulassen.

War das nicht seltsam?

Ich beschützte meinen Harem bis zu einem gewissen Grad, aber ich erkannte sie als die Spielfiguren, die sie in diesem Spiel waren. Wenn ein König für eine von ihnen schwärmte, lieferte ich die Sterbliche normalerweise aus, um einen Gefallen zu erhalten.

Einige hatten überlebt.

Andere nicht.

Das war nicht gerade aufregend, sondern eher praktisch. Ich hatte so lange überlebt, weil ich bereit und fähig war, auf der politischen Bühne zu spielen. Es brauchte Strategie und Opfer.

Doch der Gedanke, Calina zu opfern, löste in mir ein ungutes Gefühl aus.

Ich rieb mir die Brust und versuchte, mein Zögern zu definieren. Ihr köstliches Blut reizte mich sehr. Außerdem hatte ich sie noch nicht zu Ende gekostet, was vermutlich zu Darius' Einschätzung beitrug.

Die Erfüllung dieser Aufgabe würde wahrscheinlich den Wunsch, sie am Leben zu erhalten, zunichtemachen.

Allerdings war sie auch nützlich.

Sie hatte mich besser gelesen als alle anderen und sie hatte mein Verhalten verstanden, bevor ich überhaupt versucht hatte, es zu definieren.

Ich schenkte mir ein zweites Glas ein und nahm es mit ins Schlafzimmer, während mir die verschiedenen Möglichkeiten durch den Kopf gingen, wie ich Calina nehmen wollte.

Darius hatte es so einfach erscheinen lassen. Einmal rein und fertig. Aber als ich den Raum betrat und sie mit angezogenen Knien und gespreizten Beinen auf dem Bett vorfand, wusste ich, dass einmal nicht genug sein würde.

Sie hatte sich so positioniert, wie Juliet es neulich auf dem Tisch des Flugzeuges getan hatte – mit Strümpfen bekleidete Beine auf der Matratze, die Arme lagen an ihren Seiten und den Blick hatte sie zur Decke gerichtet. Sie hatte ihre Schenkel gespreizt, um die Seide zu enthüllen, die ihren Schamhügel bedeckte.

Die einzige Möglichkeit, den Anblick zu perfektionieren, war, wenn sie die Pumps anbehalten hätte. Aber das hatte ich in meinen Anweisungen nicht verlangt.

Ich nahm einen Schluck von meinem Bourbon, während ich die Aussicht bewunderte. Mir entwich ein leises, zustimmendes Summen aus meiner Kehle. Es war nicht die Pose, die ich von ihr erwartet hatte, da die meisten meiner Gefährtinnen es gewohnt waren, auf den Knien auf mich zu warten.

Aber ich wollte Calina nicht vorwerfen, dass sie nicht ausgebildet war. Nicht, wenn sie sich so schön auf eine andere Art und Weise präsentierte.

Ich ging langsam auf sie zu, eine Hand um mein Getränk gewickelt, die andere in meiner Hosentasche.

Sie sah mich nicht an. Ihre hübschen blaugrünen Augen waren auf die Decke über mir gerichtet.

„So gehorsam", murmelte ich und betrachtete ihre steifen Brustwarzen und die Gänsehaut, die ihr über die Arme lief.

Die Klimaanlage in diesem Gebäude schien Überstunden zu machen, um die Feuchtigkeit von draußen auszugleichen. Ich hatte es kaum bemerkt, auch nicht, nachdem ich meine Jacke in den Kleiderschrank im Foyer gehangt hatte. Ich hatte sogar die Ärmel meines Hemdes hochgekrempelt, fühlte mich aber immer noch ein wenig warm.

Calina antwortete nicht, aber ihr Puls beschleunigte sich und verführte das Raubtier in mir.

Sie hatte nicht unbedingt Angst, dafür waren ihre Wangen zu gerötet. Und ihre Kurzatmigkeit schien damit zusammenzuhängen, dass sie versuchte, für mich stillzuhalten, da sie dachte, wir würden überwacht.

Vielleicht war da ein Hauch von gesunder Angst in ihr … diese Stimme, die ihr ins Ohr flüsterte, dass sie sich keinen Fehler leisten durfte.

Fast hätte ich ihr gesagt, dass sie sich entspannen sollte. Aber der praktische Teil von mir wies diesen Gedanken zurück.

Es war eine Gelegenheit, eine Möglichkeit für mich, ihre Entschlossenheit in einer weitgehend sicheren Umgebung zu testen, um zu sehen, wie weit ihre Nachgiebigkeit gehen würde.

„Hm." Ich betrachtete ihre Position noch einmal. „Ich weiß die Aussicht zu schätzen, Calina, aber das ist nicht die Pose, die ich mir vorgestellt habe."

Sie blieb still und schwieg, was mich veranlasste, eine Augenbraue hochzuziehen.

„Hast du nichts zu deiner Verteidigung zu sagen?" Eigentlich hatte ich ihr gesagt, sie solle schweigen, wenn ich nichts anderes sage. Das bedeutete, dass sie sich nach gesellschaftlichen Maßstäben gut benommen hatte.

Meine Art war jedoch notorisch grausam und dafür bekannt, Menschen zum Spaß zu bestrafen. Daher war diese Art der Behandlung eine gute Einführung in das, was zu erwarten war.

Natürlich hatte ich die Worte nicht harsch ausgesprochen. Nur neugierig.

„Es tut mir leid, mein Prinz", antwortete sie. „Sagt mir, was Ihr bevorzugt, und ich werde mein Bestes tun, um Euch zufriedenzustellen."

Der subtile spöttische Ton, der ihre Worte unterstrich, ließ meine Lippen zucken. Es war genau die richtige

Mischung aus Schalkhaftigkeit und Unterwürfigkeit, die eine berauschende Atmosphäre der Verführung erzeugte – da ich den Trotz aus ihr heraus vögeln wollte.

Gleichzeitig mochte ich ihren Eigensinn.

Ich trat an die Seite des Bettes und griff mit meiner freien Hand nach ihrem Hals. „Ich möchte, dass du auf die Knie gehst, dich auf deine Fersen setzt, die Handflächen auf deine Oberschenkel legst und den Blick fest nach unten gerichtet hältst. Sofort."

Ich drückte ihren Hals und begann, sie nach oben zu ziehen.

Calina reagierte schnell, indem sie sich mit den Händen auf dem Bett abstützte und dann meinem Befehl gehorchte, indem sie auf die Knie ging, sich auf ihre Fersen setzte und ihre Handflächen auf ihre Seidenstrümpfe legte.

„Mm", brummte ich, während mein Daumen über ihren hämmernden Puls strich. „Wunderschön." Das war sowohl eine Antwort auf ihren eskalierenden Herzschlag als auch auf die Pose, die sie innerhalb von wenigen Sekunden eingenommen hatte.

Ich verlagerte meinen Griff zu ihrem Kinn, zog ihren Kopf zurück und drückte den Rand meines Glases an ihre Lippen. „Öffne deinen Mund und schlucke, was ich dir gebe." Die Geste diente als eine Art Belohnung, denn der Alkohol würde ihr helfen, sich ein wenig aufzuwärmen. Außerdem würde er ihr helfen, sich zu entspannen.

Sie fügte sich wunderbar und ihre Kehle arbeitete, als sie zwei Schlucke Bourbon trank. Ihr Zusammenzucken verriet mir, dass es nicht ihr Lieblingsgeschmack war, aber sie schluckte, ohne zu protestieren.

„Sehr gut", lobte ich sie, entzog ihr das Getränk und presste stattdessen meine Lippen für einen kleinen

Augenblick auf ihre. „Jetzt beweg dich nicht und gib keinen Laut von dir."

Ihre Augen blitzten zu meinen auf, ein Hauch von Trotz lag in ihren blaugrünen Tiefen verborgen.

Ich wollte in diesem Blick ertrinken, sie in einer Welle der Verdorbenheit mit mir reißen und für immer mit ihr an meiner Seite in der Dunkelheit existieren.

Es war eine so intensive Sehnsucht, so ein Verlangen, ich konnte mich nicht erinnern, es jemals zuvor erlebt zu haben. In diesem einen Moment wusste ich, dass diese Frau mir in nichts nachstand.

Ein klares und plötzliches Verständnis. Unerwartet und unaufgefordert.

Diese Frau war dazu bestimmt, von mir gezähmt, zu meinem Vergnügen gebrochen und heimlich mein dringend benötigtes Licht in der kalten, bitteren Nacht zu werden.

Ich kämpfte nicht gegen diese Neigung oder das bizarre Verlangen an. Ich gab lediglich ihre Kehle frei, nahm einen Schluck aus meinem Glas und beugte mich vor, um in ihre perfekte Brust zu beißen.

Ihr Blut färbte den Alkohol in meinem Mund und perfektionierte das Getränk, während ich schluckte.

Sie stieß ein leises Keuchen aus, ihre Brust bewegte sich kaum merklich unter meinem Mund. Als ich aufblickte, stellte ich fest, dass sie mich beobachtete. Ihr lebhafter Blick glühte sogar in diesem abgedunkelten Raum.

Ich werde dich verschlingen, versprach ich ihr mit meinen Augen. *Und du wirst jede verdammte Minute davon genießen.*

Es war an der Zeit, dass sie spürte, was passieren würde, wenn meine Zurückhaltung wich, dass sie die Gefahr erkannte, die darin lag, mich so weit zu treiben, und dass sie meine räuberische Seite verstand. Die Seite, die sie soeben zielsicher dazu herausgefordert hatte, mit ihr zu spielen.

Ich wiederholte den Vorgang an ihrer anderen Brust, trank den Inhalt meines Glases aus und stellte es auf den Nachttisch.

Als ich mich aufrichtete, sah ich zwei Bisswunden, die ihre Titten zu meinem Vergnügen glänzend markierten.

Und verdammt, diese Strümpfe. Dieser Tanga. Diese Beine.

Das Wissen, dass sie nicht einfach sterben konnte, dass ich die Kontrolle völlig verlieren konnte, ohne ihr Leben zu riskieren, steigerte meine Erwartungen bis ins Unermessliche.

Ich hatte so viele Jahre damit verbracht, mit Menschen zu spielen, die viel zu leicht zerbrachen.

Aber diese hier nicht … denn sie war nicht wirklich sterblich.

Plötzlich verstand ich Liliths Ziel, ein Spielzeug zu erschaffen, das den Monstern in unseren Seelen widerstehen, unseren Hunger und unseren sadistischen Durst stillen konnte. Das sich immer wieder zur Verfügung stellen würde, um mehr anzubieten.

Calina sehnte sich nach der Gefahr, die ich bot. Ich konnte es an dem rebellischen Flackern in ihrem koketten Blick sehen.

Sie war meine Königin. Calina vollführte ein geschicktes Manöver, das für sie eher natürlich als geplant schien. Und doch würde es mich nicht wundern, wenn sie dieses Gefühl in mir strategisch herbeigeführt hätte.

Die Frau hatte mich vom ersten Moment an in ihren Bann gezogen, indem sie meine Autorität missachtete und ein Durchsetzungsvermögen an den Tag legte, das ich als äußerst befriedigend empfand.

Vielleicht hatte Darius recht.

Vielleicht musste ich mir dieses Gefühl einfach nur aus dem Kopf schlagen, aber ich befürchtete, dass er sich sehr irrte, dass ich diesem verlockenden Rätsel schnell noch mehr verfallen und mich völlig verlieren würde.

Es war ein Risiko.

Aber ich liebte die Gefahr.

Ich hatte sie umworben und hatte mich nach ihr gesehnt. *Brauchte* sie.

Ein so schöner Kontrast zu all meinen sorgfältig ausgearbeiteten Plänen.

Calina gab mir das Gefühl, spontan zu sein. Lebendig. Energiegeladen. *Vollständig.*

Ich hatte die Aufgabe vergessen, vergaß ihr beizubringen, wie man sich richtig benahm und legte meine Hand um ihren Nacken, um sie in einen Kuss zu ziehen.

Verdammt.

Was als körperliches Bedürfnis begann, entwickelte sich schnell zu einer Seelen zerstörenden Umarmung voller dunkler Versprechen und sinnlicher Drohungen.

Sie hielt sich nicht zurück, ihre Zunge duellierte sich mit meiner auf eine Weise, die das Gegenteil von unterwürfig war. Calina forderte ihr Recht ein, sprengte die künstlichen Grenzen zwischen uns und zeigte mir mit ihrem Mund, wie mächtig sie im Schlafzimmer sein konnte.

Ich stand über ihrem größtenteils nackten Körper und konnte spüren, wie sie sich von unten hoch drängte.

Es erregte mich. Machte mich rasend. *Verführte* mich.

Mein Griff wurde fester, meine andere Hand wanderte zu ihrer Hüfte, als ich sie auf die Knie riss und zur Bettkante zerrte. „Zieh mir die Hose aus", verlangte ich.

Ihre Hände trafen zuerst meinen Unterleib und glitten dann nach unten zu dem Gürtel um meiner Taille.

So schnell und wendig.

Eine ausgezeichnete Schülerin.

Meine perfekte Eroberung.

Sie zog das Leder aus den Schlaufen und ließ es auf den Boden fallen. Dann konzentrierte sie sich auf den Knopf, gefolgt von dem Reißverschluss. Einen Moment lang spürte ich eine Erleichterung, weil ich von meiner engen Hose befreit worden war, aber meine Boxershorts schmiegten sich immer noch eng um meine Leistengegend.

Diese Frau erregte mich auf eine Weise, die ich nicht einmal ansatzweise beschreiben konnte. Ich fühlte mich, als würde ich gleich explodieren. Ich wollte sie unter mir haben. Stöhnend. Schreiend. *Sich windend.*

Ich zog meine Schuhe und Hosen aus, während Calina auf ihren Knien balancierte. Ihre Brüste trafen auf meinen Oberkörper, als sie nach vorne kippte, meine Bewegungen waren für ihre menschlichen Augen viel zu schnell. Sie starrte mich überrascht an und zuckte zusammen, als ich sie erneut küsste. Dieses Mal gröber. *Härter.*

Ich beanspruchte sie.

Zeigte ihr, was ein König tun konnte – ein alter Vampir, der seit Tausenden von Jahren auf dieser Welt lebte.

Ich spürte, wie sie sich an mich schmiegte, als sie meine wahre Stärke und mein Potenzial erkannte. Ich hatte es ernst gemeint, als ich gesagt hatte, ich würde sie brechen. Genauso wie ich es ernst gemeint hatte, als ich versprochen hatte, sie es genießen zu lassen.

Ihre Finger strichen über mein Hemd – eine Handlung, die ich nicht befohlen hatte, aber sehr begrüßte, weil sie ihre nackte Haut an meine legte.

Ihre Brustwarzen waren hart wie Glas, die Klimaanlage hatte sie zu lange ausgekühlt. Jetzt würde ich es wieder gutmachen, indem ich ihr Blut in Brand steckte.

Ich fuhr mit den Fingern durch ihr Haar und drückte ihren Mund auf meinen, während ich ihren Hintern streichelte.

Sie zitterte.

Ich knurrte.

Und dann verschlang ich sie noch einmal.

Diese trotzige Frau schmolz weiter dahin und wurde feucht zwischen ihren Schenkeln, während sie jeder meiner unausgesprochenen Forderungen nachgab. Es würde nicht sanft oder zärtlich sein. Es würde brutal werden. Eine brutale Angelegenheit aus Fleisch und Zähnen – unterstrichen durch exquisite Glückseligkeit.

„Ich werde jeden Zentimeter von dir in Besitz nehmen", schwor ich gegen ihren Mund. „Du wirst erleben, was ich fühle. Und wenn ich fertig bin, wirst du dich nicht mal mehr an deinen verdammten Namen erinnern."

Ich gab ihr keine Gelegenheit zu antworten. Das konnte sie auch nicht. Ich hatte sie gebeten zu schweigen, und sie gehorchte wunderbar. Und doch trotzte sie mir mit ihrer verdammten Zunge, betäubte mich mit ihrer Essenz und ließ mich jede Vernunft vergessen.

Meine Hand bewegte sich gegen ihren Hintern, wanderte zwischen ihre Schenkel und prüfte ihre Erregung, die ihren Tanga durchtränkte. Ein Stöhnen verhöhnte meine Kehle. Das Verlangen, ihre Erregung zu schmecken, übernahm meine Absichten und zwang mich zum Handeln.

Im nächsten Atemzug schlug sie mit dem Rücken auf die Matratze auf. Meine vampirische Kraft und Geschwindigkeit überwältigte sie, verlangte, dass sie sich fügte und sagte ihr ohne Worte, wer hier wen beherrschte.

Sofort spreizte sie ihre Schenkel.

Und verdammt, ich riss ihr beinahe den Stoff vom Leib, als ich versuchte, ihre Spalte für mich zu entblößen.

Aber ich weigerte mich, mich von ihr kontrollieren zu lassen.

Dies war mein Spielplatz. Meine Regeln. *Meine* Welt.

Ich beugte mich vor und versenkte meine Zähne in ihrem Oberschenkel. Ihre Oberschenkelarterie gab mir genau das, was ich wollte, und Calina brach ihr Schweigen mit einem erschrockenen Stöhnen.

Ich züchtigte sie nicht, weil ich mich nicht mehr um ihre Erziehung kümmerte und vergessen hatte, dass ich ihre Entschlossenheit testen wollte.

Es ging darum, die Aufgabe zu erfüllen, die wir schon vor Tagen begonnen hatten.

Es ging darum, mir endlich zu nehmen, was ich wollte.

Es ging darum, mich der Süße ihres Geistes, ihres Körpers und ihrer Seele hinzugeben.

Ich griff nach ihrem Strumpf – den, durch dessen Stoff ich gebissen hatte, um an ihre Oberschenkelarterie zu gelangen – und riss ihn ihr praktisch vom Bein. Dann hielt ich inne, um ihren zierlichen Knöchel und die Flexibilität ihres Beins zu bewundern. Ich hatte das Bein bewegt, ohne nachzudenken, und sie hatte es ohne Protest zugelassen. Ihr Körper schien sich instinktiv meinem Willen zu beugen.

Ich kniete zwischen ihren gespreizten Schenkeln und legte ihren Knöchel auf meine Schulter, während ich sie anschaute.

Calinas Pupillen waren tiefschwarz, ihre Wangen hatten einen köstlichen Rotton angenommen und ihre Lippen waren zu einem Keuchen geöffnet, das ich in jedem Zentimeter meines Wesens vibrieren spürte.

„Wer bist du?", staunte ich und war völlig gefesselt von

der atemberaubenden Schönheit auf dem Bett vor mir. „Es ist, als wärst du geschaffen worden, um mich zu töten."

Harte Worte.

Und doch waren sie wahr.

Sie leckte sich über die Lippen, ihre Augen verrieten mir, dass sie nicht wusste, was sie antworten sollte.

Das war auch gut so, denn ich brauchte keine Unterhaltung. Sie musste kommen. Schreien. Damit ich meinen Anspruch in ihrem Geist verankern konnte.

Das war gefährlich. Trügerisch. Dunkel. *Verdorben*.

Sie hatte mich in ein Netz gefangen, aus dem ich nicht mehr entkommen konnte.

Calina sah aus wie eine Schwarze Witwe in einem Laborkittel mit hübschen blonden Haaren und einem süchtig machenden Mund.

Lange Beine.

Vor Erregung durchtränkten Spitzenslip.

Ich konnte ihr Interesse riechen, das die Luft einnahm und mich noch mehr für sie entflammen ließ.

Ich drückte meine Handfläche auf den Stofffetzen zwischen ihren Schenkeln, nahm den roten Stoff in die Hand und riss ihn von ihr herunter.

Ein leiser Schrei löste sich von ihren Lippen, der sich schnell in ein Geräusch der Zustimmung verwandelte, als ich mich herunterbeugte, um meine Nase durch ihre feuchte Spalte zu ziehen. Ihr Bein beugte sich mit mir, was ihre Beweglichkeit noch mehr unter Beweis stellte und mir eine ganze Reihe von schmutzigen Gedanken über verschieden Positionen lieferte, in denen ich sie ficken konnte.

Aber unser erstes Mal würde von Angesicht zu Angesicht sein.

Ich musste sie sehen.

Ich musste ihr Gesicht sehen, wenn ich in sie stieß und sie immer und immer wieder zum Höhepunkt brachte.

Der animalische Trieb drohte mich bei jeder Bewegung zu überwältigen, mich zu ermutigen, bis zu den Eiern in ihrer willkommenen Hitze zu versinken und uns beide in den Wahnsinn zu treiben.

Aber stattdessen ich leckte sie, zog diesen köstlichen Geschmack in meinen Mund und beendete den Akt, indem ich an ihrer Knospe saugte.

Sie wölbte sich vom Bett hoch, hielt sich nicht zurück. Wenn sie vorher noch an mögliche Kameras gedacht hatte, jetzt tat sie es sicher nicht mehr. Ich hielt sie in diesem Zustand, indem ich sie mit meiner Zunge massierte und mein Mund sie im wohl traditionellsten Sinne anbetete.

Meine Hand wanderte an ihrem anderen Bein hinauf zum Strumpfband und zog ihr auch den zweiten Strumpf aus, während meine andere Hand ihr anderes Bein vom Knöchel bis zum Knie streichelte.

Sie war exquisit.

Sie war ein Meisterwerk, das ich mir mit meinen Händen und meinem Mund einprägen und für immer in meinem Gedächtnis verankern wollte.

Also tat ich genau das, ging wieder auf die Knie und ließ ihr Bein auf das Bett sinken, während ich zwischen ihren Schenkeln kniete. Dann fing ich an, sie zu küssen, an ihr zu knabbern und jeden Teil ihres nackten Körpers zu streicheln.

Ihre Brüste waren mein Ausgangspunkt, meine Male waren noch immer in ihrem Fleisch eingebettet und ermutigten mich, noch einmal von ihr zu trinken.

Ihre Brustwarzen waren rosige Gipfel der Sünde, die nun von meiner Zunge befeuchtet wurden.

Sie spannte sich an, als ich mir einen Weg nach oben zu

ihrem Kiefer küsste. Ihre wilden Augen trafen auf die meinen, die von den Endorphinen, die ich in ihr freigesetzt hatte, gezeichnet waren. Sie verlor sich in einem Zustand der Verzückung, der durch meinen Biss gefördert und durch meine Zunge und meine Hände noch verstärkt wurde.

Ich küsste sie.

Fickte sie mit meiner Zunge.

Und dann führte ich ihre Hände zu meinen Boxershorts und flüsterte: „Zieh sie aus" auf ihre feuchten Lippen.

Sie erschauderte und gehorchte, sodass wir beide nackt waren.

So sollten wir sein ... Miteinander verschmolzen und erregt.

Sie versuchte, ihre Beine um meine Taille zu schlingen, aber ich konnte mich aus ihrem Griff befreien.

Ich war noch nicht damit fertig, sie zu erkunden.

Und das sagte ich ihr, während ich sie mit meiner Hand gegen ihr Brustbein nach unten drückte. „Bleib."

Sie stieß ein leises Knurren aus, das meine Lippen zucken ließ.

„Du hast hier nicht das Sagen, Calina." Oh, ihr Körper mochte mich in jeder Hinsicht fesseln und ihr Verstand mochte mir ebenbürtig sein, aber im Schlafzimmer würde ich sie mit meinem Mund erobern.

Sie schrie ... Ihr Höhepunkt war für Calina ein unerwartetes Ereignis, das sie unter meiner Berührung erzittern ließ.

Es genügte, dass ich mit meinem Reißzahn ihre süße kleine Knospe berührte.

Und dann biss ich sie, um sie in eine weitere Runde des Vergessens zu zwingen, die sie heftig erzittern ließ, während sie vergaß, zu atmen.

„Einatmen", sagte ich gegen ihre durchnässte Spalte. „Ich will nicht, dass du mir jetzt schon ohnmächtig wirst."

Denn wir waren noch lange nicht fertig.

Das war nur ihr Aufwärmtraining.

Die letzte Chance für sie, von dieser Fahrt abzuspringen und zu fliehen.

Natürlich würde ich sie mit Leichtigkeit einfangen und trotzdem ficken, denn sie hatte meine wilde Natur entfesselt, die Bestie, die ihre Unsterblichkeit auf die Probe stellen wollte.

Sie könnte daran zerbrechen.

Oder sie könnte die beste Nacht ihres Lebens erleben.

Es war meine Aufgabe, Letzteres zu gewährleisten, sobald sie von ihrem neuesten Hoch herunterkommen würde.

CALINA

Wo bin ich?, fragte ich mich, und sah eine interessante Mischung aus schwarzen Punkten und Seidentüchern vor meinen Augen.

Ich lag auf meinem Bauch.

Und oh … Jace war zwischen meinen Schenkeln.

Ich ritt auf seiner Zunge.

Ich konnte mich nicht mehr daran erinnern, mich umgedreht zu haben, denn der letzte Orgasmus hatte jeden klaren Gedanken aus meinem Kopf gelöscht und mich als ein Häufchen Elend auf dem Bett zurückgelassen.

Aber Jace hatte meine Hüften gepackt … und jetzt … *ohh.*

Meine Knie ruhten auf beiden Seiten neben seinem Kopf, meine Hände vergruben sich in den Kissen und ich schrie in die seidene Bettwäsche, während ich um einen Hauch von geistiger Kontrolle kämpfte.

Er wollte nicht aufhören, sein Mund war unersättlich und unwiderstehlich und trotzte jeder Vernunft.

Wohlige Hitze schoss in meine Adern und mein gesamter Körper spannte sich an, als ein weiterer Höhepunkt drohte, mich noch einmal zu überwältigen. Es lag mir auf der Zunge, ihn anzuflehen, aufzuhören, ihm zu sagen, dass ich nicht mehr konnte, als er mit zwei Fingern

LEXI C. FOSS

in mich eindrang und mir die Fähigkeit raubte, irgendetwas anderes als dieses Gefühl zu verarbeiten.

Ich dachte, er würde in meine Knospe beißen, aber das ... war ... so viel *mehr*.

Er streichelte einen geheimen Teil in mir, nahm meinen Körper und meine Seele ein und stieß mich in einen Orgasmus, der mich alles andere vergessen ließ. Ich keuchte und stöhnte.

Mein Verstand funktionierte nicht mehr. All meine hart erkämpfte Strategie und Kontrolle ... *weg*.

Ich war nicht mal in der Lage, darum zu kämpfen, denn ich flog hoch hinaus, mein Körper erzitterte unter einer Welle aus wunderschönen Qualen nach der anderen. Es tat auf die beste erdenkliche Weise gut. Es machte mich atemlos ...schwach ... und doch war ich voller Leben.

Ich wollte lachen. Nein, ich wollte kichern. Und dann wollte ich seufzen und ihn anflehen, es noch einmal zu tun.

„Mmhmm, ich könnte dich für immer in diesem Zustand halten ...", flüsterte Jace, als sein Mund plötzlich ganz dicht an meinem war.

Er hatte mich wieder auf den Rücken gedreht, die Matratze bot einen weichen Raum für meine überhitzte Haut. Jeder Zentimeter von mir stand in Flammen, Jace' Brandzeichen löste eine Energie in mir aus, die meine Seele berührte.

Aber er war noch nicht fertig.

Ich konnte es an der Absicht seines Mundes spüren, als er mich küsste, an der Art und Weise, wie sich sein starker Körper mit meinem verband und sein Herz in mein empfindliches Fleisch drückte.

Er wollte mich in jeder Hinsicht.

Und ich begrüßte ihn, indem ich meine Beine spreizte.

Ich wollte alles erleben, was er zugeben hatte, und noch mehr.

„Scheiße, Calina." Die Worte waren ein Hauch auf meinen Lippen.

„Ja", antwortete ich, wölbte mich in ihn hinein, um die Frage zu beantworten, die er nicht gestellt hatte.

Jace war nicht der Typ, der fragte und ich war auch nicht gerade der Typ, der akzeptierte.

Aber ich war nicht mehr dieselbe Frau.

Ich existierte nur noch für diesen Moment, um mit diesem königlichen Vampir das Vergessen zu erleben und mir von ihm zeigen zu lassen, was es bedeutet, ein König zu sein.

Er stieß zu, füllte mich ohne Vorwarnung aus und entlockte meiner Kehle einen Schrei. Ich war noch nicht bereit gewesen. Ich hatte nicht gemerkt … ich *wusste* nicht … ich … ich hatte noch nie …

Die Erfahrung mit dem Lykaner blitzte in meinem Kopf auf, aber reichte bei weitem nicht aus, um mich auf *das hier* vorzubereiten.

Jace hat mir die Sinne vernebelt und seine Macht hatte meinen Geist in einer Weise beansprucht, mit der ich nicht gerechnet hatte.

Und er gab mir keine Zeit, es zu verstehen.

Er küsste mich einfach und fing an, sich zu bewegen, wobei die Qualen seines Verlangens mich von innen heraus zerrissen. Meine Glieder verkrampften und meine Seele schrie, er solle aufhören.

Doch schon bald verwandelte es sich … in ein leidenschaftliches Inferno. Eines, das mich von Kopf bis Fuß verzehrte und mich in eine Welt des Unbekannten stürzte.

Ich stöhnte. Schrie. Krallte mich an seinen Schultern fest und hob meine Hüften, um seine zu treffen.

Ich wusste nicht mehr, wer ich war, nur, dass ich ihm in jeder Hinsicht gewachsen sein musste. Ich musste durchhalten, um diesen Akt als Partnerin zu vollenden, nicht als sanftmütige Teilnehmerin.

Er knurrte und ich knurrte zurück.

Seine Zähne bohrten sich in meine Unterlippe und ich erwiderte es. Ein fremdes Tier in mir trieb mich an, mit ihm zu kämpfen.

Nein, nicht mit ihm zu kämpfen, sondern ihm *ebenbürtig* zu sein.

Er war stärker. Schneller. Älter. Erfahrener. Doch nichts von alledem machte mir Angst. Genau das zeigte ich ihm mit meiner Zunge, meinen Zähnen und meinen Nägeln auf seinem Rücken.

Seine Hand umfasste meine Kehle und drückte fest zu, während seine andere Hand zu meiner Hüfte wanderte.

Ich konnte mich dennoch nicht davon abhalten, diesen gefährlichen Tanz zwischen unseren Körpern fortzusetzen.

Es fühlte sich richtig an. Befreiend. Intensiv und intim.

„Kleine Verführerin", hauchte er und leckte sich über seine Unterlippe, wo ich ihn gebissen hatte. „Scheiße, Calina. Ich habe noch nie jemanden wie dich erlebt."

Diese Worte klangen schmerzerfüllt, so als ob es ihm wehtat, dies offen zuzugeben.

Und dann küsste er mich wieder und seine Hüften stießen gegen meine, während er seinen Druck um meine Kehle erhöhte und mir die Luft zum Atmen nahm.

Ich grub meine Nägel in seinen Nacken, nicht weil ich wollte, dass er aufhört, sondern weil ich mehr brauchte.

Er hatte meine Seele zum Spielen herausgelockt und jetzt war ich eine Sklavin ihrer animalischen Bedürfnisse.

Seine Hand verließ meine Hüfte und glitt zwischen uns, wo sein Daumen zielsicher meine empfindliche Knospe fand. Mein Mund öffnete sich zu einem Schrei, den ich nicht loslassen konnte, da die Luft aus meinen Lungen verschwunden war.

Und irgendwie verstärkte das den Moment noch weiter und zog mein Vergnügen in die Länge, bis ich nichts mehr sehen konnte.

„Komm, Calina", forderte Jace mich nah an meinem Ohr auf. Um mich herum war es dunkel. Ich konnte es nicht begreifen und doch spürte ich, wie mein Körper unter seinem Kommando zersprang, wie sich meine Glieder verkrampften, während ich kopfüber in die Vergessenheit einer unbekannten Tiefe stürzte.

Mir war schwindlig.

Ich dachte, ich würde sterben.

Konnte nicht atmen.

Während ich zitterte und ohne Worte nach mehr schrie.

Diese Welt beherrschte er. Mein Körper war das Instrument seiner Wahl und ich fiel in seine verruchte Umarmung, gab ihm alles und noch mehr, während er mich hemmungslos weiter fickte.

Er hatte mich eingenommen und ich hatte das Gefühl, als würden meine Knochen unter seiner autoritären Existenz zu Staub zerfallen.

Ich fühlte mich schlapp und dennoch brannte ich innerlich.

So viel Hitze und Intensität. Eine atemberaubende Anmut.

Mein Name entfloh seinen Lippen wie ein Gebet, seine Hand verließ meine Kehle, als er meine Wange umfasste und meinem Mund mit einem Kuss, der meine Seele stahl, wieder Leben einhauchte.

In diesem Chaos lag Schönheit. Es war ein leidenschaftliches Zusammentreffen unserer Seelen und unser Blut verschmolz zu einer Einheit.

Ich verstand es nicht, aber ich fühlte es. Die Hitze unserer Vereinigung ging weit über die Verbindung zwischen meinen Schenkeln hinaus. Sein Tempo erreichte einen Höhepunkt, die Bewegungen trieben mich höher und höher, bis ich keine weitere Sekunde dieses Wahnsinns mehr aushalten konnte.

Mein ganzer Körper ging in Flammen auf.

Jeder Teil von mir zitterte.

Meine Lunge schrie nach Sauerstoff.

Meine Kehle protestierte so sehr, dass kein einziger Ton mehr aus ihr herauskam. Ich konnte nicht mehr schlucken, konnte mich nicht mehr bewegen und nicht mehr denken.

Ich kann mich nicht mehr an meinen Namen erinnern, dachte ich, erinnerte mich daran, dass dieser Satz wichtig war und vergaß es im nächsten Moment wieder, als ich unter einer Lawine aus Empfindungen, Gedanken und Emotionen zu sterben drohte.

Die Geschichte drängte sich in mein Bewusstsein.

Welten, die ich nicht verstanden hatte.

Sprachen, die nicht meine eigene waren.

Ein Verstand, der von Logik und Strategie durchdrungen war. So männlich, perfekt und wundervoll in seiner Gerissenheit. Politisch motiviert. Freundlich und doch streng.

In diesem mentalen Zustand konnte ich mich entspannen, spürte, wie er sich mit meinem eigenen verband, und akzeptierte die verschlungenen Pfade, die von zwei Köpfen gebildet wurden.

Zwei Seelen.

Zwei Wesen werden eins.

Eine atemberaubende Verbindung.

Verwirrend, aber auch richtig.

Das verstehe ich nicht, staunte ich und schwamm durch die Gedanken eines Mannes, der mehr als vierzigmal so alt war, wie ich. *Viertausend Jahre.* Sogar näher an fünftausend.

So viele Erinnerungen. So viele Gedanken. So viel *Intelligenz*.

Ich war verloren.

Das muss der Himmel sein, beschloss ich und freute mich riesig über diese Erkenntnis. Denn dieser Ort war mein Zuhause. Meine Essenz. Mein bevorzugter Zustand des Seins.

Calina, murmelte Jace mit einem Hauch von Ehrfurcht in seinem Ton. *Wie ist das möglich?*

Ich folgte seiner männlichen Stimme und schwebte auf einer Wolke aus Gedanken dahin. *Wo sind wir hier?*

Seine Hüften bewegten sich gegen meine, sein Schwanz war immer noch tief in mir. Ich blinzelte und war erschrocken über das Gefühl, das er in mir hervorrief, während mein Körper bereits nach mehr dürstete.

Was unmöglich war …

Er hatte mich zerstört. Mich umgebracht. Mich in den Himmel in seinem Geist geschickt.

„Calina", sagte er und sein Mund streifte den meinen. „Du bist definitiv nicht tot, aber ich fasse das als Kompliment auf." Er strich mit seinen Zähnen über meine geschundene Unterlippe. „Und ich schicke dich gerne bald wieder in den Himmel zurück. Aber erst will ich deine Augen sehen."

Ich runzelte die Stirn und versuchte, mich zu konzentrieren. Als ich meine Augenlider hob, war mir schwarz vor Augen.

Doch ganz langsam kam sein wunderschönes Gesicht zum Vorschein und auch die Erinnerung daran, wo wir uns befanden.

Die Lajos Region. Hawaii.

Es fühlte sich alles wie ein Traum an. Aber ich spürte, dass es das nicht war, was dadurch unterstrichen wurde, als er wieder anfing, sich zu bewegen.

Ich stöhnte zustimmend auf. Die Fülle zwischen meinen Schenkeln lullte mich in einen Zustand der Lust ein. *Du hast mich in jemanden verwandelt, der mir völlig fremd ist*, warf ich ihm vor.

Dasselbe könnte ich zu dir sagen, erwiderte er.

Ich brauchte einen Moment, um zu erkennen, dass wir in den Köpfen der anderen sprachen.

Wir waren im Einklang und mental miteinander verbunden.

Ich blinzelte erneut.

Wie ist das möglich?, fragte ich ihn. Diese Erkenntnis hatte mich erschrocken.

Du bist gerade meine erste und einzige Erosita *geworden"*, antwortete er. *Ich dachte, du wärst keine Jungfrau mehr.*

Das war ich nicht.

Dann hätte das nicht passieren dürfen.

Ich weiß. Ich konzentrierte mich auf seine Augen. *Was machen wir jetzt?* Denn ich war mir nicht sicher, wie ich das alles verarbeiten sollte.

Jetzt werde ich dich weiter ficken, antwortete er, *denn ich bin noch nicht fertig. Aber wenn ich fertig bin, werden wir überlegen, was zu tun ist.*

Ich konnte es in seinem Kopf hören ... Den Wahrheitsgehalt seiner Aussage und seine Absicht, mich im Grunde wieder aus seinem System zu ficken. Er sah dies als eine interessante Entwicklung, die ihm eine neue Erfahrung bescheren könnte.

Eine Erosita. *Ich will verdammt sein. Aber jetzt kann ich genauso gut ein wenig spielen. Mal sehen, was die ganze Aufregung soll.*

Ein praktischer Gedanke. Ein Gedanke, der mich ärgerte, aber gleichzeitig auch nicht störte, denn ich verstand seine Herangehensweise – sie war derjenigen sehr ähnlich, die ich in dieser Situation gewählt hätte.

Es war etwas Neues – eine Seltenheit für einen so alten Mann wie ihn.

Er wollte sich mir hingeben, bis ich ihn nicht mehr faszinierte.

Eine vorübergehende Laune.

Ein unterhaltsamer Fick.

Nicht die Worte, die ich verwenden würde, aber das machte sie nicht weniger verständlich, denn auch ich wollte mehr darüber erfahren, um herauszufinden, was es bedeutet.

Doch sein Wunsch, dies nur vorübergehend zu tun, wurde von einer Andeutung von Zweifeln überschattet, die sich in seinem Hinterkopf bildeten, als er sich fragte: *Was, wenn eine vorübergehende Affäre nicht möglich ist? Was ist, wenn ich nie genug von ihr habe?*

Es folgten eine ganze Reihe von Gedanken, von denen mir zum Teil übel wurde, als er auf vergangene Eroberungen zurückblickte und von seiner Liebe zum Sex schwadronierte.

Er war kein monogamer Mann.

Er liebte es zu ficken. Zu verführen. Zu spielen. Die Ewigkeit war eine lange Zeit, um seine Seele an nur einen anderen zu binden.

Ja, er war mehr oder weniger in mich vernarrt gewesen – etwas, das, wie ich später erfuhr, für ihn ungewöhnlich war. Jace hatte mich als eine Herausforderung angesehen, die es zu erobern galt, was ihn anfangs fasziniert hatte.

Aber jetzt war er sich nicht mehr sicher, wie er unsere Verbindung oder mich oder meinen Platz in seinem Leben interpretieren sollte.

Und das verunsichert ihn ungemein.

Er dachte einen Moment lang darüber nach und beschloss dann, diesen nagenden Gedanken zu ignorieren und sich auf die Gegenwart zu konzentrieren. Er wollte sehen, wie weit diese Verliebtheit gehen konnte, und dann entscheiden, wie es weitergehen sollte.

Wie ein Experiment, übersetzte ich, gleichzeitig beleidigt und fasziniert von dem Gedanken.

Ja, stimmte er zu. Sein Verstand hielt mit meinem Schritt, während ich seine Absichten las und meine eigenen Gefühle zu diesem Thema erkannte. Es ging schnell … Es dauerte nur Sekunden, bis unsere Gedanken mit übernatürlicher Geschwindigkeit zu arbeiten schienen.

Ich war jetzt an ihn gebunden und er besaß die Seele eines uralten Wesens.

Ein irrationaler Teil von mir fand es nicht gut, als Herausforderung und Experiment angesehen zu werden. Doch der praktische Teil von mir erkannte die Faszination an und teilte eine ähnliche Ansicht … über ihn. Denn er ließ mich Dinge fühlen, die nicht meiner Norm entsprachen.

Er vermittelte mir ein Gefühl des Friedens, von dem ich nie wusste, dass ich mich danach gesehnt hatte.

Sein Körper wusste genau, wie er mit meinem spielen konnte.

Warum nicht die Grenzen dieser Verbindung austesten und sehen, was passiert? Vielleicht würde auch ich seiner überdrüssig werden.

Eher unwahrscheinlich, antwortete er.

Wenn du weiter so arrogant über mich denkst, bin ich eher fertig mit dir, als dir lieb ist, drohte ich ihm.

Er grinste. *Das ist keine Arroganz, süßes Genie. Es ist Selbstvertrauen.*

Ich schnaubte. *Ich kann deine Gedanken lesen.*

Und ich kann deine lesen, konterte er. *Deshalb weiß ich auch, dass du von dieser Entwicklung genauso fasziniert bist wie ich. Jetzt lass uns experimentieren und sehen, wie oft ich dich kommen lassen kann, bevor du ohnmächtig wirst.*

Ich keuchte auf, als er sich zu bewegen anfing, mein Verstand konnte gerade noch seine Herausforderung aufnehmen, bevor er in völliger Akzeptanz abschaltete.

Du kannst dich also doch fügen, staunte er. *Gut zu wissen.*

Er gab mir keine Chance zu antworten, denn im nächsten Moment fickte er mich wieder. Und es dauerte nur ein paar Minuten, bis er mich erneut zu den Sternen beförderte.

Dieses Experiment könnte mich umbringen, wurde mir bewusst, als meine Realität wieder zu verschwimmen drohte.

Diese Verbindung hatte unsere Seelen miteinander verbunden.

Und wenn er sich entscheidet, das Band zu brechen, werde ich es wahrscheinlich nicht überleben, dachte ich, als er wieder in mir kam.

Er hörte mich nicht, sein Vergnügen war zu überwältigend und sein Drang, mehr zu nehmen, verzehrte ihn.

Seine Zähne bohrten sich in meinen Hals und sein vampirischer Verstand verlangte, dass er sich an dem labte, was ihm rechtmäßig gehörte – an der Essenz seiner *Erosita*.

Ich stöhnte und meine Glieder zitterten, als er mich mit jedem Schluck mehr und mehr schwächte.

„Jace …", brachte ich heiser heraus, meine Kehle war vom vielen Schreien ganz rau. „Jace, bitte …"

Ich konnte seine Absichten hören, sein dunkles Bedürfnis, die wilde Bestie in ihm, die schluckte … schluckte … schluckte.

„Jace", hauchte ich. Sein Name war nichts als Luft.

Meins, knurrte er als Antwort, während sein Geist meine Gedanken streichelte. *Du gehörst mir.*

Mit dem nächsten Atemzug führte er sein Handgelenk zu meinem Mund und ertränkte mich in seinem Blut.

Aber es war zu spät. Mein Körper hatte bereits begonnen, in einem weiteren Strudel der Gefühle zu versinken.

Ich konnte es kaum noch spüren, meine Glieder zitterten schwach als Reaktion auf die Ekstase, die in meinem Inneren tobte.

Es wärmte meine Seele und brachte mich zum Lächeln.

Und dann fiel … fiel … fiel ich in den dunklen See des süßen Todes.

Einen, den ich schon von so vielen anderen Gelegenheiten kannte.

Nur dieses Mal war er von einladender Wärme umhüllt. Wie ein sanfter Kuss oder wie ein Versprechen, mich zu beschützen.

Ich verstand es nicht.

Ich versuchte es auch nicht mehr.

Ich empfing ihn lediglich mit einem Lächeln auf meinen Lippen.

Schlaf, kleine Verführerin. Schlaf.

LILITH

König Helias ist nach wie vor ein Problem. Er ist arrogant und kein Loyalist für unsere Sache.

Ich habe es versucht, mein Lehnsherr, aber er kümmert sich nur um sich selbst und nimmt keine Rücksicht auf das große Ganze. Ich habe ihn jedoch in der Akte der Verbündeten behalten, weil er leicht zu überzeugen ist. Wenn es an der Zeit ist, Eure Rückkehr anzukündigen, wird er …

Bitte halten Sie sich für eine wichtige Nachricht von Ihrem virtuellen Assistenten bereit.

Die Nachricht beginnt in drei, zwei …

Mein Lehnsherr, ich bestätige offiziell, dass Bunker 27 angegriffen wurde. Ich habe beauftragt, den Schaden zu beurteilen. Ich war nicht in der Lage, mit unserem Agenten zu konferieren. Daher bin ich nicht sicher, wer unser Team abgefangen hat, aber ich vermute, es ist der Widerstand. Und wenn Ihr diese Akten gelesen habt, dann wisst Ihr, dass nicht alle ihre Identitäten bekannt sind.

Ich muss wissen, wie Ihr vorgehen wollt.

Es gibt drei Protokolle, um diese Situation zu bewältigen.

Das erste ist das Abbruchprotokoll, das alle Bunker auf eine Zerstörungssequenz von zwölf Stunden einstellt. Um mehr über dieses Protokoll zu erfahren, wählt: Abbruch.

Das zweite ist das Überwachungsprotokoll, das die Live-

Übertragungsfunktionen der verschiedenen Bunker aktiviert und es uns ermöglicht, die Ereignisse in Echtzeit zu verfolgen. Dies wird in der Regel verwendet, wenn man einen unbekannten Angreifer identifizieren will. Um mehr über dieses Protokoll zu erfahren, wählt: Überwachung.

Die dritte Möglichkeit besteht darin, das Allianzprotokoll zu aktivieren, das Mitteilungen an alle unsere Verbündeten sendet und ein dringendes Treffen in Lilith City ansetzt. Dieses Protokoll würde bedeuten, dass wir sie über Eure Existenz informieren und dass unsere Übernahmesequenz beginnt. Um mehr über dieses Protokoll zu erfahren, wählen Sie: Allianz.

Welche Reihenfolge würdet Ihr …

Überwachungsprotokoll ausgewählt.

Um die Parameter dieser Methode zu überprüfen, drücken Sie die Informationstaste. Andernfalls wählen Sie –

Überwachungsprotokoll eingeleitet.

Verbündeten-Dateiprotokoll für Helias wird fortgesetzt in drei, zwei …

JACE

Calinas Verstand faszinierte mich. Sie war sogar noch strategischer, als ich es mir zuvor vorgestellt hatte. Ihr Gehirn war ein Netz aus logischen Rätseln und faszinierenden Informationen.

Während sie schlief, stöberte ich in einigen ihrer Erinnerungen, weil ich neugierig auf ihre Zeit in den Labors war. Es brauchte nur einen kleinen Schubs in Richtung ihrer früheren Arbeit und schon tauchte eine ganze Reihe von Bildern auf. Viele davon beinhalteten Lilith und ihre mangelnde Kreativität, wenn es um den Tod ging.

Soweit ich das beurteilen konnte, hatte Lilith nie Sex mit Calina gehabt. Sie verlangte einen Bericht, den meine *Erosita – ein* Begriff, an den ich mich erst gewöhnen musste – prompt abgab. Dann hatte Lilith sie gebissen und sie ausbluten lassen.

Liliths Tod war viel zu leicht, entschied ich, nachdem ich Calinas Tötungen wiederholt in ihrem Kopf miterlebt hatte.

Es waren zu viele, um sie zu zählen.

Calina war an einem Punkt angekommen, wo das Ausbluten seinen Schrecken verloren und sie ihr Schicksal akzeptiert hatte. Keine Angst. Kein Betteln. Nur Duldung.

Sie hatte sich auf andere Aktivitäten in ihrem Leben konzentriert ... solche, die ihre mögliche Flucht betrafen. Sie hatte mehrere Mechanismen entwickelt, darunter die Umgehung von Liliths Informationssystemen.

Aber du hast nie versucht zu fliehen, staunte ich, als ich mit den Fingern durch ihr Haar fuhr. *Wie faszinierend.*

Als Nächstes erschien ein Bild von James und Gretchen.

Verstehe, murmelte ich, als ich ihre familiäre Verbundenheit mit dem Paar und ihrem Lykanerbaby bemerkte.

Es folgte ein verwirrtes Gefühl, das darauf hindeutete, dass sie ihr irrationales Verhalten hinterfragte, es selbst erkannt hatte.

Als Nächstes folgte Akzeptanz, als sie mir die komplizierte Analyse zeigte, die sie als Reaktion auf ihre Gefühle durchgeführt hatte.

Sie faszinierte mich immer mehr und veranlasste mich, weiter in ihre Psyche einzudringen.

Viele Frauen wären über meine Einmischung wütend gewesen. Aber ich spürte, dass Calina meine Anwesenheit wahrnahm und meine Neugierde anerkannte.

Denn auch meine Gedanken hatten ihr Interesse geweckt.

Sie hielt mein Gehirn für himmlisch und ihr strategisches Geschick war dem meinen ebenbürtig.

Diese intensive Verbindung hatte definitiv Vorteile, die über das Schlafzimmer hinausgingen.

Calina gähnte und rollte sich immer noch schlafend zu mir. Dennoch spürte ich sie in meinem Kopf, sie zog meine Erfahrungen heran und durchsuchte mein Wissen nach erhellenden Informationen.

Es war eine bizarre Paarung der Seelen, die durch unsere ähnlichen geistigen Fähigkeiten angeheizt wurde.

Wir hatten beide eine Vorliebe für strategische Spiele und unsere Vorliebe für die Analyse aller möglichen Ergebnisse war die Grundlage für eine einzigartige Partnerschaft.

Die Sachlichkeit überlagerte unsere Gefühle.

Sie wusste, wie ich zur Monogamie stand. Ich spürte, wie sie das Detail Revue passieren ließ und es im nächsten Moment wieder verwarf. Es würde nichts Langfristiges sein. Es war nur für den Moment.

Ich musste ihr nicht treu bleiben, um diese Bindung aufrechtzuerhalten. Sie sah die Wahrheit in meinen Gedanken. Deshalb überlegte sie, wie sie das Erosita-Band brechen könnte, wobei ihr Wissen über Sex der Schlüssel dazu war.

Sie war keine Jungfrau mehr.

Ich hörte zu, als sie über die möglichen Gründe für unsere Verbindung nachdachte, und runzelte die Stirn, als sie begann, nach ihrer Verbindung zur Unsterblichkeit zu suchen.

Sie waren die Grundlage für ihre unsterbliche Lebensquelle.

Es waren andere Vampire, die eine *Erosita-ähnliche* Bindung mit ihr eingegangen waren.

Ich erkundete es weiter, während sie mein Wissen über die Paarungsbindungen von Vampiren erforschte, wobei ihr Gehirn fast so schnell arbeitete, wie meines – eine beeindruckende Leistung, wenn man bedachte, dass sie schlief.

Es schien, als würde sie mein Wissen in ihren eigenen Geist aufnehmen, meine Erfahrungen katalogisieren und sich die wichtigsten Details einprägen.

Es war faszinierend.

Aber ihre angeblichen Verbindungen zu anderen unsterblichen Wesen interessierten mich nicht. Sie offenbarte ihre Verbindung zu Lilith, konnte sie aber nicht definieren. Als ich nach weiteren Einzelheiten forschte, war ihr Verstand leer.

Das erklärte ihren Eifer, die Akten mit mir zu studieren – sie wollte mehr über ihre Herkunft erfahren. Dieser Gedanke bewies, dass sie neulich die Wahrheit gesagt hatte.

Der Zugang zu ihren Gedanken bestätigte, dass alles, was sie mir vom ersten Atemzug an erzählt hatte, den Tatsachen entsprach. Sie hatte nie gelogen.

Oh, aber sie hatte ein paar Details ausgelassen, zum Beispiel, dass ich ihre Einschätzung der Fähigkeiten von Vampiren fast sofort widerlegt hatte.

Hm, brummte ich ihr zu. *Ich werde es genießen, dich später für diese kleine Unterlassung zu bestrafen.*

Sie reagierte darauf, indem sie die Gedanken meiner Erfahrungen im Schlafzimmer weiterverfolgte und einige meiner Lieblingsaktivitäten erfuhr. Es folgte eine Mischung aus Verärgerung und Interesse. Ihr gefiel es nicht sonderlich, dass ich mich so oft mit sinnlichen Aktivitäten beschäftigte. Und doch fand sie es faszinierend.

Nach ein paar Minuten verwarf sie diese Gedanken und widmete sich wieder ihren Überlegungen über unsere Verbindung.

Ich folgte ihr und beobachtete neugierig, wie sie das Rätsel dessen löste, was zwischen uns nicht existieren sollte. Sie sortierte mein Wissen und ihr eigenes, verglich es miteinander und kam schließlich zu einer Schlussfolgerung, die in meinen Gedanken widerhallte.

Meine irreguläre Genetik muss mich dazu prädisponieren, einen Vampir als Partner zu akzeptieren.

Sie fing an, über ihre Erfahrung mit dem Lykaner nachzudenken, was mich dazu brachte, nach ihren Haaren zu greifen. „Hör auf damit." Ich wollte diese Erinnerung nicht in meinem Kopf haben. Es war schlimmer als die

Gedanken an Lilith, die von ihr getrunken hatte. Schlimmer als *alles, was* ich bisher in ihrem Verstand aufgedeckt hatte.

Aber jetzt, wo sie den Weg eingeschlagen hatte, spielte sich die ganze Episode vor meinen Augen ab, und mir wurde schwindelig vor Wut.

„Calina", sagte ich streng. Diese Erfahrung hasste ich mehr als alles andere in meinem verdammten Leben. „*Hör auf.*"

Das tat sie nicht …

Die Erinnerung verschärfte sich – ihr Schmerz war eine quälende Peitsche für meine Sinne.

Sie hatte nicht schreien dürfen. Ihr Mund war geknebelt gewesen, um sie zum Schweigen zu bringen. Aber sie konnte ihre Tränen nicht zurückhalten, die Qualen, die aus ihren Augen sickerten, als der Lykaner über sie herfiel.

Er war blind für seine Lust gewesen. Sein Bedürfnis hatte ihn dazu gebracht, ihre menschliche Gestalt zu missachten und sie mit einer seinesgleichen zu verwechseln.

Ich konnte fast spüren, wie er mich von hinten fickte, und es war nicht einmal meine Erinnerung.

Calina zitterte neben mir, ihre Wangen waren plötzlich feucht, als sie im Schlaf weinte, denn die albtraumhaften Bilder waren zu real und bedrohlich, als dass sie sich davon hätte lösen können.

Es gab einen ganzen Bereich in ihrem Kopf, der mit Schrecken gefüllt war, der mit diesem hier konkurrierte. Jahrelang wurde sie wie eine Versuchsperson behandelt. Sie wuchs in einem Bunker auf und durfte nie nach draußen gehen.

Lilith ernährt sich von ihr.

Lilith testet die Grenzen von Calinas Unsterblichkeit.

Sie hatte sie schon so oft auf so viele verschiedene Arten getötet. Ich hatte Lilith früher für langweilig gehalten, weil ich das Gefühl hatte, dass ihre Methoden nicht besonders kreativ waren.

Wie sehr ich mich doch geirrt hatte.

Jetzt, da Calina diesen Teil ihres Geistes geöffnet hatte, konnte ich all die Qualen sehen, die sie ertragen hatte. Es war der Schmerz, den sie hinter einer Maske der Gleichgültigkeit verbarg. Das war es, was sie zu einer logischen Denkweise getrieben hatte. Diese Qualen waren zu viel für eine sterbliche Psyche. Deshalb hatte sie sich an Vernunft und Strategie geklammert und das Praktische dem irrationalen Denken vorgezogen.

Sie schottete ihre Ängste ab.

Es war eine interessante Enthüllung, die mir das Herz brach.

Diese brillante Frau hatte die Hölle überlebt.

Und sie stand mir mit dem Geist eines Löwen gegenüber.

„Verdammt, Calina", flüsterte ich, wieder einmal völlig von ihr hingerissen. Ich strich ihr mit der Hand über die Wangen, um die Tränen wegzuwischen, und drückte meine Lippen auf ihre.

Sie wachte von dem Kuss nicht auf, aber ihr Geist begann sich zu beruhigen, als ich sie in meinen Geist zog, um wieder in meinen Erinnerungen zu wühlen.

Sie ging sofort zum Untergang der Menschheit und wurde Zeugin des Krieges, in dem die Sterblichen keine Chance gegen die Überlegenen gehabt hatten. Ich hatte nicht gekämpft, sondern versucht, einen Weg zu finden, eine friedliche Koexistenz zu schaffen, in der Vampire und Lykaner gleichsam herrschen und die Menschen so etwas wie Rechte haben konnten.

Calina suchte an einer bestimmten Stelle und rief mir

eine Erinnerung von Cam in den Sinn. Es war ein Gespräch, in dem wir über alternative Möglichkeiten gesprochen hatten – etwas, das wir in jenen Tagen häufig getan hatten –, aber dieses Gespräch hatte anders geendet.

Denn es war die Nacht, in der Cam und ich uns voneinander verabschiedet hatten.

„Du weißt, dass ich recht habe. Meines Opfers wird man sich erinnern", sagte Cam mit seinen blauen Augen.

„Vorausgesetzt, Lilith erlaubt es."

„Ich rechne damit, dass sie es nicht zulässt", antwortete er. „Meinen Namen zu ächten, wird nur dazu führen, dass man sich an mich erinnert und sich Sorgen macht."

Ich überlegte einen Moment und nickte dann zustimmend. Sein Plan war gut. Wir mussten Lilith einlullen, um ihren wahren Plan für diese neue Welt zu erfahren. Sie behauptete, sie wolle eine Allianz aus Lykanern und Vampiren bilden und die Länder gleichmäßig aufteilen.

Aber wir alle wussten, dass sie auf die Lykaner herabschaute.

Wie viele unserer Brüder hielt sie die Vampire für überlegen.

Was sie nicht verstand, war, dass die Lykaner einen Teil unserer DNS teilten, was sie gleichwertig machte.

Genauso wie sie die Bedeutung des menschlichen Lebens nicht verstand. Ohne Sterbliche würden wir alle untergehen. Vampire brauchten menschliches Blut. Keine andere Essenz würde ausreichen.

„Was ist, wenn sie dich umbringt?", fragte ich Cam.

„Das wird sie nicht." Cam klang so zuversichtlich. Seine Vertrautheit mit Lilith war viel tiefer als die meine.

„Nur weil Cane sie verwandelt hat …"

„Cane …", flüsterte eine neue Stimme, weiblich und überhaupt nicht mit dieser Erinnerung verbunden.

Ich öffnete die Augen, ohne es zu bemerken, war ich in die Erinnerung an meine Vergangenheit geraten.

Calinas haselnussbraune Augen hatten heute einen verblüffend blauen Farbton ohne jede Spur von Grün. Ich öffnete die Lippen, um etwas dazu zu sagen, aber sie begann zu sprechen, bevor ich die Gelegenheit dazu hatte.

„Ich kenne diesen Namen. Lilith hat von ihm gesprochen."

„Cane?", fragte ich und hatte Mühe, mich zu erinnern, wen sie meinte. Ihre Augen waren einfach wunderschön, wie flüssiger Saphir, die Art von Farbe, in der ein verliebter Mann ertrinken könnte.

„Ja. Sie hat Cane regelmäßig erwähnt."

„Das kann ich mir vorstellen", antwortete ich, immer noch in ihren schönen Augen versunken. „Cane war ihr Schöpfer. Und zufällig war er auch mein Cousin. Der Vater von Cam und Cane war mein Onkel." Was uns alle zu Cousins machte.

Sie runzelte die Stirn. „Dein Onkel? Ein Blutsverwandter? Oder weil er ein Bruder deines Erzeugers war?"

„Manche würden sagen, es gibt keinen Unterschied", bemerkte ich, während meine Finger noch immer in ihrem Haar steckten. Ich beendete das Durchfahren ihrer Strähnen und streichelte ihre Wange, während mein Blick sich in ihrem verlor. „Wie viel weißt du über unsere Herkunft?", fragte ich mich laut, neugierig darauf, was Lilith ihr wohl erzählt hatte.

Als Wissenschaftlerin wäre es für sie sinnvoll, den Unterschied zwischen königlichen Linien und verdünnten vampirischen Blutlinien zu kennen.

„Vampirgenetik war nie mein Hauptaugenmerk. Nur Lykaner."

Das hätte ich mir denken können, denn ich hatte viele der Akten mit ihr durchgesehen und die letzten Stunden damit verbracht, ihre Erinnerungen zu durchforsten. „Das ist sehr interessant, wenn man bedenkt, dass es ihr Ziel war, die menschliche Langlebigkeit zu stärken. Man sollte meinen, dass die Genetik eines Vampirs bei diesem Versuch mehr helfen würde als die eines Lykaners, obwohl Lykaner technisch gesehen unsere Nachkommen sind. Vielleicht wollte Lilith einen Weg finden, dass die Menschen die Blutlinien schwächer und verletzlicher fortführen."

Als ich laut darüber nachdachte, erkannte ich die Wahrheit.

„Ja, das ist genau das, was sie beabsichtigt hatte." Es ergab absolut Sinn. „Sie wusste, dass Lykaner von Vampirblut abstammten, also wollte sie aus Lykanern eine stärkere, fast unsterbliche Rasse schaffen, aber ohne einen der Vorteile. Nur solche, die sie länger am Leben hielten und sie äußerlich ein wenig zäher machten." Damit sie nicht so leicht von Vampiren getötet werden konnten.

Calina betrachtete mein Gesicht. Dann nickte sie. „Das ist wahr."

Drei Worte ... keine leeren, sondern eine echte Erkenntnis. Und sie konnte sie leicht aussprechen, da sie die ganze Logik in meinem Kopf durchschaut hat, während ich gesprochen hatte.

„Diese Verbindung ist faszinierend", gab ich laut zu. Es hatte keinen Sinn, es für mich zu behalten, da sie es sowieso hören würde.

„Ja." Nun begann sie, nach Informationen über meine Herkunft zu suchen. Ihr Verstand wühlte sich ungefragt durch meine Erinnerungen, genau wie ich es bei ihr getan hatte, während sie geschlafen hatte.

Und wie sie störte es mich ebenfalls nicht.

Ich gab ihr, was sie wollte, und zeigte ihr in Gedanken meine Blutlinie.

Mein Vater, Johan, war einer der ersten Vampire. Er war ein Wesen, das aufgrund seines einzigartigen Blutes anders war als viele andere.

„Es heißt, dass zwanzig Sterbliche von der Göttin Nyx gesegnet wurden", murmelte ich. „Zwanzig königliche Blutlinien, überall auf der Welt verteilt. Alle diese Gesegneten waren männlich. Die meisten von ihnen pflanzten sich mit Menschenfrauen fort und aus diesen Paarungen wurde meine Ära geboren."

„Was ist mit den Gesegneten geschehen?"

„Sie sind inzwischen alle unter der Erde in einer Gruft", antwortete ich. „Aber sie sind nicht tot. Sie schlafen nur."

„Warum?"

„Weil sie es dem Leben vorziehen." Ich hob eine Schulter. „Ihre Liebsten sind alle vor Tausenden von Jahren gestorben. Es heißt sogar, dass diese Geister der Ursprung des Erosita-Bandes sind – dass die Liebsten der Gesegneten alle zu Nyx gingen und darum baten, dass ihre Vampirkinder sterbliche Liebhaber nehmen können, ohne den Todeskuss zu benötigen."

Ich war mir nicht sicher, ob ich das glaubte.

Aber ich konnte den Zauber unserer Existenz nicht leugnen.

„Der Todeskuss ist das vampirische Geschenk der Unsterblichkeit?", vermutete Calina richtig.

„In der Tat. Für die Gesegneten war das keine Option. Sie waren mit endlosem Leben beschenkt, konnten es aber nicht an ihre Liebhaber weitergeben. Sie bekamen aber unsterbliche Kinder. Cam war das erste, sein Vater hieß Cronus."

In ihrem Kopf schien sich ein Stammbaum zu bilden, als sie meinen Vater Johan mit Cams Vater Cronus verband.

„Sie waren beide gesegnet worden, vielleicht weil meine Großmutter eine bekannte Anbeterin der Nacht war. Ich bin mir nicht sicher, aber daher stammen die

Gerüchte, dass Nyx die Mutter unserer Art ist – alle Gesegneten stammen aus Familien, die verschiedene Formen einer *Nachtgöttin* verehrten."

Das war vor Tausenden von Jahren. Die gesamte Literatur über diesen Glauben wurde längst vernichtet, genau wie ihre Sprachen.

„Zwanzig königliche Linien wurden geschaffen. Doch die Gesegneten erfuhren bald, dass ihre Kinder einen Preis zahlen mussten, um unsterblich zu bleiben."

„Blut", sagte Calina, deren Verstand meine Geschichte schneller aufnahm, als ich sie aussprechen konnte.

„Ja. Und unsere Unfähigkeit, uns auf traditionelle Weise fortzupflanzen." Ich strich mit dem Daumen über ihre Unterlippe, ihr Mund hatte er schließlich geschafft, meinen Blick von ihren Augen abzuwenden. „Einige waren gefräßiger als andere, aber wir lernten bald, wie wir unsere Gene durch den Biss weitergeben konnten. Der Todeskuss verbreitete sich und schuf die riesige Population, die es heute gibt."

„Aber was ist mit den Lykanern?", fragte Calina und lenkte meinen Blick wieder auf ihren. „Wie sind sie entstanden? Und wo sind die anderen Könige? Du hast gesagt, es gibt zwanzig Linien. Ich weiß nur von siebzehn."

Bevor ich antworten konnte, surrte mein Handgelenk. Es war eine Nachricht von Darius, die mich an die Uhrzeit erinnerte. „Fünf Minuten", las ich und war leicht verärgert über die Unterbrechung, aber schnell erinnerte ich mich an unsere Aufgabe hier. „Die Abhörgeräte werden sich gleich wieder einschalten." Ich strich ihr über die Wange und presste meine Lippen auf ihre.

Ich gab ihr das Wenige aus meinen Erinnerungen, was ich über die Erschaffung von Lykanern wusste.

Es hatte etwas mit einem Biss und einer geheimnisvollen Blutlinie zu tun, ähnlich wie bei den

Gesegneten, nur abgeschwächt durch die Sterblichkeit, da alle Lykaner irgendwann starben.

Obwohl einige von ihnen über tausend Jahre alt wurden, starben die meisten zwischen ihrem siebt- oder achthundertsten Lebensjahr.

Am Ende meiner kurzen Zusammenfassung runzelte Calina die Stirn. Ihre Gedanken verrieten mir, dass ihr etwas fehlte.

Ich stimmte ihr zu. Es fehlte auf jeden Fall eine Erklärung. Aber da so viele der älteren Vampire schliefen, war es schwer herauszufinden.

Cane ist eingeschlafen?, fragte Calina, während ihr Verstand bereits die Antwort verarbeitete und eine Theorie aufstellte.

Ist das derjenige, den Lilith geweckt hat?

Jetzt war es an mir, die Stirn zu runzeln.

Das war eine Möglichkeit, die ich noch nicht in Betracht gezogen hatte und die mich langsam den Kopf schütteln ließ. *Nein. Cane würde niemals gutheißen, was sie getan hat. Er und Cam hatten ähnliche Ansichten über die Menschheit. Deshalb entschied sich Cane auch für den Schlaf. Er spürte, wie seine Apathie nachließ und beschloss, seinem Vater in die Familiengruft zu folgen.*

Ihre Theorie brachte mich dazu, über mehrere andere Möglichkeiten nachzudenken, denn Cane war nicht der einzige aus unserer Zeit, der sich für den Schlaf entschieden hatte.

„Komm", sagte ich und zog sie vom Bett. „Ich will dich unter der Dusche ficken, bevor unser Essen kommt."

Es war ein abrupter Wechsel in der Diskussion, der durch das Wiedereinschalten der Abhörgeräte um uns herum angeheizt wurde.

Lajos würde eine Show erwarten – und so würden wir ihm eine geben.

Das sagte ich Calina jetzt im Geiste, doch es drückte auch genau das aus, was ich mit ihr an der gefliesten Wand zu tun gedachte.

Und währenddessen dachte ich weiter über den neuen Gedankenansatz nach, den sie gerade in meinen Kopf gesetzt hatte.

Vielleicht hatten wir die Identität *des Lehnsherrn* aus dem falschen Blickwinkel betrachtet. Wir nahmen an, es handele sich um einen Verbündeten aus unserer Zeit.

Vielleicht müssen wir etwas weiter zurückgehen, um ihren Partner ausfindig zu machen.

Ein paar tausend Jahre zurück … zu den Gesegneten und die ursprüngliche Ära.

Damals gab es viele, die die Menschheit abwerteten und uns als Götter ansahen, die man anbeten musste, und nicht als Wesen, die im Verborgenen leben sollten.

Das erklärt Liliths Wahrnehmung als Göttin.

Mist. Warum ist mir das nicht früher eingefallen?, fragte ich mich, als ich Calina unter die Dusche führte.

Weil du mich vorher nicht hattest, antwortete Calina und hatte dabei ihre Hände in die Hüften gestemmt. *Neue Perspektiven können für Entdeckungen entscheidend sein.*

Ich starrte auf sie herab, in diese blauen Augen. *Du verführst mich mit deinem Verstand, Calina.*

Sie reagierte darauf, indem sie meinen Schaft packte und ihn streichelte. *Nur mein Verstand?*

Scheiße, diese Frau war eine Göttin für sich.

Sie schnaubte. *Definitiv nicht.*

Pst, ich denke nach, Darling. Unterbrechungen sind nicht erlaubt.

Das kleine Biest rollte mit den Augen. *Hör auf nachzudenken und küss mich.*

Wie ich sehe, glaubst du immer noch, hier das Sagen zu haben.

Sie drückte meinen Schwanz zusammen, ihr Griff war hart wie Granit. „Fick mich, mein Prinz. *Bitte.*"

Ich knurrte, war verärgert und gleichzeitig ungemein erregt von ihrem albernen Verhalten.

Wenn es ihr Ziel war, mich davon abzulenken, die Liste der Alten in meinem Kopf durchzugehen, dann war es ihr gelungen.

Jetzt wollte ich sie dafür bezahlen lassen, dass sie mich abgelenkt hatte.

„Ich werde dich zerstören, kleines Genie."

Mit Worten oder Taten?, spottete sie.

Verdammt, Calina. Ich nahm ihren ungehorsamen kleinen Mund gefangen und bestrafte sie mit meiner Zunge. Das brachte sie zum Stöhnen – ein klarer Verstoß gegen die Regeln – aber das war mir verdammt noch mal egal.

Diese Frau wollte, dass ich meine Bestie entfesselte.

Halte dich besser fest, warnte ich sie. *Ich werde es nicht langsam angehen lassen.*

CALINA

MEIN KÖRPER BRANNTE VON JACE' Aufmerksamkeiten.

Er hatte nicht gescherzt, als er mir seine Absichten mitgeteilt hatte. Er hatte mich so verdammt hart gegen die Wand genommen, dass ich dachte, ich würde den Verstand verlieren.

Ich kämpfte gegen den Drang an, mich wieder in dieser Erinnerung zu verlieren, denn die seidige Unterwäsche, die meine feuchte Spalte bedeckte, ließ mich erzittern.

Heute Abend trug ich eine andere Art von Kleid. Der Rock bestand aus dunkelblauer Seide und reichte bis zum Boden. Schlitze an beiden Beinen gaben den Blick auf meine schwarzen Strümpfe, Absätze und die Strumpfhalter frei, die in meinem Tanga eingehakt waren. Zwei blaue Bänder, die sich über meinen Brüsten kreuzten und hinter meinem Hals zusammengebunden waren, vervollständigten meine Garderobe.

Mein Rücken war entblößt, ebenso wie der größte Teil meines Bauches und meiner Seiten.

Aber trotz alledem nahm ich die kühle Luft um uns herum nicht wahr.

Jace' Körperwärme brachte mein Blut in Wallung, als wäre es sein eigenes.

Er saß in einem schwarzen Anzug neben mir, seine Hand lag auf meinem Oberschenkel. Jedes Mal, wenn ich das Bedürfnis verspürte, mich zu bewegen, drückte er leicht zu, was mir überhaupt nicht half.

Er wusste das, aber der Bastard war zu amüsiert, um sich zurückzuhalten.

Pass auf, Darling, sonst muss ich dich für deine ungehorsamen Bewegungen noch einmal ficken.

Ich bewege mich gar nicht, argumentierte ich.

Doch, tust du, murmelte er. *Wenn Lajos hier wäre, würde er es sicher bemerken, genauso wie Darius.*

Mein Kiefer spannte sich an.

Und das hat er auch bemerkt, weshalb er die Augenbrauen hochzieht.

Du hättest ihm von unserer Erosita-Verbindung erzählen sollen, murmelte ich.

Offenbar waren die Verbindungen nicht offensichtlich und konnten von anderen Vampiren nicht wahrgenommen werden, denn wenn das der Fall wäre, dann wüsste Darius das bereits. Was er offensichtlich nicht tat.

Wenn er wüsste, dass du in meinem Kopf bist, würde er meine Reaktionen verstehen, fügte ich hinzu.

Jace konnte ein Lachen nicht zurückhalten und überdeckte es mit einem Husten. *Die Abhörgeräte in unserer Suite haben es unmöglich gemacht, es ihm zu verraten. Außerdem hätten wir dank deiner Dickköpfigkeit unter der Dusche fast das Frühstück verpasst.*

Meine Dickköpfigkeit?

Ja. Du bist nur dreimal gekommen, bevor du gesagt hast, dass du fertig bist. Ein Gentleman braucht mindestens fünf Orgasmen, um den Job als erledigt zu betrachten.

Meine Wangen erhitzten sich bei der Erinnerung daran, wie er mich herumwirbelte, meine Brüste gegen die

Wand drückte und mich von hinten fickte, während er von mir verlangte, dass ich kam.

Halt!, drängte er sich in meinen Kopf.

Es tut mir leid. Mein Inneres krampft noch immer von den vielen Orgasmen. Ich hatte ihm gesagt, dass ich nicht mehr kommen könnte, und er hat mich prompt eines Besseren belehrt, indem er zwei weitere Höhepunkte aus mir herausgelockt hatte.

Es hatte körperlich weh getan, zu gehorchen.

Aber das Vergnügen war die Qualen wert.

Seine Hand schlug auf meinen Oberschenkel. „Halt still." Ich knurrte in seinen Gedanken.

Er knurrte zurück.

Ich schluckte und tat mein Bestes, um zu dem unterwürfigen kleinen Menschen zu werden, den er jetzt brauchte.

Oh, das ist nicht das, was ich mir wünsche, süße Calina. Das ist genau der Grund, warum du mich stoppen musst, oder ich werde dich wirklich wieder ficken, weil dein Ungehorsam mich hart macht.

Mein Blick wanderte über seine starken Schenkel zu seiner Leiste. Ich leckte mir unwillkürlich über die Lippen.

„Scheiße", murmelte er laut. Sein ganzer Körper war angespannt.

„Ihr habt es doch schon die ganze Nacht getan, oder nicht?" In Darius' Tonfall war Irritation zu hören.

„In der Tat." Jace klang genauso genervt, aber sein Verstand erzählte eine andere Geschichte. Er war nur einmal unter der Dusche gekommen und könnte durchaus noch zwei weitere Runden gebrauchen.

Und allein der Gedanke daran ließ mich …

Calina, bitte, sagte er, während seine Gedanken von Qualen geplagt wurden. *Ich will dich nicht in dieser Limo ficken.*

Nein, das willst du im Club machen, erwiderte ich, wohl

wissend, was er heute Abend vorhatte. *Und dabei möglicherweise Lajos meinen Mund überlassen.*

Diesmal war sein Knurren mehr von Wut als von Lust geprägt. *Ich habe mich noch nicht entschieden.*

Ich weiß. Ich konnte seine Gedanken lesen.

Genauso wie ich wusste, dass er mich ausschalten konnte – etwas, das er als Schutzmaßnahme für uns beide in Erwägung gezogen hatte. Diese Idee hatte er schnell wieder verworfen, weil er den Vorteil sah, unsere Verbindung aufrechtzuerhalten, um zu kommunizieren, da es mir heute Abend nicht erlaubt sein würde zu sprechen. Den Kanal offenzuhalten, ermöglichte es uns, gemeinsam Strategien zu entwickeln.

Deshalb hatte ich ihm gesagt: *Wenn ich mich fügen muss, um ihn abzulenken, werde ich es tun.*

Das heißt aber nicht, dass ich es wollte.

Aber ich hatte verstanden, was wir hier beabsichtigten. Wir brauchten Lajos' Wohlwollen, damit wir die Freiheit bekamen, Bunker 37 zu finden.

Wenn wir ihn nicht einlullen konnten, mussten wir ihn ablenken.

Und wahrscheinlich würde ich diese Ablenkung sein.

Nein, antwortete Jace. *Ich werde dich nicht mit ihm allein lassen.*

Ich werde nicht sterben.

Das kannst du nicht wissen. Wenn er dich fickt, wird dieses Band wahrscheinlich brechen. Und was ist mit deinen anderen Bindungen zur Unsterblichkeit? Solange wir nicht mehr Informationen über deine Geschichte und die Details deines Unsterblichkeitsstatus haben, können wir es nicht riskieren.

Du wirst es für Cam riskieren müssen, konterte ich und erinnerte mich an sein Endziel. *Wir wissen beide, dass du ihn mir vorziehen würdest. Bitte verkauf mich nicht für dumm, indem du etwas anderes behauptest.*

Obwohl er sich nicht gerade verstellte, konnte ich spüren, wie er emotional mit dem Gedanken kämpfte, mich Lajos zu überlassen.

Es war nicht nur die Vorstellung, dass ich sterben könnte, sondern auch die Vorstellung, dass ein anderer Mann mich ficken würde.

Es schien, als hätte Jace in Bezug auf mich eine gewisse Besitzgier entwickelt, von der wir beide wussten, dass sie mit dem Band zusammenhing.

So wie wir beide wussten, dass seine Vorliebe für Strategie am Ende siegen würde.

Das bewunderte ich an ihm, weil mein Verstand genauso funktionierte.

Ich verstehe …

Wir reden nicht darüber. Noch nicht, erst wenn wir keine andere Möglichkeit mehr haben. Die Worte waren ein scharfes Knurren, die Diskussion war beendet.

In Ordnung, stimmte ich zu und konzentrierte mich wieder auf meinen Körper und versuchte, mich in eine unterwürfige Haltung zu begeben.

Jace' Hand lag fest auf meinem Oberschenkel, als er begann, die Namen aller Gesegneten und ihrer Erben durchzugehen. Offensichtlich hatten einige dieser Erben beschlossen, zusammen mit ihren Vätern zu ruhen, da sie die Unsterblichkeit nach ein paar tausend Jahren langweilte. Das bedeutete, dass einige der Könige in Wirklichkeit diejenigen waren, die zuerst gebissen und verwandelt worden waren.

Vampire wie Darius.

Durch Jace' Gedanken erfuhr ich, dass Darius Cams einziger Nachkomme war, weshalb Darius wahrscheinlich eines Tages gezwungen sein würde, die Führung zu übernehmen.

Jace hatte noch nie jemanden verwandelt, was

ungewöhnlich war. Er bemerkte in Gedanken, dass Kylan ebenfalls bis zu diesem Jahr gewartet hatte, um einen Vampir zu erschaffen.

Alle anderen hatten mindestens einen anderen Menschen gebissen und verwandelt.

Und diese Vampire hatten noch mehr verwandelt.

Und mehr.

Und mehr.

Im Laufe der Jahrtausende hatten sich viele Vampire entwickelt, dadurch waren die Blutlinien verwässert worden.

Nur die Mitglieder der ersten drei Generationen – aus der Ära von Cronus und Johan, aus der Ära von Cam, Cane, Kylan, Ryder und Jace sowie aus der Ära von Darius – galten aufgrund ihrer engen familiären Beziehungen zu den Gesegneten als echte Könige.

Alle anderen sind irgendwo auf der Strecke geblieben.

Einige konnten nicht einmal ihre Herkunft zurückverfolgen.

All dies erfuhr ich aus Jace' Gedanken, als ich ihm dabei zuhörte, wie er all ihre Identitäten nach dem potenziellen *Lehnsherrn* durchsuchte, mit dem Lilith in den Protokollen gesprochen hatte.

Er ging ihre Identitäten schnell durch, konzentrierte sich auf einige und verwarf die anderen im Handumdrehen. Es war faszinierend, ihm zuzuhören – sein strategisches Denken war eine Art Verführung.

Seine Hand auf meinem Oberschenkel half nicht dabei, keine lüsternen Gedanken aufkommen zu lassen, und auch nicht die Tatsache, dass er hören konnte, wie seine Intelligenz auf mich wirkte.

Scheiß drauf, sagte er. Seine Hände fanden meine Hüften, als er mich auf seine Oberschenkel zog. Darius murmelte etwas, aber es ging in dem Hämmern in meinen Ohren unter.

Im nächsten Moment fing Jace meinen Mund ein. Seine Zunge duellierte sich mit meiner, während er weiter darüber nachdachte, wen Lilith wohl geweckt haben könnte.

Seine Multitasking-Fähigkeit war berauschend und brachte mein Blut mit jeder Sekunde stärker zum Kochen, da ich jeden Gedanken verfolgen konnte und jeder Entscheidung zustimmte und es dennoch schaffte, mit der Bewegung seiner Lippen auf meinen Schritt zu halten.

Er war in der Lage, meinen Körper und meinen Geist gleichzeitig zu beschäftigen und mich auf eine Weise zu befriedigen, die unserer Zeit unter der Dusche in nichts nachstand.

„Mein Prinz." Darius' Tonfall war emotionslos.

Doch Jace erkannte den subtilen Hauch von Ungeduld in der Luft, denn anscheinend hatten wir unser Ziel erreicht, ohne dass es einer von uns bemerkt hatte.

Verwunderung lag in Jace' Blick, als er seinen Mund von meinem löste und mein Gesicht studierte. *Du bist gefährlich, Calina.*

Nicht so gefährlich wie du.

Hm, wir werden sehen, brummte er und sein Daumen strich über meine Unterlippe. „Wir sind so weit."

Auf seine Bemerkung folgte ein kurzes Klopfen.

Dann öffnete sich die Tür neben uns.

Darius stieg als Erster aus und hielt seine Hand nach unten, um Juliet aus dem Auto zu helfen. Es wirkte so natürlich und ich fragte mich, was Jace tun würde.

Er gluckste und seine Lippen streiften meine. *Vertrau mir. Meine Markierung ist an deinem Hals gut zu erkennen.* Er hob mich schnell von seinem Schoß und stieg aus dem Auto. Dann tauchte seine Hand auf, um mir aus dem Auto zu helfen. *Komm heraus und spiel mit mir, du kleines Genie. Ich will mit dir angeben.*

Ich schluckte, plötzlich hämmerte mein Herz aus einem ganz anderen Grund, denn ich wusste, warum er mit mir angeben wollte.

Ich war ein Köder, für einen königlichen Vampir mit einer Vorliebe für … das Töten seiner Spielzeuge.

Sofort, fügte Jace hinzu, da er den Grund für mein Zögern hörte. Er hatte mir gesagt, ich solle mich beeilen, damit er mich nicht dafür bestrafen musste – zumindest hatte ich das aus seinen Gedanken abgeleitet.

Mit einem beruhigenden Atemzug rutschte ich über die Rücksitzbank und legte meine Hand in seine.

Er zog mich mit der Leichtigkeit eines viel stärkeren Wesens aus dem Auto. Sofort umschloss sein Arm meinen Rücken und hielt mich fest.

Es war nicht notwendig, aber wir hatten eine Show abzuliefern.

Je mehr er für mich schwärmte, desto interessierter würde Lajos sein. Dadurch wurde meine Rolle als Druckmittel gestärkt.

Jace küsste meinen Hals, aber durch meinen schnell schlagenden Puls spürte ich es kaum.

Ich verstand den Sinn des Ganzen. Ich hatte eine Rolle zu spielen, ebenso wie Jace. Aber der Realität ins Auge zu sehen, als Spielfigur benutzt zu werden, war viel schwieriger, als es mental zu akzeptieren.

Meine Knie zitterten, als wir liefen.

Ich konzentrierte mich darauf, mich und meine Entschlossenheit zu festigen, und ließ alles andere um uns herum außer Acht.

Ich bin eine Puppe. Ein Spielzeug. Ein menschlicher Sklave. Eine Nahrungs–

Calina, mischte sich Jace ein. *Ich verstehe, was du tust, aber bitte hör auf. Du bist nichts von alledem für mich.*

Ich bin die, die ich sein muss, sagte ich ihm. *Die, die ich für* dich *sein sollte.*

Sein gedanklicher Seufzer hallte in meinem Kopf wider und seine Hand drückte meine Hüfte, als er mich über das dunkle Holz unter meinen Füßen führte. Wir hatten das Gebäude betreten, ohne dass ich es bemerkt hatte. Die Klimaanlage war eine eisige Liebkosung für meine überhitzte Haut.

Er sprach mit jemandem.

Ich ignorierte die Worte.

Ich ignorierte das Gefühl seiner Augen auf meiner Haut.

Ich ignorierte den Takt der Musik, als wir einen anderen Raum betraten.

Ich ignorierte das scharfe Keuchen und die Lust- und Schmerzensschreie, die folgten.

Ich ignorierte das widerhallende Grunzen.

Ich ignorierte das grausame Gelächter.

Ich ignorierte das kalte Gefühl der Macht, das uns in einem hinteren Bereich begrüßte.

Und vor allem ignorierte ich die Wärme an meiner Seite.

Ich versuchte es zumindest …

In Wirklichkeit nahm ich jedes Detail wahr, prägte mir die Gerüche, Geräusche und den Anblick des Bodens ein. Mein Gehirn zeichnete allein mit meinen Sinnen einen möglichen Fluchtweg auf.

Jace hörte jedes Wort, sein Arm war ein Brandzeichen in meinem Rücken, als er mich nicht gerade subtil daran erinnerte, dass Weglaufen keine Option war.

Raubtiere jagen gerne.

Sie ficken auch gerne, was sie fangen, fügte Jace in meinem

Kopf hinzu, während er mich auf seinen Schoß zog. *Was auch immer du tust, sieh nicht auf die Bühne.*

Seine Worte ließen mich innehalten und ich verfolgte die Bemerkung bis zu seiner eigenen Erinnerung an das, was er gesehen hatte.

Angesichts der Darstellung des Todes, die sich in seinem Kopf abspielte, drehte sich mir der Magen um.

Blutüberströmte Frauen wurden mit verschiedenen Folterwerkzeugen buchstäblich zu Tode gefickt.

Einige weinten leise vor sich hin.

Andere waren zu abgestumpft, um es noch wahrzunehmen.

Ein Meer von voyeuristischen Vampiren verfolgte die Show. Einige von ihnen genossen ihre eigenen Formen des Vergnügens an ihren Tischen.

Mit Blut versetzter Wein floss *buchstäblich aus Springbrunnen.*

Jace machte eine gelangweilte Miene, während er sich mit Darius unterhielt. Sie winkten auch einen Kellner herbei, der, wie ich vor Jace' geistigem Auge sehen konnte, bis auf ein paar geschickt platzierte Piercings nackt war, und bestellten einen Snack für den Tisch.

Einen von der menschlichen Sorte.

Jace presste seine Lippen auf meinen donnernden Puls. *Die Sterblichen hier werden sterben, egal, was wir tun. Wir können zumindest einem von ihnen ein schnelles Ende bereiten.*

Ich weiß. Ich konnte die Absicht aus seinen Gedanken lesen.

Ein Teil von mir räumte ein, dass die mentale Verbindung zu Jace wahrscheinlich das Einzige war, was mich davon abhielt, äußerlich auf den Albtraum um mich herum zu reagieren. Ich konnte seine eigene Abscheu über die Zurschaustellung und seine Verärgerung darüber hören, wie wenig Achtung Lajos vor der Menschheit hatte.

Es war nicht die Art, wie Jace regieren wollte. Ja, er hatte Menschen, die als Nahrungsquelle bestimmt waren, aber er wählte sie sorgfältig aus und achtete in der Regel darauf, dass sie ein bestimmtes Alter erreichten oder körperlich abbauten, bevor sie diesen Punkt erreichten.

Wenn er jedoch wirklich die Welt regieren würde, würde er ein Blutbankprogramm mit freiwilligen Spendern einrichten. Er ging davon aus, dass viele Sterbliche die Vampire als die Götter ansehen würden, die sie sind, und ihnen im Gegenzug für ihren Schutz bereitwillig dienen würden.

Ich durchforstete seine Ideen und verlor mich in der Zukunft, nach der er sich sehnte, und stellte fest, dass ich seine Ideen ziemlich gut fand.

Allein der Gedanke an sie beruhigte mich.

Fast hätte ich erleichtert aufgeseufzt.

Bis sich ein neuer Duft über den Raum legte.

„Lajos", rief Jace, während seine Hände meine Hüften fanden und mich auf die Bank neben ihn zogen, damit er aufstehen konnte. Das kühle Leder drang durch mein Kleid und ich begann zu frösteln, als ich Jace' Körperwärme nicht mehr spürte.

„Jace", meldete sich eine tiefe Stimme. „Wie schön, dich zu sehen."

„Wie schön, dich zu sehen", antwortete Jace. „Du weißt, wie sehr ich deine Clubs mag. Es schien mir ein angemessener Ort, um auf Jasmines Bitte eines Treffens einzugehen."

Das war eine Lüge. Eine, die ich in Jace' Gedanken deutlich hören konnte, doch er ließ sich nicht das geringste anmerken.

„Ja", antwortete er mit einem Unterton. „Ich bin so froh, dass du daran gedacht hast, Jace."

„Natürlich." Er küsste die Frau, die an Lajos Seite

stand, auf die Wange – eine Aktion, die ich durch unsere Verbindung spürte und die mir nicht gefiel, da sie einem Schlag in den Magen glich. Als sie ihn ergriff und den Gefallen erwiderte … *auf seine Lippen* … hätte ich beinahe geknurrt.

Das war eine seltsame Reaktion, von der der wissenschaftliche Teil von mir erkannte, dass sie eine Reaktion auf unsere Verbindung war.

Das war es, was Lilith durch all die Versuche zu verhindern versucht hatte – das besitzergreifende Verlangen, das mit einer Erosita-Verbindung einherging.

Wie seltsam, dass ich sie nie von ihr erlebt hatte. Dennoch muss sie die Verbindung zu mir gespürt haben.

Würde einer der anderen Verbindungen auch so über mich denken? Oder waren sie zu weit entfernt? Ich konnte sie nicht spüren, aber das war nichts Neues.

Normalerweise hatte ich meine Verbindungen zur Unsterblichkeit gespürt, zumindest auf subtile Weise. Doch jetzt konnte ich nur noch Jace spüren.

Und die Hände dieser Frau auf seiner Brust.

Ihre Nägel gruben sich in seine Jacke, als er über etwas lachte, das sie gerade gesagt hatte. Es war eine Bemerkung über sexuelle Spiele auf der Bühne. Eine, die mir entgangen war, aber ich hörte, wie er darüber dachte.

Ich weigerte mich, dem Gedanken nachzugehen, weil ich es nicht wissen wollte. Jace' Abneigung gegen das Gespräch beruhigte mich. Nach außen hin war er ein Gleichgesinnte, der kicherte und reines Vergnügen ausstrahlte, aber innerlich hörte ich seinen spöttischen Kommentar.

Fast amüsierte es mich. Aber meine ganze Freude verging, als Lajos neben mir Platz nahm und seine Hand auf meinen Oberschenkel legte.

JACE

Das Weinglas wäre fast unter meinem starken Griff zerbrochen.

Lajos saß hinter mir – neben Calina und hatte seine verdammte Hand auf ihrem Bein.

Es gab nichts, was ich dagegen hätte tun können, ohne aufzufallen.

Vampire waren anhänglich. Wir streichelten und berührten andere gerne. Das war bis dahin alles, was Lajos in den letzten zehn Minuten getan hatte, während er mit Darius ein wenig plauderte.

Ich behielt ihn durch Calinas Gedanken im Auge. Leider machte mich das nur noch wütender, denn ich konnte ihr Unbehagen spüren, als er den oberen Rand ihrer Seidenstrümpfe nachzeichnete.

Die Dessous waren für mich bestimmt und nicht für ihn.

Ich hatte sie ihr gegeben, weil ich wusste, dass er später einen intimeren Blick darauf werfen wollte. Alle ihre Vorzüge waren verführerisch bedeckt – etwas, das er mit seinen eigenen Händen enthüllen wollte.

Darius wollte eine Show mit Juliet abziehen und dem König einen kurzen Drink anbieten, bevor Lajos seine Begierde an meiner Gefährtin auslieβe.

Doch sie war jetzt nicht mehr nur eine Gefährtin.

Ich hatte sehr mit dem Gedanken zu kämpfen, einem anderen Mann zu erlauben, sie zu berühren, geschweige denn zu *ficken*.

Das alles war Teil unserer Verbindung – dieses besitzergreifende Bedürfnis, sie zu beschützen, angetrieben durch unsere geistige Verbindung. Rational gesehen, verstand ich das.

Das Problem war, dass ich überhaupt nicht rational sein wollte.

Es kostete mich große Mühe, mich weiter mit Jasmine zu unterhalten, während ich mir am liebsten Calina geschnappt und sie vor dem ganzen verdammten Raum eingefordert hätte.

Plötzlich bewunderte ich Darius noch mehr für seine Fähigkeit, so ruhig zu bleiben, wenn andere Männer seine Juliet bewunderten und berührten.

Verdammt, ich war erstaunt, dass er mich nie für die Dinge geschlagen hatte, die ich mit ihr getan hatte.

In diesem Moment hätte ich Lajos am liebsten verprügelt.

Nein. Scheiß darauf. Ich wollte den Bastard umbringen. Seine Fingerspitzen waren meinem ersehnten Himmel viel zu nahe. Er streichelte den Spitzenstoff zwischen Calinas Schenkeln, bevor er wieder nach unten glitt.

Eines schönen Tages wird es mir Spaß machen, ihn abzustechen, beschloss ich, während ich fragte: „Wie läuft es denn so in Jasmine City?"

Eigentlich interessierte mich das nicht besonders. Ich wollte nur diese Unterhaltung hinter mich bringen. Jasmine wollte etwas von mir. Je schneller ich ihre Bitte ablehnen konnte, desto schneller konnte ich zu Calina zurückkehren.

Jasmine erzählte etwas über ihre Region und deren neueste Technologie. Ich durchschaute ihre Versuche, mich mit ihrem Talent für den Handel einzulullen, und wusste genau, dass sie mich in ein Gespräch über den Tausch ihrer hochgelobten Technologie gegen menschliches Blut verwickeln wollte.

Ich stand an dem Cocktailtisch in einem abgesperrten Bereich des Clubs und tat so, als würde ich jedes Wort von Jasmine ernst nehmen, während ich aufmerksam die Unterhaltung hinter mir verfolgte.

„Und wo hat Jace so ein hübsches kleines Spielzeug gefunden?", fragte Lajos, dessen Aufmerksamkeit nun ganz auf Calina gerichtet war. Sie spürte seine Blicke auf sich, versuchte aber, sie zu ignorieren, indem sie verschiedenen Szenarien in ihrem Kopf durchspielte. Ich hörte ihr zu und war von ihrer Fähigkeit fasziniert, eine so gefährliche Situation in Schubladen einzuordnen.

„Verstehe", sagte ich und antwortete Jasmine, um sie zu ermutigen, weiterzusprechen.

Es hatte funktioniert.

Sie erläuterte den gesamten Aufbau ihrer Produktionslinie und sprach darüber, wie Menschen zur Herstellung ihrer neuesten Geräte eingesetzt wurden.

„Er hat sie in irgendeinem Loch gefunden." Darius' Tonfall enthielt die perfekten Menge Verhöhnung. Er meinte es nicht so, aber darum ging es auch nicht. Er hatte eine Rolle zu spielen und die beherrschte er besser als die meisten von uns. Deshalb war er auch der perfekte Begleiter. „Ich nehme an, sie ist eine Belohnung, nach allem, was er mit Ryder durchgemacht hat."

Und dann war da noch Darius' Versuch einer Ablenkung.

„Ah, ja, Lilith erwähnte ihre Absicht, ihm einen Besuch

abzustatten", antwortete Lajos, wobei seine Stimme keinerlei Emotion preisgab.

Dennoch dachte ich über seine Aussage nach und wunderte mich darüber, was er eventuell nicht ausgesprochen hatte. *Weiß er, dass sie tot ist? Ist er einer der Verbündeten, die in den Protokollen erwähnt werden? Weiß er, wer der Lehnsherr ist?*

Calina hatte sich ähnliche Fragen gestellt. Aber sie analysierte auch Darius und seine meisterhafte Fähigkeit, für Ablenkung zu sorgen.

„Ich glaube, sie ist noch dort, obwohl ich nicht genau sagen kann, warum." Darius machte einen gelangweilten Eindruck. „Ryder ist nicht zu helfen. Der Mann missachtet die Regeln völlig."

„Nun, du kennst Lilith. Sie ist eine Kämpferin."

„In der Tat", stimmte Darius leise zu. „Aber das ist Ryder auch."

Calina konzentrierte sich auf ihre Gedanken, um sich von Lajos Berührung abzulenken. Als er jedoch erneut ihr Geschlecht berührte, schluckte sie und zwang sich, nicht vor Abscheu zu zittern.

Mein Griff um mein Weinglas wurde wieder fester.

Jasmine schilderte mittlerweile die Arbeitszeiten ihrer menschlichen Sklaven und die Menge an Nahrung, die sie benötigten, um arbeiten zu können. Wenn man bedachte, wie wenig sie ihnen zu essen gab, war ich nicht überrascht, als sie hinzufügte: „Aber es scheint nicht genug zu sein. Sie verwelken und sterben viel zu schnell."

Ich nickte. „Es sind zerbrechliche Wesen."

„Zu zerbrechlich", antwortete sie und nahm einen Schluck von ihrem Wein.

„Es wundert mich, dass Silvano diese schöne Frau nicht in seinem Harem hatte", sagte Lajos und lenkte das

Gespräch wieder auf Calina, wobei seine Intrige an meinen Nerven zerrte.

Ich hatte erwartet, dass er interessiert sein würde, aber sein Tonfall und seine Berührungen hatten etwas, das sich *zu* interessiert anfühlte. Das war ein Gefühl, das ich von Calina übernommen hatte, das mir aber abenfalls aufgefallen war. Darius' Ablenkungsmanöver bezüglich Ryder hätte bei Lajos mehr Interesse erwecken müssen.

Ryder war ein königlicher Kollege und hatte kürzlich ein neues Gebiet erworben.

Jeder andere Vampir unseres Ranges würde wissen wollen, wie es läuft, um festzustellen, ob sich daraus eine politische Strategie oder ein Gebietserwerb ergeben könnte, falls der König bei seiner Aufgabe scheitern sollte.

Aber Lajos nicht.

Nein, er wollte über Calina sprechen.

„Da ich Silvano nicht gut genug gekannt habe, kann ich das nicht sagen", antwortete Darius. „Dennoch bin ich neugierig, was mit seinem Gebiet unter Ryders Herrschaft geschehen wird."

Ein weiterer Versuch der Ablenkung.

Lajos erlaubte sich einen kurzen Moment, als er Ryders Unfähigkeit kommentierte, jemand anderen als sich selbst zu führen. „Ich glaube, Lilith hat ihre Lektion bereits gelernt", schloss er. Diese Aussage ließ mir die Haare im Nacken zu Berge stehen.

Er weiß es, entschied ich.

Aber ich hatte keine Gelegenheit, darauf zu reagieren, denn im nächsten Augenblick kam unser eigentliches Getränk in Form einer Frau mit verfilztem braunem Haar.

„Ah, Zeit, den Wein zu versüßen", sagte Darius in einer sanften Art, die vermuten ließ, dass er Lajos' letzte Bemerkung nicht gehört hatte. Aber ich wusste es besser. Er hatte sie nicht nur gehört, er bewertete sie auch.

Genau wie ich.

Genau wie Calina.

Doch das Tablett mit den scharfen Instrumenten, das auf dem Tisch landete, lenkte sie sofort wieder ab. Es waren Werkzeuge, mit denen man Körperteile entfernen konnte.

Und die Frau hatte sie in ihren eigenen Tod getragen.

Pst, flüsterte ich in Calinas Gedanken, um sie zu beruhigen, bevor sie reagieren konnte.

Das ist so falsch.

So ist das Leben.

Das ist falsch, fauchte sie zurück.

Ich stieß einen Seufzer aus und schob die Gedanken an die Zukunft zu ihr. Gedanken, die mit meinen Plänen und Ideen gefüllt waren und mit der Art und Weise, wie ich sie zu verwirklichen gedachte. Ich hatte gespürt, wie sie vorhin diese Details Revue hatte passieren lassen, und den Anschein von Frieden bemerkt, den es ihr verschafft hatte.

Zum Glück funktionierte das jetzt ebenso, als der Mensch sich auf den Tisch neben das Besteck setzte.

Danke, flüsterte sie mir zurück.

Vertrau mir, Calina. Immer. Die Worte kamen wie von selbst, gefolgt von einer Wärme in meiner Brust, als ich zu Jasmines Tirade über ihr Problem mit dem menschlichen Mangel zurückkehrte.

Es schien, dass sie endlich auf den Punkt kam – ihrem Bedürfnis nach mehr Menschen.

Die ganze Situation bestätigte, was ich bereits über Jasmine wusste. Sie war nicht geeignet, eine Führungsrolle zu übernehmen.

„Hm, nein, das ist jetzt nicht so ganz nach meinem Geschmack", sagte Lajos hinter mir. „Ich fühle, dass ich viel mehr an Jace' neuem Haustier interessiert bin. Vielleicht könnte sie mir stattdessen den Wein versüßen?"

Calina hielt den Atem an, als Lajos über eines der Messer auf dem Tisch strich. Seine andere Hand wanderte wieder nach oben und sein Finger strich kühn über den Stofffetzen zwischen ihren Schenkeln. Sie kämpfte darum, nicht zu reagieren, als er sie anfasste, aber die Ungerechtigkeit des Aktes sang durch unsere Verbindung.

Und es war nicht nur Calina, die gegen das Gefühl protestierte. *Ich* tat es ebenfalls.

Meins.

„Ich glaube, Prinz Jace hat vor, sie später als Nachspeise zu genießen, nicht als Vorspeise", sagte Darius in einem kühlen Ton.

Meiner Meinung nach war er nicht annähernd mörderisch genug. Dennoch enthielt er die notwendige Warnung und auch die Verwendung meines Titels und meines Namens war beabsichtigt. Er wollte sichergehen, dass ich ihn hörte und erkannte, was vor sich ging.

In jeder anderen Situation hätte ich ihn die Sache selbst regeln lassen und auf eine solche Warnung gewartet.

Calina war jedoch keine typische Situation.

Calina gehört mir.

„Aber ich ziehe es vor, mir meine Desserts am Anfang zu gönnen", entgegnete Lajos mit königlicher Arroganz im Ton. „Jace wird nichts dagegen haben."

„Eigentlich stört es mich schon", antwortete ich und unterbrach damit das, was auch immer Jasmine gerade gesagt hatte. Ich hatte den Anschein aufgegeben, ihr zuzuhören, seit Lajos Calina unsittlich berührte.

Verdammt, jede seiner Berührungen war *unangebracht* gewesen.

Ich hatte ihm nicht die Erlaubnis erteilt, sie überhaupt zu berühren, schon gar nicht *dort*.

Es spielte keine Rolle, dass ich meine Gefährtinnen

normalerweise mit Leichtigkeit teilte. Es spielte keine Rolle, dass ich ihn in der Vergangenheit nie aufgehalten hatte.

Alles, was zählte, war Calina.

Meine Calina.

Lajos' Augenbrauen hoben sich. „Willst du mir dein Spielzeug vorenthalten?"

Es kostete mich beträchtliche Mühe, meine Fassung zu bewahren und einen ruhigen Tonfall beizubehalten. „Calina ist als Dessert gedacht, genau wie Darius sagte. Eine Delikatesse, die man *unter vier Augen genießt*. Wenn du Interesse an einem Schlummertrunk hast, kannst du gerne mit uns in unsere Gemächer kommen."

Da würden wir dem Mistkerl allein gegenüberstehen.

Unter vier Augen.

Und wir wären in der Lage, ihn richtig zu befragen.

Denn alles andere ist sinnlos.

Scheiß auf den Plan. Scheiß auf die Strategie. Scheiß auf das alles hier.

Er würde Calina nicht anrühren.

Jace, flüsterte sie. *Wir können ihm nicht …*

Nicht jetzt. Ich war nicht in der Stimmung, meine Entscheidung zu verhandeln. Dieser Bastard würde meine *Erosita* nicht anfassen. Ihn einzulullen war Zeitverschwendung. Viel lieber würde ich ihn erschießen und ihm die Informationen aus dem Leib prügeln.

Darius warf mir einen warnenden Blick zu.

Ich ignorierte ihn, während ich auf Lajos' Antwort wartete.

„Calina", wiederholte er.

Allein, dass er ihren Namen aussprach, ließ mich rot sehen. Wie durch ein Wunder schaffte ich es, mit den Schultern zu zucken, als ich sagte: „Der Name passt zu ihr."

„Der Name ist sehr schön", stimmte er zu und

streichelte sie noch einmal. „Griechischer Herkunft, wenn ich mich nicht irre. Eine Variante von Selene."

Calina kämpfte gegen den Drang an, ihre Beine zu schließen. Ihr Körper blieb auf wundersame Weise ruhig, während sie mit angehaltenem Atem darauf wartete, was er als Nächstes sagen würde. Sie versuchte, sich abzulenken, indem sie seine Handlungen und Worte interpretierte.

Das hätte ich auch tun sollen, aber ich konnte nicht über den roten Schleier, der meine Augen bedeckte, hinausdenken. Alles, was ich tun wollte, war, ihm seinen verdammten Kopf vom Hals zu reißen und Calina zurück in meine Arme zu ziehen.

Reiß dich zusammen, forderte ich. *Das bist nicht du. Und er wird es merken.* Denn ich hatte immer geteilt.

Ich hatte nie zu lange eine Gefährtin nur für mich beansprucht.

Bei Calina sollte es nicht anders sein.

Nur war sie komplett anders als alle anderen vor ihr.

Diese verdammte Verbindung würde uns noch umbringen. Rational gesehen wusste ich, dass es die beste Lösung war, die Verbindung zu trennen. Aber ein anderer Teil von mir dachte, dass unsere Verbindung von großem Nutzen war. Sie dachte genauso wie ich. Meine Unsterblichkeit machte sie noch eindrucksvoller.

Außerdem brauchte ich sie.

Um mir bei der Suche nach Cam zu helfen.

Und vielleicht auch aus anderen Gründen.

Wir waren noch nicht am Ende. Unsere gemeinsame Zeit hatte gerade erst begonnen.

Hör auf, befahl ich mir selbst, verdrängte alle Gedanken und nahm einen Schluck von meinem Wein, während ich auf Lajos' nächsten Schritt wartete.

„Du weißt, dass wir hier in meinem Gebiet sind", sagte

er und beobachtete mich mit einer Intensität, die mich innerlich kaltließ. Ich wusste, dass ich meine Fassade tadellos aufrechterhalten hatte, abgesehen davon, dass ich Jasmine unterbrochen hatte. Ich hatte mich nur umgedreht, um meine Souveränität zu untermauern, indem ich klarstellte, dass Calina für den Nachtisch bestimmt war.

Sicherlich hatte Lajos sich nicht viel dabei gedacht.

Seine politischen Motive waren von Gier und Sadismus bestimmt, nicht von Strategie.

Doch als er weiterhin meinen Blick festhielt, stellte ein kleiner Teil von mir seine Absicht infrage.

„Ich bin mir sehr wohl bewusst, dass dies dein Gebiet ist", sagte ich ihm vorsichtig. „Und ich bin dankbar, dass du Darius und mir die Möglichkeit gegeben hast, es zu besuchen. Deshalb hoffen wir, dass du dich uns später auf einen Schlummertrunk anschließen wirst." Ich wiederholte das Angebot und hoffte, dass es ausreichen würde.

Doch das Glitzern in seinen ebenholzfarbenen Augen verriet mir, dass dem nicht so war. Der Sadist in ihm wollte sofort spielen. „In meinem Revier nehme ich mir, was ich will und wann ich es will."

„Sie ist im Moment nicht verfügbar", antwortete ich mit nun erster Miene und ließ ihn die Welle meiner Macht spüren. „Sie ist mein Eigentum, Lajos. Nicht deines." Ich war einer der Ältesten und er würde das respektieren müssen.

„Du würdest mir ein Vergnügen in meiner eigenen Stadt verwehren?" Er klang ernsthaft verwundert.

„Ich verzögere nur deine Befriedigung."

„Nein. Du willst deine Macht ausspielen", gab er zurück. „Das kann ich nicht akzeptieren."

Noch bevor ich reagieren konnte, nahm er Calinas

Kopf und verdrehte ihn, sodass ein lautes Knacken zu hören war.

„So", sagte er und ließ ihren Körper auf den Sitz neben sich fallen. „Die Ablenkung ist tot. Problem gelöst."

Die Welt um mich herum wurde in Rot- und Schwarztöne getaucht, mein Herz blieb beim Anblick von Calinas lebloser Gestalt buchstäblich stehen.

Eben war ich noch mit ihr verbunden.

Und jetzt ...

Jetzt konnte ich sie überhaupt nicht mehr spüren.

Sie war weg.

Ihre Gedanken, ihr Verstand ...alles weg.

Ihre Seele ... gebrochen. Entschwunden. Zerstört. Dieser Bastard von einem Vampir. Als wäre es ein verdammtes Spiel, ein nichtiges Unterhaltungselement. Sein Kichern hallte in meinem Kopf wider. Seine Bewegungen wurde langsamer und sein Puls pochte mit einem bum, bum, bum ..., während der von Calina stumm blieb.

Tot.

Er hatte sie getötet.

Meine Gefährtin.

Meine Erosita.

Ich konnte nicht atmen. Ich konnte nicht denken. Ich konnte nichts anderes tun, als die Szene zu betrachten, die sich wie in Zeitlupe abspielte.

Es war nur eine Sekunde vergangen.

Vielleicht zwei.

Ihr Leben war noch nicht einmal ganz zum Stillstand gekommen, als er sie so rücksichtslos auf den Sitz geworfen hatte.

Ihr Haar wehte noch.

Aber ihr Geist existierte nicht mehr.

Ihre schöne, exquisite Präsenz.

Tot.

Ich blinzelte. Die Szene hatte sich nicht verändert.

Ein weiterer Wimpernschlag verging.

Mein Gehirn weigerte sich, die Szene vor mir zu verarbeiten. Ich fühlte mich leer. Einsam. Als hätte mir jemand die Hälfte meiner Seele genommen und sie vor meinen Augen verbrannt.

Sie war nur für einen kurzen Moment in meinem Leben gewesen. In diesem glücklichen Moment war sie mein geworden.

Die Bindung zu brechen, war nie eine Option gewesen. Wir sollten für die Ewigkeit miteinander verbunden sein. Sie war mir in einer Weise ebenbürtig, die ich mir nie hätte vorstellen können.

Und dieses Arschloch hatte sie mir einfach wieder weggenommen.

Mit einem verdammten Lächeln auf den Lippen!

Drehte er ihr den Hals um.

Und machte eine Aussage, die in meinem Kopf nachhallte. *Problem gelöst.*

Nein, es war verdammt noch mal nicht gelöst worden.

Er hatte mich nicht nur auf die schlimmste Art und Weise respektlos behandelt, er hatte mir zusätzlich *sie* weggenommen. Meine Calina. Meine Gefährtin. Meine gottverdammte zweite Hälfte.

Ich war nicht mehr fähig, rational zu denken. Er hatte meinen Verstand zerstört, als er *ihr das verdammte Genick* gebrochen hatte.

Es gab keine Wahl. Keine Entscheidung. Keine Überlegungen.

Warum kann ich sie nicht spüren? Ich … Ich sollte sie doch noch spüren können, oder? Durch mich war sie unsterblich. Meinetwegen.

Nein. Nicht nur meinetwegen.

Nichts an Calina war typisch.

Was wäre, wenn unsere Verbindung ...? Ich schluckte, meine analytische Seite bedrohte meinen Verstand mit einer Frage, die ich nicht hören wollte. Aber sie stellte sich mir trotzdem. *Was wäre, wenn unsere Verbindung ihre Unsterblichkeit irgendwie rückgängig gemacht hätte? Was, wenn nun alles umgekehrt funktionierte?*

Es war eine unsinnige Überlegung.

Aber ich konnte sie nicht spüren.

Sie war weg.

Mein Geist fühlte sich ... *verloren* an.

Und Lajos *lachte* verdammt noch mal. *Schon wieder.* Der Klang davon vibrierte in mir wider, seine Worte waren wie ein Glucksen im Wind, als er sagte: „Nun, es wäre eine Schande, warmes Blut zu verschwenden. Wie wäre es, wenn wir sie uns jetzt teilen, hm?"

Sämtliches rationales Denken setzte aus, als er nach ihrem Arm griff.

Es lief alles in Zeitlupe ab. Eine Millisekunde nach der anderen. Ich konnte Calina nicht mehr spüren, ihr Geist war nicht mehr mit meinem vereint, und ich hatte keine Ahnung, ob das dauerhaft war oder nicht.

Und er wollte sie *teilen?*

Er hatte kein Recht. Keine Zuständigkeit. Keine *Bindung.*

Sie gehörte mir und er hatte sie mir weggenommen.

Alle Gedanken an die Vergangenheit, die Gegenwart und die Zukunft starben mit meinem nächsten Atemzug.

Sie war verschwunden.

Und er will sie beißen und sich an ihr laben und will beschmutzen, was von meiner Calina noch übrig ist. Die scharfen Instrumente funkelten im Licht. Ich wählte eines, das sich in meiner Hand gut anfühlte, und rammte es in seinen verdammten Hals.

Es hatte nicht geknackt. Es gurgelte. Er röchelte. Stieß ein Grunzen aus.

Ich ignorierte die Geräusche und alles andere im Raum. Ich konnte mich nur auf Calinas gebrochenes Genick konzentrieren. Das war alles, was ich hören konnte. Alles, was ich *fühlen konnte*.

Er hatte sie mir weggenommen.

Und ich würde ihm etwas nehmen.

Er würde sie nicht beißen. Er würde sie verdammt noch mal nicht anrühren. Er würde nicht haben, was ich als meins betrachtete.

Du hast meine Gefährtin getötet.

Und ich weiß nicht, ob sie zurückkommen wird.

Aber verdammt, ich bin fertig mit diesem Spiel. Ich bin fertig mit dieser Scharade. Ich bin fertig mit dieser gottverdammten Welt und all den sadistischen Wichsern, die denken, sie könnten hier den Laden schmeißen.

Ich bin ein verdammter König und es ist an der Zeit, dass sie sich verbeugen, und zwar sofort.

Die Knochensäge enttäuschte mich nicht, und meine Kraft und Schnelligkeit ermöglichten es mir, die Arbeit innerhalb eines Wimpernschlags zu erledigen.

Eben noch hatte er gekichert und nach meiner Gefährtin gegriffen.

Im nächsten Moment starrte sein Kopf vom Boden zu mir hinauf.

Ich wartete nicht einmal darauf, dass sein Körper starb. Ohne zu zögern, stieß ihn zu Boden und packte Calina. Ich umfasste ihre Wangen, während ich nach unserer verlorenen Verbindung suchte. Ich sollte spüren, dass sie zu mir zurückkam, unsere Verbindung musste ausreichen, um sie unsterblich zu machen.

Aber was wäre, wenn …?

Hör auf, knurrte ich mich selbst an. *Hör auf zu*

analysieren. Sie muss das überleben. Sie ist mein Geist. Meine andere Hälfte. Meine Seelenverwandte.

Aber sie nicht zu fühlen … Sie sterben zu sehen … Zu wissen, dass er der letzte war, der sie berührt hatte … das konnte ich nicht ertragen. Ich konnte es nicht akzeptieren. Ich lehnte dieses Schicksal ab.

Sie war mein, ich sollte sie beschützen und sie verehren. Und ich hatte sie der schlimmsten Art von Raubtier ausgesetzt.

Das war nicht die Art, wie wir leben und herrschen sollten. Das war nicht unsere Zukunft.

Komm zurück zu mir, kleine Verführerin, flüsterte ich. *Komm zurück zu mir.*

„Jace", sagte Darius, die Dringlichkeit in seinem Tonfall drang bis in meinen Verstand vor.

Aber ich konnte mich auf nichts anderes konzentrieren als auf meine Gefährtin. Ich musste ihren Geist finden, ihre *Seele* spüren.

Verdammt, wie hatte ich denken können, dass ich dieses Bund brechen könnte?

Es tat mehr weh als alles, was ich je erlebt hatte. Keine noch so große Folter konnte damit verglichen werden, dass einem das Herz aus der Brust gerissen wurde.

Ich war mir nicht sicher, warum das Schicksal mir Calina gerade jetzt geschenkt hatte oder womit ich sie verdient hatte, aber ich würde sie nie wieder in Ungnade fallen lassen.

Komm einfach zu mir zurück.

„*Jace*", wiederholte Darius. „Du hast gerade einen König getötet."

„Ich weiß", fauchte ich. „Weil er meine *Erosita* getötet hat."

Schließlich hob ich meinen Blick und sah das

unmittelbare Verständnis in seinem Blick. „Eine gerechtfertigte Tötung."

Bestimmt. Ja. Ich nehme an, das war es. Oder auch nicht. Es war mir scheißegal. *Er hat sie angefasst und ihr das Genick gebrochen.* Und jetzt konnte ich ihre Seele nicht mehr spüren.

„*Erosita?*", wiederholte eine Stimme in meiner Nähe.

Jasmine.

Scheiße.

Ich hatte überhaupt nicht nachgedacht. Ich hatte nur reagiert. Und ich würde es wieder tun.

Und wieder.

Und wieder.

Wenn es bedeutete, dass Calina noch einmal atmen konnte.

Ich erkannte mich selbst nicht wieder. Der Stratege, der über hundert Jahre lang an dieser Scharade gefeilt hatte, war verschwunden.

An seine Stelle war ein Mann getreten, der nicht erkannt hatte, was diese Frau für ihn bedeutete.

Bis jetzt.

Bis er sie verloren hatte.

Sie ist nicht tot, sagte ich mir und wollte unbedingt daran festhalten.

Aber sie könnte genauso gut tot sein, weil ich sie im Stich gelassen hatte.

Wie zum Teufel hatte ich nur dastehen können, als Lajos sie angefasst hatte? Was zum Teufel hatte ich mir dabei gedacht?

Ich war ihrer nicht würdig. Ich war nicht würdig für eine gemeinsame Zukunft. Ich wollte sie benutzen, bis ich mich nicht mehr nach ihr sehnte. Aber jetzt wurde mir bewusst ich, wie unmöglich das war. Sie hatte mich mit ihrem Blut und ihrer Seele verzaubert.

Und dann hatte sie mich auf der mentalen Ebene als Partner angenommen. Das war weder geplant noch beabsichtigt gewesen. Vielleicht war es gerade deshalb so perfekt. Wir waren beide so methodisch, dass wir allein nie zu diesem Entschluss gekommen wären. Aber jetzt, wo es geschehen war, weigerte ich mich, es hinter mir zu lassen. Ich weigerte mich, es zu beenden. Ich weigerte mich, das Ende von ihr zu akzeptieren.

Ich beugte mich hinunter und küsste ihren Hals, ihren Kiefer, ihre Lippen. „Komm zurück zu mir, süßes Genie. Bitte."

„Das wird ein paar Stunden dauern", sagte Darius. „Und wir haben im Moment ein viel größeres Problem."

Ich warf ihm einen finsteren Blick zu, weil ich mit dieser Aussage überhaupt nicht einverstanden war. Nichts konnte wichtiger sein als Calina. „Ich kann sie nicht spüren", sagte ich mit zusammengebissenen Zähnen.

Er betrachtete mich einen Moment lang. „Deine Verbindung ist frisch. Du weißt noch nicht, wie du sie finden kannst. Aber ihr Körper wird heilen."

„Es fühlt sich an wie … wie …"

„Als wäre deine Seele gerade gestorben?", bot er an.

„*Ja.*" Und ich hasste es aus ganzem Herzen.

„Die Unterbrechung der Verbindung durch Bewusstlosigkeit oder vorübergehenden Tod kann zunächst beunruhigend sein. Es ist beunruhigend. Aber es ist auch normal, sich vorübergehend zu trennen", erwiderte er.

Dann ließ er seinen Blick nach links schweifen und lenkte meine Aufmerksamkeit auf den nun stillen Saal.

Okay, Scheiße …

Als ich seine Worte verarbeitete, setzte sich etwas in meinem Gehirn fest. *Vorübergehende Trennung.*

Sie nicht spüren zu können, ist normal.

Sie wird sich bald wieder erholen.

Weil sie unsterblich ist und es nur ein gebrochenes Genick ist.

Das sind alles Dinge, die ich bereits wusste. Es war das plötzliche Fehlen unserer Verbindung, mit der ich nicht umgehen konnte. Ich fühlte mich verletzlich und verloren und war völlig gebrochen.

Dann hatte Lajos nach ihr gegriffen, mit der Absicht sie zu beißen und …

Scheiße.

Ich hatte die Kontrolle verloren.

Ich blinzelte, schüttelte den Kopf und wurde zum ersten Mal seit gefühlten Stunden wieder klar im Kopf. In Wirklichkeit waren es aber nur Minuten, vielleicht sogar nur Sekunden.

Es war ein vorübergehender Verlust meines Verstandes, der durch etwas Unerwartetes ausgelöst worden war.

Langsam nahm ich die Szene in mir auf. Die volle Wucht dessen, was ich gerade getan hatte, zwang mich, in die Gegenwart zurückzukehren.

Alle hatten uns beobachtet.

Einschließlich Jasmine.

Sie sahen absolut entsetzt aus.

Mein Verstand fing endlich wieder zu arbeiten an, als ich meine Handlungen von Anfang bis Ende verarbeitete.

Lajos hatte Calina getötet.

Ich hatte Lajos umgebracht.

Mehrere wichtige Mitglieder seiner Region hatten die Szene beobachtet.

Nun warteten sie auf das, was als Nächstes kommen würde.

Denn das war ein noch nie dagewesener Fall. Könige töteten nicht einfach andere Könige. Die Blutlinien waren zu kostbar. Es gab Regeln. Es gab Verfahren. Ich hatte sie alle missachtet, weil meine Gefühle über die Vernunft gesiegt hatten.

Das war ganz große Scheiße.

Darius hatte von einer gerechtfertigten Tötung gesprochen, was vor einhundertachtzig Jahren auch so gewesen wäre.

Unter Liliths Herrschaft jedoch nicht.

Aber sie war ebenfalls tot.

Ich überlegte kurz, was wir tun könnten, bevor ich Darius' Blick begegnete. „Ruf Lilith. Es ist Zeit, einen Mord zu melden."

„Bist du dir sicher?", fragte er, wobei er seine Worte mit einer doppelten Bedeutung unterstrich.

„Es ist an der Zeit."

Er betrachtete mich sorgfältig, wahrscheinlich um meinen Verstand zu prüfen. Dann nickte er langsam und sagte: „Es ist an der Zeit."

JACE

JASMINE STAND drei Meter von unserem Tisch entfernt, ihr gebräuntes Gesicht war ungewöhnlich blass.

Sie wusste, dass sie in einem Kampf keine Chance hatte. Sie war ein Vampir der dritten Generation. Genau wie Lajos. Das machte mich nicht nur älter, sondern auch stärker. Das hatte ich gerade eindeutig bewiesen, als ich den König, der nun auf dem Boden lag, enthauptet hatte. Er war nicht in der Lage gewesen, sich zu wehren, geschweige denn zu protestieren. Ich war zu schnell, als dass er überhaupt hätte begreifen können, was geschah, bis der Tod seine Seele ergriffen hatte.

Gut, dass wir ihn los sind, dachte ich, als ich Calina vorsichtig in Längsrichtung auf die Sitzbank legte. Ihre Wirbelsäule musste angemessen ausgerichtet werden, damit ihr Hals richtig heilen konnte.

Ich strich mit den Fingern durch ihr Haar und war dankbar, dass Lajos ihr nicht den Kopf abgerissen hatte. Bei seiner Größe hätte er das leicht tun können und dann wäre sie wirklich gestorben, denn bei einem durchtrennten Hals gibt es kein Zurück mehr.

In seiner Arroganz wollte er wahrscheinlich keine zusätzliche Energie für etwas verschwenden, das er für trivial hielt. Also hatte ein Halsumdrehen ausgereicht, denn er hatte nichts von ihren unsterblichen Verbindungen gewusst.

Die Enthauptung war die einzige Möglichkeit, den Tod zu garantieren.

Das war der Grund, warum ich ihm den Hals abgesägt hatte.

Leider schien Lajos' Tod für einige Verwirrung im Raum zu sorgen. Als der König, der ihn getötet hatte, wäre es nur logisch, dass ich diese Region erbe.

Nur hasste ich Hawaii und die Hitze hier. In der Hölle wäre es wesentlich angenehmer.

Das Volk würde sich wahrscheinlich fragen, ob Lilith mich dafür bestrafen würde – und es erschien ihnen unwahrscheinlich, dass sie mir Lajos Region als Belohnung überlassen würde.

Das erklärte einige der berechnenden Blicke im Raum – die älteren Vampire fragten sich, ob sie eine Chance hatten, von diesem Massaker zu profitieren.

Ich würde ihnen eine Chance geben, nur nicht in der Form, die sie erwarteten.

Ich ließ Calina auf der Bank zurück, damit sie heilen konnte und erhob mich, um einen Blick auf die regungslose Frau auf dem Tisch zu werfen. Sie hatte sich nicht einen Zentimeter bewegt, seit sie sich ursprünglich als Mahlzeit dort platziert hatte.

Ich bewunderte diese gehorsame Demonstration, allerdings bedauerte ich sie auch.

Sie schien vergessen zu haben, dass sie noch am Leben war, da sie ihren bevorstehenden Tod bereits akzeptiert hatte. Viele der anderen Sterblichen im Speisesaal hatten einen ähnlichen Ausdruck auf dem Gesicht.

Es war eine ekelhafte Zurschaustellung von Morbidität, die mir den Magen umdrehte.

Ich runzelte die Stirn. „Ich will alle lebenden Sterblichen auf dieser Bühne sehen. Sofort."

Mehrere Vampire sahen sich verwirrt um.

„Habe ich gestottert?" Mein Tonfall war von großer Überlegenheit geprägt, womit ich ihnen mitteilte, was passieren würde, wenn sie ihrem Meister nicht gehorchten. Oh, sie könnten denken, dass Lilith mich bestrafen würde. Aber sie war nicht hier, um mich davon abzuhalten.

Keiner von ihnen hatte eine Chance gegen mich, selbst wenn sich zehn von ihnen zusammentun würden, würde ich sie alle abschlachten.

Ich war schneller und stärker, was ich jetzt demonstrierte, indem ich mich an den Rand der Bühne stellte. Es geschah in weniger als einem Wimpernschlag – eine Fähigkeit, die nur die Alten besaßen. Ich benutzte sie selten, da ich selten Anlass hatte, meine Macht zu demonstrieren. Doch jetzt würde ich es tun … Selbst, wenn das bedeutete, dass noch ein paar Köpfe rollen würden.

Glücklicherweise begann sich unten intelligentes Leben zu regen, als ein paar Vampire die Menschen einsammelten und sie zu mir brachten, wie eine Art Angebot von Frischfleisch.

Ich beobachtete sie – beobachtete diejenigen, die die Sterblichen mit mehr Sorgfalt behandelten als die anderen.

Das waren potenzielle Verbündete.

Die anderen waren Sadisten, die aus einem bestimmten Grund in dieser Region lebten.

Natürlich hätte ich das auch daran erkennen können, wer auf den Bühnen gespielt hatte und wer nur im Verborgenen alles beobachtet hatte. Ich vermutete, dass einige von ihnen nur hier waren, um mich oder vielleicht Jasmine zu sehen, nicht aber wegen des Schauspiels auf der Bühne.

Unser Besuch hatte sich herumgesprochen und es war nicht unüblich, dass ein Vampir um eine Audienz bat, um eine mögliche Umsiedlung zu besprechen. Der beste Weg, dies zu tun, wäre, die Aufmerksamkeit des Königs in einem Club oder beim Abendessen zu erregen und zu hoffen, dass dieser König sie zu einem kurzen Gespräch herüberwinkte.

Einigen dieser Vampire könnte ihr Wunsch erfüllt werden.

Die meisten Menschen blieben ruhig, selbst diejenigen, die willkürlich über das Seil in den VIP-Bereich geworfen wurden.

„Nur vierzehn", sagte ich und seufzte. „Was für eine Verschwendung."

„In der Tat", stimmte Darius zu. Vor ein paar Minuten hatte er eine Nachricht an „Lilith" geschickt. Wir warteten auf einen Rückruf, was jeder in diesem Club wusste.

Einige hatten selbst Nachrichten versendet, wahrscheinlich um die Kunde zu verbreiten, dass ich Lajos soeben getötet hatte.

Ich war nicht beunruhigt.

Wenn jemand Rache nehmen wollte, war mir das nur recht. Calinas Zustand versetzte mich in eine tödliche Stimmung. Ich hätte ein kleines Ventil gebrauchen können, für die Wut, die in mir brodelte.

Stattdessen konzentrierte ich mich auf die Sterblichen, indem ich einige von ihnen vom Boden hochzog und sie zu den anderen Lederbänken in diesem Bereich führte. Das war Lajos' privater Bereich, der nur für besondere Gäste, wie andere Könige, reserviert war. Der Bereich war genauso groß wie Lajos' Ego und bot Platz für alle Sterblichen und noch mehr.

Nachdem ich die letzten Menschen vom Boden zu den Bänken geführt hatte, wagte ich mich an die Frau auf unserem Tisch heran und hob sie vorsichtig in meine Arme.

Ihr Kopf sackte leblos nach hinten.

Doch ich hatte sie nicht gebissen.

Das war es, was passierte, wenn die menschliche Psyche zerbrach – sie hörten auf, zu fühlen. Die Instrumente auf dem Tablett zu ihrem eigenen Tod an den Tisch tragen zu müssen, war wahrscheinlich der letzte Nagel in ihrem Sarg gewesen.

Ich strich ihr die verhedderten Strähnen aus dem Gesicht, während ich sie vorsichtig auf eine leere Bank legte. „Du bist in Sicherheit", flüsterte ich ihr zu.

Das war sie nicht.

Noch nicht.

Aber sie würde es sein.

Ihr mangelndes Selbstbewusstsein nagte an ihr, als ich sie dort in ihrem Elend zurückließ. In einer Welt, die von Prestige und Gewalt beherrscht wurde, konnte ich nur wenig tun. Aber was so viele nicht sahen, war, dass die Menschen nicht die einzigen waren, die litten.

Einige der Vampire, die in den Schatten des Raumes lauerten, arbeiteten hier.

Es war ihre Aufgabe, die Mahlzeiten zuzubereiten, während sie nur die Reste zu sich nehmen konnten. Wahrscheinlich lebten sie auch noch in dieser gottverlassenen Einrichtung, denn diese ganze Gesellschaft war darauf ausgerichtet, Könige zu verehren. Junge Vampire wurden dem Hungertod überlassen. Diejenigen aus unbedeutenden Stämmen bekamen niedere Arbeiten, um ihren Lebensunterhalt zu verdienen.

Dies war keine Utopie, auch nicht für diejenigen, die ewig lebten.

Es war eine verdammte Diktatur.

Mit Lilith als Königin und einem unbekannten Wesen, das sie als ihren *König* ansah.

Ich blickte zu Darius und dann in den Raum. Alle standen still und schweigend vor mir und warteten darauf, dass ich meinen nächsten Schritt machte.

Aber ich konnte es nicht.

Noch nicht.

Bald.

Ich wandte mich wieder Calina zu und suchte eine Verbindung – eine gezielte Demonstration, um die Massen auf mich zu lenken. Dann beugte ich mich vor, um den Kopf meiner *Erosita noch einmal zu* küssen. Ich konnte sie immer noch nicht spüren, was mich sehr beunruhigte. Aber ich wusste auch, dass kaum Zeit vergangen war, seit Lajos ihr das Genick gebrochen hatte.

Höchstens zehn Minuten.

Es kam mir vor, als würde die Zeit viel langsamer vergehen, da ich alles so schnell verarbeiten musste und unsere nächsten Schritte schon vor Augen hatte.

Aber ich hatte diesen Moment schon seit einer gefühlten Ewigkeit geplant. Es war nicht so, wie ich es mir vorgestellt hatte. Verdammt, es war nicht einmal annähernd so, wie ich meinen nächsten Schachzug geplant hatte.

Aber Lajos hatte mich zum Schachmatt gezwungen, indem er meine Dame geschlagen hatte.

Für mich als König gab es nur noch einen Zug.

Also hatte ich meinen Zug gemacht und war endlich aus dem Schatten getreten, um mich zum rechtmäßigen Herrscher über dieses Spiel zu erheben.

Es gab nur noch eins zu klären, und das Surren an meinem Handgelenk sagte mir, dass es endlich so weit war.

Ich wählte eine Taste, die Liliths Stimme auf den Freisprecher stellte.

„Ja?", fragte sie, wobei die Aufnahme, die Damien gemacht hatte, ihren gelangweilten Tonfall perfekt wiedergab.

„Lilith, meine Liebe. Ich muss einen Mord melden."

Es folgte eine kurze Pause. Dann sagte die Aufnahme: „Oh?"

„Ja. Ich habe gerade Lajos getötet." Die Worte kamen leicht und unbedacht aus mir heraus. Selbst wenn ich mit der echten Lilith gesprochen hätte, wäre es mir scheißegal gewesen. Der Bastard hatte meiner Gefährtin das Genick gebrochen. Er hatte sein Schicksal verdient.

Sowohl am Handy als auch im Raum herrschte Stille. Alle warteten darauf, dass ihre „Göttin" zu ihnen sprach.

„Vielleicht ist es an der Zeit, dass wir einen Videochat machen?", schlug ich vor.

„Hm." Die Stimme auf der anderen Seite kam von einem Vampir, der so alt war wie ich selbst. Er würde sofort verstehen, was ich hier beabsichtigte. Und das bewies er, indem er mit Liliths Stimme sagte: „In Ordnung. Ich bin bereit, wenn du es bist, mein *König*."

Meine Lippen zuckten und ich sah Darius mit einer gewölbten Braue an. „Hier muss es doch irgendwo einen Bildschirm geben."

„Da kann ich helfen, mein Prinz", rief eine Stimme aus der Ecke des Clubs. Ein Vampir mit braunem Haar trat in das trübe Licht und hatte seinen Kopf ehrfürchtig gesenkt. „Es gibt einen Bildschirm im Saal, den Lajos für, äh, Übertragungen benutzte."

Ich konnte mir gut vorstellen, was die *Übertragung* bedeutete. Wahrscheinlich hatte es mit Lajos' bekannter Vorliebe zu tun, seinen Harem vor Publikum zu quälen – etwas, das er offensichtlich auch mit Calina hatte tun wollen.

Stattdessen hatte er sie getötet, nur um sich durchzusetzen.

Na, das hat ja gut geklappt, nicht wahr?, dachte ich, als ich über seinen Körper auf dem Boden hinwegtrat und die Treppe hinunter zu dem Vampir ging, dessen Namen mir nicht bekannt war.

Als ich näherkam, erkannte ich ihn an seinen jungenhaften Gesichtszügen und der kleinen Narbe über seinem rechten Auge wieder.

Er hatte den Cup der Unsterblichkeit vor etwa zehn Jahren gewonnen.

Angesichts seiner schäbigen Kleidung und seines ungepflegten Haars vermutete ich, dass er einer der Vampire war, die in diesem Etablissement arbeiteten und lebten.

„Welchen Namen hast du gewählt?", fragte ich ihn, als ich mich ihm näherte. Er war als eine Nummer ohne Identität geboren worden. Eine der wenigen Vorzüge, die denjenigen zuteilwurde, die Unsterblichkeit erlangten, war eine Identität, so bescheiden sie auch sein mochte.

„Maus", antwortete er.

Ich wölbte eine Augenbraue nach oben. „Du hast den Namen *Maus* gewählt?"

Er schlurfte ein wenig mit den Füßen. „Ähm, nun …"

„Lajos hat dich Maus genannt."

Er nickte und sein Blick fiel auf den Boden.

Das war ein weiterer Beweis dafür, dass mit dieser Welt etwas nicht stimmte. „Das kriegen wir schon hin", versprach ich ihm. „Also, wie schließe ich das an den Bildschirm an, damit wir alle Lilith sehen können?"

Maus forderte mein Handy. Ich zog es aus meiner Tasche und reichte es ihm. Er stellte ein wenig im Menü ein und dann erschien Ryders Gesicht auf der riesigen Leinwand.

„Ah, da bist du ja", sagte ich amüsiert, als ich ihn an der Wand eines Aufzugs lehnend sah. „Was für ein schönes Makeover."

„Sagt der König", antwortete Ryder mit Liliths Stimme. Bei dem Klang zuckte er zusammen und fing an, an einem Apparat herumzufummeln, während er murmelte: „Verdammt. Wie schalte ich diesen Mist ab?"

„Aber bin ich das wirklich?", fragte ich und ignorierte seine kleine Unterbrechung.

„Bist du was?", fragte er und endlich kam seine normale Stimme durch. „Ah, viel besser."

„König."

„Nun, du hast dich freiwillig zur Verfügung gestellt."

„Hm. Das ist nicht ganz so, wie ich es in Erinnerung habe", gab ich zu und erinnerte mich an das Treffen in der Silvano Region, kurz nachdem Ryder Liliths Kopf entwendet hatte. „Wo ist Lilith?"

„Ich bin jetzt auf dem Weg zu ihr."

Das erklärte, dass er am Aufzug stand.

Während Ryder unterwegs war, wandte ich mich an den Raum voller verwirrter Gesichter. „Ich kann eure Verwirrung spüren. Ich verspreche euch, dass alles einen Sinn ergeben wird, sobald Lilith auftaucht."

Einige der Vampire sahen sich gegenseitig an und Ryder blickte zu uns hinunter. „Zeig mir den Saal."

Ich runzelte die Stirn und schaute Maus an. „Wie mache ich das?" Ich wusste, wie mein Handy und meine Uhr funktionierten, aber nicht, wie die Technik für diese riesige Leinwand zu bedienen war.

Der junge Vampir machte ein paar Dinge hinter einem Vorhang, woraufhin Ryder sagte: „Oh, da ist viel Publikum. Wo ist Lajos?"

„Hinter Jasmine", antwortete ich und blickte zum VIP-Bereich hinauf. Er befand sich nur eine Stufe über dem

Saal, sodass er auf einem mit Samt umrandeten Bereich einen erhabenen Eindruck machte.

Ryder schaute wieder zu uns hinunter und dann blitzten seine Finger auf der Leinwand auf, als er etwas an seinem Gerät einstellte. „Technik …", murmelte er vor sich hin und blinzelte mit den Augen. Dann zogen sich seine Augenbrauen hoch. „Ah, da. Ja. Zoom. Nett. Hm."

„Wir können dich alle hören."

„Als ob mich das interessieren würde", murmelte er und neigte den Kopf zur Seite, als ein Klingeln ertönte.

Er trat aus dem Aufzug, hielt aber inne, um zu prüfen, in welcher Einstellung er uns den Raum zeigen würde. Dann erschienen seine Finger wieder, diesmal vor ihm, was darauf hindeutete, dass er das Bild auf sich gestellt hatte.

Ein nützlicher Trick bei bestimmten Geräten. Ich hätte das mit meinem auch machen können, aber ich brauchte den größeren Bildschirm.

„Sauberer Schnitt", sagte er schließlich. „Und kein Fleckchen Blut an dir. Ich muss sagen, dass ich beeindruckt bin. Aber was ist mit der Wissenschaftlerin passiert?"

„Lajos hat ihr das Genick gebrochen."

Seine Augenbrauen flogen wieder nach oben, wahrscheinlich wegen des Knurrens in meinem Ton. „Also hast du ihn getötet?"

„Das habe ich."

„Das ist nicht sehr diplomatisch von dir gewesen."

„Ryder."

„Was? Du solltest jetzt König sein, Diplomatie predigen und all diesen Scheiß, nicht wahr? Oder hast du deinen Standpunkt betreffend deines Führungsstils noch einmal überdacht?"

„Hör auf, mich hinzuhalten."

„Oh, ich will dich nicht hinhalten. Ich bin wirklich neugierig, wie der ruhige und kühle König Jace die

Kontrolle verlieren konnte. Warte, nein, lass es mich anders formulieren. Ich bin wirklich neugierig, was den ruhigen und coolen König Jace dazu gebracht hat, jemanden zu enthaupten. Ja. Das habe ich gemeint."

Ich rollte mit den Augen. „Immer so geschwätzig."

„Wer hält uns jetzt hin?"

„Lajos hat meiner *Erosita* das Genick gebrochen. Und ich habe ihm diesen Gefallen erwidert."

Ein echter Schock zeichnete sich auf Ryders Gesichtszügen ab, gefolgt von Verständnis. „Nun. Das ist eine verblüffende Entwicklung." Seine Finger erschienen wieder und verschwanden nach einem weiteren Moment. „Sehr gut gemacht. Willst du es mit meiner Arbeit vergleichen?"

Endlich. „Ich bitte darum."

Alle im Raum schienen verwirrt und überrascht zu verharren, niemand wagte es, sich zu bewegen. Nicht einmal Jasmine, obwohl sie ein wenig grün aussah.

„Du solltest das aufnehmen", rief ich. „Ich werde dich in Kürze bitten, Liliths Urteil zu verkünden." Da es ohnehin bald durchsickern würde.

Ryder gab keinen Kommentar ab, sondern begann zu pfeifen, während er den vertrauten Flur des Penthouses hinunterging.

Dann machte er eine Show daraus, Damiens Tür zu öffnen und ging dann weiter durch den Raum hindurch, während er eine Melodie pfiff, die ich jetzt als einen alten Rocksong erkannte. *Another one bites the dust*, summte ich in meinem Kopf mit und grinste über seinen kranken Humor.

Er schlurfte ein wenig, als er sich der Tür näherte, die zum Kühlhaus führte und wippte mit dem Kopf im Takt mit.

Ich überließ es Ryder, eine Show abzuziehen.

Ich schüttelte nur den Kopf und ließ ihm seinen Moment. Er pfiff noch ein paar Takte, bevor er die Kamera in seiner Hand herumschwenkte, den Türgriff hinunterdrückte und die Tür öffnete.

„Lilith, Schätzchen, wir haben Besuch", sagte er und schwenkte nach oben, um zu zeigen, dass sie ihren Kopf in ihrem Schoß festhielt. Benita lag neben ihr, teilweise gefroren, aber noch lebendig. Damien hatte sie noch immer nicht für das bestraft, was sie seinem Mäuschen angetan hatte. So nannte er sie immer.

Das war ein weiterer Grund, den Namen des Mannes neben mir zu ändern.

„Bitte lächeln", sagte Ryder fröhlich. „Ich weiß, wie sehr du es liebst, gefilmt zu werden."

„Oh. Mein. Gott." Jasmines Stimme hallte von den Wänden wider.

„Ich glaube, sie zog *Göttin* vor", antwortete Ryder beiläufig. Dann ging er zu ihr hinüber, beugte sich zu ihrem Kopf hinunter und nickte. „Ja. Das tut sie immer noch. Natürlich ist sie eine ziemlich tote Göttin. Ich persönlich finde, das steht ihr viel besser."

„Dem stimme ich zu", rief Darius.

Ein Raunen ging durch den Raum, als sich die Realität dieser Situation in ihren Köpfen festsetzte.

Der erste Schock hatte sie alle sprachlos gemacht.

Jetzt schienen sie sich meinen Kommentar zu Herzen zu nehmen und machten Fotos und Videos.

„Bin ich auch mit im Bild?", fragte Ryder und kippte seinen Apparat so, dass sein Grinsen neben Liliths Kopf zu sehen war. Es war ein verdammt morbides Selfie, aber es verdeutlichte seinen Standpunkt. „Ich möchte sichergehen, dass ich hier meine beste Seite zeige."

„Du siehst umwerfend aus", scherzte ich.

„Ausgezeichnet. Sind wir dann fertig?"

„Ich denke, der Sachverhalt ist klar geworden. Oder willst du mich für den Mord an Lajos rügen?"

„Hm, nein. Ich kann nicht behaupten, dass ich ihn sehr vermissen werde."

„Ausgezeichnet", antwortete ich. „Danke, dass du es begrüßt."

„Es tut mir leid, dass ich nicht persönlich da sein konnte."

„Dadurch war es viel weniger blutig."

„Sagt der Mann, der gerade einem anderen König den Kopf abgeschlagen hat", erwiderte er gedehnt. „Das ist definitiv ein Weg, um deine neue Rolle als König anzukündigen."

„König?", wiederholte Jasmine, wobei ihre Stimme einen schrillen Ton anschlug. „Du hast Lilith *getötet*."

Ich hob meinen Blick zu ihr, deren Wangen nicht mehr grün, sondern leicht errötet waren.

„Technisch gesehen hat Ryder Lilith getötet", antwortete ich. „Sie hat versucht, ihn mit einem Gerät zu foltern, das die Erosita-Verbindung zerstört, er hat sich nur gerächt."

„Willow hat geholfen", fügte Ryder hinzu.

Jasmine sprudelte auf, ihr Blick war wild. „Das *kann nicht euer Ernst sein.*"

„Wir meinen es todernst", antwortete ich. „Möchtest du dich Lajos anschließen oder möchtest du am Leben bleiben, um an der Ratssitzung nächste Woche teilzunehmen? Ich meine, vorausgesetzt, sie wird nicht vorverlegt." Ich schaute auf den Bildschirm und versuchte, die Kamera zu finden, durch die Ryder sehen konnte. Nach einigen Sekunden gab ich auf, denn es spielte keine Rolle, ob er mich sehen konnte oder nicht; er konnte mich hören. „Ich nehme an, du solltest eine Warnung über Liliths Handy versenden."

Ryder grinste. „Langsam verstehe ich, warum Damien dich mag." Ohne ein weiteres Wort legte er auf.

Ein Schrei ertönte, als Jasmine völlig durchdrehte. Sie klang wie eine Hexe.

Darius nahm ein Messer vom Tisch und rammte es der Frau in den Hinterkopf. Nachdem sie zu Boden gefallen war, rieb er sich die Schläfen. „Immer diese Kopfschmerzen."

In der nächsten Sekunde brach Chaos aus und mehrere Vampire rannten zum einzigen Ausgang des Gebäudes, aber ich stellte mich an die Tür, um sie aufzuhalten. „Zurück und setzt euch verdammt nochmal hin. *Sofort.*"

Einige von ihnen wichen zurück, als sie mich nicht nur hörten, sondern auch sahen, dass ich vor ihnen stand.

Einer fiel mir vor die Füße.

Die anderen erstarrten.

Daraufhin taten sie genau das, was ich verlangt hatte.

Es befanden sich nur siebzehn von ihnen im Raum. Der stärkste von ihnen war bereits getötet worden. Der anderen steckte ein Messer im Hinterkopf.

So blieben Darius und ich mit einer Gruppe von weniger mächtigen Vampiren zurück.

Die meisten von ihnen saßen nicht wirklich, sondern knieten mit gesenktem Kopf und erkannten mich als ihren Ältesten und Führer an.

Nur zwei starrten mich direkt an.

Ich hatte ihr Alter in der Luft geschmeckt und festgestellt, dass sie weniger als eintausend Jahre alt waren und mich dann hinter sie gestellt, um ihnen das Genick zu brechen.

Die Vampire in der Nähe zitterten vor Angst, denn sie wussten, dass ich ihnen den Kopf abreißen konnte, wenn ich wollte. Aber sie hatten mir einen Anflug von Respekt entgegengebracht. Deshalb würde ich sie vorerst am Leben lassen.

„Also gut. Wir werden Folgendes tun", fing ich an, ging vor den Vampiren auf und ab und ignorierte die menschlichen Überreste, die den Nachtclub übersäten. „Ich möchte, dass ihr Kopien dieser Videos und Bilder an jeden schickt, den ihr kennt, damit die Welt erfährt, dass Lilith tot ist."

Ursprünglich wollte ich diese Informationen nicht auf diese Weise verbreiten, aber Lajos hat meine Pläne zerstört, als er Calina das Genick gebrochen hat."

Ich hielt inne, um erneut nach unserer Verbindung zu suchen, und schluckte, als ich sie immer noch nicht erreichen konnte.

Konzentriere dich, sagte ich mir und atmete tief durch. *Du bist fast fertig.*

Nein, ich war noch lange nicht fertig.

Ich ging zur Bühne hinüber, lehnte mich dagegen und betrachtete die knienden Vampire vor mir.

„Wir alle waren einmal Menschen", sagte ich leise. „Einige von uns sind erst seit kurzem unsterblich, andere schon länger. Könnt ihr auf die Bühne hinter mir schauen und sagen, dass das in Ordnung ist? Dass die Art, wie wir die Menschen behandeln, fair und gerecht ist? Wir sind in jeder Hinsicht überlegen, aber mit dieser Überlegenheit geht auch die Verantwortung einher, die Schwachen zu schützen. Stattdessen schwächen wir die Sterblichen noch mehr und versklaven sie."

Ich konzentrierte mich wieder auf die Bühne, auf die Menschen, die jedem meiner Worte lauschten und sich weigerten, einen Blick zu riskieren.

„Ich erinnere mich an eine Zeit, in der ich meine Beute verführen musste, in der ich für mein Blut arbeiten musste und die Menschen noch eine Eroberung darstellten. Jetzt beugen wir uns einfach vor und nehmen es uns und ehrlich gesagt, langweilt mich das zu Tode."

Daraufhin regten sich einige der Vampire und ihre Blicke glitten zur Seite, um die ihrer Verbündeten und Freunde zu treffen.

„Es gab einmal einen Vampir, der glaubte, dass wir mit den Menschen auf eine ganz andere Art und Weise koexistieren könnten, als es bisher der Fall war. Viele von euch kennen seinen Namen, obwohl Lilith es uns verboten hat, ihn zu erwähnen. *Cam*. Der Älteste meiner Generation. Der Älteste von uns."

Ich stieß mich von der Bühne ab und ging wieder auf und ab.

„Lilith erzählte allen, dass er tot sei. Das ist er aber nicht. Er ist irgendwo in einem Bunker versteckt, vielleicht sogar hier in der Lajos Region." Ich hielt inne und musterte die Vampire noch einmal, auf der Suche nach irgendeiner Reaktion auf meine Worte. „Wir haben bereits mehrere ihrer geheimen Forschungseinrichtungen gefunden. Wir wissen, dass Bunker 37 in der Lajos Region liegt. Aber wir sind nicht sicher, auf welcher Insel."

Ich wartete, damit sich der Köder setzen konnte. Aufgrund der Informationen, die wir von Lajos' ehemaligen Vigil erhalten hatten, wussten wir bereits ziemlich genau, wo sich der Bunker befand, aber ich hoffte, dass jemand hier seinen Wert beweisen wollte.

Es dauerte noch ein paar Sekunden, bis sich eine dunkelhaarige Frau räusperte und ein Paar mandelförmige Augen zu mir aufblickten. „Ich weiß nicht, wo der Bunker ist, eure Hoheit. Aber ich denke, ich kann Euch helfen, ihn zu finden."

„Wie?", fragte ich und bemerkte ihre zerrissene Garderobe. Wahrscheinlich arbeitete sie hier, zusammen mit Maus.

„Sein Büro, mein Prinz. Er hat eines hier in diesem Gebäude, denn es ist sein bevorzugter Club."

Ich nickte. „Das ist hilfreich. Hat sonst noch jemand irgendwelche Informationen?" Ich musterte die Gruppe. „Ich biete euch allen hier eine Chance. Vielleicht seid ihr mit der Reform nicht einverstanden oder mögt den Status quo dieses Blutbads vorziehen, aber ihr werdet ein böses Erwachen erleben, wenn ihr den Blutmangel in unserer Welt erkennt. Wir sind gefräßig geworden und es gibt nicht genug Blut, um uns alle zu ernähren. Nur sehr wenige Regionen haben genug, um zu überleben."

Ich zeigte auf Jasmines unbewegliche Gestalt.

„Wenn ihr mir nicht glaubt, bewertet Jasmines Region. Sie wollte sich heute mit mir treffen, um einen Tausch von Blut gegen Technologie vorzuschlagen. Und es gibt einen Grund, warum sie so verzweifelt war, mich um Unterstützung zu bitten. Sie ist nicht die Erste. Sie wird auch nicht die letzte sein. Im Gegensatz zu vielen meiner Brüder regle ich den Handel mit Blut in meinem Gebiet auf angemessene Weise."

Niemand sagte etwas.

Ich atmete aus und fuhr mir mit der Hand über das Gesicht.

„Der Wandel ist da. Es ist eure Entscheidung. Entweder habt ihr genug von diesem Mist und wollt wissen, was ich vorschlage, oder ihr zieht den Status quo vor. Schickt eure Videos und Nachrichten, dann werft eure Handys und Apparaturen auf die Bühne. Wenn ihr mehr über meine Pläne erfahren wollen, bleibt. Wenn ihr unsere derzeitige chaotische und grausame Welt bevorzugt, geht. Ich werde euch nicht aufhalten, denn ich bin nicht Lilith und ich habe nicht vor, durch Angst zu regieren."

Ich war verdammt noch mal zu müde, um noch mehr zu sagen, damit sie blieben.

Ich musste Cam finden.

Dann würden wir uns an den Rat wenden.

Angenommen, alle würden zu dem Treffen nächste Woche erscheinen.

Wer zum Teufel wusste das jetzt noch? All die Planung, all meine Schauspielerei und Überredungskunst … weg. Ruiniert. Zerstört für eine Frau.

Fast hätte ich über diesen ganzen Wahnsinn gelacht.

Doch dann spürte ich, wie sich ganz langsam etwas Leben in meiner Brust regte. Ein Ruck in der Verbindung. Calinas Geist klinkte sich in meine Unsterblichkeit ein, um den Prozess der Wiedergeburt einzuleiten.

Und ich wusste, dass es das alles wert war.

Eine solch seltsame, unerwartete Veränderung der Gedanken und Gefühle.

Dennoch hatte ich es akzeptiert. Meine Seele sagte mir, dass es richtig war, und ich war noch nie jemand gewesen, der seinen Instinkten nicht gehorchte.

Das war nicht das, was ich geplant hatte, aber das machte unsere Verbindung so viel schöner.

Mit einem Nicken wandte ich mich mit einer letzten Bemerkung an die Menge. „Schickt eure Nachrichten. Trefft eure Wahl. Und scheißt auf die Blutallianz.“

LILITH

NACHDEM IHR NUN DIE Akten der Verbündeten und des Widerstands durchgesehen habt, ist es an der Zeit, die Übernahmeprotokolle zu besprechen.

Zunächst müsst Ihr unsere Verbündeten über Euren auferstandenen Zustand informieren. Sie erwarten Eure Ankunft und werden die Nachricht mit großer Freude aufnehmen.

Zweitens: Ich schlage vor, dass Ihr …

Bitte halten Sie sich für eine wichtige Nachricht von Ihrem virtuellen Assistenten bereit.

Die Nachricht beginnt in drei, zwei …

Mein Herr, ich habe dringende Nachrichten von unseren Verbündeten. König Lajos wurde gerade von König Jace ermordet. Die Gründe sind noch nicht bekannt, aber es scheint, dass sich eine Erosita genommen hatte. Seine Loyalität wurde aufgrund seiner Verbindungen zu alten Methoden schon immer infrage gestellt. Auf einem Video ist er zu sehen, wie er Bunker 37 erwähnt, was darauf hindeutet, dass er mit dem Widerstand zusammenarbeitet und an dem Einbruch beteiligt war. Wie möchtet Ihr vorgehen?

Um die Überwachung fortzusetzen, klicken Sie –

Die Überwachung wurde fortgesetzt.

Ich schlage vor, dass Ihr Euch als Nächstes die Aufwachprotokolle anseht, mein Lehnsherr. Sie enthalten die Details, wie man die Antiker aus ihrem Schlaf weckt, was aufgrund der jüngsten Ereignisse notwendig sein könnte, um Eure Führung zu sichern. Vor allem wegen Eurer familiären Beziehungen zu einigen wichtigen Mitgliedern des Widerstands, wie Eurem Bruder.

Wenn Sie möchten …

Es tut mir leid, das System erkennt diesen Befehl nicht.

Bitte wählen Sie aus den folgenden –.

Es tut mir leid, das System erkennt diesen Befehl nicht.

Bitte wählen Sie aus den folgenden Eingabeaufforderungen: Für weitere Informationen zu den Aufwachprotokollen, wählen Sie Aufwachen. Für weitere Informationen zu den Überwachungs-protokollen, wählen Sie Überwachung. Um zu Ihrem aktuellen Protokoll zurückzukehren, wählen Sie Zurück.

Tut mir leid, das System ist nicht …

Tut mir leid, das System ist nicht …

Halten Sie sich für eine Live-Übertragung bereit.

Beep.

Beep.

Beep.

Beep.

Bee –

Befehl Pause.

CALINA

Autsch, dachte ich, mein Körper zitterte vor Schmerz. *Lilith muss mich wieder getötet haben.*

Und wie jedes Mal konnte ich mich nicht an die Einzelheiten erinnern. Sie würden mir bald in meinen Träumen erscheinen. Eine weitere quälende Erinnerung.

Ich seufzte und wartete auf das Unvermeidliche, während ich mich im Dämmerzustand befand.

Ein Schmerz durchzog mich, gefolgt von einer wohltuenden Wärme.

Das ist … anders.

Der Schmerz kam erneut, diesmal begleitet von einer federleichten Berührung an meiner Kehle.

Es folgte ein verlockender Duft, der mich an die Wildnis erinnerte. *Bäume. Wälder. Sonnenschein. Salz.*

Wie konnte ich diese Gerüche erkennen? Ich war noch nie in den Wäldern gewesen oder hatte die …

Warte.

In meinen Gedanken tauchte das Bild eines Mannes auf.

Gut aussehend. Kräftige Wangenknochen. Kantiges Kinn. Verführerische blaue Augen. Arrogante Gesichtszüge und volle Lippen.

Ich griff nach ihm … Seine Gegenwart war eine hypnotische Verlockung, die mich aus den Tiefen meines

Geistes in eine Welt der Einsicht und der nackten Realität zurückzog.

Nur, dass ich nicht wach war.

Aber ich konnte *ihn* sehen. Seine Gedanken. Seine Erinnerung. Seine Wut …

Lajos.

Bei der Erinnerung, wie mich der royale Vampir am Hals packte und *mir das Genick brach, zuckte ich zusammen.*

Aua!

Ich konnte es nicht spüren. Nicht ganz. Ich hatte es mit den Augen eines anderen gesehen.

Jace.

Mir wurde warm ums Herz, als ich an diesen Namen dachte. Dann wanderte eine weitere dieser sinnlichen Streicheleinheiten meinen Rücken hinunter und ein Gefühl der Belustigung überkam mich.

Ich kann dich hören, kleines Genie. Lass mich diese hübschen Augen sehen. Ich möchte sehen, welche Farbe sie heute haben.

Ich runzelte die Stirn, weil ich das Eindringen der männlichen Stimme nicht verstand.

Dann plötzlich tat ich es doch. Ich erinnerte mich an unsere Verbindung.

Er war mein Gefährte.

Ich war gestorben. Seine Unsterblichkeit hatte mich zurückgebracht. Oder war es meine eigene gewesen? Das blieb abzuwarten.

Oh, aber er hatte einen wunderbaren Verstand! Ein Geist voller Wunder und Wissen, seine Erfahrung war zeitlos. Und die Macht … dieses Wesen … *mein Jace …* besaß ein unglaubliches Maß an Kraft und Geschick.

Er konnte sich phasenweise teleportieren – einen Kilometer auf einmal.

Ich hatte keine Ahnung, dass er so schnell war. So stark. So … *überirdisch.*

Meine Seele fiel ein wenig in Ohnmacht, weil ich mit einem so beeindruckenden Mann verbunden war.

Seine geistigen Fähigkeiten verführten mich jedoch am meisten.

Komplex.

Strategisch.

Brillant.

Ich bewunderte seine Gedanken und seufzte zufrieden, während ich von einem Gedanken zum nächsten sprang. Er spürte mich in seinem Geist und seine Erheiterung über meine Erkundung war offensichtlich.

Er ermutigte mich, tiefer zu graben, ihn auf eine Weise zu sehen, wie es noch niemand getan hatte. Denn er vermutete, dass ich die einzige Person sein könnte, die ihn wirklich verstehen könnte.

Er hatte recht.

Unsere Gedanken waren absolut kompatibel, was wir ohne unsere Verbindung nie festgestellt hätten.

Ich spürte, wie sehr er die Einzigartigkeit unserer Paarung schätzte. Keiner von uns beiden hatte das geplant, aber bei jeder rationalen Betrachtung unserer Situation ergab es Sinn.

Er wollte mich für immer behalten.

Er fühlte sich aufgrund der Ereignisse mit Lajos unwürdig, aber er schwor sich auch, diesen Fehler nie wieder zu machen – und wir waren uns einig, dass dies besser war als jede Entschuldigung, die er vorbringen konnte.

Ich dachte über seine Sichtweise auf unsere Verbindung nach, über die praktische Art und Weise, in der er entschied, dass wir sie langfristig verfolgen sollten.

Wir hatten uns gegenseitig gestärkt. Ich bot ihm eine geistige Spielwiese, auf der er seine Ideen austauschen konnte, und er schenkte mir Unsterblichkeit und Schutz.

Eine pragmatische Beziehung.

Aber es gab einen Aspekt, der mir nicht gefiel.

Monogamie.

Jace … war nicht monogam.

Doch aus seinen Erinnerungen an Lajos konnte ich spüren, dass es nie infrage kommen würde, mich zu teilen. Das heißt, er wollte, dass ich ihm treu war.

Aber was war mit ihm? Würde Jace mir treu sein?

Er hörte, wie ich über diese Fragen nachdachte, und sein Verstand rief eine Reihe von Antworten hervor, die mich innerlich unruhig machten. Vor allem, weil er es nicht zu wissen schien.

Ich öffnete die Augen. Es war dunkel, als ich mich im Bett neben Jace wiederfand.

Er sprach nicht, aber sein Blick studierte meinen, während er sich auf seinem Ellbogen neben mir aufgestützt hatte.

Ich wollte ihm sagen, dass der Gedanke, ihn zu teilen, mich störte. Ich konnte aber nicht ausmachen, warum.

Ja, er war mein Gefährte. Unser Verstand war miteinander verbunden, ebenso wie unsere Seelen. Aber was war mit unseren Herzen?

Wollte einer von uns beiden eine romantische Verbindung? Eine Liebesbeziehung? War das für jemanden wie mich oder ihn überhaupt möglich?

Er strich mir über die Wange und seine Lippen verzogen sich zu einem sanften Lächeln. „Blau."

Meine Stirn legte sich in Falten. „Blau?" Es kam ein wenig rau heraus, wie ein Krächzen.

Er griff um mich herum, nahm ein Glas Wasser vom Nachttisch und führte es an meinen Mund. „Trink."

Ich stellte ihn nicht infrage, sondern öffnete meine Lippen und ließ das kühle Wasser über meine schmerzende Kehle rinnen, was mir sofort Erleichterung verschaffte und mich auf eine Weise belebte, die ich nicht erwartet hatte.

„Deine Augen", sagte er, als ich einen weiteren Schluck nahm. „Sie sind blau."

Ich dachte einen Moment lang darüber nach und wollte nicken, denn das ergab Sinn. Meine lykanische Seite neigte dazu, in Situationen, in denen es um Tod oder Schmerz ging, stärker in Erscheinung zu treten.

Jace hörte mir zu, während ich noch ein wenig darüber nachdachte und an die anderen Male dachte, in denen meine Augen blau gewesen waren. Zum Beispiel, wenn ich mich bedroht gefühlt hatte.

„Oder erregt", fügte er hinzu. „Sie sind auch blau, wenn wir Sex haben."

„Wirklich?" Das könnte die animalischen Triebe erklären, die ich im Schlafzimmer mit ihm gespürt hatte.

„Willst du das jetzt als natürlich bezeichnen?", fragte er und lauschte meinen Gedanken. „Du hast auf meine vampirische Sinnlichkeit nur so reagiert, weil es eine *natürliche* Neigung war?" Er formulierte es wie einen Spott – seine Frage war eindeutig rhetorisch.

„Du hast den wissenschaftlichen Gegenbeweis erbracht", sagte ich ihm und räumte ein, dass ich mit meiner ursprünglichen Theorie völlig falsch gelegen hatte.

„Ich würde vorschlagen, auf dieses Thema näher einzugehen, aber wir haben jetzt keine Zeit zum Spielen." Er beugte sich wieder über mich und stellte das Wasser zurück auf den Nachttisch, bevor er seine Lippen auf meine drückte.

Ich erwiderte seinen Kuss und durchsuchte seine Gedanken, um mehr darüber zu erfahren, warum wir keine Zeit hatten.

Die Antwort kam schnell.

Bunker 37.

Er hatte die Koordinaten von Lajos' früheren Vigil erhalten und nachdem er einige von Lajos' Akten durchgesehen hatte, hatte sich dieser Verdacht bestätigt.

Ich hörte zu, als er mir das Büro beschrieb, das er erkundet hatte, während ich mich von meiner Verletzung erholte. Er erzählte mir alles, was er in Lajos' Privaträumen gefunden hatte, was nicht viel war, aber genug, um zu bestätigen, dass er von Liliths Projekten wusste, zumindest von denen, die in seinem Gebiet stattfanden.

Deshalb fragte sich Jace, warum Luka nichts von dem Bunker auf dem Land des Majestic Clans gewusst hatte.

Diese Neugierde hatte er aber verdrängt, als er mehrere Nachrichten durchgelesen hatte, die zwischen Lajos und Lilith hin und her gegangen waren.

Jace' Zunge streichelte meine. Sein Kuss war eine berauschende Mischung aus Verlangen und intellektueller Stimulation.

Ich stöhnte, weil mir unser Zeitplan nicht gefiel, aber ich freute mich auch auf Antworten.

Bestimmt nicht nur deine vampirischen Gaben, dachte ich.

Er kicherte und seine Hand glitt nach oben, um meine Brust zu berühren. *Ich werde dich später daran erinnern.*

Das Versprechen in seinen Worten und die Erkenntnis, dass ich nackt war, brachte mir eine Gänsehaut ein.

Sein Verstand flüsterte den Grund dafür – *meins.*

Es gefiel ihm nicht, dass Lajos mich nicht nur in diesem Kleid gesehen, sondern auch angefasst hatte.

Die Art und Weise, wie die Situation geendet war, hatte nur noch mehr Schuldgefühle und Wut hervorgerufen.

Also hatte er mich und sich selbst ausgezogen und mich die letzten zwei Stunden gehalten, während ich die Heilung vollzogen hatte.

Sein Kuss vertiefte sich und seine Berührung wurde

zärtlich, während ich diese Offenbarung entschlüsselte und verarbeitete. Dieser Tod war eigentümlich und so anders als meine anderen Todeserfahrungen, bei denen ich kalt und allein aufgewacht war.

Jace hatte mich beschützt.

Er hatte sich um mich gesorgt.

Ich staunte, als sich unsere Umarmung in etwas eher Intimes als Sexuelles verwandelte. Seine Berührung verlagerte sich von meiner Brust zu meinem Hals und seine Zunge flüsterte mir unbekannte Segnungen in meinen Mund.

Ich hörte auf, es zu analysieren und ließ es einfach geschehen.

Genau wie er.

Unsere Körper sprachen anstelle unseres Verstandes.

Das war ein atemberaubender Moment der Leidenschaft und des Versprechens, der nur durch das Rumpeln unter dem Bett unterbrochen wurde.

Wir sind in einem Flugzeug, stellte ich fest. Bis jetzt hatte ich nur Jace wahrgenommen.

Ja. Bunker 37 ist auf einer anderen Insel. Er schob mir gedanklich die Koordinaten zu und sagte mir, dass wir erst vor dreißig Minuten losgeflogen waren. Er hatte gewartet, bis er spürte, dass unsere Verbindung aufblühte, weil er den Bunker nicht ohne mich betreten wollte.

Zwei Köpfe sind besser als einer, fügte er als Begründung seiner Entscheidung hinzu.

Was er nicht erwähnte, war der letzte Grund, der ihn zu seiner Entscheidung veranlasste – er verstand, wie wichtig es war, dass ich mit ihm ging. Er wollte nicht, dass ich die Gelegenheit verpasste, die Akten über meine Schöpfung zu finden.

Danke, flüsterte ich, als unser Kuss endete. Ich öffnete die Augen und begegnete seinem verführerischen Blick, seinen Gesichtszügen, die die Bedeutung von Schönheit neu definierten. Er war wirklich bemerkenswert, ganz gleichmäßige Linien und eine perfekt geformte Nase.

Der Titel „*König*" stand ihm absolut zu.

„Machst du dich damit zu meiner Königin?", neckte er leise, als das Flugzeug in den Sinkflug überging.

Ich hatte keine Gelegenheit zu antworten – nicht, dass ich eine Antwort hätte geben können –, als ich eine tiefe Stimme wahrnahm.

„Ist es dir jemals in den Sinn gekommen, andere über deine Absichten zu informieren, bevor du handelst?", fragte eine kultivierte Stimme. „Oh, wem mache ich etwas vor? Natürlich … du bist es doch, der Meister des Spiels. Sollte ich also beleidigt sein, weil ich nicht wenigstens eine SMS als Vorwarnung erhalten habe?"

„Kylan." Jace' Blick ging zu dem Lautsprecher auf dem Nachttisch. „Hat Darius dich durchgestellt?"

Kylan. Königlicher Vampir. Verbündeter. Ich rief diese Details schnell ab, als ich den bekannten Namen hörte.

„Sag mir nicht, dass es dir etwas ausmacht, Jace. Ist ja nicht so, als hättest du mich nicht kurz einweihen könne, bevor Ryder die Allianz mit einem Foto bombardiert, auf dem er wie ein Verrückter grinst, während er Liliths abgetrennten Kopf hochhält."

Ich runzelte die Stirn. *Warum sollte Ryder eine solche Nachricht senden?* Jace hatte gesagt, sie bräuchten mehr Verbündete auf ihrer Seite, bevor er ihren Tod verkündigte.

Was habe ich verpasst, als ich bewusstlos war?

Es war mir nicht in den Sinn gekommen, zu fragen, *wie* sich Jace Zugang zu Lajos' Büro verschafft hatte. Ich war zu sehr von den Details und unserem nächsten Ziel abgelenkt, um tiefer zu graben.

Aber jetzt verstand ich, denn jetzt konnte ich die Details *sehen*, die ich vorher übersehen hatte.

Du hast Lajos getötet, hauchte ich und sah zu, wie sich die Erinnerung entfaltete. Mit ihr kam eine Welle der Verzweiflung und Wut – Jace' Reaktion auf meinen Tod. Er hatte sich Sorgen gemacht, dass er endgültig war.

Er hatte sich Sorgen um *mich* gemacht.

Meine Lippen versuchten, eine Antwort darauf zu formulieren, aber mir fiel keine ein, geschweige denn, dass ich sie hätte aussprechen können.

Ich hatte allerdings auch keine Gelegenheit dazu, weil Jace bereits Kylan antwortete.

„Würdest du Robyn töten, wenn du die Möglichkeit dazu hättest?", fragte er. Die Frage wich dem aus, was Kylan gesagt hatte, aber meine Verbindung zu Jace' Gedanken verriet mir, warum er diese Frage gewählt hatte. Er sah die Situation in einem gewissen Zusammenhang mit seiner Entscheidung bezüglich Lajos.

Robyn hatte Kylans Eigentum verletzt – ein krankes und verletzendes Spiel. Sie hatte damit seine Überlegenheit beleidigt, ähnlich wie Lajos Jace respektlos behandelt hatte, indem er mir das Genick brach.

Aber es ging noch tiefer als das.

Jace betrachtete mich nicht so sehr als sein *Eigentum*, sondern als seine *Gefährtin*. Das konnte ich in seinen Gedanken leise hören. Obwohl ich ein Mensch und weit weniger erfahren war, sah er mich als ebenbürtig an, zumindest geistig. Und das nur, weil unser Verstand ähnlich funktionierte.

Ich dachte gerade darüber nach, als Kylan sagte: „Ich bin mir nicht sicher, was das mit ihr zu tun hat, aber sie hätte den Tod verdient, ja. Sollte das ein Angebot sein?"

„Das steht mir nicht zu", antwortete Jace. „Und es gibt da einen Zusammenhang. Lajos hat meine *Erosita* aus reinem Spaß getötet. Zum Glück war es nur vorübergehend. Es fühlte sich aber zu diesem Zeitpunkt nicht vorübergehend an, und ich habe dementsprechend darauf reagiert."

Es herrschte Stille in der Leitung, nachdem Jace den Vorfall und seine instinktive Reaktion darauf geschildert hatte. Er hatte über ein Jahrhundert der Planung weggeworfen für ... für *mich*.

Ich staunte über diese Offenbarung und hörte, wie er die Entscheidung verarbeitet hatte und dass er sie nicht bereute. Nicht einmal jetzt. Nicht einmal, nachdem ich lebendig neben ihm im Bett aufgewacht war.

Lajos hatte den Tod verdient. Diese Worte gingen ihm durch den Kopf, nicht unbedingt für mich, sondern einfach als Bewertung der Situation, und er wiederholte sie immer wieder.

Das war nicht die Art, wie er sich das alles vorgestellt hatte, und es gab nichts, was er hätte tun können, um das zu ändern.

Er konzentrierte sich bereits auf die Zukunft und die nächsten Schritte, die sich vor allem darauf ausrichteten, so schnell wie möglich Cam zu finden.

„Ich weiß nicht, was mich mehr schockiert", sagte Kylan vorsichtig. „Die Tatsache, dass der Meisterstratege so stark von seinem Kurs abgewichen ist oder dass er es für eine Frau getan hat – für seine *Erosita*. Von allen Vampiren warst du der Letzte, den ich je mit einer festen Partnerin gesehen habe."

„Ich könnte dasselbe zu dir sagen", erwiderte Jace und drückte seine Lippen auf meinen Hals. Ich hörte zu, wie er über Kylans Begriff *„festen Partnerin"* nachdachte, wie sein Verstand den Wahrheitsgehalt der Formulierung berechnete und sie für angemessen hielt. „Wie geht es deiner Raelyn?"

„Sie redet gerade mit Willow über irgendein Lykanerbaby", sagte Kylan langsam. „Noch eine Sache, die mich ziemlich verwirrt."

„Hm, nun, Ryder wird dich auf dem Laufenden halten müssen, da wir gleich landen und ich Calina ein paar Klamotten besorgen muss." Mit diesen Worten rollte er sich von mir herunter und ging zum Schrank, während er mir in Gedanken sagte, dass ich auf dem Bett bleiben sollte. Der Sinkflug machte den Gang unsicher, und er wollte nicht riskieren, dass ich in meinem Zustand stürzte.

Mir ging es gut. Es machte mir allerdings nichts aus, den Anblick von Jace zu bewundern, da er nun nackt herumlief.

Das habe ich gehört, du kleines Genie.

Das ist eine instinktive Reaktion auf deinen übernatürlichen Körperbau, sagte ich ihm.

„Ah, die *Erosita* hat auch einen Namen", sagte Kylan und unterbrach unseren mentalen Flirt. „Wo hast du sie gefunden?"

„An demselben Ort wie den Lykaner-Welpen, von dem Raelyn so verzückt ist", antwortete Jace.

„Die Labore."

„Ja. Und wir sind auf dem Weg zu einem dritten Bunker, der angeblich Informationen über Calinas Schöpfung beherbergt. Wir hoffen, dass wir dort auch Cam finden."

„Der nicht auffindbare König, der uns alle retten sollte. Ich frage mich, wie er über diese Abweichung vom Plan denken wird."

„Er wird zu sehr mit der Zukunft beschäftigt sein, um sich um meine Entscheidungen zu kümmern." In Jace' Tonfall lag ein Hauch von Tadel.

Doch Kylan kicherte nur. „Ich denke, das werden wir sehen. Kann ich euch irgendwie helfen?"

Jace kam mit einer Jeans und einem weißen ärmellosen Shirt zum Bett zurück. „Zieh das an."

„Was anziehen?", fragte Kylan.

„Ich spreche mit Calina."

„Unhöflich", murmelte Kylan. „Ich dachte, wir führen gerade ein Gespräch."

„Ja, ein Telefonat, an das ich mich nicht erinnere, es angenommen zu haben."

„Das Leben ist voller Überraschungen, Kumpel."

„Hast du nicht angerufen, um deine Abneigung gegenüber Überraschungen zum Ausdruck zu bringen?" In Jace' Tonfall schwang ein Hauch von Verärgerung mit, aber ein Lächeln umspielte seine Lippen, was darauf hindeutete, dass er Kylan eher ärgern als rügen wollte.

„Ich habe nie behauptet, dass es mir nicht gefällt, ich habe nur meinen Unmut darüber geäußert, dass ich nicht mitmachen durfte."

„Du hast also angerufen, um zu schmollen", antwortete Jace, wobei die Belustigung die Verärgerung in seiner Stimme nun verdrängte.

Zwischen diesen beiden sehr alten Vampiren gab es eine lange Geschichte einer tiefen Freundschaft, die aufgrund ihrer ähnlichen Interessen zerbrochen war. Ich ging in die Erinnerungen, um mehr über ihre Vergangenheit und ihre gemeinsamen Ansichten zu erfahren.

Als ich die Gedanken in mir aufgenommen hatte, war das Telefonat vorbei und Jace stand in Jeans und schwarzem T-Shirt vor mir. „Willst du weiter in meiner Vergangenheit herumstochern oder dir etwas anziehen?"

Ich dachte einen Moment darüber nach, da meine Gedanken immer noch sehr stark mit seinen verbunden waren. „Du willst nicht, dass ich mich anziehe", sagte ich und griff den Wunsch in seinen Gedanken auf.

„Ja, ich würde es vorziehen, wenn du den ganzen Tag nackt herumlaufen würdest, aber nur für mich. Nicht für andere. Und da bei dieser Mission nicht allein sein werden, ist Kleidung erforderlich." Er deutete auf die Hose und das Top auf dem Bett.

Ich bemerkte, dass Unterwäsche fehlte und hörte, wie er in Gedanken antwortete, dass das Absicht sei. Auch den dünnen weißen Stoff schien er nicht ohne Hintergedanken ausgewählt zu haben.

Sein Blick glitzerte in böser Absicht, nachdem ich mich angezogen hatte. Seine Aufmerksamkeit fiel sofort auf meine Brust. „Perfekt." Dann reichte er mir eine dicke Weste. „Die ist zum Schutz."

„Für mich oder für alle anderen?", fragte ich ihn und bemerkte die doppelte Verwendung des Wortes in seinen Gedanken.

„Beides. Sie schützt dich vor möglichen Schüssen und alle anderen davor, dass ich sie umbringe, weil sie dich in diesem Top sehen."

Ich schlüpfte wie gewünscht in die Weste und sagte: „Du hast mein Outfit ausgesucht."

„Ja. Für mich, nicht für sie."

Ich schüttelte nur den Kopf und nahm die Socken und Schuhe entgegen, die er mir als Nächstes reichte.

Jace hielt mich an den Schultern fest, als das Flugzeug den Boden berührte. Seine Stärke und Stabilität waren ein Meisterwerk an Erfahrung, Alter und Kraft.

Ich bewunderte ihn, während ich meine Tennisschuhe zuschnürte, die die gleiche schwarze Farbe hatten wie seine.

Als ich fertig war, band er mein Haar zu einem Pferdeschwanz zurück und nickte mir zu. „So gut wie neu."

„So fühle ich mich erst nach einer Dusche", gab ich zu.

Die Steifheit der Wiedergeburt war noch deutlich in meinen Knochen zu spüren.

Jace hielt inne, überlegte kurz und sagte dann: „Das machen wir, wenn wir hier fertig sind."

Ich nickte zustimmend, denn die Laboratorien hatten in meinem Kopf ebenfalls Vorrang.

Vielleicht finde ich endlich heraus, wer ich bin. Was ich bin. Mit wem ich verbunden bin. Wie ich geschaffen wurde.

All das war viel wichtiger als eine Dusche.

„Ich bin bereit", sagte ich zu ihm.

Er beugte sich vor, um seine Lippen auf meine zu pressen, und in seinem Kopf schien eine ganze Reihe von Emotionen und Gedanken auf einmal aufzutauchen, aber sie waren schneller da und wieder verschwunden, als ich sie entziffern konnte. Seine praktische Seite übernahm schnell die Oberhand. „Also gut. Lass uns gehen, kleines Genie."

JACE

DARIUS WARTETE am Rand der Landebahn auf mich. Er trug eine Jeans und ein T-Shirt, das dem meinen ähnelte. Juliet stand ganz in Schwarz gekleidet neben ihm, ihre Weste entsprach der, die ich Calina gegeben hatte. Technisch gesehen gehörten beide Westen Juliet. Sie waren ein Geschenk von Darius, was er wahrscheinlich für romantisch gehalten hatte.

Ich muss mir merken, dass ich ihn in Zukunft nicht für Geschenken zu Rate ziehen darf.

Vorausgesetzt, Calina mochte solche Dinge überhaupt.

Warum denke ich überhaupt darüber nach? Kopfschüttelnd packte ich Calina an ihrer Taille und ging mit ihr zu Darius hinüber.

Sie reagierte nicht, da ihr Verstand meine Absicht bereits eine Sekunde vorher erfasst hatte und wie üblich nahm sie es mit Anstand hin, denn sie bezeichnete das Geschenk als praktisch.

Es ist, als wärst du für mich kreiert worden, sagte ich ihr. Dann richtete sich mein Blick auf Darius. „Konnte Damien irgendwelche nützlichen Details liefern, wo wir den Eingang finden könnten?"

Er zuckte mit den Schultern – ein Bild der Lässigkeit.

„Nur die Codes für die Bunkertür und die Befehle, die die Vigil zu hören erwarten."

„Das hört sich wirklich nützlich an", erwiderte ich und amüsierte mich über seine trockene Art. „Du klingst enttäuscht, Darius. Liegt es daran, dass wir beim Eintritt kein Blut vergießen werden?"

„Ich glaube, ich habe genug Blutvergießen gesehen, um ein paar Tage über die Runden zu kommen", erwiderte er, wobei er sich auf Lajos' Nachtclub bezog, den wir besucht hatten. Wir hatten unendlich viele tote Menschen vorgefunden, als wir die Räumlichkeiten nach brauchbaren Informationen und Hilfsmitteln durchsucht hatten.

Abgesehen von ein paar Dokumente in Lajos' Büro, die seine Verbindungen zu Lilith bestätigten, hatten wir nicht viel gefunden. Danach hatte ich eines meiner Flugzeuge angefordert, um die restlichen Vampire − nur zwei waren nach meiner Rede gegangen − und die Menschen aus dem Club abzuholen.

Die Organisation hatte viel Zeit und Energie gekostet, da ich mich mehr auf Calinas Genesung als auf die eigentliche Aufgabe, den anderen zu helfen, konzentriert hatte, aber wir hatten es in weniger als acht Stunden unter Dach und Fach gebracht. Ivan hatte sich bereit erklärt, sich um ihre Unterbringung in meinem Appartement zu kümmern − etwas, wozu ich ihm schriftlich die Befugnis gegeben hatte.

Um den Rest würde ich mich später kümmern. Dazu gehörte auch die Suche nach festen Unterkünften und geeigneten Arbeitsplätzen in meiner Region für die geflüchteten Vampire.

Irgendwann würde ich auch auf Jasmine treffen. Ich hatte sie mit den beiden Vampiren mit gebrochenem Genick auf dem Boden des Clubs zurückgelassen. Sie würden inzwischen alle wach und wahrscheinlich auch stinksauer sein.

Sie in ihrem verdrehten Zustand aufwachen zu lassen, war nicht die beste meiner Ideen gewesen, aber ich musste einen alten Vampir finden und das hatte zu diesem Zeitpunkt Vorrang.

„Sollen wir?" Ich wies mit einer Geste auf den Bunker vor mir.

Niemand war herausgekommen, um uns zu begrüßen, was darauf hindeutet, dass es keine Außenüberwachung gab. Das überraschte mich nicht, denn auch die anderen beiden Bunker schienen keine Außenkameras gehabt zu haben.

Der Hauptzweck der Sicherheitsmaßnahmen bestand darin, die Insassen drinnen zu halten, so Calina. *Zumindest war das bei Bunker 47 der Fall.*

Nach dem, was Damien sagte, war es im Bunker 27 genauso, informierte ich sie.

Darius ging voran – seine Art der Antwort. Er ging selbstbewusst mit Juliet an seiner Seite.

Calina und ich folgten ihnen, ihr Arm streifte meinen.

„Ich überlasse dir die Führung, da Damien dich über alle Einzelheiten informiert hat", sagte ich zu Darius.

„Es ist, als würdest du mich auf eine Führungsposition vorbereiten."

„Nun, Hawaii ist verfügbar. Ich weiß, wie sehr du die Sonne liebst." Ich kämpfte gegen den Drang an, einen Blick auf das besagte Leuchtfeuer zu werfen. *So verdammt hell.*

Brauchst du Blut?, fragte Calina in ernstem Ton.

Ihr Angebot ließ mich lächeln. *Mm, verlockend, aber du hast mich diese Woche bereits gut ernährt. Vielleicht brauche ich ein Schlückchen, wenn wir hier fertig sind.*

Ihr daraufhin einsetzender Schauer schien meine

eigene Haut zu berühren. Ihre Vorfreude war heiß und wild.

Ich könnte wirklich süchtig danach werden, dich so intim zu spüren, murmelte ich. *Vielleicht bin ich das sogar schon.*

„Gib es Trevor", sagte Darius und erinnerte mich an unser Gespräch über Hawaii. Die Tatsache, dass er einen Moment brauchte, um zu antworten, sagte mir, dass er das Angebot tatsächlich bis zum Ende durchdacht hatte.

„Trevor als König?" Fast hätte ich gelacht. „Nein." Er dachte zu sehr mit seinem Schwanz, um in der Politik von Nutzen zu sein. Deshalb hatte ich ihn zur Unterhaltung meines Harems zurückgelassen.

Und interessanterweise hatte es mich überhaupt nicht gestört, dass er und Ivan aktiv mit meinem Harem spielten.

Doch allein der Gedanke, dass sie Calina berühren könnten, ließ mich knurren.

Sie war für alle außer für mich absolut tabu.

„Dann mach ihn zum Herrscher", schlug Darius vor.

Ich schüttelte den Kopf. „Er ist zu jung."

„Dann gib es Ivan. Trevor wird auch reifer werden."

„Würdest du deinen Nachkommen nicht vermissen?", fragte ich neugierig. Darius hatte vor ein paar Jahrhunderten Ivan erschaffen. Und Ivan hatte kurz darauf Trevor erschaffen. Damit standen sie der royalen Familie ziemlich nahe – als Vampire der vierten und fünften Generation.

„Sie brauchen mehr Verantwortung." Darius blieb ein paar Meter von der Hütte entfernt stehen, die auf dem unterirdischen Bunker stand. „Abgesehen vom Ficken deines Harems, meine ich."

Meine Lippen zuckten. „Das ist eine große Verantwortung."

Ein merkwürdiger, kleiner Anflug von Verärgerung sickerte von Calinas Gedanken zu mir und veranlasste mich, sie anzuschauen. Sie ließ sich nichts anmerken, aber ich spürte, dass sie versuchte, sich etwas zu sehr auf die Bunkertür zu konzentrieren.

„Ivan hat wirklich ein Händchen für politische Angelegenheiten", sagte ich und beobachtete sie immer noch. „Er hat auch bewiesen, dass er ein Experte in diesem Spiel ist. Ich könnte ihn mit dem Territorium belohnen, vorausgesetzt, es geht alles so aus, wie wir es uns vorstellen. Fürs Erste lasse ich ihn aber mit seiner aktuellen Aufgabe weitermachen." Das war etwas, das er vielleicht auf unbestimmte Zeit tun musste, denn der Gedanke, dass ich einen Harem hatte, schien meine *Erosita* zu verärgern.

Würde es dich stören, wenn ich einen Harem hätte?, entgegnete sie und sah mich immer noch nicht an.

Ja, entgegnete ich sofort.

Sie antwortete nicht, da sie die Gefühle, die ihre Frage hervorgerufen hatte, gut verstand.

Denn wenn ich so empfand, dann empfand sie mir gegenüber wahrscheinlich das Gleiche.

Ich runzelte die Stirn und überlegte einen Moment, während Darius einen Code in die Außentür eintippte.

Ein Klicken bestätigte das Öffnen des Schlosses.

Die Tür schwang auf und gab einen Eingang frei, der mich an den von Bunker 47 erinnerte, nur mit funktionierendem Licht und sauberem Boden.

Darius trat als Erster hindurch, und seine Körperhaltung verriet mir, dass er sich trotz der Pistole, die er am Gürtel trug, allein auf seine vampirischen Fähigkeiten verließ. Ich hatte eine ähnliche Pistole an meinem Gürtel, ebenso wie Juliet und Calina.

Allerdings fand ich, dass Calina eine weitaus bessere Waffe zur Verfügung hatte.

Erfahrung.

Sie studierte den Korridor und bemerkte die

Ähnlichkeit mit Bunker 47. Ihr Verstand verriet mir die Position des Aufzugs, bevor wir ihn fanden. Die Struktur des Gebäudes war eindeutig identisch mit der, in der sie jahrzehntelang gelebt hatte. Das überraschte sie nicht, denn sie hatte nie wirklich einen Unterschied bemerkt, nachdem sie ihre experimentelle Gefangenschaft für ihre neue Rolle als Wissenschaftlerin verlassen hatte.

Sie nahm alles mit einer gewissen Gelassenheit und Verständnis auf. Ihre logische Seite konzentrierte sich auf den praktischen Nutzen ihrer Geschichte und nicht auf die emotionalen Auswirkungen, die einige dieser Labortests auf ihre Psyche hatten – zum Beispiel das mit dem Lykaner an ihrem dreißigsten Geburtstag.

Ich konnte spüren, wie diese Erinnerungen im Hintergrund lauerten und ihre Psyche sie mit Barrieren blockierte, die sie zwangen, sich auf das Hier und Jetzt zu konzentrieren. Es war faszinierend, das zu beobachten. Die meisten Menschen wären unter der Last ihrer früheren Erfahrungen in Liliths „Obhut" zusammengebrochen.

Aber Calina nicht.

Sie war stark. Intelligent. Eine Kämpferin. Sie schwelgte nicht in der Vergangenheit, sondern nutzte ihren Hintergrund, um ihre Zukunft zu stärken.

Mit jeder Minute, die verging, bewunderte ich sie mehr, denn diese Verbindung zwischen uns verschaffte mir so viel mehr Tiefe und Einblick als irgendjemand sonst in meinem Leben. Das war faszinierend. Ich hatte das Gefühl, sie besser zu kennen als Darius, sogar besser als meinen Vater oder Cam.

Ihre blauen Augen begegneten meinen, die Farbe war noch nicht verschwunden. Sie verstand meine Faszination, denn ihr Verstand verriet mir, dass sie noch nie jemanden so tief kennengelernt hatte.

Das festigte unsere Verbindung noch mehr.

Sie zu brechen, würde etwas so *Wunderschönes*, so *Einzigartiges*, so *Wertvolles* zerstören.

Hast du eine Uhr mitgebracht?, fragte sie mich und ließ ihren Blick auf mein Handgelenk sinken.

Ich ließ meine Hand in die Tasche gleiten und brachte das Gerät zum Vorschein, das ich einem der Vigil auf der Serverfarm abgenommen hatte. Darius und ich hatten damit gerechnet, dass wir eine brauchen würden, nachdem wir von ihrer Bedeutung in Bunker 47 erfahren hatten. *Darius hat auch eine in seiner Tasche.*

Sie nickte. *Die braucht ihr, um den Aufzug zu rufen.*

Calina ging vorwärts und blickte dann über ihre Schulter.

Wir müssen die Außentür schließen, sagte sie. *Mit der Eingabe des Codes draußen wird die Überwachung abgeschaltet und die Vigil würden auf den ankommenden Besucher aufmerksam gemacht werden. Dasselbe gilt für denjenigen, der hier das Sagen hat. Wenn wir die Tür schließen und den Aufzugcode eingeben, wird das System zurückgesetzt, und die Überwachung wird wieder aktiviert, wenn wir die Hauptebene erreichen.*

Es lag mir auf der Zunge, sie zu fragen, warum die Überwachung abgeschaltet wurde, als ich die Antwort aus ihren Gedanken aufschnappte.

Die Etagen waren alle in einer unüblichen Reihenfolge nummeriert, sodass die Bewohner nicht feststellen konnten, welche Etage der Oberfläche am nächsten lag.

Durch die vorübergehende Abschaltung der Überwachung wurde sichergestellt, dass niemand das Eingangsprotokoll entdecken konnte. Dadurch wurde eine Flucht unmöglich, da alle Türen auf jeder Ebene genau gleich aussahen.

Einige der Räume wurden überwacht, aber nicht alle. So hatten die Vampire und Lykaner die Ebenen und

Türen ausgewählt, die sie bei ihrem Ausbruchsversuch überprüfen wollten.

Faszinierend, sagte ich, nachdem ich alle Details in ihrem Kopf durchgespielt hatte.

Das Fehlen einer Überwachung der Ein- und Ausgänge ist der Grund, warum es so lange gedauert hat, bis die Lykaner und Vampire einen Ausgang in Bunker 47 gefunden hatten, fügte sie hinzu. *Eure Ankunft ist wahrscheinlich der einzige Grund, warum wir entkommen konnten.*

Und du hast die Überwachungskameras beobachtet, während sie alle versucht haben, einen Ausweg zu finden, und darauf gewartet, dass sie es für dich herausfinden. Eine grausame, aber praktische Methode, um den Ausgang zu finden.

Es hatte sie auch am Leben erhalten, da alle übernatürlichen Wesen in ihrem Bunker ihren Tod gewollt hätten.

Aber wenn die Vigil aus diesem Bunker zur Serverfarm geschickt wurden, dann wussten zumindest einige von ihnen, wie man diesen Ort verlässt, überlegte ich und dachte über die Protokolle nach. *Bedeutet das, dass die Überwachung hier anders funktioniert?*

Möglicherweise. Oder Lajos wollte nie, dass sie zurückkehren. Sie sollten zuerst zu Bunker 27 gehen, was ihnen Zugang zu einer Fülle von Informationen verschafft hätte, etwas, das Lilith wirklich missbilligt hätte.

Ich ging diese Möglichkeit durch und nickte. *Wahrscheinlich wollte er, dass sie in die Lajos-Region zurückkehren, wo er die Wissenschaftler festnehmen und dann die Vigil zerstören würde.*

Nur haben sie die Daten vorausgeschickt, erinnerte sie mich. *Sie hatten also nie wirklich einen Grund, zurückzukehren.*

Stimmt, erwiderte ich, nachdem ich gründlich darüber nachgedacht hatte. *Er könnte beabsichtigt haben, sie zu beseitigen.*

Die Tür hinter uns schlug zu, sodass wir alle überrascht herumfuhren.

Ich begegnete Darius Blick, als es an meinem Handgelenk surrte.

Wir hatten über die Möglichkeit gesprochen, dass so etwas passieren konnte. Aufgrund der Ereignisse auf der Hauptinsel hatten wir fast vierzehn Stunden gebraucht, um diesen Bunker zu erreichen. Das bedeutete, dass Liliths Verbündete über unsere Absichten Bescheid wussten.

Ganz zu schweigen von der roten Flagge, die geschwenkt wurde, als die Vigil nicht zurückkehrten.

Folglich war dieses Szenario durchaus erwartet worden.

Nur hatten wir mit einem sofortigen Angriff gerechnet. Doch meine Sinne sagten mir, dass sich außer uns niemand auf dieser Etage befand.

Ich wandte mich dem Aufzug zu, lauschte aufmerksam auf Bewegungen im Inneren, hörte aber keine.

Sonst passierte nichts.

Kein Licht flackerte.

Es schrillten keine Alarme.

Aber ich hatte eine Veränderung in der Luft wahrgenommen, ebenso wie Calina.

Ich holte die Uhr heraus, las die Zahlen auf dem Display und fluchte, als sie anfingen, rückwärts zu zählen.

„Ein weiteres Weltuntergangsprotokoll", flüsterte Calina mit großen Augen. „Und wenn es an diese Uhr ging, dann ist es das Signal für die Vigil, jeden im Labor zu töten."

„Dann sollten wir uns besser beeilen, denn wir haben nur acht Stunden, um diesen Bunker zu durchsuchen, bevor er explodiert." Ich war schon auf dem Weg zum Aufzug, aber Calinas besorgte Gedanken hielten mich auf.

Eine Horde von Übernatürlichen hatte stundenlang erfolglos die Ausgangstür ihres Bunkers gesucht.

Der einzige Grund, warum sie sich geöffnet hatte, war Damiens Explosion von *außen*.

Ich holte mein Handy heraus, um den Empfang zu prüfen, und stellte fest, dass er blockiert war.

Darius überprüfte den Empfang an seinem Gerät, doch sein Gesichtsausdruck verriet mir, dass sein Handy dasselbe Problem aufwies.

„Okay, das ist scheiße." Ich kalkulierte schnell unsere Optionen, wobei mein Blick wieder auf Calina gerichtet war. „Wir müssen dich zu einem Computer bringen, damit du Damien eine Nachricht schicken kannst." Ich nahm die Pistole in die Hand und schaute Darius an. „Sieht so aus, als würdest du das Blutbad doch noch bekommen."

„Ausgezeichnet", sagte er und griff nach seiner Pistole. „Ich hoffe, wir haben genug Munition."

CALINA

„WENN DAS SIGNAL von den Uhren der Vigil-Einheit in der Serverfarm ausgegangen ist, dann weiß Damien es bereits", sagte ich, was Jace auf halbem Weg innehalten ließ. „Es sei denn, das Signal war speziell für uns bestimmt und wurde irgendwie zu diesem speziellen Ort trianguliert."

Ich schaute mich um und stellte fest, dass mir das alles nicht richtig vorkam.

„Für die Vigil eines Toten würde kein Protokoll erstellt werden", fuhr ich laut fort. „Und Lilith hätte gewollt, dass diese Einheit stirbt, bevor sie hierherkäme, was sie Lajos in den Protokollen mitgeteilt hätte. Das bedeutet, dass es sich vielleicht gar nicht um eine Falle handelt, sondern um eine Ausfallsicherung, die durch die Verwendung der zur Zerstörung bestimmten Uhren ausgelöst wurde."

Sie hätte an alle möglichen Folgen gedacht, einschließlich der Möglichkeit, dass Lajos sie verrät und beschließt, die Vigil am Leben zu erhalten – etwas, bei dem ich mir sicher war, dass sie dagegen gewesen wäre. Jemandem zu erlauben, zu viel zu wissen, wäre als Schwäche für ihr Vermächtnis und ihr Unternehmen angesehen worden.

Jace starrte mich an, während ich in meinem Kopf

weiter alle Möglichkeiten durchging und nach dem Weg suchte, den Lilith gewählt hätte.

Bei ihrem Tod hatte sie die Weltuntergangssequenz in Bunker 47 ausgelöst. Doch sie hatte keinen der anderen zerstört, zumindest keinen, den wir gefunden hatten. Das bedeutete, dass sie dort irgendetwas für zu wertvoll hielt, als dass es jemand anderes finden durfte.

Als die Dateien jedoch nicht wie erwartet gesendet wurden, wurde ein Team von Vigil von diesem Standort aus zur Serverfarm geschickt, um sie zu holen. Sie schickten eine Kopie an diesen Ort, sollten sich aber am Bunker 27 treffen.

„Hat Damien herausgefunden, warum sie zu Bunker 27 gehen sollten?", fragte ich, wobei ich mich auf Jace konzentrierte, denn er würde meine Frage verstehen, da er aktiv mit meinen Gedanken in Verbindung stand.

Er musterte mich, als er antwortete: „Ich glaube nicht, dass er ihnen eine Chance gegeben hat, es herauszufinden. Er ist bewaffnet hineingegangen und hat das Labor geräumt."

„Ich frage mich, ob sie zum Sterben dorthin geschickt wurden." Das würde einen Sinn ergeben. Sie hatten die Akten bereits hierher geschickt und sie hatten nie eine Rückholaktion erwähnt, sondern nur, dass sie in Bunker 27 eintreffen sollten.

Natürlich war die Rückholaktion angedeutet worden.

Aber Lilith hätte nie gewollt, dass sie es tatsächlich durchziehen.

In Bunker 27 hätte ein anderes Protokoll auf sie gewartet, in dem man sich um sie gekümmert hätte und die Informationen offiziell bestätigt worden wären.

Aber sie waren mit Damien dort aufgetaucht.

Und das Sicherheitsverfahren war nie ausgelöst worden.

„Es gibt einen Maulwurf", sagte ich und richtete mich auf. „Wer wusste, dass Damien bei dem Transport dabei sein würde?"

„Einen Maulwurf?", wiederholte Darius.

Jace hob eine Hand und war aufmerksam, als er die Logik in meinem Kopf durchschaute. „Jemand hat das Protokoll gestrichen."

Ich nickte. „Um uns in Sicherheit zu wägen."

„Und damit wir hierherkommen", schlussfolgerte er und richtete seine Aufmerksamkeit auf die Uhr. „Glaubst du, die Uhr geht falsch?"

„Ich glaube nicht, dass wir im Moment auf irgendetwas vertrauen können", gab ich zu. „Es könnte sogar ein Bluff sein. Die Sicherheitsprotokolle von Bunker 47 haben die Vigil in jedes Stockwerk geschickt, um alle Insassen abzuschlachten. Aber wir haben noch nicht gehört, dass sich der Aufzug bewegt hat. Das passt nicht zusammen."

„Du hast recht." Er sah Darius an. „Ich höre niemanden außer uns."

„Glaubst du, der Bunker wurde evakuiert?", fragte Darius.

„Ich bin mir nicht sicher", antwortete er. „Wenn das eine Falle wäre, um uns zu töten, wäre das Labor bereits explodiert. Und nach dem, was wir von Bunker 47 gesehen haben, wären wir auf jeden Fall tot."

„Was ist das dann für ein Spiel hier?"

„Schachmatt", murmelte Jace und dachte darüber nach. „Lilith liebte eine gute Show. Das hier ist für uns. Entweder wir spielen mit oder wir verschwinden von hier."

„Oder wir überlisten sie", warf ich ein und erkannte den Schlüssel hinter all dem. „Ich sollte eigentlich tot sein. Sie hat auf keinen Fall damit gerechnet, dass ich überlebe und jetzt hier bin."

„Aber wenn wir einen Maulwurf haben, wie du angedeutet hast, dann weiß derjenige, der jetzt das Sagen hat, auch, dass du hier bist", betonte er.

„Ja, das ist wahr. Aber was auch immer das ist, ich bin der Joker." Ich sollte in Bunker 47 sterben. Es waren meine Akten, die sie hierher geschickt haben wollte. Irgendetwas in mir war der Schlüssel zu all dem.

Die Frage war: Wusste die verantwortliche Person, wie wichtig ich in Liliths Leben war? Ich würde darauf wetten, dass sie nicht jedes Detail kannten. Lilith war nie der Typ gewesen, der Informationen teilte. Deshalb hatte sie mich auch immer allein besucht.

„Du warst ihr bestgehütetes Geheimnis", übersetzte Jace meine Gedanken.

„Oder vielleicht liegt es gar nicht an mir, sondern an etwas in meinem Kopf. Das könnte tatsächlich das sein, worum es hier geht – wer auch immer das Sagen hat, braucht entweder etwas von mir oder hat keine Ahnung, über welches Wissen ich verfüge."

Ich musste nur herausfinden, was ich wusste und was so wichtig war.

„Wir müssen einen Computerraum oder ein Labor mit Serverzugang finden." Die Antwort darauf würde irgendwo in den Akten stehen.

„Moment mal, verstehe ich euch richtig? Ihr wollt nach Dateien suchen und versuchen, den Zweck dieses Spiels herauszufinden? Wofür? Um am Ende für unsere Mühe getötet zu werden?" Darius klang nicht sehr begeistert. Und wenn man es so betrachtete, musste ich ihm zustimmten.

„Ich glaube nicht, dass unser Tod das Endziel ist", antwortete Jace. „Lilith hat Cam nicht getötet. Sie hat auch nicht versucht, Ryder zu töten. Ich habe mich immer gefragt, warum, besonders in Bezug auf Cam, da er so offensichtlich gegen sie war. Aber vielleicht hat ihr dieser *Lehnsherr* gesagt, sie solle sie am Leben lassen. Ich kann mir vorstellen, dass hier die gleiche Regel gilt."

„Das ist eine gefährliche Vermutung."

„Das ist eine Vermutung, die auf ihrem bisherigen Verhalten beruht", korrigierte Jace. „Es ist möglich, dass der Verantwortliche nur schadenfroh ist oder dass Lilith das alles als eine Art morbides Endspiel inszeniert hat. Aber ich glaube wirklich nicht, dass unser Tod hier das Ziel ist. Wir repräsentieren zwei alte Blutlinien und wie Damien kürzlich zu mir sagte, bringt Blut Macht mit sich. Sie werden es nicht verschwenden wollen."

„Nein. Sie werden es ernten wollen." Darius klang noch weniger begeistert als zuvor. „Ich bevorzuge die Option eines Blutbades."

„Nun, wir werden es uns merken, wenn wir unser wahres Ziel hier entdecken." Jace packte ihn an der Schulter. „Wenn dies das wahre Endspiel ist, dann ist Cam vielleicht irgendwo da unten."

Darius seufzte. „Ich hasse Vampirlogik."

Jace lächelte. „Und doch bist du so geschickt darin, das Spiel zu spielen. Lass uns diese Runde gewinnen, okay?"

Okay, stimmte ich zu, obwohl die Frage an Darius gerichtet war. Nachdem dieser ebenfalls zugestimmt hatte, fingen die beiden an, über das weitere Vorgehen zu diskutieren.

„Ich glaube nicht, dass der Aufzug nach unten fährt", sagte Juliet leise, woraufhin beide Männer sie ansahen. „Ich glaube, er fährt in den Berg hinein."

Sie zeigte auf den Flur in der entgegengesetzten Richtung zu der Tür, durch die wir gekommen waren.

„Das ist eine interessante Theorie", sagte Jace. „Wie kommst du darauf?"

„In dem Reiseführer, den ich auf dem Weg hierher

gelesen habe, steht, dass es auf Kauai viele Höhlen gibt. Früher waren sie beliebte Attraktionen. Wenn ich hier einen Bunker bauen würde, würde ich mir die Gegebenheiten zunutze machen."

Jace blinzelte und sah dann Darius an. „Du hast ihr einen Reiseführer über Kauai gegeben?"

Der Vampir zuckte mit den Schultern. „Sie liest gerne."

„Er schenkt mir gerne Bücher", korrigierte Juliet ihn. „Er hat mir mehrere über Hawaii gegeben, als wir in Jace City waren."

Jace starrte Darius an. „Wo zum Teufel hast du diese Bücher gefunden?"

„Die Menschen sind gestorben. Die Bibliotheken nicht", scherzte Darius. „Ich habe alle meine Bücher behalten. Außerdem habe ich Trevor losgeschickt, um ein paar Dinge zu besorgen, während wir unsere Reise vorbereitet haben."

„Natürlich hast du das."

„Ich glaube, sie hat recht", warf ich ein, ohne mich dafür zu interessieren, wie Juliet zu ihrer Vermutung gekommen war. Wir hatten nur wenig Zeit und ein Rätsel zu lösen.

Ich ignorierte sie und ging auf die Tür am Ende des Korridors zu. Sie sah genauso aus wie die, durch die wir gekommen waren, nur dass sie sich auf der gegenüberliegenden Seite befand.

Das Tastenfeld ähnelte denen, die ich in Bunker 47 benutzt hatte.

Jace erschien mit der Uhr neben mir und ich nahm sie an mich, um meine Theorie zu testen.

Ich überprüfte es und war nicht überrascht, als es hieß „Zugriff verweigert."

Darius drückte die Uhr gegen das Pad neben dem

Aufzug, was eine ähnliche Reaktion auslöste, die in dem makellosen weißen Flur widerhallte.

Ich überlegte, welche Möglichkeiten wir hatten, und tippte dann einen Mastercode ein, mit dem sich eine Tür in Bunker 47 öffnen ließ.

„Zugang verweigert."

Ich biss mir auf die Lippe und fragte mich: *Was würde Lilith tun?*

Es hatte oft dreißig Minuten bis eine Stunde gedauert, bis ihr Aufzug in Bunker 47 bei uns ankam. Es war möglich, dass sie lediglich ein Signal vorausgeschickt hatte, um ihr bevorstehendes Erscheinen anzukündigen. Ich hatte jedoch schon immer den Verdacht gehabt, dass sie das Gebäude betreten hat und sich dann eine Zeit lang beschäftigte, während sie uns warten ließ. Manchmal hätte ich sogar schwören können, dass sie uns dabei beobachtete, wie wir in der Lobby in den vorgeschriebenen Positionen standen, nur um sicherzustellen, dass wir gehorsame kleine Haustiere waren.

Sie hatte es genossen, alle in Anspannung zu versetzen, weil es Angst in uns ausgelöst hatte.

Allerdings wäre sie dabei pragmatisch vorgegangen, was bedeutete, dass es auf dieser Ebene wahrscheinlich eine Art Computerraum gab. Irgendwo konnte sie sich die Zeit vertreiben und ihre Untergebenen ausspionieren, während sie sich bereits auf den neuesten Stand der Forschung brachte, bevor sie ein persönliches Update verlangt hatte.

Für sie war es immer ein Test gewesen. Sie wollte sich vergewissern, dass jedes Detail mit dem übereinstimmte, was sie bereits wusste.

Wenn ich den Test bestanden hatte, hatte sie mich belohnt, indem sie mich tötete.

Eine Maßnahme der Kontrolle.

Eine, die ich zu gut verstanden hatte, weshalb sie nicht so wirksam gewesen war, wie sie es sich gewünscht hatte, was sie nur noch mehr verärgert hatte.

Wo würdest du hingehen?, fragte ich mich, schaute mich im Korridor um und musterte jede Tür. *Wenn es Computer gibt, dann müssen sie gekühlt werden, also weg von dem Aufzug oder Fahrwerk hinter der Wand.*

Auf der gegenüberliegenden Seite gab es nur zwei Türen.

Vor beiden gab es Tastenfelder.

Da die Uhr nicht funktionierte, bräuchte ich ein Passwort. *Also, welches würdest du wählen?*

Es musste etwas Persönliches sein. Etwas, von dem nur wenige wissen würden, weil sie niemandem vertraute. Nichts Offensichtliches. Nichts, was ihr Allianzleben betraf, aber vielleicht Geheimnisse in anderen Labors.

Wie Bunker 47.

Was wolltest du schützen und verstecken?, überlegte ich und ging zur ersten Tür, um das Tastenfeld und den Türgriff zu untersuchen. Dann ging ich zu der anderen, um sie zu vergleichen und festzustellen, welche öfter benutzt wurde.

Hm, aber Lajos müsste das Passwort gekannt haben, dachte ich und runzelte die Stirn. Die Vigil hatten gesagt, dass er ihnen den Auftrag für die Serverfarm persönlich übergeben hatte, was bedeutete, dass er den Bunker besucht hatte. Wie Lilith hatte er hier wahrscheinlich einige Zeit verbracht, bevor er hineingegangen war.

Was würdest du ihm also zu wissen anvertrauen?, fragte ich mich und dachte über das wenige nach, was ich über ihn wusste. Jace' Gedanken halfen, einige Lücken zu füllen, aber ich wusste, dass dies etwas Persönliches sein würde. Etwas zwischen Lajos und Lilith.

Wusstest du von mir?, fragte ich an Lajos gerichtet, nicht an Jace. Bei unserem Treffen hatte es einen Hauch von

Vertrautheit gegeben – eine Note, die mich neben ihm unbehaglich fühlen ließ, als ob er eine Art Spiel gespielt hätte, anstatt wirklich ein Interesse an mir zu haben.

Es stand in seinen Berührungen geschrieben. Und in seinen Kommentaren ...

Ich erinnerte mich an das, was er über meinen Namen gesagt hatte, und daran, dass er mit dem Ursprung vertraut war.

„Eine Variante von Selene."

Seine Bemerkung hatte mir einen Schauer über den Rücken gejagt. Irgendetwas daran hatte mich verunsichert. Lilith hatte das auch einmal zu mir gesagt. Deshalb hatte sie meinen Namen gewählt. *Selene* hatte ihr etwas bedeutet.

Selene war die Göttin des Mondes in der griechischen und römischen Religion, sagte Jace, der ansonsten ruhig meinen Gedanken folgte. Aber er offenbarte auch etwas Wichtiges über den Ursprung von Nyx als Göttin der Nacht.

Die beiden gehörten dem Namen und der Ideologie nach zusammen.

Ich beschloss, das Risiko einzugehen, und tippte *Selene* in die Tastatur ein, um zu sehen, was es auslösen würde.

Ein Klicken ertönte, aber die Tür öffnete sich nicht.

Noch ein Passwort, erkannte ich und versuchte es als Nächstes mit *Nyx*.

Ein weiterer Klick.

Nun gut. Ich wollte gerade *Lilith* eintippen, als mich Jace' Gedanken innehalten ließen.

Vesperus, hauchte er.

Was?

Es ist Vesperus, antwortete er mit sicherer Stimme. *Der Gefährte von Nyx.*

Diesen Namen kannte ich nicht, aber ich hörte die Geschichte dazu in seinem Kopf. Die Gabe, die Nyx den Gesegneten verliehen hatte, entstammte ihrer Liebe zu

Vesperus, einem vampirähnlichen Gott, der Blutopfer brauchte, um zu überleben.

Das Blut hält ihn angeblich am Leben, flüsterte Jace.

Er passte auf jeden Fall zu den anderen beiden Namen. Aber ich war mir nicht sicher, wie Selene in die Gleichung passte. Trotzdem versuchte ich es mit *Vesperus*.

Ein drittes Klicken ertönte, und diesmal schwang die Tür wie von selbst auf.

Warum Selene?, fragte ich Jace, als ich die Tür aufzog.

„Selene war die Mutter des ersten Lykaners", antwortete Jace laut.

Ich runzelte die Stirn. „Nyx hat sie erschaffen?"

„Irgendwie schon." Er trat vor und schaute in den Raum, als das Licht anging. „Selene war eine *Erosita*, *erschaffen* von einem der Vampire meiner Generation. Aber sie waren nicht verliebt. Er hat es getan, damit ein Gesegneter sie für immer behalten konnte. Es hat leider nicht so funktioniert wie erwartet."

Ich folgte ihm in den Raum und bemerkte die rechteckige Form und die Tür. Es schien, dass der Eingang keine Rolle spielte. Auf dieser Seite des Flurs befand sich ein großer Serverbereich und war definitiv ein Ort, an dem Lilith sich aufgehalten hätte.

„Der Name kommt mir bekannt vor", sagte Juliet, als sie zu uns ins Zimmer kam. „Selene, meine ich. Sie kommt in euren Büchern über die Erosita-Bindung vor." Der letzte Satz schien an Darius gerichtet zu sein.

„Ja. Man sagt, dass sie der Grund ist, warum *Erositas* ihrem Vampirgefährten treu bleiben müssen", erklärte er, während ich zu dem Rechner hinüberging, den ich für den Hauptcomputer hielt.

„Die Erosita-Verbindung soll gepflegt werden, doch Selene hat sich dem widersetzt, indem sie mit dem

Gesegneten geschlafen hat", fügte Jace hinzu, wobei er sich auf mich konzentrierte, während er sprach.

„Welcher Gesegnete?", fragte Juliet.

„Fen", murmelte Darius. „Nyx hat ihr nicht nur die Unsterblichkeit genommen, sondern auch ihr Kind verflucht, indem sie es in den ersten Lykaner verwandelte. Sie ist unsterblich, wie die Gesegneten, aber alle anderen ihrer Art sterben irgendwann. Das ist der Grund, warum Vampire Lykaner oft als minderwertig ansehen – sie leben nicht ewig."

Der Computer erwachte zum Leben, als ich mich davor setzte, und der Bildschirm fragte nach einem weiteren Passwort.

„Und sie wurden verflucht", sagte Jace und erklärte damit, warum die Vampire die Lykaner als unter ihrer Würde ansahen. „Lilith hat die Allianz immer als Geschenk gesehen, weil wir uns darauf geeinigt haben, die Territorien gleichmäßig aufzuteilen."

„Aber ihre Vorliebe galt unserer Art", murmelte Darius.

„Genau", stimmte Jace zu. „Hast du eine Idee, wie das Passwort lautet?"

Ich hatte mehrere im Kopf, also nickte ich nur und begann zu tippen. Ich bezweifelte, dass Lilith die gleichen Wörter wie für die Tür verwendet hätte.

Also ging ich andere Codes durch, die über sie bekannt waren.

Cane.

„Zugang verweigert."

Michael.

„Zugang verweigert."

Calina.

„Zugang verweigert."

Ich starrte auf den Bildschirm und tippte wieder ein Passwort ein, das ich aus Bunker 47 kannte.

„Zugang verweigert."

Ich trommelte mit den Fingern auf dem Schreibtisch und ging alle Möglichkeiten durch. Alle Systeme waren mit einem Administrator-Passwort versehen. Auf diese Weise hatte ich die Schutzmaßnahmen in meinem eigenen Labor geregelt.

Mit meinem Wissen über Computer machte ich mich daran, ihren Sicherheitscode zu knacken, indem ich zuerst den Bereich für vergessene Passwörter durchging und die Profile innerhalb des Systems wechselte.

Jace beobachtete mich, und seine Bewunderung schien durch unsere Verbindung zu strahlen.

In der Zwischenzeit diskutierten Juliet und Darius weiter über den Ursprung von Lykanern und Vampiren, was dazu führte, dass sie über die Gottesdienste im Coventus sprachen.

Ich hielt inne, als sie das Gebet aufsagte, das sie mehrmals am Tag wiederholen musste. „Ein Anagramm", flüsterte ich und hörte zu, während sie sprach.

Für alle Ewigkeit,

Schwören wir unsere Ergebenheit,

Verschreiben uns ihr in jeder Sekunde,

Genießen die Finsternis ihrer Macht,

Verehren das ewige Licht,

Schwelgen in sinnlicher Euphorie,

Verehren ihre unsterblichen Kinder der Nacht.

Ich tippte die Worte ein, als sie sich in meinem Kopf bildeten. *Die Göttin wird wieder auferstehen.*

„Zugang verweigert."

Hmm. Ich probierte eine andere Kombination aus. *DGWWA.*

„Zugang akzeptiert."

Jace' Überraschung durchfuhr mich, als Darius sagte: „Dieses beschissene Gebet hat tatsächlich einen Sinn?"

„Offensichtlich", antwortete Jace. „Ich denke, es bedeutet, dass Lilith verrückt war."

„Offensichtlich. Nyx wurde noch nie gesehen, und nach allem, was wir wissen, ist sie sehr wohl am Leben. Verdammt, vielleicht existiert sie auch gar nicht." In Darius' Tonfall schwang ein Hauch von Unglauben mit, den ich zugunsten der Dateien, die das System freigab, ignorierte.

Alles in Bunker 37 war gerade vor meinen Augen hochgefahren, beginnend mit der Überwachung der unterirdischen Labore.

Ein Schauer lief mir über den Rücken, weil mir alles so vertraut war, insbesondere das Zimmer, in dem ich viel zu viel Zeit verbracht hatte. Jemand Neues bewohnte es jetzt. Ein Mann mit wirrem dunklen Haar und hängenden Schultern.

„Cam", hauchte Jace. „Das ist Cam."

JACE

Calina klickte das Video auf dem Bildschirm an und vergrößerte es.

Ich fluchte und sah Darius an. „Wir müssen herausfinden, wie wir den Aufzug bedienen können. Sofort."

„Bin schon dabei", antwortete er und setzte sich in Bewegung.

„Gibt es irgendeine Möglichkeit, wie wir dieses System kontrollieren können?", wollte ich wissen, mein Herz raste in meiner Brust. *Cam ist hier. Er ist in diesem verdammten Bunker. Er ist–*

„Irgendetwas ist hier nicht richtig", sagte Calina und unterbrach meine Gedanken.

„Nichts von alledem ist *richtig*", konterte ich.

„Nein, ich meine mit dem Filmmaterial." Sie vergrößerte es noch mehr und konzentrierte sich auf die Wand. „Es ist …" Sie legte den Kopf schief und betrachtete etwas, das mir entgangen zu sein schien.

Dann konnte ich in ihrer Erinnerung sehen, wie sie sich an den Wänden festkrallte und ihre Nägel bluteten, als sie versuchte, sich nach einem der härteren Experimente aufzurichten.

Das hinterließ Rillen im Zement …

Furchen, die jetzt an der Wand fehlten.

Ich hörte zu, wie sie ihre Erinnerungen und das Bild vor ihr durchdachte und versuchte, feine Details zu erkennen, die nur ihr auffallen würden.

Es waren die Feinheiten, die ihr sagten, dass das, was sie gerade sah, nicht hier war, sondern woanders.

Sie schaltete zwischen den Bildschirmen hin und her und rief eine Vielzahl von Daten gleichzeitig ab. Ihr Blick tastete alles ab, ihr Verstand arbeitete schnell, während sie versuchte, das, was sie sah, mit ihren Erinnerungen abzugleichen.

Ich beruhigte mich wieder, als ich ihr zuhörte, und mir mein Verstand half, zwischen Wunsch und Wirklichkeit zu unterscheiden.

Eine falsche Spur, sagte sie sich immer wieder. *Ein Video, das wir sehen sollen.*

Wer immer es hier geschaltet hatte, wusste, dass es Darius und mich in einen Freudenrausch versetzen würde.

Diese ganze verdammte Situation war eine einzige gigantische Verfolgungsjagd, bei der Lilith uns den Weg wies, indem sie Brotkrümel hinterließ, denen wir folgen konnten.

Calina war es leid, ihr hinterherzulaufen.

Sie übernahm nun die Verantwortung und holte alle Akten hervor, die sie finden konnte – die Dinge, die im Verborgenen lagen. Alles Dinge, die wir übersehen hätten, wenn wir in den Aufzug gesprungen wären, um Cam zu finden.

Die Videos waren alle nicht von diesem Bunker.

Die Aufnahmen von Cam waren schon vor Wochen aufgenommen worden und es war keine Übertragung in Echtzeit.

Ich sah, wie Calina jedes einzelne Bild aufrief und

dann einen Backend-Befehl anwendete, um das Datum zu überprüfen.

„Die sind nicht von Bunker 37", sagte sie schließlich. „Aber jemand hat sie hier hinterlegt, weil er wusste, dass wir sie finden würden." Sie sah sich im Raum um, ebenso wie ich. Wir entdeckten gleichzeitig die Kamera. „Jemand weiß definitiv, dass wir hier sind."

„Kannst du den Standort bestimmen?", fragte ich und richtete meinen Blick auf die Überwachungsgeräte in der Ecke.

„Ich kann es versuchen", antwortete sie, während sie bereits Elemente auf dem Bildschirm verschob. „Ich möchte wissen, wo dieses andere Labor ist. Der Aufbau ist genau der gleiche wie von Bunker 37. Aber die Wände haben verraten, dass es nicht dieser Bunker war."

Darius und Juliet hatten sich bereits wieder zu uns gesellt, wobei Darius wahrscheinlich unser Gespräch vom Flur aus mitgehört hatte. Sie studierten beide den Bildschirm, während ich direkt in die Kamera starrte, um denjenigen, der uns beobachtete, herausforderte, den nächsten Schritt zu tun.

Jemand war am anderen Ende dieser Leitung.

Jemand wollte, dass wir in eine Falle tappten.

Jemand führte uns an der Nase herum.

Wer bist du?, fragte ich mich. *Der berüchtigte Lehnsherr? Ein anderer Verbündeter? Ein König auf einem Rachefeldzug? Vielleicht doch ein Lykaner?*

Nein, ich bezweifelte, dass es Letzteres war. Ein Lykaner würde die Forschung, die in diesen Labors stattfand, niemals gutheißen.

Vielleicht war es ein Gesegneter, aber ich konnte mir nicht vorstellen, wer ein solches Verhalten von Lilith gutheißen würde. Ein Grund, warum viele von ihnen schliefen, war, dass sie ihre Verbindung zur Menschheit aufrechterhalten wollten. Vielleicht war jemand erwacht, ohne dass die anderen es wussten, und hatte dabei seinen Verstand verloren.

„Geh zurück", sagte Juliet plötzlich, woraufhin Calina innehielt und das vorherige Bild wieder aufrief.

„Zu diesem?"

„Ja." Juliet lehnte sich über ihre Schulter und betrachtete das Bild eines weiblichen Menschen mit gesenktem Kopf. „Ich glaube, das ist meine Oberin."

„Oberin?", wiederholte Calina.

„Eine Art Ausbilderin aus dem Coventus", erklärte ich und tauschte einen Blick mit Darius aus, als Calina das Video aufrief, auf das Juliet gezeigt hatte, und auf Play drückte.

Die Frau stolperte vorwärts. Ihr rechtes Bein schien zu lahmen und dadurch war sie nicht in der Lage, anmutig zu gehen.

Jemand knurrte etwas über die Lautsprecher.

Die Frau blieb nicht stehen. Ihre Bewegungen wurden eindeutig erzwungen, als sie weiter auf die Zelle zuging. Meine Augen wurden ganz groß, als ich den vertrauten Mann hinter den Gittern sah. „Heilige Scheiße."

„Nun, das macht die Sache kompliziert", murmelte Darius und fuhr sich mit der Hand durch den Nacken. „Ich dachte, er schläft."

„Genau wie ich", antwortete ich und zuckte zusammen, als der weißhaarige Vampir die Frau packte und seine Reißzähne in ihrem Hals versenkte.

Juliets Hand flog hoch, um ihren Mund zu bedecken. Ich brauchte keine verbale Bestätigung, um zu wissen, dass das definitiv ihre Oberin war. Es stand in ihren braunen Augen geschrieben.

Als ich jedoch sah, wie sich alles entwickelt hatte, kam

mir ein Gedanke, dessen Pfad ich mit Leichtigkeit folgte, und zog eine Schlussfolgerung.

„Ein kürzlich erweckter Ältester und eine Oberin", sagte ich und begegnete Darius' Blick. „Das kann nur ein Ort sein."

Italien war in dieser neuen Ära immer neutrales Territorium gewesen, weil es die gewählte Ruhestätte der Ältesten beherbergte. Allerdings war das Land wegen der Lage des Coventus in Rom bekanntermaßen unter Liliths Herrschaft.

Genauer gesagt, der Vatikan, sowohl über als auch unter der Erde.

Als Anführerin der Allianz gehörte ihr alles, sodass es ein leichtes war, auch dort Geheimnisse zu verbergen.

Zum Beispiel einen uralten Vampir, der von einer übernatürlichen, den Geist manipulierenden Waffe kontrolliert wurde.

Wo könnte man ihn besser verstecken als in einem Gebiet, das von schlafenden Unsterblichen umgeben ist?

Es gab niemanden, der ihn schreien oder betteln hörte.

Es war eine verdammte Krypta.

Darius' Gesichtsausdruck verriet mir, dass er bereits verstanden hatte, aber ich sprach es trotzdem laut aus.

„Cam ist unter dem Vatikan." Da war ich mir sicher. „Wieso haben wir nicht eher daran gedacht?"

„Weil es eine heilige Ruhestätte ist, von der wir uns nie hätten vorstellen können, dass sie geschändet wird", antwortete Darius und klang frustriert. „Verdammt. Wenn wir das beweisen können, wird uns niemand einen Vorwurf machen, weil wir Lilith zu Fall gebracht haben."

„Es sei denn, ihr Lehnsherr ist ein Ältester." Ich blickte wieder in die Kamera. „Die Frage ist nur, welcher?"

Darius und ich begannen, die Möglichkeiten durchzugehen – Namen, über die wir schon lange nicht mehr gesprochen hatten. Mehr als die Hälfte von ihnen schied sofort aus, weil sie bekanntlich menschliches Leben erhalten wollten – sie waren die Quelle unserer Essenz. Und diejenigen, die den Ursprungsgeschichten Glauben schenkten, sahen ihr Blut als Opfergabe an, um unser Erbe am Leben zu erhalten.

Calina suchte währenddessen in den Protokollen nach Hinweisen auf den Lehnsherrn, die Gesegneten und die Vampire der ersten Generation. Sie hob ein paar Mal ihre Erkenntnisse hervor. Die meisten davon waren interessante Details über Technologie, einschließlich der Spezifikationen für die verschiedenen Waffen, die Lilith im letzten Jahrhundert hergestellt hatte.

Wir überflogen die Details über das Gerät zur mentalen Manipulation, das sie bei Ryder eingesetzt hatte, und überprüften dann ein anderes Protokoll über ein Werkzeug zur Gedächtnisverbesserung.

Aber keine der Akten enthielt die Antworten, die wir wirklich brauchten.

Es verging eine unbestimmte Zeit, vielleicht sogar Stunden. Wir besprachen und überprüften verschiedene andere Dinge auf dem Computer, während wir von demjenigen, der uns von oben beobachtete, ungestört blieben.

Wer immer es war, er oder sie wollte, dass wir diese Dateien entdeckten.

Oder vielleicht wurden wir gar nicht beobachtet.

Wir hatten aufgehört, uns darum zu kümmern, gingen noch einmal die Akten, die Protokolle und die Überwachungsvideos durch und kehrten dann zu unserer Diskussion über den berüchtigten Lehnsherrn zurück, wobei wir uns wieder die Frage stellten, wer er sein könnte.

Als wir anfingen, über einige der grausameren Ältesten zu sprechen, wie Ikarus und Nephthys, wurde uns klar, dass es hier einige potenzielle Schuldige geben könnte. Sogar Fen stand auf der Liste, denn wenn jemand Grund hatte, wütend zu sein, dann waren es er und seine Lykaner-Nachkommen.

Eine Sache blieb jedoch unklar.

„Wie hat sie sie aufgeweckt?" Es waren uralte Zeremonien erforderlich, um einen alten Vampir aus seinem Schlummer zu wecken. Es hätte außerdem die Bereitschaft und Zustimmung mehrerer royaler Familien erfordert, einschließlich meiner eigenen. „Ich bin mir sicher, dass mein Vater niemals sein Blut oder seine Erlaubnis für ein Ritual geben würde. Und ich habe ganz sicher auch keine Erlaubnis gegeben."

Darius wirkte beunruhigt. „Nein. Aber wenn Cam es täte, bräuchte man deine Zustimmung nicht."

„Das würde er nie tun."

„Er könnte es für Ismerelda tun", sagte Darius leise und sein Blick wanderte zu Juliet. Sein Blick sagte: *Etwas, das ich verstehen würde*. Denn er würde es für Juliet tun.

Aus Ryders Bericht über das Gespräch mit Lilith ging hervor, dass sie über Izzys Aufenthaltsort Bescheid wusste.

Das heißt, sie hätte Cam damit drohen können.

„Scheiße." Ich fuhr mir mit der Hand übers Gesicht und dachte über diese Möglichkeit nach. Cronus war der ältere Bruder, was ihn als etwas mächtiger als meinen Vater auszeichnete. Theoretisch könnte seine Blutlinie meine eigene verdrängen.

Ich blickte zu Calina und fragte mich, ob ich ein ähnliches Opfer für sie bringen würde. Aber ihre intensive Konzentration auf den Bildschirm lenkte mich von meinen Gedanken ab, vor allem, weil ich plötzlich nur noch ihre Worte wahrnehmen konnte.

Sie hatte die Aufzeichnungen über ihre Geburt gefunden.

Als ich nach Informationen über Selene suchte, wurde mir die Überraschung in ihren Gedanken klar.

Calina Selene, geboren am 17. März, las sie, in dem Jahr, das zweiundzwanzig Jahre vor der Revolution war, die unsere neue Welt geschaffen hatte. *Subjekt wurde von ihrer Mutter benannt.*

Calina klickte auf die Akte ihrer Mutter und mir wäre beinahe die Kinnlade heruntergefallen.

Mira.

Ich starrte Darius an, als er auf das Gesicht auf dem Bildschirm reagierte. „Das ist doch nicht möglich", hauchte er.

Als Calina jedoch die Akten weiter durchging, wurde klar, dass es nicht nur möglich, sondern wahr war. Es gab Videos, Sprachdateien, Unterschriften und zahlreiche andere Details, die nicht nur Miras Beteiligung, sondern auch ihre Bereitschaft zur Hilfe bewiesen.

Als Calina weiter in Miras Akten las, wurde klar, *warum* Mira geholfen hatte.

Genauso wie Calinas Name plötzlich eine ganz neue Bedeutung bekam.

„Mira ist die Tochter von Selene", flüsterte ich erschrocken über diese Enthüllung.

„Wie ist das möglich?", fragte Darius. „Hätten wir das nicht wissen müssen? Wir haben Mira erst kurz vor der Revolution kennengelernt. Sicherlich kennt sie jemand oder hätte sie von früher wiedererkannt."

Ich schüttelte langsam den Kopf. „Es heißt, dass sie den ewigen Schlaf einem Leben in Einsamkeit vorzog. Jeder, den sie verwandelt hatte, wäre schon lange tot, sodass ihre Identität nicht mehr feststellbar wäre."

„Und sie hätte in den Katakomben geschlafen", sagte Darius, was uns direkt zu unserer Theorie über Cams Aufenthaltsort zurückführte.

„Ganz genau." Ich fuhr mir mit der Hand über den Nacken und atmete aus, als ich hinzufügte: „Sie hat Luka etwa zwei Jahrzehnte vor der Revolution kennengelernt. Kurz nach Calinas Erschaffung. Sie war von Anfang an dabei."

„Aber warum?", drängte Darius. „Warum sollte sie das tun?"

„Um unsterbliche Lykaner zu erschaffen", flüsterte Calina, die sich immer noch auf den Bildschirm konzentrierte, während sie eine Art Bericht durchging. „Ich war der erste erfolgreiche Test, deshalb hat sie mir einen Namen gegeben. Das liegt an der unsterblichen Verbindung, die ich zu meinem Vater habe." Sie öffnete einen neuen Bericht, der ein weiteres bekanntes Foto zeigte. „Liliths *Erosita*. Michael."

Alle Gedanken an die Kamera im Raum und an Cams Aufenthaltsort verschwanden, während Calina weiter alle Dateien über ihre Schöpfung und ihre Unsterblichkeit durchlas.

Das Ziel war gewesen, einen unsterblichen Lykaner zu schaffen.

Sie hatten das erreicht, indem sie die Erosita-Verbindung und Miras Genetik nutzten und den Fötus dann in die Gebärmutter einer seltenen Blutgruppe einpflanzten – was, wie wir beim Lesen herausfanden, ein Teil dessen war, was Mira so einzigartig machte.

Ihre Mutter war nicht nur eine *Erosita gewesen*, sondern ein Mensch mit einer einzigartigen Essenz, ähnlich dem goldenen Blut, das durch Calinas Adern floss.

Die Blutjungfrauen, wie Juliet eine war, gehörten ebenfalls zu dieser seltenen Blutgruppe. Sie hatten kein goldenes Blut, sondern eine Variante davon, was erklärte, warum Lilith sie in den Katakomben untergebracht hatte.

Sie wurden auch für Experimente verwendet, wie die

Akten zeigten, als Calina sich weiter durch die verschiedenen Berichte wühlte.

Alles war miteinander verbunden.

Vampire. Lykaner. Blutjungfrauen. *Erositas*.

Bei Calina wurde der Teil des Gehirns, in dem sich die Erosita-Verbindungen bei unsterblichen Wesen befinden, genetisch manipuliert. Ihre Essenz wurde mit der Blutlinie ihrer Mutter infundiert und dann wurde das Ganze in eine unwiderstehliche Blutgruppe verpackt, die sie noch attraktiver machte.

Liliths Ziel war es gewesen, unsterbliche Menschen zu erschaffen, die man ficken und ausbluten lassen konnte, bevor sie sich wieder erholten und man das Ganze immer und immer wieder tun konnte.

Doch Miras Ziel war es, einen Weg zu finden, das Leben der Lykaner zu verlängern.

Irgendwie hatten die beiden vereinbart, zusammenzuarbeiten. Das erklärte, warum Mira in der Lage war, Liliths Technologie zu umgehen, sogar in ihrem eigenen Gebiet – weil Lilith es erlaubt hatte.

Genauso wie sie dem Majestic Clan erlaubt hatte, als sicherer Hafen für Menschen zu fungieren.

„Mira hat ihr alles erzählt", stellte ich fest, als ich mit Calina die Protokolle überflog. „Und jetzt hat uns jemand erlaubt, es herauszufinden." Ich blickte wieder zur Kamera auf. „Bist du es, Mira? Bist du der Lehnsherr?" Es schien unmöglich. Aber sie war älter als Lilith. Möglicherweise sogar mächtiger.

„Hier steht, dass Lilith Mira geweckt hat, nachdem der erste Lykaner von den Menschen entdeckt wurde", sagte Calina und unterbrach meinen Disput mit der Kamera.

Wer bist du?, fragte ich mich. *Warum weihst du uns jetzt in deine Geheimnisse ein?*

Wir befanden uns immer noch mitten in einem Spiel.

Und noch waren wir nicht dafür bestraft worden, dass wir all diese Details gefunden hatten.

Das bedeutete, dass der Verantwortliche wollte, dass wir diese Dinge wussten.

„Deshalb haben sie das Labor gegründet", fuhr Calina fort. „Mira wollte die lykanische Art stärken, damit so etwas nie wieder passiert."

„Steht das da?", fragte ich und schaute schließlich wieder auf den Bildschirm.

„Nein. Aber das würde Sinn ergeben." Sie rief einen Protokolleintrag von Mira auf, der ihre Versuche und Fehlschläge aufzeigte. Alle waren vor der Revolution und vor ihrer Begegnung mit Luka entstanden. Der letzte Eintrag erfolgte genau zwei Jahre nach Calinas Geburt, und Mira hinterließ Anweisungen für zukünftige Wissenschaftler, die ihre Arbeit fortsetzen sollten.

„Sie hat Lilith vertraut, dass sie sie auf dem Laufenden hält", stellte ich laut fest, als ich das Ende ihres Logbuchs betrachtete. „Sie weiß vielleicht nicht mal, dass du noch am Leben bist."

„Es sei denn, sie beobachtet uns gerade." Calina blickte in die Kamera. „Aber ich glaube, der Lehnsherr ist Michael."

Ich schüttelte den Kopf. „Michael ist tot."

„Nein." Sie klickte auf den Bildschirm, um ein anderes Protokoll aufzurufen, das auf die Zeit ihrer Geburt datiert war. „Er ist ein Vampir."

Ich runzelte die Stirn. „Das ergibt doch keinen Sinn." Aber als ich die Worte auf dem Bildschirm las, überkam mich ein sehr beunruhigendes Gefühl.

Er war von Menschen angegriffen worden und wäre fast gestorben.

Jemand mit royaler Abstammung hatte ihm Blut gespendet, um ihn wieder zum Leben zu erwecken.

Der Name auf dem Bildschirm ließ mich blinzeln. „Das ist unmöglich. Er hätte es mir gesagt." Ich konzentrierte mich auf Darius. „Hat er dir davon erzählt?"

Er machte einen ähnlich bestürzten Eindruck. „Nein. Cam hat nie erwähnt, dass er Michael gerettet hat."

„Das muss eine Lüge sein", sagte ich und fragte mich, wie viel von all dem tatsächlich wahr war. „Das ... das alles ... das ist zu ..." Ich konnte die Worte nicht finden. Vor allem, weil *unglaublich* eine Untertreibung zu sein schien.

Und doch sahen wir den Beweis vor uns.

„Cam würde ..."

Der Boden unter unseren Füßen bebte, als eine Explosion durch den Flur vor der Tür schallte. Ich zog meine Waffe, als ich zum Eingang rannte, überall auf dem Boden lagen Trümmer.

Ich sah Kylan, der grinsend in der Nähe des gesprengten Eingangs stand. „Siehst du, *das* ist der Grund, warum du mich zum Spielen einladen solltest. Ich kann nützlich sein, wenn ich es will."

JACE

„Was zum Teufel machst du denn hier?", fragte ich schockiert und war gleichzeitig dankbar für Kylans unerwartete Ankunft.

„Nun, ich habe mit Ryder gesprochen, wie du vorgeschlagen hast. Er erzählte von einigen menschlichen Haustieren, die er adoptieren musste, um Willow einen Gefallen zu tun. Ich schätze, er hat einen Erlass herausgegeben, der besagt, dass ein Laborkind namens Petri und seine biologischen Eltern offiziell unter seinem Schutz stehen?"

„Gretchen und James", sagte ich, etwas amüsiert über diese Entwicklung. Louis würde sehr enttäuscht sein. Aber nur jemand, der mit Selbstmord liebäugelte, würde riskieren, Ryders Zorn auf sich zu ziehen, und wenn er sich entschieden hatte, sie zum Wohle von Willow zu schützen, dann hatten sie wirklich Glück. „Sie waren zwei von Calinas Laborassistenten in Bunker 47."

„Hm, ich verstehe." Kylan dachte einen Moment lang darüber nach. „Wie auch immer, mitten in Ryders Zickenkrieg rief Damien ihn wegen einer Art Alarm an. Dann erwähnte er, dass er dich nicht erreichen konnte. Und um es kurz zu machen, ich war am nächsten dran und habe das schnellste Flugzeug."

Ich schärfte meinen Blick angesichts der unterschwelligen Stichelei. Wir waren beide Sammler. Und er hatte in der Tat das schnellste Flugzeug von uns allen, weil er mich bei einer Auktion überboten hatte. „Im Moment noch", sagte ich als Antwort auf diese Anspielung durch zusammengebissene Zähne.

Er zuckte mit den Schultern und lehnte einen Fuß über den anderen. „Wir werden sehen." Er zog eine Augenbraue hoch und sein Haar fiel ihm in die Stirn, als wollte er ausdrücken, *ich habe gerade etwas in die Luft gejagt.* „Und? Habt ihr Cam gefunden?"

„Ja und nein", gab ich zu und schaute auf die Uhr, die ich während der Durchsicht der Akten ganz vergessen hatte. Wir hatten nur noch knapp eine Stunde Zeit. „Wir glauben, dass er in den Katakomben unter dem Coventus in Italien ist."

Kylan zog eine Augenbraue hoch. „Bei den Ältesten?"

„Ja."

Kylan schnaubte. „Es wäre typisch Lilith, den Frieden dort zu stören. Die ganze Sache mit der Göttin ist ihr wohl zu Kopf gestiegen, oder?"

Ich hätte ihm zugestimmt, aber ein Schrei in Calinas Gedanken ließ mich sofort an ihre Seite zurückkehren. Es war ein Video von ihr, gefesselt an einen Tisch, schreiend, als ein Lykaner …

Wut durchzuckte mich, gefolgt von akutem Schrecken, als Calinas Emotionen unsere Verbindung überwältigten.

Ich griff um sie herum, um das Video zu stoppen, packte ihr Kinn und zwang sie, mir in die Augen zu sehen.

Wir sprachen kein Wort.

Nur ein intensiver Moment des Schweigens, der durch meinen stillen Schwur unterstrichen wurde, dass ich nie wieder zulassen würde, dass ihr so etwas passiert.

Sie schluckte, und ein Teil ihrer Angst verflog. Das

Unbehagen blieb jedoch zurück, genauso wie ihre Übelkeit, weil sie über diese spezielle Akte gestolpert war.

Darius sagte etwas zu Kylan im Flur, was bestätigte, dass er und Juliet gegangen waren, um uns etwas Privatsphäre zu geben. Wahrscheinlich hatte er auch die Details gesehen, genau wie ich.

Ich habe mich gerade durch die Berichte geklickt und es ...

„Du musst mir nichts erklären", sagte ich und ließ ihr Kinn los, um ihre Wange zu streicheln, während ich vor ihr niederkniete. „Du hast Antworten gesucht. Du hast sie gefunden."

Sie schluckte erneut. „D-das war keine Antwort, die ich wollte."

„Ich weiß." Ich fuhr mit dem Daumen an ihrem Wangenknochen entlang und bemerkte ihre immer noch blauen Augen. „Aber einige Antworten waren hilfreich, nur erklärt es immer noch nicht unsere Verbindung."

„Ich glaube doch", flüsterte sie und gab mir einen Einblick in die Analyse, die sie bereits zu diesem Thema durchgeführt hatte.

Durch die Verbindung mit den Erosita-Bünden in ihrem Geist war sie prädisponiert, die Gefährtin eines Vampirs zu werden. Und ich war der Erste, der sein Blut mit ihr geteilt hatte. Meine Essenz war das einzige Vampirblut, das sie je geschluckt hatte.

Sie war auch noch nie von einem Vampir gefickt worden.

Bis sie auf mich traf.

Das machte mich trotz ihrer Lykaner-Verbindung zu ihrem Gefährten.

Vielleicht geht es gar nicht so sehr darum, Jungfrau zu sein, sondern darum, von anderen Vampiren unberührt zu sein, flüsterte sie mir ins Ohr. *Oder ich bin einfach einzigartig.*

Oder es ist beides, sagte ich ihr und war wieder einmal

erstaunt darüber, dass sie ähnlich wie ich dachte. Es waren herzzerreißende Enthüllungen, die die meisten Frauen zu Tränen gerührt hätten, aber nicht Calina.

Das Video hatte sie erschreckt, aber sie weinte nicht. Sie katalogisierte die Erinnerung einfach als zutreffend, während sie vor Abscheu zitterte, und kehrte sofort zu ihren pragmatischen Überlegungen zurück, was sie mit den Informationen anfangen sollte.

„Wir müssen nach Italien fliegen", sagte ich mit klarem Weg vor Augen.

„Ich denke, du solltest zuerst Miras Handyaufzeichnungen und Kommunikation überprüfen", konterte sie, woraufhin ich eine Augenbraue hochzog. „Denn ich glaube nicht, dass nur Cam in Italien ist. Ich denke, wir werden den Lehnsherrn dort finden. Aber Mira sollte uns über alles aufklären können, was wir wissen müssen."

„Oder wir könnten sie packen und verlangen, dass sie unsere Fragen beantwortet", schlug Darius von der Tür aus vor. „Natürlich brauchen wir dabei Lukas Hilfe. Und er ist wahrscheinlich nicht scharf darauf, seine Gefährtin zu verhören."

„Das wird er, wenn er von ihrem Verrat erfährt", sagte ich und wandte mich dem Computer zu. „Wir müssen so viele dieser Dateien wie möglich herunterladen. Uns läuft die Zeit davon."

Ich wartete darauf, ob Calina irgendwelche Bedenken hatte, ihre Mutter zu entführen und zu verhören, um Informationen zu erhalten, aber bei diesem Thema zeigte sie keinerlei Emotionen. Soweit es sie betraf, war es der richtige Weg.

Darius stimmte dem ebenfalls zu und machte sich auf den Weg, um die benötigte Ausrüstung aus dem Flugzeug zu holen.

In der Zwischenzeit machte sich Calina an die Arbeit und sammelte alle Dateien an einem zentralen Ort für die Übertragung.

Ich stand hinter ihr und schaute immer wieder in die Kamera, weil ich mir sicher war, dass wir beobachtet wurden. *Warum unternimmst du nichts?*, wunderte ich mich über die Person, die hinter der Überwachung stand. *Was für ein Netz hast du geschaffen … nur um uns jetzt zu umgarnen?*

Uns mit all diesen Informationen zu versorgen, schien kontraproduktiv für das Endziel zu sein.

Es sei denn, Lilith hatte schon immer die Absicht, dass ihre Forschungsergebnisse bekannt wurden.

Ich dachte über das Potenzial dieser Enthüllung nach, während Calina arbeitete. Darius kam wieder zu uns und sagte etwas darüber, dass Rae und Juliet zu den Flugzeugen zurückkehren sollten, um das Flugzeug in einen sicheren Abstand zum Bunker zu bringen. Ich nickte nur, während ich in Gedanken Liliths Plan durchging und zu entschlüsseln versuchte, was genau sie sich bei diesem Schritt gedacht hatte.

Wir waren davon ausgegangen, dass Liliths Forschung die Allianz stören würde und wir sie deshalb teilen sollten.

Aber was hätte sie davon, wenn wir es den Lykanern und Vampiren der Welt zeigen würden?

Chaos, hörte ich Calina mir zuflüstern.

Ich runzelte die Stirn und dachte darüber nach.

Die Lykaner wären wütend, wenn sie erfahren würden, was Lilith ihrer Art angetan hatte. Herauszufinden, dass Mira, die erste Lykanerin, die es gab, geholfen hatte … würde alles nur noch schlimmer machen.

Es sei denn, Mira wusste es gar nicht. Sie hatte Lilith vertraut, dass sie ihre Forschungen fortsetzte, aber sie hatten unterschiedliche Ziele.

Kannst du eine Suche nach unseren Namen durchführen?, fragte ich Calina, neugierig, ob Darius oder ich jemals in einem Protokoll erwähnt wurden.

Das habe ich bereits getan. Da steht nichts über dich drin. Nicht einmal in den Dateien, die ich bei Cam gefunden habe.

„Du hast Akten über Cam gefunden?" Ich war so überrascht, dass ich die Worte laut aussprach.

„Ja. Und über das Gerät, das Lilith benutzt hat, um ihn kampfunfähig zu machen." Sie rief die Protokolle auf, um mir ein Video von ihm zu zeigen, wie er auf seinen Knien war und schrie, während Lilith beiläufig mit ihm darüber sprach, was sie mit Izzy vorhatte.

Mein Blut kochte bei ihren Sticheleien, als mein Verstand Izzys Namen automatisch durch Calinas ersetzte.

Mir wurde klar, dass Darius recht hatte. Wenn Lilith Izzy bedroht hätte, um Cams Zustimmung zu erzwingen, hätte er zugestimmt. Ich würde dasselbe tun.

Ich staunte über diese Erkenntnis, während Calina mir ein paar weitere Punkte in Cams Akte zeigte. Das meiste davon schien sich zu wiederholen. Lilith benutzte das Gerät, um ihn zu foltern und hielt ihn in einem Raum gefangen. Er lag in der Fötusstellung zusammengerollt, während sie ihn immer wieder verspottete.

„Was ist die neueste Akte über ihn?", fragte ich, schaute auf meine Uhr und stellte fest, dass wir nur noch zehn Minuten hatten.

„Der letzte Satz in seiner Akte lautet: *Protokoll aktualisieren*", sagte sie und schaute mich an, während sie das Datum laut vorlas.

„Das war der Tag, an dem Lilith gestorben ist."

„Ich weiß", antwortete sie.

Mein Mund öffnete sich. *Was zum Teufel bedeutet es, ein Protokoll zu aktualisieren?*

Die Antwort entzog sich mir, als Calina die letzten Dateien heruntergeladen hatte. Mit einem kurzen Blick auf meine Uhr stellte ich fest, dass wir noch zwei Minuten Zeit hatten, um zu entkommen, und begegnete ihrem Blick. „Erinnert mich an unser erstes Date."

„Ich bin mir nicht sicher, ob ich diese Erfahrung als erstes Date bezeichnen würde."

Ich grinste. „Danach warst du nackt."

„Nicht aus freien Stücken."

„Ah, ja. Ich vergaß. Es ging nur um meine Fähigkeiten als Vampir." Ich packte sie an den Hüften und hob sie in die Luft. „Schwing deine Beine um meine Taille."

Sie gehorchte, ihre Augen glühten in sinnlicher Absicht. „Wenn du mich nach diesem Date ausziehen willst, bin ich einverstanden."

„Ich schulde dir noch eine Dusche", murmelte ich und schlang meine Arme um ihren unteren Rücken. „Und wir haben einen langen Flug vor uns."

Vorher müsste ich noch ein paar Anrufe tätigen, aber das würde schnell gehen.

Oder ich würde Darius bitten, sie zu machen.

Ich wägte die Entscheidung ab, während mein Verstand es verneinte, Darius den Vortritt zu lassen. Luka musste die Neuigkeiten direkt von mir erfahren.

Persönlich, dachte ich, als die Nachtluft uns umgab. *Er muss die Akten sehen, um diese Geschichte zu glauben.*

Calina antwortete nicht, sondern umschlang meinen Hals mit ihren Armen und hielt sich an mir fest, während ich zu den Flugzeugen rannte. Sie hatten sich an einen Strand zurückgezogen, der etwa drei Kilometer von ihrem ursprünglichen Landeplatz entfernt war.

Als wir endlich ankamen, erstarrte Calina, ihr Blick war auf den über dem Wasser schwebenden Mond gerichtet.

Es war wieder wie mit der Sonne, nur dass ich diesmal in ihre Gedanken eingeweiht war.

So unschuldig und jung und schön.

Sie hatte noch nie den Strand gesehen, geschweige denn das Meer. Und der Anblick zog sie in seinen Bann.

Ich ließ ihr den Moment, das Meer zu bewundern, und zuckte nur leicht zusammen, als ich spürte, wie der Boden unter uns erbebte. Ein Teil von mir hatte nicht geglaubt, dass die Labore explodieren würden, sondern, dass derjenige, der dieses Spiel leitete, bluffte.

Vielleicht waren wir gar nicht beobachtet worden, obwohl mir mein Instinkt sagte, dass uns die ganze Zeit über die Schulter geschaut hatte.

Bald würden wir herausfinden, *wer* das getan hatte.

Ich setzte Calina am Strand ab, wohl wissend, dass sie den Sand und das Wasser berühren wollte. Sie reichte mir die Tasche, die sie sich über die Schulter gehängt hatte – in der sich alle Geräte befanden, die Darius zu uns gebracht hatte, bevor er mit Kylan verschwunden war. Sie ging zu der Stelle, an der die Wellen an den Sandstrand gespült wurden und kniete nieder. Ihre Gedanken waren freudig und voller Ehrfurcht.

Ich bewunderte die Aussicht und die süße Erregung in ihrem Kopf.

Ich wollte bei all ihren ersten Schritten dabei sein, jeden ihrer Träume und jede Neugierde, die sie hatte, wahr werden lassen.

Ein leises Kichern erfüllte ihren Geist, als das Wasser ihre Fingerspitzen berührte. Ihre Lippen verzogen sich zu einem Lächeln, das ich in mein Gedächtnis einprägen und nie wieder loslassen wollte.

Diese Frau saß fest in meiner Seele. Ihr Gesicht war das einzige, das ich sehen wollte. Ihr Herz war das einzige, das ich besitzen wollte und ihr Körper der einzige, den ich zu besitzen wünschte.

Irgendwann während unserer gemeinsamen Zeit war

ich von einer Klippe der Lust in etwas viel Tieferes
gestürzt.

Vielleicht war es unsere Verbindung.

Vielleicht war es Schicksal.

Vielleicht sogar eine Kombination aus beidem.

Aber diese Frau schien etwas für mich zu bedeuten, das
sich jeder Vernunft und jedem Verständnis entzog.

Fast hätte mich das dazu gebracht, die Tasche mit den
Apparaturen fallen zu lassen, zu ihr zu eilen und sie ins
Meer hinauszutragen, um uns die Kleider vom Leib zu
reißen und inmitten der Wellen Liebe zu machen.

Es war eine so lebhafte Sehnsucht, die alle meine
Gedanken und Vorstellungen umfasste, dass ich gar nicht
merkte, dass Kylan sich zu mir gesellt hatte, bis er sich
räusperte.

„Hach, es ist also Liebe", sagte er verträumt. Er hatte
die Hände in den Taschen seiner schwarzen Hose, die
Ärmel seines dunklen Hemdes bis zu den Ellbogen
hochgekrempelt und die obersten Knöpfe aufgeknöpft.
„Das steht dir gut, alter Freund. Glückwunsch, dass du
dein Herz gefunden hast."

Fast hätte ich ihn korrigiert, denn meine alte
Gewohnheit der Nonchalance verlangte nach einem
Ventil.

Doch ich konnte die Worte nicht aussprechen, weil ich
nicht lügen wollte. Ich wollte nicht herabwürdigen, was
Calina und ich hatten, und war mir nicht sicher, ob es
Liebe war. Das schien ein zu schwacher Ausdruck für die
Verbindung zwischen unseren Köpfen zu sein. Sie fühlte
sich wie meine andere Hälfte an und machte ein Leben
ohne sie unvorstellbar.

Sie war gestorben und ich war so verloren gewesen,
dass ich einen König getötet und somit über ein
Jahrhundert der Pläne zunichtegemacht hatte. Ich wusste

jedoch, wenn es noch einmal passieren würde, würde ich es wieder tun.

Ich musste sie beschützen.

Ich würde mich nie dafür entschuldigen, sie gerächt zu haben.

Kylan räusperte sich. „Darius hat gerade mit Damien gesprochen. Wie sich herausstellte, hatte er Mira bereits verdächtigt, weil einer der Labortechniker sie wiedererkannt hatte. Er hat nichts gesagt, weil er mehr Beweise wollte, aber er behält sie im Auge."

Ich nickte. „Dann führt uns unser Weg wohl zum Majestic Clan."

„In der Tat, das tut er. Ryder trifft zusammen mit Edon, Silas und Luna Vorkehrungen, um uns dort zu treffen."

„Ein weiteres Treffen", sagte ich und hatte meinen Blick immer noch auf Calina gerichtet. „Und fast pünktlich zu dem ursprünglichen Treffen, das Lilith geplant hatte."

„Komisch, wie das manchmal läuft", murmelte Kylan und klopfte mir einmal mit der Hand auf die Schulter, bevor er mir die Tasche abnahm. „Darius und Juliet werden mit mir fliegen, damit du ungestört mit deinem neuen Haustier spielen kannst."

Normalerweise würde ich einer solchen Aussage widersprechen und ihn an meine überlegene Position erinnern.

Aber er war älter und ich wollte wirklich nicht über das Geschenk diskutieren, das er mir gerade gemacht hatte.

Also nickte ich nur dankend und sah meiner Gefährtin weiter im Wasser zu. Sie hatte ihre Schuhe ausgezogen und ihre Hose bis zu den Waden hochgekrempelt, um die Wellen richtig zu spüren. Es war so neu für sie und sie hatte sich diesen Moment verdient. Es half ihr, sich zu entspannen und die Erinnerungen zu vergessen, die ihr in den Akten aufgelauert hatten. Es half ihr, die Wahrheit über ihre Herkunft zu verarbeiten. Und es ließ sie lächeln.

Das war alles, was ich brauchte, um zu wissen, dass dieser Moment wichtig für sie war.

Eine neue Erfahrung für ihren Geist.

Ich saß am Strand, während sie weiter im Wasser planschte und ihren Blick nur einmal davon löste, als Kylans Flugzeug abhob. Er würde unterwegs einen Tankstopp einlegen müssen. Wir hatten auf dem Flugplatz von Lajos City vollgetankt.

Selbst wenn ich Calina hier noch dreißig Minuten Zeit gäbe, würden wir sie immer noch einholen, bevor wir den Majestic Clan erreichten.

Da ich das wusste, stützte ich mich auf die Ellbogen und sah meiner kleinen Nymphe zu, wie sie im Mondlicht tanzte und ihr blondes Haar funkelte, während sie sich lachend im Kreis drehte.

„Du kannst dich genauso gut ausziehen, kleine Verführerin", rief ich ihr zu. „Das würde mir sehr gefallen und ich werde dich sowieso dazu bringen, dich auszuziehen, bevor wir in das Flugzeug steigen." Ihre Kleidung war vom Wasser schon ganz durchnässt.

Sie hörte auf, sich zu drehen und schaute mich an.

Ganz langsam zog sie die kugelsichere Weste aus, sodass ihr enges weißes Top darunter zum Vorschein kam.

Ich biss mir auf die Lippe, denn ihr Anblick im Mondlicht war beeindruckend. Es brachte ihre Brüste perfekt zur Geltung, einschließlich ihrer härter werdenden Brustwarzen.

Eine Welle traf sie, umspielte ihre Taille und durchnässte den Stoff, der ihren Unterleib bedeckte.

Sie reagierte, indem sie das Top über ihren Kopf zog und mir den Blick auf ihre perfekten Brüste freigab.

Mmhmm, das ist ein verführerischer Anblick. Verzaubere mich mehr, Darling. Mach mich so hart, dass ich nicht mal mehr gehen kann.

In ihre Augen glitzerten kleine gelbe Ringen in der Dunkelheit – ihre lykanische Seite war deutlich in ihrem Blick zu erkennen.

Das machte mich nur noch mehr an.

Ich hatte schon immer von der animalischen Natur der Lykaner geschwärmt und diese Frau hatte eindeutig eine Bestie in sich, die es mit meiner eigenen aufnehmen konnte.

Ich streckte meine Beine aus, kreuzte sie an den Knöcheln und bewunderte die Aussicht, als Calina den Reißverschluss ihrer Jeans öffnete und anfing, herumzuhüpfen, um sie auszuziehen.

Es war witzig und erotisch zugleich, wie der Stoff an ihren Beinen klebte, während sie darum kämpfte, ihn von ihren Schenkeln zu streifen.

Sie verlor in den Wellen das Gleichgewicht, woraufhin ich mich aufsetzte.

Doch im nächsten Atemzug stand sie wieder auf, ihr blonder Pferdeschwanz war durchnässt und ihre Lippen zu einem breiten Lächeln verzogen.

Sie schaffte es, ihre Jeans auszuziehen, sodass sie nackt und wunderschön vor mir stand, bevor sie sich wieder in die Wellen warf.

Kannst du überhaupt schwimmen?, fragte ich mich und war plötzlich besorgt, als sie nicht wieder auftauchte. *Calina?*

Sie antwortete nicht.

„Scheiße." Der Pazifische Ozean hatte eine starke Strömung, die das Schwimmen an einem Strand wie diesem für einen unerfahrenen Schwimmer ziemlich gefährlich machte.

Ich machte mir nicht die Mühe, mich auszuziehen,

sondern lief zum Wasser, wo sie zuletzt gewesen war, und wäre beinahe hingefallen, als sie aus den Wellen heraus auf mich zusprang. Ich hielt sie an der Taille fest, mein Herz setzte vor Überraschung einen Schlag aus.

Sie lachte herzlich.

Ich blinzelte.

„Hast du gerade …?" Ich schaffte es nicht, diese Frage auszusprechen. Sie hatte mir einen Streich gespielt. Das hätte ich gemerkt, wenn ich mir Zeit genommen hätte, um ihre Gedanken zu lesen, aber mein Instinkt, sie zu retten, war mir wichtiger gewesen. „Das ist ein gefährlicher Zug, Calina."

Sie kicherte wieder, betrunken vom Leben. Oder vielleicht nur betrunken vom Salzwasser. „Ihr dürft mich gerne bestrafen, Eure Hoheit."

Ich zog eine Braue hoch. „Ist es das, was du willst?"

Sie überlegte einen Moment lang, während sich in ihren hübschen Augen der Mond spiegelte. „Ich will dich." Sie beugte sich vor und setzte ihre Lippen an meine. „Du wolltest mich nackt, richtig? Aus freien Stücken? Hier bin ich nun. Und jetzt will ich dich."

Ein Knurren kitzelte meine Brust, und das Bedürfnis, sie zu verführen, brachte mich fast um den Verstand.

Aber ich hatte nicht genug Zeit, um sie richtig zu verwöhnen.

Allerdings würde ich das im Flugzeug tun.

Und ich hatte ihr bereits eine Dusche versprochen.

„Hm", murmelte ich, ging mit ihr zurück zum Flugzeug und stieg die Treppe hinauf, ohne mich um Calinas Kleidung am Strand zu kümmern. „Wir können jetzt losfliegen", sagte ich zu Sal, als ich an ihr vorbeiging. „Calina und ich sind hinten, falls du mich brauchst."

„Ja, mein Prinz", antwortete sie pflichtbewusst. Allerdings entging mir nicht der Hauch von Belustigung in ihrem Tonfall. Es schien, dass meine neu entdeckte Verliebtheit alle unterhielt.

In Anbetracht meiner Vergangenheit hatte ich das wohl verdient.

Es fühlte sich richtig an, als wäre das genau der Ort, an dem ich sein sollte.

Calina hatte mich stärker gemacht. Fröhlicher. Strategischer. *Vollständig.*

„Ich fange an, mich zu fragen, wer ich vor dir war", gab ich zu, während ich sie zunächst ins Schlafzimmer und dann direkt ins Bad trug. „Du hast mich unwiderruflich verändert, Calina. Ich bin mir nicht sicher, ob ich jemals wieder derselbe sein werde."

„Ist das schlimm?", fragte sie, nachdem ihr Lächeln einer ernsteren Miene gewichen war.

„Ich wusste nie, dass ich mich ändern muss", sagte ich ihr. „Aber jetzt, wo ich weiß, wer ich mit dir sein kann, frage ich mich, wie ich vorher jemals zufrieden sein konnte."

Ich setzte sie auf die Bank und entledigte mich meiner Kleidung, während sie mich mit einem heimlichen Blick beobachtete. Ein Dutzend Ideen gingen ihr durch den Kopf, alle drehten sich um meinen Schwanz und eine war verlockender als die andere.

Aber das war nicht das, was ich mit ihr machen wollte.

„Steh auf, kleines Genie", sagte ich und griff nach dem Duschkopf. „Es gibt einen Teil von dir, den ich noch nicht beansprucht habe. Und ich beabsichtige, jeden Zentimeter von dir zu meinem zu machen."

CALINA

Ich erschauderte angesichts des Versprechens in Jace'
Stimme.

Welcher Teil?, wollte ich fragen, aber die finstere Absicht
in seinem Blick veranlasste mich stattdessen, seinem Befehl
Folge zu leisten. Außerdem hörte ich ein Gemurmel in
meinem Kopf – ein Vorhaben, das ich nie in Betracht
gezogen hätte.

Seine Hände fanden meine Hüften, als er mich unter
die Dusche zog. Die Dusche war größer als jede andere,
die ich je gesehen hatte, abgesehen von der in seinem
Anwesen in Jace City – allein die Badewanne war für fünf
oder sogar mehr Personen auf einmal ausgelegt.

Das war etwas, an das ich nicht denken wollte, weil es
nur die Erinnerungen von Jace' Vergangenheit hervorrief.

Er fasste mein Kinn und zwang mich, ihn anzusehen.
„Ich werde mich nicht für meine Vergangenheit
entschuldigen, Calina."

„Ich habe dich nicht darum gebeten." Und ich würde
ihn auch nie darum bitten. Es war einfach ein Teil von
ihm, den ich akzeptieren musste. Außerdem war es die
Zukunft, die mich mehr beschäftigte.

Er neigte seinen Kopf und sein Griff um mein Kinn
und meine Hüfte wurde fester, als das Flugzeug abhob.

Das Wasser floss weiter über uns und die Wärme wusch etwas von dem Eis weg, das sich bei dem Gedanken daran, was die Zukunft für uns bereit hielt, in mir festgesetzt hatte.

Unsere Bindung war undefiniert. Möglicherweise könnte ich mit anderen sexuelle Erfahrungen machen, ohne sie zu gefährden, vielleicht aber auch nicht. Jace konnte das ganz bestimmt.

Und dieser Gedanke missfiel mir sehr.

Ich wollte ihn *Mein* nennen, so wie er es kurz zuvor mit mir gemacht hatte. Doch ich hatte das Gefühl, dass ich keinen Anspruch erheben konnte, weil er in Wirklichkeit gar nicht mir gehörte.

Die *Erosita*-Verbindung war in dieser Hinsicht unfair, da sie dem Vampir die gesamte Kontrolle übertrug und den Sterblichen von der Verbindung abhängig machte, um überleben zu können.

Jace musterte mich weiter. Die Luft zwischen uns war mit unausgesprochenen Worten und einer Vielzahl von Gedanken aufgeladen. Er konnte jeden meiner Gedanken hören, auch mein Zögern bezüglich unserer gemeinsamen Zukunft.

Seine früheren Erfahrungen hatten den Mann vor mir geschaffen. Ich würde ihm das nie verübeln. Aber ich fragte mich, wie sich das langfristig auf unsere Beziehung auswirken würde.

Er glaubte nicht an Monogamie.

Für mich war die Monogamie währenddessen die einzige Möglichkeit, es sei denn, ich wollte meine Unsterblichkeit riskieren.

Das warf eine interessante Frage auf. *Möchte ich ewig an einen untreuen Partner gebunden sein?*

„Du hast mich nicht ein einziges Mal gefragt, ob ich dir treu sein will", sagte Jace nach einer Weile, während das

Wasser um uns herum weiter auf uns niederprasselte und meine Ohren von der wachsenden Flughöhe des Flugzeuges dröhnten. „Du gehst einfach davon aus, dass ich es nicht sein werde."

„Du hast mir keinen Grund gegeben, etwas anderes zu glauben", sagte ich. „Ich kann deine Gedanken hören, Jace. Ich weiß, was du willst."

„Du weißt, was ich infrage stelle", korrigierte er. „Dass ich, genauso wie du, versuche, meine Wünsche zu bestimmen."

Ich nickte. „Du hast die Möglichkeit zu wählen. Ich nicht."

Er ließ mein Kinn los und fuhr mit seinen Fingern über meinen Kiefer bis zu meinem Haar, wo er meinen Pferdeschwanz mit einem schnellen Ruck löste. Mein Hals streckte sich ein wenig und sein Blick fiel auf meine entblößte Kehle, bevor er langsam zu meinen Augen zurückkehrte. „Willst du, dass ich dich verwandle? Damit wir gleichberechtigt sind?"

„Nein", antwortete ich sofort. „Mein Blut hält dich am Leben. Wenn du mich verwandelst, wirst du das verlieren."

Außerdem wollte ich kein Vampir sein. Ich zog meinen jetzigen Zustand vor. Meine einzige Sorge galt unserer Zukunft, nicht der Gegenwart.

Es war einfach eine Angewohnheit von mir, immer zu planen und zu wissen, wohin wir uns bewegten, damit ich mich mental entsprechend anpassen konnte, um das Unvermeidliche zu akzeptieren.

In diesem Fall schien es sich um Jace zu handeln, der sich verirrt hatte.

Aus irgendeinem Grund fiel es mir schwer, diese Möglichkeit zu akzeptieren.

„Du traust mir nicht zu, dass ich dir treu bleibe", sagte er. Sein Blick war forschend, während er mir zuhörte, wie ich über unsere Verbindung und die Möglichkeiten, die vor uns lagen, nachdachte.

„Ich bin mir nicht sicher, ob du treu sein willst", korrigierte ich ihn. „Und mir gefällt der Gedanke nicht, dich dazu zu zwingen, jemand zu sein, der du nicht bist." Das würde für keinen von uns passen. Am Ende würde er mich dafür hassen, genauso wie ich ihn verachten würde, wenn er mich jemals in eine dauerhafte unterwürfige Rolle zwingen würde. Das passte nicht zu mir, so wie es auch nicht zu seinen Vorlieben passte, dass er in einer Beziehung war.

„Du vergisst dabei etwas Wichtiges, Calina", sagte er sanft, während sich seine Finger durch mein nasses Haar kämmten und mich seine andere Hand näher zu ihm zog. „Du hast mich bereits verändert."

Seine Lippen strichen über meine und seine Finger verknoteten sich in meinem feuchten Haar, als er mich an sich drückte.

„Ich weiß nicht genau, wie es passiert ist, oder wann, aber du bist jetzt in mir", murmelte er gegen meinen Mund. „Ich möchte weder das noch dich verlieren. Ich möchte dich auch nicht teilen. Allein der Gedanke daran macht mich verrückt."

Er erlaubte mir, das in seinem Kopf zu sehen – die Wut, die er empfunden hatte, als Lajos mich berührt hatte, und seinen späteren Schwur, dies nie wieder zuzulassen.

„Ich verstehe also auch deinen Wunsch, mich nicht zu teilen. Wenn ich ehrlich bin, bin ich mir nicht sicher, ob mich jemals wieder jemand anderes interessieren wird. Ich habe nicht ein einziges Mal den Blick von dir abgewendet, Calina. Ich habe nicht einmal die Möglichkeit dazu in Betracht gezogen. Ich sehe nur dich." Er streichelte meine Wange, als er sich zurückzog, um mir in die Augen zu sehen. „Das ist alles sehr neu für mich. Es ist nicht so, dass ich keine Lust auf Monogamie hätte, Darling. Niemand hat mir je einen Grund gegeben, darüber nachzudenken. Bis ich dich getroffen habe."

Er küsste mich erneut, aber dieses Mal inniger. Seine Gefühle erwärmten sich durch unsere Verbindung und verzauberten meine Seele.

Ich spürte die Wahrheit seiner Worte wie einen Pfeil in meinem Herzen.

Keiner von uns wusste, was die Zukunft für uns bereithielt, aber wir waren jetzt für immer aneinander gebunden. Wir würden es mit den Hindernissen aufnehmen, die sich uns in den Weg stellten.

Es gab jedoch eine Gewissheit in Jace, die mir weiche Knie bereitete.

Er wollte mich langfristig. Nicht kurzfristig. Nicht nur im Moment, sondern für immer.

Er würde alles tun, um sicherzustellen, dass ich das immer in Erinnerung behielt.

Dabei ging es nicht um seine früheren Neigungen, sondern um sein neues Verlangen – sein Verlangen nach *mir* – seiner *Erosita* – seiner Gefährtin – seiner geistig Ebenbürtigen.

Er sah in mir einen Teil seiner Seele, von dem er nicht wusste, dass er ihn vermisst hatte, und er hatte nicht die Absicht, mich wieder gehen zu lassen.

Mit seinem Mund flüsterte er Versprechen für die Ewigkeit und mit seinem Geist bewies er, dass er bereits mir gehörte.

Niemand kannte ihn besser als ich, denn er war noch nie mit jemandem auf dieser intimen Ebene verbunden gewesen. Er gab mir freien Zugang zu jedem Gedanken und jeder Erinnerung. Er hielt nichts zurück und zeigte mir sogar, wie leicht es wäre, mich auszuschließen, mich ganz aus seinem Gedächtnis zu verbannen.

Doch er hatte nicht ein einziges Mal daran gedacht, mir das anzutun. Nicht einmal, als er dachte, es wäre das Beste zu meinem Schutz.

Nein. Er hatte mich mit jeder Sekunde willkommener geheißen, sein Verstand hatte sich mit dem meinen auf eine Weise vermählt, wie es nur wenige erlebten.

Ich gehörte zu ihm und er gehörte zu mir.

Nichts anderes war von Bedeutung.

Wenn ich Monogamie wollte, würde er sie mir gewähren, weil mein Verlangen mit dem seinen mithalten konnte. Er zeigte mir, dass er bereit war, die Ewigkeit mit mir und nur mit mir zu verbringen.

Du bist alles, was ich will, flüsterte er in meine Gedanken. *Du bist diejenige, von der ich nie wusste, dass ich sie brauche. Alle anderen waren nur ein vorübergehender Zeitvertreib auf meinem Weg, dich zu finden – mein wahres Ebenbild, meine vorgesehene Partnerin. Das alles sollte gar nicht möglich sein, aber das Schicksal hat dafür gesorgt, dass wir einander finden. Und jetzt werde ich alles tun, um sicherzustellen, dass ich deiner würdig bin, Calina. Wir werden das als ein Team herausfinden. Nur du und ich. Denn das sind wir … eine Einheit. Nur zusammen sind wir stark.*

Mein Herz drohte zu explodieren, das Gefühl war neu und ein aufregend. Aber ich begrüßte die Hitze, die folgte und jeden Zentimeter von mir zu berühren schien, als er unseren Kuss vertiefte.

Seine frühere Vorstellung, jeden Teil von mir zu beanspruchen, verschmolz mit einer neuen Art von Bedürfnis, das auf gegenseitiger Zuneigung und dem Versprechen beruhte, unsere Geister zu verbinden.

Eine Gänsehaut lief mir über die Arme, als mein Körper auf den Ansturm von Gefühlen und Gedanken reagierte, die von ihm ausgingen, die auf seinen Absichten, seinem Versprechen, mich zu beschützen, und seinem

Wunsch, unsere Verbindung noch weiter zu vertiefen, beruhten.

Er wollte eine Zukunft mit mir.

Er wollte alle Möglichkeiten zwischen uns auskundschaften.

Und was am wichtigsten war – er brauchte mich.

Es war alles so neu und doch so vertraut in unseren Köpfen, als würden wir uns schon seit einer Ewigkeit kennen, hätten uns aber gerade erst wiedergefunden.

Ich will dich nie wieder verlieren, sagte er, legte seine Hände wieder auf meine Hüften und hob mich in die Luft.

Meine Beine schlangen sich ganz automatisch um seine Taille, als er mich mit dem Rücken gegen die Wand drückte. Die kühlen Kacheln jagten mir einen Schauer über den Rücken. Als er sich zwischen meine Schenkel presste, wurde mir heiß und kalt zugleich. Ich war erregt und kurz davor, nach mehr zu betteln.

Du gehörst mir, Calina, schwor er. *Genauso wie ich dir gehöre. Der Bund mag nur verlangen, dass einer von uns dem anderen treu bleibt, aber die Verbindung beruht auf dem Bedürfnis, einen Seelenverwandten zu schaffen. Ich habe nicht vor, dieses Geschenk der Liebe abzulehnen. Ich will nichts zwischen uns kaputt machen. Ich habe Sex immer geliebt, aber ich muss nicht zwangsweise mit anderen spielen.*

Er winkelte seine Hüften an und glitt ohne Vorwarnung in mich hinein. Sein Schwanz füllte mich bis zum Anschlag aus und entlockte meinen Lippen ein Keuchen.

Es ist das Ficken, das ich genieße, informierte er mich, seine Stimme war wie ein sinnliches Knurren für meine Sinne. „Genauer gesagt", fuhr er laut fort. „*Du* bist es, die ich gerne ficke, Calina. Nur dich." Mit einem harten Stoß unterstrich er seinen Standpunkt, raubte mir die Luft zum

Atmen und verschluckte meinen leidenschaftlichen Schrei mit seinem Mund.

Jede Bewegung seiner Hüften wurde von einem neuen Gedanken begleitet. Einem Versprechen. Einem Gefühl. Einem Segen.

Er sagte mir, dass er es nie leid sein würde, in mir zu sein, nicht nur sexuell, sondern auch geistig.

Er sagte mir, dass er mich behalten wollte.

Er sagte mir, dass er möchte, dass ich ihn ebenfalls behielt.

Er sagte mir, dass wir füreinander bestimmt waren.

Er sagte mir, dass wir im Geiste schon seit einer Ewigkeit verlobt gewesen waren, wir es nur nicht wussten, bis wir uns endlich getroffen hatten.

Er dankte mir, dass es mich gab.

Er dankte dem Schicksal, dass es ihm eine perfekte Partnerin geschenkt hatte.

Er verehrte mich mit seinem Geist und seinem Körper. Seine Lippen streichelten meine, bevor sie zu meinem Hals wanderten, um an meinem Puls zu lecken und zu saugen, ohne die Haut zu verletzen.

Er war süchtig nach meiner Essenz.

Er nannte mich eine Verführerin.

Er nannte mich *sein*.

Seine Hände blieben auf meinen Hüften. Er winkelte meine Beine an, damit ich ihn tiefer empfangen konnte, und sein Körper sagte mir, dass ich ihm gehorchen und zum Höhepunkt kommen sollte, dass ich mich um seinen Schaft klammern und ihn als mein Eigentum beanspruchen sollte.

Ich gehorchte; Meine Schenkel pressten sich zusammen, als ein Orgasmus durch meine Glieder fuhr und mich zitternd und bebend gegen ihn presste.

Tränen liefen mir über das Gesicht, nicht nur wegen

der Freude an unserer Vereinigung, sondern auch wegen der Worte, die er in meinen Gedanken ausgesprochen hatte, und der damit verbundenen Gefühle.

Als wir uns wieder küssten, sprachen unsere Zungen für uns, während er mich weiter gegen die Wand gepresst nahm. Er wollte, dass ich wieder zum Höhepunkt kam, dass ich ihm mit meinem Körper bewies, dass ich genau da bin, wo ich hingehörte.

Ich keuchte und die Beanspruchung seiner Kraft und Stärke war wie ein Brandmal für mein Wesen und zwang mich, mich ihm zu fügen und ein Stoß nach dem anderen in mir aufzunehmen.

Der sinnliche Teil von mir – der, den er geweckt hatte – erwachte zum Leben und entfaltete sich.

Mein inneres Tier.

Die Wölfin, die ich nie zu Gesicht bekam.

Sie existierte nur in meinem Geist, aber sie erkannte diesen Mann als ihresgleichen an. Ihr Gefährte. Ihre andere Hälfte.

Sie drängte mich, ihn zu beißen, meine Zähne in seinem Hals zu versenken und ihn für alle sichtbar zu markieren.

Tu es, ermutigte er mich, als er das Bedürfnis in meinem Kopf spürte. *Beiß mich, Calina. Ich werde den Gefallen erwidern.*

Bei dieser Aussicht brannte mein Inneres, nicht nur wegen des Gedankens, ihn zu schmecken, sondern auch durch das Wissen, wie sein Biss mich fühlen ließ.

Ich hatte aufgehört zu denken. Ich handelte. Meine Zunge fuhr die maskuline Linie seines Halses bis zu seiner muskulösen Schulter herunter, dann biss ich so fest zu, wie ich konnte. Meine Seele freute sich über die kühne Beanspruchung.

Mein Gefährte.

Der deine, stimmte er zu. Plötzlich spürte ich seine Finger in meinem Haar, während er mich an sich drückte. Sein Tempo hatte sich verlangsamt, sein Oberkörper spannte sich an, als kämpfe er gegen seine bevorstehende Lust an.

Ich wollte ihn in den Wahnsinn treiben, so wie er es immer mit mir gemacht hatte, aber ich spürte sein Bedürfnis, zu warten … Seinen Wunsch, mich noch einmal kommen zu lassen, bevor er explodierte. Ich spürte seine Absicht, mich umzudrehen, um mich von hinten zu ficken.

Zuerst wäre da noch die Seife, die ich schnell abspülen könnte. Dann käme der animalische Sex, bei dem er seine Bestie freilassen könnte und mich so besteigen würde, wie er es wollte.

Diese Aussicht ließ mich erzittern, allein der Gedanke daran ließ meine Bauchmuskeln anspannen und mein Inneres um ihn zusammenziehen. Seine Finger blieben in meinen Haaren, während seine andere Hand meine Hüfte verließ, um sich an die süße Stelle zwischen meinen Schenkeln zu wagen.

Ein einziger Fingerdruck auf meine Knospe genügte, um mich in die Wollust voller funkelnder Sterne zu versetzen.

Er brachte diese Lust in mir hervor, spielte mit einer Geschicklichkeit mit meinem Körper, die nur er besaß, und verlängerte meine Glückseligkeit, bis er sich mit mir in der köstlichen Qual der orgastischen Verzückung vereinigte.

Ich erzitterte, schrie und weinte. Die Empfindungen waren zu viel – sein bezauberndes Blut auf meiner Zunge, seine Größe, tief in mir und sein Samen, der mich von innen markierte.

Mir wurde schwarz vor Augen, aber seine Zähne in meinem Hals rissen mich in die Gegenwart zurück, als ich in eine weitere Spirale der Elektrizität geriet, die meine Fähigkeit zu denken zerstörte.

Er blieb in mir, während er uns einseifte.

Er hielt eine enge Verbindung zwischen uns, wusch mir die Haare und drückte mich gegen die Wand, während er versuchte, den richtigen Winkel für den Duschkopf zu finden.

Ich sah ihm zu, aber meine Augenlider waren schwer und mein Körper erschöpft.

Die Wellen des Vergnügens wärmten mich innerlich weiter, ich erholte mich bereits und bereitete mich auf mehr vor.

Er war immer noch hart.

Seine Augen funkelten und seine Berührung löste ein neues Beben der Sehnsucht in mir aus.

Er war eine Sucht, der ich mich nie verweigern würde. Ein Experiment ohne Ende. Der perfekte Partner für mich, den ich bis in alle Ewigkeit erforschen wollte.

Er dachte dasselbe, seine Lippen verzogen sich bei meiner lustbetonten Reaktion zu einem Lächeln.

„Ich werde dich während des gesamten Fluges in diesem Zustand halten", beschloss er flüsternd. „Wenn ich mit dir fertig bin, wirst du so erschöpft sein, dass du wahrscheinlich nicht mehr laufen kannst, aber das ist in Ordnung. Ich werde dich tragen. Dann werde ich dich wieder ficken, denn der Gedanke daran, dass du von meinen Aufmerksamkeiten so verzückt bist, wird mich dazu ermutigen, das alles noch mal zu tun."

Ich erschauderte, als ich es ohne nachzudenken akzeptierte.

„Und deshalb werde ich nie genug von dir bekommen", fügte er hinzu. „Ich bin genauso süchtig nach dir wie du nach mir, vielleicht sogar noch mehr. Du hast mich verzaubert und ganz und gar eingenommen, Calina.

Das hatte ich nicht erwartet, aber ich werde mich auch nicht dagegen wehren. Zusammen sind wir unschlagbar, Darling. In jeder Hinsicht."

Er küsste mich erneut und seine Zunge flüsterte mir noch mehr dieser köstlichen Versprechen in den Mund.

Ich spürte kaum, dass er mit seinen Fingern in meinen Hintern eingedrungen war.

Das Gefühl war berauschend.

Er hatte recht.

Er wollte mich ganz für sich beanspruchen, jedes Loch nehmen, mich ganz besitzen.

Ich akzeptierte es, weil ich ihm bereits gehörte. Und er gehörte mir.

„Ja", sagte ich und beantwortete damit ein Dutzend Fragen, die er nicht gestellt hatte. „Ja, Jace."

Seine Lippen eroberten meine und der Druck gegen mein Loch nahm zu, als er etwas Glattes benutzte, um mich auf sein Eindringen vorzubereiten. Sein Bedürfnis war stark und wuchs mit jeder Sekunde weiter an. Er musste an dieser Stelle in mir sein, mich auf diese letzte verbliebene Weise nehmen.

Er hatte noch tausend andere Ideen, wie er mich ficken wollte.

Jeder Gedanke schwirrte mir durch den Kopf, einer schmutziger als der andere.

Und alles, was diese Gedanken auslösten, war, dass ich umso mehr für ihn brannte.

Schließlich glitt er zwischen meinen Schenkeln heraus, die Leere, die er hinterließ, ließ mein Herz schmerzen. Aber dann packte er wieder meine Hüften, schob mich höher, immer noch ihm zugewandt, während er sich gegen meinen anderen Eingang drückte.

Das war unglaublich intim und die Intensität wurde noch stärker, als er meinen Blick traf und ihn festhielt.

Einen Moment lang bewegte er sich nicht, dann glitt er langsam in mich hinein. Sein Verstand führte mich durch die wechselnden Gefühle in mir und sagte mir, ich solle mich entspannen, ihn akzeptieren und ihm diesen letzten Anspruch zugestehen.

Ein Ruck durchfuhr mich, die Fülle war ganz anders als in meiner Mitte. Aber er brachte das schnell in Ordnung, indem er zwei Finger in meinen Kanal schob, um die Stelle tief in mir zu streicheln.

„Jace", hauchte ich, sein Name war ein Gebet und ein Fluch zugleich, als er sich zu bewegen begann.

„Wie fühlst du dich?", fragte er, während er meinen Blick hielt. „Sag mir, wie du dich fühlst, Calina."

„Ausgefüllt", flüsterte ich und wölbte mich gegen ihn.

Sein Daumen fand meine Klitoris, während seine Finger immer noch tief in mir waren und seine andere Hand meine Hüfte umfasste, um mich in dieser Position zu halten.

„Ich fühle mich *besessen*", fügte ich stöhnend hinzu, als er sich ganz nach oben stieß und mich weit dehnte. Ich war mir nicht sicher, ob ich schreien oder um mehr betteln wollte, denn dieses Gefühl war anders als alles, was ich je erfahren hatte.

Abgesehen von seinen Fingern, die sanft diesen einen Punkt in mir streichelten, bewegte er sich nicht. In meinem Unterleib breitete sich ein Beben bis in meine Glieder aus und betäubte mich.

„Perfekt", murmelte Jace. „Du bist so schön, Calina. Und so verdammt perfekt." In seinen Augen funkelten die Wahrheit seiner Worte, dann küsste er mich und stieß in mich hinein.

Jetzt war er nicht mehr sanft.

Sein Bedürfnis war so groß und wurde von dem Raubtier in ihm angetrieben. Mein inneres Tier reagierte in gleicher Weise, indem es seinen Besitz willkommen hieß und sich an ihm festklammerte und ihn dazu drängte, härter zu stoßen. Schneller zu stoßen. Tiefer in mich einzudringen.

Meine Brustwarzen schmerzten ... die aufgestellte Spitzen rieben gegen seine Brust, während er meinen Mund verschlang und meinen Körper beanspruchte.

Er setzte mich in Brand.

Brandmarkte meine Seele.

Gab mir ein Versprechen, das direkt in mein Herz gemeißelt wurde.

Wir würden das gemeinsam durchstehen. Für immer. Für die Ewigkeit. Unser Band ging so viel tiefer als Liebe oder frivole Konventionen. Ich musste diese Worte nicht von ihm hören, denn ich verstand seine Absichten auch ohne sie.

Das waren wir.

Wir existierten als Einheit.

Für immer.

Seine Stirn traf meine, sein Atem war heiß, als er meinen Blick aufs Neue festhielt. Alles, was ich für ihn empfand, spiegelte sich in diesen Augen wider.

Anbetung.

Respekt.

Verlangen.

Verständnis.

Partnerschaft.

Das alles konnte ich in seinen Augen lesen. Heiß. Intensiv. Leidenschaftlich. Ich seufzte, als mein Körper unter seiner leidenschaftlichen Hingabe und den Schwüren seines Herzens zusammenbrach.

Meine Beine zitterten.

Mein Magen krampfte sich zusammen.

Seine Zähne bohrten sich in meinen Hals.

Mit einem Atemzug entfloh meiner Kehle sein Name und ich geriet in einen Strudel intensiver Gefühle. Es brannte in meinen Adern und trieb mir die Tränen in die Augen, während ich in einer rauschhaften Welle des Wahnsinns ertrank.

Er hatte mich ganz für sich eingenommen.

Ich war zu vertieft in die Empfindungen.

Dunkelheit. Glück. Wellen der Energie. Stärke. Ein männliches Stöhnen. Heißer Samen in mir. Muskelkontraktionen, Perfektion, maskuliner Duft.

Liebe.

All das umgab mich auf einmal, gefolgt von einem weichen Gefühl auf der Haut.

Ich spürte seinen starken männlichen Körper. Er hatte mich in Laken gehüllt und hielt mich fest in seinen Armen.

Mit seinem Schwanz in mir trieb er mich vorwärts und hielt mich in diesem Zustand, in dem ich an nichts anderes denken konnte.

Ich weinte. Ich schrie. Ich verlor meine Stimme.

Ich trank sein Blut.

Er trank meins.

Wir waren ein Paar, das in Leidenschaft ertrank.

So viel Sex.

So viel Freude.

So viel Intensität.

Er leckte mir die Tränen weg. Zeichnete mit seiner Zunge jeden Quadratzentimeter meines Körpers nach. Führte meinen Mund zu seinem Schwanz. Er füllte mich mit seiner Essenz. Zwang mich zu schlucken und revanchierte sich, indem er mich ebenfalls kostete.

Ich verlor mich in all dem und lebte in einer Wolke des Glücks, der ich nie entkommen wollte.

Aber plötzlich versagte mein Körper und riss mich in einen Traum – meine Sicht verdunkelte sich.

Er blieb dennoch zwischen meinen Beinen und leckte, saugte und entlockte mir noch mehr Lust, sogar während ich schlief.

Er weckte mich mit Orgasmen und wog mich wieder in den Schlaf.

Immer und immer wieder.

Irgendwann verlor ich völlig den Verstand und überließ ihn ihm, um darauf aufzupassen. Ich vertraute darauf, dass er mich durch diese leidenschaftliche Umarmung führen würde.

„Ich liebe dich, Calina", flüsterte er mir ins Ohr. „Du brauchst die Worte vielleicht nicht, aber ich möchte trotzdem, dass du sie hörst, damit du weißt, dass ich diesen Satz noch nie zu jemandem gesagt habe. Nur zu dir. Immer nur zu dir."

Er drückte seine Lippen auf meine. Mein Körper war zu erschöpft, um eine Antwort herauszubringen.

Dann gab er mir noch ein wenig von seinem Blut.

Das versetzte mich in einen Zustand der Ruhe.

Träum von mir, kleines Genie. Träum von uns.

JACE

Ich knabberte an Calinas Knospe und weckte sie mit einem Orgasmus, bei dem sie sich mit dem Rücken gegen das Bett stemmte. Sie sah so schön in ihrem erröteten, durchgenommenen Zustand aus. Es war eine Schande, dass wir bald landen würden.

„Ohh", stöhnte sie und ihre Beine erzitterten, als sie von ihrem Höhepunkt herunterkam.

Ich grinste, als ihr Verstand mich anflehte, aufzuhören und gleichzeitig darum bettelte, weiterzumachen. Ich erfüllte ihre letztere Bitte, indem ich mich zu ihrer Oberschenkelarterie hinunterbeugte und mich ihrer süßen Essenz hingab.

„Jace", stöhnte sie, als sie erneut in einen Rausch geriet.

Ich kicherte und amüsierte mich darüber, wie leicht es war, ihr Lust zu entlocken. Dann leckte ich über ihre feuchten Spalten und beruhigte sie mit meiner Zunge, als sie von ihrem Rausch herunterkam.

Sie erzitterte so stark, dass das Bett beinahe vibrierte.

Meine arme kleine Calina.

Sie hatte keine Ahnung, was ich mit ihr anstellen konnte, denn das war erst der Anfang und wir hatten eine Ewigkeit Zeit, um jede einzelne ihrer Grenzen auszutesten.

„Du wirst mich noch zu Tode ficken", warf sie mit heiserer Stimme ein.

„Gut, dass du nicht sterben kannst", neckte ich, kroch an ihrem wunderbar befriedigten Körper nach oben und ließ mich absichtlich zwischen ihren Schenkeln nieder.

Sie zuckte zusammen, als die Spitze meines Schwanzes ihre geschwollene Knospe berührte, und ihre Lippen sich für ein Stöhnen aus Lust und Schmerz öffneten.

Ich küsste sie sanft, um das Bedürfnis ihres Körpers nach Erholung zu befriedigen, und biss mir auf die Zunge, bevor ich sie in ihren Mund gleiten ließ. Sie saugte gierig daran, ihr Verlangen nach meinem Blut war stärker als ihr Verstand. Aber nach zwei Schlucken entspannte sie sich unter mir, ihr Körper war bereits auf dem Weg der Besserung.

Calina seufzte und strich mit ihren Fingernägeln meinen Rücken hinauf bis zu meinem Nacken, wobei sie mich an sich drückte, während wir noch ein paar Minuten zärtlich miteinander schliefen.

Unsere Umarmung blieb zart und fließend, unsere Gedanken waren völlig offen für den anderen.

Du hast gesagt, dass du mich liebst, staunte sie.

Ich schmiegte mich an ihre Nase und grinste. „Ja, das habe ich." Dann knabberte ich an ihrer Unterlippe, nicht zu fest, nur bewundernd. „Ich meinte es auch so."

Ihre Augen – die immer noch blau waren, ohne einen Hauch von Grün – fingen meine ein und hielten sie fest. „Das tust du", antwortete sie. „Ich kann es fühlen."

„Mm." Ich drückte mich gegen die feuchten Spalten zwischen ihren Schenkeln. „Das ist nur mein Schwanz, Schätzchen." Ich zog mich zurück und sah sie an. „Nein, warte, das sind nur meine Fähigkeiten als *Vampir*."

Sie rollte mit den Augen und lachte. „*Jace'* Fähigkeiten trifft es genauer."

„Hm", brummte ich. „Das hört sich besser an."

„Natürlich weißt du das schon. Du hast genug Selbstbewusstsein, um die volle Verantwortung für all das zu übernehmen." Sie gestikulierte zwischen uns und hatte ihre Augenbraue spöttisch hochgezogen.

Ich warf ihr einen verärgerten Blick zu. „Du weißt, dass ich diese Art von Sticheleien als Herausforderung ansehe, oder?"

„Das weiß ich."

„Nun, dann werde ich reichlich Forschungsexperimente einfordern", drängte ich.

Sie tat so, als würde sie darüber nachdenken. „Ich akzeptiere."

„Natürlich akzeptierst du das", sagte ich und wiederholte absichtlich ihre Worte. „Du bist genau die Art von Wissenschaftlerin, die sich unzählige Testrunden wünscht." Ich seufzte dramatisch. „Mein Schwanz wird erschöpft sein, wenn du mit ihm fertig bist."

„Das ist nur fair, nach dem, was du heute mit mir angestellt hast", sagte sie.

„Oh, das war nur ein Beweis meiner Hingabe", sagte ich ihr. „Ich wollte deine Fähigkeit testen, mit meinem Hunger mitzuhalten."

„Wie habe ich mich geschlagen?"

„Ganz wunderbar", gab ich lächelnd zu. „Aber ich brauche mehr Beweise, um deine Ausdauer zu bestätigen."

Sie nickte und ihr Blick wurde ernst. „Es ist klug, eine Theorie mehr als einmal zu testen. Ein einziges Mal könnte ein Zufallstreffer sein."

„Das bezweifle ich, aber es wird mir Spaß machen, immer wieder die gleichen Ergebnisse zu erzielen." Beinahe hätte ich diese Herausforderung angenommen, doch eine Veränderung der Lage des Flugzeuges verriet mir, dass wir uns auf dem Weg nach unten befanden.

Also küsste ich sie stattdessen einfach.

Ich hielt sie die ganze Zeit bis zur Landung über fest.

Dann vergewisserte ich mich, dass ihre Wunden verheilt waren, und half ihr beim Anziehen. Es war eine Schande, all diese Kurven zu verdecken, aber ich wollte nicht, dass jemand anderes außer mir sie bewunderte und gab ihr ein langärmeliges schwarzes Hemd und eine Jeans. Ich trug ein ähnliches Outfit, nur mit einer Anzughose statt einer Jeans.

Bevor wir das Schlafzimmer verließen, spürte ich, dass Damien in der Lounge des Flugzeuges wartete. Sein Duft nach Leder und Gewürzen war mir vertraut.

Als wir eintraten, stand er auf, und sein Gesichtsausdruck verriet mir, dass mir nicht gefallen würde, was er zu sagen hatte.

Das konnte nur eine Sache bedeuten.

„Mira", sagte ich.

„Ja, ich muss dir etwas zeigen." Er wies auf den Laptop, den er bereits auf dem Tisch aufgestellt hatte.

Ich trat vor und richtete meinen Blick auf den Bildschirm. „Es muss wichtig sein, wenn du nicht warten konntest, bis wir von Bord gegangen sind."

„Ich dachte, du möchtest vielleicht noch einen Moment darüber nachdenken, was ich gefunden habe, bevor Luka eintrifft – was jeden Moment der Fall sein wird", antwortete er, während er zu seinem Platz zurückkehrte. „Ich habe mich in Miras Handy gehackt und habe in der letzten Stunde ihre verschlüsselten Nachrichten dechiffriert. Du musst du dir ansehen."

Calina und ich traten hinter ihn, unser Interesse war geweckt.

„Sie ist definitiv nicht die, für die wir sie gehalten haben", sagte Damien, als sein Bildschirm den Beweis dafür anzeigte. „Aber sie hat nicht das Sagen."

Er zeigte eine Nachricht an, in der nur stand: „*Melde deinen Status.*"

„Das ist von jemandem aus Bunker 7, was wohl der Code für ihre Heimatbasis ist." Er schaute mich an. „Anscheinend war Lilith ein Fan der Zahl Sieben."

Das hatte ich bereits festgestellt, nachdem ich alle Bunkernamen gehört hatte. „Hat sie geantwortet?"

„Vor fünf Minuten. Ich bin immer noch dabei, sie zu entschlüsseln. Aber das ist nicht das, was ich dir zeigen wollte." Er begann, die Fenster auf seinem Bildschirm neu anzuordnen und zeigte eine Nachricht vom Todestag von Lilith an.

„Wer hat das geschickt?", fragte ich und las die Notiz über Liliths Tod.

„Mira war es", antwortete er, wobei seine Stimme einen Hauch von Verärgerung enthielt. „Das hat die Protokolle aktiviert. Und diese hier" – er klickte auf eine andere Nachricht – „enthält Anweisungen, wie man ein anderes Mitglied des Majestic Clan als Maulwurf beschuldigen kann."

Ich las die Beweise auf dem Bildschirm und knirschte mit den Zähnen. „Ich hoffe, Luka hat noch keine Strafe verhängt."

Damiens Gesichtsausdruck verhärtete sich. „Mira hat sich dafür freiwillig gemeldet."

„Natürlich hat sie das." Das bedeutete, dass der arme Mann wahrscheinlich tot war. „Bringt Luka Mira hierher, um uns zu treffen? So würde er normalerweise vorgehen."

„Ich weiß es nicht", gab Damien zu. „Ich war zu sehr damit beschäftigt, zu versuchen …"

Sein Computer piepte und lenkte seine Aufmerksamkeit auf sich.

„Sie hat gerade eine weitere Nachricht geschickt",

sagte er, während seine Maus das Kauderwelsch in ein anderes Programm zog.

Eine entschlüsselungs-App, erklärte mir Calina. *Wirklich ziemlich faszinierend, da er sie selbst entwickelt hat.*

Muss ich mir Sorgen darüber machen, wie faszinierend du das findest?, fragte ich und wölbte eine Augenbraue in ihre Richtung.

Ihre blauen Augen funkelten mich an. *Du hast dafür deine Jace-Fähigkeiten, die ich sehr bewundere.*

Zur Kenntnis genommen, antwortete ich, amüsiert über ihre Sticheleien.

Aber das Knurren von Damien ließ mich sofort auf den Bildschirm und die Nachricht schauen, die sich vor uns entfaltete.

Mein Herz blieb stehen.

Oh, verdammt …

DER LEHNSHERR

NUN, das ist enttäuschend, dachte ich und nippte an meinem Wein. Er war ein bisschen zu süß für meinen Geschmack, mein Gaumen sehnte sich nach etwas Dekadentem. Ich würde diesen Hunger bald stillen, aber vorher musste ich noch ein paar Protokolle durchsehen.

Nach einem Jahrhundert des Schlafs wieder aufzuwachen, hatte meinen Verstand durcheinander gebracht und mir alle Erinnerungen geraubt. Den Akten zufolge war dies eine bekannte Nebenwirkung des Schlafes, die ich offensichtlich in Kauf genommen hatte, bevor ich beschloss, mich auszuruhen.

Zum Glück hatte Lilith mir Protokolle mit allem, was ich wissen musste, hinterlassen.

Sie hatte in meiner Abwesenheit gute Arbeit geleistet und dafür gesorgt, dass fast alle unsere Pläne auf effiziente und schöne Weise umgesetzt worden waren.

Zu dumm, dass Ryder beschlossen hatte, ihr den Kopf abzuschlagen.

Ihm zu erliegen, hatte meine Bewunderung für sie abgeflacht.

In meinem Rat gab es keinen Platz für Schwäche.

Apropos Schwächen … Mit einem Seufzer rief ich das Filmmaterial von Bunker 37 auf und war von den

Beweisen enttäuscht, die auf meinem Bildschirm zu sehen waren. Mein Assistent hatte mir das Filmmaterial vor Stunden gebracht und mich gefragt, wie ich vorgehen wollte.

Ich seufzte – ein Laut, den ich heute schon viel zu oft von mir hatte.

Es schien, als hätte mein Bruder die geistigen Fähigkeiten von Darius und Jace beeinträchtigt. Mein Assistent hatte ein Zerstörungsprotokoll vorgeschlagen, das das Problem beseitigen würde, aber ich hatte ihm gesagt, dass altes Blut einfach zu kostbar sei, um es zu verschwenden.

Außerdem konnten wir es uns angesichts des Todes von Lajos und Lilith nicht leisten, noch mehr des kostbaren Blutes zu vergießen.

Ich würde also Darius und Jace mehr über die Operationen erfahren lassen. Dann würde ich mich persönlich um sie kümmern, wenn die Zeit gekommen war. Vielleicht würden sie bis dahin zur Vernunft kommen.

Ein Klopfen an der Tür riss mich aus meinen Grübeleien. Vor einigen Stunden hatte ich meinen Assistenten losgeschickt, um die Akten meines Bruders zu suchen. Hoffentlich hatte er sie gefunden. „Herein", rief ich ihm von meinem Schreibtisch aus zu.

Er trat ein und verbeugte sich tief, wobei sein langes blondes Haar den Boden berührte, bevor er sich aufrichtete. „Ich habe endlich von unserem Posten gehört."

„Ach ja?" Diese Nachricht interessierte mich sehr. Natürlich auch das Auffinden der verlorenen Akten, aber damit würden wir uns gleich befassen. „Und?", fragte ich und zog eine Augenbraue in Richtung des jungen Vampirs.

Offenbar hatte ich ihm einmal das Leben gerettet. Seitdem hatte er mir gedient, sogar während ich geschlafen hatte. Und laut Liliths Logbüchern war er ziemlich nützlich.

Er durchquerte mein Zimmer, ging an den beiden Sofas und dem Couchtisch vorbei, bis er die Stühle auf der anderen Seite meines Schreibtisches erreichte. Anstatt sich auf einen von ihnen zu setzen, ging er weiter und legte mir ein Tablet vor mir auf dem Tisch ab.

Eine Nachricht lief über den Bildschirm.

Meine Position hier ist offiziell kompromittiert worden. Ich bin auf dem Weg, mein Lehnsherr. Ich bringe Eure Erosita *mit.*

Ich las sie zweimal durch und seufzte. „Ich nehme an, es war nur eine Frage der Zeit, bis der Widerstand Miras wahre Loyalität erkennen würde." Ich hatte mir ihre Akte angesehen, als ich mich wieder mit meinen Verbündeten vertraut gemacht hatte. Sie war die ursprüngliche Lykanerin, unsterblich und der Verbesserung dieser Welt gewidmet, indem sie unsere Überlegenheit gegenüber der Menschheit stärkte.

Um das zu beweisen, hatte sie für mich auf meine *Erosita aufgepasst*, während ich geschlafen hatte.

Offensichtlich hatte Ismerelda eine Vorliebe dafür, ungehorsam zu sein. Ich konnte mich an nichts erinnern, woraus ich schloss, dass sie mir nie viel bedeutet hatte.

Aber ich vermutete, dass das Blut, nach dem ich mich sehnte, ihres war, was sich bald bestätigen könnte.

Nun, diese Nachricht beunruhigte mich sehr.

„Wann kommen sie an?", fragte ich.

„In zehn Stunden, mein Herr."

„Ausgezeichnet", antwortete ich und fuhr mir mit der Hand über die Krawatte, bevor ich wieder einen Blick auf das Überwachungsvideo auf meinem Computer warf. Es war schon einige Stunden alt, aber ich sah es mir immer wieder an. Die Art und Weise, wie Jace in die Kamera geschaut hatte, hatte etwas an sich … als könnte er mich *sehen.* „Ich nehme an, das bedeutet, dass der Widerstand über mein Erwachen Bescheid weiß, richtig?"

„Das ist wahrscheinlich, ja", antwortete mein Assistent.

Ich nickte und überlegte, was ich mit dieser Information anfangen sollte. Die meisten Protokolle waren überprüft worden, sodass ich mir bereits sicher war, wie es weitergehen sollte.

Die Frage war, ob ich die Rebellen überzeugen konnte, sich mir anzuschließen. Oder würde ich gezwungen sein, gegen sie zu kämpfen?

Ich trommelte mit den Fingern auf meinem Schreibtisch und überlegte, was ich tun könnte.

Nun, wenn sie es bereits wissen, welche Wahl habe ich dann noch?, überlegte ich und grinste, als ich in die strahlend grünen Augen meines Assistenten sah. „Du musst für mich ein Handy ausfindig machen, Michael."

JACE

Meine Position hier ist offiziell kompromittiert worden. Ich bin auf dem Weg, mein Lehnsherr. Ich bringe Eure Erosita mit.

Ich las die Nachricht dreimal, aber mein Verstand weigerte sich zu akzeptieren, was sie bedeutete.

Es konnte nicht um Izzy gehen.

Es konnte keine Nachricht für Cam sein.

Das würde er nicht tun. Er würde sich niemals mit Lilith zusammentun. Er ... er *schätzte* die Menschheit und das menschliche Leben.

„Das muss ein Fehler sein", sagte ich, während mein Verstand anfing, alle Teile zusammenzusetzen, und sich das Spiel in meinem Kopf endlich zusammenfügte.

Ich bringe Eure Erosita mit.

Mira hatte für Lilith gearbeitet. Sie bewachte Izzy. *Und warum?*

Für Cam.

Nur würde er sich niemals freiwillig an so etwas beteiligen. Es sei denn, Lilith hätte ihn irgendwie dazu gezwungen.

Oder ...

Meine Augen weiteten sich, als sich ein neuer Gedanke auftat – ein Gedanke, der mir Bauchschmerzen bereitete.

Scheiße. Die Protokolle. Die verdammten Protokolle.

„Hast du die Protokolle?", fragte ich Damien, während meine Gedanken rasten. „Kannst du das letzte finden, das Lilith aufgezeichnet hat? Ich muss es noch einmal hören."

Calina dachte jedoch bereits an einen anderen Lehnsherrn, nämlich an den, der den Anstoß für sie alle gegeben hatte.

Wenn Ihr dies seht, dann ist etwas furchtbar schiefgelaufen und die notwendigen Sicherheitsvorkehrungen wurden getroffen. Auch die, die Ihr gerade erlebt.

Ihr Gedächtnis war besser als meins, das Bild in ihrem Kopf war glasklar. Dass sie sich an dieses Protokoll erinnerte, lag vor allem daran, dass ihr eigenes Weltuntergangsprotokoll in gewisser Weise mit diesem übereinstimmte.

Calina dachte über all die Forschungen nach, die sie sich angesehen hatte, über die Waffen zur mentalen Manipulation, die Unsterbliche unterwerfen sollten, und über die möglichen Anwendungen dieser Waffen.

Was wäre, wenn sie …? Calina hielt inne und sortierte noch immer den Gedanken, während ich ihren Weg durch alle möglichen Ergebnisse verfolgte. Sie begann zu überlegen, was Lilith tun würde, welche Sicherheitsvorkehrungen sie treffen würde, um die Fortführung ihrer Projekte zu gewährleisten.

Cam war die größte Bedrohung für diesen Erfolg.

Er war das Aushängeschild für den gesamten Widerstand.

Oder er konnte ihre größte Waffe sein.

Wenn sie nur seinen Verstand formen könnte, dachte Calina. Dann weiteten sich ihre Augen, als wir uns gegenseitig anstarrten.

Indem sie ihn löscht, dachten wir beide gleichzeitig und erinnerten uns an das Werkzeug zur

Gedächtnisauffrischung, das in den Forschungsunterlagen von Bunker 37 erwähnt wurde.

Die notwendigen Sicherheitsvorkehrungen wurden getroffen. Einschließlich der, die Ihr gerade erlebt, wiederholte Calina das Protokoll noch einmal. *Jace ... Was, wenn das ihre Art war, ihm den Gedächtnisverlust zu erklären?*

Verdammt noch mal, hauchte ich, als mir klar wurde, dass sie recht haben konnte.

All das ... Das sind die Protokolle, die Lilith nach ihrem Tod in Gang gesetzt hat. Die, die durch Miras Kommunikation aktiviert wurden, flüsterte Calina. *Zusätzlich zu dem Weltuntergangsprotokoll. Während du also damit beschäftigt warst, ihn zu finden ...*

... haben ihn ihre Videos einer Gehirnwäsche unterzogen, beendete ich ihren Satz.

Denn er war auf keinen Fall der echte Lehnsherr.

Was aber nicht bedeutete, dass er das wusste.

Lilith hatte sein Gedächtnis gelöscht und dann in diesen Protokollen mit ihm gesprochen, als wäre das alles seine Idee gewesen. Als wäre sie eine Dienerin *seines* Wahnsinns. Und ohne irgendeinen Hintergrund oder eine Geschichte in seinem Kopf, hätte er keine Möglichkeit, dagegen anzukämpfen.

„*Scheiße.*" Ich fuhr mir mit den Fingern durch die Haare und hoffte inständig, dass wir uns irrten, doch innerlich fühlte ich, dass wir absolut richtig lagen.

Cam sitzt irgendwo in einer Höhle fest, sieht sich diese Protokolle an und denkt, er sei dafür verantwortlich. Es fühlte sich unglaublich an und doch war es ganz im Stil von Lilith, uns mit einem letzten Streich zu verlassen, indem sie Cams Gedächtnis löschte.

Eines der Protokolle baute sich im Hintergrund auf, während Damien zusah. Ich hatte nicht hingesehen, stattdessen achtete ich auf die subtile Kadenz und die absichtliche Verwendung der Begriffe „*Ihr*", „*mein Lehnsherr*" und „*mein König.*"

Sie klang so verdammt ehrfürchtig.

Als ob sie die Gottheit, mit der sie sprach, anbetete und ihn für all diesen Wahnsinn anpries.

Es war kein Partner. Es war nicht Michael. Es war Cam.

„Diese hinterhältige Schlam–"

Mein Handy begann zu vibrieren und unterbrach meinen Fluch.

Ein Blick genügte mir, um zu wissen, wer es war.

Er hatte uns in den Labors am Leben gelassen, denn sein strategischer Verstand hatte ihm gesagt, dass es eine Verschwendung wäre, unser Blut zu vergießen. Cam würde uns überzeugen wollen, uns ihm anzuschließen. Er würde es als eine Herausforderung sehen.

Er kämpft für die falsche Seite.

Ich schluckte, holte tief Luft und nahm den Anruf entgegen. „Hallo, Cam", grüßte ich, sobald sein Bild erschien.

Er grinste. „Jace. Es ist eine Weile her."

„In der Tat", antwortete ich und versuchte, keine Emotionen in meiner Stimme zu zeigen. Der Versuch, Cam zu sagen, dass er einer Gehirnwäsche unterzogen worden war, würde ohne ausreichende Beweise nicht funktionieren, und die konnte ich am Handy nicht liefern.

Wenn er sich das Überwachungsmaterial von Bunker 37 anschauen konnte, was er für Qualen durchstehen musste, würde das unsere Chancen erhöhen. Aber ich bezweifelte, dass ich ihn dazu überreden könnte.

Der Cam, den ich kannte, war hartnäckig.

Und wenn Liliths Videos ihn davon überzeugt hatten, dass er der Lehnsherr war, dann würde es mich sehr viel kosten, diesen Betrug rückgängig zu machen.

Ich brauchte Zeit und einen Plan.

Und ich musste herausfinden, womit wir es hier zu tun hatten.

„Wie war dein Nickerchen?", fragte ich und spielte die Scharade mit.

Er zuckte mit den Schultern. „Ich erinnere mich nicht an sehr viel, aber ich fühle mich ausgeruht. Allerdings bin ich mit einigen der Dinge, die ich seit dem Aufwachen gelernt habe, nicht sehr zufrieden."

„Oh?" Ich zog eine Braue hoch. „Wie zum Beispiel?"

Seine Lippen verzogen sich. „Du bist wirklich ein Meister der Politik."

„Ich habe vom Besten gelernt", gab ich zurück und bezog mich dabei auf ihn.

„Danke für das Kompliment." Er klang beeindruckt. „Heißt das, wir können über den ganzen Blödsinn reden, den du in letzter Zeit gemacht hast, um mein Lebenswerk zu untergraben?"

Mein Kiefer drohte bei diesen Worten vor Anspannung zu brechen, Liliths letzter Akt war wie ein Schlag in die Magengrube.

Wie gerne hätte sie Cam diese Worte sagen hören.

Zum Glück war sie tot.

„Ich bin mir nicht sicher, was du meinst", sagte ich. Meine Aufmerksamkeit war zwischen dem Gespräch und dem Hören von Calinas Gedanken geteilt.

Er soll weiterreden, sagte sie. *Damien hat eine Spur.*

Ich antwortete nicht und würdigte sie keines Blickes, sondern hielt meinen Blick auf Cam gerichtet. Sein dunkles Haar schien kürzlich geschnitten worden zu sein, ebenso wie der Bart an seinem Kinn gestutzt worden war. Der Cam, den ich kannte, mochte seinen Bart. Der neue Cam schien diesen Look zu bevorzugen.

Jemand ist bei ihm, dachte ich und mein Instinkt wurde wach. *Und es ist nicht Mira.*

Das bedeutete, dass wir es immer noch mit einer unbekannten Person zu tun hatten.

„Komm schon, Jace. Wollen wir dieses Spiel wirklich spielen?"

„Wenn ich mich recht erinnere, ist das ein Spiel, das wir beide sehr genießen", gab ich zurück.

Er warf mir einen mitleidigen Blick zu und schüttelte langsam den Kopf. „Mein Bruder hat dich ganz schön durcheinander gebracht, nicht wahr?"

„Cane?" Hatten ihm die Protokolle gesagt, dass Cane derjenige war, der den Widerstand organisiert hatte? „Vielleicht solltest du ihn aufwecken. Finde es heraus." Wenn Cam in den Katakomben war, wie wir vermuteten, dann war er in der Nähe von Cane. Ihn aus seinem fünfhundertjährigen Schlaf zu wecken, wäre eine augenöffnende Erfahrung und würde alles entlarven, was Cam wusste.

„Ich werde darüber nachdenken, nachdem ich seine Akten eingesehen habe", antwortete er mit einem Hauch von Verärgerung in seinem Ton, während er in den Bildschirm blickte.

„Ich suche noch immer nach ihnen, mein Herr", sagte eine sanfte Stimme.

Fast hätte ich meine Stirn gerunzelt. Stattdessen setzte ich einen neugierigen Gesichtsausdruck auf und fragte: „Wer ist das bei dir, Cam?"

„Niemand von Bedeutung", murmelte Cam, dessen Verärgerung deutlich zu spüren war. „Finde sie jetzt endlich."

„Ja, mein Herr", versprach die männliche Stimme. Aber sie war zu leise und unterwürfig, als dass ich sie hätte erkennen können.

War es nur ein Mensch?

Oder ein anderer Verbündeter von Lilith?

„Man sollte meinen, dass meine Assistenten nützlicher wären", sagte Cam im Plauderton, als seine blauen Augen wieder auf meine trafen. „Vor allem, wenn man bedenkt, dass ich ihm vor der Revolution das Leben gerettet habe."

Die Informationen wirbelten in meinem Kopf herum und fügten sich mit allem, was wir in Bunker 37 gelernt hatten, zu einem Ganzen zusammen.

Calinas Vater.

Michael.

Cam hat ihm das Leben gerettet.

Michael wurde ein Vampir.

Er ist der Assistent.

Es kostete mich große Mühe, meinen gelangweilten Gesichtsausdruck aufrechtzuerhalten, denn innerlich schrie ich Cam an, zur Vernunft zu kommen. Aber ich wusste, dass es zu früh war, um das Problem angehen zu können.

Wir mussten die Sache strategisch angehen. Langsam, mit den Informationen und Beweisen, die uns zur Verfügung standen.

Und selbst dann könnte es nicht genug sein.

Ich nahm einen Duft in der Luft wahr und wusste, dass Darius hereingekommen war, aber ich sah ihn nicht an. Stattdessen fragte ich: „Wann gedenkst du, dein Erwachen zu verkünden, Cam?"

Darius blieb in der Tür stehen. Ich konnte ihn nicht sehen, aber ich spürte ihn.

„Bald", antwortete Cam. „Ich habe noch ein paar Aufgaben, die vorher erledigt werden müssen, darunter ein Treffen mit meiner *Erosita*. Anscheinend ist sie während meines Schlafes ein wenig zu unabhängig geworden."

Die Art, wie er das sagte, jagte mir einen Schauer über den Rücken und ließ Damien vor mir erstarren.

Cam konnte ihn so wie ich meine Kamera ausgerichtet hatte nicht sehen. Nur mich. Und vielleicht ein paar Strähnen von Calinas Haar.

Aber er schenkte ihr keine Beachtung.

Lilith hatte ihm im Grunde genommen gesagt, dass *Erositas* und Menschen keine Rolle spielten. Sie würden für ihn keinen Wert haben, egal welchen.

Wird er Izzy etwas antun?, fragte Calina.

Ich schluckte, die Wahrheit sickerte durch meinen Verstand. *Ich weiß es nicht.*

„Ich bin mir sicher, dass du sie in die Schranken weisen kannst", sagte ich laut und testete die Grenzen.

Er zuckte nur mit den Schultern. „Wir werden es sehen, nehme ich an." Er verschränkte die Arme über dem Kopf und rollte den Nacken. „Nun, ich lasse dich zu eurer kleinen Rebellion zurückkehren. Grüße Darius von mir. Ich sehe euch beide bald."

Cam unterbrach das Gespräch, bevor ich etwas erwidern konnte. Ich wusste auch nicht, was ich hätte sagen sollen. Stattdessen begegnete ich Darius' Blick und sagte: „Cam ist am Leben. Und er glaubt, er sei der Lehnsherr."

Darius' Gesichtsausdruck entsprach meinem eigenen Schock und meiner Bestürzung.

„Nun. Das ist ein Problem", sagte Kylan, als er das Flugzeug betrat. Er musste in der Tür gewartet und gelauscht haben. „Sollte er nicht unser Retter sein?"

Ich starrte ihn an. Sarkasmus würde in dieser Situation nicht helfen.

Er schmunzelte trotzdem und kam zusammen mit Rae hinein. „Nun. Es ist noch nicht alles verloren", fuhr er fort und legte seinen Arm um Raes Taille. „Wir haben immer noch Izzy."

Ich schüttelte den Kopf. „Nein. Mira bringt sie gerade zu ihm."

„Ja, den Teil habe ich gehört. Das bedeutet, dass sie – unsere Geheimwaffe – dabei ist, feindliches Gebiet zu betreten. Das ist brillant."

„Wie das?", fragte ich. „Er erinnert sich eindeutig weder an sie noch an irgendetwas anderes. Er könnte sie umbringen."

Kylan schnaubte. „Du unterschätzt den Wert einer Erosita-Bindung." Er blickte zu Calina. „Tut mir leid, Schätzchen. Gib ihm Zeit. Er wird es verstehen."

Ein Knurren entrang sich meiner Kehle, als er sie „*Schätzchen*" nannte. Doch dann begannen seine Worte zu wirken, ebenso wie das Verständnis in Calinas Kopf.

Sie dachte darüber nach, was sie tun würde, um mich zu heilen, wenn alle meine Erinnerungen zerstört wären.

Ich würde dafür sorgen, dass du dich erinnerst, sagte sie schlicht und einfach.

Ich würde dich bekämpfen, gab ich zu und versetzte mich in Cams Lage.

Und ich würde zurückschlagen, erwiderte sie ohne zu zögern. *Und ich würde gewinnen.*

Sie klang so zuversichtlich, dass ich meinen Blick auf sie richtete. *Würdest du das?*

Ganz sicher. Ich spürte, wie mich ihr Verstand beruhigte und wie mich unsere Verbindung durch die einzigartige Verbindung unserer Gedanken bekräftigte. *Du gehörst mir, erinnerst du dich?*

Ich hielt ihrem Blick stand und die Erkenntnis, dass sie recht hatte, setzte sich in meinem Herzen fest. *Ja. Genauso wie du mir gehörst.*

Siehst du? Sie klang so stolz. *Ich würde gewinnen.*

Sie hatte recht.

Das hieß, Kylan hatte recht.

Wir hatten gerade eine Waffe hinter die feindlichen Linien geschickt.

Ich könnte Cam so viele Beweise und Belege schicken, wie ich wollte, aber es würde vielleicht nie ausreichen.

Izzy jedoch hatte tausend Jahre gemeinsame Erinnerungen mit Cam. Wenn jemand seine Erinnerungen wiederherstellen konnte, dann war sie es.

„Dann liegt es jetzt in Izzys Händen", stellte ich laut fest und begegnete Kylans Blick, bevor ich Darius ansah. „Sie ist die Einzige, die ihn jetzt überzeugen kann."

„Es ist gut, dass sie genauso stur ist wie er", sagte Darius, klang dabei jedoch niedergeschlagen.

„Oh, sie wird ihm die Hölle heiß machen", versprach Damien uns.

„Das wird sie", stimmte ich zu und sah zu Calina herüber. *Du würdest mir auch die Hölle heiß machen.*

Das würde ich auf jeden Fall tun, stimmte sie zu. *Ich würde dich zurückholen.*

Ja. Sie wird ihn zurückholen. Die Alternative war zu düster, um sie in Betracht zu ziehen.

Alles, was wir getan hatten, war auf Cams Geheiß geschehen.

Ihn zu finden, nur um ihn gleich wieder zu verlieren ...

Nein.

Das würde nicht passieren

Cam war der König. *Unser* König. Und Izzy war die Königin, die es möglich machen würde.

Sie waren jetzt die Hauptakteure auf dem Spielbrett.

In Ordnung, Izzy, dachte ich. *Du bist dran. Mach es richtig.*

Ich wandte mich meiner Königin zu, meine Hand fand ihre.

Wir waren zwar nicht an dieser nächsten Schachrunde beteiligt, aber wir hatten immer noch unser eigenes Spiel. Das, das ich begonnen hatte, als ich Lajos' Kopf abgetrennt hatte. Das Spiel, das Ryder mit der Tötung von Lilith begonnen hatte.

Es war noch nicht vorbei.

Wir hatten eine Rebellion zu beenden.

Und wenn es so weit war, würde unser König hoffentlich bereit sein, sich uns anzuschließen.

Wenn nicht, dann würde ich die Rolle übernehmen müssen.

Mit Calina an meiner Seite.

Die Allianz bedeutete mir nichts.

Es war an der Zeit, die neue Zukunft zu begrüßen.

Es ist Zeit zu kämpfen.

Die Blut-Allianz-Reihe wird mit *Grausamer Biss* fortgesetzt.

EPILOG

Izzy

Sie haben Cam gefunden, dachte ich, und mein Herz raste in meiner Brust.

Als Mira mir die Nachricht überbracht hatte, hatte ich aufgehört zu atmen. Ich war ihr sofort zu dem wartenden Flugzeug gefolgt. Es war mir nicht in den Sinn gekommen, nach Luka und den anderen zu fragen – ich war so sehr darauf fixiert, Cam zu sehen, dass ich nur noch an ihn denken konnte.

Aber jetzt, wo ich schon einige Stunden in diesem Flugzeug saß, wurde mir ganz mulmig zumute.

Irgendetwas stimmt nicht. Ich konnte es nicht genau definieren, aber als ich Mira nach Luka fragte, sagte sie, er sei damit beschäftigt, das Chaos im Bunker 37 aufzuräumen, und dass wir uns mit Jace, Darius und Cam treffen sollten.

Das war zu einfach und genau das war das Problem.

Wenn Jace Cam gefunden hätte, hätte er mich angerufen. Und Darius auch.

Die Protokolle waren alle gebrochen worden, nachdem Ryder kürzlich Liliths Tod bekannt gegeben hatte. Wir mussten uns nicht länger verstecken.

Warum haben sie mich dann nicht angerufen?, fragte ich mich und ließ meinen Blick zum Fenster wandern, während das Flugzeug weiter nach unten flog.

Mira hatte mir erzählt, dass sie ihn unter dem Coventus gefunden hatten. Allein der Gedanke an die Katakomben unter Rom ließ mich erschaudern. All diese kalten, schlafenden Unsterblichen. Krypten. Totenköpfe. Ehemalige Plätze für Rituale.

Ich hatte die Entstehung der Katakomben nicht miterlebt.

Aber Cam – ich hatte die Erinnerungen daran in seinem Kopf gesehen.

Es gab uralte Rituale, die die Alten davon abhielten, sich zu erheben, bevor sie dazu bereit waren. Doch ihre Geister waren dort unten sehr lebendig. Cam hatte es einmal eine Schutzmaßnahme genannt, um die Menschen abzuschrecken. Ich hatte ihm gesagt, dass es funktionierte, denn allein der Besuch im Vatikan hatte mich frösteln lassen.

Warum kann ich dich nicht spüren?, fragte ich mich und dachte an Cam. *Warum blockierst du mich immer noch?*

Ich wusste, dass er es ursprünglich getan hatte, um mich zu schützen, aber wenn er jetzt bei Jace und Darius war, dann bedeutete das, dass es ihm gut ging und er bereit sein sollte, mit mir zu reden.

Doch ich konnte ihn nicht spüren.

Es war, als hätte er eine Barrikade zwischen unseren Köpfen errichtet und mich abgeschnitten.

„Bist du sicher, dass es ihm gut geht?", fragte ich Mira zum hundertsten Mal.

„Ja, es geht ihm gut", antwortete sie und konzentrierte sich auf das Tablet in ihren Händen.

Ich tippte mit den Fingern auf die Armlehne, das Gefühl des Unbehagens blieb bestehen. Vielleicht lag es daran, dass ich Cam seit über hundert Jahren nicht mehr gesehen oder gehört hatte.

Der Schmerz des Verlustes war während des letzten Jahrhunderts etwas abgeklungen, aber mein Herz schmerzte immer noch. Ich hatte so oft von diesem Moment geträumt, davon, Cam zu finden und unsere Verbindung wieder aufleben zu lassen.

Nichts an dieser Sache fühlte sich richtig an.

Weil ich dich nicht spüren kann, beschloss ich.

Vielleicht mussten wir uns berühren, um die Verbindung wieder aufleben zu lassen?

Ich runzelte die Stirn. *Das kann nicht richtig sein. Ich sollte in der Lage sein, unsere Verbindung zu spüren. Ich kann es aber nicht. Warum?*

Mein Herz raste weiter, was Mira hoffentlich als Aufregung verstand. Aus irgendeinem Grund sagten mir meine Instinkte, dass ich mich ihr nicht anvertrauen sollte. Das war ebenfalls seltsam. Ich kannte sie schon vor der Revolution. Aber irgendetwas an ihrem Verhalten jetzt kam mir komisch vor.

Bildete ich mir das nur ein? *Vielleicht bin ich einfach nur nervös*, beruhigte ich mich. Wenn man bedenkt, was ich am Anfang für Cam empfunden hatte, wäre Nervosität eine angemessene Reaktion. Der Mann mit langen, dunklen Haaren und auffallend blauen Augen war für mich wie ein Rätsel gewesen.

Bei unserem ersten Treffen hatte ich gedacht, er wäre ein Gott.

Und das war er auch irgendwie. Er war sehr alt, hatte viel erlebt und besaß enorme vampirische Fähigkeiten.

In meinem Bauch flatterten Schmetterlinge, als ich mich an unser erstes Treffen erinnerte. Es war in der Nacht gewesen und seine Augen hatten im Mondlicht praktisch geglüht. Er hatte mich nach Hause begleitet, weil er meinte, die Straßen seien zu gefährlich, als das eine junge Frau wie ich alleine umherwandern sollte.

Er hatte sich nicht geirrt.

Er war ein Raubtier, das in der Nacht auf der Suche nach einem Drink gelauert hatte. Und er war auch nicht allein gewesen.

Bei der Erinnerung lief mir eine Gänsehaut über die Arme – wie sehr mich sein Charme und seine Schönheit in den Bann gezogen hatten. Er hatte mich nicht gebissen. Er hatte mich nicht einmal berührt. Er hatte mich nur beschützt, was er wochenlang gemacht hatte, bevor er den nächsten Schritt machte.

Sein Kuss hatte mein Blut in Wallung gebracht.

Genauso wie seine Berührung.

Und seither habe ich mich nie wieder von ihm entfernt.

Über tausend Jahre Liebe und Anbetung.

Er hatte mir die Ewigkeit versprochen und ich hatte sie akzeptiert.

Dann kam die Revolution.

Einhundertsiebzehn Jahre voller Qualen. Einhundertsiebzehn Jahre ewige Einsamkeit. Einhundertsiebzehn Jahre, in denen ich ihn vermisst hatte.

Aber er ist am Leben. Das konnte ich fühlen. Ich konnte ihn nur nicht *spüren.*

Mein Herz schlug mir bis in den Hals, als das Flugzeug endlich auf dem Boden aufsetzte. Das Gefühl ließ nicht nach, als Mira aufstand. Ihre Stöckelschuhe gruben sich in den Teppich, während sie ihren Rock glattstrich. Ich hatte Jeans und einen Pullover angezogen, weil ich Bequemlichkeit der Mode vorzog. Aber jetzt fragte ich mich, ob ich mich für diesen Anlass entsprechend hätte anziehen sollen.

Das ist Cam, erinnerte ich mich. *Er muss nicht beeindruckt werden. Er braucht nur mich.*

Ich schaute aus dem Fenster und fragte mich, ob ich ihn sehen konnte. Aber die Landebahn auf meiner Seite war leer.

Mira ging mit sicheren Schritten zur Tür.

Ich versuchte, es ihr gleichzutun, wurde aber das Gefühl nicht los, dass etwas nicht stimmte. Es wuchs mit jedem Schritt, das Unbehagen war eine Last auf meinen Schultern, die nicht nachlassen wollte.

Als wir ausstiegen, nahm ich einen tiefen Atemzug, aber auch die frühe Morgenluft half nicht.

Die Gestalten, die sich in der Ferne im Schatten abzeichneten, beruhigten mich ebenfalls nicht.

Warum ist Cam nicht hier, um auf mich zu warten?, fragte ich mich, während ich Mira weiter folgte.

Jegliche Wiedervereinigungen in meinen Gedanken waren nicht mit diesem Moment vergleichbar. Ich hatte Tränen erwartet. Umarmungen. Küsse. *Liebe.*

Nichts von alledem war geschehen.

Meine Schritte wurden langsamer, Verwirrung hielt mich vom Atmen ab.

Dann ging eine der Gestalten vorwärts und trat direkt unter das Licht über ihnen.

Mein Herz blieb stehen.

Cam.

Ich lief weiter, beschleunigte mein Tempo und freute mich über den Anblick meines Gefährten. Zu lange war ich ohne seine Kraft gewesen. Zu lange war ich ohne seine Berührung gewesen. Zu lange war ich ohne seinen Biss gewesen.

„Cam", hauchte ich und rannte los.

Aber er öffnete seine Arme nicht für mich.

Er lächelte nicht einmal.

Er starrte mich nur aus kalten blauen Augen an, deren

Farbe an Saphire erinnerte. Sie glitzerten in der Morgensonne. Seine Wangenknochen wirkten wie aus Stein gemeißelt. Sein dunkles Haar war kürzer geschnitten worden. Bartstoppeln ersetzten seinen üblichen Bart.

Es war jedoch seine Haltung, die bestätigte, dass hier wirklich etwas nicht stimmte.

Seine Beine waren gestreckt, die Hände hinter dem Rücken verschränkt und die Schultern nach hinten gezogen.

Es war nichts Freundliches an ihm. Nichts Vertrautes. Nichts ... war *richtig*.

Ich wurde langsamer, als ich ihn erreichte, und suchte in seinem Gesichtsausdruck nach Antworten. Doch er starrte mich nur an und in seinem Blick lag leichte Verärgerung. „Ist sie immer so respektlos?", fragte er.

Ich runzelte die Stirn. „Was?"

„Ja", antwortete Mira, die sich zu uns gesellt hatte. „Aber Ihr müsst bedenken, dass sie aus einer Zeit stammt, in der die Menschen noch Rechte hatten. Diese Gewohnheiten sind schwer zu brechen."

Ich sah sie stirnrunzelnd an. „Wovon redest du da?"

„Seht Ihr?", trieb sie ihn an.

„Ja. Leider schon." Er klang angewidert, sein Tonfall war ernster als ich ihn je gehört hatte.

„Cam", flüsterte ich, ohne irgendetwas davon zu verstehen. Ich verstand ihn nicht. Er sah eindeutig wie mein Cam aus, aber er verhielt sich nicht so. Ich konnte ihn nicht hören. Ich konnte ihn nicht spüren. Und ich hatte noch nie erlebt, dass er mich so ansah, als könnte er den Gedanken nicht ertragen, mich zu berühren.

„Warum behalte ich sie?", fragte er, wobei er wieder zu Mira und nicht zu mir sprach.

„Euch gefällt, wie sie schmeckt", antwortete Mira. „Und Ihr genießt die Herausforderung."

Er grunzte. „Manchmal zweifle ich an meinem eigenen Verstand."

„Was zum Teufel ist hier los?", forderte ich und sah zwischen ihm und Mira hin und her, dann bemerkte ich die Männer hinter Cam. „Was ist mit dir los?"

„Wie kann ich sie zum Schweigen bringen?", fragte Cam.

„Typischerweise mit Euren Zähnen." Sogar Mira klang falsch, als würde sie nichts auf der Welt interessieren. Das war ganz und gar nicht die Frau, die ich kannte.

Bin ich in ein anderes Universum gefallen? Ein anderes Reich? Ist dies nur ein schlechter Traum?

„Hm, in Ordnung", brummte Cam und berührte meinen Nacken. „Ich bin hungrig."

„Cam!", schrie ich und versuchte, mich aus seinem Griff zu befreien.

„Ruhe", schnauzte er zurück.

Meine Lippen öffneten sich zu einem Laut, der zu einem Schrei wurde, als sich seine Reißzähne in meine Kehle bohrten.

Daran war nichts Sanftes.

Nur ein Vampir, der seiner inneren Bestie frönte.

Keine Endorphine. Nur Schmerz.

Ich krallte mich an seinen Schultern fest und versuchte, ihn zur Vernunft zu bringen, während ich ihn durch unsere Verbindung anschrie. *Was tust du da? Warum tust du das? Cam! Hör auf!*

Er antwortete nicht, da er mich nicht hören konnte.

Ich war aus seinen Gedanken verbannt worden.

Als ich versuchte, zu sprechen, hielt er mir mit der anderen Hand den Mund zu und trank weiter. Es gab keine Sorgfalt oder Finesse. Keine süßen Worte. Keine beruhigende Berührung. Nur ein wilder Mund, der viel zu viel aus meinen Adern nahm.

Du … du … du bringst mich um … sagte ich fassungslos. *Warum, Cam? Was ist hier los? Rede mit mir!*

Tränen liefen mir über die Wangen und ich sah schwarze Punkte vor meinen Augen.

Ich … ich bin noch nie zuvor gestorben.

Ich wusste, dass unsere Verbindung mich zurückbringen würde. Aber ich verstand es nicht.

Er hatte mich noch nie so gebissen. Noch nie hatte er mir die Endorphine vorenthalten.

Das war eine grausame Strafe, die ich nicht verstand.

„W-warum?", murmelte ich in seine Hand. Meine Stimme war kaum zu hören.

„Weil das deine Bestimmung ist", sagte Mira, ihre Worte waren von einer Gleichgültigkeit geprägt, die ich nicht wiedererkannte.

Ich hatte nicht die Energie, sie noch einmal zu befragen oder darüber nachzudenken.

Mein Bewusstsein schwankte hin und her, während Cam sich weiter ernährte.

Bitte, flehte ich. *Bitte … lass es … nur ein Albtraum sein.*

Aber tief im Inneren wusste ich, dass es das nicht war.

Ich konnte es an der Art und Weise spüren, wie Cam mich hielt.

Die Art, wie er weiter trank, selbst als mir schwarz vor Augen wurde.

Etwas war schiefgelaufen.

Mein Cam würde nie …

Ich zitterte und fror bis ins Unermessliche.

Ich spürte seine Reißzähne kaum noch.

Aber mein Verstand erinnerte sich.

Mein letzter Atemzug … verbrannt … Mein Verstand … verblasst … Alles wegen des … grausamen … *Bisses* meines Gefährten …

Grausamer Biss

Es war einmal eine Zeit, in der die Menschen die Welt beherrschten,
während Lykaner und Vampire im Verborgenen lebten.
Das ist jetzt nicht länger der Fall.

Ismerelda

Der Mann, mit dem ich für immer verbunden bin, ist jetzt
ein Monster. Eine grausame Bestie. Ein Vampir ohne
Gewissen oder Erinnerungen an unser gemeinsames
Leben.

Er hat keine Ahnung, wer ich bin oder was ich ihm
bedeute. Er weiß nicht, wer wir einmal waren. Aber ich
werde nicht aufgeben.

Er wird sich an mich erinnern. Ich schwöre es.

Cam

Ich bin ein Vampirkönig – ein höheres Wesen als alle anderen.

Alle erkennen das an, abgesehen von *ihr*. Die Frau, die sich weigert, sich zu unterwerfen.

Ich werde sie brechen. Sie zerstören. Sie eines Besseren belehren. Und wenn sie endlich ihren Platz an meiner Seite anerkannt hat, werde ich ihr ein Ende bereiten.

Ich habe keinen Bedarf an einem ungehorsamen Haustier. Ich bin dazu bestimmt, diese Allianz zu regieren, und genau das werde ich auch tun.

Willkommen in der neuen Herrschaftsperiode.
Sie ist durchzogen von Blut, gebrochenen Allianzen, und der Tod lauert an jeder Ecke.
Mein Königreich. Meine Regeln. Meine Zukunft.

Ammerkung der Autorin: *Grausamer Biss* enthält düstere Momente. Bitte lesen Sie den Warnhinweis im Inneren des Buches. Auch wenn diese Geschichte als eigenständiger Roman gelesen werden kann, ist es am besten, die Bücher der Reihenfolge nach zu genießen.

USA Today Bestsellerautorin Lexi C. Foss ist eine Schriftstellerin, verloren in der Welt der Computer. Sie lebt in Chapel Hill, North Carolina mit ihrem Mann und ihren haarigen Gesellen. Wenn sie nicht gerade schreibt, ist sie mit Sicherheit auf Reisen. Viele der Orte, die sie schon besucht hat, lassen sich in ihren Büchern wiederfinden, einschließlich der mystischen Welt von Hydria, die auf der griechischen Insel Hydra basiert.

Lexi ist ein bisschen verschroben, trinkt viel zu viel Kaffee und schwimmt gern.

Würden Sie gern über Neuerscheinungen informiert werden? Dann tragen Sie sich für ihren Newsletter ein: https://www.lexicfoss.com/deutschen-newsletter

Besuchen Sie Lexi im Netz!
https://www.lexicfoss.com/aktuell
www.facebook.com/LexiCFoss
twitter.com/LexiCFoss
www.instagram.com/LexiCFoss
E-Mail: lexicfoss@gmail.com

BÜCHER VON LEXI C. FOSS

Akademie der Mitternachtsfeen:

Buch Eins

Buch Zwei

Buch Drei

Buch Vier

Ellas Mitternachtsmärchen

Königin der Elemente:

Buch Eins

Buch Zwei

Buch Drei

Unsterblich verflucht:

Blood Laws – Blutgesetze (Buch 1)

Forbidden Bonds – Unsterblich entfesselt (Buch 2)

Blood Heart – Blutige Unschuld (Buch 3)

Blood Bonds – Unsterblich geboren (Buch 4)

Angel Bonds – Himmlische Bande (Buch 5)

Blood Seeker – Die Fährte des Blutes (Buch 6)

Blood Burden – Himmlische Bürde (Buch 7)

Wicked Bonds - Himmlisch verrucht (Buch 8)

Die Blutallianz:

Chastely Bitten – Keuscher Biss (Buch 1)

Royally Bitten – Königlicher Biss (Buch 2)

Regally Bitten – Majestätischer Biss (Buch 3)

Rebel Bitten – Rebellischer Biss (Buch 4)

Kingly Bitten - Royaler Biss (Buch 5)

Cruelly Bitten - Grausamer Biss (Buch 6)

Die Wölfe des X-Clans

Andorra Sektor

Das Experiment

Pfeil des Winters

Bariloche Sektor

Und auch die folgenden Bücher von Lexi C. Foss werden in Kürze auf Deutsch erhältlich sein:

Aus der Reihe »Dark Provenance Series«:

Daughter of Death – Die Tochter und der Tod (Buch 1)

Paramour of Sin – Die Geliebte und die Sünde (Buch 2)

Son of Chaos (Buch 3)

Heiress of Bael (Buch 3.5)

Princess of Bael (Buch 4)

www.ingramcontent.com/pod-product-compliance
Lightning Source LLC
Chambersburg PA
CBHW031050260626
47172CB00001B/9